22
HISTOIRES DE SEXE ET D'HORREUR

PAR

Robert Aickman * Carolyn Banks * Clive Barker
Michael Blumlein * Jonathan Carroll
Angela Carter * Hugh B. Cave
Thomas M. Disch * Stephen R. Donaldson
Ronald Duncan * Christopher Fowler
R. Murray Gilchrist * Robert Hichens
Stephen King * Valerie Martin
Eric McCormack * Patrick McGrath
Haydn Middleton * T. L. Parkinson
Ruth Rendell * May Sinclair et Harriet Zinnes

COLLECTION TERREUR
dirigée par Patrice Duvic

Michele Slung

PRÉSENTE

22
HISTOIRES DE SEXE ET D'HORREUR

ALBIN MICHEL

Édition originale américaine :

I SHUDDER AT YOUR TOUCH

Traduit de l'anglais par
Jean-Daniel Brèque, Françoise Cartano, Dominique Dill,
Jacques Finné, Jacqueline Huet,
Marie-Louise Navarro et Jos Ras

Si vous souhaitez recevoir régulièrement
notre zine **« Rendez-vous ailleurs »**, écrivez-nous à :

« Rendez-vous ailleurs »
Service promo Pocket
12, avenue d'Italie
75627 PARIS Cedex 13

PRESSECO

PAPIER RECYCLÉ
NATURE PROTÉGÉE

voir suite © page 467

ISBN : 2-266-00119-1

Ce livre est dédié à la mémoire
de trois de mes amis les plus chers :
David E. Pickford, Herbert Denton, Jr., Maurice Braddell
tous des esprits originaux

Michele SLUNG

Mes plus vifs remerciements à Jacques Baudou, Jean-Luc Buard et Dominique Martel pour leur aide précieuse.

J.-D. BRÈQUE

Sommaire

Rien n'est plus variable et plus capricieux que la perception individuelle de l'horrible. Une personne donnée pourra trouver telle histoire plus terrifiante que tout ce qu'elle peut imaginer, une autre la considérera simplement comme ridicule.

Dorothy Sayers, *The Omnibus of Crime*

Ils n'avaient pas vogué une lieue, une lieue,
Une lieue ou peut-être trois,
Qu'elle apercevait son pied fourchu,
Et pleurait des larmes d'amertume.

The Daemon Lover, ballade traditionnelle

Pour le moment, l'énigme était confuse et sans fond... car s'il était innocent, grand Dieu, qu'étais-je donc, moi ?

Henry James, *Le Tour d'écrou*
(trad. de M. Le Corbeiller)

Préface

AVANT de vous inviter à vous laisser séduire par ce recueil de *frissons* * extrêmement variés, je me sens obligée de citer le commentaire ironique d'un de mes amis qui, alors que je lui faisais part de mon désir de composer un tel livre, me déclara : « Existe-t-il *une seule* histoire d'horreur qui ne parle pas de sexe ? » Il avait (presque) entièrement raison, bien sûr, et l'érotisme qui caractérise nombre de récits terrifiants peut être aussi brutal que l'étreinte d'un vampire ou aussi subtil que la corruption à peine perceptible qui imprègne *Le Tour d'écrou* d'Henry James.

Une énorme distance sépare la retenue frustrante et pourtant merveilleuse de ce sublime roman et la franchise teintée de crudité que l'on trouve, par exemple, dans les récits macabres et frénétiques d'un Clive Barker. Entre ces deux extrêmes, l'amateur trouvera un vaste éventail d'impressions et de fortes terreurs inspirées par la sexualité humaine — voire inhumaine ou non humaine. Comme je l'ai écrit ailleurs, le sexe recèle un potentiel presque illimité de cruauté, de débauche, de brutalité et de désespoir indicible, sans parler de la vulnérabilité humaine qu'il permet de révéler. La sensualité est une source d'énergie mais aussi d'annihilation ; et le désir, chose inexplicable entre toutes mais pourtant profondément ancrée dans la réalité de la chair, suscite des œuvres de fiction parmi les plus troublantes, voire les plus dangereuses.

Si nous sommes prêts à accepter l'hypothèse que la représentation sexuelle et l'idée de menace sexuelle sont des

* En français dans le texte. *(N.d.T.)*

éléments de la littérature d'horreur aussi essentiels que l'idée de peur elle-même, peut-être devrais-je me concentrer sur la promesse que recèle le mot *frissons.* Le double sens de ce mot est évident : que l'on frissonne de plaisir ou d'angoisse, la chair de poule est la même. Et, comme je le remarque plus loin dans mon introduction à la nouvelle de Patrick McGrath, celui qui jouit des sensations éveillées en lui par la présence menaçante d'un monstre n'est pas sans éprouver une certaine déception, même momentanée, lorsque la créature est obligée de se retirer sans avoir assouvi ses appétits. En d'autres termes : que diable King Kong allait-il faire à Fay Wray ?

Aimer ce qui nous fait peur relève bien entendu de la perversité, et la réciproque n'est pas moins vraie. Mais Freud n'est pas le premier à avoir établi un lien entre l'instinct sexuel et la pulsion de mort, un thème déjà traité à mon avis de façon remarquable par les ballades du folklore celtique, que j'ai découvertes durant mon adolescence à peu près en même temps que les plaisirs de la littérature fantastique.

Citons par exemple un couplet de « The Unquiet Grave », dans lequel une jeune femme récemment décédée avertit en ces termes un amant qui la pleure avec une ferveur jugée excessive :

Tu désires un baiser de mes lèvres glacées ;
Mais mon souffle a l'odeur de la terre ;
Un seul baiser de mes lèvres glacées,
Et ta vie sera bien brève.

Le deuxième vers, déjà sinistre, l'est encore plus dans une variante américaine de cette ballade : « Mais l'appel de la mort est très fort. » Dans une autre œuvre également macabre, « Lady Isabel and the Elf-Knight », la lady en question — une femme mariée — s'enfuit avec le chevalier-elfe, une sorte de Mister Goodbar féerique, mais réussit à renverser la situation : elle tue plutôt que de se faire tuer.

Ces motifs récurrents, qui mélangent l'excitation sexuelle et la promesse d'un destin mystérieux et terrifiant, ont eu sur mon jeune esprit le même effet que des caresses interdites. Et le pouvoir du *demon lover* m'a hantée à jamais — tout comme il a hanté Elizabeth Bowen, Shirley Jackson et Sylvia Townsend-Warner, pour ne citer que trois écrivains ayant abordé ce thème d'une façon qui les rend très proches. En outre, je me suis prise de passion pour toutes sortes de récits fantastiques, me retrouvant ensorcelée dans un monde terne où Ned Nickerson * passait pour un objet sexuel et où Anthony Perkins n'était pas encore devenu Norman Bates pour l'éternité.

Parmi les récits qui, à cette époque, me procuraient des délices si troubles que je me sentais obligée de les relire, figurent *Le Grand Dieu Pan* et « Le Cachet noir », d'Arthur Machen, où sont décrits à mots couverts des rituels obscènes et des extases terrifiantes, « Le Masque d'argent », de Hugh Walpole, où une femme d'un certain âge est victime d'une fascination sexuelle débouchant sur une conclusion hideuse, « The House of Ecstasy », de Ralph Milne Farley, un récit cauchemardesque sur l'esclavage sexuel, dont l'efficacité compense le manque de subtilité, et « The Man Who Went Too Far », d'E. F. Benson, une autre vision du pouvoir impie de Pan.

Ainsi que : « Cramilla », de J. Sheridan Le Fanu, portrait exquis d'une vampire lesbienne, surprenant par son caractère explicite si l'on considère ses origines victoriennes, « Clay-Shuttered Doors », de Helen R. Hull, une histoire d'amour, de mort et de résurrection qui préfigure *Simetierre*, « Comment l'amour s'imposa au professeur Guildea », de Robert Hichens (repris dans ce volume), « Where Their Fire Is Not Quenched » de May Sinclair (voir mon introduction à « La Villa Désirée »), et *Maison hantée*, le roman de Shirley Jackson, un sublime spectacle d'ombres sur la sexualité refoulée.

Mais pour être parfaitement honnête, je me dois d'abonder dans le sens d'Edith Wharton, elle-même auteur de superbes histoires de fantômes, qui déclara un jour qu'elle avait du mal à s'endormir si elle savait que sa bibliothèque recelait un volume contenant une histoire particulièrement terrifiante. Je crois sincèrement que les contes d'horreur *eux-mêmes* sont

* Petit ami de la détective Alice, dans les romans pour la jeunesse écrits par Caroline Quine. *(N.d.T.)*

des *demon lovers,* à la fois attirants et répugnants. Et avant d'éteindre la lumière, je m'assure toujours que des anthologies comme *The Omnibus of Crime* de Dorothy Sayers et *The Night Side* d'August Delerth sont bien à l'abri dans un tiroir, pour ne pas risquer de voir la nuit un pied fourchu en sortir.

Si l'on veut bien laisser de côté les *demon lovers,* notre moi sexuel est sûrement la partie de notre esprit recelant le plus de secrets. Et il va sans dire que cet élément occulte de notre nature, qui redoute d'être exposé à autrui autant que le vampire redoute d'être exposé au soleil, est investi d'une force démesurée lorsqu'il apparaît dans la littérature, fantastique ou non. Le viol, l'humiliation, l'amour trahi et les conséquences de toutes sortes d'actes contre nature ne sont pas des sorts réservés aux seuls personnages de la littérature d'horreur. Ce qui fait la différence, c'est cet autre « tour d'écrou », pour citer Henry James, l'ouverture inattendue d'une trappe donnant sur l'inconnu.

Voir par exemple, dans ce volume, l'importance d'une malle métallique ou d'une paire de tennis blanches — « un élément d'étrangeté dans les choses les plus ordinaires », comme l'a écrit H. P. Lovecraft, ou, pour citer à nouveau Henry James, « l'étrange et le sinistre intimement mêlés à l'ordinaire et au banal ». Le monde où vous allez pénétrer recèle des surprises insidieuses et des chocs soudains : avancez d'un pas et vous risquez probablement de reculer de deux l'instant d'après.

Les ambivalences mises en scène par les auteurs — celles qu'ils ont déjà eu le temps de découvrir et d'explorer — vont s'insinuer et se fixer dans votre esprit. Et les créatures qui rôdent dans ces pages ne sont pas celles que l'on trouve dans des cages, un sort que vous ne leur souhaiteriez sans doute pas — même si elles sont peut-être déjà tapies sous votre lit...

En conclusion, je tiens à souligner que nombre d'œuvres d'horreur récentes, en littérature comme au cinéma, peuvent être avec raison qualifiées de misogynes. En outre, l'escalade du sang et de la violence dans ce genre m'attriste, car ce phénomène montre que lesdites œuvres n'ont aucun rapport avec le fantastique, ni avec l'imagination, mais relèvent plutôt d'un machisme vicieux à tendance sadique. Je ne pense pas que l'horreur — un genre fragile en dépit de sa hardiesse apparente

— puisse survivre en l'absence des qualités morales qui ont toujours été les siennes, comme l'histoire nous le démontre. Bien que la notion d'ambiguïté m'intrigue, comme tout un chacun, ce qui devait être clair aux yeux de ceux qui me lisent, je suis révoltée et non excitée lorsque le mal triomphe aux dépens des innocents pour des raisons qui n'ont rien à voir avec la création, littéraire ou cinématographique.

Même si ce n'est pas tout à fait intentionnel, nombre des nouvelles sélectionnées ici ont une femme pour personnage principal. Et, parmi celles-ci, plusieurs sont dues à des écrivains masculins — Stephen King, Clive Barker, Terry Parkinson, Christopher Fowler et Tom Disch — dont j'admire beaucoup les œuvres. J'en suis heureuse, tout comme je suis ravie par la finesse psychologique dont font preuve des textes aussi ambitieux que « Le Tigre retourne dans la montagne » et « Le Testament de Jacqueline Ess ». Ce livre n'exprime à mon sens aucun sentiment misogyne, bien au contraire. Et ces histoires ne sont pas seulement conçues pour provoquer chez nous de simples frissons mais aussi pour nous révéler nos propres réactions lorsque l'amour et la trahison, le plaisir romantique ou charnel, l'exploitation ou la vulnérabilité sexuelle sont poussés jusqu'à leurs limites... et au-delà.

Michele SLUNG

STEPHEN KING

Les révélations de Becky Paulson *

Aucune femme ne souhaite qu'on la trompe, même si, comme Rebecca Paulson, elle est plus qu'à moitié ravie que son mari ait cessé d'exiger le respect de ses droits conjugaux. On s'imagine que la plupart des femmes (et Becky ne fait certainement pas exception — pas à première vue, en tout cas) préféreraient qu'une vérité susceptible de causer une émotion extrêmement douloureuse reste enfouie, comme les lainages mangés aux mites et les livres moisis qu'on découvre dans le placard sous l'escalier. Mais la fatalité voulait que Becky, comme nous le verrons, fût l'objet de révélations... d'un type très particulier.

Avec son remarquable talent pour mêler monstrueux et quotidien, Stephen King nous offre, avec Becky Paulson, cette héroïne extraordinairement ordinaire, une image du « blessé en marche » qui transcende tout psychobavardage.

* Le récit, publié en 1986, a par la suite été réécrit et incorporé au roman : *Les Tommyknockers*, Albin Michel, 1990. *(N.d.E.)*

Il se passa quelque chose d'assez simple — de moins au départ : Rebecca Paulson se tira une balle dans la tête avec le calibre 22 de Joe, son mari, au cours du grand nettoyage de printemps qui se déroula cette année-là (comme presque tous les ans) vers la mi-juin. Becky était toujours en retard pour ce genre de travaux.

Debout sur un petit escabeau, elle fourrageait dans le foutoir accumulé sur la plus haute étagère du placard du rez-de-chaussée. Le gros chat des Paulson, Ozzie Nelson, s'était assis dans l'embrasure de la porte du salon pour la regarder. Derrière Ozzie, on entendait les voix angoissées des protagonistes d'*Un autre monde*, émanant du gros téléviseur Zenith des Paulson — qui ne tarderait pas à devenir bien plus qu'un téléviseur.

Becky sortit quelques affaires et les examina, espérant trouver quelque chose d'encore utilisable, sans beaucoup d'espoir cependant. Elle jeta par terre derrière elle quatre ou cinq bonnets de laine tellement mangés aux mites qu'ils défiaient tout raccommodage. Le *Reader's Digest* de l'été 1954, avec des résumés de *Run Silent, Run Deep* et *Here's Goggle*, victime d'une fuite d'eau, avait pris la taille d'un annuaire téléphonique de New York. Elle le jeta derrière elle. Ah ! Un parapluie qui semblait récupérable... et une boîte pleine.

C'était une boîte à chaussures. Ce qu'elle contenait était lourd. Quand Becky l'inclina, le contenu bougea. Elle retira le couvercle et le jeta derrière elle (Ozzie Nelson, qui avait failli pour la troisième fois recevoir le projectile sur le nez, décida d'aller se promener ailleurs). Dans la boîte, un pistolet à canon long et à poignée en faux bois.

« Oh, dit-elle, *ça !* »

Elle le sortit sans remarquer qu'il était armé, et le tourna vers elle pour regarder dans le petit trou noir de la bouche, croyant que s'il y avait une balle engagée dans le canon, elle la verrait.

Elle se souvenait de ce pistolet. Cela faisait bien cinq ans que Joe n'était plus membre de la société de chasse, les Derry Elks. Il y avait dix ans (ou peut-être quinze), Joe, ivre mort, avait acheté quinze billets de loterie des Elks. Becky avait été tellement furieuse qu'elle avait refusé qu'il la pénètre pendant deuxième semaines. Le premier prix était une moto des neiges, le second une tronçonneuse, et le troisième ce pistolet calibre 22.

Il s'en était servi pendant un moment dans la cour, elle s'en souvenait, tirant sur des boîtes de conserve et des bouteilles vides jusqu'à ce que Becky ne supporte plus le bruit. Il était alors parti continuer à s'entraîner dans la gravière, au bout du chemin d'accès à leur maison, mais, dès ce moment-là, elle avait senti que ça ne l'intéressait plus guère — il avait seulement continué à tirer quelque temps pour qu'elle ne croie pas avoir eu le dessus. Et puis le pistolet avait disparu. Elle avait cru qu'il l'avait échangé contre Dieu sait quoi : des pneus-neige, peut-être ou une nouvelle batterie. Mais il était là.

Elle leva la bouche du pistolet à hauteur de son œil, et regarda de nouveau, cherchant à distinguer la balle dans l'obscurité. Elle ne voyait que du noir. Il devait donc être vide.

Je vais m'en débarrasser quand même, se dit-elle en redescendant de l'escabeau. *Ce soir, quand il rentrera du bureau de poste, je me planterai devant lui et je lui dirai : « Joe, c'est pas bon d'avoir une arme dans une maison, même quand y a pas d'enfant et qu'elle est pas chargée. Tu t'en sers même plus pour tirer sur des bouteilles. » C'est ça que je dirai.*

Cette pensée lui apporta une grande satisfaction, mais, tout au fond d'elle, elle savait qu'elle ne dirait rien de tel. Dans la maison des Paulson, c'était surtout Joe qui tenait les rênes et menait l'attelage. Elle se dit qu'elle ferait mieux de s'en occuper elle-même, de le mettre dans un sac à ordures en plastique au milieu d'autres machins dont elle débarrassait le placard. Le pistolet irait à la décharge avec tout le reste la prochaine fois que Vinnie Margolies s'arrêterait pour collecter leurs ordures. Joe ne pourrait regretter quelque chose qu'il avait oublié — le couvercle de la boîte était recouvert d'une couche de poussière que personne n'avait dérangée depuis des années. Il ne le regretterait pas, à moins qu'elle ne soit assez stupide pour lui en rappeler l'existence.

En arrivant en bas de son escabeau, Becky fit un pas en arrière et trébucha du pied gauche sur le *Reader's Digest*, dont la couverture glissa de côté avant de s'arracher. Becky tituba, décrivant des moulinets avec le bras qui ne tenait pas le pistolet. Son pied droit se posa sur la pile de bonnets de laine, qui glissa elle aussi. En tombant, elle se dit qu'elle ressemblait à une femme plus décidée à se suicider qu'à faire le ménage.

Bof, il n'est pas chargé, eut-elle le temps de se dire. Mais le pistolet *était* chargé, et il était armé, armé depuis des années, comme s'il attendait qu'elle vienne le prendre. Elle s'effondra sur les fesses au milieu du hall et le chien du pistolet claqua. Il y eut un bang plat, insignifiant, pas beaucoup plus puissant qu'un petit pétard dans une boîte de fer-blanc. Et une balle de Winchester .22 pénétra dans le cerveau de Becky Paulson après lui avoir fait, juste au-dessus de l'œil gauche, un petit trou noir dont les bords se teintèrent de ce bleu passé des iris à peine éclos.

L'arrière de sa tête cogna le mur, et une goutte de sang coula du trou jusqu'à son sourcil gauche. Le pistolet, une fumée blanche mince comme un fil montant de sa bouche, tomba sur les genoux de Becky. Pendant environ cinq secondes, ses mains frappèrent rythmiquement le sol. Sa jambe droite se plia puis se tendit brusquement, envoyant sa pantoufle heurter le mur d'en face. Ses yeux restèrent ouverts pendant les trente minutes qui suivirent, les pupilles se dilatant et se contractant, se dilatant, se contractant.

Ozzie Nelson sortit du salon, miaula en la voyant et entreprit de faire sa toilette.

C'est au moment où elle posait le dîner sur la table, ce soir-là, que Joe remarqua le sparadrap au-dessus de son œil. Il était rentré depuis une heure et demie, mais, ces derniers temps, il ne remarquait pas grand-chose chez lui. Il semblait préoccupé par quelque chose, très loin d'elle la plupart du temps. Ça n'ennuyait pas Becky autant que ça l'aurait ennuyée jadis. Au moins il n'était pas toujours après elle pour mettre son truc d'homme dans son truc de femme.

« Qu'est-ce que tu t'es fait à la tête ? » demanda-t-il tandis qu'elle posait une marmite de haricots et un plat de saucisses rouges sur la table.

Elle toucha le sparadrap d'un geste vague. Oui... qu'avait-elle fait à sa tête, exactement ? Elle n'arrivait pas bien à s'en souvenir. Tout le milieu de la journée était comme un trou noir, une tache d'encre. Elle se souvenait d'avoir donné son petit déjeuner à Joe et de l'avoir regardé partir pour le bureau de poste dans son break. Jusque-là, tout était clair comme du cristal. Elle se souvenait d'avoir fait une lessive de blanc dans sa nouvelle machine à laver Sears pendant *La Roue de la Fortune*. C'était clair aussi. Ensuite, la tache d'encre commençait à lui obscurcir la mémoire. Elle se souvenait d'avoir fait un cycle froid pour la couleur et puis, vaguement, d'avoir mis au four deux repas surgelés « grand appétit » de chez Swanson pour son déjeuner — Becky Paulson était une grosse mangeuse. Mais après, rien. Rien jusqu'à ce qu'elle se réveille sur le canapé du salon, non plus en pantalon et chemisier à fleurs, mais en robe et talons hauts, les cheveux tressés. Il y avait quelque chose de lourd sur ses genoux et ses épaules, et son front la chatouillait. C'était Ozzie Nelson, Ozzie debout, les pattes arrière sur les genoux de Becky, les pattes avant sur ses épaules, qui léchait consciencieusement le sang coulant de son front sur ses sourcils. Elle avait écarté Ozzie et regardé l'horloge : Joe rentrerait dans une heure, et elle n'avait même pas commencé à préparer le dîner. Elle avait alors touché sa tête, qui battait un peu.

« Becky ?

— Quoi ? demanda-t-elle en s'asseyant à sa place pour se servir des haricots.

— Je t'ai demandé ce que tu t'es fait à la tête.

— Je me suis cognée », dit-elle.

Pourtant, quand elle était allée à la salle de bains et s'était regardée dans le miroir, ça n'avait pas l'air d'une bosse. Ç'avait l'air d'un trou.

« Je me suis simplement cognée, répéta-t-elle.
— Oh ! »

De toute façon, il s'en moquait. Il ouvrit son journal sportif du jour et partit dans ses rêves éveillés — où il pouvait laisser ses mains glisser lentement sur le corps de Nancy Voss, activité à laquelle il se consacrait (de même qu'à toutes les autres activités suivant normalement celle-là) depuis environ six semaines. Que Dieu bénisse les autorités des Postes des États-Unis d'Amérique pour avoir envoyé Nancy Voss de Falmouth à Haven ! Il n'avait rien d'autre à dire. Ce que Falmouth avait perdu, Joe Paulson l'avait gagné. Il y avait des jours où il ne doutait pas d'être mort et monté au ciel, et sa queue n'avait pas été aussi fringante depuis ses dix-neuf ans, pendant son service militaire en Allemagne. Il aurait fallu bien plus d'un sparadrap sur le front de sa femme pour mobiliser son attention.

Becky se servit trois saucisses, réfléchit un instant, et en ajouta une quatrième. Elle arrosa les saucisses et les haricots de ketchup et mélangea le tout. Son assiette ressemblait un peu aux suites d'un tragique accident de moto. Elle se servit un verre de jus de raisin (Joe buvait une bière) et toucha le sparadrap du bout des doigts — geste devenu machinal depuis qu'elle l'avait collé. Juste un bout de plastique frais. Ça allait bien... mais elle sentait la dépression circulaire en dessous. Le *trou.* C'était moins bien.

« Je me suis cognée », murmura-t-elle à nouveau, comme s'il suffisait de le dire pour que ce fût vrai.

Joe ne leva pas les yeux, et Becky se mit à manger.

Ça ne m'a pas coupé l'appétit, en tout cas, se dit-elle. *D'ailleurs, qu'est-ce qui me coupe l'appétit ? Ç'aurait été un miracle. Quand on annoncera à la radio que tous les missiles ont décollé et que c'est la fin du monde, je continuerai probablement à manger jusqu'à ce qu'un de ces engins tombe sur Haven.*

Elle se coupa un morceau de pain et entreprit de saucer le jus des haricots.

Sur le coup, voir ça,... cette *marque* sur son front, l'avait énervée. Beaucoup énervée. Ce n'était pas une plaisanterie. Et il n'y avait pas lieu de plaisanter non plus en parlant d'une *marque*, d'un simple bleu. Si vous voulez le savoir, Becky, en se regardant dans le miroir, s'était dit que découvrir un trou supplémentaire dans sa tête n'était pas l'expérience la plus drôle de sa vie. La tête, en fin de compte, renfermait le *cerveau*. Quant à ce qu'elle avait fait ensuite...

Elle essaya d'en effacer le souvenir, mais c'était trop tard. *Trop tard, Becky*, lui dit une voix dans sa tête qui ressemblait à celle de son défunt père.

Elle avait regardé le trou, l'avait regardé, et regardé, puis elle avait ouvert le tiroir à gauche du lavabo et avait fouillé dans ses rares ustensiles de maquillage avec une main qui ne semblait pas être la sienne. Elle en avait sorti un crayon à sourcils et avait à nouveau regardé dans le miroir.

Elle avait levé la main tenant le crayon à sourcils, le bout non taillé vers elle, et elle l'avait lentement introduit dans le trou de son front. *Non*, s'était-elle dit, *arrête, Becky, tu ne veux pas vraiment faire ça...*

Mais apparemment une *partie* d'elle le voulait, parce qu'elle continua. Aucune douleur, et le crayon avait la taille parfaite. Elle le poussa de trois centimètres, de cinq, de huit. Dans le miroir, elle découvrait une femme en robe habillée, avec un crayon qui lui sortait de la tête. Elle l'avait enfoncé de dix centimètres.

Il reste pas grand-chose, Becky, attention ! Il faudrait pas que tu le perdes dedans ; il cognerait quand tu te retournerais dans ton lit et ça réveillerait Joe.

Elle eut un petit rire hystérique.

A douze centimètres, le crayon finit par rencontrer une résistance. C'était dur, mais quand on poussait un peu, ça s'enfonçait doucement. Elle essaya et le monde entier se mit à tourbillonner en un entrelacs de souvenirs brillants et momentanément verts : elle avait quatre ans et faisait de la luge, vêtue de la combinaison de ski de son frère aîné ; elle nettoyait le tableau au collège ; elle admirait l'Impala dernier modèle que son oncle Bill avait achetée en 1959 ; elle sentait l'odeur du foin coupé.

Elle ressortit le crayon à sourcils de sa tête et redevint elle-même, terrifiée à l'idée que du sang pourrait se mettre à couler à flots par le trou. Mais il n'en sortit pas, et il n'y en avait pas non plus sur la surface luisante du crayon. Du sang ou… ou…

Mais elle ne voulait pas penser à ça. Elle remit le crayon dans le tiroir, qu'elle referma brutalement. Plus que jamais, elle avait envie de recouvrir ce trou.

Elle ouvrit la porte-miroir de l'armoire à pharmacie et prit la boîte de sparadrap, qui tomba de ses doigts tremblants. Le bruit du métal heurtant le lavabo lui fit pousser un cri. Elle se dit d'arrêter, d'arrêter immédiatement. Il fallait le recouvrir, le faire disparaître. C'était ça qu'il fallait faire, c'était sa planche de salut. Tant pis pour le crayon à sourcils, qu'elle l'oublie. Elle ne présentait aucun des symptômes d'atteinte cérébrale qu'on avait montrés dans les divers épisodes de *Docteur Marcus Welby,* c'était tout ce qui comptait. Elle allait bien. Il ne lui restait plus qu'à oublier l'intermède crayon à sourcils.

Elle l'avait oublié, jusqu'à maintenant. Elle regarda son assiette encore à moitié pleine et se rendit compte avec une sorte d'humour triste qu'elle s'était trompée sur son appétit : elle n'aurait pu avaler une bouchée de plus.

Elle alla jeter les restes aux ordures, Ozzie se frotta à ses chevilles, Joe ne leva pas les yeux de son journal. Dans son rêve éveillé, Nancy Voss lui demandait une fois de plus s'il avait la langue aussi longue qu'elle en avait l'air.

Elle se réveilla en pleine nuit au milieu d'un songe confus dans lequel toutes les horloges de la maison lui parlaient avec la voix de son père. Joe ronflait près d'elle, allongé sur le dos, en caleçon.

Elle porta la main au sparadrap. Le trou ne lui faisait pas mal, il ne battait pas non plus, mais il la *grattait.* Elle le frotta, tout doucement, de crainte d'avoir un autre de ces flashes verts. Elle n'en eut pas.

Elle se tourna sur le côté et se dit : *Il faut que tu ailles voir le docteur, Becky. Il faut que tu lui montres ça. Je ne sais pas ce que tu as fait, mais...*

Non, se répondit-elle. *Pas de docteur.* Elle se retourna encore, certaine maintenant de rester éveillée pendant des heures à se poser des questions effrayantes. Mais elle se rendormit presque instantanément.

Au matin, le trou sous le sparadrap ne la grattait pratiquement plus, et il lui fut plus facile de ne plus y penser. Elle prépara le petit déjeuner de Joe, qui partit au travail, puis elle termina la vaisselle et sortit les ordures. Elle les entreposait dans un petit appentis que Joe avait construit près de la maison, et qui n'était guère plus grand qu'une niche à chien. Il fallait le fermer à clé, sinon les ratons laveurs sortaient des bois et éparpillaient tout.

Elle entra dans l'appentis, plissa le nez à l'odeur qui se dégageait des ordures et déposa le sac en plastique près des autres. Vinnie viendrait vendredi ou samedi et elle aérerait un bon coup. En ressortant, elle vit un sac qui n'avait pas été fermé comme les autres. Une poignée recourbée, comme celle d'une canne, en sortait par en haut.

Curieuse, elle tira dessus. Il s'agissait d'un parapluie — qui entraîna au jour un certain nombre de bonnets mangés aux mites.

Elle entendit alors dans sa tête une mise en garde. Pendant un instant, elle crut presque voir à travers la tache d'encre ce qui s'était passé, ce qui lui était arrivé

(au fond c'est au fond quelque chose de lourd quelque chose dans une boîte dont Joe ne se souviendra pas sauf si)

hier. Mais voulait-elle savoir ?

Non.

Elle ne le voulait pas.

Elle voulait oublier.

Elle sortit à reculons de l'appentis et referma la porte au verrou, les mains tremblant un peu.

Pendant une semaine, Becky continua à changer le sparadrap chaque matin, mais la blessure se refermait : elle voyait la nouvelle chair rose qui progressait quand elle regardait à l'intérieur du trou, dans le miroir de la salle de bains, grâce à la torche de Joe. Et puis elle découvrit ce que la moitié de Haven savait ou supputait : que Joe la trompait. Jésus le lui avait dit. Ces derniers jours, Jésus lui avait dit les choses les plus stupéfiantes, les plus terribles et les plus affolantes que l'on puisse imaginer. Ça la rendait malade, insomniaque, folle...

Mais est-ce que ce n'était pas aussi merveilleux ? Bon sang ! Est-ce qu'elle allait arrêter d'écouter, renverser l'image de Jésus à plat sur Son visage, ou Lui crier de la fermer ? Sûrement pas. Pour commencer, elle ressentait une sorte de besoin malsain mais impérieux de connaître ce que Jésus avait à lui apprendre. Et puis, Il était le Sauveur.

Becky n'avait pas du tout, au départ, fait le lien entre ces communications divines et le trou dans sa tête.

Jésus était installé sur le téléviseur Zénith des Paulson. Il n'avait pas quitté cette place depuis vingt ans. Avant, il avait trôné successivement sur deux récepteurs RCA (Joe Paulson achetait toujours américain). C'était une merveilleuse image de Lui en trois dimensions que la sœur de Rebecca, qui vivait à Portsmouth, lui avait envoyée. Jésus était vêtu d'une simple robe blanche et Il tenait Sa houlette de Bon Pasteur. Comme l'image avait été créée (Becky considérait *faite* comme un terme beaucoup trop commun pour une ressemblance si parfaite et si réelle qu'on avait l'impression de pouvoir y introduire la main) avant les Beatles et les changements qu'ils avaient introduits dans la façon dont les hommes se coiffaient, Ses cheveux n'étaient pas trop longs et de coupe parfaite. Le Christ posé sur le téléviseur de Becky Se peignait un peu comme Elvis Presley après son retour de l'armée. Il avait des yeux bruns et doux. Derrière Lui, dans une perspective parfaite, des moutons, aussi blancs que des draps dans une publicité de lessive, couvraient la prairie jusqu'à l'horizon. Becky, sa sœur Corinne et leur frère Roland avaient grandi dans une ferme d'élevage de moutons à New Gloucester, et l'expérience avait appris à Becky que les moutons ne sont *jamais* aussi uniformément blancs et laineux que des petits nuages de beau temps tombés sur terre. Mais, se disait-elle, si Jésus pouvait transformer l'eau en vin et ramener les morts à la vie, il n'y avait aucune raison pour qu'Il ne puisse, s'Il le voulait, faire disparaître les plaques de crotte du cul des moutons.

Joe avait une ou deux fois essayé d'enlever cette image du téléviseur, et maintenant, Becky se disait qu'elle savait pourquoi, oui monsieur ! Et comment ! Joe, naturellement, avait inventé une raison :

« Ça me semble pas bien que Jésus trône sur le téléviseur pendant qu'on regarde *Magnum* ou *Deux flics à Miami.* Pourquoi tu le mets pas sur ta commode, Becky ? Ou bien... tiens, j'ai une idée ! Pourquoi pas le mettre sur ta commode jusqu'à *dimanche,* et alors tu pourrais le redescendre à sa place pendant que tu regardes les sermons de Jimmy Swaggart et Rex Humbard et Jerry Falwell ? Je suis sûr que Jésus préfère de loin Jimmy Swaggart aux flics de Miami. »

Elle avait refusé.

Une autre fois, il avait dit :

« Quand c'est mon tour de recevoir pour le poker du jeudi soir, les gars aiment pas ça. Qui aurait envie que Jésus-Christ le regarde quand il essaie de tirer une quinte royale ?

— Peut-être qu'ils se sentent mal à l'aise parce qu'ils savent que les jeux d'argent sont diaboliques, avait répondu Becky.

— Alors, avait rétorqué Joe avec les réflexes d'un bon joueur de poker, c'est le diable qui t'a procuré ton sèche-cheveux et cette bague de grenats que t'aimes tant. Tu devrais te les faire rembourser et donner l'argent à l'Armée du Salut. Je crois que j'ai encore les tickets de caisse dans mon tiroir. »

Elle autorisa donc Joe à retourner l'image en trois dimensions de Jésus le jeudi soir où, chaque mois, il faisait des plaisanteries salaces en buvant de la bière autour d'un jeu de poker avec ses amis. Mais ce fut tout ce qu'elle concéda.

Et maintenant, elle savait *vraiment* pourquoi il voulait se débarrasser de cette image : il avait compris depuis toujours qu'elle pouvait être une image *magique*. Oh, « sacrée » devait mieux convenir ! La magie, c'était pour les païens, les chasseurs de têtes, les cannibales, les catholiques et les gens comme ça, mais ça revenait presque au même, non ? De toute façon, Joe avait dû sentir que l'image était spéciale et que par elle ses péchés seraient révélés.

Oh, évidemment, elle avait bien dû se douter, sans vouloir se l'avouer, qu'il se passait *quelque chose !* Jamais plus il ne l'importunait la nuit. Mais, en vérité, ç'avait été un soulagement ; le sexe, c'était exactement ce que sa mère lui avait dit : sale, brutal, parfois douloureux et toujours humiliant. N'avait-elle pas également détecté une odeur de parfum sur son col, de temps à autre ? Si oui, elle avait fait semblant de ne pas s'en apercevoir, et elle aurait fait semblant indéfiniment si l'image de Jésus posée sur la télé Zénith ne s'était pas mise à parler, le 7 juillet. Elle se rendit compte qu'elle avait même choisi d'ignorer un troisième facteur : les avances avaient cessé et le parfum s'était fait sentir presque au moment où le vieux Charlie Eastbrooke avait pris sa retraite, et où une certaine Nancy Voss, venue de Falmouth, l'avait remplacé au bureau de poste. Becky pensait que la Voss (qu'elle n'appelait plus que la Garce) n'avait pas loin de cinq ans de plus qu'elle et Joe, c'est-à-dire sans doute presque cinquante ans, mais cette traînée était bien conservée et ne faisait pas son âge. Becky était prête à admettre qu'elle avait pris un peu de poids, puisqu'elle était passée de cinquante-sept à quatre-vingt-douze kilos, essentiellement depuis que leur seul rejeton, Byron, avait quitté le nid.

Elle aurait pu feindre de tout ignorer, elle *aurait* tout ignoré, elle aurait peut-être même tout toléré avec soulagement : si la Garce aimait la bestialité des relations sexuelles, avec leurs grognements, leurs coups de boutoir et le jet final de ce truc qui sentait vaguement la morue et ressemblait à un liquide à vaisselle bon marché, alors ça ne faisait que prouver que la Garce elle-même n'était guère plus qu'un animal. Ça libérait aussi Becky d'une obligation fastidieuse, même si elle était de plus en plus rare. Mais quand l'image de Jésus s'était mise à parler et à lui raconter *exactement* ce qui se passait, il devint impossible de l'ignorer plus longtemps. Elle sut alors qu'il faudrait faire quelque chose.

Il parla pour la première fois juste après quinze heures dans l'après-midi du jeudi. C'était huit jours après que Becky se fut tiré une balle dans la tête, et environ quatre jours après qu'elle eut pris la résolution d'oublier qu'elle avait un *trou* et non pas une simple *marque* au front. Becky revenait de la cuisine avec un plateau (la moitié d'une brioche à la confiture et une chope de soda à la cerise) pour regarder son feuilleton, *Hôpital général*. Elle n'arrivait plus vraiment à croire que les héros Luc et Laura se retrouveraient jamais, mais elle n'avait pas *complètement* perdu espoir.

Elle se penchait pour allumer la télévision quand Jésus dit : « Becky, Joe s'enfile la Garce presque tous les jours à l'heure du déjeuner, et parfois aussi le soir après le travail. Une fois, il était tellement excité qu'il l'a fait pendant qu'il devait l'aider à trier le courrier. Et tu sais quoi ? Elle a même pas dit : " Attends au moins que j'aie fini de trier les lettres urgentes ! " Et c'est pas tout. »

Becky parvint à pousser un cri et renversa son soda sur l'écran du téléviseur — un miracle, se dit-elle plus tard, quand elle fut capable de penser, que le tube n'ait pas explosé. Sa brioche à la confiture tomba sur le tapis.

Jésus traversa la moitié de l'image, Sa robe flottant autour de Ses chevilles, et Il s'assit sur un rocher qui émergeait du sol. Il tenait Sa houlette entre Ses genoux et regardait Becky d'un air sombre.

« Il se passe tellement de choses à Haven que t'en croirais pas la moitié. »

Becky poussa un nouveau cri et tomba en avant. Un de ses genoux atterrit sur son morceau de gâteau, projetant de la confiture de framboises sur le museau d'Ozzie qui était arrivé en rampant dans le salon pour voir ce qui se passait.

« Seigneur ! Seigneur ! » s'exclama Becky.

Ozzie se précipita en feulant vers la cuisine, où il se glissa sous le poêle, du sirop rouge dégoulinant de ses moustaches. Il y passa le reste de la journée.

« Aucun des Paulson n'a jamais été bon à grand-chose », continua Jésus.

Un mouton s'approcha de Lui et Il l'écarta brutalement de Sa houlette avec une impatience distraite que Becky, en dépit de sa paralysie passagère, compara à celle de son père. Le mouton s'éloigna en ondulant un peu, à cause de l'effet de troisième dimension de l'image. Il disparut, semblant même s'incurver tandis qu'il sortait du cadre... Mais ce n'était qu'une illusion d'optique, elle en était certaine.

« Que non ! déclara Jésus. Le grand-père de Joe était un coureur de jupons invétéré, comme tu le sais, Becky. Il a passé sa vie à ouvrir sa braguette. Et quand il est arrivé ici, au Ciel, tu sais ce qu'On lui a dit ? " Pas de place ! " C'est ça qu'On lui a dit, insista Jésus en se penchant en avant, appuyé sur Sa houlette. " Va donc voir l'autre aux sabots fendus là-bas en dessous, qu'On lui a dit. Tu trouveras là le havre qu'on t'a promis ! Mais il se pourrait que ton nouveau propriétaire te demande un sacré loyer et ne baisse jamais le chauffage ", qu'On lui a dit. »

Chose incroyable, Jésus fit un clin d'œil... Et c'est alors que Becky s'enfuit de chez elle en criant.

Elle s'arrêta dans la cour, derrière la maison, à bout de souffle, ses cheveux blond terne dans les yeux, son cœur battant si vite qu'elle en fut effrayée. Dieu merci, personne n'avait entendu ses cris ni observé ses faits et gestes. Joe et elle vivaient assez loin sur la route de Nista, et leurs voisins les plus proches étaient les Brodsky, ces Polaks catholiques qui vivaient dans une roulotte répugnante. Les Brodsky étaient à presque un kilomètre. Ça valait mieux. Quiconque l'aurait entendue aurait pensé qu'il y avait une folle chez les Paulson.

Mais il y en a une, non ? Si tu crois que cette image s'est mise à parler, c'est que tu es folle. Papa t'aurait battue jusqu'à ce que tu aies des bleus de trois couleurs, si tu lui avais dit une chose pareille : une couleur pour le mensonge, une autre pour y avoir cru, et une troisième pour avoir élevé la voix. Becky, tu es folle. Les images ne parlent pas.

Non... et celle-ci ne l'a pas fait, dit soudain une autre voix. *Cette voix est sortie de ta propre tête, Becky. Je ne sais pas comment ça a pu se faire... comment tu as pu savoir ces choses-là... mais c'est ce qui s'est passé. Peut-être que ça a quelque chose à voir avec ce qui t'est arrivé la semaine dernière, ou peut-être pas, mais tu as fait dire à Jésus tes propres paroles. Lui n'a pas plus parlé que la petite souris en caoutchouc Topo Gigio au « Ed Sullivan Show ».*

Mais d'une certaine façon, l'idée que ça pourrait avoir un lien avec ce... ce

(*trou*)

truc était encore plus effrayante que l'idée que l'image aurait pu parler. Parce que c'était le genre de chose qu'on voyait parfois au cabinet du Dr Marcus Welby, comme la fois où un type avait une tumeur au cerveau et qu'il s'était mis à porter les bas nylon de sa femme, et ses soutiens-gorge. Elle refusa d'accorder à cette idée le moindre crédit. Ça pouvait être un miracle. Après tout, il se produisait chaque jour des miracles.

Il y avait le saint suaire de Turin, les guérisons de Lourdes et ce Mexicain qui avait retrouvé une image de la Vierge Marie cuite dans son *taco*, ou dans son *enchilada*, ou Dieu sait quoi. Sans parler de ces enfants qui avaient fait les gros titres du journal : ils avaient pleuré des pierres. Ça, c'étaient de *vrais* miracles (même s'il fallait admettre que les mômes qui pleuraient des pierres avaient dû trouver ça un peu douloureux), des miracles aussi enthousiasmants que les sermons de Jimmy Swaggart. Mais entendre des voix, c'était idiot.

Mais c'est ce qui est arrivé. Et tu entends des voix depuis un moment maintenant, non ? Tu as entendu sa *voix. Celle de Joe. Et c'est de là que c'est venu. Pas de Jésus, mais de Joe, de la tête de Joe.*

« Non, gémit Becky. J'ai pas entendu de voix dans ma *tête*. »

Elle restait plantée près de sa corde à linge dans la cour, le regard vide tourné vers les bois, de l'autre côté de la route de Nista. Ils étaient embrumés de chaleur. Elle se tordit les mains et se mit à pleurer.

« J'ai pas entendu de *voix* dans ma *tête*. »

Folle, lui dit dans sa tête la voix implacable de son défunt père. *Folle à cause de la chaleur. Viens un peu ici, Rebecca Bouchard, je vais te faire des bleus de trois couleurs pour avoir proféré d'aussi folles paroles.*

« J'ai pas entendu la voix dans ma *tête*, bougonna Becky. Cette image a *vraiment* parlé, je le jure, je ne suis pas ventriloque ! »

Il valait mieux que ce soit l'image. Si c'était le trou, c'était une tumeur au cerveau, sûr et certain. Si c'était l'image, c'était un miracle, et les miracles venaient de Dieu. Les miracles venaient de l'Extérieur. Un miracle pouvait vous rendre fou — le bon Dieu savait qu'elle avait l'impression de devenir folle en ce moment même — mais ça ne voulait pas dire que vous étiez fou, ni que votre cerveau était en bouillie. Par contre, croire qu'on pouvait entendre les pensées des autres... c'était complètement *fou*.

Becky baissa les yeux et vit du sang sur son genou gauche. Elle cria à nouveau et courut dans la maison pour appeler un médecin, police secours, n'importe qui, n'importe quoi.

Revenue dans le séjour, elle tripotait le cadran du téléphone, le combiné à l'oreille, quand Jésus dit :

« C'est seulement la confiture de framboises de ta brioche, Becky. Pourquoi tu te calmes pas avant d'avoir une crise cardiaque ? »

Elle regarda le téléviseur et laissa tomber le combiné sur la table, où il atterrit en faisant « clonk ». Jésus était toujours assis sur Son rocher. Il semblait qu'Il avait croisé les jambes. Sa ressemblance avec le père de Becky était étonnante... mais Il n'avait pas l'air sévère, prêt à se mettre en colère sans crier gare. Il la regardait avec une patience douce, bien qu'exaspérée.

« Vérifie un peu, et tu verras si j'ai pas raison », dit Jésus.

Elle toucha légèrement son genou, grimaçant de la douleur qu'elle s'attendait à ressentir. Il n'y en eut pas. Elle aperçut les graines dans le sirop rouge et se détendit. Elle lécha la confiture de framboises sur ses doigts.

« Et puis, continua Jésus, il faut que tu te sortes de la tête cette idée que tu entends des voix et que tu deviens folle. C'est seulement Moi, et Je peux parler à qui Je veux, comme Je veux.

— Parce que Vous êtes le Sauveur...

— Tu l'as dit, Becky. »

Il baissa les yeux. En dessous de Lui, sur l'écran, deux portions de salade dansaient pour montrer leur joie d'avoir été assaisonnées avec la Hidden Valley Ranch Dressing.

« Et Je voudrais, s'il te plaît, que tu éteignes ces conneries, si ça ne te fait rien. On ne peut pas parler quand cet appareil est allumé. Et puis ça Me chatouille les pieds. »

Becky s'approcha du téléviseur et l'éteignit.

« Seigneur », murmura-t-elle.

Le dimanche suivant, dans l'après-midi, Joe Paulson faisait la sieste dans le hamac de la cour, avec Ozzie répandu sur son large estomac comme une couverture de fourrure blanc et noir. Becky, dans le séjour, écarta le rideau pour regarder Joe. Qui dormait dans le hamac. Qui rêvait de sa Garce, sans aucun doute — rêvait de la renverser sur une grande pile de catalogues et de circulaires, et alors — comment diraient Joe et ses porcs de compagnons de tripot ? — « de la tringler ».

Elle tenait le rideau de la main gauche parce qu'elle avait une poignée de piles parallélépipédiques de neuf volts dans la main droite. Elle laissa retomber le rideau et emporta les piles dans la cuisine, où elle assemblait quelque chose sur la table. Jésus lui avait dit comment s'y prendre. Elle avait dit à Jésus qu'elle ne savait rien faire de ses dix doigts. Jésus lui avait répondu de ne pas jouer les idiotes : si elle savait suivre une recette de cuisine, elle pourrait construire ce petit truc. Elle fut ravie de découvrir qu'Il avait absolument raison. Non seulement c'était facile, mais c'était amusant ! Beaucoup plus amusant que de faire la cuisine, en tout cas ; elle n'avait jamais vraiment eu beaucoup de talent pour ça non plus : ses gâteaux retombaient et son pain ne levait jamais. Elle avait commencé son assemblage la veille, travaillant sur le grille-pain, le moteur de son vieux mixeur Hamilton Beach et un drôle de tableau plein de bidules électroniques extrait d'un vieux poste de radio remisé dans l'appentis. Elle pensait qu'elle aurait fini bien avant que Joe ne s'éveille et ne rentre pour regarder à deux heures la retransmission télévisée du match que devait disputer l'équipe des Red Sox.

C'était vraiment incroyable, le nombre d'idées qu'elle avait eues ces derniers jours. Certaines émanaient de Jésus ; d'autres semblaient lui venir aux moments les plus incongrus.

Sa machine à coudre, par exemple : Becky avait toujours rêvé d'une machine qui ferait le point zigzag, mais Joe lui avait dit qu'il lui faudrait attendre qu'il en ait les moyens (c'est-à-dire sans doute jamais, tel qu'elle connaissait Joe). Et, voilà quatre jours à peine, elle avait su comment s'y prendre : si elle retirait un bouton et rajoutait à sa place une seconde aiguille à quarante-cinq degrés de la première, elle pourrait faire tous les zigzags qu'elle voudrait. Il suffisait d'un tournevis — et même la pire gourde savait se servir de ce genre de truc — et ça marchait à merveille. Elle se dit que la canette ne tarderait pas à être éjectée à cause de la différence de tension, mais, ça aussi, elle pourrait l'arranger, quand ça arriverait.

Et puis il y avait eu l'aspirateur Electrolux. Là, c'était Jésus qui lui en avait parlé. Pour la mettre en condition quant à Joe, peut-être. C'était Lui qui lui avait expliqué comment utiliser la petite lampe à souder au butane de Joe, et tout avait été plus simple. Elle était allée à la quincaillerie et avait acheté trois jeux électroniques Simon au magasin de jouets KB. Une fois rentrée à la maison, elle les avait ouverts et en avait retiré les mémoires. Suivant les instructions de Jésus, elle avait connecté les plaques et avait raccordé les piles à la mémoire ainsi créée. Jésus lui avait dit comment programmer l'Electrolux et le faire marcher (en fait, elle l'avait déjà trouvé toute seule, mais elle était trop polie pour le Lui dire). Maintenant, il nettoyait de lui-même cuisine, salon et toilettes du bas. Il avait tendance à se coincer sous le tabouret du piano ou dans la salle de bains (où il restait à cogner bêtement contre la cuvette des toilettes jusqu'à ce que Becky vienne le retourner), et ça faisait dresser les poils sur le dos d'Ozzie, mais c'était toujours mieux que de traîner quinze kilos comme un chien mort. Elle avait ainsi beaucoup plus de temps pour se tenir au courant des histoires de l'après-midi — et s'y ajoutaient maintenant les histoires vraies que lui racontait Jésus. Son nouvel Electrolux amélioré pompait pourtant les piles à une vitesse folle et s'empatouillait parfois dans ses propres fils électriques. Becky se dit alors qu'elle pourrait un jour remplacer les piles par une batterie de moto. Elle aurait le temps — après que le problème de Joe et de sa Garce aurait été résolu.

Ou encore... La nuit précédente. Elle était dans son lit, incapable de dormir bien après que Joe se fut mis à ronfler près d'elle, et elle pensait à des chiffres. Becky (qui n'avait jamais dépassé un niveau élémentaire en maths) se dit que si on remplaçait les chiffres par les lettres correspondant à leur valeur, on pouvait les dégeler — ou les transformer en quelque chose qui ressemblait à de la gelée de fruits. Quand ils — les nombres — étaient des lettres, on pouvait les verser dans le moule qu'on voulait. Après, on pouvait retransformer les lettres en chiffres, et c'était comme mettre de la gelée dans le frigo pour la faire prendre en gardant la forme du moule quand on la retournait plus tard sur une assiette.

Comme ça tu pourras toujours t'y retrouver, s'était dit Becky, ravie. Elle ne s'était pas rendu compte que ses doigts s'étaient portés à son front et frottaient le sparadrap, frottaient, frottaient. *Par exemple, regarde ! Tu pourrais faire que tout se retrouve aligné chaque fois que tu dirais*

$ax^2 + bx + c = 0$, et c'est bien la preuve. Ça marche toujours. C'est comme Ali Baba disant : « Sésame, ouvre-toi ! » Enfin, il faut tenir compte du facteur 0 ; « a » ne peut être nul, sinon ça gâche tout. Mais à part ça...

Elle était restée éveillée encore un moment, pour réfléchir à ça, et puis elle s'était endormie, sans se rendre compte qu'elle avait réinventé l'équation générale du second degré, les polynômes, et le concept de factorisation.

Des idées. Pas mal, ces temps derniers.

Elle prit sa petite lampe à souder et l'alluma adroitement, avec une allumette de cuisine. Un mois plus tôt, elle aurait ri si on lui avait dit qu'elle utiliserait jamais un truc comme ça. Mais c'était facile. Jésus lui avait expliqué très précisément comment raccorder les fils au circuit imprimé de la vieille radio. C'était comme trafiquer l'aspirateur, sauf que cette idée-là était encore meilleure.

Et Jésus ne lui avait pas dit que ça, ces trois derniers jours. Il lui avait dit des choses qui avaient tué son sommeil (et quand elle s'endormait, elle faisait d'affreux cauchemars), qui lui avaient fait redouter d'aller au village pour ses courses *(Je sais toujours quand tu as fait une bêtise, Becky,* lui disait son père, *parce que ton visage trahit tous tes secrets),* et qui lui avaient même fait perdre l'appétit. Joe, totalement occupé par son travail, les Red Sox et la Garce, n'avait rien remarqué... même s'il avait bien vu Becky se ronger les ongles, l'autre soir, quand ils regardaient la télévision, et Becky n'avait jamais rongé ses ongles avant — c'était même une chose qu'elle lui reprochait, à lui. Mais elle le faisait maintenant, oh oui ! Jusqu'au sang. Joe Paulson l'avait observée douze secondes entières avant de retourner à l'écran et de se perdre dans le rêve des seins blancs de Nancy Voss.

C'étaient certaines des choses que Jésus lui avait dites qui avaient amené Becky à mal dormir et à se ronger les ongles pour la première fois à l'âge presque canonique de quarante-cinq ans :

• En 1973, Moss Harlingen, un des compagnons de poker de Joe, avait tué son père. Ils étaient en train de chasser le cerf à Greenville. On avait considéré ça comme un tragique accident, mais ce n'était pas par accident qu'Abel Harlingen avait été tué. Moss l'avait guetté, à plat ventre derrière un arbre abattu sur lequel reposait le canon de sa Winchester, et il avait attendu que son père traverse à grand bruit un petit cours d'eau, à une cinquantaine de mètres en contrebas. Moss avait visé son père aussi facilement qu'un canard d'argile sur un stand de tir. Il *croyait* qu'il avait tué son père pour l'argent. L'entreprise de Moss, la Big Ditch Construction, avait deux traites qui venaient à échéance à six semaines d'intervalle dans deux banques différentes, et aucune ne pourrait être reportée — à cause de l'autre. Moss était allé trouver Abel, mais celui-ci lui avait refusé son aide, bien qu'il eût pu lui avancer l'argent. Alors Moss avait tué son père et hérité d'une marmite de fric après que l'enquête eut conclu à une mort accidentelle. Les traites avaient été honorées et Moss Harlingen croyait vraiment (sauf peut-être dans ses rêves les plus profonds) qu'il avait tué pour de l'argent. Mais le véritable mobile était ailleurs. Bien longtemps auparavant, alors que Moss avait dix ans et que son frère Emory en avait sept, la femme d'Abel était allée au sud, à Rhode Island, pour tout un hiver. Son frère était mort subitement, et sa belle-sœur avait besoin d'aide. Pendant son absence, il y eut plusieurs incidents chez les Harlingen. Ces incidents cessèrent quand la mère revint, et ne se reproduisirent jamais. Moss avait tout oublié de cet épisode. Il ne s'était jamais souvenu des nuits où il était resté éveillé dans son lit, mort de terreur, et où il avait vu la porte s'ouvrir et révéler l'ombre de son père. Il n'avait absolument aucun souvenir de sa bouche pressée contre son avant-bras, des larmes salées de honte et de rage giclant de ses yeux brûlants et coulant le long de ses joues glacées jusqu'à sa bouche, tandis qu'Abel Harlingen enduisait son pénis de lard et l'introduisait par la porte arrière de son fils avec un grognement et un soupir. Tout cela avait fait si peu d'impression sur Moss qu'il ne se souvenait pas d'avoir mordu son bras au sang pour ne pas crier, et il ne pouvait certainement pas se souvenir des petits cris d'oiseau hors d'haleine d'Emory dans le lit voisin — « Je t'en prie, papa, non, papa, je t'en prie, pas moi ce soir, s'il te plaît, papa ! » Les enfants, bien sûr, oublient très facilement.

Mais *certains* souvenirs peuvent affleurer, parce que, quand Moss Harlingen avait appuyé sur la détente, quand il avait tiré sur ce fils de pute pédéraste, alors que les premiers échos s'éloignaient en roulant puis revenaient avant de disparaître dans le grand silence de la forêt sauvage du nord du Maine, Moss avait murmuré : « Pas toi, Em, pas ce soir. » Le fait que Jésus lui ait dit ça deux heures à peine après que Moss se fut arrêté pour rendre une canne à pêche appartenant à Joe n'effleura jamais l'esprit de Becky.

- Alice Kimball, qui enseignait au collège de Haven, était lesbienne. Jésus l'avait dit à Becky vendredi, peu après que la dame en question, bien charpentée et respectable dans son tailleur-pantalon vert, se fut arrêtée un instant pour une collecte en faveur de la Croix-Rouge.

- Darla Gaines, la jolie jeune fille de dix-sept ans qui apportait le journal du dimanche, cachait une quinzaine de grammes de marijuana entre le matelas et le sommier de son lit. Jésus le dit à Becky juste après que Darla fut passée le samedi se faire payer les cinq dernières semaines (trois dollars, et cinquante cents de pourboire que Becky regrettait maintenant de lui avoir donnés). Et Darla fumait la marijuana au lit avec son petit ami avant de faire l'amour, sauf qu'ils appelaient ça « le bop horizontal », tous les jours de la semaine entre deux heures et demie et trois heures. Les parents de Darla travaillaient au magasin de chaussures Splendid Shoe, à Derry, et ne rentraient pas avant quatre heures passées.

- Hank Buck, autre compagnon de poker de Joe, travaillait dans un grand supermarché de Bangor et détestait son patron au point qu'un an auparavant, il avait versé une demi-boîte de laxatif dans sa boisson au chocolat un jour que le patron l'avait envoyé lui chercher son déjeuner au McDonald's. Le patron avait eu un accident beaucoup plus spectaculaire que de simples maux de ventre : à trois heures et quart, ce jour-là, il avait propulsé dans son pantalon une bombe de merde qui avait explosé au moment où il était en train de préparer de la viande dans le rayon des produits frais du supermarché. Hank avait réussi à garder son sérieux jusqu'à l'heure de la fermeture, mais quand il avait gagné sa voiture pour rentrer chez lui, il riait si fort qu'il avait failli lui aussi faire dans son pantalon.

« *Il riait,* dit Jésus à Becky. Qu'est-ce que tu dis de *ça ?* »

Et ces révélations n'étaient que le hors-d'œuvre, semblait-il. Jésus avait quelque chose de désagréable ou d'inquiétant à dire sur chacun de ceux que Becky connaissait, semblait-il.

Elle ne pouvait vivre avec des révélations aussi affreuses.

Et elle ne pouvait pas non plus vivre *sans* elles.

Et une chose était sûre : il fallait qu'elle agisse.

« Mais c'est déjà en route », dit Jésus.

Il parlait dans son dos, de l'image posée sur le poste de télévision. *Naturellement.* L'idée que Sa Voix pût venir de l'intérieur de sa propre tête, qu'il s'agît en quelque sorte d'une mutation de ses propres pensées... ce n'était qu'une abominable illusion passagère.

« En fait, tu as presque terminé cette étape, Becky. Soude seulement ce fil rouge à ce point à gauche du long bidule... non, pas là, à côté... C'est bien. Pas trop de soudure, attention ! C'est comme la brillantine, Becky. Il suffit d'une goutte. »

Ça faisait drôle d'entendre Jésus-Christ parler de brillantine.

Joe s'éveilla à deux heures moins le quart, évinça Ozzie de son giron, marcha jusqu'au bout de la pelouse en enlevant du plat de la main les poils de chat de son T-shirt et arrosa généreusement le sumac vénéneux du fond du jardin. Puis il prit la direction de la maison. Les Yankees contre les Red Sox. Formidable. Il ouvrit le frigo, jeta un coup d'œil distrait aux chutes de fils électriques sur le plan de travail et se demanda ce que cette débile de Becky pouvait bien faire de tout ça. Mais il s'en désintéressa vite et prit une bière.

Quand il entra dans le salon, Becky était assise dans son fauteuil à bascule et feignait de lire. Dix minutes à peine avant que Joe ne rentre, elle avait fini de raccorder l'appareil que Jésus lui avait dit de fabriquer et de le placer à l'arrière du Zénith.

« Tu dois faire attention quand tu tripotes l'intérieur d'un téléviseur, Becky, lui avait dit Jésus. Il y a plus de jus là-derrière que dans un entrepôt de produits surgelés Bird's Eye, même quand c'est éteint. »

Ne voyant pas d'image sur l'écran, Joe s'irrita :

« Tu aurais pu tout préparer !

— J'imagine que tu sais comment allumer cette fichue télé, rétorqua Becky.

— J'crois bien », dit Joe mettant ainsi fin à la dernière conversation qu'ils auraient jamais.

Il pressa le bouton pour allumer le Zénith et plus de vingt mille volts le frappèrent. Les yeux de Joe s'écarquillèrent. Quand l'électricité le traversa, sa main se crispa si fort qu'elle brisa la bouteille qu'elle tenait. Des éclats de verre bruns entrèrent dans ses doigts et sa paume. La bière se répandit en moussant.

« EEIIIOOOOOOOARRRRHMMMMMMMM ! » s'écria Joe Paulson.

Son visage virait au noir. De la fumée bleue sortait de ses cheveux et de ses oreilles. Ses doigts étaient cloués au bouton ON du Zenith. Une image apparut sur l'écran : celle de Joe et Nancy Voss baisant sur le sol du bureau de poste tapissé de catalogues, de *Lettres du Congrès* et de publicités de compagnies d'assurances.

« Non ! » s'écria Becky, comprenant que ç'avait toujours été elle, elle, elle, elle, qu'elle avait tout conçu, qu'elle avait lu dans les pensées des autres, que le trou dans sa tête avait fait quelque chose à son cerveau — l'avait bousillé d'une certaine façon.

L'image changea sur l'écran et elle se vit redescendant de l'escabeau avec le pistolet à la main, pointé vers elle — et elle ressemblait à une femme plus décidée à se suicider qu'à faire le ménage.

Son mari noircissait sous ses yeux.

Elle courut vers lui, saisit sa main blessée et humide... et fut à son tour foudroyée, pas plus capable de se décoller de lui qu'un idiot fixé au plafond par de la Super-Glu.

Jésus, oh Jésus, se dit-elle alors que le courant s'emparait d'elle, la dressant sur ses orteils.

Et c'est alors qu'elle entendit s'élever dans son cerveau une voix furieuse et acerbe, la voix de son père :

Je t'ai bien eue, Becky, hein ? Je t'ai bien eue !

Le panneau arrière du téléviseur, qu'elle avait revissé après les transformations (pour le cas où Joe irait y regarder), fut projeté contre le mur dans un immense éclair de lumière bleue. Joe et Becky Paulson roulèrent au sol. Joe était déjà mort. Quand le papier peint fumant derrière le téléviseur mit le feu au rideau de chintz, Becky Paulson était morte elle aussi.

Traduit par Dominique Dill

VALERIE MARTIN

Les Amants de la mer

L'immensité de la mer dissimule nombre de ses secrets aux créatures terrestres, et les mythes nous enseignent que les passions de ses habitants n'ont qu'une ressemblance trompeuse avec celles des humains. Valerie Martin, qui sait à merveille mêler élégance et aberration, nous invite à une promenade vespérale le long d'une plage déserte. Ce qui nous y attend, toutefois, n'a rien d'apaisant ; cet observateur invisible est une présence aussi implacable que l'océan et, telle la marée d'écume au rythme lénifiant, cache son imprévisible violence sous une sensualité apparemment riche de promesses.

La mer est noire par les nuits sans lune. Les lueurs des navires qui voguent sur les flots doivent percer la double obscurité de l'eau et de l'air. Les ténèbres engloutissent la lumière comme un immense serpent à la gueule grande ouverte. Des gens marchent sur la plage, les yeux tournés vers la mer, mais il n'y a aucun signe des navires, aucun signe des marins qui se noient, aucun signe d'une quelconque créature, vivante ou morte, rien que le flux et le reflux éternels de l'eau qui lèche et lèche le rivage, attirant un peu plus loin les amants innocents et stupides. Ils n'ont pas peur, ils s'exhibent leur courage. Ils éclatent de rire, désignent l'eau du doigt. Personne ne peut les voir. Ils ôtent leurs vêtements et s'avancent dans les flots. Les vagues les attirent vers le large, les caressent, lèchent doucement les cuisses de la femme, donnent une petite gifle à l'homme, lui envoient une giclée de sel dans les yeux. Il se tourne vers elle, et elle vers lui ; c'est à peine s'ils peuvent se distinguer, mais ce sont de bons nageurs tous les deux, et ils se prennent par la main et avancent un peu plus, s'enfoncent un peu plus. Les vagues s'enflent autour d'eux et voilà qu'ils s'étreignent. Comme elle commence à perdre pied, elle s'appuie sur lui, laisse l'eau la soulever et se presse contre lui. Il la serre dans ses bras, l'embrasse et rit tout contre sa bouche.

On ne peut pas les voir ; on ne peut pas les entendre. On retrouvera leurs vêtements sur la berge, mais on ne retrouvera jamais les deux amants. Une sirène solitaire qui passe par là entend leurs rires et fait halte. Elle les observe, mais même ses étranges yeux pâles de poisson peuvent à peine les voir ; la nuit est si noire, la lune si absente. Elle pourrait chanter pour eux, tout comme elle a chanté pour nombre de mortels en train de se noyer, mais elle est lasse cette nuit-là et son cœur est lourd de trop de solitude. Cela fait plusieurs mois qu'elle n'a pas vu une seule de ses semblables. Quelques jours auparavant, elle a failli se faire tuer par un navire qu'elle a frôlé de trop près. Elle voit encore en esprit les gigantesques hélices, le moment où elle a levé la tête et vu la mort toute proche. Alors, elle a nagé vers le rivage. Elle se laisse porter par la marée, cette marée qui berce les deux amants. Lorsqu'elle se laisse couler, la sirène aperçoit les longs cheveux de la femme rayonnant autour de son visage. Sa bouche est grande ouverte sur un cri silencieux. Oh oui, pense la sirène, quel vacarme si on pouvait l'entendre. Les gens accourraient depuis des lieues à la ronde. Mais la mer a envahi sa bouche avant qu'un bruit ait pu en émerger et personne ne l'entendra plus. Elle s'accroche à l'homme, et lui, pris de panique, l'écarte violemment. Ils voulaient seulement s'amuser. La nuit était douce, chaude, noire, la seule source de lumière était le sable blanc de la plage. Ils se promenaient, s'arrêtaient de temps en temps pour s'embrasser et se caresser, ils étaient si heureux, si rassurés, et maintenant ceci : elle se noie et il ne peut pas la sauver. Pis encore, elle va l'entraîner dans la mort.

La sirène se dresse au-dessus de l'écume et les regarde. Elle ne voit qu'une main pâle tendue vers le ciel, des doigts écartés, comme en quête d'un point d'ancrage ; puis l'eau se referme sur eux.

La mer est emplie de mort, maintenant plus que jamais. La jeune sirène s'est déjà retrouvée à deux reprises en train de nager dans une mer rouge de sang : celui d'une baleine heurtée par un navire, celui de soldats noyés lors d'un combat naval. Leur vaisseau avait été torpillé et la plupart d'entre eux saignaient déjà avant de tomber à l'eau. Les requins avaient fait le reste. Ce jour-là, elle avait plongé en profondeur, car le bruit de la bataille était assourdissant et la lueur des explosions aveuglante. Un des soldats s'était accroché à elle, mais elle l'avait repoussé. Elle n'aimait pas que les hommes l'aperçoivent, même des hommes à l'article de la mort. Elle s'amusait à chanter pour eux quand ils ne pouvaient pas la voir, désespérés, les yeux fous, accrochés à l'espar de leur bateau fracassé par la tempête ou fendant les eaux d'une façon ridicule, la battant de leurs jambes pathétiques, inefficaces ; elle se cachait alors entre les vagues et chantait pour eux. Cela les rendait parfois frénétiques, mais elle avait vu à quelques reprises un étrange calme s'emparer d'un homme sur le point de se noyer, qui se débattait alors de façon plus mécanique, moins agitée, se contentait de flotter le plus longtemps possible et finissait par couler tout doucement, sans céder à ces convulsions paniquées si dégoûtantes à observer. Un jour, un homme était mort ainsi tout près d'elle, et la curiosité l'avait poussée à s'approcher de lui, et il l'avait vue durant son ultime instant de vie. Ses yeux étaient grands ouverts, déjà écarquillés par sa longue lutte contre la mort ; il se savait perdu mais refusait de se rendre. Il la vit et tendit une main vers elle, ouvrit la bouche comme pour parler, mais ce fut du sang, et non des mots, qui se déversa de ses lèvres, et elle sut en même temps que lui qu'il était perdu. Elle n'éprouvait par nature aucune sympathie pour les hommes, mais celui-ci l'intéressait.

C'était par une nuit calme, fraîche, et l'homme était si loin de la terre que plusieurs jours devaient s'écouler avant que son corps n'échoue sur quelque rivage, boursouflé, méconnaissable. Il voguait seul à bord d'un petit bateau, en pleine mer ; en fait, elle avait observé sa progression pendant plusieurs jours. La tempête qui avait anéanti sa petite embarcation avait été violente mais brève, et il avait réussi à lui survivre, s'était accroché aux débris de son bâtiment. Puis il avait dérivé durant quelques jours, sans espoir de salut. Elle l'avait observé de loin, l'avait écouté lorsqu'il avait commencé à délirer. Peu de temps avant la fin, à sa grande surprise, il s'était mis à chanter, entonnant en dépit de ses forces défaillantes une chanson joyeuse qui lui était incompréhensible. Après sa mort, elle fit une chose qu'elle n'avait jamais faite : elle le toucha. Sa peau était étrange, déjà raidie, et elle fut fascinée par sa texture. Elle l'agrippa par les épaules et l'emmena avec elle dans les profondeurs, là où l'eau est claire et tranquille, et le détailla avec attention. Ses yeux la fascinaient tant ils étaient différents des siens. Elle découvrit des ongles durs sur ses doigts et ses orteils. Elle examina sa bouche, qui lui parut incroyablement laide, et ses organes génitaux, qui la plongèrent dans la confusion. Peu à peu, elle sentit la répugnance la gagner, et elle s'éloigna brusquement de lui, le laissant coincé dans un lit d'algues et de corail, une provende pour les gros poissons qui viendraient à passer par là.

Elle se souvient de lui en nageant vers le rivage, et sa mince lèvre supérieure se retrousse à ce souvenir. Une force plus puissante que sa volonté l'attire vers la terre, et elle déteste cette force alors même qu'elle s'y soumet, tout comme elle détestait l'homme mort.

Il fait sombre et l'air est immobile. Bien que la mer soit toujours agitée, elle éprouve une impression de tranquillité. Elle nage sans effort juste au-dessous des vagues. Elle s'approche du rivage, elle s'en approche dangereusement, mais elle ne daigne ni ralentir ni changer de direction.

Elle connaît nombre d'histoires relatives aux périls de la terre, des histoires similaires à celles que les hommes racontent sur la mer, pleines de terreurs, de merveilles, de magie et de romance. La morale de ces contes (elle ne peut pas vivre sur terre, pas plus que les hommes ne peuvent vivre dans la mer) ne lui a pas échappé. Elle a vu la terre ; elle connaît ses arêtes et elle a vu les montagnes se dresser au-dessus de la surface des eaux. Il y a parfois des gens sur ces montagnes, des gens qui marchent ou roulent dans leurs voitures. Cette côte, qu'elle a sans doute choisie, est longue et plate. Il y a une plage de sable blanc longue de plusieurs lieues et, derrière la plage, une bande verte, mais les ténèbres dévorent les couleurs vives et ne laissent voir que du noir, du blanc et du gris. C'est à peine si la sirène supporte de contempler ce spectacle. Elle est emportée par la marée qui la pousse impitoyablement vers la terre. Elle arrive un moment à plonger sous les vagues, mais l'eau est trop peu profonde à présent, et elle frissonne lorsque sa queue et ses flancs raclent le sable dur, comme si la mort venait soudain de tendre la main vers elle pour la toucher. Les vagues la giflent et la ballottent. Sa queue se coince dans le sable et projette un nuage au-dessus d'elle ; elle sent des grains s'insinuer entre ses écailles. Elle lève une main membraneuse pour les chasser. Ce sable est différent de celui des profondeurs ; il lui semble plus dur, plus irritant, et il sent la terre.

Il est inutile de lutter contre les vagues. Elle les laisse soulever son corps, roule avec le flux, aussi lourde et aussi impavide qu'un navire fracassé, qu'un homme mort. Bientôt, il n'y a plus que du sable sous elle, et l'eau se retire doucement, la laissant impuissante, exposée à l'air chaud et étranger. La brutalité de la mer a failli lui faire perdre conscience. Elle gît sur le ventre, les bras levés au-dessus de la tête, le visage tourné vers le côté afin de laper de temps en temps une faible vaguelette mourant sur le sable. Son long corps argenté se convulse et elle frémit de douleur. Elle est tout engourdie en dessous de la taille et lève la tête pour s'examiner. C'est à peine si elle aperçoit sa queue qui tressaute sur le sable, s'y enfouissant contre sa volonté. C'est horrible, et elle se sent si impuissante qu'elle laisse échapper un gémissement en retombant. Un fluide s'échappe de son corps, absorbé par le sable. Il est luisant et visqueux ; elle croit tout d'abord que c'est du sang, puis imagine que c'est sa vie. Elle gémit à nouveau et lutte pour se redresser, presse ses mains sur le sable. Elle ouvre et referme sa bouche, en quête d'une gorgée d'eau. Sa peau se dessèche ; elle brûle le long de son dos, de ses épaules, de son cou. Elle presse son visage contre le sable lorsqu'un filet d'eau se précipite vers elle, mais cela ne suffit pas et elle ne réussit qu'à avaler un peu de sable mouillé. Elle lève à nouveau la tête et les épaules, luttant contre la pesanteur inattendue de l'air, et c'est à ce moment-là qu'elle voit l'homme.

Il court vers elle. Il a abandonné son attirail de pêche aux caprices de la mer et court vers elle à toute allure. Son cœur se serre. Il est dans son élément et elle est à sa merci. Mais l'instant d'après, son cœur s'emplit de ruse et une certitude illumine sa conscience avec toute la force d'un souvenir. Au même instant, elle sent que son corps lui appartient de nouveau tout entier, et une force la parcourt comme un courant électrique. Il ne doit pas voir son visage ; elle le sait. Elle ramène sa chevelure au-dessus de ses épaules et enfouit son visage dans le sable. Son corps est immobile, sa queue robuste est aplatie dans une flaque d'eau, aussi brillante et aussi inerte qu'une feuille d'acier.

Elle écoute le claquement de ses pieds nus sur le sable mouillé lorsqu'il s'approche. Elle entend bientôt son souffle rauque et ses exclamations étouffées, mais les mots qu'il prononce n'ont aucun sens pour elle. C'est une belle prise, mais il ne comprendra pas tout de suite la nature de ce qu'il a attrapé. Dans l'obscurité, il la prend pour une femme, et c'est seulement lorsqu'il se penche sur elle qu'il découvre les contours étranges et bien peu féminins de la partie inférieure de son corps. L'espace d'un instant, il croit qu'il s'agit d'une femme à demi dévorée par quelque énorme poisson. Il se retourne vers le rivage, comme s'il attendait de l'aide de ce côté, mais plus rien ne peut l'aider à présent. Il laisse courir ses mains sur les épaules de la sirène. Il est décidé à la sortir de l'eau, pour la seule raison qu'elle s'est échouée sur la plage et que c'est ainsi que les hommes agissent dans un cas semblable. « Mon Dieu, dit-il, et la sirène serre les dents au son suraigu de sa voix, vous êtes encore en vie ? »

Elle ne bouge pas. Les mains de l'homme lui communiquent toutes sortes d'informations inutiles : cette créature ressemble beaucoup à une femme, et bien que sa peau soit extraordinairement froide, elle est douce, souple, vivante. Il lui passe les mains sous les aisselles et la soulève un peu. Elle veille à garder la tête baissée, dissimulée par le rideau de ses longs cheveux. Ceux-ci, voit-il dans les ténèbres, sont presque blancs, très épais, étrangement longs ; ils tombent sur ses épaules en cascades voluptueuses. Il va la lâcher ; elle est plus lourde qu'il ne le croyait et il la laisse retomber quelques instants pendant qu'il change de position. Il est planté au-dessus d'elle à présent. Elle entend un clapotis lorsqu'il enjambe sa tête et se place derrière elle. A ce moment-là, il examine son dos de plus près et aperçoit la ligne de partage entre la peau pâle et les écailles argentées. « Qu'es-tu donc ? » dit-il, mais il ne s'interrompt pas pour y réfléchir. Il lui passe de nouveau les mains sous les bras ; l'une d'elles se pose brièvement sur un sein lorsqu'il la hisse. Son cœur bat à tout rompre et elle n'entend rien d'autre. Durant une seconde, elle se laisse pendre entre ses bras, toute molle, puis revient à la vie l'instant d'après.

Elle passe vivement les bras derrière elle et pousse l'homme avec une telle force et une telle soudaineté qu'il en perd l'équilibre et tombe sur elle. La mer l'a dotée d'une force supérieure à celle de l'homme, et elle n'a aucune peine à le faire rouler sous son corps. Il lutte, stupéfait par la rage soudaine et puissante de la créature qu'il avait l'intention de sauver, mais il lutte en vain. Ils sont enlacés sur le sable, se hissent et se laissent retomber comme deux amants, mais l'homme sait que ce n'est pas de l'amour. Des bras puissants se referment autour de lui et il sent des mains froides et griffues dans ses cheveux. Son visage est enfoui au creux d'une épaule robuste, et lorsqu'il hume l'étrange odeur de sa peau, il est empli de terreur. Elle lui empoigne les cheveux pour le forcer à lever la tête afin qu'elle puisse le voir, que lui puisse la voir. Ce qu'il voit le paralyse, aussi sûrement que s'il venait de regarder Méduse, bien que l'obscurité ne lui permette de voir que l'éclat de ses yeux froids, plats, sans paupières, la mince ligne dure de sa bouche, qui s'ouvre et se referme sous la sienne. Il entend le bruit de succion désespéré que produisent les poissons arrachés à la mer. Elle le fait rouler sous sa masse aussi facilement que s'il était une femme et elle un homme. D'une main elle lui serre la gorge et de l'autre elle arrache son fragile maillot, la seule protection dont il dispose. Son immense queue est animée de mouvements rapides, son corps rampe sur celui de l'homme. Elle desserre son étreinte sur sa gorge et il respire dans un hoquet, gémit, bande ses forces et tente de se redresser, de la repousser. Elle prend appui sur ses bras pour se dresser au-dessus de lui, le regarde avec curiosité, et il aperçoit ses crocs acérés de poisson, sa langue noire et sèche. Sa queue est puissante et sinueuse ; elle s'est logée entre ses jambes ainsi qu'une anguille et ses écailles rugueuses lui lacèrent l'intérieur des cuisses. Il est blessé ; il sent le sang perler aux coupures, encore et encore, de plus en plus près de son aine. Il pousse un cri, mais personne ne l'entend. La sirène ne prend même pas la peine de le regarder lorsqu'elle plaque sa queue contre ses testicules et en déchire la chair fragile, une fois, deux fois, trois fois ; cela suffit amplement. Les doigts de l'homme lui ont labouré le dos et il lui a mordu un sein, elle saigne à présent, mais la douleur ne figure pas parmi les sensations qu'elle éprouve. Elle se laisse retomber sur lui et lui enserre la gorge des deux mains, l'étreint un long moment avant qu'il cesse de se débattre.

Puis elle se calme, mais il bouge encore. Elle cueille avec précaution la poche de chair ensanglantée entre les jambes de l'homme ; elle la prend doucement dans ses mains et la pose sur la dépression qu'elle a creusée dans le sable avant le début de la lutte. La mer l'emportera dans une ou deux minutes, car la marée monte, mais cela lui suffira. Elle pousse le sable autour de ce trésor sanglant ; puis, épuisée et étrangement apaisée, elle roule dans l'eau peu profonde. La fraîcheur de la mer la revigore et elle rassemble ses forces pour nager au-delà des récifs. Elle a conscience de la douleur qui lui taraude le dos et le sein, mais elle n'a pas le temps de se soigner pour l'instant. Dès que l'eau est assez profonde, elle plonge sous les vagues, et l'éclair argenté de sa queue déchire l'air ténébreux de la nuit ; telle une paire d'immenses ailes de métal, sa nageoire caudale fend d'abord l'air, puis les eaux.

Tout est calme sur le rivage. Les vagues s'approchent en rampant de l'homme, l'arrachent au sable. Des doigts aqueux courent autour de ses jambes, de ses bras, de son visage. L'eau a déjà nettoyé le sable de son sang. Un peu plus loin sur la plage, son attirail de pêche flotte sur les eaux. Sa musette a dégorgé son contenu ; tous ses appâts et tous ses hameçons, toutes les ruses qu'il utilisait pour moissonner la mer, flottent gaiement sur les vagues.

Encore un peu plus loin, je me promène sur la plage avec mon amant. Nous venons de danser. La maison se dresse derrière nous, projetant dans la nuit sa musique et sa lumière blanche, comme si elles pouvaient emplir le néant. Il faisait chaud dedans ; nous ne pouvions ni entendre les vagues ni respirer l'air salé, et nous nous sentons satisfaits et un peu gris d'avoir eu la bonne idée d'aller faire quelques pas. Nous nous éloignons de la maison et de l'homme mort, mais pas de la mer. J'ai ôté mes souliers afin que l'eau rafraîchisse mes pieds fatigués. Mon amant suit mon exemple ; il ôte ses souliers et s'arrête pour retrousser son pantalon. Alors que je contemple les eaux noires et le ciel encore plus noir, il me semble apercevoir de minuscules lumières, comme des étoiles entre les vagues. « Qu'est-ce que c'est que ces lumières ? » lui demandé-je quand il me rejoint, et il se tourne vers le large mais dit qu'il ne voit aucune lumière.

« Des sirènes », dis-je. J'arrive presque à le croire. Je lève la main pour leur faire un signe. « Soyez prudentes. Restez à l'écart du rivage. » Mon amant est tout près de moi. Il me serre dans ses bras ; il m'attire tout contre lui. Le battement régulier des vagues et l'obscurité de la nuit nous excitent. Nous aimerions faire l'amour sur le sable, à la lisière des eaux.

Traduit par Jean-Daniel Brèque

HAYDN MIDDLETON

Le Psychopompe

Parmi les œuvres abordant le thème de la sexualité dans un contexte macabre, il en est peu qui soient aussi essentielles, aussi primales *que celle-ci. Comme nombre d'écrivains avant lui, Haydn Middleton est captivé par le potentiel horrifique de ce conseil classique : « Prenez garde à vos souhaits... ils risquent d'être exaucés », et il sait que le passé est un territoire dont l'exploration peut s'avérer très dangereuse. Malheureusement pour Red, son héros quadragénaire, Middleton a l'intuition (notamment grâce à Freud) qu'il ne peut exister qu'une seule destination logique à tout voyage dans le passé.*

Il réinvente ici un des motifs les plus fréquemment traités — et donc des plus tristement banals — de la littérature contemporaine : la dépression masculine consécutive au retour d'âge. Son héros entreprend un périple sentimental dans les jours enfuis, un périple apparemment innocent qui prend de l'envergure à mesure que s'accumulent des impressions qui n'ont rien à voir avec la nostalgie.

RED atteignit une étrange impasse à l'âge de quarante-cinq ans. On aurait dit qu'un miroir se dressait sur son horizon, lui bloquant l'avenir pour ne plus lui montrer que le chemin qu'il avait parcouru jusque-là.

Il voulut tout d'abord briser le miroir et passer de l'autre côté. Mais lorsqu'il examina de plus près les images réfléchies par le verre, il s'aperçut qu'elles lui plaisaient. Elles le touchaient comme rien dans sa vie présente ne pouvait le toucher. Au lieu de briser le miroir, il se laissa séduire. Il continua de travailler mais perdit tout intérêt pour le manger, le boire et la conversation. Il passa de longues heures de sommeil — dans une autre chambre que celle de sa femme — à tenter de retrouver en rêve une impression de sa jeunesse.

Red ne comprenait pas cette soudaine passion pour son passé. Sa femme l'encouragea à consulter un psychothérapeute, mais il affirma avec insistance ne souffrir d'aucun trouble mental. Elle perdit patience et lui conseilla alors de se trouver une maîtresse, une fille deux fois plus jeune que lui qui lui redonnerait un peu de ressort. Mais Red n'avait jamais été infidèle en vingt-cinq ans de mariage ; et il sentait que le moment était mal choisi pour laisser entrer un peu de neuf dans sa vie.

Red et son mariage se détériorèrent. Sa femme organisa des vacances de la dernière chance sur une île ensoleillée. Ils firent l'amour tous les soirs pendant une semaine, mais Red constata que l'abîme séparant le présent du passé était infranchissable. Il aimait son épouse, mais il désirait sa fiancée de vingt ans et non la femme de quarante-cinq ans, élégante et infiniment plus accomplie, qu'elle était devenue.

Le matin du dernier jour de vacances, Red était assis sur la plage et contemplait la mer. Sa femme était allongée près de lui, les coudes plantés dans le sable, et lisait un magazine. Elle lui jeta un coup d'œil, puis se redressa.

« Chéri, dit-elle en lui tendant le magazine, je crois avoir trouvé ce qui cloche chez toi. » Elle désigna l'article qui avait attiré son attention.

C'était une chronique rédigée dans un style ironique et intitulée : « Mortelle nostalgie ». Son auteur affirmait que la nostalgie se répandait dans le monde moderne comme une véritable épidémie. Mais alors que les contemporains la considéraient comme un phénomène inoffensif, les médecins du XVIIe siècle avaient vu en elle une authentique affection. Elle présentait des symptômes bien précis. Elle avait entraîné la mort de nombre de ses victimes.

Red lui rendit le magazine avec un sourire et un haussement d'épaules.

« C'est exactement ce que tu as, n'est-ce pas ? dit sa femme, les yeux indéchiffrables derrière ses lunettes de soleil. Tu dépéris de nostalgie. »

Red secoua la tête. Ses yeux se posèrent sur les grains de sables collés aux seins de sa femme. Des seins de quarante-cinq ans — et toujours agréables à regarder. Mais il les voyait avec des yeux de quarante-cinq ans. C'est avec un pincement au cœur qu'il se rappelait leurs premières amours, vingt-cinq ans plus tôt, quand ils s'étreignaient en plein hiver devant un feu de cheminée, dans une petite maison en haut d'une colline... Red se tourna de nouveau vers la mer. Sa femme poussa un soupir, s'allongea sur le sable et se mit à relire l'article.

Red devait participer fin septembre à un séminaire dans le Sud. Il se retrouverait ainsi à quelques heures de route de la ville où il était né et avait été élevé. La veille de son départ, il alla dans la chambre de sa femme. Elle était assise dans son lit. « Oui ? » dit-elle.

Red ne trouvait pas ses mots.

« Il n'y a rien pour toi ici, lui dit-elle. Mais va donc faire un tour dans ton horrible bled puisque tu es dans le coin. Va donc revivre le bon vieux temps. »

Leurs regards se croisèrent. Elle le contemplait avec pitié plutôt qu'avec mépris. « Tu vas sans doute tellement t'amuser que tu ne prendras même pas la peine de revenir », lança-t-elle avant d'éteindre sa lampe de chevet.

Red arriva au centre de conférences dans l'après-midi du vendredi. Le samedi midi, il ne tenait plus en place. En dépit du caractère facétieux de la suggestion que lui avait faite sa femme, il se sentait obligé de la suivre. Il s'excusa et quitta la salle où se déroulait le séminaire. Il se dirigea vers le parking, puis, obéissant à une impulsion subite, décida de se rendre à la petite gare.

Il voulait arriver dans sa ville natale par le train — comme lorsqu'il y était revenu avec sa future femme après un premier trimestre de fac marqué par une chasteté absolue. Et il voulait visiter à pied les lieux qui l'avaient marqué, fouler avec révérence les sentiers de son adolescence et de son enfance.

Il dut attendre une heure que le bon train arrive. Il faisait une chaleur étouffante. Red transpirait abondamment en arpentant le quai. Le compartiment où il prit place sentait l'urine et était infesté de mouches. Lorsqu'il arriva dans sa ville natale, il se sentait plus irrité que romantique.

Sa dernière visite remontait à treize ans, pour l'enterrement de sa mère. Mais, en sortant du hall, il décida qu'il n'irait pas se recueillir sur sa tombe. C'était un passé plus ancien qu'il était venu explorer.

La ville n'avait jamais été séduisante. Apparemment, pas grand-chose n'avait changé. Peut-être y avait-il davantage de papiers gras dans les rues, davantage de sourires pincés sur les visages. En moins d'une heure, Red avait revu son école, son église, son parc, les maisons de divers amis, connaissances et professeurs, traces d'un passé qui n'avait rien d'exceptionnel. Pas une fois il ne s'attarda pour examiner ces lieux de près. En les découvrant tels qu'ils étaient en réalité, et non tels que le miroir les lui avait montrés, il s'était senti curieusement indifférent. Petit à petit, il pressa le pas, regardant dans le lointain ou baissant les yeux vers ses pieds plutôt que d'examiner ce qui l'entourait.

Il fit halte en bas d'une rue en forte pente. La maison n'était pas visible de l'endroit où il se trouvait. Elle était un peu plus haut, sur le trottoir gauche : la maison où il était né quarante-cinq hivers plus tôt ; la maison où, vingt ans après, durant des vacances de Noël glaciales, il avait fait l'amour pour la première fois à la fille qui allait devenir sa femme.

Sans savoir pourquoi, Red hésita à monter la rue. Jusque-là, son voyage n'était pas une réussite. L'idée d'une ultime déception devant ce lieu sacré entre tous le fit frémir : c'était dans cette maison que se trouvaient ses souvenirs les plus chers.

Pour s'encourager, il rebroussa chemin, entra dans un bar qu'il avait fréquenté durant sa jeunesse et commanda un whiskey. Le propriétaire, qui n'avait pas changé depuis toutes ces années, ne le reconnut pas, pas plus qu'il ne réagit à ses tentatives pour engager la conversation.

Meurtri, Red se plongea dans la contemplation de son verre. Il n'avait pas le cœur à boire du whiskey. En fait, il n'avait pas le cœur à rester dans cette ville. Sa femme avait raison : c'était un *bled.* Il s'étonna que sa mémoire ait pu lui jouer un tel tour. Il sortit du bar tout penaud et reprit la direction de sa rue natale. Cette fois, cependant, il n'alla même pas jusqu'au carrefour.

Il fit halte au bout d'une douzaine de pas, releva la tête et sourit. C'était inutile. Complètement inutile. Il prenait enfin conscience de l'absurdité de son comportement : son miroir, sa passion, son pèlerinage ferroviaire — tout cela était grotesque.

Il tourna les talons, pressa le pas, puis se mit à courir au petit trot en direction de la gare. Il y avait un train dans un quart d'heure. Il aurait même le temps de participer à la réunion de six heures. Il avait envie d'entendre la voix de sa femme. En outre, pour la première fois depuis qu'il avait vu le miroir, il avait envie de la toucher. Si elle était dans de bonnes dispositions lorsqu'il lui téléphonerait, il prendrait la route dès ce soir.

Il alla au buffet de la gare et commanda un autre whiskey. Il leva son verre et but à la réussite de l'exorcisme qu'il venait d'effectuer ici — dans sa sinistre ville natale — par un chaud après-midi de septembre.

Red acheva son verre, sortit du buffet et retourna sur le quai. Il remarqua l'homme assis à la table avant même d'avoir aperçu la fille qui l'accompagnait. Cela faisait au moins vingt ans que Red ne l'avait pas vu. Il s'appelait Page. Ils avaient été ensemble à l'école et à la fac sans jamais pour autant se sentir proches. Mais, à l'université, la femme de Red était une excellente amie de la future épouse de Page. Elles s'écrivaient encore de temps en temps.

Red fit quelques pas sur le quai, se retourna et examina Page avec plus d'attention. Bronzé, vêtu dans un style décontracté, étonnamment jeune d'aspect, il agitait un fond de bière dans son verre. Il paraissait n'accorder aucune attention à la fille qui lui murmurait à l'oreille. La fille. Ce n'était pas sa femme. Red l'examina à son tour.

Elle était jeune et mince. Ses cheveux blonds en bataille dissimulaient en grande partie son visage. Elle portait un gilet blanc sans manches, une courte jupe noire et des sandales tressées. Sous la table en plastique — Red le voyait —, une de ses longues jambes était posée sur la cuisse de Page. Elle lui caressait les cheveux d'une main. De l'autre, elle lui massait l'entrejambe.

Red détourna les yeux. Lorsqu'il regarda à nouveau dans leur direction, presque aussitôt, la fille avait posé les deux mains sur l'épaule de Page et lui mordillait l'oreille. Red vit à deux reprises sa langue rouge dépasser entre ses lèvres roses. Page demeurait toutefois impavide. On aurait dit qu'il était assis tout seul à la table.

La fille dégagea sa jambe de la cuisse de Page. Elle tapa des deux pieds sur le sol, écarta ses cheveux de son visage, puis regarda Red droit dans les yeux. Il se sentit rougir. Elle l'avait surpris en train de la reluquer et il n'arrivait pas à détourner les yeux. Il lui sourit, comme pour s'excuser. Elle lui rendit son sourire. Page, toujours occupé à examiner sa bière, ne leur accorda aucune attention.

Red se tourna vers un kiosque et parcourut les rayonnages de livres. Son visage était brûlant. Ses chevilles ployaient, ses épaules étaient prises de tremblements. Il ferma les yeux et vit en esprit les longs ongles peints de la fille en train de caresser les organes génitaux de Page. Il jeta un regard dans leur direction. Elle semblait faire des remontrances à Page. A moins qu'elle ne s'efforçât de le convaincre de quelque chose.

L'intensité de son expression offrait un contraste frappant avec l'attitude alanguie de son corps.

Son visage était large, joliment tourné sinon tout à fait beau. Large, aux pommettes saillantes, et très, très ouvert. Sans cesser de murmurer à l'oreille de Page, elle tourna la tête. Ses yeux se posèrent de nouveau sur Red. Elle lui sourit, avec plus de franchise cette fois. Il baissa les yeux. Un sac de voyage noir était posé aux pieds de Page. Un seul sac, pensa Red. Ou bien ils ont réussi à y fourrer toutes leurs affaires... *ou alors elle ne part pas avec lui.* Pris d'une folle excitation, il attrapa un livre de poche et le paya. Puis il se rappela, comme si cette idée provenait d'une autre vie, qu'il avait eu l'intention de téléphoner à sa femme.

Il fit quelques pas en direction de Page et de la fille, en lisant la quatrième page de couverture de son livre. Les mots étaient flous. Il se sentait environné d'une vive lumière. Les haut-parleurs annoncèrent l'arrivée imminente de son train. A ces mots, Page s'agita sur son siège, regardant la fille sans apparemment la voir. Elle lui prit le visage entre les mains, colla sa bouche ouverte à la sienne et le dévora de baisers.

Tout en l'embrassant — et rien ne prouvait que l'autre lui rendait son baiser —, elle glissa sur son siège. Red ne la quittait pas des yeux. Il la vit coller son entrejambe au genou de Page et se frotter contre lui.

Red regarda tout autour, comme en quête de secours. Le quai était empli de voyageurs occupés à lire, à manger, à bavarder. Aucun ne remarquait le petit numéro de la fille. Ils semblaient aussi indifférents à sa présence que Page lui-même. Le train de Red s'immobilisa doucement devant lui. Il vit Page se lever, se tourner et passer la lanière de son sac sur son épaule. La fille se leva également. Red vit ses doigts écartés en éventail sur l'omoplate de Page lorsqu'elle l'embrassa. C'était un adieu — Red en était convaincu. Convaincu. Page se tourna vers le train, offrant son profil à Red. La fille resta collée à lui, levant une jambe et l'insinuant entre les siennes.

Des passagers descendaient du train, laissant la place à d'autres. Red jeta son livre à terre et se dirigea d'un pas précipité vers les cabines téléphoniques. Lorsqu'il passa près du couple qui s'étreignait toujours, la fille le regarda par-dessus l'épaule de Page. Elle le regarda droit dans les yeux. Elle n'aurait pas pu mieux choisir son moment. Mais son visage n'était pas tel que Red s'était attendu à le voir. Il était exempt de la tristesse qui accompagne les adieux. Il était orné du plus doux des sourires. Un sourire de petite fille, fabriqué et malicieux. Un sourire destiné au seul Red. Il semblait lui dire : *Il s'en va, mais ce n'est pas nécessairement la fin du monde...*

Pris de vertige, Red entra dans la première cabine et composa le numéro de son domicile.

« Oui ? » dit sa femme avant qu'il ait eu le temps de se retourner pour reprendre son observation.

Red ne savait absolument plus ce qu'il allait lui dire. Les contrôleurs refermaient les portières du train. Il ferma les yeux, conscient de l'importance de l'instant. « Je t'aime, dit-il d'une voix tremblante.

— Non, tu ne m'aimes pas, répondit aussitôt sa femme. A quoi ressemble ta ville ?

— Comment sais-tu que j'y suis ? » demanda-t-il. Il se retourna... et paniqua, n'apercevant plus ni Page ni la fille. Sa femme ne répondit pas à sa question. « J'ai vu Page, dit-il en tournant la tête de droite à gauche.

— Tu as donc emporté ton miroir avec toi ? »

Red plissa le front. « Pardon ? »

Elle éclata de rire. « Espèce d'idiot. Page s'est suicidé il y a neuf ans. Et il est allé dans ce bled pour mettre fin à ses jours. Sans doute avait-il le même problème que toi. » Elle raccrocha.

Red contempla son train qui s'éloignait.

Dès que sa femme avait mentionné le décès de Page, il s'était rappelé qu'elle lui en avait parlé neuf ans plus tôt. Elle était peut-être même descendue ici pour l'enterrement.

On avait retrouvé le corps de Page sur la voie ferrée. La police avait soupçonné un acte criminel — sans pouvoir le prouver. Red ne comprenait pas comment il avait pu oublier un événement aussi mémorable. Et pourtant, il savait qu'il ne s'était pas trompé. L'homme qu'il avait vu avec la fille était bel et bien Page.

Pour la première fois, il envisagea l'hypothèse qu'il pût être malade. Ce n'était ni une maladie physique, une affection due à la nostalgie comme on avait pu en imaginer au XVIIe siècle, ni un genre de dérangement mental. Mais peut-être — peut-être — souffrait-il d'une étrange maladie de la mémoire.

Il n'y avait plus aucun signe de Page ni de la fille. Et Red devrait attendre deux heures pour prendre le train suivant. Et il avait gâché toute chance de ce réconcilier avec sa femme. Il s'éloigna de la cabine et contempla le quai désert en jurant. Puis il se dirigea vers le buffet et en poussa la porte.

La fille était assise à une table, seule, et caressait le rebord d'un verre de vin. A côté de ce verre se trouvait une pinte pleine de bière fraîche. Elle leva les yeux vers Red lorsqu'il entra. Et lui adressa un sourire de bienvenue.

Ni Red ni la fille ne prononcèrent un mot pendant qu'ils sirotaient leurs verres. Elle souriait de temps en temps. Red entrevoyait ses aréoles sous son gilet. Lorsqu'elle croisait les jambes, son genou frôlait le sien. Jamais il n'avait éprouvé un désir aussi intense.

Puis elle se leva. Il en fit autant. Une fois dehors, elle le précéda, sortant de la gare et se dirigeant vers le parking.

Jamais Red ne s'était attendu à vivre une telle aventure. Il avait souvent rêvé de sortir avec une autre femme. Mais il avait toujours imaginé que ce serait une amie de longue date, une femme qu'il aimait déjà virtuellement, dont il devrait exorciser la sexualité s'il souhaitait conserver son amitié. Il n'avait jamais pensé que le désir, un désir purement physique, pût l'obliger à modifier les habitudes de toute une vie.

La fille se dirigea vers une petite voiture. Red ralentit le pas pour mieux observer la grâce athlétique de sa démarche. Ses vêtements étaient des plus légers. Il imagina son corps bronzé, les taches rouges de ses ongles et de sa langue. Il imagina le cadeau que sa nudité était pour Page — ou pour un autre. Et Red voulait ce cadeau pour lui. Le voulait tout entier.

Les portières de la voiture n'étaient pas fermées. Red monta. Lorsque la fille tourna la clé de contact, il posa une main sur sa cuisse. Elle n'eut aucune réaction, se contentant de passer en première et de démarrer à vive allure. Lorsqu'elle s'arrêta à un feu rouge, Red ôta sa main de sa cuisse, lui caressa la nuque, puis l'attira contre lui pour l'embrasser.

Elle ouvrit aussitôt la bouche, mais sa langue demeura flasque. Red sentit leurs dents s'entrechoquer. Il se rappela l'enthousiasme qu'elle avait manifesté avec l'amant qu'elle venait tout juste de quitter. Cet homme. Cet homme n'était sûrement pas Page. S'attendait-elle à être payée ? pensa-t-il soudain. Avant de faire son petit numéro ? Etait-ce dans ce genre d'aventure qu'il s'était embarqué ?

Cela lui paraissait si évident à présent. Mais même si elle exigeait d'être payée, Red la désirait. Il avait renoncé à sa fierté. Il était prêt à payer le prix fort. Il était prêt à lui donner tout ce qu'il avait pour jouir de ce qu'elle avait à lui offrir.

Le feu passa au vert. Red se dégagea, s'éclaircit la gorge et lui adressa la parole pour la première fois.

« L'homme qui était avec vous à la gare, dit-il. Est-ce qu'il s'appelle Page ? »

La fille haussa les épaules, secoua la tête et sourit. Elle n'en savait rien ; cela n'avait aucune importance ou elle n'était pas disposée à le lui dire. D'une façon ou d'une autre, ils n'aborderaient plus ce sujet.

Red contempla sa ville natale. La fille suivait exactement le chemin qu'il avait parcouru à pied en arrivant. A mesure que le soir tombait, un peu tôt pour cette époque de l'année, les rues semblaient plus sinistres que jamais. Et il faisait de plus en plus froid à l'intérieur de la voiture, bien plus froid qu'au-dehors durant la journée. Red jeta un coup d'œil à la fille. Sa peau semblait moins hâlée ; ses mamelons ressemblaient à des dés sous le tissu de son gilet. Il détourna les yeux en frissonnant. Ils passèrent devant le bar où il avait commandé un whiskey sans le boire. La fille actionna son clignotant pour tourner à gauche.

Red hoqueta lorsqu'elle s'engagea à vive allure dans la rue en pente. Avant qu'il ait eu le temps de prononcer un mot, elle rétrograda et fit halte. Red rougit et la regarda fixement, les yeux écarquillés. Ils se trouvaient devant sa maison natale.

« Qu'est-ce que ça veut dire ? » demanda-t-il, mais sa voix n'avait aucune autorité.

Elle ouvrit la portière et descendit de voiture. Il la regarda se diriger vers le portail, l'ouvrir, s'approcher de la porte et entrer dans la maison.

Red n'arrivait pas à regarder la façade de la maison, ne voyait que la porte ouverte. Ce lieu lui faisait peur. Cette peur n'avait rien à voir avec une quelconque maladie de la mémoire. Elle était aussi réelle que les mains qui tremblaient au bout de ses bras. Mais il désirait cette fille. Il la désirait. Cette peur n'atténuait en rien son désir.

Il descendit de voiture les yeux baissés. Il faisait un froid glacial, il faisait noir comme en pleine nuit. Le réverbère projetait son ombre difforme sur un trottoir luisant de glace. Un résidu de neige s'était amoncelé le long du mur du jardin. Red inspira, le souffle court, plus terrifié qu'il n'aurait cru, mais avide de désir. Trop avide pour poser des questions.

Il apercevait la minuscule salle de séjour du seuil. Les ténèbres n'épargnaient qu'une portion de la pièce, éclairée par la lueur d'un feu mourant. C'était sur ce parquet, vingt-cinq ans plus tôt, à la lueur d'un feu plus vif, qu'il avait pour la première fois possédé la seule femme de sa vie.

Red avait envie de pleurer. Il ne savait pas ce qui lui arrivait, mais il savait qu'il devait fuir ce lieu, fuir cette ville. Pourtant il s'avança. Arrivé à la lisière de la zone éclairée, il distingua la silhouette de la fille.

Elle se tenait debout, la tête baissée, et lui tournait le dos. Elle s'appuyait du bras à un meuble, comme si elle se préparait à un choc. Ses jambes étaient légèrement écartées. Elle était nue en dessous de la taille.

Je vais te payer, pensa Red dans son délire. Il avait l'impression qu'on l'attirait dans la maison par le bout du pénis. Je vais oublier ma peur. Je vais oublier tout ce qui a pu se passer.

Il était dans le couloir, il était dans la salle de séjour. Il ôta ses vêtements, agrippa la fille par les épaules et la pénétra par-derrière.

Elle était mouillée, mais elle n'émit aucun son. Pas plus qu'elle ne broncha. Red s'enfonça un peu plus en elle, sans toutefois lui arracher une réaction. Elle le recevait en elle comme si son corps était ailleurs.

Red lui embrassa la nuque. Il lui mordilla les vertèbres au-dessus de son gilet. Il lui passa les mains sous les aisselles pour lui soupeser les seins. Elle ne manifestait pas la moindre excitation. Red se rappela une nouvelle fois l'attitude qu'elle avait affichée à la gare. Il voulait qu'elle soit pareille avec lui. Cela lui était indispensable. Il se colla contre elle, donna plusieurs coups de reins enfiévrés. Ses mains s'éloignèrent de ses seins pour se poser sur ses hanches.

Comme il avait honte ! Il en aurait pleuré s'il en avait été capable. Mais une lassitude inattendue s'empara de lui. Il s'enfonça un peu plus dans la fille, souhaitant en finir une bonne fois pour toutes. Mais il n'arrivait pas à jouir. C'était toujours pareil : il n'arrivait jamais à conclure s'il sentait que sa partenaire n'éprouvait aucun plaisir. Il ferma les yeux. Son pénis commençait à se ramollir.

« Pourquoi ? murmura-t-il au dos toujours arqué de la fille.

— Ce n'est pas moi », répondit-elle. Et lorsque Red tomba à genoux derrière elle, elle se retourna et précisa, presque avec tristesse : « Ce n'est pas moi que tu désires. »

Red baissa la tête. La fille s'écarta du bureau auquel elle s'était appuyée. Il l'entendit passer son gilet par-dessus sa tête. Les flammes crépitèrent lorsqu'elle le jeta dans la cheminée.

Lorsque Red releva la tête, il vit qu'elle s'était agenouillée, elle aussi, et qu'elle lui tournait le dos. Il plissa le front. Son dos semblait à présent moins long, moins sinueux. Ses cheveux étaient plus courts. Ils étaient bien plus sombres, et — lorsqu'il les èxamina de plus près — coiffés dans un style depuis longtemps démodé.

« Oh, Seigneur, murmura-t-il lorsqu'elle tourna la tête pour lui offrir son profil. Oh, Seigneur...

— Est-ce moi ? demanda-t-elle sans le regarder. Est-ce moi que tu penses désirer ? »

Red poussa un petit cri étranglé. Devant ses yeux incrédules se trouvait sa propre femme. Elle n'avait que vingt ans.

Il s'avança vers elle à quatre pattes.

C'était elle. Jeune et parfaite. C'était bien elle, et c'était bien Page qu'il avait vu sur le quai de la gare. Red leva la main et caressa sa joue satinée. Il posa un doigt sur ses lèvres vierges.

« Je t'aime », souffla-t-il.

Elle sourit. Puis elle s'allongea pour l'accueillir. Sur le dos, les mains plaquées sur son sexe, comme elle s'était allongée sur ce même parquet vingt-cinq ans auparavant. Le feu rugit de plus belle, alimenté par bien plus qu'un simple gilet, éclairant ses seins pour le bénéfice des yeux de Red.

Il était au-dessus d'elle, épuisé avant de commencer. Son pénis écarta les deux mains et s'enfouit en elle. Sa femme — cette fille qui allait devenir sa femme — demeura immobile. Un sourire s'attardait sur ses lèvres, mais son regard semblait lointain, comme si elle regardait à travers le plafond, regardait la chambre où la mère de Red avait dormi lors de leur première nuit de bonheur.

C'était inutile. Elle refusait de bouger. Au bout de plusieurs minutes, Red s'effondra sur elle. Son visage, son cou, ses seins étaient glacés, mais il avait l'impression que le feu roussissait tous les poils de son propre corps. Il cessa de bouger. Il se ratatinait déjà en elle.

« Ça ne s'est pas passé comme ça, hoqueta-t-il en redressant péniblement la tête. Pas pour moi. Pourquoi fais-tu ça ? »

Elle ne répondit pas. Red se glissa hors de son corps vide d'amour, s'écarta du feu et pressa son visage contre le parquet.

Il l'entendit se lever. Il l'entendit quitter la pièce, monter l'étroit escalier et se coucher dans le lit grinçant de la chambre de l'étage. Le lit de sa mère. Le lit où Red était né.

En dépit de son désespoir, il se sentit furieux. Elle n'avait aucun droit sur ce lit. Ce n'était pas son lit. Le feu brûlait avec tant de violence que les flammes semblaient lécher le plafond. Red se redressa.

Il était plus petit que lorsqu'il était entré dans la maison. Au moins deux fois plus petit. Il se dirigea vers la porte d'un pas hésitant. Il ne faisait pas plus frais dans l'entrée, ni même dans l'escalier. Plus il montait, plus il avait l'impression d'avoir chaud.

Une fois devant la porte, il l'entendit pousser un petit cri.

Immobile sur le seuil, il la vit recroquevillée sous les couvertures. Il ne put distinguer son visage lorsqu'elle commença à entrer en convulsions sur le grand lit. Elle gémissait. Jamais il n'avait entendu une femme émettre un tel bruit. Un petit cri sinistre qui, sentait-il, annonçait un hurlement aux proportions apocalyptiques.

Il entra dans la chambre. Elle l'entendit et se calma.

« C'est moi que tu désires », lui dit-elle — d'une voix nouvelle qui provenait néanmoins des tréfonds du passé de Red. « Maintenant, fais-*moi* plaisir. »

Red baissa la tête. Il pouvait enfin pleurer. Les larmes coulèrent à flots. C'était pire que tout ce qu'il aurait pu rêver.

« Fais-moi plaisir », répéta sa mère sous les couvertures.

Red secoua la tête avec véhémence. « Mais j'ai si chaud », geignit-il, toujours en larmes.

Il avait la voix d'un enfant. De *son* enfant. Il avait l'impression que son corps tout entier était en feu. Le seul endroit frais, il le savait, était celui où elle souhaitait qu'il aille. Le seul endroit frais. Le plus ancien de tous.

Elle écarta les couvertures d'un coup de pied. Il la vit. Il vit sa main qui tenait son sexe luisant et qui le lui offrait entre deux doigts. Elle paraissait immense.

« Embrasse-moi », dit-elle, et Red sut qu'il n'aurait pas la force de refuser. Cela ne pouvait finir que d'une façon.

Il ouvrit la bouche et essaya de parler, mais il était trop jeune. Bien trop jeune pour articuler. Et il était sur le lit avec elle, rampait sur le ventre entre ses jambes écartées, hurlait de désespoir au cœur de la chaleur et des ténèbres.

« Bien, encouragea-t-elle lorsque ses lèvres se posèrent sur elle. Bien, bien... » Et elle entrait à nouveau en convulsions, lui plaquait la tête contre son entrejambe tout en roulant d'un côté à l'autre du lit. « Bien... »

Il la mordit de ses gencives édentées, mais pas parce qu'il voulait lui faire plaisir. Elle arqua le dos avec frénésie, écarta ses jambes au maximum. Et Red vit en elle une énorme voûte de verre frais. De verre réfléchissant. Sa tête se rapprochait de cette voûte. Ce serait la plus authentique des fins. Il soufflait sur le verre. Il les voyait tous, les sentait tous, déformait les reflets de toutes les choses qu'il laissait derrière lui.

Puis sa mère hurla — poussa le hurlement apocalyptique que Red avait perçu dans son petit cri. Et il sentit sa main se poser sur ses fesses, quelques instants avant qu'elle ne le propulse en elle et ne scelle toute issue.

Traduit par Jean-Daniel Brèque

RUTH RENDELL

Un avenir resplendissant

*La jalousie ne figure peut-être pas parmi les sept péchés capitaux, mais il ne fait aucun doute qu'il s'agit d'un péché mortel, et une femme trompée qui semble placide est peut-être tout simplement en train d'attendre son heure. Ruth Rendell, ainsi que Patricia Highsmith (et, dans une veine qui n'est qu'*apparemment *plus légère, Fay Weldon) est une des sorcières gitanes de la littérature contemporaine, une spécialiste du marc de café de l'obsession sexuelle. Ses prédictions sont presque invariablement funestes et le lecteur qui entame un de ses récits de suspense psychologique s'abandonne bien vite à cette terrible constatation.*

La réaction typique dudit lecteur est bien souvent, je pense, de refermer le livre de cet auteur impitoyable, de résister, même brièvement, à la force hypnotique de son charme, afin de procéder à un examen de conscience censé le rassurer sur sa normalité. Quel soulagement de nous rappeler, ne fût-ce qu'un instant, que — contrairement aux personnages de Rendell — nous ne risquons pas d'être victimes de l'inévitable et désagréable conclusion de son récit.

Mais en sommes-nous bien sûrs ?

Dans ce portrait glaçant de l'autre visage de l'amour,

Rendell nous rappelle avec le génie qui est le sien que la vie quotidienne — y compris la vôtre — est profondément vulnérable lorsque la retenue cède le pas à la passion, lorsque l'amour débouche sur l'horreur.

« SIX devraient suffire. Nous disons donc, six caisses et une malle. Si vous les livrez demain, j'emballerai tout et peut-être que vos hommes pourraient revenir mercredi ? »

Il nota la réponse sur un bout de papier et conclut :

« Très bien. A l'heure du déjeuner, demain. »

Elle n'avait pas bougé. Elle était toujours assise dans le grand fauteuil, à l'extrémité de la pièce. Il raccrocha et dut se forcer pour se tourner vers elle avec une espèce de sourire qui, en temps normal, aurait signifié : tout va bien.

« Aucun problème. Ils sont très efficaces, dit-il.

— Je n'arrivais pas à croire que tu allais vraiment faire cela, affirma-t-elle. Il a fallu que je t'entende parler au téléphone. Tu vas vraiment emballer toutes ces affaires et les lui envoyer ? »

Il fallait qu'il se résigne à revenir sur toute cette histoire. Bien sûr. Cela ne finirait que lorsque tout serait expédié et lui-même parti de Londres pour de bon. Mais il n'avait pas l'intention de discuter ou de se lancer dans de longs discours pour se défendre. Il alluma une cigarette et attendit en pensant que les pubs ouvraient dans une heure et qu'il pourrait alors sortir boire un verre.

« Je ne comprends pas pourquoi tu es revenu ici », dit-elle.

Il ne répondit pas. Il tenait encore la boîte à cigarettes et en referma le couvercle, sensible à la fraîcheur de l'onyx sous ses doigts.

Elle était très pâle.

« Pour chercher tes affaires ! Maurice... tu n'es vraiment revenu que pour ça ?

— Ce sont mes affaires, constata-t-il avec calme.

— Tu aurais pu envoyer quelqu'un les chercher. Tu aurais pu m'écrire pour me demander de te les envoyer...

— Je n'écris jamais. »

Elle bougea enfin et eut un petit rire douloureux.

« Comme si je ne le savais pas ! Tu as passé une année entière en Australie sans m'écrire une seule fois...

— J'ai téléphoné.

— Oui. Deux fois. La première pour me dire que tu m'aimais, que je te manquais, que tu avais hâte de revenir, pour me demander de t'attendre et t'assurer qu'il n'y avait personne d'autre dans ma vie. La deuxième fois, il y a une semaine, pour m'annoncer ton arrivée samedi et savoir si je pouvais te recevoir. Enfin, Maurice ! Nous avons vécu deux ans ensemble comme si nous étions mariés et tu me téléphones pour demander si je peux te recevoir ?

— Comment te serais-tu exprimée à ma place ?

— D'abord, j'aurais parlé de Patricia. Oui, j'aurais eu le décence, l'honnêteté, l'humanité d'en parler ! Tu sais ce que j'ai pensé en apprenant ton arrivée ? Je me suis dit, il est excentrique, insouciant, mais il est unique, il ne ressemble à aucun autre... C'est Maurice ! C'est l'homme que j'aime et il revient... Nous allons nous marier, je suis si heureuse !

— Je t'ai parlé de Patricia.

— Pas avant que nous n'ayons fait l'amour. »

Il plissa le front. Il avait eu tort, c'était vrai. Il n'avait pas eu l'intention de la toucher, sauf pour le baiser de bienvenue. Mais elle était très séduisante, il était habitué à elle, et puis elle avait semblé s'attendre à cela. Et puis au diable ces complications ! Les femmes ne comprenaient jamais rien aux hommes et aux questions sexuelles. De plus, il n'y avait qu'un seul lit, n'est-ce pas ? A quelle scène il aurait eu droit s'il avait proposé de coucher sur le divan du salon !

« Nous faisons l'amour, reprit-elle, tu te montres aussi passionné que d'habitude et le lendemain matin, tu m'expliques que tu as obtenu un permis de résidence pour rester en Australie. Que tu as un travail qui te plaît, que tu as rencontré une fille que tu veux épouser... Tout cela tranquillement, en prenant ton petit déjeuner. As-tu déjà reçu un coup en pleine figure, Maurice ? As-tu jamais vu tes rêves réduits en pièces ?

— Aurais-tu préféré que j'attende davantage ? Quant à

recevoir un coup en pleine figure, je dois reconnaître que tu as un sacré direct », dit-il en se frottant la joue.

Elle haussa les épaules et se mit à arpenter lentement la pièce.

« Je t'ai à peine touché. Je voudrais t'avoir tué ! »

Elle s'arrêta près d'une petite table où étaient posés une statuette en porcelaine, un coupe-papier en bronze et un encrier en onyx assorti au cendrier.

« J'ai gardé toutes ces choses comme des trésors et maintenant, tu vas les expédier à cette femme ! Ces bibelots que nous avons découverts ensemble ! Je les regardais souvent en pensant : Maurice a acheté cela lorsque nous sommes allés à... Oh ! Mon Dieu ! je ne peux pas le croire... Tu vas vraiment lui envoyer tout cela ? »

Il acquiesça.

« Tu peux garder le mobilier. En particulier le divan. J'ai essayé de dormir dessus pendant deux nuits et je ne peux plus le voir en peinture ! »

Elle saisit la statuette en porcelaine et la lança dans sa direction. Il fit un pas de côté et ce fragile objet s'écrasa contre le mur, manquant de peu un dessin encadré.

« Attention au Lowry, dit-il, laconique. Je l'ai payé très cher. »

Elle se laissa tomber sur le divan et éclata en sanglots. Puis elle se mit à taper des poings sur les coussins. Il n'allait pas se laisser attendrir de cette façon-là. Il n'allait pas se laisser attendrir du tout. Une fois que tout serait emballé, il s'en irait et passerait les trois prochains mois à faire du tourisme en Europe. En homme libre de voyager, de s'amuser, de jeter sa gourme pour la dernière fois. Ensuite, il serait temps de retourner à Patricia pour fonder un foyer avec elle et reprendre son travail et ses responsabilités. Il ne renoncerait certainement pas à cet avenir resplendissant pour une femme hystérique !

« Tais-toi, Betsy, pour l'amour du Ciel ! »

Il la secoua par les épaules sans ménagement. Puis il sortit. Il était maintenant onze heures et il pouvait aller boire un verre.

Betsy se fit du café, mit des compresses sur ses yeux gonflés, et erra dans l'appartement en contemplant les bibelots, les livres, les verres, les vases et les lampes qu'il allait lui enlever demain. Ce n'était pas qu'elle se souciât vraiment de perdre ces choses en elles-mêmes, mais le vide qu'elles laisseraient et l'idée qu'elles iraient à Patricia... Non ! elle ne pouvait pas le supporter.

Cette nuit, elle s'était levée, avait trouvé le portefeuille de Maurice et sorti les photographies de Patricia, qu'elle avait déchirées en petits morceaux. Mais elle se souvenait de ce joli visage, volontaire et avide. Et elle voyait déjà les grands yeux brillants de Patricia s'agrandir de plaisir lorsqu'elle déballerait les caisses et sortirait les trésors de la malle. Peut-être le ferait-elle avant le retour de Maurice et disposerait-elle lampes, vases et bibelots dans leur maison, en l'attendant ?

Il l'épouserait, naturellement. Elle croyait sans doute qu'il lui était fidèle, comme Betsy elle-même l'avait pensé. « Pauvre petite sotte ! Elle ignore ce qu'il a fait dès qu'il s'est trouvé seul avec moi et ce qu'il fera en France et en Italie... Quel joli cadeau de mariage à lui faire, que de lui mettre les points sur les i pour accompagner tout ce bric-à-brac... », songea Betsy.

Et pourquoi pas ? Pourquoi ne pas briser leur mariage avant même qu'il ne fût consommé ? Une lettre, une lettre cachée... voyons... dans cette jarre à gingembre bleu et blanc ? Elle s'assit pour écrire : *Chère Patricia...* C'était stupide de commencer ainsi un billet à sa pire ennemie !

Chère Patricia, je ne sais pas ce que Maurice vous a dit de moi, mais nous vivons maritalement ensemble depuis son arrivée. Pour être plus explicite, nous avons fait l'amour et dormi ensemble. Maurice est incapable d'être fidèle à quiconque. Si vous ne me croyez pas, demandez-vous pourquoi, s'il ne me désirait pas, il n'est pas descendu à l'hôtel. C'est tout. Bien à vous.

Elle signa et se sentit un peu mieux. Assez bien, en tout cas, pour prendre un bain et se préparer à déjeuner.

Six caisses et une malle arrivèrent le lendemain. Les caisses sentaient le thé. La malle était en métal argenté avec des serrures dorées. Un bel objet d'un mètre soixante-quinze de long sur soixante-dix centimètres de large. Le couvercle s'emboîtait si bien que la fermeture semblait hermétique.

Maurice commença à emballer à deux heures, à grand

renfort de papier de soie et de journaux. Il remplit une caisse d'ustensiles de cuisine, tasses, plats et couverts ; une autre de livres ; une autre encore de vêtements à lui laissés ici, une année plus tôt. Il procédait avec sérieux et un certain plaisir pervers, évitant tout ce que Betsy aurait pu revendiquer comme lui appartenant : les pauvres objets sans valeur, les couverts en inox, les assiettes de prisunic, les affreux draps rouge, orange et olive qu'il avait toujours détestés. Lui et Patricia dormiraient dans du pur lin blanc.

Betsy ne l'aida pas. Elle le regarda faire en fumant cigarette sur cigarette. Il cloua les caisses et écrivit sur chaque couvercle son adresse en Australie sous le nom de Patricia. Il ne voulait pas braver Betsy. Pourtant, il n'était pas mécontent de voir qu'elle en était blessée.

Il n'était revenu à l'appartement qu'à une heure du matin et, bien entendu, il n'avait pas de clé. Betsy avait refusé de lui ouvrir et l'avait laissé dehors, si bien qu'il avait été obligé d'aller s'asseoir dans la voiture qu'il avait louée et d'y rester jusqu'à sept heures. Elle-même ne paraissait pas avoir dormi.

« N'oublie pas ton pot à gingembre, dit-elle. Je n'en veux pas.

— Je le mettrai dans la malle. »

Miss Patricia Gordon, 23 Burwood Avenue, Kew, Victoria, Australie 3101, écrivit-il laborieusement.

« Toutes les jolies choses vont aller dans la malle. Ce sera un cadeau spécial pour Patricia. »

Le Lowry fut décroché et soigneusement enveloppé. Puis il emballa le cendrier en onyx et l'encrier, le vase en albâtre, le coupe-papier en bronze, les hauts verres à vin du Rhin en cristal taillé coloré. Quant à la statuette en porcelaine, hélas... Il ouvrit le couvercle de la malle.

« J'espère qu'à la douane, ils confisqueront et casseront tout, déclara Betsy. Je prierai chaque nuit pour que cette malle tombe au fond de la mer, avant d'arriver là-bas !

— C'est un risque que je dois prendre, dit-il en souriant. Quant à la douane... il se trouve que Patricia est officier des douanes. Ne te l'ai-je pas dit ? Je doute que ce service y jette le moindre coup d'œil. »

Il remplit une étiquette qu'il colla sur le côté de la malle. *Miss Patricia Gordon, 23 Burwood Park Avenue, Kew...*

« Et maintenant, il faut que je sorte pour acheter un cadenas. Les clés, s'il te plaît. Si tu essaies de m'empêcher d'entrer, cette fois, j'appelle la police. Je suis encore le locataire légal de cet appartement, ne l'oublie pas. »

Elle lui donna les clés et, restée seule, elle glissa sa lettre dans le pot à gingembre.

Elle espérait qu'il fermerait la malle immédiatement, mais il la laissa ouverte, le couvercle soulevé, le cadenas suspendu à la serrure dorée.

« Y a-t-il quelque chose à manger ?

— Trouve une autre femme que moi pour te nourrir ! »

Il préférait qu'elle soit en colère et violente. C'était son amour qu'il redoutait.

Il revint à minuit et trouva l'appartement dans l'obscurité. Il s'étendit sur le divan, les caisses autour de lui, comme des barricades portant fièrement le nom de Miss Patricia Gordon.

Soudain, Betsy entra. Elle n'alluma pas mais trouva son chemin entre les caisses grâce à la bougie dressée dans une tasse qu'elle portait. Elle la posa sur la malle. Dans sa longue chemise de nuit blanche, elle avait tout d'un fantôme, d'une folle de roman gothique, d'une Mrs Rochester.

« Maurice !

— Je suis fatigué, Betsy.

— Maurice, je t'en prie. Je regrette de t'avoir parlé ainsi ! Je regrette de t'avoir laissé dehors.

— Très bien. J'ai des torts, moi aussi. Peut-être aurais-je dû agir autrement. Maintenant, de toute façon, il vaut mieux que je te débarrasse de mes affaires et de ma présence. Sois gentille, va te coucher et laisse-moi dormir. »

Ce qui arriva ensuite, il ne l'avait pas prévu.

Les hommes ne comprennent rien aux femmes et aux questions sexuelles. Elle se jeta sur lui avec autant de maladresse que de violence. Elle tira sur sa veste et se mit à l'embrasser dans le cou, lui caressant la poitrine, cherchant ses lèvres, se couchant sur lui, s'agrippant à ses jambes avec ses genoux.

Il la repoussa avec une brutalité sauvage. Sous la violence du choc, elle tomba et se cogna la tête sur le côté de la malle. La flamme de la bougie vacilla et mourut. Il jura dans l'obscurité, se leva et alluma la lumière. Betsy se redressa en se frottant la tête à l'endroit douloureux.

« Oh ! Va-t'en, pour l'amour du Ciel ! » dit-il en la poussant vers la porte qu'il fit claquer derrière elle.

Le lendemain matin, quand elle sortit de sa chambre, un bleu sur le front, il dormait, étendu sur le dos, tout habillé. Elle frissonna en le voyant. Puis elle prépara le petit déjeuner mais ne put rien avaler. Le café lui souleva le cœur et elle fut secouée de frissons nauséeux. Lorsqu'elle revint au salon, il était assis sur le divan et contemplait son billet d'avion pour Paris.

« Ils doivent venir chercher les caisses à dix heures, dit-il comme si rien ne s'était passé, j'espère qu'ils ne seront pas en retard, je dois être à l'aéroport à midi. »

Elle haussa les épaules. Elle avait touché le fond du désespoir ; désormais, il ne pourrait plus lui faire de mal.

« Tu ferais mieux de fermer cette malle, dit-elle d'un ton lointain.

— Chaque chose en son temps, répliqua-t-il. Je dois d'abord y ajouter une lettre. »

Elle baissa la tête. L'endroit où elle s'était cognée était enflé et lui faisait mal. Elle le regarda :

« Je croyais que tu n'écrivais jamais de lettre ?

— Un simple petit mot. On ne peut envoyer un cadeau sans un mot pour l'accompagner, n'est-ce pas ? »

Il sortit le pot à gingembre de la malle, eut quelque peine à en extraire la lettre de Betsy qu'il froissa sans même la regarder et jeta par terre. Rapidement et avec ostentation, s'assurant que Betsy pouvait lire par-dessus son épaule, il écrivit sur une feuille de papier : *Tout ceci est pour toi, Patricia chérie, pour toujours.*

« Comme je te déteste ! s'écria-t-elle.

— Vraiment ? Tu m'étonnes », dit-il, ironique.

Il sortit une lampe de la malle et la posa par terre. Puis il glissa le billet dans le pot à gingembre qu'il enveloppa à nouveau et plaça avec soin entre les serviettes et les coussins qui calaient les objets fragiles.

« Détester n'est pas le mot que j'aurais choisi pour expliquer ton comportement avec moi, cette nuit. »

Elle ne répondit pas. Il songea qu'il aurait dû mettre cette lampe dans une des caisses. Il avait le temps d'en ouvrir une, maintenant. Il se retourna pour prendre la lampe. Elle n'était plus là. Betsy la tenait à deux mains.

« Donne-moi cette lampe, s'il te plaît.

— As-tu jamais été frappé en pleine figure, Maurice ? » dit-elle d'une voix sans timbre.

Elle leva la lampe et le frappa de toutes ses forces sur le front. Il vacilla et elle le frappa encore, et encore, et encore, à la tête. Il cria et tituba en se couvrant le visage de ses mains. Alors, elle balança le bras de toutes ses forces pour lui assener un dernier coup et il tomba sur les genoux, roula sur le côté et ne bougea plus, réduit au silence.

Il y avait beaucoup de sang, mais il s'arrêta rapidement de couler. Immobile, elle le regardait. Il lui fallut un moment pour se rendre compte qu'elle sanglotait. Elle se demanda vaguement si elle avait sangloté tout le temps. Elle était couverte de sang. Elle arracha ses vêtements, les mit en tas sur le sol et s'agenouilla près de lui, nue et en larmes, se balançant d'avant en arrière en mordant ses doigts poisseux de sang et en murmurant son nom :

« Maurice... Maurice... »

Mais l'instinct de conservation est un sentiment animal, plus puissant que l'amour, le chagrin, la haine ou les regrets. Il était neuf heures. Dans une heure, les transporteurs viendraient chercher les caisses. Betsy prit un seau d'eau, du détergent, une éponge et se mit à l'ouvrage. Ce dur travail arrêta ses larmes, calma son cœur, engourdit son esprit. Elle ne pensait à rien et travaillait avec frénésie.

Lorsqu'elle eut jeté dans l'évier quantité de seaux d'eau rougie et que le tapis mouillé fut propre, la lampe lavée et séchée, elle jeta ses vêtements dans la corbeille à linge de la salle de bains, remplit la baignoire et s'y plongea. Ensuite, elle s'habilla avec soin et brossa ses cheveux. A dix heures moins huit minutes, tout était propre. Elle avait ouvert la fenêtre, mais le corps inerte reposait encore là, sur une pile de journaux ensanglantés.

« Je l'ai aimé », dit-elle à haute voix, puis, serrant les poings, elle ajouta : « Je l'ai haï. »

Les déménageurs furent ponctuels. Ils arrivèrent à dix heures précises, descendirent les six caisses et la malle aux serrures dorées.

Quand ils furent partis et que le camion se fut éloigné, Betsy s'assit sur le divan. Elle regarda la grosse lampe, l'encrier et le cendrier en onyx, le pot à gingembre, le vase en albâtre, les verres à vin du Rhin, le coupe-papier en bronze et le Lowry qui avait repris sa place sur le mur. Elle avait retrouvé tout son calme et n'avait pas vraiment besoin du cognac qu'elle s'était servi.

Elle ne pensait pas au passé et le présent n'était qu'impalpable néant. Elle songeait à l'avenir. Aux trois mois à venir. Et, dans le silence, elle se mit soudain à rire doucement.

Miss Patricia Gordon, 23 Burwood Park Avenue, Kew Victoria, Australie 3101.

Le joli visage volontaire, les mains si avides de faire sauter les serrures dorées pour y découvrir le trésor qui se trouvait à l'intérieur...

Et comme ce trésor serait intéressant dans trois mois ! Miss Patricia Gordon n'aurait jamais rien vu de semblable de toute sa vie. Et elle ne pourrait pas le prendre pour un autre car dessus, il y avait le billet et l'écriture familière : *Tout ceci est pour toi, Patricia chérie, pour toujours.*

Traduit par Marie-Louise Navarro

[illegible] de [illegible] Laura [illegible] serrant les [illegible] [illegible] de l'abbé.

Les domestiques [illegible] [illegible]. Ils [illegible] des lettres pressées [illegible] et la malle aux [illegible] dorées.

Quand ils [illegible] et que [illegible] Betsy [illegible] sur le divan. Elle regarda la grosse dame [illegible] se dandiner en [illegible] le pot [illegible] le vase [illegible] de [illegible] la [illegible] le [illegible] [illegible] [illegible] qui avait [illegible] Elle avait [illegible] [illegible] et n'avait pas [illegible] du [illegible] qui lui avait servi.

Elle ne [illegible] pas au [illegible] n'était qu'une [illegible]. Elle [illegible] à [illegible]. [illegible] de silence, [illegible] [illegible].

[illegible] [illegible] [illegible] [illegible] [illegible].

Le jour [illegible] de faire suivre les [illegible] donnés [illegible] [illegible] [illegible] l'intérieur.

[illegible] comme [illegible] dans trois mois. Mais l'affaire [illegible] [illegible] toute sa vie. [illegible] ne pouvait pas [illegible] pour [illegible] autre [illegible] dessus. [illegible] [illegible] [illegible] [illegible] [illegible] [illegible] [illegible] rayons.

Traduit par [illegible]

T. L. PARKINSON

Le Tigre retourne dans la montagne

Où se cache le danger ? Pour une femme, il peut rôder dans nombre d'endroits, et pas seulement les plus évidents. T. L. Parkinson, à ce propos, se souvient de la légende de La Belle et la Bête *et en produit une relecture moderne. Mais il ne se contente pas de raconter la banale histoire d'une fille et d'un gorille, pas plus qu'il ne reprend à son compte le message, popularisé par le folklore et les contes de fées, selon lequel la plus sinistre des canailles a en fait un cœur d'or et l'amour vient à bout de tous les obstacles. En fait, dans ce texte audacieux où un esprit masculin s'essaie à imaginer un rêve (ou un cauchemar) féminin, il réussit à écrire une histoire imbriquée dans une autre histoire, qui elle-même… Et qui peut dire dans quel esprit se trouve la bête, le véritable tigre ?*

Le Tigre s'évada de prison le 22 octobre. Les journaux en firent leurs gros titres pendant une semaine. Il kidnappa une jeune mariée qui se soulageait derrière un arbre après la cérémonie. Molly se dit que la jeune femme devait être ivre — ivre d'amour. Un rictus déforma ses lèvres à ce souvenir alors qu'elle jetait une lampe cassée dans un carton. Une demi-heure s'était écoulée avant qu'on constate la disparition de l'épousée ; le jeune marié était fort occupé à discuter avec ses parents. A en croire certains journalistes, lesdits parents n'étaient pas entièrement favorables au mariage, et c'est ainsi que la jeune mariée aux cheveux blonds lui était sortie de l'esprit quelque temps.

Cela avait suffi.

Quinze jours après l'évasion du Tigre, Molly se préparait à quitter définitivement sa maison d'Outreach Road. Celle-ci se trouvait presque au bout de la route, là où l'ombre de la montagne obscurcissait toutes choses ; Molly distinguait la prison bâtie près du sommet, entourée d'arbres étiques, telle une couronne tombée à terre.

L'atmosphère était imprégnée d'une peur aussi poisseuse que la pollution. A mesure que le grand jour approchait, Molly avait été trop occupée à remplir ses cartons pour se soucier de la nouvelle sensation médiatique. Le Tigre était un phénomène naturel, un sinistre effet spécial, quelque chose à quoi on finissait par s'habituer et qu'on pouvait presque ignorer.

En un mot comme en cent, pensa-t-elle en refermant le carton contenant les objets brisés, je suis saturée. Plus rien ne peut entrer en moi. Je suis enfin comblée, même si c'est d'une façon plutôt bizarre.

Le grand jour arriva enfin. Elle avait entouré la date en rouge sur le calendrier. Ce mois-ci était illustré par un dessin du marteau de Thor, bariolé d'écarlate sur un fond azur presque indécent. Le déménagement lui évoquait une horrible explosion. Où se retrouverait-elle lorsque les débris seraient retombés à terre ? Si je fais vraiment ce qu'il faut, se dit-elle, pourquoi est-ce que je me sens mal à l'aise ? En fait, je ne sens rien, pensa-t-elle, examinant le contenu de son esprit comme s'il s'agissait d'un carton empli de bric-à-brac.

Sarah, la fille de Molly, qui boudait assise dans un coin de la maison spacieuse — achetée grâce à l'argent que le trafic de drogue avait rapporté à Carl —, lui lança un regard noir. Ses yeux étaient des phares puissants. Lorsque les déménageurs commencèrent à faire tomber des paquets, Molly lui suggéra d'aller rendre visite à une amie.

« Et si le Tigre m'attrape ? » demanda Sarah en la foudroyant du regard. Bien que souvent exposée à ses yeux mortels, Molly leur était invulnérable.

« Personne ne t'attrapera jamais, sauf moi. Allez, calte. »

Alors que Sarah s'éloignait, elle se mit à contempler ses pieds, comme si elle souhaitait les voir disparaître.

« Elle a du caractère », dit l'un des déménageurs. Molly ne lui répondit pas. « Les gosses n'aiment pas être déracinés », dit l'autre déménageur comme pour répondre à sa place.

Molly supposa que Sarah irait à la poste. Ce lieu la fascinait. A l'en croire, c'était leur seul point de contact avec le vaste monde — Dieu seul savait ce qu'elle entendait par là. Molly s'y était rendue ce matin pour réceptionner un animal en peluche dans sa boîte postale. C'était toujours de cette manière qu'ils recevaient la cocaïne. Carl était parti depuis longtemps, mais leurs contacts dans le Sud n'avaient toujours pas compris que cette filière était définitivement interrompue.

Molly se demanda ce qui arriverait lorsqu'ils exigeraient leur argent. Elle leur aurait bien écrit pour les informer que tout était fini, mais elle n'avait pas leur adresse.

Lorsque la maison se retrouva vide, lorsque les déménageurs furent partis, agitant leurs bras épuisés et enroulant leurs couvertures noires, lorsque Molly n'eut plus rien à espérer, excepté une minuscule maison en ville, elle s'assit dans le salon désert, badigeonné de noir et de pourpre par le crépuscule, et pleura.

Carl était très bel homme. Il avait une peau luisante comme du vieux bois ciré, des yeux bleu-gris, et il sentait l'eau de toilette Mennen et la sueur prolétarienne, ce parfum doux-amer qui coule sur les flancs d'un homme quand il gagne son pain ou quand il fait l'amour.

Ses sourcils formaient une petite pointe, comme ceux d'une femme soucieuse d'épilation ; mais seule la nature en était responsable, et il arquait le gauche quand il se sentait intrigué ou en mal d'amour.

Il l'avait abordée lors d'une représentation en plein air de *La Mégère apprivoisée.* Il l'avait approchée avec douceur, comme une brise d'été, comme l'ombre d'un nuage sur un champ de coquelicots.

Ils étaient sortis ensemble quatre fois avant de passer à l'acte. Molly avait voulu lui faire l'amour lors de leur troisième rendez-vous, sous le sycomore battu par la tempête qui déversait ses feuilles sur la voiture, mais il lui avait résisté.

Carl prétendait être charpentier, affirmait travailler à Crescent City et se préparer à monter sa propre entreprise, désireux d'envoyer les autres travailler à sa place et de se contenter d'organiser les choses. Il était très doué pour l'organisation, disait-il.

Carl avait des mains bien peu calleuses pour un charpentier, mais peut-être était-il soigneux ou portait-il des gants. Quoi qu'il en soit, Molly finit par perdre toute méfiance à son égard, en dépit de quelques incertitudes mineures. Elle ne s'était jamais entièrement fiée à quiconque, même pas à ses parents, aussi ce sentiment était-il tout neuf pour elle. Un peu d'entraînement lui serait nécessaire pour en faire une habitude.

Molly ne savait rien des relations de Carl avec la cocaïne. De temps en temps, ils fumaient un joint avant de sortir, mais c'était tout. Un soir, alors qu'ils se confessaient leurs péchés sous l'influence d'un vin rouge bon marché, Carl lui avoua avoir dealé de la cocaïne « il y avait longtemps ». Molly fut incapable d'obtenir d'autres précisions.

Quelques mois plus tard, en plein milieu d'un été particulièrement chaud et sec, Molly embrassa Carl et son visage se figea.

Après la naissance de Sarah, ils s'établirent sur la colline, à l'ombre de la montagne sur laquelle on avait bâti la prison quelques années plus tôt.

Molly se souciait peu de symbolique, mais la prison lui apparaissait parfois comme le souvenir d'un événement futur. Tant qu'à trouver une raison à leur présence en ce lieu, se disait-elle, rappelons-nous que chacun de nous dissimule un noir secret derrière les barreaux de son esprit.

Carl était souvent absent. Il manquait beaucoup à Molly. Le sentiment de confiance devenait familier. Carl avait suivi une cure de désintoxication ; il avait tiré un trait sur la drogue. Il était accaparé par un chantier près du fleuve.

Molly prenait soin de Sarah, se promenait dans la forêt et attendait.

Molly se redressa. Il faisait nuit à présent, et tout était calme. L'hiver se faisait attendre cette année-là ; les saisons semblaient s'être fondues les unes dans les autres pour former une lourde masse floue. Elle la sentait peser sur ses épaules, dans sa gorge, comme une grosse main pressant doucement son esprit.

Elle se dirigea vers la voiture, empruntant l'allée sinueuse. Elle était si fière de cette allée : tous les pavés étaient importés de Belgique, mais elle s'y faisait souvent mal aux pieds. Elle s'assit au volant, écouta le murmure de l'autoradio, et contempla la maison obscure.

Elle semblait totalement vide, comme si personne n'y avait jamais habité. Un cadavre dont l'âme s'était enfuie. Son cœur lui faisait la même impression. Carl avait passé un an en prison ; il n'y avait jamais eu de chantier près du fleuve. Il allait régulièrement chercher de la drogue au Mexique. Il avait deux petits avions.

Molly avait appris quantité de choses sur son compte lors du procès. Il avait été envoyé dans une maison de redressement, il avait effectué deux séjours en prison, il avait été accusé du viol d'une lycéenne (un rendez-vous galant qui avait mal tourné), mais les parents de celle-ci n'avaient pas porté plainte par crainte du qu'en-dira-t-on. Il avait été arrêté pour avoir tabassé un homosexuel avec une barre de fer, après que sa victime lui eut taillé une pipe non loin d'un bar où il emmenait parfois Molly. Un an avec sursis. Il avait été arrêté deux fois pour trafic de drogue mais relâché pour vice de forme. Il était incapable de planter un clou mais avait jadis possédé une Mercedes pourpre, qu'il avait vendue pour rembourser ses dettes.

Lorsqu'on finit par le relâcher — c'était un prisonnier modèle, à en croire l'administration pénitentiaire —, Molly tenta de se remettre en ménage avec lui, dans l'intérêt de Sarah. Cela dura environ six mois. Il s'était remis à dealer, elle en était sûre. Comme un papillon attiré par une flamme. Elle trouva dans son portefeuille trois mille dollars en billets de cent.

Un jour, alors que son amour se mourait à petit feu, que ses souvenirs succombaient sous les assauts de l'amnésie, elle alla ouvrir la porte du placard de Carl. Tous ses vêtements avaient disparu, ainsi que sa valise en alligator. Ne restait qu'une paire de baskets qu'il chaussait pour faire le jardin, un trou sur la gauche au niveau du gros orteil.

Aucune lettre d'adieu, rien. Molly sentit en elle comme une bulle de gaz aussi grosse que son cœur : cette fois-ci, il était parti pour de bon.

Son nouveau foyer se trouvait dans une impasse. Les fenêtres étaient en aluminium, leur mince châssis claquait sous les assauts de la moindre brise. Molly détesta aussitôt la maison.

Comme elle avait trop de meubles, elle en vendit une partie dans sa cour le dimanche suivant. Le temps était frais et humide en dépit du soleil, et elle fit la connaissance de quelques-uns de ses voisins, un jeune Japonais, un gentleman irlandais qui lui parla longuement de sa haine pour les fêtes religieuses, en particulier celle de Noël, une femme âgée qui prétendait que son chien avait été victime de sévices. Molly se demanda si cette femme n'en avait pas également subi ; elle marchait comme si une main invisible la giflait en permanence. C'est une erreur que de s'identifier aux animaux, pensa-t-elle.

Sarah était au cours élémentaire ; elle était restée dans la même école, aussi n'eut-elle guère de mal à s'adapter à leur changement de domicile. Après avoir passé quatre jours à jeter sur les murs des regards qui auraient pu les désintégrer, elle se leva un beau matin et reprit le cours de son existence comme si de rien n'était. La dépression dont souffrait Molly n'en parut que plus évidente, plus humiliante.

Un soir, Sarah revint de l'école avec des nouvelles du Tigre. « Maman, dit-elle sans cesser de mâchonner bruyamment son chewing-gum pourpre, y a des gosses à l'école qui ont lancé un fan-club. Un fan-club du Tigre. C'est surtout des garçons. » L'établissement était composé de deux bâtiments abritant respectivement l'école primaire et l'école secondaire et reliés par un passage couvert étroit et sale évoquant une petite serre.

« Vraiment », dit Molly. Elle avait l'esprit large en ce qui concernait les activités enfantines, mais cette annonce la choqua quelque peu.

« Ouais, des gars de cinquième et des plus grands, dit Sarah. Y a quelque chose dans le journal d'aujourd'hui ? » Comme Molly secouait la tête, Sarah alla dans sa chambre, traînant ses livres de classe par la lanière qui les tenait.

Durant les semaines suivantes, les journaux parlèrent de moins en moins du Tigre. On pensait qu'il était mort ou rassasié, à moins qu'il n'eût trouvé un terrain de chasse dans une autre région. Il n'avait été aperçu qu'une seule fois, mais par un adolescent qui, apprit-on par la suite, appartenait à un des fan-clubs proliférant dans les environs. Son témoignage manquait par conséquent de crédibilité. Il prétendait l'avoir vu courir tout nu dans la forêt. Le Tigre s'était retourné et le garçon avait nettement vu son visage, vérifiant ainsi qu'il ne s'agissait pas d'un nudiste un peu cinglé et amateur de promenades dans les bois.

Un dimanche après-midi, alors que Sarah se trouvait chez Patricia — une de ses condisciples, légèrement en retard et de deux ans son aînée —, Molly entreprit de trier diverses affaires qu'elle n'avait pas pu vendre à ses voisins, et découvrit un paquet de lettres de Carl, parmi lesquelles certaines qu'elle n'avait jamais lues.

Elle était souvent d'humeur changeante pendant que Carl était en prison : elle se sentait tantôt pleine, tantôt vide. A lui donner le vertige. Parfois elle lisait les lettres qu'il lui envoyait, parfois elle se contentait de les ranger sans les ouvrir. Elle en avait négligé beaucoup durant les six mois qui avaient précédé sa libération.

Elle ouvrit toutes les lettres et les empila. Carl lui écrivait toujours sur du beau papier, un chiffon soyeux où les marbrures apparaissaient comme des veines sur une peau saine. Elle classa les lettres par ordre chronologique et se mit à les lire.

Le soir était tombé sans qu'elle s'en aperçoive. Elle était assise dans le noir, les lettres brillaient comme des lumières fluorescentes au bord de l'extinction. C'était incroyable. Elle se pinça. Même les poils de ses bras lui faisaient mal.

Carl avait séjourné en prison en même temps que le Tigre, qui avait même été quelque temps son compagnon de cellule avant de se retrouver au mitard pour avoir blessé un gardien avec ses griffes acérées et pourtant bien humaines.

Selon Carl, c'était un accident qui avait défiguré le Tigre, même si cela n'expliquait ni sa fourrure ni ses yeux. Carl était un amateur de théories improbables. « Une fois qu'on s'est habitué à son aspect, il finit par sembler normal. On trouve ici des animaux bien plus étranges. » Carl avait eu envie de demander au Tigre des précisions sur cet accident, mais l'occasion ne s'était jamais présentée.

Molly se rappela un jour de pluie où un homme avait passé la tête sous son parapluie avant de disparaître : il n'avait pas de visage, était dépourvu de traits.

Bizarre que Carl ne lui ait pas parlé du Tigre lorsqu'il était sorti de prison. Molly ne s'en étonna cependant pas : elle connaissait bien Carl, que rien n'impressionnait durablement.

A en croire ses lettres, il s'était souvent confié au Tigre lors des longues soirées passées en cellule. Le sexe, la drogue, les femmes passées et à venir, l'amour. Carl avait confessé la honte que lui inspiraient ses mensonges. Il avait parlé au Tigre de l'innocence de Molly, une innocence qu'aucun de ses actes n'avait semblé altérer. « Il pense souvent à toi. C'est un philosophe, dans son genre, et il s'interroge beaucoup sur la confiance, sur l'amour qui rend aveugle, ce genre de trucs. »

Il m'a écrit religieusement, pensa Molly en rassemblant les feuillets et en les jetant à la corbeille. J'aurais dû lire ces lettres quand elles sont arrivées et m'en débarrasser sans tarder. Molly récupéra les lettres dans la corbeille et les fourra dans la poubelle verte qui se trouvait devant sa porte, en refermant soigneusement le couvercle. Dans huit jours, elles ne seraient plus que cendres au milieu des détritus. « Il ne croit pas à toi, avait écrit Carl. Il souhaite te rencontrer quand il sortira d'ici. Il a été condamné à perpétuité — trois condamnations à vie, en fait —, mais je n'ai fait aucun commentaire. Il est plutôt triste, tu sais, quand il parle de toi, et j'ouvre la bouche le moins possible. » Carl avait beaucoup de défauts, mais il n'était pas homme à étouffer l'espoir de son prochain.

Molly alluma la lumière, avec l'impression d'être un caribou malade qu'un prédateur aurait repéré pour son dîner.

Elle se rassit, fixa le sous-main, imagina Carl en train d'écrire dans sa cellule, les yeux mouillés par l'émotion. La lumière était faible et les ombres omniprésentes. Elle referma violemment le tiroir vide et s'y coinça le pouce.

Jurant, suçant son sang au goût métallique, elle se dit : Sois raisonnable, Molly. Il est parti depuis longtemps, il est sûrement dans le comté voisin. Tu n'as aucune raison de craindre sa visite. Mais elle sentait des yeux jaunes fixés sur elle.

Comme elle se retournait, la porte d'entrée s'ouvrit à grand bruit. Quelqu'un entra sur un flot de ténèbres.

Molly serra les poings, recula contre le bureau, laissa échapper un souffle.

L'intrus apparut en pleine lumière.

« Bonsoir, Maman, dit Sarah en jetant son cartable tout neuf sur le fauteuil à bascule. Je suis rentrée plus tôt que prévu. »

Molly passa plusieurs nuits assise sur le lit froid et humide, les couvertures sur les genoux, à se demander ce qu'elle allait lui dire. Frapperait-il à la porte ? Lui parlerait-il d'une voix douce, comme le grand méchant loup ? Porterait-il un masque humain, qu'il arracherait juste avant de lui planter les dents dans la chair ? Une brise soufflait dans la chambre, en dépit des fenêtres fermées. Molly se leva et alla vérifier les loquets, mais le vent froid persista. Elle se glissa sous les couvertures et attendit.

Elle se réveilla au cœur de la nuit et sentit un souffle sur son cou, comme une brume chaude se posant sur elle.

Vendredi après-midi. La sonnette retentit. C'était à peu près l'heure où Sarah rentrait de l'école. Sans doute avait-elle oublié sa clé. Molly, qui mangeait un sandwich au poulet, ouvrit la mince porte en bois de pin sans prendre la peine de regarder dans l'œilleton.

« Sarah, dit-elle d'une voix irritée, debout derrière la porte en frottant le bouton terni avec son tablier, le bruit de cette sonnette m'horripile. Quand on aura un peu d'argent, j'en ferai installer une neuve, peut-être même un vrai carillon. »

Le Tigre était le vent soufflant sur la plaine aride.

Il se coula dans la pièce froide et l'emplit aussitôt. Il poussa Molly de ses paumes en sueur. Elle sentait le sang couler dans leurs veines. Elle s'effondra contre la porte, annihilée par le choc.

Molly ouvrit la bouche mais aucun son n'en sortit. Elle était tournée vers le centre de la pièce ; si elle le regardait, il deviendrait réel. Elle s'y refusa. Qu'ils restent irréels, tous les deux. Mais elle finit par succomber. Ses yeux l'attiraient, impérieux.

On eût dit deux miroirs dorés reflétant son visage terrifié. Elle était toute noire, toute petite, dans ce champ doré. Mais on sentait dans ces yeux, derrière son reflet tremblant, des profondeurs immenses, des routes mystérieuses, parcourues et oubliées.

Il n'eut aucun geste menaçant. Il était aussi immobile qu'une statue. Elle le fixa, tel un soldat au garde-à-vous, redoutant de lui montrer sa peur et sa vulnérabilité si elle remuait.

Son visage était deux fois plus large que celui d'un homme, aussi large qu'une assiette. Il était complètement recouvert de fourrure, une fourrure qui luisait d'une effervescence animale en dépit de la pénombre. Ce n'était pas un visage humain défiguré par un accident du travail. Carl avait eu tort de chercher une explication logique. Ses poils étaient longs, aussi longs que l'herbe de la prairie pendant la saison des pluies ; on y distinguait de grands traits noirs, comme de la peinture de guerre sur une toile blanc et fauve. Toutes les couleurs étaient nettement définies, sans aucun dégradé, superbes et terribles. Molly repensa aux sourcils arqués de Carl.

Durant une minute, alors qu'elle s'efforçait de ne pas s'évanouir, elle se demanda si ce n'était pas Carl qui s'était déguisé pour lui jouer un tour et entrer à nouveau dans sa vie.

« Couchez-vous par terre », dit le Tigre. On entendait un bruit au-dehors, peut-être était-ce le facteur, qui passait toujours tard le vendredi. Molly tomba à genoux. Le plancher lui parut poisseux. Ce n'était pas Carl, jamais elle n'avait vu cette créature, qui lui paraissait pourtant étrangement familière : l'odeur animale, fétide, de son souffle. Les mots se déversaient de sa gorge dans un grondement continu. Il était las de courir, pas de fuir mais de courir vers elle, quelque chose comme ça. C'était difficile à dire.

Elle fut prise d'un frisson intérieur, qui naquit au creux de son estomac, celui de ses organes qui était le plus vulnérable aux sentiments intenses. On eût dit qu'un animal s'était mis à courir dans ses entrailles.

Il avait un sac noir passé par-dessus l'épaule. Il en sortit quelque chose de blanc, lui saisit les deux mains et les ligota avec du tissu fin.

Elle se mit à gémir — la peur monta de son estomac,

accompagnée d'une giclée de bile —, puis cessa aussitôt, se rappelant le sort du caribou malade.

Il accentua son étreinte jusqu'à ce qu'elle redresse l'échine et étouffe sa peur. Les documentaires sur la nature lui avaient appris comment se comporter devant un prédateur.

Elle aurait voulu parler, lui dire quelque chose comme : « Que voulez-vous ? Je n'ai pas d'argent, mes bijoux sont à l'étage », tant elle souhaitait avoir affaire à un cambrioleur, pas à une créature surgie de ses rêves les plus fous. Peut-être deviendrait-il alors un simple voleur, peut-être prendrait-il ses bijoux, peut-être s'en irait-il. L'esprit a le pouvoir de transformer, de filtrer la réalité. Mais il la bâillonna avec du sparadrap avant qu'elle ait ouvert la bouche.

Il se pencha, glissa sous son corps deux bras aussi solides que des troncs d'arbres, et la porta à l'étage comme si elle ne pesait rien.

La chambre fraîche et obscure était pourvue d'une unique fenêtre orientée à l'est. Il la déposa sur le grand lit.

Allait-il la violer ? Il avait sûrement un but bien précis. Molly souhaita ardemment être ailleurs, loin d'ici, loin de lui. Puis, alors qu'elle commençait à perdre conscience, à quitter son esprit pour se perdre dans les limbes, elle se força à regagner la chambre. Ailleurs, ce serait pire — un immense néant déserté où seuls les lâches se réfugient. Ici, elle avait une chance.

Quelques secondes s'écoulèrent. Il ne se coucha pas à ses côtés. Elle ouvrit les yeux et jeta un regard prudent par-dessus son épaule. Ils étaient toujours là, tous les deux. Il se tenait un peu à l'écart, le visage et les yeux immenses, et la regardait, la regardait sérieusement, comme un Italien, pensa-t-elle, regard fixe et impersonnel. Ses yeux aussi chauds que le soleil s'attardèrent sur ses pieds nus. Elle avait des pieds graciles ; « les pieds déliés d'une princesse », disait Carl.

« Ayez confiance, dit-il. Ne faites pas de bruit, ne vous débattez pas, et faites-moi confiance. »

La porte d'entrée s'ouvrit. Molly sentit à nouveau la panique monter en elle.

« Maman, c'est moi », cria Sarah dans l'escalier. Sa voix semblait petite et creuse.

Le Tigre se dirigea vers le palier strié d'ombres, silencieux comme un félin en dépit de ses lourdes bottes maculées de boue sèche.

On entendit brièvement des bruits de lutte, comme de l'air qui s'échappe d'un ballon, puis il revint avec sa proie.

Molly vit les yeux de Sarah luire d'effroi et de colère. Le Tigre contempla la fillette ligotée, immobile dans ses bras, et la déposa avec une gentillesse surprenante sur une chaise, après avoir fait choir les sous-vêtements de Molly sur le sol.

Il vérifiait leurs liens environ toutes les demi-heures ; Molly mesurait l'écoulement du temps à ses battements de cœur.

A un moment donné, il descendit donner un coup de téléphone. Elle entendait tout avec une acuité surnaturelle. Ma fille est menacée ; je dispose de nouveaux sens, plus acérés et plus puissants. Je serais capable d'arracher la maison à ses fondations si je n'avais pas les mains liées.

L'esprit de Molly tournait à plein régime. « Que se passe-t-il, Maman ? » murmura Sarah, mais le bâillon de Molly ne lui permettait d'émettre qu'un gémissement d'animal blessé, qu'elle réprima aussitôt.

D'un regard, elle ordonna à Sarah de se taire.

Molly roula sur le dos, luttant pour se défaire de ses liens, et alors qu'elle allait rouler sur le ventre, elle se rappela les lettres. Avait-elle eu raison de les lire ? Peut-être était-elle punie à cause de ce qu'elle savait. Peut-être pas. Mais elle se souvint de ce que Carl avait écrit. Le Tigre était fasciné par le concept d'innocence, une qualité que Molly se rappelait vaguement avoir possédée.

Elle roula sur elle-même. Les ressorts fatigués couinaient comme des souris. Pouvait-elle investir son visage de l'éclat de l'innocence, noyer le Tigre dans les flots de sa sincérité ?

Elle l'entendit gravir les marches de son pas lourd et décida qu'elle en était capable, qu'elle pouvait se souvenir. Rien de ce qui l'avait habitée ne l'avait jamais quittée. Enfin une occasion de mettre à profit cette malédiction.

Il ouvrit la porte, sa forme massive, dressée sur le seuil, aussi immobile qu'une montagne. Elle leva vers lui des yeux emplis de ce qu'elle avait cru perdre, la confiance et le besoin aveugle d'espérance. Il était de pierre, majestueux et immobile. Elle sentit un sentiment de confiance l'envahir, surgissant du néant. Elle était sûre de paraître sincère — elle se sentait sincère —, car il s'approcha d'elle, répondant à son appel, et commença à dénouer ses liens.

Derrière son épaule, bien humaine mais noueuse de muscles, et en particulier derrière sa nuque — ses cheveux châtains étaient coiffés de façon fort conventionnelle —, elle vit Sarah défaire ses propres liens dans un silence total.

Il s'allongea près d'elle, le souffle lourd. Il avait déboutonné le col de sa chemise en jean.

« Je ne vous ferai aucun mal, dit-il. J'ai besoin d'un abri en attendant de décider ce que je dois faire ensuite. Je connais votre mari. Il m'a tout dit de vous. » Il prononça cette dernière phrase d'une voix songeuse et la regarda de ses yeux semblables à des miroirs en train de fondre.

« Oui, je sais. Il m'a parlé de vous dans ses lettres. J'ai l'impression... de vous connaître depuis longtemps. » Sa voix était tremblante.

Il eut un soupir fétide. Elle se demanda s'il avait mangé des bêtes sauvages. Puis, horrifiée, s'il avait mangé ses victimes humaines.

Mais elle n'était pas sa victime ; elle était sa complice. Elle devait garder cette idée en tête, s'en inspirer dans ses actes.

Elle roula contre lui, poussa un petit cri surpris, puis s'écarta en hâte, comme si elle venait de toucher un objet brûlant. Elle parcourut lentement son corps du regard. Il le remarqua et son torse se banda comme s'il était entièrement composé de tissu érectile.

En faisant abstraction de son visage, pensa-t-elle, il a le genre de corps que j'aimais dans ma jeunesse, à l'époque où je ne savais rien de la vie. Il ressemble étonnamment à Carl : cette musculature féminine et ses yeux à la fois vifs et vagues. Puis elle se rappela où elle était, avec qui, et frissonna.

Il commença à lui caresser le cou de sa main calleuse. Il avait des doigts verdâtres, des veines saillantes vaguement séduisantes, des ongles ronds et parfaits. Ses dents étaient jaunes et carrées, ses incisives très larges.

Elle poussa le petit gémissement, à la fois dur et doux, qui avait l'habitude d'enflammer Carl. Il s'était efforcé de comprendre pourquoi ça marchait à tous les coups mais n'y avait jamais réussi. Plus il essayait, plus le phénomène lui semblait inexplicable, plus il devenait puissant.

Le Tigre commença lentement à la déshabiller. Elle essaya de l'aider, mais il l'en empêcha. Elle lutta contre sa répugnance. Je n'ai pas de mains, pensa-t-elle ; mes mains, c'est lui. Elle devait supporter cette épreuve, donner à Sarah le temps de s'enfuir et d'appeler la police.

Sarah s'était roulée en boule sur la chaise. Les ténèbres la recouvrirent tandis que le soleil se répandait sur la pelouse. Elle se défaisait de ses liens, aussi habile qu'un magicien se libérant d'une malle fermée à clé.

Molly était écœurée par l'idée que Sarah puisse voir sa maman en train de se donner au Tigre, mais peut-être ne regarderait-elle pas. Elle n'avait pas le caractère morbide et détestait les dessins animés trop violents.

Il acheva de la déshabiller et la plaça dans une position à sa convenance, tel un enfant manipulant une poupée bien-aimée. Une méchante bise lui effleura la peau, transformant sa sueur en pellicule de glace. Elle contempla son propre corps : bleu et irréel. Le Tigre se dressa devant elle, se mit à genoux et ôta sa chemise, révélant un torse finement ciselé, une peau luisante, d'un aspect presque métallique, dépourvue de pores comme de poils. Ses yeux jaunes ressemblaient aux voyants lumineux d'un radio-réveil.

Molly avait l'impression de se réveiller dans un nid de draps mouillés à l'issue d'un cauchemar. Lorsqu'elle tendit une main pour se toucher le ventre, elle s'aperçut que le Tigre lui bavait dessus.

Il sourit, se pencha sur elle, la couvrit de son ombre, puis de son corps.

« Doucement, lui murmura-t-elle à l'oreille comme il la pénétrait. Je veux que ça dure une éternité. »

Grâce à ses sens aiguisés, elle entendit malgré ses lourds mouvements humides Sarah qui quittait sa chaise et descendait au rez-de-chaussée.

Cela sembla durer une éternité. Il était trop gros et lui faisait mal. Il y a ici deux choses distinctes, se dit-elle, comme l'huile et l'eau. Je suis l'une et il est l'autre. Les deux ne peuvent pas se mêler. Elles ne font même pas partie du même univers.

Comme elle devait gagner du temps, elle lui fit tout un numéro. « Plus doucement, mon chéri, plus doucement », répétait-elle. Elle répéta un million de variantes de cette phrase, toutes aussi mystérieuses les unes que les autres.

Lorsque le Tigre jouit — tel un énorme muscle agité d'un spasme —, Molly était sûre d'avoir réussi à le distraire.

Elle respira un peu mieux lorsqu'il s'écarta d'elle, et, avec le flot de son premier souffle, la peur et le dégoût montèrent dans sa gorge, telle une giclée de bile froide.

Elle déglutit, tendit l'oreille. Rien. Sarah était-elle sortie pour attendre la police ?

Molly l'espérait, mais elle sentait que quelque chose clochait.

Le Tigre avait posé près de sa gorge une de ses mains à la peau cuivrée et veinée de vert. Sans doute pensait-il manifester ainsi son affection. Elle fixa le plafond, chercha des mots, n'en trouva aucun.

Elle évitait soigneusement de le regarder. Elle vit un faucheux descendre le long du mur, vit les dernières traces de lumière disparaître de la chambre.

Mais qu'était-il arrivé à Sarah ? Pourquoi la maison était-elle si calme ? Elle jeta un vif regard en direction de la porte, que Sarah avait laissée entrouverte.

Les yeux du Tigre suivirent son regard comme des projecteurs, tombèrent sur le rai de lumière de l'entrebâillement, en remontèrent la trace jusqu'à la chaise vide.

Il quitta le lit d'un bond et fonça vers la porte. Quelle que fût sa nature, sa masse ne faisait aucun doute ; Molly sentait l'empreinte qu'il avait laissée sur le matelas, tel un trou noir.

Elle se leva et alla sur le palier. Un mur d'air glacé vint à sa rencontre. On entendit des bruits de lutte au rez-de-chaussée, quelque chose qui se déchire.

« Sarah, tu n'as rien ? cria Molly. Ne lui faites pas de mal ! » Elle posa le pied sur la première marche, prête à bondir.

« La police n'a pas voulu me croire », gémit Sarah, allongée sur le plancher. Le Tigre la prit une nouvelle fois dans ses bras et la remonta à l'étage. « Ils croyaient que je leur racontais des blagues parce que je suis jeune. Ils m'ont dit que j'avais une imagination débordante, qu'il ne fallait pas que je croie tout ce que je lis. Puis ils ont raccroché. »

Elle tenait toujours le combiné à la main, et le cordon traînait derrière elle comme une queue.

« Retourne dans la chambre, dit le Tigre. Je ne lui ferai aucun mal si tu m'obéis. »

Molly s'exécuta à contrecœur. Le Tigre posa Sarah sur la chaise, examina les liens dont elle s'était défaite, puis sourit.

« Pas mal, gamine, dit-il. Tu te débrouilles bien. »

Molly s'était lentement dirigée vers le coin le plus sombre de la pièce. A travers l'unique fenêtre, on apercevait la lueur terne d'un réverbère.

Le Tigre lui tournait le dos. Il contemplait Sarah et ses cordes, en proie à une sorte d'extase innocente. Molly s'assit sur le fauteuil vert et banda ses muscles. Elle estima la distance qui les séparait, la force de ses jambes.

Il recula d'un pas, fit mine de se retourner.

Molly saisit sa chance. Elle leva les pieds, les amena contre sa poitrine, puis lui donna un violent coup de talons au creux des reins. Il poussa un cri de surprise, comme un matelas sur lequel on saute, puis plongea vers la fenêtre fermée, les bras tendus devant lui. Une lueur bleue éclaira l'averse de verre brisé. L'espace d'une seconde, alors qu'il était suspendu dans l'air derrière la fenêtre, Molly vit les éclats de verre plantés dans sa chair. On aurait dit l'image d'un homme dans un miroir brisé.

Elle se leva, étouffant son sentiment de culpabilité. « Debout, Sarah, dit-elle. Fichons le camp d'ici. » Molly se précipita vers la porte, renversant un vase de fleurs fanées. L'eau puante assombrit la moquette. Elle enjamba la flaque, enfila ses vêtements à la hâte. Elle n'alla pas à la fenêtre pour voir s'il était mort. Elle ne souhaitait pas le savoir.

Molly agrippa le bras de Sarah, et elles se mirent à courir.

Le soleil avait totalement disparu. Il n'y avait pas de lune. Une brume laiteuse occultait les étoiles. On aurait dit qu'elle venait de se réveiller sous une couverture toute retournée.

« On va aller au commissariat, dit Molly. Peut-être qu'il n'est pas mort. Et il court plus vite que nous. »

Arrivées à mi-chemin du plus proche carrefour, elles se retournèrent, examinèrent leur maison. Aucun mouvement n'était perceptible, mais Molly n'était pas rassurée pour autant.

« Cours, dit-elle. Cours comme s'il nous poursuivait. »

Elles descendirent la rue à toute allure. Personne dehors, ce soir. Une vraie ville fantôme. Il ne faut jamais compter sur la chance dans une situation de ce type, pensa Molly ; je dois à tout prix rester alerte. Je m'effondrerai plus tard si nécessaire.

Elles franchirent un coin de rue, éclairées par la faible lueur d'un réverbère qui gagna soudain en intensité, puis mourut avant de ressusciter. Une voiture surgit de nulle part. Une Volkswagen couleur rouge brique. Molly agita les bras et la voiture s'arrêta.

Un jeune homme au visage carré, aux yeux verts impavides, aux cheveux brun-roux d'adolescent, se pencha à la vitre : « Vous avez des ennuis ?

— Dieu merci, vous vous êtes arrêté, dit Molly. Emmenez-nous au commissariat, s'il vous plaît. Il y avait un intrus chez moi.

— Bien sûr, montez. » Sarah s'installa à l'arrière, Molly à l'avant. Les sièges étaient en lambeaux et on sentait une drôle d'odeur ; sans doute l'homme possédait-il un chien.

Apparemment, il se contentait d'attendre que Molly veuille bien lui expliquer la situation. Elle était encore tout essouflée. Il fallait qu'elle lui dise quelque chose, mais elle n'y parvenait pas. Ce qui lui était arrivé semblait si intime. Cet homme était un inconnu.

La main moite de Sarah se posa sur son épaule. Molly jeta un coup d'œil à l'arrière. Son épaule était imprégnée de l'odeur du Tigre, telle une cage sale dans un zoo.

« Arrêtez-vous ici, s'il vous plaît », dit-elle au jeune homme au bout de quelque temps. Ils se trouvaient devant la maison de Mary, une de ses amies. La lumière était allumée et elle apercevait des gens à l'intérieur.

« Sarah, va chez Mary et dis-lui que je l'appellerai depuis le commissariat. » La voiture fit halte, la porte s'ouvrit en tressautant. Sarah descendit à contrecœur. « Dépêche-toi. »

Le jeune homme tendit le bras devant Molly pour refermer la portière ; le loquet lui resta dans la main. « Faut que je fasse réparer ce truc », dit-il, et il lança le loquet sur la banquette arrière. Puis il redémarra, aussi silencieux qu'un bloc de pierre, mais se permit un demi-sourire qui ne déforma que la partie droite de sa bouche.

« Ce n'est plus très loin », dit-il. Sa voix était plus âgée que son visage ; ses mains étaient blanches, recroquevillées sur le volant.

Le trajet sembla durer une éternité, mais Molly ne comprit pas tout de suite que quelque chose clochait. Son sens de la durée était tourneboulé. Elle commençait à dériver. Les vitres étaient hermétiquement fermées mais tressautaient comme si elles étaient sur le point de lâcher. L'odeur épaisse commençait à la tracasser, à éveiller ses soupçons.

« Vous avez un chien ? demanda-t-elle finalement, sentant sa voix s'étioler sur les deux derniers mots.

— Non, pas exactement, répondit-il.

— Pourriez-vous baisser la vitre ? Je suis allergique à ce genre d'odeur.

— Les vitres sont cassées, elles aussi. »

Puis elle remarqua qu'ils s'approchaient des faubourgs de la ville, qu'ils descendaient dans la vallée, la vallée dominée par la montagne et par la prison. Il faisait sombre dans la fente de la vallée, un lieu empli d'arbres touffus.

« Nous n'allons pas dans la bonne direction ! » hurla Molly. Une giclée d'adrénaline acheva de l'éveiller. « Faites demi-tour. »

Elle tendit une main vers la portière et il appuya sur l'accélérateur.

« N'essayez pas de faire ça. »

Ils passèrent en rugissant devant l'église où la jeune mariée avait été kidnappée par le Tigre. Les vitraux luisaient à la lueur des phares ; la flèche était un pieu sombre et rugueux dressé vers le ciel. Molly reconnut l'édifice grâce aux photos publiées dans les journaux.

« Je veux vous montrer quelque chose », dit le jeune homme.

La voiture prit de la vitesse en descendant dans la vallée, traversant le tunnel d'arbres dans un rugissement, semant sur son sillage une volée de feuilles mortes.

Molly s'agrippa à la portière, coinçant ses doigts dans l'emplacement de la poignée, au cas où. Peut-être allaient-ils se retrouver derrière une autre voiture, peut-être serait-il obligé de ralentir, peut-être parviendrait-elle à ouvrir la porte. Elle attendit. Elle pourrait s'enfuir dans les bois. Elle lui jeta un regard en coin ; il semblait robuste, carré, mécanique.

Sans quitter la route des yeux, il tendit la main droite vers la banquette arrière.

Le cœur de Molly fit un bond. Allait-il la tuer ? Elle banda ses muscles, pressa son pied droit sur le tapis de sol, comme si la pédale de frein se trouvait de son côté.

Mais ce qu'il attrapa sur la banquette arrière n'était ni un couteau ni un revolver. C'était un masque, un masque de tigre en plastique bon marché, du genre de ceux qu'on trouve chez Woolworth à l'époque de Halloween.

Il l'enfila.

« Je suis le Tigre, dit-il. Les journaux ont parlé de moi. »

Molly trouva son numéro quelque peu pathétique.

Il quitta la route principale pour s'engager sur un chemin non carrossable. Molly ne cessait de se cogner la tête au plafond, d'où tombaient des nuages de poussière.

« Il faut que je ralentisse, dit-il. Je ne veux pas bousiller ma voiture sur un nid-de-poule. Restez tranquille. Nous sommes bientôt arrivés. »

Au bout de deux ou trois minutes, il emprunta une piste aménagée pour les camions de bûcherons, roulant sous des arbres plus noirs que le ciel nocturne. Un peu plus loin se trouvait un petit chemin creux, qu'il suivit jusqu'à ce qu'ils aient perdu la route de vue. Molly regarda autour d'elle, cherchant à déterminer l'endroit où ils se trouvaient. Une poubelle renversée avait dégorgé son contenu. Les ordures luisaient comme des fleurs écloses durant la nuit.

L'homme lui agrippa violemment l'épaule. « Par ici. » Il la

prit par la nuque et la força à tourner la tête. « Vous voyez cette ouverture entre les arbres, un genre de tunnel ? Eh bien, c'est là que j'ai traîné ma première victime, la jeune mariée dont vous avez sans doute entendu parler. »

Il la regarda pour observer ses réactions. Elle savait que son visage était impassible ; elle bouillait intérieurement et ce sentiment la privait toujours de toute expression.

Jamais elle n'arriverait à ouvrir la portière de l'intérieur. Sa main droite fouillait l'espace sous le siège, mais elle ne pensait pas pouvoir retrouver le loquet sans se faire remarquer. Elle devrait lui passer sur le corps si elle voulait sortir.

Elle regarda dans la direction qu'il lui indiquait afin de gagner du temps, de réfléchir sans être distraite par ses yeux vitreux d'oiseau. Il y avait bien un trou noir entre les arbres, un espace vide, et elle était convaincue que cette partie du récit du jeune homme était authentique ; que le Tigre avait traîné sa première victime dans cette grotte végétale. Les lambeaux phosphorescents qui pendaient aux branches provenaient peut-être d'un voile de mariée.

Elle se demanda comment le jeune homme avait découvert cet endroit. Elle le regarda. Il se tourna vers elle et la gratifia d'un sourire salace. Ses dents étaient parfaites et aussi blanches que la lune ; elles n'étaient ni jaunes, ni carrées, ni terrifiantes.

Mais il était effrayant, un peu comme un insecte. Elle sentit sur son bras le contact de sa peau parcheminée et frissonna.

Pourrait-elle user de son innocence ou de son charme pour l'affronter ? S'il la croyait sincère, sans doute serait-il pris d'une folie meurtrière. L'idée de le séduire lui répugnait totalement. Impossible de l'envisager, ne fût-ce qu'un instant.

En outre, il lui réservait sans doute un sort bien plus cruel.

« Dites-moi la vérité, lui demanda-t-elle d'une voix aussi froide qu'une lame. Êtes-vous un de ses fans ? Avez-vous lu son histoire dans les journaux ? »

Il sembla surpris par sa détermination, ainsi qu'elle l'avait espéré. « Mon mari a été en prison pour trafic de drogue et il a bien connu le véritable Tigre. Ils étaient aussi proches que deux frères. Le Tigre est dans ma maison en ce moment même. » Elle marqua une pause pour lui laisser assimiler ces mots. Son récit semblait authentique et choquant à ses propres oreilles.

« J'ai couché avec lui. »

Le jeune homme la regarda d'un air consterné, incrédule. « Vous êtes dingue », dit-il, et sa voix était frémissante comme un oiseau sur une branche nue. « Ce n'est pas possible... Je suis... »

Avait-elle trouvé la bonne clé ?

Le visage du jeune homme perdit toute expression, puis ondoya comme s'il allait se défaire. L'espace d'un instant, elle se demanda si elle ne lui avait pas lancé le plus mortel des défis. Si on révèle au grand jour la faiblesse d'un homme, il risque de devenir violent. Mais il continua de bafouiller, il craquait.

« J'ai couché avec lui, répéta-t-elle avec entêtement. Vous êtes un imposteur. » Elle cherchait toujours la poignée sous le siège lorsque ses doigts se refermèrent sur un objet froid, poisseux, dur. Elle le saisit, toussa pour qu'il ne quitte pas son visage des yeux, puis brandit un démonte-pneu.

Il le vit, mais ne put lui échapper. Les bras de Molly avaient pris de la force depuis qu'elle avait transporté tant de cartons. Elle le frappa à la tempe, entendit un craquement rappelant le bruit d'un œuf que l'on casse. Elle ne ressentit rien. Était-ce un être humain ou un reflet parmi d'autres ? Le masque chut de son visage et il s'effondra sur le volant. La plaie qui zébrait son crâne ressemblait à une route de montagne, longue et sinueuse. Elle mit un long moment à saigner.

Molly eut toutes les peines du monde à lui passer sur le corps pour sortir de la voiture. Elle essaya de le déplacer mais n'y parvint pas.

Étonnant comme un cadavre peut être lourd.

Molly s'étira pour chasser les crampes de ses jambes et regarda autour d'elle. Elle sentit une odeur de bière, de rouille, le parfum moisi de la forêt. Les feuilles tombaient sur le sol, tournoyaient quelques instants, puis s'immobilisaient. Quelque part au-dessus d'elle, dissimulée par la sombre muraille des arbres, se trouvait la prison nichée à flanc de montagne, tissant sa toile de lumières et de barbelés.

Pourquoi le Tigre avait-il choisi un lieu aussi proche de la prison pour y traîner sa première victime ? Avait-il été incapable de se libérer, même en esprit ?

Molly comprenait ce sentiment : être incapable de seulement imaginer la liberté.

Elle se dirigea vers le trou dans les arbres, se baissa et arracha un morceau de voile nuptial à un buisson épineux. Elle l'empocha. La police souhaiterait le voir.

Elle retourna près de la voiture. Le jeune homme était recroquevillé comme un paquet de linge sale. Elle lui toucha la tête, qui était noire de sang, la plaie béante exposant l'os. Ses lèvres étaient grises. Elle sentait le froid qui se dégageait de son corps.

Elle se redressa, examina ses mains. On aurait dit celles d'une autre. Le sang coulait de ses doigts en lentes gouttes épaisses. Une mouche se posa sur son nez et elle la chassa sans réfléchir, puis laissa retomber ses doigts.

Elle se pencha et contempla son reflet sur la vitre sale de la Volkswagen. Son visage strié de sang prenait une taille démesurée sur le verre convexe. Comme une peinture de guerre, étrange et sinistre.

La tanière du Tigre se trouvait-elle dans la forêt, au pied de l'immense montagne et des murs de pierre de la prison ? Cela paraissait raisonnable. Si elle remontait le tunnel à travers la forêt, jusqu'à la prison, que trouverait-elle en chemin ? Une pile d'os, un miroir, un recueil de coupures de presse ? Elle devait faire vite.

Elle hésita durant quelques instants. Peut-être devrait-elle aller au commissariat. Mais il se trouvait à plusieurs kilomètres de là et elle n'était pas sûre de le trouver. Ils avaient fait un long trajet dans l'obscurité et elle risquait de se perdre. La prison était plus proche, et elle saurait la retrouver car les rayons de ses projecteurs balayaient régulièrement la cime des arbres. Il lui suffirait de suivre les lumières et la piste tracée par le Tigre.

Le sentier s'enfonçait dans la forêt. Elle regarda une dernière fois derrière elle, puis plongea dans les ténèbres parfumées.

« Salut », dit-il.

Traduit par Jean-Daniel Brèque

Elle se dirigea vers le mur dans les graviers. Sa blouse se [illegible] un morceau de soie rouge pendant à un buisson épineux. Elle l'empocha. La police souhaiterait le voir.

RONALD DUNCAN

Consanguinité

Ronald Duncan était un homme aux talents exceptionnellement variés : poète, dramaturge, librettiste, traducteur, disciple de Gandhi. Mais dans cette histoire peu connue, d'une hypocrite douceur, il se révèle en outre un excellent praticien de l'horreur ambiguë. Dans la grande tradition d'Henry James et d'Edith Wharton, voici un récit qui fait basculer notre univers moral et laisse bien des questions sans réponses.

Il se déroule en Grande-Bretagne durant la guerre — une période où, Duncan le dit lui-même, « les événements se déroulaient fort vite... et personne ne les examinait de trop près ». Dans le compartiment première classe d'un train en route pour Edimbourg, la rencontre fortuite de deux officiers en permission conduit à une invitation impromptue. L'un des deux hommes a une sœur. L'autre a peut-être eu une épouse. Ces faits n'ont certes rien de sinistre, mais ce qui suit est terrifiant. Permettez-moi de préciser qu'il vous faudra peut-être deux lectures, voire trois, pour percevoir entièrement les passions charnelles imaginées par Duncan.

LE *Flying Scotsman* avait deux heures de retard. Cela se produisait fréquemment durant la guerre, surtout lorsque les Heinkel effectuaient un bombardement nocturne. Le train étant soumis au black-out, toutes les lumières y étaient tamisées ; deux officiers étaient assis l'un en face de l'autre dans un compartiment de première classe. Le premier lisait *L'Idiot ;* le second, un major d'environ trente-cinq ans, était pelotonné dans un coin et regardait fixement devant lui, examinant une scène visible de lui seul. Il fumait cigarette sur cigarette. Cela faisait quatre heures que les deux hommes n'avaient pas prononcé un mot, quatre heures et cinq minutes qu'ils étaient montés dans le train. Leur brève conversation avait été fort rudimentaire et ils ne s'étaient même pas présentés. Le capitaine Maclean, des Highlanders de Seaforth, s'était permis de remarquer que « ces saletés de masques à gaz étaient fichtrement encombrants », et le major Buckle, de la Black Watch, s'était contenté d'un grognement en guise de réponse. Leur silence ne leur était cependant pas imposé par les notices placardées au-dessus des sièges et les avertissant que : « Le bavardage est le meilleur allié de Hitler » ; simplement aucun d'eux n'inspirait à l'autre une quelconque curiosité. Peut-être connaissaient-ils trop bien leur prochain pour souhaiter sympathiser avec quiconque. Tel était effectivement le cas du capitaine Maclean, qui venait de supporter neuf semaines en compagnie de sa troupe. A ses yeux, et c'était bien compréhensible, le silence semblait un luxe et la solitude un privilège.

Il avait l'intention de passer sa permission en famille. Il était peu probable que sa sœur, qui veillait à l'entretien de sa maison d'Edimbourg, prît l'initiative de gâcher son bref répit. Il avait cependant pris la précaution de l'informer de son arrivée à la dernière minute et s'était contenté de lui envoyer un télégramme depuis King's Cross. Il ne souhaitait pas que le clan se rassemble pour l'accueillir à Waverley Station.

Le train fit halte brutalement. Un nuage de vapeur provenant des freins s'insinua dans le compartiment.

« Un signal d'arrêt, je suppose, dit Maclean en reposant son livre et en se tournant vers le rideau qui masquait la vitre. Nous allons être plus en retard que prévu. »

Le major Buckle consulta sa montre. Tout commentaire était superflu. Un arrêt ne risquait guère de les faire arriver en avance.

Mais, au bout d'une dizaine de minutes, l'express se remit en marche et traversa furtivement une gare. Durant la guerre, une telle circonstance suscitait inévitablement une conversation, et même le capitaine Maclean n'était pas à l'abri d'une telle réaction.

« Où sommes-nous ? demanda-t-il, soulevant un coin du rideau pour découvrir un quai plongé dans l'obscurité.

— Dieu seul le sait, répliqua Buckle. On dirait l'enfer. Peut-être est-ce l'enfer. Je crois reconnaître les lieux. Je suis allé deux ou trois fois au Saint-Leger. C'est sûrement Doncaster. »

Tous deux remarquèrent presque simultanément qu'ils auraient dû se trouver quatre-vingts miles plus au nord à cette heure-ci, après quoi ils eurent presque l'impression d'être de vieux amis. Rien ne rapproche plus les gens qu'un sujet de récrimination partagé.

« C'est fichtrement dur de prendre un train qui a une demi-journée de retard quand on n'a que quinze jours de permission, marmonna Maclean.

— Vous étiez outre-mer ? demanda Buckle sans la moindre trace d'intérêt dans la voix.

— Singapour. » Une réponse sèche sans être grossière.

« Ça a dû être dur. » Un commentaire compatissant sans être condescendant.

Le sujet ne fut plus abordé. Le régiment de Maclean avait battu en retraite durant quatre mois à travers la jungle malaise, pour être ensuite pratiquement exterminé sur les quais de Singapour, et il était le seul officier de sa brigade à avoir survécu, mais ce n'était pas une raison pour s'épancher sur son sort. Ce n'était pas la honte qui le poussait au silence ; il se serait montré aussi taciturne s'il avait pris part à une victoire. On ne parle pas de ces choses-là, voilà tout.

« Avez-vous vu des spectacles intéressants à Londres ces derniers temps ? demanda-t-il.

— La dernière pièce de Rattigan était assez bonne.

— Mais ça fait plusieurs mois qu'elle a quitté l'affiche.

— Vraiment ?

— Oui. Comme le temps passe.

— Vraiment ? » redemanda Buckle avec insistance.

Maclean parut embarrassé, sentant que cette question était lourde de considérations philosophiques. Puis, soudain, il eut un sourire soulagé.

« Ah, bien sûr, je vois ce que vous voulez dire. Le temps semble passer plus lentement dans un train.

— Ce n'est pas ce que je voulais dire.

— Oh ! »

Maclean reprit son livre. Moins de cinq minutes plus tard, les deux officiers s'étaient endormis. Le train filait au cœur de la nuit, emportant ses passagers de l'avant tandis qu'ils régressaient dans leurs rêves. Le rêve d'une main coupée, tel un gant jeté sur le sol. Le rêve d'une négresse au collier de seins. Mais Maclean ne se rappela pas ces deux rêves lorsqu'il se réveilla à la faible lueur de l'aube, la nuque ankylosée. Il se hâta de redresser sa cravate et de repeigner ses cheveux.

« Ce qu'il nous faut, c'est une bonne tasse de café, dit-il.

— Nous venons tout juste de traverser Peebles, lui dit Buckle. Nous devrions arriver à destination dans une demi-heure. »

On ne pouvait pas dire que les deux officiers avaient couché ensemble, mais le fait qu'ils se fussent allongés dans le même compartiment sembla cimenter leur relation. Le matin les trouva bien plus bavards qu'ils ne l'avaient été durant la nuit.

« Habitez-vous également à Edimbourg ? demanda Maclean.

— Non, mais j'y ai vécu. C'est pour ça que je m'y rends. »

Maclean était toujours irrité par les paradoxes. Il avait peur qu'ils dissimulent une moquerie à son égard.

« Vous habitez en banlieue, vous voulez dire ? demanda-t-il, espérant résoudre cette contradiction apparente.

— Non, je ne vis plus nulle part désormais », répondit Buckle sans la moindre trace de regret dans la voix.

Trois images sinistres s'imposèrent immédiatement à l'esprit du capitaine. Il imagina tout d'abord le major immobile près des ruines fumantes d'une maison bombardée où gisaient tous les membres de sa famille. Pour une raison indéterminée, un ours en peluche et un cheval à bascule étaient visibles au premier plan de cette image. La deuxième lui montrait le major conduisant un tank en direction de Benghazi. Un courrier lui tend un câble. Il provient de sa femme. Maclean le déchiffre aisément par-dessus l'épaule du major Buckle : « Je couche de temps en temps avec le facteur, mais je suis enceinte des œuvres du laitier. Quand tu recevras ce message, je me serai mise en ménage avec l'éboueur. Ta femme qui t'aime. »

« Saleté de guerre, elle déracine tout le monde », dit-il.

Puis la troisième image lui apparut. Il vit sa sœur Angela qui l'attendait sur le quai de la gare, la bouche aussi emplie de questions que celle de sa nourrice l'avait été d'épingles.

« Si vous n'avez pas de point de chute à Edimbourg, ma sœur et moi serions ravis de vous accueillir.

— Merci. Je serais enchanté de profiter de votre hospitalité pour une ou deux nuits.

— Ainsi que votre épouse, bien entendu, si...

— Non, je suis seul. »

La deuxième image se déroula comme une bande-annonce dans l'esprit de Maclean.

« Je ne suis pas marié. »

L'image s'évanouit, remplacée par celle de sa sœur sur le quai de la gare. Il était sûr qu'elle était venue l'attendre.

Tout ce qui concernait Angela résultait d'un compromis, y compris son sexe. Flanquée de son chien tenu en laisse, un sac à main en croco glissé sous le bras, elle était d'une totale discrétion. Toute son apparence était un compromis car, bien qu'Angela se sût douée d'une grande beauté et souhaitât attirer les regards, elle s'habillait avec tant d'élégance discrète et adoptait une attitude tellement effacée qu'on passait souvent près d'elle sans lui accorder un regard ni remarquer ses vêtements. Son chapeau plutôt *chic** suggérait une gaieté et une féminité que démentait la sévérité de son tailleur en tweed. Quand elle faisait tourner d'une main sa jolie ombrelle française, son attitude était néanmoins celle d'un homme. Personne ne lui avait jamais dit qu'elle avait des jambes superbes et une démarche avenante, mais elle le savait. Peut-être était-ce pour cette raison qu'elle portait de somptueux bas de soie et de lourdes chaussures de marche destinées à gâcher leur séduction. La nature avait fait preuve d'indécision en ce qui la concernait, la dotant de cheveux ternes et raides (alors que ceux de son frère frisaient naturellement), d'yeux magnifiques et d'une belle bouche surmontant un menton un peu trop lourd. Ses hanches évoquaient celles d'un adolescent, mais même le soutien-gorge le plus serré n'aurait pu dissimuler ses seins. Bien qu'Angela approchât de la trentaine, elle était aussi embarrassée par ses seins qu'à l'époque où ils avaient commencé à pointer. Alex s'était souvent moqué d'elle à cette époque ; elle redoutait toujours ses moqueries et aurait souhaité se défaire de sa féminité. Depuis la mort de leur mère, elle l'avait remplacée auprès de son frère. Durant les dix dernières années, elle était quasiment devenue son épouse. Elle n'avait bien entendu conscience d'aucune tendance incestueuse de sa part ; elle aimait Alex plus que n'importe quel homme, tout simplement, et elle avait repoussé les avances de nombreux soupirants car y succomber aurait signifié être infidèle à Alex. Ils étaient heureux de vivre ensemble dans la vieille maison de Randal Crescent. Ils pouvaient lire à table, ils pouvaient s'asseoir au bord du lit l'un de l'autre.

Elle avait compté les jours, les heures, qui la séparaient du moment où le train le lui ramènerait. Alors que la locomotive freinait en bout de quai, elle le vit descendre de son compartiment et se sentit comblée pour la première fois depuis douze mois. Ses yeux, puis ses pieds, coururent à sa rencontre, comme si en l'embrassant elle effacerait tous ces mois d'angoisse qu'elle avait endurés en secret. Rien d'autre que lui n'existait à ses yeux — ou presque. Peut-être finirait-elle un jour par adopter un autre être.

* En français dans le texte. *(N.d.T.)*

« Alex ! » s'écria-t-elle. Mais il n'y eut pas d'étreinte. La laisse occupait une de ses mains et l'ombrelle encombrait l'autre. « Boxer est venu vous accueillir. Il a été très patient. Votre train a plusieurs heures de retard. »

Alex était un officier et un gentleman. Il gratifia sa sœur d'un sourire mais embrassa et caressa le chien.

Puis il se redressa et la présenta au major. Mais Angela ne regarda celui-ci que distraitement ; elle n'avait d'yeux que pour son frère. Comme toutes les femmes, toutefois, son sens de l'observation était fort développé, et elle remarqua certains détails sans même l'avoir cherché. Lorsqu'elle serra la main du major Buckle, le vague regard poli qu'elle jeta sur lui fit naître dans son esprit une image indélébile. Elle vit en lui un être solitaire, timide et pathétique, et ne fut pas le moins du monde impressionnée par sa large carrure et son air jovial. Ses yeux bleu pâle lui conféraient une certaine froideur distante qu'elle trouva séduisante, tandis que ses lèvres, dont la rougeur contrastait violemment avec la pâleur de sa peau, donnaient à sa bouche une allure sensuelle qu'elle trouva répugnante. Elle remarqua également que son ordonnance avait repassé sa cravate du mauvais côté.

Buckle, quant à lui, eut tout le loisir d'observer Angela pendant qu'elle bavardait d'un air excité avec son frère. Et bien qu'il la détaillât sur toute la longueur de son corps, il ne vit que sa lèvre inférieure humide, ses seins et ses hanches étroites, et ne remarqua ni la couleur de ses yeux, ni celle de ses cheveux, ni les vêtements qu'elle portait. Lorsqu'ils arrivèrent près du guichet, il savait qu'il désirait coucher avec elle. Quel dommage qu'il fût l'invité de son frère.

Les journées qui suivirent furent les plus heureuses qu'Angela eût jamais connues. Elle ne savait pas pourquoi. Les historiens affirment que les guerres sont dues à des causes économiques. Ils se trompent. L'économie n'est qu'une excuse commode ; la guerre existe parce qu'elle détruit ce que nous voulons tous voir détruit : le statu quo, que nous identifions à nos propres inhibitions. Seule la guerre permet de faire et de défaire les amours. Ce n'est pas un mal nécessaire mais un plaisir nécessaire. Si nous étions tant soit peu honnêtes, nous admettrions que les massacres, les souffrances et les actes de cruauté causés par la guerre ne sont pour nous que des statistiques regrettables. L'important, à nos yeux, c'est que la guerre nous donne cette sensation d'insécurité qui est l'essence même de la vie, alors que la paix nous semble aussi morne et aussi respectable que la mort. Il est exact qu'une orgie bien arrosée procure le même genre de sensations libératrices, mais il est fort difficile de demeurer ivre pendant plusieurs années d'affilée et impossible de vivre même la plus brève des liaisons illicites sans éprouver une curieuse sorte de remords. En temps de guerre, nous pouvons assouvir nos pulsions sans nous sentir coupables ; en fait, nos excuses deviennent des obligations et notre comportement est présenté comme un aspect de ce grand sacrifice que nous maudissons en public mais dont nous jouissons en privé. La fermeté et la grandeur d'âme permettent de surmonter une catastrophe nationale : ce sont le chagrin personnel, la sensation d'un vide dans notre vie qui sont insupportables. C'est un fardeau auquel nous serions heureux de renoncer, même au prix d'un million de vies humaines.

Angela chantonnait en préparant le petit déjeuner dans la cuisine, vêtue d'une robe de chambre et chaussée d'une paire de mules. Angela chantonnait en apportant leurs plateaux aux deux hommes dans leurs chambres respectives. Elle s'était levée de bonne heure, elle avait fait le ménage et elle avait préparé un pique-nique. A présent, elle se faisait couler un bain et admirait sa silhouette dans le miroir, radieuse. Comme c'était agréable d'avoir de nouveau à s'occuper de deux hommes. Jamais elle ne s'était sentie aussi utile depuis la mort de son père. Comme c'était agréable de se lever tôt pour préparer des sandwiches et une salade, pour repasser des chemises ; et son plaisir était d'autant plus grand qu'elle pouvait désormais tempérer ses démonstrations d'affection envers son frère d'un certain sentiment de vertu, voire de sacrifice. Sa permission était de courte durée : il avait bien le droit de prendre son petit déjeuner au lit. Et la présence d'un invité dans la maison était une excuse supplémentaire à tout ce luxe soigneusement planifié. Lorsqu'elle entra dans la baignoire, elle décida qu'elle allait leur préparer du saumon pour le souper. Puis elle se rappela qu'elle n'avait pas fermé la porte de la salle de bains. Elle sortit de la baignoire pour le faire. Sans cesser de chantonner, elle regagna son bain. La porte resta entrouverte.

« Alex, si vous rincez votre rasoir dans la baignoire, je vous jette une éponge sur la tête. C'est dégoûtant. »

Il y avait dans sa voix une douce nuance d'irritation, de celles que les femmes utilisent pour se plaindre d'une habitude masculine qu'elles chérissent en secret.

« Dépêchez-vous de sortir de là. Buckle aura sûrement envie de prendre un bain. » Alex plongea son rasoir dans l'eau du bain et se passa un peu de savon à barbe sur les joues.

Angela s'étendit de tout son long, battant des jambes pour agiter l'eau, qui déferla en vagues sur son ventre plat. Ce mouvement l'aidait dans ses méditations depuis sa plus tendre enfance.

« Alex, est-ce que vous l'aimez ? »

Le ton détaché de sa voix trahissait l'importance que cette question revêtait à ses yeux.

« Immensément », répondit-il.

Angela se redressa, soulagée, et entreprit de se frictionner vigoureusement. La réponse de son frère était essentielle.

« Nous nous entendons si bien, dit-elle. J'ai peine à croire que vous l'avez seulement rencontré il y a trois jours dans le train. Mais il est si réservé. Je ne sais presque rien de lui.

— Est-ce nécessaire ? marmonna Alex, grimaçant sous les assauts de sa lame de rasoir.

— Pas si vous l'aimez. »

Les jours qui suivirent furent placés sous le signe de l'oisiveté et de l'improvisation, pique-niques le jour et tournées des pubs le soir. Cette dernière activité était inspirée par les ambitions littéraires d'Alex. Edimbourg est sans doute la seule ville des îles Britanniques où les écrivains se retrouvent régulièrement dans leur taverne préférée, et même la guerre n'avait pu disperser ce groupe de vieux briscards affables mais grincheux. Angela aimait bien écouter parler son frère ; elle aussi était persuadée de son talent après deux ou trois verres de whisky. Elle se sentait aussi fière qu'une mère et l'écoutait avec autant d'indulgence qu'une épouse pendant qu'il racontait l'intrigue de sa pièce en gestation à un poète nationaliste qui alternait la Drambuie et la bière avec une régularité de métronome. Angela connaissait ladite intrigue mieux qu'Alex, lui soufflait un détail de temps en temps, et elle lui fit remarquer qu'une de ses scènes lui rappelait une pièce de Birdie qu'elle avait vue quelques années plus tôt au King's. Après tout, c'était sa sœur.

Le major Buckle ne participait guère à la conversation durant ces soirées, sauf pour admettre qu'il n'avait pas lu tel ou tel livre dont il était question. Mais il quittait rarement Alex des yeux, et bien qu'il n'eût lui-même aucune ambition littéraire et ne tentât jamais d'afficher sa propre personnalité, il était de toute évidence impressionné par celle de son ami. C'est la loyauté qu'il manifestait envers son frère qui rendit le major Buckle séduisant aux yeux d'Angela. Il ne l'attirait guère physiquement. Son aspect et les réactions qu'il suscitait en elle étaient bien trop vagues, nébuleux et indéfinis pour qu'elle entretînt à son égard des sentiments précis. D'un autre côté, il avait des traits si réguliers, si discrets, et une personnalité si passive qu'elle ne pouvait en aucun cas émettre une objection à son encontre. Elle avait désormais l'impression d'avoir deux frères, et mieux ils s'entendaient tous les trois, plus elle les aimait tous les deux.

Alors qu'ils rentraient chez eux après leur troisième soirée passée au Green Dragon, Angela passa un bras sous celui de son frère et, comme Buckle marchait à ses côtés, elle lui accorda l'autre. A l'issue de la cinquième soirée, elle embrassa son frère pour lui souhaiter une bonne nuit et, comme Buckle était assis à côté d'Alex, elle lui accorda également un baiser. C'étaient de si bons amis tous les deux, il était naturel qu'ils se partagent ses faveurs. Après la septième soirée passée de telle façon, et à l'issue de l'absorption d'une demi-douzaine de whiskies, Angela et Buckle se retrouvèrent seuls sur la banquette arrière d'une voiture. Un environnement suggestif peut parfois faire croire à des sentiments partagés. Le major Buckle prit l'initiative. Il lui écrasa les lèvres et déboutonna son chemisier, ne battant en retraite que lorsque la complexité du soutien-gorge vint à bout de sa dextérité. Au bout d'une quinzaine de jours, un accord tacite avait été conclu entre eux, bien que ni l'un ni l'autre n'eût pu en préciser la nature. Ce n'était certes pas de l'amour ; cela ressemblait dangereusement à l'imminence d'un mariage. Les événements se déroulent fort vite en temps de guerre, et personne ne les examine de trop près. Tous trois tombèrent d'accord pour se rendre à Londres et y voir quelques pièces de théâtre.

Angela se détendit à mesure que progressa sa relation avec Buckle. Elle prit l'habitude d'entrer et de sortir de la chambre de son frère vêtue de ses seuls sous-vêtements ou enveloppée dans une serviette de bain. Leurs chambres d'hôtel étaient contiguës ; elle passait plusieurs heures à bavarder avec Alex assise au bord de son lit. La chambre de Buckle se trouvait de l'autre côté du couloir, mais elle ne le dérangeait jamais. Cependant, sa présence était un indispensable catalyseur. A présent qu'elle avait un homme bien à elle, pour ainsi dire, Angela estimait que plus rien ne s'opposait à ce qu'elle partageât avec son frère une intimité bien inoffensive. D'autant que la permission du capitaine touchait à sa fin. Nul ne pouvait dire quand ils se reverraient, ni même s'ils devaient un jour se revoir. Dans de telles circonstances, alors que les raids aériens rappelaient chaque nuit à chacun la précarité de sa situation, le désespoir se confondait parfois avec le désir. Et le désir suscitait parfois son propre désespoir.

Buckle demanda la main d'Angela alors qu'elle était étendue près de lui sur le quai de la station Lancaster Gate. Cette proposition paraissait de mise au major Buckle, qui n'était cependant pas assez réaliste pour être doué d'un quelconque sens de l'humour et trouvait peu appropriée l'idée de faire des plans pour l'avenir au milieu d'une série de raids aériens qui avaient déjà anéanti plusieurs quartiers de la ville. Peut-être leur position horizontale compensait-elle dans une certaine mesure les aspects moins romantiques de leur situation. Ils avaient été obligés de s'abriter dans la station de métro alors qu'ils retournaient à leur hôtel après une soirée passée au Mercury Theatre. Quatre heures s'étaient écoulées depuis. Le signal de fin d'alerte n'avait toujours pas retenti. Alex dormait près d'eux. Le reste du quai était couvert de corps plongés dans le sommeil et enfouis sous des couvertures. C'étaient des habitués, des termites timides qui avaient pris l'habitude de passer la nuit dans les stations de métro. Les rames ne les réveillaient jamais, les passagers qui les enjambaient ne les dérangeaient jamais, rien ne les embarrassait jamais. Des couples, jeunes et vieux, s'étaient installés sous les distributeurs de boissons et les corbeilles à papier, voire sur les marches, comme pour rechercher l'intimité d'une chambre. Les Anglais sont censés être fort prudes, mais une fois en position horizontale, au parc ou sur la plage, ils perdent toute pudeur et ont moins d'inhibitions en public que dans leur doux foyer. Nombre de nos contemporains ont été conçus sur les marches d'un escalator, à la lumière crue des néons.

Angela n'aurait pu refuser une telle proposition dans un tel environnement. Il y avait de la mort dans l'air et, tout près d'elle, une naissance, ou quelque chose d'approchant. Elle se serra contre Buckle et sourit à son frère par-dessus son épaule. Ils furent unis par les liens sacrés du mariage deux jours plus tard à Caxton Hall, grâce à une autorisation spéciale. Buckle, le jeune marié, et Alex, son garçon d'honneur, étaient tous deux légèrement hilares et un peu pris de boisson. Seule Angela était sérieuse et sobre.

Après cette cérémonie civile quelque peu sordide, où le bureaucrate officiant avait imité les accents et l'attitude d'un clergyman et leur avait tendu un reçu comme s'il s'était agi d'un sacrement, le couple se rendit directement à la gare Victoria. Alex les accompagna sur le quai où les attendait le train de Brighton. Il devisa quelques instants avec sa sœur penchée à la fenêtre. Elle avait les larmes aux yeux. Sa permission s'achèverait dans quatre jours. Elle ne supportait pas l'idée d'avoir à le quitter.

« Est-ce qu'Alex ne pourrait pas nous accompagner ? » dit-elle à son mari d'une voix suppliante.

Ils l'attirèrent dans le wagon alors que le train se mettait en route. Alex avait l'impression d'être de trop et se sentait un peu ridicule, un sac de confettis dans la poche. Il n'allait pas l'ouvrir pour arroser les jeunes mariés dont il allait partager le compartiment pendant tout le voyage.

« Je n'ai qu'un ticket de quai, dit-il.

— Allons boire un verre au bar », suggéra Buckle.

Les deux amis quittèrent aussitôt le compartiment. Angela les regarda partir avec un sourire plein d'indulgence, puis scruta son visage dans son miroir et se poudra le nez. Tout cela lui faisait l'effet d'un rêve. Elle contempla l'anneau qui ornait son doigt. Comme n'importe quelle vierge, elle était terrifiée. Elle savait qu'elle allait perdre une chose qu'elle avait préservée sans la désirer. C'était comme si elle allait chez le dentiste. Mais elle était heureuse qu'Alex les accompagne. Elle se passa résolument une couche de rouge à lèvres, puis croisa les jambes et regarda par la fenêtre, comptant le nombre de poteaux télégraphiques défilant au cours d'une minute. Elle savait qu'ils étaient distants de cinquante mètres et qu'elle pourrait grâce à eux estimer la vitesse du train. C'était un truc que lui avait appris son père.

Lorsque Angela se réveilla le lendemain matin, elle eut conscience de son rêve avant de percevoir la lumière. Elle essaya de s'en souvenir sans ouvrir les yeux...

Elle chassait mais était montée sur une girafe plutôt que sur un cheval. L'animal galopait sans qu'elle pût le maîtriser au cœur d'une forêt dont tous les arbres étaient en feu, où une flamme fleurissait sur toutes les branches. Une fois qu'elle se fut rappelé son rêve, autre chose lui revint et, soulevant ses cuisses, elle attrapa la serviette posée sous son corps. Elle se leva et l'emporta dans la salle de bains. Buckle ne se trouvait ni dans le lit ni dans la baignoire. Elle plissa le front, puis se rappela vaguement l'avoir entendu dire qu'il comptait descendre pour aller acheter le journal du soir. Mais c'était sûrement la veille, pensa-t-elle. Il avait dû revenir depuis. Elle avait la preuve sous les yeux. Elle commanda un café, retourna se coucher et alluma une cigarette. Sans doute son mari était-il allé se baigner en compagnie d'Alex. L'hôtel se trouvait au bord de la mer. Quoi qu'il en soit, elle n'avait aucune envie de prendre un bain : elle se sentait parfaitement rafraîchie. Jamais elle n'avait dormi aussi profondément, jamais elle ne s'était réveillée d'aussi belle humeur. Elle passa une bonne heure à jouir de la lourdeur de ses membres. Elle avait l'impression que sa jeunesse n'avait été qu'une longue période de sécheresse et qu'à présent qu'il venait de pleuvoir, elle était la pluie et elle était le fleuve. Mais elle ne se rappelait aucun détail de la tempête, n'essaya même pas de s'en souvenir. Elle était ravie de rester étendue et de jouir de cette sensation liquide. Son corps avait bu son propre désir. Ses cuisses et ses seins lui semblaient lourds, et elle se sentait cependant si légère qu'elle aurait cru être capable de flotter. C'était la première fois qu'Angela prenait conscience de son corps comme d'un instrument de plaisir. Jusque-là, elle n'avait vu en lui qu'un véhicule de sa santé.

Elle prit son petit déjeuner, puis décida, pour la première fois de sa vie, de ne pas prendre de bain. Elle ne voulait pas chasser cette sensation de son corps. Elle examina soigneusement sa nudité dans le miroir. Apparemment, elle n'avait en rien changé.

Les apparences sont trompeuses, pensa-t-elle, et elle s'étira comme une chatte.

Elle s'habilla en hâte et traversa le couloir en direction de la chambre de son frère, s'attendant à trouver son mari en train de bavarder avec lui. Alex était seul, il lisait dans son lit.

« Êtes-vous allé vous baigner avec Peter ? » lui demanda Angela.

Alex secoua la tête.

« Je me demande où il est passé.

— Sans doute est-il allé se promener. »

Angela acquiesça.

Durant l'heure qui suivit, Buckle resta absent de leurs pensées. Mais lorsqu'ils descendirent, Angela demanda au portier de l'hôtel s'il avait vu le major Buckle. L'homme ne put guère les aider. Il n'avait vu personne sortir et, comme il n'était pas de service la veille, lorsque Angela et son mari étaient arrivés, il n'aurait pas pu reconnaître le major.

« S'il n'a pas pris son petit déjeuner avec vous dans votre chambre, il a dû le prendre dans la salle à manger », suggéra Alex.

Mais le maître d'hôtel leur assura que personne n'avait pris place à la table d'Angela ce matin-là.

Ils décidèrent que Buckle était allé se baigner ou se

promener et sortirent pour faire quelques pas sur le front de mer. Ils essayèrent tout d'abord de le localiser parmi les baigneurs qui peuplaient déjà la plage, mais se laissèrent absorber par leur conversation au bout de quelques instants et ils ne se soucièrent plus de le chercher, pensant qu'ils le retrouveraient lorsqu'ils retourneraient à l'hôtel. Ils parcoururent environ trois miles, s'arrêtèrent pour boire un café, puis rebroussèrent chemin d'un pas indolent.

« Avez-vous vu mon mari ? demanda Angela au portier lorsqu'il lui tendit la clé de sa chambre.

— Non, madame », répondit-il d'un air jovial, comme pour la rassurer.

« Cet imbécile pense que nous avons une liaison et que vous redoutez que votre mari ne surgisse pour nous prendre sur le fait », plaisanta Alex lorsqu'ils entrèrent dans l'ascenseur.

Angela ne dit rien. Cela ne l'amusait pas.

Sa chambre était vide. Elle n'y trouva aucun message de Buckle. Pour une raison indéterminée, ni Angela ni son frère n'eurent l'idée de jeter un coup d'œil dans la salle de bains ou sur la coiffeuse pour voir si le nécessaire de toilette de Buckle s'y trouvait encore. Mais, comme il ne réapparut pas pour le déjeuner, ni au cours de l'après-midi, ils en conclurent que le War Office l'avait probablement rappelé à Londres pour une affaire urgente et qu'il avait subi un retard imprévu.

« Ce genre de choses se produit souvent de nos jours, dit Alex à sa sœur. Un membre de notre régiment a dû partir en mission secrète le premier jour de sa permission.

— Il aurait pu me téléphoner.

— Peut-être a-t-il appelé pendant que nous étions sortis.

— Dans ce cas, il aurait laissé un message.

— S'il est à Londres, il a sûrement déjeuné au club. Je vais leur passer un coup de fil pour leur demander s'ils l'ont vu. »

Alex secoua la tête à son retour. Ils restèrent silencieux durant plusieurs minutes.

« Je monte faire mes bagages », dit Angela.

Elle était à présent très inquiète. Son frère également, mais pour une autre raison. Il ne lui avait pas dit que, lorsqu'il s'était enquis de son mari auprès du secrétaire du club, celui-ci lui avait répondu d'une voix neutre que Buckle était mort. Il y avait sûrement deux membres portant le même nom, avait pensé Alex. Mais il avait néanmoins ressenti un choc.

Le lendemain de bonne heure, Alex accompagna sa sœur au War Office. Ils furent reçus par un colonel Hutchison. Alex lui expliqua la situation : si Buckle avait été rappelé dans une quelconque unité ou s'était vu confier une quelconque mission secrète, il était juste que son épouse soit informée de sa situation présente, en particulier dans une telle circonstance...

« Quelle sorte de circonstance ? demanda le colonel d'une voix pleine de sympathie.

— Nous étions en pleine lune de miel, dit Angela. Nous sommes seulement mariés depuis avant-hier.

— C'est bien du major Buckle de la Black Watch qu'il s'agit ? demanda le colonel.

— Oui, monsieur, répondit Alex avec quelque sécheresse.

— Êtes-vous sûr qu'il ne s'agit pas d'une erreur ?

— Il est rare qu'une femme oublie le nom de son mari », dit Angela.

Le colonel actionna une sonnette placée sur son bureau.

« Apportez-moi la liste des effectifs de la Black Watch », dit-il à sa secrétaire.

Lorsqu'il eut la liste en main, il y jeta un rapide coup d'œil. Puis il se leva et se tourna vers la fenêtre.

« Cela me semblait bien improbable. Mais il était néanmoins possible qu'il existe dans le même régiment deux officiers du même âge et du même rang. »

Il se retourna pour faire face au frère et à la sœur.

« Comme je vous l'ai dit, il doit s'agir d'une erreur. Le major Buckle est mort sous mes yeux il y a six mois.

— C'est impossible ! s'exclama Angela.

— Une mine a explosé sous sa voiture. Il ne restait pas grand-chose de lui, mais suffisamment pour permettre de l'identifier. L'homme que vous avez épousé avant-hier se faisait sans doute passer pour le major Buckle.

— Je suis sûr du contraire, dit Maclean. J'aurais sûrement remarqué tout détail anormal.

— Je suis navré, capitaine, mais j'en doute. Il existe beaucoup de gens qui se font passer pour des officiers ces temps-ci. Nous devons retrouver ce faux major Buckle. Les service secrets souhaiteront sûrement l'interroger. Je suppose que vous avez une photographie de lui ? Ressemblait-il à ceci ? »

Le colonel avait sorti une photographie d'un tiroir de son bureau.

« Oui, c'est Peter, dit Angela.

— C'est impossible, j'en ai peur, madame. Si vous avez une photographie de votre mari, je vous invite à la comparer avec celle-ci. Je suis sûr que vous constaterez qu'il n'existe entre les deux hommes qu'une ressemblance superficielle, laquelle a encouragé l'imposteur à agir comme il l'a fait. Avez-vous une photographie de votre époux ? »

Angela secoua la tête avec tristesse, puis se souvint.

« Oh oui ! J'ai pris plusieurs instantanés de mon frère et de mon mari lorsque nous sommes allés pique-niquer dans les environs d'Édimbourg il y a quinze jours.

— Puis-je les voir ?

— La pellicule n'est pas encore développée, expliqua Alex.

— Dans ce cas, allez la chercher, capitaine, et nous la ferons développer ici. »

Une demi-heure plus tard, Alex revint avec l'appareil photographique et le tendit au colonel. Puis il amena sa sœur au mess des officiers pendant que l'on procédait au développement. Ils attendirent.

Le colonel Hutchison semblait profondément embarrassé lorsqu'il posa les six épreuves devant eux.

« Votre frère a vraiment l'air d'une vedette de cinéma », marmonna-t-il, regrettant aussitôt sa remarque.

Angela fixa les épreuves. Il y avait six photographies de son frère, mais aucune trace d'une autre silhouette, même floue, à côté de la sienne.

Traduit par Jean-Daniel Brèque

MICHAEL BLUMLEIN

Domesticité

Dans cette nouvelle qui évoque à la fois les frissons de Maison hantée, *le chef-d'œuvre de Shirley Jackson, et ceux de « La Chambre au papier jaune » de Charlotte Perkins Gilman, autre récit classique décrivant la descente d'une femme dans la folie, Michael Blumlein nous place avec son héroïne anonyme dans une situation d'angoisse insidieuse. Cependant, à mesure que nous la regardons lutter, de plus en plus seule, contre les forces qui menacent de la terrasser, nous apparaît ce que cette femme en proie à des crises de luxure et poussée à accomplir des actes de purification rituels est incapable de percevoir : le trouble dont elle est victime trouve peut-être sa source ailleurs que dans les émanations malignes d'un immeuble voisin. « L'œil humain est incapable d'isoler la coïncidence malheureuse d'espace et de lieu qui suggère le mal sur la façade d'une maison... », a écrit Shirley Jackson, mais elle-même nous jouait des tours, détournait notre attention, tout comme Blumlein souhaite le faire. Et elle y réussissait, tout comme lui, qui nous laisse en équilibre instable entre l'horreur et la pitié.*

Je reste seule ici. Curtis est parti la semaine dernière — a été chassé, devrais-je dire. Je ne regrette rien, sauf peut-être d'avoir attendu si longtemps. Ce détachement m'est nécessaire si je souhaite préserver ce que nous avons. Je dois me concentrer. Tendre ma volonté vers ce seul but, maintenant plus que jamais.

Quand je pense à la façon dont tout a commencé, j'ai envie de rire de notre innocence. Nous étions à la recherche d'une maison et notre agent immobilier nous a conduits dans un quartier où deux maisons adjacentes étaient offertes à la vente. Elles avaient été bâties ensemble au début du siècle et elles étaient presque identiques. Toutes deux avaient un étage, un toit muni de bardeaux et une large baie vitrée donnant sur l'est. La maison la plus au nord était en moins bon état que l'autre, et j'ai découvert en interrogeant les voisins que cette situation datait de plusieurs années. D'après ce que l'on m'a dit, ses peintures s'écaillaient et ses ardoises se fendillaient plus vite que celles de sa voisine, et son trottoir semblait perpétuellement fissuré et envahi de mauvaises herbes. Curtis m'a fait remarquer qu'elle était bien moins chère que l'autre et que le coût des réparations, externes et internes, serait sûrement inférieur à la différence de prix. Comme je le lui ai rappelé, mon poste de professeur de littérature classique à l'université me rapportait un salaire appréciable, et il semblait inutile et absurde de souffrir les inconvénients d'une rénovation alors que la seconde maison était repeinte de fraîche date, nettoyée et parfaitement habitable. En outre, la première maison m'inspirait déjà une certaine antipathie qui, quoique vague, suffisait à me dissuader de l'acquérir. Curtis a prétendu que je prenais cette décision par pure superstition, une allégation que je n'ai pas daigné relever. Peu de temps après, nous avons acheté la maison qui avait ma préférence.

Je pense à présent que nous étions dans l'erreur tous les deux et que nous aurions dû éviter le quartier dans son ensemble. La maison voisine affecte les autres, et peut-être surtout la nôtre. Ses murs sont contigus aux nôtres et il est impossible d'échapper à l'intimité de ce contact. Tout comme des frères siamois, nous partageons un système circulatoire, les galeries secrètes creusées par les souris et les fourmis ; entre nous se dissimulent des tanières de cafards et de termites. Rien de tout cela n'est le fruit de mon imagination, car j'ai vu et bien vu les pattes broyées et les sourires macabres des souris prises à nos pièges. J'ai passé des journées assise à mon bureau dans l'attente d'une quelconque invasion, et je suis sûre que le murmure régulier que j'entends parfois dans la tuyauterie signale l'arrivée d'infectes eaux usées en provenance de la porte à côté. Durant la saison des pluies l'année dernière, j'ai commencé à remarquer de minces sillons luisants sur la moquette de la chambre de notre fille. Je me suis levée une nuit en l'entendant pleurer et, lorsque je suis entrée dans sa chambre, j'ai touché du bout du pied un objet mou et froid. Ma gorge s'est nouée et, à ce moment précis, j'ai aperçu deux yeux injectés de sang entre les barreaux de son berceau. Mon esprit s'est peuplé de monstrueux fantasmes alors que je palpais frénétiquement le mur en quête du commutateur. Lorsque j'ai fini par le trouver et par chasser la nuit, j'ai aussitôt pris conscience des errements de mon imagination. Ma fille était couchée dans son berceau, profondément endormie. A côté d'elle se trouvait un ours en peluche aux yeux lumineux, et il y avait deux taches noires sur le sol. Je les ai touchées et j'ai eu un mouvement de recul. Des limaces. Le corps d'une troisième occupait le centre d'une tache de fluide vert sur la semelle de ma pantoufle. J'ai tant bien que mal réussi à gagner la salle de bains où, après avoir vomi dans le cabinet, je me suis déshabillée et plongée dans un bain moussant bien chaud.

Durant les semaines qui ont suivi, j'ai rêvé que j'affrontais des créatures dépourvues de membres dont la chair gouttait lorsqu'elle était percée. Je n'étais jamais vaincue, mais je n'étais pas non plus victorieuse. Ces batailles de cauchemar semblaient durer une éternité.

Curtis m'a suggéré d'attaquer le problème à la source, c'est-à-dire, du moins l'ai-je compris ainsi, de me débarrasser des limaces qui infestaient la chambre de notre fille. J'ai accepté son conseil et arraché les lattes du parquet au pied du mur nord, là où j'avais aperçu une fissure. Alors que je réparais la brèche, j'ai senti qu'elle se rouvrirait bientôt, qu'il s'agissait d'une entrée creusée par la pression de la maison voisine. Le fait que cette entrée donne sur la chambre de Tanya — le membre le plus vulnérable de notre famille — ne m'a pas échappé, mais je me suis empressée de refouler cette idée. De toute évidence, les rêves m'avaient troublée, et je me suis efforcée de penser à la façon de Curtis, qui est persuadé qu'on peut étouffer un cauchemar en rebouchant un trou. Mon mari est aussi pragmatique que têtu. C'est le genre d'homme auquel une femme peut se fier lorsqu'elle est incapable de se fier à elle-même.

Nous avons planté des laitues dans le jardin courant mars, et lorsqu'elles ont commencé à pousser quelques semaines plus tard, nous avons entamé une série de raids nocturnes contre les escargots et les limaces. Armés d'une pelle et d'une lampe-torche, Curtis et moi ramassions et écrasions ces créatures visqueuses. Cette tâche n'avait rien d'agréable, mais ma nausée s'est atténuée lorsque nous en avons eu massacré plusieurs centaines. Peu de temps après, les cauchemars ont cessé.

Tanya est entrée dans sa troisième année à la mi-mai. C'était une enfant adorable, vive et exubérante, sans cesse occupée à tester ses limites, à tenter de retourner le monde sens dessus dessous. Le jardin prospérait, en dépit des ronces et du chiendent en provenance du terrain adjacent. J'ai accepté un poste pour l'été à l'université, ce qui me permettait de confier Tanya à une halte-garderie et d'échapper à l'emprise de la maison. A mesure que juin approchait, je dois avouer que je me sentais comblée. Excitée par de nouvelles responsabilités qui n'avaient rien de domestique, par une fille qui peuplait les corridors de l'enfance de ses jeux et de ses ris, par un mari qui commençait enfin à trouver de la satisfaction dans son travail, je suis devenue positivement radieuse. Je commençais à croire en moi-même et en ma capacité à triompher de tous les obstacles, et j'ai décidé de m'attaquer à la maison voisine.

Je lui ai tout d'abord accordé la permission de rester, la transformant par un effort de volonté en une chose de peu de conséquence. Quand je passais devant elle le matin, je plissais les yeux pour la rendre floue, l'imaginant moins solide qu'un nuage, moins réelle qu'un rêve. Je transformais son toit en dos de petit oiseau, ses bardeaux en ventre de petit oiseau. Et lorsque le vent soufflait, il n'était guère difficile de prétendre que la maison s'était envolée.

Par la suite, j'ai conçu une technique encore plus efficace. Mon esprit a trouvé le moyen de fondre ses murs l'un dans l'autre, éliminant toute perspective et occultant toute perception. Je déconstruisais ses formes solides, réduisant leur géométrie complexe en dimensions simplifiées. Peu à peu, la maison a fini par n'occuper qu'une surface plane sous-tendue par deux droites et un point d'intersection. J'ai fondu ces deux lignes en une seule, que j'ai ensuite réduite à un point. J'ai lutté avec ce point pendant presque une semaine avant de réussir à le faire disparaître à son tour, au prix d'un suprême effort.

La maison s'était évanouie. J'avais éliminé mon principal adversaire. Quand je passais devant elle, je ne voyais désormais plus rien, même pas une absence. Je me sentais enfin à l'abri des ondes qui me plongeaient naguère dans la panique et me faisaient douter de ma raison. Soulagée, j'ai tourné mon attention vers mon foyer.

En dépit du bonheur qui fut le nôtre cet été-là, je savais que j'avais encore quelque chose à offrir. Libérée des préoccupations qui m'avaient habitée, j'ai résolu de donner à Curtis toutes les preuves d'amour dont j'étais capable.

J'ai commencé à m'intéresser davantage à notre propre maison, la nettoyant après mes heures de travail, m'efforçant de la garder propre. J'ai entamé un programme de balayage quotidien de la cuisine et des salles de bains, et je passais l'aspirateur dans les autres pièces tous les deux ou trois jours. Les verres et les assiettes sales, qui avaient toujours représenté pour moi une source d'irritation, sont devenus les témoignages permanents de mon échec. Les exigences de mon travail, de mon enfant, de mon couple et du nouveau régime que j'avais décidé de suivre me mettaient perpétuellement en retard dans mes tâches. Un changement s'imposait, et j'ai fini par prendre une décision au bout de plusieurs semaines de tourment intérieur : l'argent que nous avions économisé pour nos congés annuels a été consacré à l'achat d'un lave-vaisselle. Certes, je regrettais de tirer un trait sur nos vacances, mais ma déception était plus que compensée par la satisfaction que je ressentais. Les verres étaient enfin immaculés, l'évier resplendissant, et je contrôlais de nouveau la situation.

Au bout de quelques semaines, j'ai commencé à remarquer certains détails qui m'avaient jusque-là échappé. Par exemple, bien que notre maison soit flanquée de deux voisines au nord et au sud, n'ayant par conséquent que des fenêtres donnant sur l'est et l'ouest, la lumière ne peuplait que la partie sud de toutes les pièces. Je ne parle pas seulement des rayons du soleil, qui sont orientés vers le nord durant la fin de l'automne et la totalité de l'hiver, mais aussi de la luminosité de l'air. Il semblait y avoir une lueur flottant au-dessus des murs sud, et ni la texture du plâtre ni la couleur de la peinture ne permettaient d'expliquer sa présence. Par contraste, la partie nord de chaque pièce paraissait plongée dans une perpétuelle pénombre, comme si une substance inconnue absorbait la lumière, l'emprisonnait dans des replis d'ombre. Ce phénomène était aussi apparent le matin que l'après-midi. Je découvris avec une certaine consternation qu'il se manifestait également la nuit, lorsque les pièces étaient éclairées à la lumière artificielle.

J'ai ôté les tableaux et les affiches accrochés aux murs obscurs de chaque pièce, les transférant lorsque c'était possible sur le mur sud. Pendant plusieurs jours, j'ai jonglé mentalement avec les meubles, essayant de les disposer en dehors de la zone enténébrée du nord. Finalement, j'ai décidé de les placer à un ou deux mètres du mur, dans une partie raisonnablement lumineuse de chacune des pièces et de façon à préserver la symétrie de celles-ci. Curtis m'a fait part de ses doutes, mais il était prêt à tenter l'expérience, ce qui a conforté mon assurance et l'idée que je me faisais de notre relation. Je me souviens avoir été envahie par un flot de gratitude et avoir décidé de marquer le coup.

Le lendemain, après avoir déposé Tanya à la garderie, je suis allée faire des achats. J'avais l'intention d'acheter un pantalon de toile que Curtis avait récemment admiré sur une de nos amies. Je l'ai trouvé dans la vitrine d'un magasin du centre-ville, et après que la vendeuse m'eut assuré que personne d'autre ne l'avait essayé, je suis entrée dans une cabine et l'ai enfilé. Il était rose et moulant, collait à mes jambes comme une seconde peau, et j'ai dû rentrer le ventre pour le boutonner. En regardant mon reflet, j'ai été stupéfaite par la façon dont il me transformait, comme si le tissu était investi de sa propre vitalité. La vendeuse s'est abstenue de tout commentaire, mais je suis sûre qu'elle devait savoir quelque chose. Dans le bus qui me ramenait à la maison, je serrais le paquet sur mon giron, en proie à une excitation croissante.

J'ai réussi à coucher Tanya de bonne heure et j'ai fait en hâte le tour de la maison pour la nettoyer. Plusieurs tableaux m'ont semblé accrochés de travers, et, lorsque je les ai redressés, j'ai remarqué que les vitres avaient besoin d'être lavées. Résolue à m'atteler à cette tâche dès le lendemain, je suis allée dans la salle de bains et j'ai fait couler de l'eau dans la baignoire. Puis j'ai enfilé un peignoir et j'ai fouillé la chambre en quête des moutons qui s'y étaient accumulés depuis le matin.

Je n'aime guère prendre un bain en temps normal, mais cela me semble approprié en prélude à l'acte sexuel. Le contact de l'eau, sa transparence et son absence de forme me préparent pour la suite. Cette fois-ci, cependant, l'eau ne m'a guère semblé propre. J'ai aperçu des taches d'huile et des cheveux flottant à sa surface et senti dans ses profondeurs des courants malsains. J'avais l'impression d'être couverte d'une mince couche de crasse et je me suis empressée de sortir de la baignoire, de tirer la bonde et de m'assurer que l'eau du bain disparaissait dans la tuyauterie. C'est seulement lorsque la baignoire a été vide que j'ai osé y retourner et prendre une douche. Je me suis aussitôt sentie libérée de mon fardeau de saleté et je me suis frictionné la peau jusqu'à ce qu'elle vire à l'écarlate.

Une fois sèche, je suis allée m'habiller dans la chambre. Le pantalon était posé sur le lit et je l'ai examiné à plusieurs reprises, me sentant espiègle et excitée. Je l'ai enfilé, remontant lentement la fermeture à glissière sur ma peau et lissant le tissu le long de mes cuisses. J'ai sorti la grande glace du placard, l'ai posée contre le mur et me suis reculée.

Quelque chose a frémi derrière moi et j'ai vivement pivoté, trop tard pour l'apercevoir. Je me suis retournée vers l'image en face de moi, incapable d'arracher mon regard du pantalon. Sa couleur s'était assombrie, passant du rose à l'écarlate, et ce qui m'avait paru naguère séduisant me semblait à présent obscène. Quelque chose a de nouveau bougé derrière moi, et lorsque je me suis retournée, j'ai cru entrevoir une forme sinueuse, mais elle a disparu avant que j'aie pu en déterminer la nature. La chambre était de plus en plus sombre et j'ai allumé la lumière. Le pantalon me semblait à présent d'un rouge encore plus soutenu et j'ai cru distinguer de minuscules poils sur le tissu. L'instant d'après, ces poils se mettaient à ondoyer au rythme de mes battements de cœur.

Je me suis demandé s'il s'agissait d'un effet dû à la lumière, qui semblait de plus en plus ténue en dépit de la lampe. En outre, la pièce devenait de plus en plus étouffante et je me suis aperçue que mon souffle se bloquait dans ma gorge. Mon visage était de moins en moins distinct dans la glace, ses traits dévorés par une obscurité dont l'origine m'était encore inconnue. Cette obscurité a crû jusqu'à ce que la pièce tout entière me semble sur le point de disparaître. Je me suis arrachée au miroir, en quête d'une issue au sein de l'opacité de la chambre aux murs oppressants. Mais tout autour de moi était plongé dans l'ombre, et j'ai soudain identifié la source de l'obscurité. J'avais posé la glace contre le mur nord, créant par inadvertance une fenêtre par laquelle s'insinuait la menace de la maison voisine. Obsédée par mon nouveau pantalon, j'avais oublié mon ennemie et me retrouvais en grave danger.

J'ai tenté de rire, mais c'est un cri de panique qui a résonné dans la chambre. Des bêtes nocturnes étaient tapies dans ses recoins et j'ai senti des doigts filiformes me palper les chairs. Le tissu plaqué sur ma peau était vivant, les poils luisaient dans les ténèbres, et j'ai bondi sur le miroir, envahie par la terreur, le frappant avec le soulier que j'avais ôté quelques instants plus tôt. Un sifflement sourd, un instant de violence, et la glace s'est fracassée en gémissant. Des fragments d'yeux ont volé dans les airs, se posant sur le tapis en configurations dangereuses. La pièce a paru s'éclairer l'espace d'un instant, puis les ténèbres sont devenues absolues et je me suis effondrée sur le sol.

J'ai en grande partie oublié ce qui s'est passé ensuite, mais lorsque Curtis est rentré à la maison, je m'étais débarrassée du miroir et de son montant. Je portais un autre pantalon, et je ne sais toujours pas aujourd'hui ce qu'il est advenu de l'autre. J'ai essayé d'expliquer ce qui s'était passé, mais je n'étais guère cohérente : des plages entières de mon après-midi avaient disparu de ma mémoire. Je me sentais empruntée et plus qu'un peu embarrassée. Curtis était de mauvaise humeur après sa journée de travail et, apparemment, il valait mieux oublier toute cette histoire. Nous avons dîné sans passion et nous nous sommes couchés tôt. Les cauchemars sont revenus cette nuit-là.

La situation s'est notablement détériorée au fil des semaines suivantes. Curtis était de plus en plus accaparé par son travail et j'ai dîné seule à de nombreuses reprises. Tanya a réagi en se raccrochant à moi, mais je ne sais pas si c'était à cause des absences répétées de Curtis ou des autres pressions qui s'exerçaient sur nous. Quoi qu'il en soit, cette sensation d'insécurité s'est manifestée chez elle durant une période où je n'avais pas grand-chose à lui offrir. J'avais ma propre bataille à livrer.

Peu de temps après l'incident du miroir, j'ai abandonné mon poste à l'université d'été. Il m'était devenu trop difficile de me concentrer sur des tâches mineures alors que la sécurité de mon foyer et de ma famille était en jeu. J'ai résolu de faire le nécessaire pour éliminer cette menace.

A mesure que je passais de plus en plus de temps dans la maison, j'ai pris conscience de la validité de cette décision. De nouvelles intrusions se faisaient jour quotidiennement et de gros efforts étaient nécessaires pour les neutraliser. Après avoir décroché tous les miroirs et toutes les surfaces réfléchissantes, j'ai nettoyé les murs à fond. Des zones décolorées y demeuraient néanmoins, et ils étaient parcourus de fissures à travers lesquelles s'insinuaient des courants d'air frais, même en l'absence de toute trace de vent. En inspectant la moquette, j'ai découvert qu'elle était étrangement râpée en plusieurs endroits et qu'un des clous qui la fixaient avait disparu. La poussière et les moutons semblaient s'accumuler de plus en plus vite et j'ai été obligée de passer l'aspirateur deux fois par jour. C'était en octobre, je pense. L'odeur s'est manifestée il y a quinze jours.

D'abord présente dans la seule cave, elle a imprégné la totalité de la maison au bout d'un ou deux jours. J'ai cru tout d'abord qu'elle était causée par une obstruction dans la tuyauterie, mais ni les lavabos ni les toilettes n'étaient bouchés. Puis j'ai imaginé qu'un réseau septique jusque-là indétecté venait de se manifester à nous, libéré, peut-être, par un rongeur qui l'aurait endommagé en creusant son terrier. Cette hypothèse était absurde, mais j'étais à ce moment-là disposée à me raccrocher à n'importe quoi. Et pourtant, je suppose que je connaissais déjà la source de cette puanteur.

Elle était constamment présente, bien que son intensité fût variable suivant l'endroit où l'on se trouvait. Dans notre chambre, elle flottait tel un immense nuage sulfureux, au parfum si écœurant qu'il me soulevait l'estomac dès que je franchissais le seuil. Dans la salle de séjour, elle se tapissait dans les recoins, attendant que j'aie pénétré dans la pièce pour m'étouffer. Et au niveau inférieur de la maison, l'air était moite et fétide, propice à la prolifération des moisissures et des champignons les plus malodorants.

Les odeurs demeuraient nuit et jour, assaillant mes sens et empoisonnant l'atmosphère. Leur source ne faisait désormais plus aucun doute à mes yeux et je considérais cette attaque frontale comme une épreuve offerte à ma résolution. J'ai doublé, puis quadruplé la fréquence de mes nettoyages. Il ne me suffisait plus que le sol soit propre ; les murs eux aussi devaient être lavés, ainsi que les plafonds, les placards et les vitres. J'ai acheté des désodorisants pour rafraîchir chaque pièce et j'attaquais l'atmosphère plusieurs fois par jour à coups d'aérosols parfumés. J'ai décidé de me changer plusieurs fois dans la journée afin d'empêcher les odeurs d'imprégner le tissu de mes vêtements, et je prenais une douche matin, midi et soir. Ma résolution ne fut pas sans effet, car j'ai fini par réussir à éliminer la puanteur, bien qu'une vigilance de tous les instants ait été nécessaire à mon succès. Le prix à payer me semblait dérisoire et je me suis sentie investie d'une vigueur et d'un espoir renouvelés. Je regagnais enfin mes pouvoirs et j'allais bientôt contrôler à nouveau la situation.

Je me suis sentie mieux à cette idée et, l'espace de quelques jours, j'ai même cru que le problème était résolu. Avec le recul, je vois à présent que l'espoir me rendait aveugle à la réalité, mais on ne peut guère me reprocher d'avoir souhaité un répit au tourment de ces journées épuisantes. Non seulement je livrais bataille pour notre foyer, mais j'entrais de plus en plus souvent en conflit avec Tanya et Curtis. Ni l'un ni l'autre ne semblaient partager mon souci de sécurité. Au contraire, ils paraissaient s'éloigner de moi, me laissant de plus en plus isolée, à un moment où j'avais plus que jamais besoin de leur soutien. J'ai tout d'abord essayé de les comprendre, me disant que Curtis avait des problèmes à son travail et que le fardeau des ennuis domestiques lui était trop lourd. Et Tanya n'était qu'une enfant. Comment pouvais-je la rendre responsable de cette détérioration ?

Néanmoins, mes soupçons ont été éveillés et, poussée par le désespoir, j'ai décidé de leur faire prendre conscience de la situation, en commençant par ma fille.

Le lendemain, je l'ai gardée à la maison et je l'ai obligée à rester debout face au mur nord de sa chambre. Je n'ai pas utilisé mes aérosols ce matin-là et j'ai attendu que la puanteur devienne insoutenable. Puis je lui ai demandé si elle avait remarqué la mauvaise odeur.

Elle a secoué la tête d'un air faussement innocent.

« Ne me mens pas », lui ai-je dit, et je l'ai agrippée par les épaules, lui ai plaqué le nez contre le mur. « Sens-moi ça. »

Elle a fait semblant de pleurer et je l'ai giflée. Elle a pleuré pour de bon, mais je ne supportais plus ce bruit et je me suis ruée hors de sa chambre. Ce soir-là, Curtis m'a dit que j'étais malade.

Je suppose que j'aurais dû m'y attendre, vu la défiance que nous nous inspirions mutuellement à ce moment-là, mais cette remarque m'a semblé cruelle et déplacée. S'il s'était engagé comme moi dans cette lutte de tous les instants pour maintenir un semblant d'ordre dans notre foyer, j'aurais pu considérer ce jugement impitoyable comme une conséquence inévitable de la situation qui était la nôtre. Mais tel n'était pas le cas, et sa remarque était de toute évidence conçue pour me provoquer et pour m'isoler davantage. Elle a eu l'effet escompté et la joute verbale qui s'est ensuivie est vite devenue physique, puis carrément violente. Des coups ont été échangés, et j'ai soudain reconnu le visage d'un authentique ennemi. Secouée de sanglots, je l'ai chassé de la maison à coups de griffes.

C'était il y a plusieurs jours. A présent, je suis seule ici. Tantôt je pense que Tanya est avec moi, tantôt non. Son berceau abrite une forme aux mouvements subtils. Peut-être essaie-t-elle de parler. La nuit, elle dégage une faible lueur... en fait, il s'agit de l'unique luminosité au sein des ténèbres de plus en plus épaisses. Je lui apporte à manger, gardant pour moi les reliefs de ses repas. Elle est enfin sage et a cessé de pleurer.

La maison voisine est revenue et je me rends compte que la compréhension que j'en avais était superficielle. Le bois et le plâtre, les clous, le verre, rien de tout cela ne menace ma personne. Pas plus que la maison elle-même, car il ne s'agit en vérité que d'un agent. Ce qui s'oppose à moi, c'est le royaume d'où elle est issue, son passé, son présent, son avenir. Ce qui vit réside dans la terre, dans les graines difformes des herbes et des plantes, envoyant vers moi leurs racines, vrilles maléfiques pareilles à des vers fouissant la terre pour pénétrer mes murs et me souiller.

J'ai recouvert les fenêtres de linoléum. Je m'efforce de tenir ma maison propre.

Hier, j'ai trouvé un moyen de vaincre les odeurs. A l'aide des longues allumettes que Curtis range près de notre cheminée, je me suis cautérisé les narines. J'ai ressenti une brève et vive douleur, mais je suis désormais immunisée contre toute attaque olfactive. Ma volonté se raffermit. Je suis un peu plus puissante chaque jour.

J'ai retrouvé le pantalon rouge ce matin. Il gisait au fond du placard sous un tas de linge sale. Sa couleur s'est quelque peu estompée, et des lignes luisantes courent le long de ses jambes. Des taches de moisissure émaillent ses coutures, formant des configurations faciles à interpréter.

Je comprends à présent, et j'enfile le pantalon, le serre à la taille. J'éteins toutes les lumières. Le tissu colle à ma peau comme une toile d'araignée lorsque je m'allonge dans le placard. Au sein d'une ténèbre aussi dense que ma volonté, j'ôte les vêtements de Curtis de leurs cintres, me nichant en eux sans la moindre terreur. Ainsi reposée, je suis un phare, un appât, et je m'offre en sacrifice.

Traduit par Jean-Daniel Brèque

MAY SINCLAIR

La Villa Désirée

Si j'ai choisi d'inclure dans ce volume « La Villa Désirée » (publiée pour la première fois en 1926) plutôt que « Where Their Fire Is Not Quenched » (1923), une de mes préférées parmi les nouvelles de May Sinclair, c'est parce que ce dernier texte, qui décrit de façon brillante et terrifiante la banalité du désir sans amour, a été bien trop souvent réédité. « La Villa Désirée » explore le même thème mais n'est à ma connaissance plus disponible en librairie depuis les années 30.

Cette histoire se situe sur la Côte d'Azur, dans une maison inondée de soleil avec vue sur la mer, où l'intense lumière dorée semble faire « monter du sol une légère odeur de poudre ». Mildred Eve, une jeune femme virginale, vient d'y arriver pour attendre son fiancé, Louis Carson, un homme riche et suave à la beauté presque indécente et au romantisme extravagant, qui a conquis son cœur après une cour des plus brèves et des plus impulsives. Au sein de cette atmosphère étrange mais délicieusement luxueuse, Mildred attend son arrivée avec impatience, troublée toutefois de savoir que sa précédente fiancée est morte dans la chambre même qu'elle doit occuper...

I

Il avait tout arrangé d'avance. Elle était censée rester une semaine chez sa tante de Cannes avant de se rendre à Roquebrune, et il l'y rejoindrait ensuite. Il avait le droit de la suivre partout, se disait Mildred Eve, puisqu'ils étaient désormais fiancés.

Certaines difficultés s'étaient présentées, mais Louis Carson lui avait prêté la Villa Désirée pour les surmonter. Elle s'y plairait, lui avait-il dit. Les gardiens, Narcisse et Armandine, s'occuperaient d'elle — Armandine était une excellente cuisinière — et la maison de ses amis les Dering se trouvait à moins de cinq cents mètres. Comme cela lui ressemblait de se soucier de tels détails, d'être si empressé à la satisfaire. Et quand il la rejoindrait ? Oh, quand il la rejoindrait, il descendrait à l'hôtel Cap-Martin, bien entendu.

Il comprenait tout sans qu'il soit nécessaire de perdre du temps en explications. Elle ne pouvait pas se permettre de prendre une chambre à Cap-Martin ou à Monte-Carlo, et bien que les Dering lui eussent proposé de l'héberger, elle ne pouvait pas leur imposer sa présence en plein milieu de leur lune de miel.

Leur lune de miel — elle avait eu envie de se mordre la langue après avoir prononcé ces mots. Comment avait-elle pu oublier ? Elle avait eu honte de parler de lune de miel à Louis Carson après l'horrible tragédie qui l'avait frappé.

Certains détails lui restaient inconnus, elle n'avait pas osé poser certaines questions : Où était-ce arrivé ? Comment ? Quand ? Elle savait seulement que cela s'était produit lors de sa nuit de noces, qu'il était allé rejoindre sa pauvre petite épousée et l'avait trouvée morte sur le lit nuptial.

On disait qu'elle avait eu une sorte de crise.

Il suffisait de regarder Louis pour comprendre qu'il lui était naguère arrivé quelque chose de terrible. On le voyait quand son visage était au repos : une étrange expression de souffrance faisait de lui pendant quelques instants un inconnu à ses yeux. C'était bien plus que de la peine ; c'était presque comme s'il pouvait se montrer cruel mais ne l'était jamais, ne pouvait jamais l'être. Les *autres* étaient cruels ; ils disaient que son visage leur répugnait. Mildred les comprenait un peu. Peut-être l'aurait-elle trouvé répugnant, elle aussi, si elle n'avait pas su ce qu'il avait souffert. Mais la première fois où elle l'avait vu, on le lui avait désigné comme l'homme auquel cette horrible chose venait d'arriver. Loin de la révulser, c'était ce qui l'avait attirée vers lui dès le début, qui lui avait inspiré de la pitié, puis de l'amour. Leurs fiançailles avaient été célébrées peu après, durant la troisième semaine qui avait suivi leur rencontre.

Lorsqu'elle se demandait : « Après tout, que sais-je de lui ? », elle avait sa réponse : « Je sais *cela.* » Elle avait déjà l'impression que la compassion avait tissé entre eux un lien mystique. Elle *aimait* l'étrangeté qui éloignait les autres de lui et le laissait à sa seule garde. Il lui appartenait ainsi en propre.

Il y avait certes (Mildred Eve ne le niait pas) la magie qui émanait de sa personne, la fascination de sa beauté quasi anormale. Noir, blanc et bleu. L'intensité de ses yeux bleus sous la ligne droite de ses sourcils noirs, son visage d'un blanc immaculé soudain masqué par sa moustache noire et son petit bouc noir. Et le sourire lumineux qu'il lui réservait, le bleu de ses yeux qui s'éclairait, l'éclat de ses dents blanches dans son masque noir.

Il avait souri de son embarras lorsque ces horribles mots avaient échappé à ses lèvres. Il les avait repris à son compte pour en émousser le fil.

« Nous ne voudrions pas gâcher leur *lune de miel*, avait-il dit. Installez-vous donc dans ma villa. Un jour, très bientôt, elle sera aussi à vous. Vous savez comme j'aime anticiper les événements. »

C'était toujours ainsi qu'il justifiait sa générosité. Il lui avait répété ces mots lorsqu'il lui avait réservé un siège dans le *train* *de luxe** partant de Paris, refusant de la laisser payer. (Elle voulait voyager en troisième classe.) Il ne faisait qu'anticiper, disait-il.

A présent, il se trouvait sur le quai de la gare de Lyon, un immense bouquet de roses dans les bras. Elle, debout sur le marchepied du wagon, se dressait au-dessus de lui, accrochée à la porte. Il avait le visage à la hauteur de ses pieds ; ceux-ci étaient tout blancs sous ses fins bas noirs. Soudain, il s'avança et lui baisa les pieds. Lorsque le train démarra, il se mit à courir et lui lança les roses.

Puis elle s'assit dans le compartiment, l'immense bouquet de roses sur les genoux, et sourit aux fleurs d'un air rêveur. Elle était à bord du Riviera Express ! La semaine prochaine, elle se trouverait à Roquebrune, dans la Villa Désirée. Elle contempla les trois lettres brodées dans le tissu gris des coussins : PLM, Paris-Lyon-Méditerranée, Paris-Lyon-Méditerranée, encore et encore. Elles chantaient au rythme des roues ; elles s'insinuaient dans sa rêverie. De temps en temps, quand les autres passagers ne la regardaient pas, elle levait les roses vers elle et les embrassait.

Comment réussit-elle à supporter l'interminable semaine qu'elle passa avec sa tante de Cannes ? Impossible de le dire. Mais elle en avait fini et elle était désormais seule à Roquebrune.

L'étroit sentier passait devant la maison des Dering et continuait de gravir le flanc de la colline. Il donnait sur une petite oliveraie, au-dessus de laquelle elle aperçut les terrasses du jardin. Le soleil éclairait les murs dorés de son éclat impitoyable. Les terrasses se succédaient en rangs serrés, supportant des colonnes entières de citronniers et d'orangers. Sur la plus haute d'entre elles se dressait la Villa Désirée, blanche et flanquée de deux palmiers, deux poteaux surmontés d'un bouquet de feuilles vert sombre et acérées. Derrière elle et de chaque côté, un fouillis d'oliviers grouillaient sur la colline.

Rolf et Martha Dering l'attendaient sur le perron de la véranda, ainsi que Narcisse et Armandine.

* En français dans le texte. *(N.d.T.)*

« Pourquoi diable n'êtes-vous pas venue chez nous ? demandèrent-ils.

— Je ne voulais pas gâcher votre lune de miel.

— Lune de miel, quelle blague ! Nous en avons fini avec ces enfantillages ! Ça fait trois semaines que ça dure. »

Leur bonheur semblait froid et détaché.

Elle les accompagna à l'intérieur, guidée par Narcisse et Armandine. Les deux gardiens, obséquieux à l'égard de Mildred Eve et visiblement peu amènes à l'égard des Dering, les laissèrent ensemble dans le salon. C'était une pièce très éclairée, très française, très fragile et très vétuste, toute de gris terne et de vert-de-gris, dont les meubles en osier semblaient montés dans des cadres. La chaude lumière y pénétrait par la baie vitrée donnant sur la terrasse, faisant monter du sol une légère odeur de poudre.

Rolf Dering considéra la pièce en reniflant, ses fines narines figées dans une expression de dégoût.

« Vous auriez mieux fait de venir chez nous, dit-il.

— Mais... cet endroit est charmant.

— Le pensez-vous vraiment ? » dit Martha. Elle la regardait avec intensité.

Mildred comprit qu'ils attendaient d'elle qu'elle ressente quelque chose, elle ne savait quoi, quelque chose qu'ils ressentaient. Ils étaient subtils et tatillons.

« Cette maison a un petit air bizarre, concéda-t-elle en cherchant ses mots, comme si personne n'y avait jamais vécu.

— A mon avis, dit Martha, on y a bien trop vécu, si je peux dire.

— Oh non ! Ce n'est que l'odeur de la poussière. Sans doute n'a-t-on ouvert les fenêtres que récemment. »

Elle n'aimait pas voir ses amis critiquer la villa de Louis.

Armandine apparut sur le seuil. Ses petits yeux bridés avaient un air amusé. Elle voulait savoir si Madame désirait monter voir sa chambre.

« Nous allons tous monter la voir », dit Rolf.

Ils suivirent Armandine le long de l'étroit escalier en colimaçon. Une porte fermée les attendait sur le palier. Armandine l'ouvrit, et ils furent à nouveau inondés d'une chaude lumière dorée.

La chambre était toute d'or et de blanc ; on eût dit un immense aquarium blanc empli d'une eau dorée où chatoyaient des objets immergés dans les courants : les chaises, la coiffeuse et le lit à baldaquin peints en blanc, l'ottomane rayée de rose et de blanc placée à son pied, une nature morte qui frémissait dans l'atmosphère paisible au rythme chaud de la lumière.

« *Voilà* *, madame », dit Armandine.

Ils restèrent muets. Ils étaient figés au cœur de la chambre, immobilisés par son calme absolu, fixant tous les trois le lit blanc qui se dressait, énorme, couvert d'un empilement de coussins et de matelas et d'une longue courtepointe qui pendait jusqu'au sol, aussi raide qu'un rideau.

Rolf se tourna vers Armandine.

« Pourquoi avez-vous donné cette chambre à Madame ? »

Armandine haussa les épaules. Ses petits yeux d'Asiatique cillèrent en se tournant vers lui, bridés, hostiles.

« Ce sont les ordres de Monsieur, monsieur. C'est la plus belle chambre de la maison. C'était la chambre de Madame.

— Je sais. C'est précisément pour cette *raison*...

— Voyons, monsieur. Personne ne refuserait de dormir dans la chambre de Madame. La pauvre petite, elle était si belle, si douce, monsieur. La chambre va sûrement plaire à Madame.

— Qui *était*... Madame ?

— Mais, la femme de Monsieur, madame. Mrs. Carson. Pauvre Monsieur, c'était si triste...

— Rolf, dit Mildred, l'a-t-il amenée ici... pour leur lune de miel ?

— Oui.

— Oui, Madame. C'est ici qu'elle est morte. C'était si triste. Puis-je faire autre chose pour vous, madame ?

— Non, merci, Armandine.

— En ce cas, je vais préparer le thé. »

Arrivée sur le seuil, elle se retourna, s'adressant à eux de sa voix au fort accent provençal : « Cette chambre déplairait-elle à *Madame* ?

* En français dans le texte. *(N.d.T.)*

— Non, Armandine. Non. Elle est superbe. »

La porte se referma sur Armandine. Martha la rouvrit pour vérifier qu'elle n'était pas restée sur le palier pour les écouter. Puis elle s'exclama :

« Mildred ! Vous détestez cette chambre et vous le savez bien. Elle est répugnante. La maison tout entière est répugnante.

— Vous ne pouvez pas rester ici, dit Rolf.

— Pourquoi pas ? A cause de Madame, vous voulez dire ? »

Martha et Rolf échangèrent un regard, comme pour se demander ce qu'il convenait de dire. Ils restèrent muets.

« Oh ! son pauvre petit fantôme ne me fera aucun mal, si c'est ce que vous craignez.

— Ridicule, dit Martha. Ce n'est pas ça.

— Qu'est-ce donc, alors ?

— Cet endroit est si isolé, Mildred, dit Rolf.

— Mais non, il y a Narcisse et Armandine.

— Eh bien, je n'accepterais jamais de passer une nuit ici, dit Martha, même s'il n'y avait plus une seule chambre de libre sur la Côte d'Azur. Je n'aime pas cet endroit. »

Mildred se dirigea vers la fenêtre treillissée, tournant le dos à l'immense lit qu'elle trouvait un peu terrifiant. En dessous des terrasses, elle aperçut le feuillage gris des oliviers et, plus loin, la mer. Martha se trompait. Cet endroit était superbe, adorable. Elle n'allait pas avoir peur de la pauvre petite Madame. Louis l'avait aimée. Il aimait cette maison. C'était pour cette raison qu'il la lui avait prêtée.

Elle se retourna. Rolf était redescendu au rez-de-chaussée. Elle était seule avec Martha. Celle-ci lui disait quelque chose.

« Mildred... où est Mr. Carson ?

— A Paris. Pourquoi ?

— Je croyais qu'il devait venir ici ?

— En effet, dans quelques jours.

— A la villa ?

— Non. Bien sûr que non. A Cap-Martin. » Elle éclata de rire. « C'est donc à *ça* que vous pensez, n'est-ce pas ? »

Si elle pouvait comprendre que son amie ait peur d'une maison hantée, elle n'appréciait guère ce sous-entendu indécent.

Martha avait l'air un peu honteux.

« Oui, dit-elle, sans doute.

— C'est vraiment dégoûtant de votre part ! Vous devriez avoir confiance en moi.

— Mais j'ai confiance en vous. » Durant une longue minute, Martha la fixa de ses yeux aimants. « Êtes-vous sûre de pouvoir avoir confiance en *lui* ?

— En lui ? Et vous, avez-vous confiance en Rolf ?

— Ah ! si ce n'était que ça, Mildred...

— Mais c'est bien ça.

— Vous n'êtes vraiment pas effrayée ?

— De quoi aurais-je peur ? De la pauvre petite Madame ?

— Ce n'est pas Madame qui m'inquiète. C'est Monsieur.

— Oh ! attendez de l'avoir vu.

— Est-il *très* beau ?

— Oui. Mais ce n'est pas *ça*, Martha. Je ne peux pas vous dire ce que c'est. »

Elles descendirent la main dans la main, éclairées par la lumière aqueuse. Rolf les attendait dans la véranda. Ils invitèrent Mildred à dîner chez eux.

« Pourquoi n'irais-je pas dire à Armandine que vous passez la nuit avec nous ? dit-il.

— Non. Je ne veux pas qu'Armandine croie que j'ai peur. »

En fait, elle ne voulait pas que Louis croie qu'elle avait peur. En outre, elle n'avait pas peur.

« Eh bien, si vous ne vous plaisez pas ici, vous n'avez qu'à venir chez nous », dit-il.

Et ils lui montrèrent la petite chambre d'ami à côté de la leur, où se trouvait un lit de camp déjà fait, des draps tout propres, prêts à l'accueillir, même en pleine nuit, au cas où elle changerait d'avis. La porte d'entrée n'était jamais fermée.

« Il vous suffit de la pousser et vous serez en sécurité près de nous », dit Rolf.

II

Armandine — toujours obséquieuse et amicale à présent que les Dering avaient pris congé — avait posé sur la table de nuit une bougie, des allumettes et une sonnette pour que Madame puisse l'appeler si elle souhaitait quelque chose durant la nuit. Puis elle l'avait quittée.

Lorsque la porte se referma doucement derrière Armandine, Mildred inspira avec un léger hoquet. Son reflet dans le miroir, entre les deux chandelles allumées, avait la bouche à moitié ouverte et elle avait conscience du caractère erratique des battements de son cœur. Son visage, avec cette bouche stupidement ouverte, la mit en colère. « Est-il possible que j'aie peur ? » se demanda-t-elle. Non, ce n'était pas possible. Rolf et Martha lui avaient imposé une allure trop rapide en la raccompagnant, voilà tout. Son cœur battait toujours trop fort quand elle gravissait une colline trop vite, et sans doute sa bouche s'ouvrait-elle toujours un peu dans de telles circonstances.

Elle serra les dents et se laissa étouffer par son cœur jusqu'à ce que ses battements s'apaisent.

Elle était calmée à présent. Mais la véritable épreuve l'attendrait lorsqu'elle traverserait la chambre dans le noir après avoir éteint les deux chandelles.

La flamme s'inclina en arrière devant la faiblesse de son souffle, puis se redressa. Elle souffla plus fort, une fois, deux fois, l'esprit en proie au vertige. La flamme s'étiola et disparut. Elle éteignit la seconde chandelle du premier coup. La lueur rouge de la mèche transperça les ténèbres l'espace d'une seconde, puis elle mourut à son tour dans un faible crépitement. A l'autre bout de la chambre, le grand lit chatoyait faiblement. « Martha avait raison, pensa-t-elle. Ce lit *est* horrible. »

Elle sentit ses lèvres se figer dans un pli de défi lorsqu'elle se dirigea vers lui, lentement, trop fière pour être effrayée. Puis, soudain, à mi-chemin, elle pensa à Madame.

En montant sur cette couche funèbre où Madame était morte, elle sentit combien son dos était vulnérable, et c'était là le plus horrible. Mais tout irait bien une fois qu'elle se serait glissée entre les draps. Tout irait bien tant qu'elle ne penserait pas à Madame. Très bien, elle ne penserait plus à elle. On se terrifie tout seul à entretenir de telles pensées.

Au prix d'un intense effort de volonté, elle chassa délibérément de son esprit la triste image de Madame et se retrouva en train de penser à Louis Carson.

C'était la maison de Louis, l'endroit où il venait quand il voulait se sentir heureux. S'il l'avait envoyée ici, c'était sûrement parce qu'il souhaitait s'y sentir à nouveau heureux. Elle était ici pour chasser le malheur de ce lieu, pour en chasser le souvenir de la pauvre petite Madame. Ou peut-être parce que cet endroit était sacré pour lui ; parce qu'elles étaient sacrées toutes les deux, elle et la jeune épouse morte qu'il n'avait jamais connue. Peut-être même ne la considérait-il pas ainsi ; il ne voulait pas qu'elle soit chassée d'ici. La chambre où elle était morte n'était pas horrible à ses yeux. La mort n'avait pas de prise sur sa fidélité. Elle ne l'aurait pas aimé s'il avait été infidèle. On peut être fidèle et se remarier quand même.

Quelle que fût la raison de sa présence, elle était convaincue que cette raison était belle. Tout ce que faisait Louis, tout ce qu'il pensait, ressentait, désirait, ne pouvait être que beau. Elle revit Louis sur le quai de la gare de Lyon, son beau visage levé vers elle ; le baiser impulsif qu'il avait déposé sur ses pieds. Elle dériva lentement dans sa rêverie hypnotique et s'endormit bien avant minuit.

Elle se réveilla en proie à une intolérable contrainte, comme si on l'arrachait violemment au sommeil. Le clair de lune absent plongeait la chambre dans la grisaille.

Et elle n'était pas seule.

Elle savait qu'il y avait quelque chose dans la chambre. Quelque chose qui trahissait le secret de la pièce et la rendait obscène et terrifiante. La grisaille était obscène et terrifiante. Elle se massait ; elle devenait le réceptacle de l'horreur.

La chose qui l'avait réveillée était avec elle dans la chambre.

Car elle savait qu'elle était réveillée. Outre cette certitude surnaturelle, un de ses sens, détaché de l'horreur, était en alerte. Elle entendait le tic-tac de la pendule au-dessus de la cheminée, le froissement sec, au-dehors, des feuilles de palmier, dont les lames étaient sans cesse affûtées par le vent. Ces bruits lui confirmaient qu'elle était réveillée et que ce qui allait lui arriver serait par conséquent réel. Elle avait refermé les yeux dès qu'elle avait aperçu la grisaille, terrifiée à l'idée de regarder dans la chambre, car elle savait que ce qu'elle y verrait serait réel. Mais elle ne contrôlait pas plus ses paupières que son sommeil. Elles se rouvrirent sous l'effet de cette même intolérable contrainte. Et l'être surnaturel s'imposa alors à sa vue.

Il se dressait devant elle, tout près du lit. En dessous du torse, son corps était inachevé, rudimentaire, à peine ébauché. Le réceptacle gris abritait encore sa répugnante absence de forme. Mais son visage... la perfection de son visage était d'une horreur absolue. Et c'était le visage de Louis Carson.

Entre la barre noire des sourcils et la pointe noire de la barbe, elle vit ses traits tirés, distordus par une obscène souffrance, corrupteurs, maléfiques. Ce visage et ce corps, cette chair qui n'était pas de la chair, c'était la manifestation de l'essence d'indicibles abominations.

L'être s'avança, se pencha sur elle, la scruta, si proche que l'édredon dissimulait à présent la moitié inférieure de son corps. Et le plus terrifiant, c'est qu'il était aveugle, exempt du contrôle et de l'absolution de la clarté, fait de chair et pourtant d'autre chose que de chair. Il la cherchait du regard et ne la voyait pas ; et elle savait qu'il finirait par trouver ce qu'il cherchait si elle ne se sauvait pas à l'instant même. Et à ce moment-là, derrière la barrière d'édredons et de coussins, la forme inachevée se définit et se compléta ; elle la sentit agitée par les convulsions de la naissance.

Son cœur fit un bond, puis cessa de battre, comme si sa poitrine avait été pressée sur son dos. Elle lutta contre les ondes successives de vertige qui s'abattaient sur elle ; car dès qu'elle perdrait conscience, l'atroce présence l'aurait à sa merci. Toute sa volonté se dressa contre l'être. Soudain, elle s'assit sur sa couche et lui parla :

« Louis ! Que faites-vous ici ? »

A ce cri, il disparut d'un coup, absorbé par la grisaille d'où il était issu.

« Il va revenir, pensa-t-elle. Il va revenir. Même si je ne le vois pas, je saurai qu'il est dans la chambre. »

Elle savait ce qu'elle devait faire. Elle devait se lever et aller chez les Dering. Il lui tardait de retrouver l'air libre, de retrouver Rolf et Martha, de retrouver la terre sous ses pieds.

Elle alluma la bougie sur la table de nuit et se leva. Elle sentait toujours la présence de l'être, se savait plus vulnérable, plus exposée à ses attaques, une fois hors du lit. Sa terreur était trop intense pour qu'elle perde du temps à se vêtir. Elle glissa ses pieds nus dans ses chaussures, enfila son manteau pardessus sa chemise de nuit, puis descendit au rez-de-chaussée et sortit de la maison, refermant la porte sans un bruit. Elle se rappela que Rolf avait laissé une lampe dans la véranda, au cas où elle en aurait besoin — comme s'ils avaient déjà su.

Elle alluma la lampe et descendit dans le jardin, franchissant terrasse après terrasse d'un pas hésitant, puis traversa le bois d'oliviers pour regagner le sentier conduisant à la maison des Dering. Elle aperçut de la lumière à la fenêtre de la chambre d'ami. La porte de la maison était ouverte. Elle la franchit et se dirigea vers la chambre éclairée qui l'attendait.

Elle savait de nouveau ce qu'elle devait faire. Elle devait partir d'ici avant que Louis la rejoigne. Elle devait partir dès demain et ne plus jamais revenir. Rolf et Martha iraient chercher ses affaires à la villa ; ils la conduiraient en Italie en voiture. Elle devait quitter Louis Carson pour toujours. Elle le fuirait en passant par l'Italie.

III

Rolf était revenu de la villa avec ses affaires et il lui avait apporté une lettre. Elle avait été postée ce matin de Cap-Martin.

Elle venait de Louis Carson.

> *Ma chère Mildred,*
>
> *Comme vous le voyez, je n'ai pas pu attendre quinze jours pour vous voir. Je* devais *venir ici. Je suis à l'Hôtel Cap-Martin.*
>
> *Je compte vous rejoindre entre dix heures et demie et onze heures...*

La voiture de Rolf l'attendait en bas du sentier. Il était dix heures et demie. S'ils partaient maintenant, ils croiseraient

Carson en route. Ils devaient attendre qu'il soit passé devant la maison et soit entré dans le bois d'oliviers.

Martha lui avait apporté du café et des croissants. Les Dering s'assirent en face d'elle et la regardèrent d'un air aimable et anxieux lorsqu'elle se mit à scruter le sentier.

« Rolf, dit-elle soudain, que savez-vous sur Louis Carson ? »

Elle les vit échanger un regard.

« Rien. Seulement ce que l'on m'en a dit.

— Et que vous en a-t-on dit ?

— Ne lui répondez pas, Rolf.

— Si. Il *doit* me répondre. Je dois savoir. »

Elle ne ressentait plus que de l'horreur, une horreur que plus rien ne pouvait intensifier.

« Pas grand-chose, dit Rolf. Sauf qu'il amenait toujours des femmes avec lui dans la villa. Des femmes qui n'étaient guère recommandables. Il semble qu'il ait été une sorte de roué.

— C'était un roué s'il a amené sa pauvre petite femme ici après ce qui s'est passé, dit Martha.

— Rolf, de quoi est morte Mrs. Carson ?

— Ce n'est pas à *moi* de le dire. »

Martha répondit à sa place. « Elle est morte de peur. Elle avait vu quelque chose. Je vous ai dit que cet endroit était horrible. »

Rolf haussa les épaules.

« Enfin, vous m'avez dit que vous le sentiez également. Nous l'avons senti tous les deux.

— Parce que nous savions à quelles horreurs il se livrait ici.

— *Elle* ne le savait pas. Je vous dis qu'elle a vu quelque chose. »

Mildred tourna vers eux son visage blême.

« Je l'ai vu, moi aussi.

— Vous ?

— Quoi donc ? Qu'avez-vous vu ?

— Lui. Louis Carson.

— Si vous avez vu son fantôme, ça veut dire qu'il est mort.

— Les fantômes des pauvres morts n'ont jamais tué personne. J'ai vu ce qu'il *est*. Cette bestialité sur son visage. Son visage. »

Elle les entendit tous deux reprendre leur souffle. « Où l'avez-vous vu ?

— Là-bas. Dans cette chambre. Tout près du lit. Il me cherchait du regard. J'ai vu ce qu'*elle* a vu. »

Elle les vit froncer les sourcils, incrédules, s'efforçant de ne pas la croire. Elle les entendit parler, chasser l'horreur à coups de mots.

« Mais elle n'a pas pu le voir. Il n'était pas là.

— Il l'a entendue crier avant d'entrer dans la chambre.

— Oui. Il se trouvait dans la pièce voisine, vous savez.

— Lui, oui, mais pas *ça*. Et il ne peut pas retenir ça.

— Il ne peut pas ?

— Non. Il attendait de la rejoindre. »

Sa voix était morne, anéantie par ce qu'elle avait compris. Elle se sentit lutter, impuissante, contre leur stupidité, leur incrédulité.

« Il attendait de la rejoindre, répéta-t-elle. Et — la nuit dernière — il attendait de me rejoindre. »

Ils la regardèrent d'un air stupéfait.

« Vous ne comprenez donc pas ? s'écria-t-elle. Ça ne pouvait pas attendre. Ça l'a précédé ici. »

Traduit par Jean-Daniel Brèque

PATRICK McGRATH

Cleave le vampire, ou Une pastorale gothique

S'il y a une chose dont on peut être sûr en ce qui concerne Patrick McGrath, un écrivain recelant plus de surprise, qu'un tricheur n'a d'as dans sa manche, c'est celle-ci : il est incapable de produire une « simple » histoire de vampire. Mais, d'un autre côté, McGrath travaille ici dans la grande tradition, car les scènes de la littérature vampirique les plus susceptibles d'accélérer les battements de notre cœur et de colorer nos joues d'une trouble rougeur — de terreur ? d'excitation ? — sont celles où le monstre et sa proie se retrouvent dans l'intimité. On pourrait même remarquer que le public se sent bizarrement déçu lorsque le vampire est privé de son moment de triomphe et se voit obligé de disparaître dans la nuit. Voilà une idée certes provocante : ce qu'il y a de pire que les avances du vampire, c'est son indifférence.

Ayant remarqué ce phénomène, McGrath a décidé d'en observer les conséquences, nous décrivant le comportement de moins en moins convenable d'une matrone anglaise en mal de médication, à l'esprit envahi de visions de sexe et à la pelouse envahie par un vampire.

« Ce qui caractérise le vampire, disait Harry à propos de rien, c'est que la terre refuse de le digérer. C'est cela qui le place en dehors de la nature. Car tout ce qui est *dans* la nature se décompose, voyez-vous. Pourrit sous terre. Mais pas le vampire. Il ne peut pas mourir parce que le sol refuse de le recevoir. Intéressant, n'est-ce pas ?

— Fascinant », ai-je répondu, bien que, j'en ai peur, je ne l'écoutasse que d'une oreille. Comment Harry en était-il venu à aborder ce répugnant sujet ? Sans doute venait-il de voir un film. Mais c'était surtout Hilary, notre fille, qui occupait mes pensées ; je me faisais tellement de souci à son sujet que j'avais cessé de prendre mes remèdes depuis plusieurs jours. Elle n'avait que dix-neuf ans mais faisait déjà preuve d'une inquiétante tendance à tomber amoureuse d'hommes en dessous de sa condition. Il y avait eu cet horrible incident avec les plombiers l'année précédente, et avant cela — je frissonne rien que d'y repenser — le scandaleux « arrangement » qu'elle avait conclu avec deux des jardiniers de sa pension. Si seulement elle voulait bien jeter son dévolu sur quelqu'un de solide, quelqu'un de raisonnable, comme Tony Piker-Smith, par exemple, lui disais-je avant le petit déjeuner.

« Mais, Maman, m'a-t-elle répondu — elle se brossait les cheveux, assise devant sa coiffeuse —, vous ne voulez quand même pas que j'épouse une telle larve ! Vous n'avez pas épousé une larve, vous. »

J'ai poussé un soupir. « Votre père est un homme aux passions... » J'ai cherché le mot juste. « ... *prévisibles.* C'est pour cette raison que je l'ai épousé. On sait toujours à quoi s'attendre de sa part ; on peut se ménager un espace vital, pour ainsi dire. »

Hilary a eu un reniflement de dérision. « Mais je ne veux pas me ménager un espace vital, Maman ! Pas avec l'homme que j'épouserai ! » Elle s'est tournée pour me faire face. J'étais assise au bord du lit. Soudain, une lueur d'inquiétude a éclairé ses yeux. « Maman, auriez-vous une nouvelle fois cessé de prendre vos remèdes ? »

Je suis Lady Hock, de Wallop Hall, et Hilary est ma fille. Lorsque nous sommes entrées dans la salle à manger, quelques minutes plus tard, Harry était déjà plongé dans les mots croisés du *Times*. C'était une belle matinée ensoleillée d'août, je m'en souviens, et j'ai demandé à Stoker, notre corpulent valet, de me servir des rognons. Mon fils Charles était debout près de la porte-fenêtre et contemplait la pelouse. « Une journée idéale pour jouer au cricket, a-t-il dit. On n'aurait pu espérer mieux. »

Je n'étais pas d'humeur à parler du temps qu'il faisait avec Charles, car Charles, voyez-vous, était à l'origine du souci que je me faisais à propos d'Hilary. Toujours impulsif, il avait sans consulter quiconque invité toute une équipe de cricket pour le week-end. Stoker n'était guère enchanté de cette invasion, mais c'était surtout l'attitude d'Hilary qui m'inquiétait. Toute une équipe de cricket ! Je ne devrais pas quitter ma fille des yeux jusqu'à ce que nos visiteurs soient repartis pour Londres le dimanche soir. Toute cette affaire était horriblement fatigante et je me sentais gagnée par une migraine familière. C'est à ce moment-là qu'Harry s'est mis à parler de vampires pourrissants ; j'avais bien besoin de ça ! Le problème avec les jeunes hommes, voyez-vous, c'est qu'ils ont tendance à se jeter sur moi — tel avait été le cas des plombiers, et aussi des jardiniers. Ce genre d'attention est certes délicieux, mais Hilary est une jeune fille de dix-neuf ans, après tout, et quels que soient mes propres sentiments en la matière, je sens que mon devoir de mère est de la protéger. Je ne pense pas que ce soit anormal, n'est-ce pas ?

Wallop Hall se trouve au fin fond des plaines vallonnées du Berkshire, à environ cinq miles du village de Wallop, un hameau ensommeillé d'antiques cottages aux portes ornées de chèvrefeuille et aux murs rongés de moisissure. On y trouve une ou deux boutiques, une église, une auberge... et le terrain de sport, une vaste pelouse flanquée d'un petit bois et ornée d'un pavillon. Celui-ci est un édifice du plus pur style victorien, avec flèches et gargouilles à profusion, un excellent exemple de gothique rustique, à en croire Harry. Personnellement, je le trouve hideux, mais je m'y suis retrouvée deux heures plus tard, assise dans une chaise longue aux côtés de ma vieille amie Olive Babblehump, en train d'attendre le début du match. Le soleil était fort chaud et quelques nuages, moutonneux et effilochés sur les bords, dérivaient dans le ciel d'azur. L'odeur de l'herbe fraîchement tondue me piquait les narines et j'expliquais à Olive que Tony Piker-Smith, en dépit de son imagination extrêmement limitée et du scepticisme d'Hilary, était un homme qui ne manquerait pas d'accorder à son épouse l'*espace vital* qui lui était nécessaire.

Olive est une charmante femme, mais on ne peut lui faire confiance. « Ma chère, m'a-t-elle dit, si vous essayez de couper les ailes à cette fille, elle s'enfuira avec le premier venu rien que pour vous contrarier. J'ai failli commettre la même erreur avec Diana. »

Eh bien ! Je n'ai rien répondu, et vous comprendrez pourquoi lorsque je vous aurai dit que Diana Babblehump, la fille aînée d'Olive, se trouvait dans un asile de fous depuis trois ans après avoir assassiné le prêtre de notre paroisse à coups de hache dans un moment de délire psychotique. Mais Olive n'avait nullement conscience du caractère déplacé de sa remarque ; elle a pris son tricot et s'est mise à fredonner.

C'était une belle journée, quoi qu'il en soit. Les spectateurs étaient venus en nombre, assis sur une chaise longue comme nous ou étendus sur une couverture posée sur l'herbe. Les insectes bourdonnaient, et de l'autre côté du terrain, à la lisière de Gibbet's Wood, une vache de belle taille profitait du soleil et chassait les mouches à coups de queue. Une scène des plus tranquilles, des plus pastorales, la paix des cœurs sous le ciel anglais, et cetera ; pourquoi donc éprouvais-je une telle sensation d'*angoisse* ? Quelques villageois amateurs de cricket, des fermiers pour la plupart, s'échauffaient déjà, mais leurs adversaires ne s'étaient pas encore montrés. « Que leur est-il arrivé, à votre avis ? ai-je demandé à Olive.

— Aucune idée », a-t-elle dit sans même quitter son tricot du regard. Mais elle a levé les yeux l'instant d'après. « Ma chère, vous auriez vraiment dû prendre un chapeau pour vous protéger du soleil. Vos remèdes vous rendent plus fragile. »

Je n'ai rien dit. Comment aurais-je pu garder l'œil sur Hilary en étant droguée comme un zombie ? Puis il est arrivé la plus bizarre des choses : j'ai soudain vu des centaines de vers grouiller sur la tête d'Olive ! Sa peau avait pris une horrible couleur verdâtre et des bouts de chair pourrie tombaient lentement sur son tricot. L'odeur était *atroce*. Cela n'a duré qu'un moment, heureusement, mais quel horrible moment ce fut. Puis, grâce à Dieu, Harry est arrivé.

Les arrivées d'Harry sont presque toujours décevantes. On attend toujours sa présence avec impatience, car c'est après tout le seigneur du lieu, mais une fois qu'il est là, sa conduite est invariablement la même : au bout de quelques instants de robuste hilarité, il se dirige droit vers le bar. Ce matin-là, il n'a pas fait exception à la règle, mais il s'est arrêté pour nous lancer un « *How do you do ?* » et, Dieu le bénisse, pour nous demander quel était notre poison. « Du gin », avons-nous répondu toutes deux avec joie.

La seule passion d'Harry est la chasse à courre. Il serait capable de la pratiquer tous les jours s'il le pouvait, et cela lui arrive souvent. Les villageois l'adorent. Ils le contemplent souvent, chevauchant sa jument fauve, entouré de sa meute, bedonnant, rougeaud, vêtu de tweed criard, haletant sous l'empire de la passion animale de la chasse. Ils se sentent en sécurité en le voyant. C'est l'Angleterre et ils le savent. Il rentre à la fin de la journée, aspergé de sang et de boue, au comble du bonheur. Il piétine le parquet avant d'ôter ses bottes devant la cheminée. Stoker lui a déjà fait couler un bain. Il boit beaucoup de vin au cours du dîner et, peu après, il s'endort comme une masse dans la bibliothèque. Stoker le couche, ferme les portes et éteint les lumières. Wallop Hall est endormi. Cette routine est immuable, et la moindre perturbation met Harry de sombre humeur, aussi m'efforcé-je de veiller à les prévenir.

Tout cela me convient à merveille. Comme je l'ai mentionné plus haut, je souscris à la théorie de l'« espace vital » en matière de relations conjugales. Je pense qu'il est inutile que je précise ma pensée ; qu'il me suffise de dire que cet arrangement est parfait pour notre couple, et ce depuis de nombreuses années. Malheureusement, il m'est impossible d'aborder le sujet d'Hilary avec Harry, et vous avez constaté qu'Olive ne m'est guère utile à cet égard, aussi me retrouvé-je seule avec ce problème ; c'est sans doute ce que l'on entend par le métier de mère. Mais je dois avouer que jamais je n'avais été aussi heureuse de voir Harry que ce jour-là, juste après qu'Olive se fut sous mes yeux transformée en cette horrible *chose*.

Je pense que je n'oublierai jamais le premier aperçu que j'ai eu de la créature. Les invités venaient d'arriver et Charles, capitaine de l'équipe locale, avait gagné au tirage au sort le droit d'effectuer le premier lancer. J'ai jeté un coup d'œil distrait aux premières phases du match... et me suis aussitôt dressée sur mon siège, car je venais de comprendre pourquoi je me sentais si bizarre ce matin-là ! Je tremblais de tous mes membres, je sentais mon sang s'échauffer, une profonde rougeur envahir mes traits. Ça allait être grave, je l'ai su tout de suite, très grave, et je me suis effondrée sur mon siège, cherchant à reprendre mon souffle et à dissimuler mon trouble à Olive. Il y avait un vampire parmi nous.

J'ai tout d'abord été surprise de sa petite taille — à peine un peu plus de cinq pieds, je pense, à peine plus grand qu'Olive. Il était très mince, pourvu d'un visage à la longueur disproportionnée que dominaient de larges mâchoires cadavéreuses, des yeux profondément enfoncés dans leurs orbites et une crinière de cheveux d'un noir de jais peignés en arrière pour dégager un front haut comme une falaise. Tout petit et tout horrible qu'il fût, il était vêtu avec élégance, pantalon couleur crème aux plis effilés et chemise d'un blanc immaculé. Mais je ne me suis pas laissé embobiner, car j'avais reconnu en ce supposé joueur de cricket une chose vivant en dehors de la nature. Une fois que je me suis ressaisie, je me suis tournée vers Olive... qui le fixait des yeux avec une fascination non dissimulée ! Mon cœur s'est serré. S'il avait cet effet sur Olive, quel effet aurait-il sur ma pauvre Hilary ?

Le silence est tombé sur le terrain et l'inconnu s'est mis à courir vers le guichet. Je dois avouer qu'il était plutôt gracieux, d'une façon certes diabolique, lorsqu'il a entamé son parcours à une vitesse remarquable pour sa petite taille. Ses cheveux volaient au vent et, en dépit de la distance qui nous séparait, j'ai distingué une lueur rouge au fond de ses yeux. A l'autre bout du terrain, Charles le regardait d'un air impassible tout en soupesant sa batte. Puis il s'est produit une autre chose fort étrange : la créature a semblé se figer dans sa course, elle est restée suspendue dans l'air, comme sur une photographie, ses petites jambes bien au-dessus du sol, la tête rejetée en arrière, les cheveux en bataille, les yeux rougeoyants, un bras dressé raide au-dessus de son épaule, ses longs doigts osseux refermés sur la balle. Mais cela n'a duré qu'un instant, son bras s'est *rabaissé*, et la balle, qui n'était qu'une boule floue, a foncé sur Charles, a esquivé sa batte, et a achevé sa course dans le gant du gardien. Les spectateurs ont repris leur souffle. « Eh bien, a dit Olive en se remettant à tricoter, ce garçon est vraiment rapide. » Je me suis tournée en direction d'Hilary ; elle était assise dans la véranda du pavillon, à côté de Tony Piker-Smith, et ses yeux, tout comme ceux d'Olive, étaient positivement étincelants. J'ai eu l'impression qu'un serpent venait de s'introduire dans notre Éden.

Le reste de la matinée s'est avéré fort pénible. Le cœur noué par l'appréhension, j'ai vu la créature — qui se faisait appeler Cleave, ainsi que je l'ai appris — massacrer un à un les membres de notre équipe. Ted Dung a été le premier à succomber : un craquement sec, et le fermier s'est retrouvé en train de regarder stupidement son guichet qui s'envolait dans le lointain, littéralement arraché du sol. Un des incidents de cette partie m'a semblé particulièrement horrible, à savoir l'élimination de Tony Piker-Smith. Il a reçu une balle en plein dans le bas-ventre et s'est écroulé en poussant un cri de douleur. « Que pensez-vous de ça ? » s'est écrié Cleave en se tournant vers l'arbitre pour quémander son jugement. L'arbitre n'était autre que Len Grace, l'entrepreneur de pompes funèbres. Il s'est lentement redressé. Il a fait passer un penny de sa main gauche à sa main droite et a secoué la tête. Selon lui, le bas-ventre de Tony ne protégeait pas le guichet dont il avait la garde. Si la balle avait poursuivi sa course, elle n'aurait pas atteint son but. De l'avis unanime, Len Grace avait le compas dans l'œil.

Mais Cleave n'en avait cure. Il a positivement grondé… et c'est à ce moment-là que j'ai frémi, car j'ai clairement vu que ses canines, qui luisaient à l'éclat du soleil, étaient beaucoup trop longues et beaucoup trop pointues. Je me suis tournée vers Olive, mais elle n'avait d'yeux que pour son tricot. « Vous avez vu ça ? ai-je murmuré.

— Quoi donc ? a-t-elle répondu, feignant d'être absorbée par sa tâche. Oh ! grand Dieu, pauvre Tony… » Le jeune homme était évacué par deux de ses coéquipiers, et son visage rose et poupin était déformé par la douleur. Hilary s'était levée et se mordillait les phalanges, comme elle a coutume de le faire dans les moments de détresse. C'était au moins un signe que je pouvais qualifier de positif.

Charles a cependant poursuivi la partie avec élégance, et il a même réussi à marquer quelques points. A l'heure du déjeuner, le score était de quarante-neuf points à sept en faveur des visiteurs, Charles étant responsable de la majorité des points de notre équipe. Nous l'avons chaleureusement applaudi lorsqu'il a quitté le terrain pour se diriger vers le buffet, qui avait été comme d'habitude dressé dans le pavillon par les femmes de certains fermiers. La chaude ambiance qui caractérisait d'ordinaire ce type de déjeuners n'était toutefois pas de mise cette fois, en raison de l'absence de Tony — toujours souffrant, il avait été conduit chez le docteur par Hilary. Harry, quant à lui, était de fort bonne humeur et ne semblait entretenir aucun soupçon à l'égard de Cleave. « Buvez donc quelque chose, disait-il, xérès, gin ou scotch. » Il a ajouté : « Il n'y a pas de bière, j'en ai peur », ce qui m'a paru fort sinistre. « Je ne sais pas pourquoi, mais tous les tonneaux ont *tourné*. Sans doute allons-nous avoir une tempête.

— S'il vous plaît, dit la créature d'une voix gracieusement modulée, pourrais-je avoir un Bloody Mary ? »

Olive a réussi à s'asseoir à côté de lui et s'est aussitôt mise à bavarder. Elle a découvert que sa mère était hongroise ; Diana, sa fille aînée, lui a-t-elle appris, avait jadis connu une bonne sœur sourde originaire de Dubrovnik, et cela l'a amenée à parler de l'asile de fous et de son charmant directeur, qui était pourtant irlandais… et cetera, et la petite créature se contentait de lui adresser un sourire glacial, sans presque jamais dire un mot, mais j'apercevais l'éclat jaune et malsain de ses dents entre ses lèvres exsangues. Puis Hilary est revenue de chez le docteur et Cleave s'est levé, le visage apparemment soucieux, et lui a demandé des nouvelles du blessé. Hilary lui a dit d'une petite voix que le médecin l'avait emmené au Royal Berkshire Hospital pour procéder à un examen aux rayons X, car ses testicules étaient enflés et peut-être même endommagés. Cleave — le monstre ! — s'est proclamé désespérément navré et s'est rassis. Son attitude était telle que Charles — ce brave Charles — s'est senti obligé de lui dire qu'il ne devait pas se sentir coupable, qu'il ne s'agissait que d'un accident et que Tony, il en était sûr, n'était que légèrement blessé.

« Je crains le pire, a dit Cleave. Je lance trop fort, j'ai toujours lancé trop fort.

— Ridicule, a dit Charles, votre lancer est magnifique. » Le murmure approbateur qu'a suscité ce jugement m'a paru forcé plutôt que sincère. Mais avez-vous vu avec quelle efficacité Tony s'était fait mettre hors jeu ?

La partie a repris. J'étais cependant incapable de me concentrer sur son déroulement, car Cleave avait entrepris de produire une série d'incroyable effets visuels, sans nul doute conçus pour semer le trouble dans mon esprit et triompher ainsi du dernier obstacle protégeant Hilary. Le plus troublant de tous ces phénomènes était la transformation qu'il infligeait à cette tranquille scène pastorale, qui passait sans cesse du positif au négatif. L'espace d'un instant, tout ce qui était clair — le ciel, les joueurs, et cetera — devenait d'un noir impénétrable, et tout ce qui était sombre — l'herbe, les arbres — devenait d'un blanc délavé et spectral. Mais cela ne durait qu'un instant. Puis tout redevenait normal, puis négatif, et ainsi de suite pendant trente secondes environ. Il était fort bizarre d'observer la vache, qui était noir et blanc, durant une de ces « tempêtes », car l'animal semblait clignoter comme une ampoule. Il s'agissait d'un genre d'interférence électrique, produite par télépathie, je présume, et j'étais la seule cible visée. Si Olive s'est aperçue de quelque chose, elle ne m'en a rien dit, et j'ai commencé alors à la soupçonner de connaître les intentions de Cleave — de les connaître et de les *approuver !*

Les joueurs sont venus prendre le thé. J'ai fini par décider de passer à l'action. J'ai attiré Charles à l'écart. « Mon chéri, ai-je murmuré — adoptant un ton de gravité extrême —, pensez-vous vraiment que nous allons héberger toutes ces personnes chez nous ?

— Enfin, Mère !

— Parlez moins fort, mon chéri.

— Mère, je les ai *invités*. Je ne peux pas...

— Je sais, mon chéri. Mais néanmoins... » Je me suis tue. Une ombre venait de tomber entre nous. C'était Cleave.

« Lady Hock, dit-il — et sa voix évoquait un vieux porto : riche, puissante, onctueuse —, excusez-moi de vous interrompre. »

J'ai arboré un masque de politesse glacée. « Je vous en prie, Mr. Cleave.

— Lady Hock, je pense sincèrement qu'il serait peu séant de vous imposer de loger et de nourrir onze inconnus, en dépit de la très cordiale invitation lancée par votre fils.

— Enfin, voyons ! » s'est exclamé Charles.

Cleave a posé une main sur son épaule. « Je pense qu'il vaudrait mieux pour nous tous que vous nous accordiez la permission de descendre au Wallop Arms. »

Quelle situation délicate. J'ai senti fléchir ma résolution. Le charme de cette créature était tout-puissant, quasiment irrésistible... mais j'ai tenu bon. Au grand dam de Charles, je n'ai même pas tenté de refuser cette offre. « Si vous pensez vraiment que cela vous convient, ai-je dit.

— Cela nous conviendra à merveille, Lady Hock », a-t-il répliqué. Je me sentais soulagée, reconnaissante... et inexplicablement déçue ! Ses yeux brûlants étaient fixés sur moi et, telle une poule face à un renard, j'étais incapable de me détourner de lui. Sous l'effet d'une émotion soudaine, aussi puissante qu'involontaire, j'ai bafouillé : « Mais *vous* devez dîner avec nous, Mr. Cleave, et être notre hôte pour la nuit. »

Je n'avais pas plus tôt prononcé ces paroles que je les regrettais déjà amèrement... mais je n'avais pas pu me retenir. Oh ! espèce d'idiote, ai-je pensé — à peine es-tu délivrée de cette créature que tu t'empresses de l'inviter sous ton toit ! Il s'est incliné avec grâce.

Charles était apaisé. J'ai fait mine de prendre congé ; c'est à ce moment-là qu'Hilary a fait son apparition. « Hilary, lui ai-je dit, Mr. Cleave nous rejoindra pour dîner et logera dans la chambre rose, mais ses amis vont descendre au Wallop Arms.

— Oh ! tant mieux. Tant mieux pour Mr. Cleave, précisa-t-elle en rougissant légèrement.

— Voulez-vous aller à Wallop Hall pour prévenir Stoker, ma chérie ?

— Bien sûr. Pip-pip, Mr. Cleave.

— Pip-pip », a dit sèchement le vampire ; et Hilary s'en est allée.

Le match s'est achevé à six heures et demie. Tous les villageois se sont retirés dans leurs cottages. Les oiseaux pépiaient dans Gibbet's Wood et le pavillon se peuplait d'ombres, ses gargouilles se détachaient sur le ciel crépusculaire. Un pâle brouillard s'est mis à flotter au-dessus de la pelouse, portant sur ses volutes la subtile odeur de la tombe entrouverte, mais aucune narine ne s'est attardée pour la humer, et la nuit est tombée avec une lenteur extrême.

Le dîner. Tony en était absent, ayant été admis au Royal Berks, mais Olive était là. Elle était là, et bien là, et si je n'avais entretenu à son égard que de simples soupçons, ils eurent vite fait de se transformer en certitudes à la suite d'un incident que je m'en vais vous narrer à présent.

J'avais entendu Harry inviter Cleave à aller voir les gravures accrochées dans la bibliothèque. Il lui avait lancé cette invitation alors qu'il montait prendre son bain et que Cleave, déjà habillé pour le dîner, descendait de l'étage — espérant sans aucun doute entreprendre Hilary avant l'apparition des autres convives. Quant à moi, j'étais déjà habillée ; et en entendant Harry, j'ai emprunté l'escalier de service et j'ai fait le tour de la maison jusqu'à la fenêtre de la bibliothèque, dont les rideaux n'étaient heureusement pas tout à fait tirés. C'est ainsi que j'ai pu observer Cleave sans être vue de lui.

Il a passé quelques minutes à regarder les gravures d'Harry ;

puis il a pris un livre dont il a distraitement tourné les pages. Stoker est entré, portant un plateau d'argent où se trouvaient un scotch et un soda ; alors qu'il prenait congé, j'ai entendu une voiture s'arrêter devant notre porte. C'est sans doute Olive, me suis-je dit. En effet, quelques instants plus tard, Stoker introduisait Olive Babblehump dans la bibliothèque.

Cleave était très beau en habit de soirée. Son veston était extrêmement bien coupé et, contrairement à sa tenue de cricket, faisait ressortir la noirceur de ses yeux et de ses cheveux, qui contrastait vivement avec la pâleur crayeuse de sa peau. Il a tourné vers Olive son long visage pâle, ses yeux rougeoyants, et la vieille grue a positivement fondu. Olive en robe de soirée, me dois-je de remarquer, présente un spectacle des plus inquiétants — les épaules nues, la gorge nue, les bras nus, ce sont des *arpents* de chair striée de rides, poudrée de rose, couverte de diamants, qui s'offrent à la vue ; elle marche en se dandinant comme une dinde primée, étincelant de toutes ses pierres précieuses —, mais Cleave n'a eu aucun mouvement de recul, contrairement à la majorité des jeunes gens auxquels Olive fait des avances, pas plus qu'il n'a campé sur ses positions ; il s'est *avancé* vers elle, le plus délibérément du monde, et j'ai failli hurler à cette imbécile de prendre garde — mais cela aurait tout gâché, bien sûr.

Olive n'a plus qu'un sein, mais cela suffisait à Cleave. Je ne pouvais entendre ce qui se disait, mais ils se sont dit quelque chose, et cela a suffi pour que cette pauvre Olive succombe sur-le-champ. Sous mes yeux incrédules devant tant d'audace, Cleave l'a prise dans ses bras et lui a fouillé la gorge avec ardeur. Olive a rejeté la tête en arrière. Elle s'est mise à émettre de faibles gémissements, les mains agrippées aux épaules de Cleave (ils avaient exactement la même taille, comme je l'ai déjà dit). Puis il s'est attaqué à son sein ! Lorsqu'il l'eut extirpé de sa robe, il l'a *mordu* à belles dents — tandis qu'Olive, secouée par un *tout-puissant* frisson, roulait la tête de droite à gauche, que sa chair flétrie ondoyait sous les flots d'un grotesque désir. Puis, soudain, elle a redressé la tête et ouvert les yeux — et quel choc a été le mien ! Car ses yeux étaient *rouges* — pas seulement injectés de sang, comme cela lui arrive souvent le matin, mais d'un rouge violent, incandescent, tout comme ceux de Cleave lorsqu'il affrontait Charles au cricket. Mais le pire, le pire, c'est que ses horribles yeux étaient fixés sur *moi* — car j'avais eu la bêtise de me placer juste devant la fenêtre, entre les deux rideaux !

Olive et moi nous sommes regardées comme si la vitre était un miroir — et comme si elle et moi n'étions qu'une seule et même personne ! Et nous sommes restées ainsi figées durant une éternité, complices du monstre absorbé par ses grotesques appétits de chair. Lorsqu'il a finalement levé la tête, je me suis éclipsée et il ne m'a pas vue. Je suis rentrée dans la maison par la porte de derrière, j'ai emprunté l'escalier de service pour regagner ma chambre, et mon cœur battait à se rompre lorsque je me suis appuyée contre la porte après l'avoir refermée.

Je me sentais légèrement mal à l'aise lorsque j'ai retrouvé Olive au salon dix minutes plus tard. Ses yeux avaient repris leur couleur habituelle et son sein était à nouveau engoncé dans sa robe, mais sa transformation était évidente à mes yeux. Elle se conduisait de façon tout à fait normale (si tant est que l'on puisse qualifier de normale la conduite d'Olive Babblehump), mais je savais néanmoins à quoi m'en tenir. Et elle savait que je savais. Comme vous en conviendrez sans peine, c'était une situation fort délicate.

La conversation a tout naturellement porté sur le cricket. Nous avons mangé un excellent rosbif qu'Harry, après avoir ôté la broche, a coupé et servi avec sa dextérité et sa jovialité habituelles. Stoker était fort affairé à remplir nos verres, car nous avons tous beaucoup bu ce soir-là, pour une raison qui m'est inconnue. Les pommes de terre nouvelles étaient excellentes, ainsi que les petits pois, qui avaient été cueillis dans notre jardin. Un repas tout simple, mais j'aime à croire — et Harry me suit sur ce point — qu'il soutenait la comparaison avec n'importe quel festin imaginé par les Français. Cleave était-il *français ?* me suis-je soudain demandé. Non, il était hongrois, me suis-je rappelé. Dieu seul sait ce que mangent ces gens-là.

Hilary était adorable, vêtue d'une robe bleu pâle qui faisait ressortir la minceur de sa taille et la beauté de sa peau. Je lui avais parlé avant de descendre et j'avais tenté de la mettre en garde au sujet de Cleave. Sans grand résultat, j'en ai peur ; je ne voulais pas terrifier la pauvre enfant et elle a réagi à mes avertissements voilés avec une certaine irritation et m'a rappelé de prendre mes pilules. Comme si c'était le moment de prendre des pilules !

Stoker nous servait avec son flegme coutumier et Harry semblait d'excellente humeur. Dans le temps, il était fort doué pour l'art de la conversation ; son esprit était apte à formuler les métaphores les plus hardies, mais, malheureusement, la chasse à courre et le vin ne lui avaient guère laissé d'occasions de se manifester au cours de ces dix dernières années. Il a cependant lancé quelques idées pour le bénéfice de Cleave, et elles ont suffi pour alimenter la conversation, ce qui a permis à Harry de détourner son attention de celle-ci pour s'intéresser au rosbif, puis au vin, qui l'a accaparé jusqu'à la fin du repas. « Le cricket, a-t-il marmonné à un moment donné, est bien plus qu'un simple jeu, bien entendu. Je dirais presque que c'est une idylle — une scène rurale empreinte de tranquillité, de simplicité et de bonté. »

Le silence a régné durant quelques instants ; personne n'avait entendu Harry émettre une telle remarque depuis au moins quinze ans. « Qu'en pensez-vous, Olive ? » a-t-il dit d'une voix de stentor, le visage tout cramoisi. Olive et Harry, voyez-vous, aiment à se livrer à ce petit jeu ; lorsqu'ils sont en train de boire, ce qui leur arrive souvent, à moins qu'Harry ne soit à cheval, il joue au chevalier servant et elle à la belle dame. C'est plutôt pathétique, mais cela lui procure un certain plaisir. Ce soir-là, cependant, Olive n'était pas d'humeur à jouer. Elle n'avait d'yeux que pour Cleave, ce qui n'était pas gentil pour ce pauvre Harry.

« Je suis entièrement d'accord avec vous, sir Harry, a dit Cleave. Le cricket symbolise l'activité humaine dans le cadre d'une société idéale, une société fondée sur l'amour, où la loi n'est qu'un cadre de référence. Tout le reste ressortit à l'art — à l'harmonie —, à la lutte civilisée de l'homme contre lui-même dans un esprit purement ludique. C'est ainsi que les Grecs concevaient la guerre.

— Tiens donc », a dit Olive avec une certaine vulgarité, les yeux toujours fixés sur le petit monstre si malin. Oh ! je t'ai percée à jour, Olive Babblehump, ai-je alors pensé, tu ne désires qu'une chose : servir de *festin* à cette créature. Mais il y avait une faille dans son raisonnement, et cette faille était la suivante : le mal peut lui aussi jouer à ce jeu, et toi, Cleave, ai-je pensé en mon for intérieur, tu es le mal. Je n'ai pas formulé cette pensée à haute voix, bien entendu ; peut-être aurais-je dû le faire. Harry aurait été incapable de la comprendre, ainsi qu'Hilary et Charles. Seule Olive aurait su ce que j'entendais par *un mal qui joue à un jeu* — mais elle avait déjà succombé.

Je me suis introduite dans sa chambre tard dans la nuit, après que tout le monde fut allé se coucher. Je m'attendais à moitié à le trouver éveillé et prêt à accomplir ses déprédations nocturnes. Qu'aurais-je fait dans un tel cas, je n'en ai aucune idée ; un plan quelconque me serait sûrement venu à l'esprit. J'avais sur moi quelques objets religieux, mais aucune gousse d'ail, car nous n'en employons jamais pour la cuisine ; quant au reste, pensais-je, peut-être parviendrais-je à le dissuader de commettre ses atrocités. Lui promettre le silence s'il acceptait de s'attaquer à une autre famille. J'étais même prête, je n'ai nulle honte à le dire, à m'offrir *moi-même* à son appétit s'il me promettait d'épargner Hilary. Une mère est prête à tout lorsqu'un danger menace son enfant. Heureusement, je n'ai pas eu à en arriver à de telles extrémités ; il dormait.

Comme il était beau dans son sommeil ! Il était facile de comprendre la réaction d'Olive. J'étais moi-même tentée, grandement tentée, mais ma résolution n'a pas fléchi. Je lui ai donné un violent coup sur la tête avec un morceau de tuyau métallique oublié par les plombiers, puis, à l'aide d'un maillet de croquet, j'ai enfoncé la broche dans son cœur. Quels horribles dégâts dans cette chambre !

Harry m'a découverte auprès de lui environ une demi-heure plus tard. Pauvre Harry, comme il était troublé. Il a trouvé mon acte « peu sportif ». « Rien à voir avec le cricket », m'a-t-il dit.

On m'a enfermée à l'asile pour avoir assassiné Cleave le vampire, et ça n'a *rien* à voir avec le cricket, si vous voulez mon avis. Mais ce n'est pas si terrible. Je me trouve dans la même aile que Diana Babblehump et nous avons formé un club de bridge. Olive nous rend régulièrement visite et nous apporte du gin en douce, que Dieu la bénisse. Mais on ne peut plus lui faire confiance depuis que Cleave l'a ensorcelée. J'ai essayé de mettre Hilary en garde à son sujet, mais elle me croit folle. Pauvre fille, elle me cause tant de souci. Cela fait plusieurs jours que je n'ai pas pris mes remèdes tellement je m'inquiète pour elle. Olive se trompait au sujet du directeur ; il n'est pas gentil, pas gentil du tout. C'est un Irlandais, il joue au golf, et j'ai remarqué hier que ses yeux deviennent rouges quand il croit que personne ne le voit.

Traduit par Jean-Daniel Brèque

ROBERT AICKMAN

Les Épées

C'est avec un plaisir extrême que je me trouve dans la position de faire découvrir, ne serait-ce qu'à un lecteur, l'œuvre de Robert Aickman. Car cet écrivain contemporain, vénéré par les amateurs de fantastique mais quasiment ignoré du grand public, personnifie à mon sens toute la séduction de l'étrange, la soif d'inconnu — voire d'inconnaissable — qui nous anime tous. Dans chacun de ses contes élégants, il réussit à nous faire croire sans réserve à un monde à la fois immédiatement reconnaissable et tout à fait autre, où le pathétique et le grotesque sont souvent bien plus redoutables que le monstrueux.

Ici, un jeune représentant de commerce passant une nuit dans une ville de province découvre une foire miteuse dont une des plus bizarres attractions nécessite la participation du public. Mais sa chute survient lorsqu'il s'avère incapable de résister à la tentation d'une représentation privée ; ensuite, j'en ai peur, l'idée que nous nous faisons de la pénétration sexuelle ne sera plus jamais la même.

Corázon malherido
Por cinco espadas
Federico
García Lorca

MA première expérience ?

Ma première expérience fut bien plus éprouvante que tout ce qui m'est arrivé depuis dans ce domaine. Pas plus agréable, mais certainement plus éprouvante. J'ai remarqué à plusieurs reprises que c'est aux débutants qu'il arrive d'étranges histoires, et souvent, je pense, uniquement aux débutants. Quand on connaît bien telle ou telle chose, elle ne présente plus rien d'extraordinaire. Y compris une chose de ce genre — du moins dans la plupart des cas. Après la sixième, la septième ou la huitième femme, les autres se ressemblent plus ou moins toutes.

J'étais bel et bien un débutant ; un bleu, pour ainsi dire. En outre, j'étais un véritable fils à sa maman : terrifié par la vie et d'une ignorance crasse. Ce n'est pas que je veuille manquer de respect à ma vieille mère. C'est une excellente femme et je m'entends toujours bien mieux avec elle qu'avec la majorité des personnes du sexe.

Elle avait un frère, mon oncle Elias. Peut-être aurais-je dû préciser que nous sommes censés descendre d'une des plus illustres familles de l'industrie de la poterie, mais je ne sais pas si c'est bien exact. Ma grand-mère possédait quelques spécimens en terre cuite pour le prouver, mais il est malaisé d'avoir des certitudes dans ce domaine. Après la mort de mon père, ma mère a demandé à mon oncle Elias de me prendre sous son aile. C'était un grossiste de petite envergure — il ne vendait que des produits d'épicerie bon marché. Il a affirmé que ce serait en prenant la route que j'apprendrais le mieux les ficelles du métier. Ma mère en a été bouleversée, car mon père était mort dans un accident de voiture et elle pensait que ma moralité allait être en grand danger, mais elle ne pouvait rien y faire et j'ai donc pris la route.

La gravité du danger était bien réelle, mais j'étais trop

simple et trop peureux pour m'exposer à lui. Je m'efforçais le plus souvent d'éviter les confrères que je venais à croiser. J'étais presque sûr qu'ils exerceraient sur moi une influence néfaste, et j'aurais toujours été le benjamin des groupes qu'ils viendraient à former. J'étais un médiocre vendeur et un jeune homme solitaire — et ce n'est pas une façon de parler, croyez-moi. Je détestais cette existence, mais l'oncle Elias avait promis de me faire gagner ma vie et je ne pouvais rien faire d'autre. Je suis resté sur la route pendant plus de deux ans, puis j'ai appris — grâce à une petite annonce dans un journal local — qu'une entreprise de bâtiment avait un poste à pourvoir, et j'ai été en mesure de dire à l'oncle Elias ce qu'il pouvait faire de ses échantillons.

Nous fréquentions la plupart du temps des hôtels modestes — dont certains offraient un gîte et un couvert plus que convenables —, mais il existait dans quelques villes certains établissements bien connus de l'oncle Elias, où moi-même et un de ses employés, un homme triste du nom de Bantock, recevions l'ordre de descendre. Je ne sais toujours pas pourquoi aujourd'hui. A l'époque, j'étais persuadé que mon oncle en retirait des avantages financiers, ce qui était une hypothèse fort plausible, mais j'en suis venu à me demander par la suite si les femmes qui dirigeaient ces établissements n'avaient pas été ses maîtresses durant une période plus ou moins révolue. Je suis même allé jusqu'à poser la question à Bantock, mais il s'est contenté de m'avouer son ignorance. Bantock ne semblait pas connaître grand-chose, excepté le prix du scotch et du savon. Après avoir passé quarante-deux ans sur la route pour le compte de mon oncle, il a été terrassé par une thrombose alors qu'il se trouvait à Rochdale. Cela faisait plusieurs années que Mrs. Bantock était la maîtresse de mon oncle. Tout le monde était au courant.

Les tenancières de ces établissements avaient un comportement qui allait dans le sens de mes soupçons. C'étaient des bouis-bouis comme on n'en a jamais vu. Le bruit m'empêchait de dormir toutes les nuits, et j'ai souvent trouvé devant ma porte une traînée à moitié dévêtue qui se plaignait d'avoir été flouée ou étranglée. Certains clients amenaient même des jeunes garçons dans leurs chambres, ce que je ne suis jamais parvenu à comprendre. Tout le monde a entendu parler de ce genre de personnes, et j'en ai rencontré à maintes reprises, mais je ne les comprends toujours pas. Et j'étais là, au milieu de cette débauche, innocent comme l'agneau qui vient de naître. Pour cette raison, les patronnes étaient souvent insolentes à mon égard. Je n'ai jamais su comment le vieux Bantock se débrouillait. Je ne me suis jamais retrouvé dans un tel endroit en même temps que lui. Mais le plus drôle dans cette histoire, c'est que ma mère me croyait en parfaite sécurité dans ces lieux, car ils nous avaient été recommandés par son frère, lequel ne nous voulait que du bien, à Bantock et à moi.

Je ne les fréquentais pas en permanence, bien entendu. Mais cela m'arrivait immanquablement lorsque je voyageais seul. J'ai remarqué que, si Bantock acceptait parfois de me présenter à ses clients et de me donner quelques tuyaux, c'était toujours lorsque nous descendions dans un hôtel ordinaire. Quoi qu'il en soit, il était contraint tout comme moi de loger dans ces établissements spéciaux lorsque c'était nécessaire, même s'il refusait obstinément d'en parler.

Wolverhampton faisait partie des villes abritant un hôtel recommandé par l'oncle Elias. J'y suis descendu après avoir passé quatre ou cinq mois sur la route. Ce n'était pas la première fois que je logeais dans un de ces bouis-bouis, mais mon cœur ne s'en est serré que davantage lorsque j'ai posé les yeux sur lui et sur sa tenancière, une femme obèse au tablier sale et aux cheveux couverts de bigoudis.

Je n'avais absolument rien à faire. Je ne pouvais même pas m'asseoir devant un poste de télévision. Les seules distractions qui s'offraient à moi étaient la compagnie des buveurs ou celles des prostituées. Comme ni l'une ni l'autre ne me séduisaient, je me suis retrouvé en train d'errer dans la ville. Ce devait être la fin du printemps ou le début de l'été, car il régnait une chaleur agréable mais modérée, et le soleil se couchait lorsque j'ai bu une tasse de thé dans un café, le boui-boui fournissant le gîte mais non le couvert.

Je me promenais dans les rues de Wolverhampton, suscitant maints gloussements de la part des jeunes filles, du moins me semblait-il, lorsque j'ai découvert une petite foire. Ignorant tout de la ville, je m'étais retrouvé dans les quartiers pauvres au bord du vieux canal. Les rues principales étaient fort larges, mais, bordées d'usines et de dépôts ferroviaires, elles avaient été conçues pour une circulation diurne, et on n'y voyait à cette heure-là que de rares camions et quelques enfants jouant sur les trottoirs. Quant aux rues secondaires, nettement plus étroites, on y trouvait des maisons en majorité vacantes, aux fenêtres cassées ou condamnées, aux toits percés. J'aurais fait demi-tour si je n'avais pas entendu la rumeur de la foire ; ce n'était ni une mélodie populaire ni une rengaine pour orgue de Barbarie, mais une sorte de tintement aigu qui me paraissait en harmonie avec la douceur de la soirée et le rose du crépuscule. Je n'arrivais pas à identifier la nature de ce bruit, et, comme je n'avais strictement rien à faire de mieux, j'ai erré dans les rues désertes jusqu'à ce que j'aie trouvé sa source.

C'était vraiment une très petite foire ; à peine une demi-douzaine de stands, lancer d'anneaux ou tir à la carabine, deux ou trois tentes et, au milieu, un minuscule manège. C'était de là que provenait le tintement. Et ce manège avait l'air joli ; son moyeu central représentait la Reine des Neiges décorée de frimas et chacune de ses calèches multicolores, tout juste assez grandes pour accueillir deux personnes, était éclairée par une petite lampe. C'était une jolie jeune fille blonde déguisée en Colombine qui le faisait tourner. Du moins m'a-t-elle semblé jolie sur le moment. Elle aurait dû être en train de faire payer les passagers des calèches, mais celles-ci étaient toutes inoccupées. Comme il n'y avait pas grand monde dans les parages, la jeune fille a fini par croiser mon regard. Je n'avais personne à inviter sur son manège, aussi ai-je détourné les yeux. Je n'aurais pas osé demander à cette jeune fille de monter dans une calèche avec moi et, de toute façon, sans doute n'en avait-elle pas le droit. A moins qu'elle ne fût propriétaire de l'attraction.

La foire s'était installée sur un terrain vague où s'étaient jadis élevées quelques maisons, toutes démolies ou effondrées à présent. D'immenses murs d'usine se dressaient de part et d'autre, et le sol était si inégal que j'avais l'impression de déambuler sur des rochers au bord de la mer. Il n'y avait rien de permanent dans cette foire. Sans doute aurait-elle disparu dès le lendemain. Je n'aurais guère été étonné d'apprendre que les forains avaient occupé les lieux sans autorisation. En tout cas, je ne voyais pas comment ils auraient pu en obtenir une. La vie ne doit pas être facile pour ces gens-là, ai-je pensé. On comprend pourquoi les foires de ce genre ont plus ou moins disparu depuis l'époque de ma grand-mère, qui gardait encore un souvenir émerveillé de celles qu'elle avait connues dans sa jeunesse. Les rares clients étaient presque tous des enfants, mais il est vrai que, de nos jours, les enfants disposent d'argent de poche. Ils le dépensaient en grande partie auprès d'une femme à l'air sordide qui vendait de la crème glacée et des pommes d'amour. Il aurait été bien plus profitable de se concentrer sur ce genre de commerce, ai-je pensé, plutôt que de chercher à satisfaire des gens qui préfèrent les distractions à domicile. Mais sans doute étais-je d'humeur particulièrement maussade ce soir-là. Cette foire, toute jolie et pittoresque qu'elle fût, n'était pas de nature à me remonter le moral.

La jeune fille du manège pouvait encore me voir et, j'en étais sûr, me jetait un regard plein de reproche — et sans doute aussi de mépris. Son attraction se trouvant au centre de la foire, il était impossible de lui échapper. J'aurais dû m'en aller, d'autant plus que les autres forains commençaient à m'assaillir de leurs boniments — j'étais le seul adulte dans les parages, après tout —, mais j'ai soudain aperçu un stand situé dans le coin le plus reculé du terrain, là où deux murs d'usine formaient un angle. C'était une tente carrée à rayures rouges et blanches, et au-dessus de son entrée était apposée une enseigne de bois noir sur laquelle étaient peints en lettres dorées les mots LES ÉPÉES. Et c'était tout. La nuit allait bientôt tomber mais il n'y avait aucune lumière devant la tente et on n'en apercevait aucune à l'intérieur. Il aurait pu s'agir d'une sorte de réserve de matériel.

Pour une raison que j'ignore, j'ai posé la main sur la toile. Je suis sûr que je n'aurais jamais eu assez de courage pour en soulever le coin et jeter un coup d'œil à l'intérieur. Mais il m'a suffi de la toucher. La toile s'est aussitôt écartée et un jeune homme est apparu devant moi, dodelinant de la tête comme pour me faire signe d'entrer. J'ai vu tout de suite qu'il se déroulait là une sorte de spectacle. Je n'avais pas vraiment envie de le voir, mais j'avais peur de passer pour un imbécile en m'enfuyant, si petit que fût le terrain de foire.

« Deux shillings », a dit le jeune homme en laissant retomber la toile et en tendant vers moi une main d'une saleté repoussante. Il était vêtu d'un tricot vert, abondamment reprisé mais encore déchiré par endroits, d'un pantalon gris crasseux et de sandales plus crasseuses encore. L'endroit dans son ensemble me paraissait si sale que je me serais enfui si j'en avais eu la possibilité. Le reste de la foire m'avait paru relativement propre et bien tenu.

Mais la fuite ne m'était plus permise. Il y avait si peu de clients dans la tente. Sur le sol de terre nue, émaillé çà et là de bouts de verre, étaient disposées vingt ou trente chaises en bois, pour la plupart dépareillées, abîmées ou cassées, à la peinture ou au vernis écaillés. Seules sept d'entre elles étaient occupées. Je sais qu'il y avait sept spectateurs, car je n'ai eu aucun mal à les compter, et parce que ce détail devait s'avérer important par la suite. J'étais le huitième. Ils étaient tous isolés les uns des autres et c'étaient tous des hommes : des hommes et non des adolescents. Je pense que j'étais la plus jeune personne de l'assemblée, et de loin.

Et quant au spectacle, c'était quelque chose que je n'avais jamais vu, dont je n'avais jamais entendu parler. Même pas dans un livre. Pas exactement.

Une estrade de bois sombre et décoloré était placée au fond de la tente — sans doute au pied même du mur de l'usine. Elle était occupée par un homme trapu qui prononçait son boniment d'une voix hésitante. Il avait des cheveux bouclés couleur jaune citron mais déjà parsemés de gris et un large visage rougeaud, au nez épaté et aux lèvres fort sombres. Ses yeux et ses oreilles étaient petits. Ses oreilles ne semblaient pas exactement au même niveau, si vous voyez ce que je veux dire. En dépit de son aspect quelque peu souffreteux, j'ai eu l'impression qu'il était très fort et qu'il pourrait terrasser sans problème tous les occupants de la tente. Je n'arrivais pas à déterminer son âge — et je n'ai jamais pu y arriver. (Oui, je l'ai revu par la suite — à deux reprises.) Sans doute approchait-il de la cinquantaine et, même s'il ne paraissait pas en bonne santé, il me faisait l'impression d'un homme plus musclé et plus naturellement robuste que la moyenne. Il était vêtu de la même façon que le jeune homme qui m'avait fait entrer, sauf que son tricot était bleu marine et non pas vert, comme s'il était marin ou cherchait à passer pour tel. Il portait le même pantalon gris et les mêmes sandales que l'autre. On aurait pu croire que les spectateurs allaient assister à un combat de boxe.

Mais tel n'était pas le cas. A gauche de l'homme (et droit devant la chaise du dernier rang où j'avais pris place), une jeune fille était affalée sur une chaise longue aussi mal en point que le reste de la tente. Elle était vêtue comme une danseuse de cabaret française : une guêpière noire, des bas résille noirs, et des souliers noirs à talons aiguilles comme, paraît-il, tous les hommes en raffolent. Mais son aspect n'avait cependant rien de très sexy. Les éléments de sa tenue avaient connu des jours meilleurs, ainsi que tout le reste, et la fille elle-même semblait plus malade qu'aguichante. Peut-être aurait-elle pu paraître belle, ai-je pensé, mais elle s'était maquillée avec de la poudre verte, choisissant délibérément une nuance malsaine, et ses cheveux, réunis en chignon comme ceux d'une danseuse, semblaient dénués de toute couleur, même la plus terne. En outre, elle était étendue plutôt qu'assise sur son siège, comme si elle était sur le point d'avoir un malaise. Elle ne faisait aucun effort pour séduire les membres de l'assistance. Ce qui ne signifie pas que je souhaitais être séduit. Du moins le croyais-je à ce moment-là.

Et devant elle, au coin de l'estrade, se trouvaient les épées. Elles étaient posées contre un tabouret noir et plutôt trapu, le genre de meuble pseudo-japonais qu'on fabrique à Sedgeley ou à Wednesfield, mais ce spécimen était exempt de toute décoration, hormis quelques éraflures. Il y avait en tout trente ou quarante épées, réparties en quatre groupes distincts, leurs gardes placées en diagonale les unes par rapport aux autres. J'ai pensé par la suite qu'il y avait sans doute autant d'épées que de chaises au cas où la tente aurait été occupée à pleine capacité.

Si je n'avais pas vu l'enseigne au-dehors, peut-être n'aurais-je pas vu tout de suite qu'il s'agissait d'épées. Elles étaient plutôt ternes et n'avaient rien de décoratif. Leurs lames étaient d'un gris sans éclat et leurs pommeaux étaient faits d'une matière noire indéterminée, peut-être bien du plastique.

C'étaient apparemment des armes manufacturées en grande quantité, mais je ne voyais pas où on pouvait bien les avoir achetées. Elles semblaient trop rigides pour servir à des démonstrations d'escrime, et, de nos jours, on n'a besoin d'épées que pour des cérémonies bien précises, de plus en plus rares d'ailleurs. Peut-être s'agissait-il tout bonnement d'accessoires de théâtre, bien que j'en doute fort. Quoi qu'il en soit, elles n'avaient strictement rien de martial.

Je ne sais pas depuis combien de temps durait le spectacle lors de mon arrivée, ni si l'homme au pull marin en avait déjà expliqué la nature. La première chose que je l'ai entendu dire a été : « Et maintenant, messieurs, lequel d'entre vous sera le premier ? »

Il n'y a eu aucune réaction dans l'assistance. Il n'y en a jamais, bien sûr.

« Allez », a dit le marin d'un ton fort peu poli. J'ai eu l'impression qu'il était si habitué à la bêtise de son public qu'il ne se souciait plus désormais de le flatter. Il ne me paraissait guère éloquent pour un aboyeur de foire. Il avait un accent prononcé, que j'ai cru identifier comme celui des Midlands, bien que je ne fusse guère en mesure d'en juger à cette époque et que je fusse de surcroît londonien de naissance.

Il ne se passait toujours rien.

« Pourquoi donc avez-vous acheté des tickets ? » s'est alors écrié le marin, qui m'a paru plus agressif que sarcastique.

« C'est à vous de nous le dire », a rétorqué l'un des spectateurs. C'était le plus proche de moi, assis quelques rangées devant ma chaise.

Ce n'était pas une remarque très intelligente, et le marin s'est empressé de l'exploiter.

« Vous, a-t-il hurlé en désignant le perturbateur d'un index rouge et épais. Venez donc. Il faut bien commencer par quelqu'un. »

L'homme est resté immobile. Je commençais à me sentir angoissé. Comme j'étais le spectateur le plus proche de lui, je risquais d'être choisi par le marin, et je ne savais même pas ce que l'on attendait de moi.

Un volontaire m'a sauvé la mise. A l'autre bout de la tente, un homme s'est levé et a dit : « J'arrive. »

La tente était uniquement éclairée par une lampe à gaz accrochée à l'un des tubes métalliques soutenant la toile, mais le volontaire ne me semblait se distinguer en rien des autres spectateurs.

« Enfin, a dit le marin d'un ton toujours aussi grossier. Venez donc. »

Le volontaire s'est avancé en trébuchant sur le sol inégal, est monté sur l'estrade de mon côté et s'est dressé devant la fille. Celle-ci n'a pas semblé réagir. Elle rejetait sa tête si loin en arrière que, de l'endroit où je me trouvais, je ne pouvais même pas distinguer ses yeux. Je n'aurais même pas su dire s'ils étaient ouverts ou fermés.

« Choisissez une épée », a dit sèchement le marin.

Le volontaire s'est exécuté de façon quelque peu hésitante. On eût dit que c'était la première fois qu'il posait la main sur un tel objet, ce qui aurait été mon cas, bien sûr. Il demeura immobile, l'épée à la main, l'air particulièrement stupide. Sa peau avait une nuance grise à la lumière de la lampe, il était très maigre et avait perdu la majorité de ses cheveux.

Le marin semblait disposé à le laisser en plan pendant un bon moment, par pure malice ou bien pour se venger de sa médiocre existence. L'atmosphère régnant dans la tente me paraissait empreinte d'une tension fort déplaisante, et les autres spectateurs affalés sur leurs chaises étaient uniformément maussades.

Au bout d'un certain temps, le marin, qui faisait face au public et parlait au volontaire du coin de la bouche, a pivoté sur ses talons et, s'abstenant de regarder l'autre en face, lui a lancé : « Qu'est-ce que vous attendez ? Vous n'êtes pas tout seul, même si je préférerais qu'il y en ait davantage. »

Un des spectateurs s'est mis à siffloter une chanson intitulée *Qu'est-ce qu'on attend ?* J'ai eu l'impression que cette raillerie visait davantage l'aboyeur en pull marin que le volontaire.

« Allez-y, a crié le marin sur un ton rappelant celui d'un adjudant. Enfoncez-la. »

Puis il s'est produit une chose extraordinaire.

Il m'a semblé que le volontaire se mettait à trembler, puis il a plongé son épée dans la fille étendue sur la chaise longue. Comme il se trouvait entre elle et moi, je n'ai pas vu l'endroit où la lame a pénétré, mais j'ai vu que l'homme l'enfonçait profondément, car elle m'a semblé disparaître sur toute sa longueur. Et le bruit de la pénétration ne laissa aucune place au doute dans mon esprit. Curieusement, j'avais une idée si préconçue de la façon dont quelqu'un peut se faire transpercer par une épée, quoique, bien entendu, je n'eusse jamais vu un tel spectacle, que la nature de l'acte qui venait de s'accomplir devant moi ne faisait aucun doute. Le bruit de l'acier déchirant la chair n'avait à cet égard rien de surprenant. Il était nettement perceptible, en dépit du sifflement de la lampe à gaz. Et nettement prolongé. Et nettement horrible.

A cet instant-là, j'ai senti les autres spectateurs se dresser sur leurs sièges, comme s'ils étaient soudain revenus à la vie. Je ne voyais toujours pas exactement ce qui s'était passé.

« Retirez-la », a dit le marin d'un ton détaché, un peu comme s'il s'adressait à un imbécile. Il n'était que partiellement tourné vers le volontaire et regardait toujours droit devant lui. Il ne regardait rien de précis, en fait, se contentait d'attendre la conclusion d'une action qui lui était familière.

Le volontaire a retiré son épée. J'ai de nouveau entendu ce bruit caractéristique.

Le volontaire faisait toujours face à la fille, mais le bout de son épée était à présent pointé vers le sol. Je n'y voyais aucune trace de sang. Je me suis complètement trompé, ai-je alors pensé, je me suis fait avoir comme un gogo. Il s'agissait de toute évidence d'un numéro truqué.

« Embrassez-la si vous le désirez, a dit le marin. C'est compris dans le prix du ticket. »

Et l'homme s'est exécuté, mais je ne le voyais encore que de dos. Tenant toujours son épée à la main, il s'est penché en avant. Le baiser qu'il a donné à la fille devait être lent et langoureux, plutôt que vif et amical, car je n'ai rien entendu cette fois-ci.

Le marin l'a laissé prendre tout son temps et, pour une raison indéterminée, on n'a entendu ni sifflets ni railleries dans le public ; puis le volontaire a fini par se redresser lentement.

« Remettez l'épée en place, s'il vous plaît », a dit le marin avec une politesse empreinte de sarcasme.

Le volontaire a soigneusement rangé son épée, s'efforçant de la remettre à l'endroit exact où il l'avait prise.

Je distinguais à présent la fille. Elle s'était redressée. Ses deux mains étaient plaquées contre son flanc, là où, présumais-je, la lame l'avait pénétrée. Il n'y avait toujours aucune trace de sang, mais la lumière était trop faible pour que je le détermine avec certitude. Et le plus étrange, c'est qu'elle semblait désormais non seulement heureuse, les yeux grands ouverts et un petit sourire aux lèvres, mais en outre bien plus belle, en dépit de son fond de teint verdâtre, chose que je n'aurais jamais crue possible.

Le volontaire est passé entre la fille et moi pour regagner son siège. Bien que la tente fût presque vide, il a regagné religieusement sa chaise. Je pouvais à présent le détailler. Son apparence était tout à fait quelconque.

« Au suivant », a dit le marin, toujours de sa voix d'adjudant.

Cette fois-ci, il n'y a eu aucune hésitation. Trois hommes se sont levés et le marin a dû en choisir un.

« Vous », a-t-il dit en pointant son doigt épais vers le centre de la tente.

L'élu était un vieil homme chauve, bedonnant, à l'apparence des plus respectables, qui portait un costume sombre. Il pouvait s'agir d'un cheminot à la retraite ou d'un inspecteur de l'administration. Il boitait légèrement, sans doute des suites d'un accident du travail.

La suite des événements ne m'a apporté aucune surprise, mais le deuxième volontaire était davantage préparé à sa tâche et avait moins besoin d'encouragements, y compris au moment du baiser. Celui-ci fut aussi lent et aussi doux que celui de son prédécesseur : peut-être pourrait-on le qualifier de paternel. Lorsque le vieil homme s'est écarté, j'ai vu que la fille avait les deux mains plaquées sur son estomac. J'ai senti un frisson me parcourir.

Puis ce fut le tour du troisième homme. Lorsqu'il a regagné sa place, la fille avait les mains sur la gorge.

Le quatrième homme, qui paraissait plus vulgaire, coiffé d'une casquette (qu'il garda même sur l'estrade) et vêtu d'un blouson de sport aussi crasseux que la toile de la tente, avait apparemment planté l'épée dans la cuisse gauche de la fille, transperçant son bas résille. Lorsqu'il est descendu de l'estrade, elle se tenait la jambe des deux mains, mais elle semblait si heureuse qu'on aurait dit qu'on venait de lui accorder une faveur. Et je ne voyais toujours pas de sang.

Je n'étais pas sûr de souhaiter voir davantage de détails. Mon inexpérience en la matière me rendait toute décision extrêmement difficile.

Mais je n'avais pas de décision à prendre, car je n'osais pas quitter mon siège pour me rapprocher de la scène. Une telle action de ma part, me disais-je, aurait eu pour conséquence d'attirer sur moi l'attention du marin. Et j'étais sûr que, quoi qu'il se passât sur cette estrade, je ne souhaitais nullement y participer. Qu'il s'agît d'un numéro d'illusionniste ou d'une pratique qui m'était inconnue, il n'était pas question que je m'y compromette.

D'un autre côté, si je demeurais sur mon siège, mon tour viendrait tôt ou tard.

Mais je ne fus pas le cinquième. Ce fut un homme fort maigre à la peau d'un noir d'ébène. Je ne m'étais pas rendu compte de sa couleur lorsque j'avais inspecté l'assistance. Il a enfoncé l'épée avec toute la force que l'on attribue aux gens de couleur, en dépit de sa maigreur, puis il l'a jetée par terre, ce que personne n'avait fait avant lui, et a agrippé la fille à bras-le-corps pour l'embrasser. Lorsqu'il a reculé, son pied a frappé l'épée. Il est resté immobile une seconde, les yeux fixés sur la fille, puis il a ramassé l'épée et l'a soigneusement remise en place.

La fille était toujours debout et j'ai cru que le Noir allait tenter de l'embrasser une seconde fois. Mais il n'en a rien fait. Il a tranquillement regagné son siège. Il me semblait que ce numéro avait des règles bien précises, que j'étais la seule personne à ignorer. Les autres spectateurs se comportaient comme s'ils venaient souvent assister à ce spectacle, s'il s'agissait bien d'un spectacle.

La fille s'est rassise sur sa chaise longue usée, les yeux fixés sur moi. Je n'aurais même pas su dire quelle était leur couleur, mais le fait est qu'ils me bouleversaient. J'étais si jeune et si inexpérimenté que rien de semblable ne m'était arrivé jusqu'à ce jour. Cet horrible maquillage verdâtre ne faisait aucune différence. Rien de ce qui venait de se passer ne faisait la moindre différence. Je désirais cette fille plus que tout au monde. Et je ne veux pas dire par là que je désirais son corps. Ce genre de sentiment vient plus tard dans la vie. Je voulais l'aimer, la serrer dans mes bras, toutes ces choses merveilleuses que nous désirons avant que vienne l'heure où nous apprenons que nous ne les aurons jamais, quelle que soit l'intensité de notre désir.

Mais, pour me rendre justice, je dois préciser que je n'avait nullement l'intention de faire la queue pour la posséder.

C'était la dernière chose que j'aurais souhaitée. Et il y avait une chance sur trois pour que je sois le prochain élu. J'ai retenu mon souffle et j'ai réussi à m'éclipser. Je n'oserais dire que ce fut difficile. J'étais assis au fond de la tente, comme je vous l'ai dit, et personne n'a essayé de m'arrêter. Le jeune homme en poste à l'entrée s'est contenté de me regarder bouche bée. Il avait sans nul doute l'habitude de voir certains clients partir avant la fin. J'ai cru, au moment où je me suis enfui, que le marin était sur le point de m'inviter à monter sur l'estrade, mais je sais que cette crainte était probablement le fruit de mon imagination. Je ne pense pas qu'il ait réagi à mon départ, pas plus que le reste du public. La plupart des gens qui assistent à ce genre de spectacle préfèrent se conduire comme s'ils étaient invisibles. Je me suis emmêlé dans un pan de la toile, et le jeune homme au tricot vert n'a rien fait pour m'aider, mais ce fut le seul incident notable. J'ai traversé d'un pas vif la foire toujours déserte, où le joli manège faisait toujours entendre son vain tintement. J'ai regagné ma sinistre chambre et m'y suis enfermé à double tour.

La cacophonie habituelle a résonné entre les murs de l'immeuble jusque tard dans la nuit. Je le sais avec certitude parce que je ne dormais pas. Je n'aurais pas pu dormir cette nuit-là, même dans la chambre la plus luxueuse de l'hôtel Hilton. La fille sur l'estrade m'avait percé le cœur, visage vert et le reste : la fille et le spectacle, bien sûr. Je pense pouvoir affirmer avec certitude que ce que j'avais vu ce soir-là avait définitivement altéré ma conception de l'existence, et cela n'avait rien à voir avec les querelles qui se déroulaient dans les chambres voisines, ni avec les conversations obscènes qui se tenaient dans l'escalier, ni avec le bruit constant des chasses d'eau, qui étaient sûrement les plus bruyantes des Midlands, d'autant plus bruyantes qu'il fallait les actionner six ou sept fois pour obtenir un résultat satisfaisant. Cette nuit-là, j'ai vraiment compris que nous n'avons la plupart du temps aucune idée de la nature de notre désir, ou que nous l'avons oubliée. En outre, notre désir est le plus souvent, sinon toujours, quelque chose de complètement déplacé dans la vie telle que nous la connaissons. C'est une leçon que le commun des mortels n'apprend au mieux qu'au fil des ans. Je venais apparemment de l'assimiler en un instant.

Ou peut-être pas, car j'avais encore beaucoup à apprendre. Je devais rencontrer des clients le lendemain matin, mais, bien avant l'heure de mon premier rendez-vous, j'étais de retour à la petite foire. J'avais même sauté le petit déjeuner, mais celui que l'on servait dans l'établissement recommandé par l'oncle Elias était de toute façon peu appétissant, bien qu'il attirât chaque matin un nombre surprenant de candidats. On se demandait où tous ces gens se cachaient durant la nuit. Je ne sais pas ce que je m'attendais à trouver à la foire. Peut-être n'étais-je même pas sûr de la retrouver.

Mais elle était encore là. A la lumière du jour, elle m'a paru encore plus petite, plus triste et plus misérable que la veille au soir. Il faisait un temps splendide, mais il y avait si peu de maisons occupées dans le quartier, sans parler des usines, que les promeneurs étaient fort rares. Quant à la foire proprement dite, elle était complètement déserte, ce qui n'a pas manqué de me surprendre. Je m'étais attendu à découvrir un genre de campement gitan, ayant oublié que le terrain vague était trop petit pour en accueillir un. Les employés de la foire avaient dû rentrer chez eux comme d'honnêtes travailleurs. Le terrain vague était entouré par une clôture grillagée destinée à en écarter clochards et buveurs d'éther, mais cette clôture, comme on pouvait s'y attendre, n'était guère impressionnante, et j'ai eu vite fait de la franchir, empruntant une brèche ouverte sans nul doute par des adolescents oisifs. Je me suis dirigé vers la tente située dans le coin du terrain et ai tenté d'en soulever la toile au niveau de l'entrée.

Elle avait été attachée à plusieurs endroits, apparemment de l'intérieur. Je ne voyais pas comment celui qui avait fait ça avait pu ensuite en sortir, mais c'était là le genre de prouesse que l'on attend des forains. Il m'était impossible de voir ce qui se trouvait à l'intérieur sans découper la toile, ce que j'aurais hésité à faire même dans des circonstances ordinaires, mais une voix s'est élevée derrière moi, m'empêchant de poursuivre mes investigations.

« Qu'est-ce que vous fichez ici ? »

Un petit homme fort vieux se tenait derrière moi. Je ne l'avais pas entendu s'approcher, en dépit du terrain accidenté. A peine plus grand qu'un nain, il avait la peau aussi brune qu'un cheval, ou presque, et pas un seul cheveu sur le crâne.

« Je me demandais ce qu'il y avait là-dedans, ai-je répondu d'une voix contrite.

— Un python long de trois kilomètres qui ne paye même pas son loyer, m'a-t-il rétorqué.

— Comment est-ce possible ? Il n'attire pas les clients ?

— Il est démodé. Démodé et plus dans le vent. Il n'attire pas les femmes. Les femmes n'aiment pas les serpents. Et de nos jours, ce sont les femmes qui ont l'argent, et aussi la puissance et la gloire. » Il a brusquement changé de ton. « Vous êtes sur une propriété privée.

— Excusez-moi. Il fait si beau ce matin que je me suis senti tous les droits.

— Je suis le gardien de ces lieux. J'avais des serpents, moi aussi. Des douzaines et des douzaines de petits serpents. Ils me rampaient sur le corps, tous plus venimeux les uns que les autres. Les yeux brillants, la langue vive, les écailles étincelantes : et *hop !* dedans, et *hop !* dehors, et ainsi de suite. Mais ça ne marchait plus. Il y a un temps pour chaque chose. Mais j'aime encore la foire. Alors je suis le gardien. Tant que ça dure. Tant que je dure. Allez-vous-en. Fichez le camp. »

J'ai hésité.

« Ce grand serpent, ai-je commencé, ce python… »

Mais il m'a coupé sans ménagement :

« Il n'y a plus rien à dire. Surtout à quelqu'un comme vous. Allez, disparaissez, et vite. Ou j'appelle le constable. On travaille main dans la main, lui et moi. J'ai de très bonnes relations avec lui. Peut-être ne le savez-vous pas, mais vous avez commis une infraction en entrant ici. Si vous ne partez pas, vous le regretterez toute votre vie. »

Le petit homme se dressait de toute sa hauteur pour me faire face, mais le sommet de son crâne (qui n'était pas luisant, au fait, mais mat et tavelé, comme s'il souffrait d'une maladie de peau) m'arrivait à peine à la taille. De toute évidence, il n'avait pas toute sa tête.

Comme je n'avais aucune raison de m'attarder, je suis parti. Je n'ai même pas demandé au petit homme à quelle heure aurait lieu le spectacle de la soirée, ni même s'il y en aurait un. Je ne savais même pas si j'aurais envie d'y assister.

Je suis allé à mon rendez-vous. Comme je n'avais pas dormi de la nuit et n'avais pas mangé depuis la veille, j'ai été pris de vertige à plusieurs reprises durant la journée, mais je n'irais pas jusqu'à dire que cela a nui à mon travail. Peut-être l'ai-je cru sur le moment, mais j'en doute fort à présent. Nos problèmes personnels, comme je l'ai constaté par la suite, n'ont que peu d'influence sur nos relations avec autrui, et quant au manque de sommeil et de nourriture, ses effets ne se font sentir qu'au bout de plusieurs semaines, voire de plusieurs mois.

Je me suis donc attelé à ma tâche, plus ou moins de la façon qui m'était habituelle (bien que, dans mon cas, cette expression ne voulût pas dire grand-chose), tout en ne cessant de repenser à ce que j'avais vu la veille, jusqu'à l'heure du déjeuner. J'avais l'intention de retourner au café où j'avais déjà dîné, mais je me suis retrouvé dans une autre partie de la ville, que je ne connaissais bien entendu pas du tout, et, me sentant pris d'une soudaine faiblesse, je suis entré dans le premier troquet que j'ai vu.

Et là, au centre de la salle, incroyable mais vrai, assis à une table en Formica, se trouvaient la fille au fond de teint vert et, à côté d'elle, l'aboyeur au pull marin, qui ressemblait plus que jamais à un boxeur déchu.

Je ne m'étais pas sérieusement attendu à la revoir. Ce genre de chose ne risquait pas de se produire, pensais-je. Peut-être aurais-je au mieux envisagé de retourner voir l'étrange spectacle, mais je pense que je m'en serais finalement abstenu, à l'idée de ce que cela aurait entraîné pour moi.

La fille s'était démaquillée et portait un manteau noir, une jupe noire et un chemisier blanc, une tenue pour laquelle elle semblait bien trop jeune, et les bas résille qu'elle avait portés la veille. L'homme était affublé des mêmes vêtements qu'à la foire, hormis le fait qu'il avait troqué ses sandales crasseuses contre de lourdes bottes, lesquelles étaient maculées de boue comme s'il avait traversé un champ.

En dépit de l'heure, la salle était presque vide : une douzaine de tables inoccupées et ces deux-là en plein milieu. Je crois bien que j'ai failli m'évanouir.

Mais je n'en ai pas eu le temps. L'homme au tricot marin m'a reconnu tout de suite. Il s'est levé et a agité son bras épais dans ma direction. « Venez donc vous joindre à nous. » La fille avait également quitté son siège.

Je n'avais pas le choix.

L'homme est allé jusqu'à m'avancer une chaise (elles étaient toutes peintes de couleurs vives et avaient été récemment rempaillées) et la fille a attendu que j'aie pris place pour se rasseoir.

« Navré que vous ayez manqué la fin du spectacle, a dit l'homme.

— Je me suis soudain rappelé que je devais rentrer chez moi, me suis-je empressé de mentir. Je suis nouveau en ville, ai-je ajouté.

— C'est parfois difficile de s'installer dans un lieu inconnu. Vous buvez quelque chose ? »

Il s'exprimait comme si nous nous trouvions dans un établissement autorisé à servir de l'alcool, ce qui n'était clairement pas le cas, et j'ai hésité.

« Thé ou café ?

— Thé, s'il vous plaît.

— Une autre tasse de thé, Berth », a dit l'homme. J'ai vu qu'ils buvaient du café tous les deux, mais l'aspect du liquide ne m'inspirait pas confiance.

« J'aimerais aussi manger quelque chose, ai-je dit lorsque la serveuse m'a amené mon thé. Merci beaucoup, ai-je dit à l'homme.

— Sandwiches : jambon d'York, bœuf ou jambon fumé.

Tartes à la viande. Saucisses », a dit la serveuse. Elle avait un vilain orgelet à la paupière gauche.

« Je vais prendre une tarte. » Par la suite, elle m'a apporté une tarte à la viande déjà froide, garnie de quelques feuilles de salade, et une bouteille de sauce. En général, je préfère manger chaud, mais j'ai dû m'en contenter.

« Revenez donc ce soir, a dit l'homme.

— Je ne pense pas que je le pourrai. »

Mes mains tremblaient tellement que j'avais des difficultés à boire mon thé sans le renverser, et je me demandais avec angoisse comment je me débrouillerais avec la tarte lorsqu'on me l'apporterait.

« Vous aurez droit à une entrée gratuite, si vous le souhaitez. Après tout, vous avez passé votre tour hier soir. »

La fille, qui avait jusque-là laissé parler son compagnon, m'a adressé un sourire doux et presque complice, comme s'il y avait quelque chose entre nous. Son chemisier blanc était largement ouvert, si bien que j'en voyais plus que je ne l'aurais dû, mais les choses ont changé de nos jours, bien sûr. Même privée de son maquillage verdâtre, elle était fort pâle, et son corps semblait encore plus pâle que son visage, presque aussi blanc que son chemisier. Et je distinguais enfin la couleur de ses yeux. Ils étaient verts. Je le savais depuis le début.

« Quoi qu'il en soit, a poursuivi l'homme, cela ne fera guère de différence, vu l'affluence que nous avons en ce moment. »

La fille lui a jeté un regard, comme si elle était surprise qu'il me fasse une telle confidence, puis s'est retournée vers moi et m'a dit : « Venez donc. » Sa voix était empreinte de séduction, comme si elle désirait sincèrement que je vienne. En outre, elle semblait avoir un accent étranger, ce qui ne la rendait que plus fascinante. Elle a bu une gorgée de café.

« Je risque d'avoir un rendez-vous qu'il me sera impossible de reporter. Je ne le sais pas encore pour l'instant.

— Nous ne voulons pas vous obliger à annuler un autre rendez-vous », a dit la fille, mais il m'a semblé qu'elle pensait le contraire de ce qu'elle disait.

J'ai décidé d'être un peu plus sincère. « Peut-être pourrai-je me libérer, mais, à vrai dire, si vous me permettez une telle remarque, je n'ai guère apprécié l'allure de certains de vos clients.

— Je ne vous en veux pas », a dit sèchement l'homme, ce qui m'a quelque peu soulagé, comme vous l'imaginez sans peine. « Que diriez-vous d'une représentation privée ? Un spectacle rien que pour vous ? » Il parlait d'un ton très égal, suggérant cette possibilité comme s'il n'y avait rien de plus naturel au monde, ou comme si j'étais un imprésario s'intéressant à son numéro.

J'étais si surpris que je me suis exclamé : « Quoi ! Il n'y aurait que moi dans la tente ?

— Cela se passerait chez vous, bien sûr », a dit l'homme sans changer de ton avant d'avaler bruyamment une gorgée de café. A ce moment-là, la fille m'a lancé un regard ravageur. J'ai eu l'impression que mes entrailles se liquéfiaient. Et, si absurde que cela parût, c'est alors que l'on m'a apporté ma tarte, avec ses feuilles de salade et sa sauce. En dépit de la faim qui me tenaillait, j'avais été stupide de demander quelque chose à manger.

« Avec ou sans les épées, a poursuivi l'homme en allumant une cigarette bon marché. Madonna a appris à faire tout ce que vous pourriez désirer. Tout ce que vous pourriez imaginer. » La fille était abîmée dans la contemplation de sa tasse.

J'ai rassemblé mon courage pour lui parler. « Vous vous appelez vraiment Madonna ? C'est un joli nom.

— Non, m'a-t-elle répondu à voix basse. Pas vraiment. C'est mon nom de scène » Elle a tourné la tête l'espace d'un instant et nos regards se sont à nouveau croisés.

« Ça ne fait de mal à personne, a dit l'homme. Nous ne sommes pas catholiques, mais Madonna l'était dans le temps.

— C'est un nom qui me plaît. » Je me demandais ce que j'allais faire de cette tarte. Je n'avais aucun appétit.

« Bien entendu, une représentation privée vous coûtera bien plus que deux shillings, a dit l'homme. Mais elle sera réservée à vous seul et, dans de telles circonstances, Madonna fera tout ce que vous souhaiterez. » J'ai remarqué qu'il avait adopté la même attitude que la veille devant son public : il n'était pas tourné vers moi mais regardait dans le vide, et s'exprimait comme s'il répétait des mots qu'il avait prononcés tant de fois qu'ils avaient fini par le lasser en dépit de leur nécessité.

« Quand pouvez-vous arranger ça ? ai-je demandé.

— Ce soir, si vous voulez. Tout de suite après le spectacle à la foire, et il sera encore tôt car nous fermons avant dix heures en cette saison. Madonna pourra facilement vous rejoindre vers dix heures moins le quart. Et elle n'aura pas besoin de se presser, car il n'y a pas de matinée prévue demain. Elle aura le temps de vous montrer toute l'étendue de son talent, si vous le souhaitez. De vous présenter tout son répertoire. Au fait, est-ce que l'endroit où vous logez est convenable ? Madonna n'a pas besoin de grand-chose. Une porte fermant à clé pour tenir les resquilleurs à l'écart et un endroit où se laver les mains.

— Oui. En fait, l'endroit où je loge devrait convenir parfaitement, même s'il pourrait être mieux éclairé et un peu plus tranquille. »

Madonna m'a lancé un de ses regards à la douceur indescriptible. « Cela m'est égal », a-t-elle dit à voix basse.

J'ai noté l'adresse sur un coin de la nappe en papier et l'ai déchiré.

« Et si nous disions dix livres ? a déclaré l'homme en braquant sur moi ses petits yeux. Normalement, j'en demande vingt, et parfois même cinquante, mais nous sommes à Wolverhampton, pas sur la Costa Brava, et vous êtes un homme raffiné.

— Qu'est-ce qui vous fait penser ça ? ai-je dit, cherchant à gagner du temps et me demandant où j'allais trouver cet argent.

— Le siège que vous avez choisi hier soir. Pratiquement à chaque représentation, il y a quelqu'un qui s'y assied. Ce siège est réservé aux gens raffinés. J'ai appris au fil des ans à ne pas les faire monter sur l'estrade, car ce n'est pas ce qu'ils désirent. Ils sont trop raffinés pour venir sur l'estrade, et je les respecte pour cela. Ils partent souvent avant la fin, comme vous. Mais je suis toujours ravi de les accueillir. Ils remontent le niveau. De plus, ils sont très souvent intéressés par une représentation privée, comme vous, et ils sont prêts à en payer le prix. Il faut bien que je prenne ce détail en considération.

— Je ne dispose pas de la somme que vous me demandez,

mais je pense que je peux me la procurer, même si je dois la faucher.

— On est souvent obligé d'agir ainsi en ce bas monde. Du moins pour jouir des belles choses.

— La journée est loin d'être finie, a dit la fille avec un sourire encourageant.

— Vous voulez une autre tasse de thé ? m'a demandé l'homme.

— Non, merci.

— Vous en êtes sûr ?

— Oui.

— Dans ce cas, nous devons partir. Il y a une représentation cet après-midi, mais nous n'aurons sans doute que quelques gosses. Je dirai à Madonna de s'économiser en prévision de la représentation privée de ce soir. »

Alors qu'ils ouvraient la porte pour sortir, la fille s'est retournée pour me lancer un regard par-dessus l'épaule, un regard aimant et complice. Ses vêtements semblaient bien trop grands pour elle, sa jupe trop longue, son manteau et son chemisier trop lâches, comme s'ils ne lui appartenaient pas en propre. Je me suis surpris à m'apitoyer sur elle. Quelle que fût l'explication de ce que j'avais vu la veille, elle ne devait pas avoir une existence facile.

Tous deux étaient trop polis pour me faire remarquer que je n'avais rien mangé. J'ai glissé la tarte dans mon attaché-case, laissant les feuilles de salade dans l'assiette, j'ai payé mon repas et je suis allé à mon rendez-vous suivant, lequel était bien entendu fixé à l'autre bout de la ville.

Je n'ai pas eu besoin de recourir au vol pour me procurer de l'argent.

On ne pouvait guère s'attendre à ce que j'aie l'esprit à travailler cet après-midi-là, mais j'ai fait de mon mieux pour me concentrer sur ma tâche, sentant que je pénétrais dans des eaux dangereuses et que j'avais intérêt à ne pas perdre la terre de vue tant que c'était encore possible. Et j'ai bien fait de respecter mon emploi du temps, car mon problème a été tout de suite résolu sans que j'aie à lever le petit doigt. La boutique où je me suis rendu en sortant du restaurant appartenait à un vieux gentleman fort aimable du nom de Mr. Edis, qui m'a pris en amitié dès que j'ai franchi sa porte. Il m'a dit à un moment donné que j'étais bien plus agréable que ce vieil asthmatique de Bantock (je ne pense pas vous avoir précisé que Bantock avait de fréquentes crises d'asthme, mais j'étais néanmoins au courant) et que je semblais être un brave garçon, aux yeux brillants d'enthousiasme. C'est en ces termes qu'il s'est exprimé, et la suite de sa conversation prouve que ma mémoire ne me trahit pas sur ce point. Il m'a demandé si je faisais quelque chose ce soir-là. Plutôt content de moi, car je n'aurais d'ordinaire pas été en mesure de lui répondre par l'affirmative sans proférer un mensonge, je lui ai dit que j'avais rendez-vous avec une jeune fille.

« Avec une fille de Wolverhampton, vous voulez dire ?

— Oui. Je ne la connais que depuis que je suis arrivé ici. » J'aurais hésité à me confier ainsi à un inconnu, mais l'amabilité de Mr. Edis m'encourageait à lui parler et à justifier la bonne opinion qu'il avait de moi.

« A quoi ressemble-t-elle ? a-t-il demandé en fermant à moitié les yeux, me révélant leurs cernes rougeâtres.

— Elle est très belle. » C'est le genre de réponse toute faite qui vient à l'esprit, mais je n'aurais su formuler les sentiments qui m'agitaient.

« Vous avez assez d'argent pour lui faire passer une bonne soirée ? »

J'ai dû réfléchir à toute vitesse, complètement pris par surprise, mais Mr. Edis a poursuivi avant que j'aie le temps de lui répondre :

« Assez pour la bichonner dans les règles de l'art ? »

J'ai vu qu'il semblait de plus en plus excité.

« Eh bien, Mr. Edis, à dire vrai, mes finances ne sont guère reluisantes. Je ne suis qu'un débutant, comme vous le savez. »

Je croyais pouvoir lui soutirer une livre — sous forme de prêt, bien entendu, les habitants des Midlands étant ce qu'ils sont.

Mais il a sorti de sa poche un billet de cinq livres. Il l'a agité devant moi comme une carotte devant un âne.

« Ce billet est à vous à une condition.

— Je vous écoute, Mr. Edis.

— Revenez demain matin quand ma femme sera partie —

elle travaille comme agent de la circulation et passe toutes ses journées dans la rue —, revenez ici et racontez-moi ce qui s'est passé. »

Cette perspective ne m'enchantait guère, mais je me suis dit que je pourrais toujours lui mentir, voire même lui poser un lapin, et, de toute façon, je n'avais pas le choix.

« Entendu, Mr. Edis. Avec plaisir. »

Il m'a aussitôt tendu le billet.

« Brave garçon. Profitez-en bien, et pensez à moi pendant que vous serez avec elle, mais ça m'étonnerait que vous ayez la tête à ça. »

Quant aux cinq livres dont j'avais encore besoin, je réussirais probablement à les prélever dans mon pécule, à condition de faire quelques économies durant les quinze prochains jours ou de trafiquer mon carnet de route au besoin, ce que nous faisons tous. Mais à l'âge que j'avais, je détestais parler d'argent. Je détestais l'idée d'en parler encore plus que la nécessité de m'en procurer. La notion de vénalité ne me venait jamais à l'esprit quand je pensais à Madonna, et je me serais méprisé si tel avait été le cas. Et à en juger par la façon dont elle m'avait parlé, il ne me semblait pas qu'elle me considérait comme un banal client. Je ne voyais vraiment pas de quelle façon elle pouvait penser à moi, mais c'était là un problème que je m'efforçais d'ignorer, plutôt que de chercher à résoudre.

L'établissement spécial recommandé par l'oncle Elias n'était pas du genre où les visiteurs sonnent à la porte et attendent qu'un groom les invite à entrer. Un éventuel invité était obligé de connaître un peu les lieux pour y pénétrer et, une fois à l'intérieur, pour retrouver la personne qu'il cherchait. Vers neuf heures et demie, j'ai décidé qu'il valait peut-être mieux que je me poste dans la rue. Je ne me suis pas planté devant la porte du boui-boui, car cela aurait risqué de causer un malentendu, voire de m'attirer des ennuis ; j'ai commencé à faire les cent pas dans la rue, guettant des deux yeux une silhouette féminine et des deux oreilles un bruit de pas légers sur le pavé. Le soir était tombé, bien entendu, mais il ne faisait pas tout à fait noir. Les piétons étaient fort rares, en partie à cause de la pluie, phénomène fréquent dans les Midlands : une pluie douce, presque invisible, qui vous trempe de la tête aux pieds en moins de cinq minutes. Je suis sûr que je serais descendu plus tôt s'il n'avait pas plu. Inutile de préciser que j'étais dans tous mes états. J'avais réussi à avaler la tarte durant l'après-midi, entre deux rendez-vous. La pluie s'était mise à tomber à ce moment-là, me surprenant sur un banc public. Et vers six heures et demie, j'étais allé boire un thé et manger des haricots au café où je m'étais déjà rendu la veille. Je n'avais aucun appétit. Mais je pensais qu'il me fallait manger quelque chose en prévision de ce qui m'attendait. Je n'avais certes pas la moindre idée de ce que le sort allait me réserver. On ne sait jamais à quoi s'attendre avant une première expérience, quoi que l'on ait pu apprendre sur le sujet. Je me serais trouvé dans les mêmes dispositions face à n'importe quelle femme.

Et voilà que mon adorable Madonna m'apparaissait, exactement à l'heure, voire même un peu en avance. Elle portait les mêmes vêtements que lors de notre dernière rencontre. Trop grands et trop vieux pour elle ; et elle n'avait ni parapluie, ni imperméable, ni chapeau.

« Vous allez être toute mouillée », lui ai-je dit.

Elle n'a rien répondu, mais j'ai cru discerner à son regard qu'elle était ravie de me voir. Si elle s'était appliqué son fond de teint vert durant l'après-midi, la pluie l'avait complètement fait disparaître.

Je croyais qu'elle aurait apporté quelque chose, mais elle n'avait rien, pas même un sac à main.

« Venez », lui ai-je dit.

Les clients de l'établissement se voyaient attribuer une clé (pour laquelle ils devaient payer une caution) et, grâce à Dieu, nous avons pu traverser le hall et monter l'escalier sans rencontrer quiconque ni entendre quoi que ce soit d'extraordinaire, bien que ma chambre se situât au dernier étage du bâtiment.

Elle s'est assise sur mon lit et a fixé la porte du regard. Après la conversation que j'avais eue avec le marin, je savais ce que je devais faire et j'ai fermé la porte à clé. Cette idée m'est venue tout naturellement. L'endroit était du genre où on prend soin de fermer soigneusement sa porte. J'ai ôté mon imperméable et l'ai posé dans un coin. Je n'avais pas allumé la lumière. Je n'étais pas fier de ma chambre.

« Vous devez être trempée », ai-je dit. La foire n'était pas très loin, mais la pluie était particulièrement insidieuse, comme je l'ai déjà remarqué.

Elle s'est levée et a ôté son manteau. Elle est restée immobile jusqu'à ce que je le prenne et le suspende à la porte. Je ne peux pas dire qu'il dégoulinait, mais il était saturé d'eau et je voyais nettement une tache sur l'édredon, là où elle s'était assise. Elle n'avait toujours pas prononcé un seul mot. Je dois avouer qu'elle n'avait apparemment aucune raison de le faire jusque-là.

La pluie avait également trempé son chemisier blanc. Même l'absence presque totale de lumière dans la chambre ne m'empêchait pas de m'en apercevoir. Le tissu était collé à ses épaules, l'une ressortant plus nettement que l'autre. A présent qu'il m'apparaissait dans sa totalité, son chemisier me semblait plus bizarre que jamais. Non seulement il était lâche et informe, mais les manches en étaient si longues que ses mains disparaissaient dessous quand elle se tenait les bras ballants. J'ai vu en esprit le genre de femme pour lequel ce chemisier avait été taillé, grande et robuste, absolument pas mon type.

« Vous feriez mieux d'enlever ça aussi », ai-je dit, mais je ne sais pas à ce jour comment j'ai réussi à prononcer ces mots. J'imagine que notre instinct prend la relève même la première fois, à condition qu'on lui en donne la chance. Madonna me donnait bel et bien une chance, du moins l'ai-je cru. L'espace d'une ou deux minutes, la vie a été plus douce que je ne l'aurais cru possible.

Toujours sans dire un mot, elle a ôté son chemisier et je l'ai posé sur le dossier de l'unique chaise de ma chambre.

J'avais vu au café qu'elle portait en dessous une pièce de vêtement noire, mais c'est seulement à ce moment-là que je me suis rendu compte qu'il s'agissait de la guêpière noire et luisante qu'elle arborait sur scène et qui lui donnait un air si français.

Elle a ôté sa jupe mouillée. Je ne pouvais au mieux que la poser sur la chaise à son tour. Et elle était là, talons aiguilles et le reste. Elle semblait prête à monter sur scène, ce que je trouvais quelque peu décevant.

Elle est restée immobile, comme si elle attendait mes instructions.

J'ai vu que sa guêpière était elle aussi un peu mouillée, du moins par endroits, mais je n'ai pas osé lui suggérer de l'enlever.

Madonna a enfin ouvert la bouche. « Par quoi voulez-vous que je commence ? »

Sa voix était si belle, et sa question si tentatrice, que quelque chose s'est emparé de moi et, avant d'avoir pu m'en empêcher, je l'ai serrée entre mes bras. Jamais de ma vie je n'avais fait une telle chose, quels qu'aient pu être mes sentiments.

Comme elle demeurait immobile, j'ai aussitôt supposé que j'avais commis une erreur. Ce qui n'aurait guère été surprenant, après tout, étant donné mon inexpérience.

Mais il y avait autre chose qui me paraissait anormal. Comme je l'ai dit, je n'étais pas habitué à sentir tout contre moi une femme à demi nue, et j'étais moi-même encore habillé, mais l'impression que je retirais de notre contact me semblait néanmoins décevante. J'en ai éprouvé un certain choc. Un choc plutôt violent, en fait. Comme c'est souvent le cas lorsque la réalité se substitue au rêve. Soudain, j'étais dans un cauchemar.

J'ai reculé d'un pas.

« Excusez-moi. »

Elle m'a adressé son sourire si doux. « Cela m'est égal. »

C'était fort aimable de sa part, mais mes sentiments à son égard s'étaient altérés. Vous savez comme le plus infime détail peut transformer le sentiment que vous inspire une femme, et j'étais loin de croire que ce détail était infime. Je me demandais en fait si j'étais bien équipé pour affronter la vie. On m'avait souvent qualifié d'attardé, et peut-être était-ce pour cette raison.

Puis je me suis rendu compte que mon incertitude était peut-être due à son numéro de foire, aux épées. Peut-être était-elle un monstre, à moins que l'homme au pull marin n'ait coutume de la soumettre à un genre d'hypnose.

« Dites-moi ce que vous désirez », a-t-elle déclaré en contemplant le tapis mité posé sur le plancher.

Je ne suis qu'un imbécile doublé d'un niais, ai-je pensé.

« Enlevez vos vêtements. Ils sont mouillés. Couchez-vous. Les couvertures vont vous réchauffer. »

J'ai commencé à mon tour à me déshabiller.

Elle s'est exécutée, s'est glissée hors de sa guêpière noire, a lentement ôté ses souliers si sexy, s'est extraite de la gangue de ses longs bas. L'espace d'un instant, ma première femme s'est tenue devant moi, mais je pouvais à peine la voir. J'étais toujours incapable de m'imaginer en train de faire l'amour à la faible lueur de cette ampoule électrique, qui ne faisait qu'accentuer le caractère sordide de ma chambre.

Obéissante, Madonna s'est étendue sur mon lit et je l'y ai rejointe aussi vite que je le pouvais.

Obéissante, elle a fait tout ce que je lui demandais, ainsi que l'avait promis l'homme au pull bleu. Elle me paraissait toujours étrange et décevante — j'irais même jusqu'à dire amorphe —, et son corps était fort différent de l'idée que je m'étais faite d'un corps de femme lorsque je m'étais imaginé en approcher un. Mais ce fut néanmoins grâce à elle que j'eus ma première expérience, le sujet qui nous occupe en ce moment. Je me dois de lui reconnaître au moins une qualité : pas une seule fois elle n'a prononcé une parole inutile. Ce qui n'est pas toujours le cas, bien sûr.

Mais ça s'est très mal passé. Nous n'avions même pas commencé par nous embrasser, par exemple. Madonna m'inspirait quantité d'idées romantiques, mais elle ne m'aidait guère à les concrétiser, en dépit de son sourire si charmant, de sa voix si douce et de ses remarques si gentilles. Elle était presque trop disponible et ne suscitait pas en moi ce qu'il y avait de meilleur. J'avais l'impression d'être en train d'acquérir des informations qui, pour importantes qu'elles fussent, n'avaient aucune influence sur mes sentiments. Il nous arrive souvent d'éprouver ce genre de sensations, bien entendu, mais il me semblait horrible de les éprouver à propos de cette chose-là, d'autant plus que mes sentiments avaient été tout autres à peine quelques heures plus tôt.

« Allez, lui ai-je dit. Réveille-toi. »

Ce n'était guère aimable de ma part, mais j'étais amèrement déçu, d'autant plus déçu que je ne savais pas exactement pourquoi. Mais j'avais l'impression que ma vie même était en jeu.

Elle a poussé un petit gémissement.

Je me suis dressé au-dessus d'elle et j'ai rejeté draps et couvertures derrière moi. Elle gisait là, sur le lit, toute plate et toute grise — peut-être était-ce dû à la pénombre. Même ses cheveux étaient dénués de toute couleur, presque invisibles en fait.

J'ai eu alors un geste plutôt déplaisant. Je lui ai saisi le bras gauche des deux mains, lui enserrant le poignet, et j'ai essayé de la hisser vers moi pour avoir la sensation de son corps jeté tout contre le mien, pour lui couvrir le front et le cou de baisers, à condition qu'elle m'en donne l'envie. Dans des circonstances ordinaires, sans doute aurais-je pu lui faire mal en l'attirant ainsi vers moi, et peut-être aurais-je dû m'abstenir de ce geste. Mais personne n'aurait pu le qualifier d'horrible. J'irais même jusqu'à dire qu'il n'avait rien d'extraordinaire.

Mais ce qui s'est passé fut bel et bien horrible. Si simple et si horrible qu'on ne me croit pas toujours quand je le raconte. Furieux, déçu, j'ai violemment tiré le bras de Madonna. Elle s'est redressée sur sa couche, puis elle est retombée en poussant un hurlement. Je tenais toujours son poignet des deux mains et il m'a fallu un certain temps pour comprendre ce qui venait d'arriver. Je lui avais tout bonnement arraché la main gauche.

Elle s'est aussitôt levée d'un bond et s'est mise tant bien que mal à enfiler ses vêtements. En dépit de l'absence quasi totale de lumière, j'ai vu qu'elle réussissait à se mouvoir avec une certaine rapidité. Je la voyais déjà en train de courir dans ma chambre en agitant son moignon et je me suis demandé avec terreur comment elle tenait encore debout. Pendant ce temps, elle ne cessait de sangloter, ou plutôt de gémir. Le bruit qu'elle produisait était très faible, si faible que j'aurais pu le prendre pour le fruit de mon imagination si je n'avais pas vu ce qui s'était passé.

Je me suis assis au bord du lit dans la vague intention d'allumer la lumière. L'unique commutateur était placé près de la porte, bien entendu. Peut-être qu'un peu de lumière sur la scène permettrait de l'expliquer, pensais-je. Mais j'ai découvert que je ne pouvais pas atteindre le commutateur. Premièrement, je ne pouvais supporter l'idée de toucher Madonna, même par accident. Deuxièmement, mes jambes refusaient carrément de me porter. J'étais trop terrifié pour bouger. Mon esprit était partagé entre la terreur, la répugnance et cette sensation indicible qu'on associe à un acte sexuel manqué.

Je suis donc resté assis au bord du lit pendant que Madonna se rhabillait, poussant sans cesse des sanglots si déchirants que je ne les oublierai jamais. Mais cela ne dura pas très longtemps. Comme je l'ai dit, Madonna était d'une étonnante rapidité. Je ne savais que dire ni que faire. Et je n'ai pas eu le temps de trouver.

Lorsqu'elle a eu remis tous ses vêtements, elle a fait un geste vif dans ma direction et a saisi quelque chose, comme si elle voyait parfaitement dans l'obscurité. Puis elle a déverrouillé la porte et s'est enfuie.

Elle avait laissé la porte ouverte sur le palier obscur (bien entendu pourvu d'une minuterie), et je l'ai entendue dévaler l'escalier et se faufiler par la porte d'entrée avec une aisance qui aurait pu la faire passer pour une habitante des lieux. Il était encore trop tôt pour que les clients se manifestent.

Je me sentais à présent physiquement malade. Mais j'avais recouvré l'usage de mes jambes. Je me suis levé, j'ai refermé la porte à clé et j'ai allumé la lumière.

Il n'y avait rien d'extraordinaire à voir. Rien, hormis mes vêtements épars, mon imperméable mouillé dans un coin et le lit en désordre. On eût dit qu'un monstre avait surgi des draps, mais il n'y avait pas une seule trace de sang dans la chambre. Comme avec les épées.

Alors que je pensais à elles, et à ce que j'avais fait, je me suis mis à vomir. La chambre n'était pas munie d'eau courante et j'ai rempli la moitié de la vieille cuvette en porcelaine au fond décoré de fleurs passées et au rebord orné de cassures circulaires.

Je me suis allongé sur les draps froissés, trop épuisé pour

vider la cuvette ou pour éteindre la lumière, trop harassé pour me couvrir, en dépit de ma nudité et de la froideur de la nuit.

J'ai entendu les bruits habituels résonner dans l'escalier et dans les autres chambres. Puis on a frappé sèchement à ma porte.

Cet établissement n'était pas du genre où il est utile de demander : « Qui est là ? » Je me suis relevé, transi de froid, et, n'ayant pas de robe de chambre, j'ai enfilé mon imperméable mouillé, étant obligé de me vêtir pour ouvrir la porte, de peur de voir survenir de déplaisantes complications.

C'était l'homme au pull bleu — l'aboyeur en pull marin. Je m'en étais douté.

Je ne devais pas être beau à voir, tremblant de froid dans mon imperméable mouillé, d'autant plus qu'on entendait à présent les autres clients hurler et tambouriner sur les murs de leurs chambres. Et, bien entendu, je n'avais aucune idée de l'attitude qu'allait adopter l'homme en face de moi.

Je n'avais nul besoin de m'inquiéter. Du moins sur ce point.

« La représentation s'est bien passée ? » C'est tout ce qu'il m'a demandé ; et il regardait toujours dans le vide, comme s'il se trouvait sur son estrade, sans poser ses yeux sur un objet quelconque, paraissant cependant résolu à se montrer aimable à condition que le public réagisse comme il le fallait.

« Je le pense », ai-je répondu.

Je ne devais guère sembler cordial, mais il n'a pas paru s'en offusquer.

« Dans ce cas, pourrais-je avoir votre règlement ? Je suis navré de troubler votre sommeil, mais nous devons partir tôt. »

Comme j'ignorais dans quelles circonstances se passerait le paiement, j'avais rassemblé mes dix livres — le billet de cinq fourni par Mr. Edis plus cinq billets d'une livre prélevés sur mes réserves — et les avait rangées dans un tiroir avant de descendre à la rencontre de Madonna.

Je les lui ai données.

« Merci », a-t-il dit en les comptant avant de les glisser dans la poche de son pantalon. J'ai remarqué, comme je pouvais le voir de près, que c'était un pantalon de marin. « Tout va bien, alors ?

— Je le pense », ai-je répété. Je veillais à ne pas m'impliquer dans quelque direction que ce fût.

Puis j'ai vu qu'il me fixait de ses petits yeux enfoncés dans leurs orbites.

A ce moment précis est monté des étages inférieurs un hurlement atroce. Jamais je n'avais entendu un cri aussi perçant, même dans les établissement spéciaux de l'oncle Elias.

Mais l'homme n'a rien semblé remarquer.

« Très bien », a-t-il dit.

Pour une raison indéterminée, il a hésité quelques instants, puis il m'a tendu la main. Je l'ai serrée. Il était très fort, mais il n'y avait rien d'autre de remarquable à dire de sa main.

« Nous nous reverrons, a-t-il lancé. Ne vous inquiétez pas. »

Puis il s'est retourné et a appuyé sur le bouton de la minuterie de l'escalier. Je ne me suis pas attardé à le regarder partir. J'étais malade et j'avais froid.

Et en dépit de ce qu'il m'a dit, nos chemins ne se sont pas recroisés à ce jour.

Traduit par Jean-Daniel Brèque

CAROLYN BANKS

Le Salon Satin

Dans cette histoire délicieusement perverse, qui devrait rappeler à certains lecteurs une nouvelle de Stephen King intitulée « Désintox, Inc. » et à d'autres les contes diaboliquement amusants du grand John Collier, Carolyn Banks s'attaque à un sujet qui préoccupe intensément tous les Américains : la perte de poids. C'est le lecteur qui y gagne.

« OH, mon Dieu ! » Libby freina si violemment que les deux femmes faillirent être cisaillées par leur ceinture de sécurité. « Pardon, dit-elle avec un petit rire en guise d'excuse. Mais regarde-moi ça. » Elle rapprocha sa BMW du trottoir afin que Joyce pût regarder dans la direction qu'elle lui indiquait.

« Quoi donc ? dit Joyce. Je ne vois rien.

— Là, insista Libby, sur ce pas de porte.

— Oh ! » La voix de Joyce se fit hautaine. « *Ce* pas de porte ? »

C'était celui du Salon Satin, un cabinet d'esthétique souvent vanté par la presse et la télévision locales. Le Salon Satin, que la plupart des femmes de Westlake Hills considéraient comme l'établissement le plus clinquant et le plus grotesque qu'elles aient jamais vu.

Examinez donc son enseigne, composée de sept vitraux gothiques alignés. Et bariolés du pire mélange de couleurs que l'on puisse imaginer : bleu, pourpre, vert, orange, blanc, violet, rouge. « Enfin, voyons » : telle était la réaction quasi unanime de la gent féminine.

Aucune de ses représentantes n'avait l'intention de mettre les pieds au Salon Satin, en dépit des promesses fabuleuses faites par sa direction.

« Je la vois », dit Joyce, comprenant enfin vers quoi Libby cherchait à attirer son regard. « Je la vois ! »

C'était leur amie Shelley, la plus plantureuse des membres de leur groupe. Du moins jusqu'à cet instant.

« Elle est maigre, murmura Lib.

— C'est peut-être quelqu'un d'autre, dit Joyce, ce n'est peut-être pas Shelley. »

Mais c'était bien Shell, et elle se précipita vers leur voiture en criant. « Est-ce que vous allez l'essayer ? demanda-t-elle. Le Salon Satin ? »

Libby et Joyce échangèrent un regard stupéfait, mais écoutèrent Shelley leur faire son boniment. Elle avait perdu dix kilos. Dix kilos ! Et en un rien de temps. Ne l'avaient-elles pas vue le mois dernier ?

« Le Salon Satin n'est pas un endroit pour moi », dit Libby avec insistance. Vu son tour de taille, elle pouvait se permettre d'en parler ainsi. Mais Joyce, dont les jeans étaient récemment devenus plus étroits, tendit l'oreille et se mit à réfléchir. Pourquoi pas ? Elle avait tout essayé : l'acupuncture, l'hypnose et un bon millier de régimes. Elle décida d'oublier ses préjugés esthétiques et de tenter sa chance au Salon Satin. Que risquait-elle ? Peut-être regagnerait-elle les faveurs amoureuses d'Emmet, son mari, qui la délaissait fort ces derniers temps.

« Si tu veux mon avis, dit Libby lorsqu'elles furent reparties, Shell ressemble à une pute.

— Peut-être », dit Joyce. Mais elle pensait en fait : Oui, mais à une pute *mince*. Shelley était veuve depuis quelque temps. Joyce se demanda si ce n'était pas une condition suffisante.

L'intérieur du Salon Satin était encore pire que tout ce que Joyce aurait pu imaginer, mais, d'un autre côté, l'appartement qu'elle partageait avec Emmet était décoré dans des nuances de tweed et d'acier. Une personne de goût avait cependant du mal à s'adapter aux lieux : les différentes pièces semblaient se fondre les unes dans les autres — le bleu se mêlant au pourpre, le pourpre au vert, et ainsi de suite — et étaient ornées de vitraux assortis à la couleur de leurs murs. Inutile de préciser que les employés étaient vêtus de costumes en satin aux couleurs également assorties à la pièce où ils officiaient. Et dans certaines de celles-ci — la bleue, la verte, la blanche et la violette —, on trouvait des bocaux de bonbons exactement de la même couleur.

Oh ! pensa Joyce, en suivant la visite guidée le sourire aux lèvres.

Il lui restait une pièce à voir. Sa porte était couverte de satin noir et fermée à clé. La guide s'excusa et reconduisit Joyce à la réception : la pièce bleue.

« Pour quelle raison êtes-vous venue ici ? » La guide manipulait un bloc-notes et ses ongles étaient vernis de bleu.

« Pour perdre du poids.

— Combien de kilos exactement ? »

Le premier réflexe de Joyce fut de mentir, mais elle aperçut son reflet dans le miroir teinté de bleu, aperçut la masse que formaient son ventre et ses hanches tassés sur le siège. Emmet, Emmet, cela faisait deux ans qu'il n'avait même plus envie de la toucher. « Quinze, dit-elle.

— Trois visites vous seront nécessaires, dit la jeune femme en souriant. Aujourd'hui, vous irez dans la chambre orange, ensuite ce sera la verte, et si vous avez perdu assez de poids... » Elle laissa sa phrase inachevée, regarda Joyce en guettant sa réaction. Comme celle-ci ne venait pas, elle referma sèchement son bloc-notes et appela un employé vêtu d'orange. « La loi nous oblige à vous préciser... » Sa voix était mécanique. « ...que toutes nos clientes n'atteignent pas le poids qu'elles se sont fixé.

— Combien y réussissent ? demanda Joyce.

— Oh... » La jeune femme aux ongles bleus parcourut la pièce du regard. « Une toutes les lunes bleues. »

Joyce était allongée sur un drap de satin orange et contemplait le plafond. Elle aperçut un lézard — ou plutôt un caméléon, puisqu'il était lui aussi orange. Ses yeux ressemblaient à des billes de verre coloré, durs et rigides.

Elle tourna la tête et fut fort surprise de découvrir trois enfants, deux garçons et une fille, vêtus d'habits d'Arlequin orange. Ils jonglaient avec des oranges, qui décrivaient entre leurs mains de gracieuses paraboles.

Joyce éclata de rire. On entendit un bruit bizarre, mi-frisson, mi-cliquetis, comme si on venait d'entrouvrir un rideau de perles. Les enfants laissèrent choir leurs oranges et se retirèrent en reculant dans une attitude empreinte de respect. Joyce se retourna pour voir ce qu'ils avaient vu : un homme noir et élancé. Il avait quelque chose de reptilien, bien que n'étant en aucune façon répugnant. Bien au contraire. Joyce sentit ses entrailles frissonner, se retourner, se liquéfier.

Il s'approcha. Les yeux de Joyce étaient rivés à son corps. Elle avait l'impression qu'elle serait incapable de les en détourner tant qu'il la regarderait.

Puis il battit des paupières et Joyce réussit enfin à échapper à son regard mais aussi à se remettre à respirer. Elle ferma les yeux, redoutant de les poser sur lui. Elle le sentit se pencher sur elle, sentit des doigts flotter au-dessus de ses seins. Elle rouvrit les yeux. Mais il n'était pas au-dessus d'elle, il n'était même pas près d'elle. Il eut un rire de gorge, comme s'il avait deviné ses pensées.

Ce soir-là, elle refusa poliment un whisky-soda. A l'heure du dîner, pas une fois elle ne toucha au pain français. Son mari ne remarqua rien, mais Libby, qui dînait avec eux, s'aperçut de quelque chose. « Le Salon Satin ? » murmura-t-elle. Joyce lui répondit par l'affirmative.

Joyce était assise dans une boîte de satin vert. Elle était nue à présent, et obligée de s'asseoir en tailleur, de s'exhiber, pour ainsi dire. Mais ce n'était pas elle qui faisait le spectacle. Quatre ballerines vêtues de vert tourbillonnaient au rythme langoureux de violons invisibles. Il y avait aussi quelque chose de vert dans cette musique.

L'homme noir fit son apparition à la fin du numéro. Il était également nu. Joyce s'aperçut qu'elle était incapable de quitter son bas-ventre des yeux. Même au repos, son pénis était long et solide. Joyce brûlait d'envie de le prendre dans sa main.

Il se pencha, comme pour s'incliner devant elle, et l'aida à se lever. Exempte de toute honte, elle releva la tête pour qu'il puisse la regarder tout son soûl, semblant lui dire qu'elle était prête, qu'elle n'était ni timide ni coquette...

Nouveau rire de gorge. Il lui prit le menton dans les mains, et ses dents luisirent à la lumière verte. « Plus tard, dit-il. Peut-être dans huit jours. Quand vous serez... ». Ses doigts se détachèrent d'elle, sa voix se fit faible et lointaine. « ... plus mince. »

Joyce baissa les yeux. Un jeune serpent sinuait entre ses

orteils, disparaissait sous la porte de satin vert. Elle n'avait pas eu peur, n'avait eu nulle envie de s'écarter. Ce serpent était si beau, comme un ruban de satin déroulé sur le sol.

Ce soir-là, ainsi que le lendemain, Joyce et Emmet se virent obligés d'emmener des clients d'Emmet dîner au restaurant. Joyce se réjouissait toujours de ce genre de sorties, comme si les sauces et les desserts qu'elle consommait étaient vierges de toute calorie. Mais ce soir-là, ainsi que le lendemain, elle contempla avec admiration mais sans nulle envie les luxueuses pâtisseries couronnées de chantilly. « Non merci, rien pour moi », dit-elle.

Elle avait perdu sept kilos. Plus tard, une fois couchée, elle se tourna vers Emmet et lui caressa les cheveux du bout des doigts.

« Je suis fatigué, Joyce, lui dit-il. Enfin, nous ne sommes plus des enfants. »

« J'ai huit kilos à perdre, dit Joyce à la femme aux ongles bleus. Je ferais n'importe quoi.

— N'importe quoi ?

— Oui. »

La jeune femme appuya sur un bouton, faisant surgir six jeunes hommes en smoking — on aurait dit qu'ils venaient d'un enterrement, pensa Joyce — qui lui firent signe de les suivre.

Elle jeta un regard interrogatif à la jeune femme aux ongles bleus, mais vit qu'elle n'avait aucun espoir d'attirer son attention.

Quelque chose la fit cependant hésiter.

« Tut, tut », fit une voix. Elle se retourna et découvrit l'homme noir. « Vous avez dit que vous feriez n'importe quoi », lui rappela-t-il.

Joyce sourit, hocha la tête, et suivit docilement les six jeunes hommes le long d'un couloir aux lumières changeantes : bleues, pourpres, vertes, orange, blanches. Dans la chambre blanche, les six hommes commencèrent à se déshabiller, s'appuyant les uns contre les autres pour ôter souliers, chaussettes et pantalons. Ils parlaient à voix haute, mais le satin qui tapissait les murs, le sol et les meubles semblait absorber le moindre bruit.

Ils firent l'amour, bras et jambes emmêlés, bouches constamment actives. Joyce s'adossa au mur — ils ne lui prêtaient aucune attention — et les regarda faire jusqu'à ce qu'ils aient apaisé leurs sens. Finalement, l'un d'eux remarqua sa présence. Il se leva, alla chercher une clé dans la poche de son pantalon et lui fit traverser la pièce violette jusqu'à la porte de satin noir.

« Vous avez dit : n'importe quoi, lui rappela-t-il.

— Oui », dit Joyce.

Puis il tourna la clé dans la serrure et poussa la porte.

Celle-ci pivota sur ses gonds et resta ouverte. Joyce entra bravement. La porte se referma derrière elle, et elle entendit le bruit caractéristique d'une clé tournant dans une serrure.

Son souffle s'accéléra. Elle transpirait abondamment, en dépit de la basse température qui régnait dans la pièce. Elle porta une main à son front et l'en retira moite de sueur.

La chambre était plus noire que tout ce qu'elle avait vu. On entendit résonner un gong, puis il y eut un sifflement accompagné d'une flamme rouge. La silhouette de l'homme noir se dressait devant elle.

« Déshabillez-vous, dit-il.

— J'ai froid », lui dit-elle. Mais ses mains se posèrent sur les boutons de son chemisier. Elle commença à les défaire.

Il jeta sur le brasier quelque chose qui ressemblait à de la poudre d'or et la flamme gagna aussitôt en chaleur. Il regarda Joyce ôter ses vêtements.

Joyce lui sourit. « J'ai maigri, comme vous l'aviez demandé. »

Il tourna autour d'elle, l'inspectant comme si elle était une statue antique. « En effet », acquiesça-t-il. Il prit sa main dans la sienne et la plaça sur son pénis. Elle le sentit se gonfler, lui soulever la main d'une bonne trentaine de centimètres.

Joyce eut un rire enchanté. Son pouce caressa la chair délicate du gland.

« Parlez-moi de votre mari, dit l'homme noir.

— Il n'y a rien à dire. »

Ceci l'amusa fort. « Je m'en doutais », dit-il. Il s'agenouilla à ses pieds. Elle sentit son souffle lui effleurer les cuisses, sa langue lui caresser le ventre. Jamais Emmet ne lui avait fait ça, jamais.

Il s'écarta. « Vous n'êtes pas encore tout à fait assez mince, dit-il en se redressant et en attrapant ses vêtements.

— Non, je vous en prie, dit Joyce, je vous en prie.

— Je suis navré, dit-il en enfilant son pantalon. Tel est le règlement du Salon Satin. A moins que... » Il hésita.

« Je vous l'ai déjà dit. » Joyce s'efforça de ne pas paraître trop désespérée. « Je ferais...

— Oh, oui. » Il tourna vers elle ses dents étincelantes. « N'importe quoi. »

Il la renvoya chez elle. Elle traversa l'allée pavée avec l'arme qu'il lui avait donnée. On aurait dit qu'elle s'était matérialisée dans sa main.

Ils étaient bien là, tout comme il le lui avait dit : Libby et Emmet, les membres entremêlés, le corps luisant de sueur. Ils ne la virent même pas, ce que Joyce regretta quelque peu. Mais elle fit ce qu'on lui avait dit, les arrosant de balles jusqu'à ce qu'ils cessent définitivement de bouger.

Elle se rendit directement devant la porte de satin noir sans que quiconque lui barre le passage. Il était là. Il lui prit l'arme des mains, souleva sa jupe, caressa ses fesses.

« Personne ne vous a vue ? demanda-t-il.

— Non.

— Bien. Mais avant d'aller plus loin, savez-vous qui je suis ?

— Vous êtes Satin, dit Joyce en indiquant les mots Salon Satin peints en vermillon sur le mur de satin noir.

— Très bien, dit-il. Très bien », ses dents blanches étincelant, son corps d'ébène dur comme du roc. « Et savez-vous que...

— Oui, oui », coupa Joyce, s'emparant de sa main et la guidant sous la ceinture de ses bas de satin noir.

« Vous avez maigri », dit-il, distrait l'espace d'un instant.

« D'environ quinze kilos. » Elle avait traversé la chambre

où gisaient Libby et Emmet, avait foulé une mare de sang pour parvenir à la balance de la salle de bains.

« Alors, vous savez ? »

Joyce joua à la coquette pour la première fois de sa vie, malaxant son pénis des deux mains et lui lançant un regard d'ingénue. « Au sujet de... euh... de l'erreur typographique ? » Elle se mit à genoux, prête à refermer ses lèvres sur lui. « Oui, Satin. Oui, oui, je sais.

— Mmmmm », répondit-il.

Traduit par Jean-Daniel Brèque

ROBERT HICHENS

Comment l'amour s'imposa au professeur Guildea

Au début du siècle, époque où a été publiée cette célèbre nouvelle, sa cadence posée n'aurait rien eu de remarquable, pas plus que l'existence de célibataire érudit choisie par son personnage principal. Aujourd'hui, ces deux détails pourraient sembler quelque peu étranges, mais je vous suggère de vous imaginer ramené dans ce Londres des jours enfuis, où le règne de Victoria approche de sa fin, où des fillettes se postent devant les gares pour vendre des bouquets aux passants, et où un domestique digne de ce nom n'oserait jamais envisager que son employeur se préoccupe de lui « en tant qu'homme ».

En ce qui me concerne, j'ai fait la connaissance du professeur Guildea et de son horrible dilemme il y a plus de trente ans, dans les pages d'une anthologie intitulée Omnibus of Crime *et composée par Dorothy Sayers. J'ai lu et relu cette histoire, ainsi que la plupart de celles figurant dans ce livre merveilleux, tant et tant de fois que je la connaissais presque par cœur lorsque je suis entrée à l'université. Cependant, aujourd'hui que j'ai acquis une plus ample connaissance de la nature humaine et que je me suis exercée à la psychologie en amateur, je considère cette hantise engendrée par le « défaut de sensibilité » d'un homme comme plus poignante que véritablement horrible.*

I

Les gens à l'esprit obtus se demandaient souvent comment le père Murchison et le professeur Frederic Guildea pouvaient être des amis intimes. L'un était toute foi, l'autre tout scepticisme. Il n'y avait qu'amour dans le père Murchison. Par-dessus sa longue soutane noire, il observait le monde avec une tendresse presque enfantine et ses yeux doux, bien qu'entièrement dépourvus de crainte, semblaient sans cesse occupés à contempler la bonté qui existe dans l'humanité et à se réjouir de ce qu'ils voyaient. Le professeur, en revanche, avait un visage dur, tranchant, terminé par un bouc noir, agressif. Son regard était vif, perçant et irrévérencieux. Les lignes qui entouraient sa petite bouche aux lèvres minces étaient presque cruelles. Sa voix était rude et sèche et, parfois, dans ses moments d'énergie, elle montait jusqu'au soprano. Elle décochait des mots avec une sécheresse coupante. L'attitude habituelle du professeur était un mélange de méfiance et de besoin de connaître. Il était impossible de supposer qu'au milieu de ses occupations il pût y avoir place pour l'amour, soit d'une personne, soit de l'humanité en général. Cependant, il passait sa vie en recherches scientifiques qui apportaient au monde d'immenses bienfaits.

Les deux hommes étaient célibataires. Le père Murchison faisait partie d'un ordre anglican qui lui interdisait le mariage. Le professeur Guildea avait une piètre opinion de la plupart des choses et des gens, mais surtout des femmes. Il avait jadis occupé un poste de maître de conférences à Birmingham. Mais lorsque sa réputation grandit par ses découvertes, il vint habiter Londres. C'est là, lors d'une conférence qu'il fit dans l'East End, qu'il rencontra pour la première fois le père Murchison. Ils échangèrent quelques paroles. Peut-être la brillante intelligence du prêtre attira-t-elle l'homme de science qui, à l'ordinaire, était porté à considérer le clergé avec quelque mépris. Peut-être aussi fut-il conquis par la sincérité limpide de cet adepte au solide bon sens. Comme il quittait la salle de conférences, il demanda brusquement au père de venir le voir chez lui à Hyde Park Place. Le père, qui allait rarement dans le West End, sauf pour prêcher, accepta l'invitation.

« Quand viendrez-vous ? » dit Guildea.

Il pliait le papier bleu sur lequel il avait écrit ses notes d'une petite écriture nette. Le bruissement sec des feuillets servait d'accompagnement à sa voix nette et sèche.

« A partir de dimanche en huit, je prêche le soir à Saint-Sauveur, dans vos parages, dit le père.

— Je ne vais pas à l'église.

— Non, dit le père, sans que la moindre intonation de surprise ou de blâme perçât dans sa voix.

— Venez dîner ensuite.

— Oui, merci.

— A quelle heure viendrez-vous ? »

Le père sourit.

« Dès que j'aurai fini mon sermon. L'office est à six heures trente.

— Donc vers huit heures, j'imagine. Ne prêchez pas trop longtemps. J'habite au 100, Hyde Park Place. Bonsoir. »

Il passa autour de ses papiers un élastique qui claqua, et s'éloigna à grands pas, sans serrer la main du prêtre.

Le dimanche convenu, le père Murchison prêcha devant une foule compacte de fidèles, à Saint-Sauveur. Le thème de son sermon était la sympathie et l'inutilité relative de l'homme sur la planète, s'il n'apprend à aimer son prochain comme lui-même. Le sermon était plutôt long et lorsque, vêtu d'une ample douillette noire, coiffé d'un chapeau rond et rigide au bord plat, par-dessus lequel pendaient les bouts d'une cordelière noire, le prédicateur se dirigea vers la maison du professeur, les aiguilles du cadran lumineux de l'horloge de Marble Arch marquaient huit heures vingt-cinq.

Le père pressa le pas, se frayant un chemin à travers la cohue de soldats immobiles, de femmes qui bavardaient et de gamins des rues, endimanchés, qui ricanaient. C'était un soir tiède d'avril, et lorsqu'il atteignit le numéro 100, à Hyde Park Place, il trouva le professeur, tête nue, sur le pas de sa porte, le regard tourné vers les grilles du parc et jouissant de l'air tiède et humide, au bout du couloir éclairé.

« Ah ! il était long, le sermon ! s'exclama-t-il. Entrez.

— Oui, j'en ai peur, dit le père, docile à l'invitation. Je suis un de ces êtres dangereux, un prédicateur qui improvise.

— C'est plus agréable de parler sans notes lorsqu'on le peut. Accrochez votre chapeau et votre manteau — non, votre douillette — ici. Nous allons dîner tout de suite. Voici la salle à manger. »

Il ouvrit une porte sur la droite et ils pénétrèrent dans une pièce longue, étroite, tapissée d'un papier couleur or, avec un plafond noir d'où pendait une lampe électrique munie d'un abat-jour couleur or. Dans la pièce se trouvait une table ovale sur laquelle on avait disposé deux couverts. Le professeur sonna. Puis il dit :

« Il semble qu'on parle plus spontanément autour d'une table ovale qu'autour d'une table carrée.

— Vraiment ! Vous croyez ?

— Oui, j'ai eu le même invité deux fois, une fois à une table carrée, une fois à la table ovale. Le premier dîner a été morne ; le second fut brillant. Asseyez-vous, je vous prie.

— Comment expliquez-vous cette différence ? dit le père, s'asseyant et ajustant soigneusement sous lui le pan de sa soutane.

— Hum ! Je sais comment vous l'expliqueriez, vous.

— Ah ! oui. Comment donc ?

— A une table ovale, par l'absence d'angles, la chaîne de la sympathie humaine, le courant électrique, est beaucoup plus continu. Permettez que je vous serve la soupe.

— Merci. »

Le père tendit son assiette et, ce faisant, tourna vers son hôte le regard rayonnant de ses yeux bleus. Puis il sourit.

« Eh quoi, dit-il de sa voix agréable de ténor léger, iriez-vous parfois à l'église ?

— Ce soir, pour la première fois depuis des siècles ; et, sachez-le bien, je me suis horriblement ennuyé. »

Le père souriait toujours, et ses yeux bleus pétillaient gentiment.

« Ah ! vraiment, dit-il, quel dommage !

— Mais le sermon n'y était pour rien, ajouta Guildea. Ce n'est pas un compliment. J'énonce un fait. Le sermon ne m'a pas ennuyé. Sinon, je l'aurais dit ou je me serais tu.

— Et lequel de ces deux partis auriez-vous pris ? »

Le professeur sourit, presque avec bonne humeur.

« Je ne sais pas, dit-il. Quel vin buvez-vous ?

— Aucun, je vous remercie. Je suis antialcoolique. Dans ma profession et mon *milieu* *, c'est indispensable. Oui, je prendrai un peu d'eau de Seltz. Je crois que c'est le premier parti que vous auriez choisi.

— Très probablement, et bien à tort. Cela ne vous aurait pas beaucoup affecté.

— Non, je ne crois pas. »

Ils en étaient déjà à l'intimité. Le père était très à son aise sous le plafond noir. Il but un peu d'eau de Seltz et sembla l'apprécier plus que le professeur son bordeaux.

« Vous souriez, je vois, de cette théorie de la chaîne de la sympathie humaine, dit le père. Alors comment expliquez-vous l'insuccès de votre dîner carré avec des angles, le succès de votre dîner ovale, sans angles ?

— Probablement par le fait qu'à la première occasion le bel esprit de la table souffrait du foie, par suite d'un refroidissement, alors qu'au second dîner, il était en parfaite santé. Cependant, vous le voyez, j'ai adopté la table ovale.

— Ce qui veut dire...

— Pas grand-chose. A propos, vous avez passé sous silence, ce soir, le rôle notoire que joue le foie dans l'affection. C'est une lacune sérieuse.

— Il y a dans votre vie une lacune plus grave encore : l'absence de tout désir d'étroite sympathie humaine.

— D'où vous vient l'assurance que je n'éprouve pas ce désir ?

— Je le devine. Votre expression, votre attitude me disent

* En français dans le texte. *(N.d.E.)*

qu'il en est ainsi. Vous désapprouviez mon sermon pendant tout le temps que je prêchais, n'est-ce pas ?

— Une partie de ce temps. »

Le domestique changea les assiettes. C'était un homme d'âge mûr, blond, maigre, avec un visage blanc, dur, des yeux clairs, saillants, et un style impeccable dans son service. Quand il fut sorti, le professeur poursuivit :

« Vos remarques m'ont intéressé, mais je les ai jugées excessives.

— Par exemple ?

— Permettez que je parle en égoïste un instant. La plus grande partie de mon temps se passe à travailler dur, très dur. L'humanité, vous en conviendrez, bénéficie des résultats de ce travail.

— Considérablement, acquiesça le père, pensant à plus d'une découverte de Guildea.

— Et pour l'humanité, le profit qui résulte de ce travail entrepris uniquement pour lui-même est tout aussi grand que si je l'avais accompli par amour de mes semblables, et que si, par sentimentalisme, j'avais désiré les voir jouir de plus de bien-être qu'ils n'en possèdent à l'heure actuelle. Je suis tout aussi utile dans cette absence d'affectivité... que si je me répandais en effusions, comme ces sentimentaux qui veulent faire sortir les assassins de prison, ou qui, comme Tolstoï, favorisent la tyrannie en s'opposant au châtiment des tyrans.

— On peut faire beaucoup de mal avec de l'affection, beaucoup de bien sans elle. Oui, c'est vrai. Je n'ignore pas que *le bon motif** lui-même ne suffit pas. Néanmoins, je maintiens qu'étant donné votre valeur, vous seriez bien plus utile au monde si, au lieu d'être dans ces dispositions, vous éprouviez de la sympathie, de l'affection pour la race humaine. Je vais même jusqu'à penser que vos travaux n'en seraient que plus magnifiques. »

Le professeur se versa un autre verre de bordeaux.

« Vous avez remarqué mon maître d'hôtel ? dit-il.

— Oui.

— C'est un serviteur parfait. Il veille de façon impeccable à

* En français dans le texte. *(N.d.E.)*

mon confort. Cependant, il n'y a pas en lui la moindre affection à mon égard. Je suis poli envers lui. Je le paie bien. Mais je ne pense jamais à lui, et ne me préoccupe jamais de lui en tant qu'homme. Je ne sais rien de son caractère, en dehors de ce que j'ai lu dans le certificat de son dernier maître. Il n'y a, diriez-vous, aucune relation vraiment humaine entre nous. Affirmeriez-vous que son travail serait mieux fait si je m'en étais fait aimer personnellement, comme un homme de n'importe quelle classe peut aimer un homme de n'importe quelle autre classe ?

— A coup sûr.

— Je soutiens qu'il ne pourrait faire son travail mieux qu'il ne le fait actuellement.

— Mais s'il survenait une crise ?

— Laquelle ?

— Une crise quelconque ; un changement dans votre état. Si vous aviez besoin de son aide, non plus en tant qu'homme et maître d'hôtel, mais en tant qu'homme et frère ? Il est probable qu'il ne répondrait pas à votre attente. Vous n'obtiendriez jamais de votre domestique ce service de qualité supérieure dont le mobile ne peut être qu'une affection loyale.

— Vous avez fini ?

— Tout à fait.

— Alors, montons. Oui, ce sont de belles gravures. Je les ai trouvées à Birmingham, lorsque j'y habitais. Voici ma salle de travail. »

Ils arrivèrent à une pièce double, entièrement tapissée de livres, et pourvue d'un éclairage éclectrique dont l'intensité était presque excessive.. Les fenêtres donnaient d'un côté sur le parc et, de l'autre, sur le jardin d'une maison voisine. La porte par laquelle ils entrèrent n'était pas visible de la partie de la pièce la plus reculée, qui était aussi la plus petite ; elle était cachée par une avancée du mur de la première ; dans celle-ci : une table de travail surchargée de lettres, de brochures et de manuscrits. Entre les deux fenêtres du fond, il y avait une cage dans laquelle grimpait un grand perroquet gris, qui s'aidait du bec et des pattes dans ses lentes et méditatives ascensions.

« Vous avez un compagnon ? dit le père, surpris.

— Je possède un perroquet, répondit le professeur, d'un

ton sec. Je l'ai acheté dans un but précis, lorsque j'étudiais les facultés d'imitation des oiseaux, et je ne m'en suis jamais débarrassé. Un cigare ?

— Merci. »

Ils s'assirent. Le père Murchison jeta un coup d'œil sur le perroquet, qui s'était arrêté dans ses déplacements. Agrippé aux barreaux de sa cage, il les considérait avec des yeux ronds et attentifs, qui semblaient pleins de réflexion et d'intelligence, mais entièrement dénués de sympathie. Il tourna ensuite son regard vers Guildea, qui fumait, la tête renversée en arrière, son menton pointu, hérissé de la petite barbe noire, ainsi dressé en l'air. Il remuait rapidement sa lèvre inférieure dans le sens vertical, ce qui agitait sa barbe, et lui donnait un air particulièrement agressif. Le père eut tout à coup un petit rire.

« Pourquoi ? » s'écria Guildea, qui laissa retomber son menton sur sa poitrine, et lança à son invité un regard peu amène.

« Je pense qu'il faudrait une bien grande crise pour que vous cherchiez un appui dans l'affection de votre maître d'hôtel. »

Guildea sourit à son tour.

« Vous avez raison. En effet. Le voici. »

L'homme entra, portant le café, et se retira comme une ombre s'éloigne sur un mur.

« C'est un être magnifique, inhumain, remarqua Guildea.

— Je préfère le gamin de l'East End qui fait mes courses dans Bird Street, dit le père. Je suis au courant de tous ses ennuis. Il connaît certains des miens. Il est moins silencieux que votre domestique. Il lui arrive même de respirer avec bruit lorsqu'il est particulièrement préoccupé ; mais à l'occasion, il ferait plus pour moi que de mettre du charbon dans la grille du poêle, ou cirer mes chaussures à bouts carrés.

— Les hommes diffèrent. La vigilance d'un regard affectueux me serait odieuse.

— Mais alors, cet oiseau ? »

Le père montrait du doigt le perroquet. Il était grimpé sur son perchoir, une patte en l'air, dans une attitude imposante, qui évoquait une bénédiction, et ne quittait pas des yeux le professeur.

« C'est le regard vigilant de l'imitation, qui cache une

arrière-pensée : le désir de reproduire les singularités d'autrui. Non, j'ai goûté ce soir la fraîcheur, l'intelligence de votre sermon, mais je ne souhaite pas d'affection. Bien sûr, on peut désirer un sentiment raisonnable... (Il tirait vivement sur sa barbe, comme pour se mettre en garde contre tout sentimentalisme) mais toute affection plus intense serait irritante, et me pousserait, j'en suis sûr, à la cruauté. Et puis, elle ferait obstacle à mon travail.

— Je ne crois pas.

— Le genre de travail qui est le mien, oui. Je continuerai d'apporter mes bienfaits au monde, sans l'aimer, et il continuera d'accepter ces bienfaits, sans m'aimer. Et c'est bien ainsi. »

Il but son café. Puis, d'un ton plutôt agressif, il ajouta :

« Je n'ai ni loisir ni penchant pour la sentimentalité. »

Lorsque Guildea accompagna le père Murchison, il suivit celui-ci jusque sur le pas de la porte, et s'y tint un moment. Le père, par-delà la chaussée humide, regardait le parc.

« Je vois que vous avez une entrée juste en face de chez vous, dit-il distraitement.

— Oui, il m'arrive souvent de la franchir et de faire un bout de promenade pour me rafraîchir les idées. Je vous souhaite une bonne nuit. Revenez un jour.

— Avec plaisir. Bonne nuit. »

Le prêtre s'éloigna à grands pas, laissant Guildea debout sur la marche.

Le père Murchison revint souvent au numéro 100, Hyde Park Place. Il éprouvait de la sympathie pour la plupart des hommes et des femmes qu'il connaissait, et de la tendresse pour tous les êtres, connus ou inconnus, mais il en vint à nourrir un sentiment spécial pour Guildea. Et, chose assez curieuse, c'était un sentiment de pitié. Il plaignait ce travailleur acharné qui avait admirablement réussi, cet homme à la grande intelligence, au cœur intrépide, qui ne paraissait jamais déprimé, qui n'avait jamais besoin d'aide, qui ne se plaignait jamais des complications de l'existence, et allait droit devant lui, sans jamais hésiter. Le père plaignait Guildea, en fait, de se montrer si peu exigeant. Il le lui avait dit, car, dès le début, le commerce entre les deux hommes avait pris un tour de franchise singulier.

Un soir, alors qu'ils conversaient, le père en vint à parler d'une des bizarreries de l'existence : le fait que ceux qui ne désirent pas les choses les obtiennent fréquemment, alors que ceux qui les recherchent avec passion en sont frustrés.

« En ce cas, des torrents d'affection devraient se déverser sur moi, dit Guildea avec un sourire sardonique, car je la hais.

— Il en sera peut-être ainsi un jour.

— J'espère bien que non, très sincèrement. »

Le père Murchison se tut un instant. Il rapprochait les bouts de la large ceinture de sa soutane. Quand il parla, il semblait répondre à quelqu'un.

« Oui, dit-il lentement, oui, c'est bien ce que je ressens : de la pitié.

— Pour qui ? » dit le professeur.

Puis, tout à coup, il comprit. Il ne dit pas qu'il comprenait, mais le père Murchison sentit, et vit, qu'il était tout à fait inutile de répondre à la question de son ami. Ainsi Guildea, assez curieusement, se trouvait très lié avec un homme qui était son contraire en tout et éprouvait pour lui de la pitié.

Le fait que Guildea n'en prenait pas ombrage, et n'y pensait presque jamais, montre peut-être aussi clairement que possible l'indifférence singulière de sa nature.

II

Un soir d'automne, un an et demi après la première rencontre du père Murchison et du professeur, le père se rendit à Hyde Park Place et demanda au blond et sec maître d'hôtel (il s'appelait Pitting) si son maître était chez lui.

« Oui, monsieur, répondit Pitting. Voulez-vous me suivre, je vous prie ? »

Sans bruit, il précéda le père dans l'escalier assez étroit, ouvrit doucement la porte de la bibliothèque, et de sa voix douce et froide annonça :

« Le père Murchison. »

Guildea était assis dans un fauteuil, devant un petit feu. Ses mains maigres, aux doigts allongés, étendues sur ses genoux, sa tête tombant sur la poitrine, il semblait plongé dans ses pensées. Pitting haussa légèrement la voix.

« Le père Murchison désire vous voir, monsieur », répéta-t-il.

Le professeur sursauta vivement et se tourna brusquement au moment où le père entrait.

« Ah ! dit-il, c'est vous ? Je suis content de vous voir. Venez près du feu. »

Le père lui lança un rapide coup d'œil, et lui trouva un air de fatigue anormal.

« Vous n'avez pas l'air bien, ce soir, dit le père.

— Non ?

— Vous devez trop travailler. Est-ce que c'est cette conférence que vous devez faire à Paris qui vous donne du mal ?

— Pas du tout. Elle est prête. Je pourrais vous la débiter instantanément, mot pour mot. Asseyez-vous donc. »

Le père obéit, et Guildea retomba dans son fauteuil, le regard rivé au feu, sans mot dire. Il semblait réfléchir profondément. Son ami se garda de l'interrompre, mais alluma tranquillement sa pipe, et se mit à fumer, songeur. Les yeux de Guildea ne quittaient pas le feu. Le père promena son regard sur la pièce, les murs couverts de livres aux reliures sobres, la table encombrée, les fenêtres aux lourds rideaux de brocart ancien, bleu foncé, et sur la cage placée entre les deux. Une couverture de drap vert la recouvrait. Le père se demandait pourquoi. Il n'avait jamais vu Napoléon (c'était le nom du perroquet) couvert, le soir, auparavant. Comme il regardait le drap vert, Guildea, d'une brusque secousse, releva la tête. Levant les mains de ses genoux, il les joignit, et dit tout à coup :

« Trouvez-vous que je sois un homme séduisant ? »

Le père Murchison fit un bond. Pareille question, émanant d'un tel homme, le stupéfiait.

« Miséricorde ! s'écria-t-il, qu'est-ce qui vous fait poser cette question ? Voulez-vous dire : séduisant pour l'autre sexe ?

— C'est ce que j'ignore », dit le professeur, sombre, et

plongeant de nouveau son regard dans le feu. « C'est ce que j'ignore ! »

L'étonnement du père augmentait.

« Vous l'ignorez ? » s'exclama-t-il.

Il posa sa pipe.

« Voyons, croyez-vous que je sois séduisant, qu'il y ait quelque chose en moi susceptible d'attirer vers moi, irrésistiblement, un... un être humain ou un animal ?

— Que vous le désiriez ou non ?

— Exactement, ou plutôt, disons, de façon précise, même si je ne le désirais pas ? »

Le père pinça ses lèvres assez charnues de chérubin, ce qui fit apparaître de petites rides au coin de ses yeux bleus.

« Ce n'est pas impossible, certes, dit-il au bout d'un instant. La nature humaine est faible, d'une faiblesse attirante, Guildea, et vous avez tendance à la bafouer. Je comprendrais que des femmes d'un certain genre, les intellectuelles, celles qui collectionnent les célébrités, vous recherchent. Votre réputation, votre nom illustre...

— Oui, oui », interrompit Guildea, non sans irritation. « Je sais tout cela, je sais. »

Il tordit ses longues mains, en rejetant la paume vers l'extérieur, si bien qu'il fit craquer ses doigts. Un froncement de sourcils lui plissa le front.

« J'imagine... », dit-il. Il s'arrêta et toussa : une toux sèche, presque aiguë. « J'imagine qu'il doit être très désagréable que quelque chose qui ne vous plaît pas vous aime, vous coure après : c'est bien ce qu'on dit, n'est-ce pas ? »

Il se tourna à demi dans son fauteuil, croisa les jambes, fixa sur son visiteur un regard interrogateur, presque perçant.

« Quelque chose ? dit le père.

— Bon, bon, quelqu'un. J'imagine qu'il ne peut rien y avoir de plus déplaisant.

— Pour vous, non, répondit le père. Mais je vous demande pardon, Guildea ; je ne peux concevoir que vous autorisiez pareille intrusion. Vous n'encouragez pas l'adulation. »

Guildea secoua la tête d'un air sombre.

« Non, dit-il. Non. C'est justement cela. C'est ce qu'il y a de curieux dans l'affaire, ce que je... »

Il coupa court, délibérément, se leva et s'étira.

« Je vais fumer une pipe, moi aussi », dit-il.

Il alla jusqu'à la cheminée, prit sa pipe, la bourra et l'alluma. Comme il approchait l'allumette du tabac, son regard se posa sur l'étoffe verte qui recouvrait la cage de Napoléon. Il jeta l'allumette au feu, tira quelques bouffées en s'avançant vers la cage. Lorsqu'il l'eut atteinte, il saisit l'étoffe, et commença à la tirer. Puis, tout à coup, il la remit en place, furieux.

« Non, dit-il, comme à lui-même, non. »

Il revint en hâte vers le feu, et se laissa retomber dans son fauteuil.

« Vous vous posez des questions, dit-il au père Murchison, moi aussi. Je ne sais pas du tout qu'en penser. Je vais tout bonnement vous exposer les faits, et il faudra que vous me donniez votre opinion. Avant-hier soir, après une dure journée de travail — sans qu'elle eût été plus dure que d'habitude —, j'allai à la porte d'entrée pour respirer un peu. Vous savez que cela m'arrive souvent.

— Oui, je vous ai trouvé sur le pas de votre porte la première fois que je suis venu ici.

— C'est exact. Je n'avais ni chapeau ni manteau. Je me tenais sur le seuil. J'avais, je me rappelle, l'esprit encore plein de mon travail. Il faisait plutôt sombre ce soir-là, mais pas absolument. Il était à peu près onze heures, onze heures et quart. Je regardais le parc et, tout à coup, je notai que mon regard était dirigé vers quelqu'un qui était assis sur un des bancs, me tournant le dos. Je vis cette personne, si c'était une personne, à travers la grille.

— Si c'était une personne ! dit le père. Que voulez-vous dire par là ?

— Attendez un instant. Je dis cela parce qu'il faisait trop sombre pour que j'en aie la certitude. Je vis simplement, sur le banc, une vague forme noirâtre, que j'apercevais par-dessus le dossier du siège. Je ne pouvais dire si c'était un homme, une femme ou un enfant. Mais il y avait quelque chose, et je me surpris à le regarder.

— Je comprends.

— Graduellement, je découvris que mes pensées se fixaient sur cette chose ou cette personne. Tout d'abord, je me demandai ce qu'elle faisait là, puis quelles étaient ses pensées, enfin, quel était son aspect.

— Quelque pauvre clochard, je suppose, dit le père.

— C'est ce que je me suis dit. Néanmoins, je sentis que je prenais un intérêt extraordinaire à cet objet, un intérêt si grand que je saisis mon chapeau et traversai la rue pour pénétrer dans le parc. Vous le savez, il y a une entrée presque en face de ma maison. Donc, Murchison, je traversai la rue, franchis la porte, m'approchai du siège, et découvris que... personne ne l'occupait.

— Aviez-vous gardé, en marchant, les yeux fixés sur votre but ?

— Une partie du temps, mais je les avais détournés au moment précis où je franchissais la porte, car une bagarre avait éclaté à quelque distance de là. Lorsque je constatai que le siège était vide, je me sentis envahi par une sensation, tout à fait absurde, de déception, presque de colère. Je m'arrêtai, regardai autour de moi pour voir si quelque chose s'éloignait, mais en vain. La nuit était froide et brumeuse, et il n'y avait presque personne dehors. Avec ce sentiment de déception que je qualifierais de stupide et d'anormal, je revins sur mes pas dans la direction de la maison. Lorsque je l'atteignis, je découvris que, durant ma courte absence, j'avais laissé la porte d'entrée ouverte, plus précisément entrouverte.

— Pas très prudent, à Londres.

— Oui, il va de soi que je n'en savais rien jusqu'à mon retour. Toutefois, je n'avais été absent que trois minutes environ.

— Oui.

— Il y avait peu de chances que quelqu'un fût entré.

— Je suppose que non.

— Vous croyez ?

— Pourquoi me demandez-vous cela, Guildea ?

— Bon, bon.

— Au reste, si quelqu'un était entré, vous l'auriez surpris, certainement. »

Guildea se remit à tousser. Le père, étonné, ne pouvait manquer de s'apercevoir qu'il était nerveux, et que sa nervosité affectait son état physique.

« J'ai dû prendre froid cette nuit-là », dit-il, comme s'il avait lu dans la pensée de son ami et s'empressait de la combattre. Puis il poursuivit : « Je pénétrai dans le vestibule, ou plutôt dans le couloir. »

Il s'arrêta encore ; son malaise devenait très apparent.

« Et vous avez surpris quelqu'un ? » dit le père.

Guildea s'éclaircit la voix.

« Précisément, dit-il. Nous y arrivons. Je n'ai pas une imagination débordante, vous le savez.

— Certainement pas.

— Non, eh bien, j'étais à peine engagé dans le couloir que j'eus la certitude que quelqu'un s'était introduit dans la maison pendant mon absence. J'en étais convaincu et, qui plus est, j'avais la conviction que l'intrus était cette même personne que j'avais vaguement aperçue assise sur le banc du parc. Que dites-vous de cela ?

— Je commence à croire que vous avez beaucoup d'imagination.

— Hem ! Il me sembla que la personne, l'occupant du siège, et moi, nous avions simultanément fait le projet d'engager une conversation, et que nous nous étions simultanément déplacés pour mettre le projet à exécution. Cette certitude s'ancra si bien en moi que je me précipitai au premier étage, dans cette pièce, comptant y trouver le visiteur qui m'y attendait. Mais il n'y avait personne. Donc je redescendis et entrai dans la salle à manger. Personne. Je fus vraiment étonné. N'est-ce pas étrange ?

— Très », dit le père, gravement.

L'attitude glaciale et sombre du professeur, gêné, contraint, éloignait l'humour qui aurait fort bien pu se glisser dans une conversation de ce genre.

« Je remontai, continua-t-il, m'assis et réfléchis à la chose. Je décidai de l'oublier, et pris un livre. J'aurais peut-être été capable de lire, mais soudain il me sembla remarquer… »

Il s'arrêta net. Le père Murchison observa qu'il avait les yeux tournés vers l'étoffe verte qui recouvrait la cage du perroquet.

« Mais laissons cela, dit-il. Il suffit que j'aie été incapable de lire. Je résolus d'explorer la maison. Vous savez qu'elle est petite, qu'il est facile d'en faire le tour. J'en fis donc le tour complet. J'entrai dans toutes les pièces, sans exception. Je m'excusai auprès des domestiques qui dînaient. Mon apparition les surprit sans nul doute.

— Et Pitting ?

— Oh ! Il se leva poliment quand j'entrai, resta debout pendant que j'étais là, mais ne dit pas un seul mot. Je murmurai : " Ne vous dérangez pas ", ou quelque chose d'approchant, et sortis. Murchison, je ne trouvai pas d'étranger dans la maison. Cependant, je regagnai cette pièce convaincu que quelqu'un était entré pendant que j'étais dans le parc.

— Et ressorti avant votre retour ?

— Non, était resté et se trouvait encore dans la maison.

— Mais, mon cher Guildea… », commença le père, maintenant fort étonné. « Sûrement…

— Je sais ce que vous voulez dire, ce que je serais tenté de dire à votre place. Mais attendez, je vous prie. Je suis également convaincu que ce visiteur n'a pas quitté la maison et s'y trouve en ce moment. »

Il parlait avec une sincérité évidente, avec une extrême gravité. Le père Murchison le regarda bien en face et rencontra son regard vif, ardent.

« Non, dit-il comme en réponse à une question posée. Je suis parfaitement sain d'esprit, je vous assure. Toute cette aventure me semble, à moi, presque aussi incroyable qu'elle doit l'être pour vous. Mais, vous le savez, je ne cherche jamais querelle aux faits, si étranges qu'ils puissent être. Je m'efforce simplement de les examiner à fond. J'ai déjà consulté un médecin, qui m'a déclaré en parfait état physique. »

Il s'arrêta, comme s'il s'attendait à une remarque du père.

« Continuez, Guildea, dit-il, vous n'avez pas fini.

— Non, j'étais absolument sûr, ce soir-là, que quelqu'un s'était introduit dans la maison, et ma conviction grandissait. J'allai me coucher, comme d'habitude, et dormis normalement. Cependant, dès mon réveil, hier matin, je savais qu'il y avait un habitant de plus dans la maison.

— Puis-je vous interrompre un instant ? Comment le saviez-vous ?

— C'est mon esprit qui m'en assurait. Je ne sais rien d'autre, sinon que j'étais parfaitement conscient d'une nouvelle présence dans ma maison, tout près de moi.

— Que c'est étrange ! dit le père. Et vous êtes absolument sûr qu'il n'y a pas de surmenage dans votre cas ? Vous n'avez pas le cerveau fatigué ? Vous avez la tête tout à fait claire ?

— Tout à fait. Ma santé n'a jamais été aussi bonne. Lorsque je suis descendu déjeuner ce matin, j'ai brusquement regardé le visage de Pitting. Il était aussi froid, aussi placide et inexpressif que d'habitude. Il était bien clair pour moi que son esprit n'était aucunement troublé. Après le déjeuner, je me suis mis au travail, conscient à chaque instant du fait de cette intrusion dans mon intimité. Néanmoins, je peinai pendant plusieurs heures, attendant quelque développement susceptible de dissiper l'obscurité et le mystère de cet événement. Je déjeunai. Vers deux heures et demie, il me fallut partir pour aller faire une conférence. Je pris donc mon chapeau et mon manteau, ouvris la porte et sortis sur le trottoir. A l'instant même, j'eus le sentiment qu'il n'y avait plus d'intrusion et, cependant, j'étais maintenant dans la rue, entouré de gens. Il me vint alors la certitude que cette créature, qui était dans ma maison, devait penser à moi, peut-être m'espionner.

— Un instant, interrompit le père. Que ressentiez-vous ? Etait-ce de la crainte ?

— Grands dieux ! non. J'étais complètement déconcerté, et, je le suis encore, passionnément intéressé, mais nullement alarmé. Je fis ma conférence, avec la même facilité qu'à l'ordinaire, et rentrai chez moi le soir. Au moment même où je pénétrais dans la maison, j'eus le sentiment très net que l'intrus y était encore. Hier soir, je dînai seul, et je passai ensuite quelques heures à lire un ouvrage scientifique qui m'intéressait profondément. Toutefois, pendant cette lecture, il n'y eut pas une minute où je ne susse qu'il y avait, à portée du mien, un esprit dont toute l'attention était tournée vers moi. J'ajouterai ceci : ce sentiment ne cessa de croître, et, lorsque je me levai pour aller me coucher, j'en étais arrivé à une bien étrange conclusion.

— Quoi ? Laquelle ?

— Que cette créature — cette chose —, quelle qu'elle soit,

qui s'était introduite dans ma maison pendant ma courte absence, alors que j'étais dans le parc, éprouvait à mon égard plus que de l'intérêt.

— Plus que de l'intérêt ?

— Qu'elle m'aimait, ou commençait à m'aimer.

— Oh ! s'écria le père. Maintenant je comprends pourquoi vous m'avez demandé il y a un instant si je croyais qu'il y avait en vous quelque chose qui soit susceptible d'attirer à vous irrésistiblement un être humain ou un animal.

— Précisément. Depuis que je suis arrivé à cette conclusion, Murchison, j'avoue qu'à ma vive curiosité est venu se mêler un autre sentiment.

— De crainte ?

— Non, d'aversion, ou d'irritation. Non, non, pas de la crainte, pas de la crainte. »

Tout en répétant sans nécessité cette protestation, Guildea regarda de nouveau la cage du perroquet.

« Quel sujet de crainte y a-t-il dans une telle affaire ? ajouta-t-il. Je ne suis pas un enfant, pour trembler devant des fantômes. »

Il éleva brusquement la voix en disant ce dernier mot. Puis il se précipita vers la cage et, d'un mouvement subit, tira l'étoffe qui la recouvrait. Napoléon apparut. Il semblait somnoler sur son perchoir, la tête légèrement penchée de côté. Lorsque la lumière tomba sur lui, il s'agita, hérissa les plumes de son cou, cligna des yeux, et se mit sans hâte à glisser latéralement, dans un sens, puis dans l'autre, projetant la tête en avant, puis la retirant d'un air d'énergie satisfaite, encore qu'assez dénuée de sens. Guildea se tenait près de la cage, le regardant de très près, et, à vrai dire, avec une attention dont l'intensité paraissait remarquable, presque anormale.

« Oh ! l'absurdité de ces volatiles ! dit-il enfin, en revenant près du feu.

— Vous n'avez rien d'autre à me dire ? demanda le père.

— Non, j'ai toujours le sentiment de la présence de quelque chose dans ma maison. J'ai toujours l'impression d'être l'objet d'une attention de tous les instants. Je suis toujours irrité, sérieusement ennuyé, je l'avoue, par cette attention.

— Vous dites que vous avez le sentiment d'une présence, en ce moment même ?

— En ce moment, oui.

— Vous voulez dire, dans cette pièce, avec nous, maintenant ?

— Je le crois, du moins, tout près de nous. »

De nouveau, il jeta un coup d'œil rapide, presque soupçonneux, vers la cage du perroquet. L'oiseau était encore sur son perchoir. Il avait la tête baissée, penchée de côté, et il semblait écouter quelque chose avec attention.

« Cet oiseau reproduira les inflexions de ma voix plus fidèlement que jamais demain matin, dit le père, observant Guildea avec toute la douceur de ses yeux bleus. Il m'a toujours imité avec beaucoup d'habileté. »

Le professeur eut un léger sursaut.

« Oui, dit-il, oui, sans aucun doute. Eh bien, que dites-vous de cette affaire ?

— Rien du tout. Elle est absolument inexplicable. Je peux vous parler franchement, j'en suis sûr.

— Bien entendu ; c'est pour cela que je vous ai tout raconté.

— Je crois que vous devez être surmené, à bout de nerfs, sans vous en douter.

— Et que le docteur s'est trompé lorsqu'il m'a trouvé parfaitement normal ?

— Oui. »

Guildea tapa sa pipe contre le manteau de la cheminée.

« C'est possible, dit-il. Je ne serai pas déraisonnable au point de nier cette possibilité, encore que je ne me sois jamais senti mieux de ma vie. Que me conseillez-vous donc ?

— Une semaine de repos complet hors de Londres, au grand air.

— Ce qu'on prescrit habituellement. J'accepte. Je partirai demain pour Westgate et laisserai Napoléon pour tenir la maison pendant mon absence. »

Pour quelque raison qu'il ne pouvait expliquer, le plaisir que le père Murchison avait ressenti en entendant le début de la réponse fut amoindri, presque détruit, par la phrase finale.

Ce soir-là, il regagna à pied le centre de la ville. Plongé dans ses pensées, il se remémorait et considérait par le menu le première entrevue qu'il avait eue avec Guildea chez lui, un an et demi auparavant.

Le lendemain matin, Guildea quitta Londres.

III

Le père Murchison était un homme si scrupuleux qu'il n'avait pas le temps de s'appesantir sur les affaires d'autrui. Toutefois, pendant la semaine que Guildea passa au bord de la mer, le père pensa souvent à lui, avec beaucoup d'étonnement et quelque consternation. La consternation fut bientôt bannie, car le père au doux regard était prompt à déceler la faiblesse en lui-même, plus prompt encore à la chasser comme une hôte indésirable de l'âme. Mais l'étonnement subsista. Il devait aller *crescendo*. Guildea avait quitté Londres un jeudi. Il revint un jeudi, ayant au préalable adressé au père Murchison un mot pour lui signaler qu'il quitterait Westgate à telle heure. Lorsque son train entra dans la gare de Victoria, il fut surpris de voir la silhouette de son ami, en douillette, debout sur le quai gris, derrière une file de porteurs.

« Quoi, Murchison ! dit-il. Auriez-vous quitté le sacerdoce que vous vous accordiez ainsi un congé ? »

Ils échangèrent une poignée de main.

« Non, dit le père. Le hasard a fait que je me trouvais aujourd'hui dans ces parages, pour voir un malade. C'est ainsi que j'ai pensé à venir vous attendre.

— Et voir si j'étais toujours malade, hein ? »

Le père lui jeta un petit coup d'œil bienveillant, mais accompagné d'un petit rire sec.

« L'êtes-vous encore ? questionna le père, le regardant avec intérêt. Non, je ne crois pas. Vous semblez très bien. »

De fait, l'air marin avait mis un peu de hâle et de couleur sur les joues toujours maigres de Guildea. Son regard pénétrant brillait de vie et d'énergie, et il avançait, vêtu d'un costume gris, vague, et d'un pardessus flottant, avec une vigueur que l'on remarquait. De sa main gauche, il portait sans effort une valise bien pleine.

Le père se sentit entièrement rassuré.

« Je ne vous ai jamais vu en meilleure santé, dit-il.

— Je ne me suis jamais senti mieux. Avez-vous une heure à me consacrer ?

— Deux.

— Bon. Je vais faire porter mon sac par un cab, et nous irons à pied, par le parc, jusqu'à la maison, où nous prendrons une tasse de thé. Qu'en dites-vous ?

— Cela me fera plaisir. »

Ils sortirent de la gare, passèrent à côté des petites marchandes de fleurs et des camelots, et se dirigèrent vers Grosvenor Square.

« Votre séjour a été agréable ? dit le père.

— Assez agréable, et solitaire. Oui, j'ai laissé mon compagnon derrière moi, dans le couloir du numéro 100.

— Et vous ne l'y retrouverez pas, j'en suis sûr.

— Hem ! s'écria Guildea. D'après vous, je suis une belle chiffe, Murchison. »

Il allongeait le pas en parlant, comme poussé à accentuer son apparence de vigueur physique.

« Une chiffe, non. Mais tout homme qui demande à son cerveau une activité aussi continue que la vôtre a inévitablement besoin de vacances de temps à autre.

— Et j'en avais grand besoin, n'est-ce pas ?

— Oui, vous en aviez besoin, je crois.

— Eh bien, c'est fait. Et maintenant nous allons voir. »

Le soir tombait très rapidement. Ils traversèrent la rue à Hyde Park Corner, pénétrèrent dans le parc, peuplé d'une quantité de gens qui rentraient chez eux après leur travail : des hommes en pantalons de velours à côtes, plaqués de boue séchée, portant en bandoulière des boîtes de conserve et des paniers plats contenant leurs outils. Certains, parmi les plus jeunes, parlaient, le verbe haut, ou sifflaient en marchant, sur un ton aigu.

« Jusqu'au soir, murmura le père Murchison.

— Quoi ? demanda Guildea.

— Je ne faisais que répéter les derniers mots du texte, qui semble avoir trait à la vie, principalement à la vie de plaisir : “ L'homme s'en va à son travail, et à son labeur. ”

— Ah ! un auditoire composé de ces gens constitue un

public qui est loin d'être désagréable. Il y en avait un grand nombre à la conférence que je faisais lorsque je vous ai rencontré pour la première fois, je me le rappelle. L'un d'eux essaya de m'embarrasser par ses questions. Il avait les cheveux roux. Les roux jouent toujours le rôle de contradicteurs. Je l'ai réduit au silence, cette fois-là. Eh bien, Murchison, maintenant, nous allons voir.

— Quoi ?

— Si mon compagnon est parti.

— Dites-moi, vous attendez-vous à... voyons..., à croire encore qu'il y a quelqu'un chez vous ?

— Comme vous pesez vos mots ! Non, je me le demande seulement.

— Vous n'avez pas d'appréhension ?

— Pas un brin. Mais j'avoue que j'éprouve quelque curiosité.

— L'air marin ne vous a donc pas appris à reconnaître que toute cette histoire était due au surmenage ?

— Non, dit Guildea, d'un ton très sec.

— Je croyais pourtant qu'il aurait cet effet.

— Que ce séjour me démontrerait que j'avais une imagination maladive, morbide, malsaine, eh ? Allons, Murchison, pourquoi ne pas dire franchement que vous m'avez expédié à Westgate pour me débarrasser de ce que vous considériez comme une crise aiguë de névrose ? »

Cette attaque n'ébranla nullement le père.

« Voyons, Guildea, répliqua-t-il, que pouvais-je penser, selon vous ? Je ne voyais en vous aucun symptôme de névrose. Je n'en ai jamais vu. Vous êtes le dernier qu'on pourrait croire susceptible d'être atteint de cette maladie. Mais qu'est-ce qui est le plus naturel, que je croie chez vous à une névrose, ou à la vérité d'une histoire du genre de celle que vous m'avez racontée ?

— C'est sans réplique. Non, je n'ai pas le droit de me plaindre. En tout cas, pour le moment, il n'est pas question de névrose chez moi.

— Et il n'y a pas d'étranger dans votre maison, j'espère. »

Le père Murchison, quittant le ton badin qu'ils avaient

adopté l'un et l'autre, prononça ces mots avec une gravité très réelle.

« Vous prenez cette affaire très au sérieux, je trouve, dit Guildea, parlant, lui aussi, avec plus de gravité.

— Comment pourrais-je la prendre autrement ? Vous ne voudriez pas me voir rire alors que vous me racontez la chose sérieusement.

— Non. Si nous retrouvons mon visiteur à la maison, je peux aller jusqu'à vous demander de l'exorciser. Mais tout d'abord il me faut faire une chose.

— Laquelle ?

— Vous prouver, aussi bien qu'à moi-même, qu'il est encore là.

— Cela n'ira pas sans difficulté », dit le père, considérablement surpris par le ton positif de Guildea.

« Si la chose est restée chez moi, je crois que je peux trouver un moyen. Et je ne serais pas du tout surpris qu'elle y soit encore, malgré l'air de Westgate. »

En prononçant ces derniers mots, le professeur était revenu au ton de badinage un peu sec qu'il avait précédemment. Le père ne parvenait pas à savoir si Guildea était exceptionnellement grave ou exceptionnellement gai. Comme les deux hommes approchaient de Hyde Park Place, leur conversation tomba. Ils avançaient en silence dans l'obscurité qui se faisait plus dense.

« Nous y voilà ! » dit enfin Guildea.

Il introduisit la clef dans la serrure, ouvrit, fit entrer le père Murchison dans le couloir, le suivit de près, et fit claquer la porte.

« Nous y voilà ! » répéta-t-il, d'une voix plus sonore.

L'électricité avait été allumée pour l'accueillir. Il s'arrêta et regarda autour de lui.

« Nous prendrons le thé tout de suite, dit-il. Ah ! Pitting ! »

Le maître d'hôtel blafard, qui avait entendu claquer la porte, s'avança doucement depuis le haut de l'escalier qui conduisait à la cuisine, salua respectueusement son maître, prit son manteau, ainsi que la douillette du père Murchison, et les accrocha l'un et l'autre à deux patères fixées au mur.

« Tout va bien, Pitting ? Rien d'anormal ? dit Guildea.

— Non, monsieur.

— Apportez-nous un peu de thé dans la bibliothèque.

— Oui, monsieur. »

Pitting se retira. Guildea attendit qu'il eût disparu ; il ouvrit la porte de la salle à manger, passa la tête dans la pièce, resta ainsi un instant, en gardant une immobilité parfaite. Au bout d'un moment, il se retira, ferma la porte et dit :

« Montons. »

Le père Murchison le questionna du regard, mais ne fit aucun commentaire. Ils montèrent l'escalier et pénétrèrent dans la bibliothèque. Guildea, d'un regard rapide, explora la pièce. Un feu brûlait dans la cheminée. Les rideaux bleus étaient tirés. La lueur vive de la puissante lampe électrique frappait les longues rangées de livres, la table de travail, très en ordre par suite de l'absence de Guildea, et la cage du perroquet, qui n'était pas ouverte. Guildea s'approcha de la cage. Napoléon, sur son perchoir, était ramassé sur lui-même, les plumes ébouriffées. Ses longues pattes, qui semblaient couvertes de peau de crocodile, s'agrippaient au barreau. Ses yeux ronds clignotaient ; ils paraissaient recouverts d'une membrane, comme par l'effet de l'âge.

Guildea fixa l'oiseau avec insistance, puis fit claquer sa langue contre ses dents. Napoléon se secoua, leva une patte, en allongea les doigts, se plaça de côté sur son perchoir, jusqu'aux barreaux les plus proches du professeur, et y appuya la tête. De son index, Guildea le gratta deux ou trois fois, le regard toujours attentivement fixé sur le perroquet ; puis il retourna près du feu, à l'instant même où Pitting entrait avec le plateau de thé.

Le père Murchison était déjà assis dans un fauteuil d'un côté de la cheminée. Guildea prit un autre siège et se mit à servir le thé, tandis que Pitting quittait la pièce, fermant doucement la porte derrière lui. Le père prit une gorgée de thé, le trouva chaud, et posa la tasse sur une petite table près de lui.

« Vous aimez ce perroquet, n'est-ce pas ? demanda-t-il à son ami.

— Pas particulièrement. Il est parfois intéressant à étudier. L'esprit et la nature des perroquets sont curieux.

— Combien y a-t-il de temps que vous l'avez ?

— Quatre ans à peu près. J'avais bien failli m'en débarrasser juste avant de faire votre connaissance. Je suis très content maintenant de l'avoir gardé.

— Ah ! oui, pour quelle raison ?

— Je vous le dirai probablement dans un jour ou deux. »

Le père reprit sa tasse. Il ne pressa pas Guildea de lui donner tout de suite une explication, mais quand l'un et l'autre eurent fini leur thé, il dit :

« Eh bien, l'air marin a-t-il eu l'effet désiré ?

— Non », fit Guildea.

Le père fit tomber quelques miettes restées sur sa soutane et se dressa sur son siège.

« Votre visiteur est encore ici ? demanda-t-il, et ses yeux bleus se firent presque durs et perçants en se posant sur son ami.

— Oui, répondit Guildea avec calme.

— Comment le savez-vous ? Quand l'avez-vous su ? Lorsque vous avez passé la tête dans la salle à manger, il y a un moment ?

— Non, pas avant d'entrer dans cette pièce. Il m'a accueilli ici.

— Accueilli ? De quelle façon ?

— Simplement par sa présence ici, en me faisant sentir cette présence, comme je pourrais sentir la présence de quelqu'un si j'entrais dans l'obscurité. »

Très maître de lui, il parlait avec calme, du ton sec qui lui était coutumier.

« Très bien, dit le père, je n'essaie pas de lutter contre cette impression, ou de la détruire par des explications. Mais, naturellement, je suis stupéfait.

— Moi aussi. Jamais de ma vie, je n'ai éprouvé pareille surprise. Bien entendu, Murchison, je ne peux espérer que vous croyiez autre chose, sinon que je suppose — imagine, si vous préférez — qu'il y a ici un intrus. De quel genre ? Je l'ignore complètement. Je ne peux m'attendre à ce que vous croyiez qu'il existe vraiment quelque chose. Si vous étiez à ma place, et moi à la vôtre, je considérerais certainement que vous êtes victime de quelque hallucination d'origine nerveuse. Je ne pourrais penser autrement. Mais, patience. Ne m'accusez pas d'être un névrosé, ou d'avoir l'esprit dérangé, pendant deux ou trois jours encore. J'ai la conviction — à moins que je ne sois vraiment malade, ou que j'aie l'esprit dérangé — que je serai sous peu à même de vous donner quelque preuve de la présence d'un nouveau venu dans ma maison.

— Vous ne me dites pas quel genre de preuve ?

— Pas encore. Il faut d'abord que les choses se précisent. En attendant, je vous dis : si, en fin de compte, je ne peux vous apporter aucune espèce de preuve attestant que je ne rêve pas, je vous autoriserai à m'emmener chez n'importe quel spécialiste de votre choix, et je m'efforcerai résolument de me ranger à l'opinion qui est la vôtre pour le moment : qu'il n'y a rien d'autre qu'une erreur absurde. C'est bien votre opinion, n'est-ce pas ? »

Le père Murchison se tut un moment. Puis il dit, d'un ton plutôt indécis :

« Ça devrait l'être.

— Et ce ne l'est pas ? demanda Guildea, surpris.

— Oh ! vous savez, votre attitude est terriblement convaincante. Cependant je doute encore, bien sûr. Comment pourrait-il en être autrement ? Tout cela est affaire d'imagination. »

Le père parlait comme s'il s'efforçait de se dégager d'une position mentale qu'on l'obligeait à assumer.

« Ce ne peut être que de l'imagination, répéta-t-il.

— J'emploierai pour vous convaincre un argument plus solide que mon attitude, ou bien je n'essaierai pas du tout de vous convaincre », dit Guildea.

Lorsqu'ils se séparèrent ce soir-là, il dit :

« Je vous écrirai dans un jour ou deux, probablement. Je crois que la preuve que je vais vous donner a pris forme pendant mon absence. Mais je le saurai bientôt. »

Le père Murchison était bien intrigué, lorsqu'il regagna son logis, assis sur l'impériale de l'omnibus.

IV

Deux jours s'écoulèrent, au bout desquels il reçut un mot de Guildea, lui demandant de passer le voir si possible le soir même. Il en était empêché car il était retenu pour une réunion dans l'East End. Le lendemain était un dimanche. Il écrivit qu'il viendrait le lundi, et reçut peu après un télégramme : *Oui, lundi venez dîner sept heures trente. Guildea.* A sept heures et demie, il était devant le numéro 100.

Pitting lui ouvrit la porte.

« Est-ce que le professeur va tout à fait bien, Pitting ? s'enquit le père en ôtant sa douillette.

— Je le crois, monsieur. Il ne se plaint de rien, répondit le maître d'hôtel, cérémonieusement. Voulez-vous monter, monsieur ? »

Guildea les accueillit à la porte de la bibliothèque. Il était très pâle et paraissait sombre. Il serra distraitement la main de son ami.

« Servez-nous le dîner », dit-il à Pitting.

Comme le maître d'hôtel se retirait, Guildea ferma la porte avec précaution. Le père Murchison ne l'avait jamais vu aussi troublé.

« Vous êtes soucieux, Guildea, dit le père, très soucieux.

— Oui, c'est vrai. Les effets de cette histoire commencent à se faire sentir sérieusement.

— Vous persistez donc à croire à la présence de quelqu'un chez vous ?

— Certes, oui, je n'ai plus aucun doute là-dessus. Le soir où je suis sorti pour aller jusqu'au parc, quelque chose est entré dans la maison ; mais que diable cela peut-il bien être ? Il m'est encore impossible de le découvrir. Mais, avant que nous descendions dîner, je tiens à vous révéler quelque chose au sujet de cette preuve que je vous ai promise. Vous vous rappelez ?

— Naturellement.

— N'avez-vous pas idée de ce que cela peut être ? »

Le père Murchison fit signe que non.

« Regardez dans la pièce, dit Guildea. Que voyez-vous ?

— Rien d'insolite. Vous n'allez pas me dire qu'il y a quelque apparition...

— Oh ! non, non ; il n'y a pas d'apparition sous la forme habituelle : drapée de blanc et vaporeuse. Dieu m'en préserve, je ne suis pas tombé si bas. »

Sa voix trahissait une irritation intense.

« Regardez encore. »

Le père Murchison le regarda, se tourna du côté où s'était fixé le regard de Guildea, et vit le perroquet gris qui grimpait dans sa cage, lentement, obstinément.

« Quoi ? dit-il vivement. La preuve viendrait-elle de là ? »

Le professeur acquiesça de la tête.

« Je le crois, dit-il. Descendons dîner, maintenant. J'ai grand besoin de prendre quelque chose. »

Ils descendirent dans la salle à manger. Pendant qu'ils mangeaient et que Pitting les servait, le professeur parlait des oiseaux, de leurs mœurs, de leur curiosité, de leurs craintes, et de leurs facultés d'imitation. Il avait évidemment étudié ce sujet à fond, avec la conscience qui le caractérisait dans tout ce qu'il faisait.

« Les perroquets, dit-il au bout d'un moment, ont un esprit d'observation extraordinaire. Il est regrettable que leur faculté de reproduire ce qu'ils voient soit si limitée. Sinon je suis certain que leur imitation des gestes serait aussi remarquable que l'est souvent celle de la voix.

— Mais il leur manque des mains.

— Oui, mais ils font beaucoup de choses avec la tête. Je connaissais autrefois une vieille femme près de Goring, sur la Tamise. Elle était affligée de paralysie agitante. Elle tenait la tête continuellement penchée, et la balançait de droite à gauche. Son fils, qui était marin, lui apporta d'un de ses voyages un perroquet qui reproduisait exactement le mouvement de tête de la paralytique. Ces perroquets gris sont toujours aux aguets. »

Guildea prononça cette dernière phrase lentement et délibérément, lançant par-dessus son verre de vin un coup d'œil pénétrant au père Murchison. En l'entendant, celui-ci eut une brusque illumination. Il ouvrit les lèvres pour faire une brève remarque. Guildea tourna son œil brillant vers Pitting au moment où ce dernier apportait avec sollicitude des croquettes de fromage qu'il avait retirées du monte-charge reliant la salle à manger à la cuisine. Mais, quelques instants après, lorsque le maître d'hôtel eut placé des pommes sur la table, arrangé méticuleusement les carafes, enlevé les miettes, et se fut volatilisé, il dit, vivement :

« Je commence à comprendre. Vous pensez que Napoléon s'aperçoit de cette présence ?

— Je le sais. Il n'a cessé d'épier le visiteur depuis le soir où il est arrivé. »

Le prêtre eut une autre illumination.

« Voilà pourquoi vous l'avez recouvert de cette étoffe verte un certain soir ?

— Précisément. Par lâcheté. Sa conduite commençait à me porter sur les nerfs. »

Guildea pinça ses lèvres minces, abaissa ses sourcils, ce qui donna à son visage une expression naturelle.

« La semaine que j'ai perdue à Westgate, il ne l'a pas perdue, ici, je vous l'assure. Prenez une pomme.

— Non, merci, non, merci. »

Le père répéta son refus sans s'en apercevoir. Guildea repoussa son verre.

« Alors, montons.

— Non, merci, réitéra le père.

— Pardon ?

— Qu'est-ce que je dis ? s'écria le père, en se levant. Je pensais à cette affaire extraordinaire.

— Ah ! vous commencez à oublier l'hypothèse de la névrose ? »

Il sortirent dans le couloir.

« Vous êtes si objectif sur tout ce qui concerne cette affaire.

— Pourquoi pas ? Voici une chose très étrange et anormale qui survient dans mon existence. Quelle est la conduite à tenir sinon de l'étudier avec calme et à fond ?

— Que faire d'autre, en effet ?

Le père commençait à se sentir assez déconcerté, obligé qu'il était, en quelque sorte par une contrainte, de prêter la plus vive attention à une affaire qui aurait dû le frapper, lui semblait-il, comme étant parfaitement absurde. Lorsqu'ils pénétrèrent dans la bibliothèque, ses yeux se portèrent immédiatement, avec une profonde curiosité, vers la cage du perroquet. Un léger sourire arqua les lèvres du professeur. Il s'apercevait de l'effet qu'il produisait sur son ami. Le père vit le sourire.

« Oh ! vous ne m'avez pas encore convaincu, fit-il en réponse.

— Je sais. Peut-être aurai-je réussi avant la fin de la soirée. Voici le café. Lorsque nous l'aurons pris, nous procéderons à notre expérience. Posez le café, Pitting, et ne nous dérangez plus.

— Bien, monsieur.

— Je ne prendrai pas mon café noir, ce soir, dit le père. Beaucoup de lait, s'il vous plaît. Je ne veux pas qu'on puisse jouer sur mes nerfs.

— Et si nous ne prenions pas de café du tout ? dit Guildea. Pour que vous ne puissiez alléguer que nous n'étions pas dans un état parfaitement normal. Je vous connais, Murchison : aussi ardent dans votre scepticisme que dans votre vocation de prêtre. »

Le père rit et repoussa sa tasse.

« Fort bien. Pas de café.

— Rien qu'une cigarette et nous passerons ensuite aux choses sérieuses. »

La fumée gris-bleu monta en volutes.

« Qu'allons-nous faire ? » dit le père.

Il était assis très droit, comme prêt à l'action. A vrai dire, rien ne suggérait la détente dans l'attitude de l'un et de l'autre.

« Nous cacher, et épier Napoléon. A propos, cela me rappelle... »

Il se leva, alla dans un coin de la pièce, y prit un morceau de drap vert et en couvrit la cage.

« Je l'enlèverai lorsque nous serons cachés.

— Dites-moi d'abord s'il y a eu quelque manifestation de cette prétendue présence au cours de ces tout derniers jours.

— Simplement la sensation, dont l'intensité va toujours croissant, qu'il y a quelque chose, ici, qui m'observe sans répit, qui assiste sans cesse à tous mes actes.

— Avez-vous l'impression qu'on vous suit lorsque vous vous déplacez ?

— Pas toujours. La chose était dans cette pièce quand vous êtes arrivé. Elle y est maintenant. Mais lorsque nous sommes descendus dîner, j'avais l'impression que nous nous en éloignions. J'en conclus qu'elle était restée ici. N'en parlons pas pour l'instant. »

Ils s'entretinrent d'un autre sujet en achevant de fumer leur cigarette. Puis, lorsqu'ils jetèrent les mégots fumants, Guildea dit :

« Maintenant, Murchison, pour mener à bien cette expérience, je propose que nous nous cachions derrière les rideaux, de chaque côté de la cage, afin que l'attention de l'oiseau ne se porte pas vers nous, et ne se détourne pas de ce que nous désirons mieux connaître. Je retirerai l'étoffe verte lorsque nous serons cachés. Tenez-vous parfaitement tranquille ; observez le comportement de l'oiseau, et dites-moi ensuite quelle impression il vous donne, comment vous l'interprétez. Marchez tout doucement. »

Le père obéit et ils se dirigèrent à pas feutrés vers les rideaux qui pendaient de chaque côté des deux fenêtres. Le père se cacha derrière ceux qui se trouvaient à gauche de la cage, et le professeur derrière ceux de droite. Dès qu'ils furent cachés, ce dernier tendit le bras, tira l'étoffe et la laissa tomber sur le parquet.

Le perroquet, bien au chaud, s'était évidemment endormi dans l'obscurité. Lorsque la lumière l'atteignit, il se déplaça sur son perchoir, ébouriffa les plumes de son cou, et souleva d'abord une patte, puis l'autre. Il tourna la tête sur son cou souple, qu'on eût dit élastique, et, plongeant le bec dans le duvet de son dos, procéda à quelques investigations approfondies avec un résultat qui lui parut satisfaisant car il releva bientôt la tête, et commença à s'occuper d'une noix qu'on avait fixée, pour sa nourriture, entre les barreaux. De son bec recourbé, il tâta la noix, la frappa, d'abord doucement, puis avec énergie. Finalement, il l'arracha, la saisit de sa patte rude et grise, la maintint fermement sur le perchoir, la cassa, puis en becqueta le contenu, éparpillant des miettes sur le bas de la cage, et laissant choir la coque brisée dans la baignoire de porcelaine fixée aux barreaux. Ceci fait, l'oiseau, méditatif, s'arrêta un instant, tendit une patte en arrière et se mit en devoir de déployer ses ailes, avec tant de manières qu'il avait l'air tout de guingois et difforme. La tête retournée, il procéda de nouveau à des recherches subtiles et approfondies parmi les plumes d'une aile. Cette fois, l'examen parut interminable, et le père Murchison eut le temps de prendre conscience de l'absurdité de la situation et de se demander pourquoi il s'y était prêté. Pourtant son sens de l'humour n'y trouva pas prétexte à rire. Au contraire, il fut soudain frappé d'un sentiment d'horreur. Lorsqu'il parlait à son ami et l'observait, le comportement du professeur, en général si calme, si terre à terre, même, était garant de l'authenticité de son histoire, et de l'équilibre bien réglé de son esprit. Mais il n'en était plus ainsi lorsqu'il était caché. Le père Murchison, debout derrière le rideau, les yeux fixés sur Napoléon qui ne trahissait pas la moindre émotion, commença à chuchoter par-devers lui le mot « folie », avec un sentiment grandissant de pitié et d'effroi.

D'un mouvement brusque, le perroquet contracta une de ses ailes, ébouriffa une fois de plus les plumes de son cou, puis tendit l'autre patte en arrière, et procéda au nettoyage de sa deuxième aile. Dans la pièce tranquille, on entendait distinctement le bruit des plumes. Le père Murchison perçut un léger frémissement dans les rideaux bleus derrière lesquels se tenait Guildea, comme si un souffle d'air venait de pénétrer par la fenêtre qu'ils cachaient. La pendule sonna dans la deuxième pièce, un morceau de charbon tomba dans la grille avec un bruit comparable à celui de feuilles sèches que le vent chasse brusquement sur le sol dur. Le père se sentit de nouveau envahi par une vague de pitié et d'effroi. Il lui sembla qu'il avait été très sot, peut-être même coupable, d'encourager ce qui semblait bien être l'étrange folie de son ami. Il aurait dû refuser de se prêter à une manœuvre qui, ridicule et même puérile en soi, pouvait fort bien se révéler dangereuse, en ce qu'elle encourageait une attente morbide. Napoléon, la patte tendue en avant, l'aile déployée, le cou tordu, apportant un empressement inconscient au soin de sa personne, apparemment certain de jouir d'une solitude absolue, d'une solitude douillette, conduisit le père à prendre nettement conscience de la bouffonnerie et du manque de dignité de sa conduite, et de la bouffonnerie plus pitoyable de son ami. Il saisit les rideaux, et il était sur le point de les écarter et de quitter sa cachette lorsqu'il fut arrêté par un mouvement subit du perroquet.

L'oiseau, comme s'il était brusquement attiré par quelque chose, cessa de becqueter et, la tête toujours rejetée en arrière et tordue sur son cou, parut écouter avec la plus vive attention. Le regard de son œil rond était brillant et tendu comme celui d'un pigeon inquiet. Repliant son aile, il leva la tête, et se tint un moment bien droit sur son perchoir, soulevant et reposant ses pattes comme un automate, on eût dit qu'une émotion naissante provoquait en lui un désir incoercible de mouvement. Il tendit ensuite la tête en direction de la pièce la plus éloignée, et resta immobile. Son attitude évoquait avec tant de force la concentration de l'attention sur une chose toute proche debout en face de lui, qu'instinctivement le père Murchison promena son regard autour de la pièce, s'attendant presque à voir s'avancer doucement Pitting, qui serait entré par la porte cachée. Mais il ne vint pas et le silence régnait. Néanmoins, il était clair que l'agitation et l'attention du perroquet allaient augmentant. Il penchait de plus en plus la tête, tendait le cou tant et si bien que, près de tomber, il déploya à demi ses ailes, les éleva légèrement au-dessus de son dos, comme pour s'envoler, et leur imprima un battement rapide qu'il prolongea pendant un temps que le père trouva interminable. Finalement, levant ses ailes aussi haut que possible, il les laissa lentement et délibérément retomber sur son dos, saisit de son bec le bord de sa baignoire, se laissa glisser sur le sol de la cage, et alla en se dandinant jusqu'aux barreaux, contre lesquels il appuya la tête. Il se tint ainsi parfaitement tranquille, dans l'attitude qu'il prenait chaque fois que le professeur lui grattait la tête. La pose de l'oiseau évoquait ce plaisir avec une précision telle que le père Murchison eut l'impression de voir un doigt blanc passer doucement parmi les plumes de sa tête. Une conviction très puissante s'empara de lui : quelque chose qu'il ne voyait pas, mais que l'oiseau voyait et accueillait avec joie, se tenait devant la cage.

Le perroquet redressa bientôt la tête, comme si le doigt qui le caressait s'était retiré, et les signes manifestes d'une jouissance physique aiguë firent place chez lui à une expression d'attention marquée et de curiosité vigilante. Se hissant à l'aide des barreaux, il grimpa de nouveau sur son perchoir, se déplaça de côté jusqu'à la paroi gauche de la cage, et se mit apparemment à observer avec un profond intérêt. Il inclina de nouveau la tête. Le père Murchison se surprit en train de se faire — d'après ce mouvement étudié de la tête — une idée précise d'une certaine personnalité. Les gestes de l'oiseau suggéraient une sentimentalité extrême, combinée avec cette espèce de résolution un peu vague qui est souvent la plus tenace. Une résolution de ce genre est une caractéristique très commune des personnes atteintes d'idiotie partielle. Le père Murchison fut amené à penser à ces pauvres créatures, étranges et déraisonnables, qui s'attachent souvent avec ténacité à ceux qui les aiment le moins. Comme maint autre prêtre, il les connaissait assez bien, car l'idiote au tempérament amoureux est particulièrement sensible à l'attrait des prédicateurs. Les saluts du perroquet lui remettaient en mémoire une femme pâle et terrible qui, pendant un certain temps, avait hanté toutes les églises où il exerçait son ministère, s'efforçant perpétuellement d'accrocher son regard, et qui, lorsqu'elle y était parvenue, courbait la tête, arborant alors un sourire obséquieux et sciemment rusé. Le perroquet continuait à saluer, marquant un court arrêt entre chaque révérence, comme dans l'attente d'un signal qui l'appellerait à faire jouer ses facultés d'imitation.

« Oui, oui, il imite un être idiot », se surprit à dire le père Murchison sans cesser ses observations.

Il promena encore son regard autour de la pièce, mais ne vit rien d'autre que le mobilier, le feu qui dansait, et les rangs serrés de livres. Bientôt le perroquet mit fin à ses saluts et prit l'attitude concentrée et tendue de qui écoute avec attention. Il ouvrit le bec, montrant sa langue noire, le referma, puis l'ouvrit encore. Le père crut qu'il allait parler ; il resta muet, mais il était clair qu'il s'efforçait d'articuler quelque chose. Il salua encore deux ou trois fois, s'arrêta, puis, ouvrant le bec, fit quelque remarque. Le père ne put distinguer un seul mot, mais la voix était débile et déplaisante ; elle roucoulait et se plaignait à la fois. « Elle ressemble à une voix de femme », pensa-t-il. Il rapprocha son oreille du rideau, écoutant avec une attention presque fébrile. Les saluts reprirent mais, cette fois, Napoléon y ajoutait un mouvement de côté, affectueux et affecté, pareil au mouvement d'une créature sotte et passionnée qui se blottirait contre quelqu'un ou lui donnerait un petit coup de coude furtif. Le prêtre pensa encore à cette femme pâle et terrible qui hantait les églises. Plusieurs fois, il l'avait trouvée sur son chemin. Elle l'attendait après l'office du soir. Une fois, elle avait incliné la tête en souriant, laissant pendre sa langue, et s'était collée contre lui dans l'obscurité. Il se rappelait le recul de sa chair au contact de cette pauvre créature, le dégoût, allant jusqu'à la nausée, qu'elle lui inspirait et qu'il ne pouvait bannir, même en se rappelant qu'elle avait l'esprit dérangé. Le perroquet s'arrêta, écouta, ouvrit le bec, et dit encore quelque chose, de la même voix amoureuse de tourterelle, chargée de suggestion morbide, et pourtant dure, voire même dangereuse dans son intonation. Une voix répugnante, jugea le père. Mais, cette fois, bien qu'il entendît la voix plus distinctement qu'auparavant, il ne pouvait décider si c'était une voix de femme, d'homme, ou peut-être d'enfant. C'était, semblait-il, une voix humaine, mais étrangement asexuée. Pour trancher ce doute, il se retira dans l'obscurité des rideaux, cessa d'observer Napoléon, et se contenta d'écouter avec l'attention la plus aiguë, s'efforçant d'oublier qu'il écoutait un oiseau, et s'imaginant qu'il surprenait une voix humaine engagée dans une conversation. Après deux ou trois minutes de silence la voix reprit, pendant un assez long intervalle ; elle semblait reproduire et répéter une série d'exclamations affectueuses, avec un roucoulement appuyé, d'une fadeur et d'une indécence indicibles. La morbidité de cette voix, la chute de ses inflexions et son étrange impudeur, jointes à une douceur mourante et à un raffinement de courtisane, donnaient au père la chair de poule. Cependant, il ne pouvait distinguer aucune parole, non plus que l'âge ni le sexe de la personne. Immobile dans l'obscurité, il n'avait qu'une seule certitude : une telle voix ne pouvait émaner que d'une créature particulièrement répugnante, ne pouvait exprimer qu'une personnalité qui lui était, à lui, sinon aux autres, intolérablement odieuse. Bientôt, la voix s'éteignit dans une espèce de hoquet rauque, que suivit un silence prolongé. Celui-ci fut interrompu par le professeur qui tira d'un coup les rideaux derrière lesquels se cachait le père, et lui dit :

« Sortez maintenant, et regardez. »

Le père avança dans la partie éclairée, clignant des yeux, regarda du côté de la cage, et vit Napoléon immobile, en équilibre sur une patte, la tête sous son aile. Il semblait dormir. Le professeur était pâle, ses lèvres mobiles étirées dans une expression de dégoût suprême.

« Pouah ! » dit-il.

Il alla vers la fenêtre de la pièce la plus éloignée, tira les rideaux, ouvrit la partie inférieure de la fenêtre pour laisser entrer l'air. Les arbres dénudés étaient visibles dans l'obscurité grisâtre du dehors. Guildea se pencha une minute à la fenêtre, emplissant ses poumons de l'air nocturne. Un instant après, il se retourna vers le père, et s'écria soudain :

« Nauséabond, n'est-ce pas ?

— Oui, au plus haut point !

— Avez-vous jamais entendu parler de quelque chose de semblable ?

— Pas exactement.

— Moi non plus. Cela me donne la nausée, Murchison, la nausée, littéralement. »

Il ferma la fenêtre et, nerveux, se mit à arpenter la pièce.

« Qu'en pensez-vous ? demanda-t-il par-dessus son épaule.

— Que voulez-vous dire exactement ?

— Est-ce une voix d'homme, de femme ou d'enfant ?

— Je n'en sais rien ; je ne peux pas arriver à me faire une opinion.

— Moi non plus.

— L'avez-vous souvent entendue ?

— Oui, depuis mon retour de Westgate. Et jamais de paroles que je puisse distinguer. Quelle voix ! »

Il cracha dans le feu.

« Pardonnez-moi », dit-il, se jetant dans un fauteuil. « J'en ai des haut-le-cœur, à la lettre.

— Moi aussi, dit le père avec sincérité.

— Le pis est », continua Guildea d'un ton nerveux, aigu, « que cet être est entièrement dépourvu de cervelle ; il n'a que l'astuce de l'idiotie. »

Le père sursauta en entendant de la bouche d'un autre l'expression exacte de sa propre conviction.

« Qu'est-ce qui vous fait sursauter ainsi ? dit Guildea avec un soupçon dont la promptitude attestait l'état anormal de ses nerfs.

— C'est que cette même idée m'était venue à l'esprit.

— Laquelle ?

— Que j'écoutais la voix d'un être idiot.

— Oui, c'est ce qu'il y a d'infernal pour quelqu'un de mon genre. Je pourrais me battre contre l'intelligence, mais contre ça ! »

D'un bond, il fut de nouveau sur pied, tisonna violemment le feu, se posta sur le devant du foyer, le dos à la chaleur, ses mains dans les poches de son pantalon.

« Voilà la voix de l'être qui s'est introduit dans ma maison. Agréable, ne trouvez-vous pas ? »

Et maintenant, il y avait vraiment de l'horreur dans son regard et dans son intonation.

« Il faut que je le chasse, s'écria-t-il, il faut que je le chasse. Mais comment ? »

D'une main qui frémissait, il tirait sur son petit bouc noir.

« Comment ? continua-t-il. Qu'est-ce que c'est ? Où est-ce ?

— Vous avez le sentiment que c'est ici, maintenant ?

— Sans ancun doute. Mais je ne saurais vous dire dans quelle partie de la pièce. »

Il regardait tout autour de lui. Aucun objet n'échappait à son rapide coup d'œil.

« Vous estimez donc qu'on vous poursuit ? » dit le père Murchison.

Lui aussi était très ému et fort troublé, encore qu'il ne sentît pas de présence auprès d'eux, dans la pièce.

« Je n'ai jamais cru à des sornettes de ce genre, vous le savez, dit Guildea. J'énonce simplement un fait que je ne peux comprendre et qui commence à m'être très pénible. Il y a quelque chose ici. Mais alors que dans la plupart des cas où il est question d'un lieu hanté, c'est de l'hostilité qui se manifeste, j'ai conscience, moi, d'être admiré, aimé, désiré. Ce qui m'est parfaitement insupportable, Murchison, parfaitement insupportable. »

Le père Murchsion se rappela tout à coup la première soirée

qu'il avait passée avec Guildea, et l'expression voisine du dégoût avec laquelle ce dernier s'imaginait inspirant à quelqu'un un sentiment d'affection chaleureuse. A la lumière de cette conversation lointaine, l'événement présent semblait fort étrange. Il avait presque l'allure d'un châtiment infligé pour un péché contre l'humanité qu'aurait commis le professeur. Mais, regardant le visage crispé de son ami, le père résolut de ne pas se laisser prendre au filet de cette hideuse croyance.

« Il ne peut rien y avoir ici, dit-il. Impossible.

— Alors qu'est-ce que cet oiseau imite ?

— La voix de quelqu'un qui est venu ici.

— Ce ne pourrait être que la semaine dernière, car il n'a jamais parlé de la sorte auparavant, et notez bien qu'avant mon départ, j'ai remarqué qu'il observait et s'efforçait d'imiter quelqu'un, depuis le soir où je suis allé dans le parc, et non avant.

— Quelqu'un qui possédait une voix de ce genre a dû venir ici pendant que vous vous êtes absenté, répéta le père Murchison avec une douce obstination.

— Je le saurai bientôt. »

Guildea appuya sur la sonnette. Presque instantanément, Pitting se glissa dans la pièce.

« Pitting, dit le professeur d'un ton aigu et sec, quelqu'un a-t-il pénétré dans cette pièce pendant que j'étais au bord de la mer ?

— Certainement pas, monsieur, à part les femmes de chambre et moi-même, monsieur. »

La voix glacée du maître d'hôtel semblait exprimer une surprise voisine du ressentiment.

Le professeur, d'un geste violent, tendit le bras vers la cage.

« Le perroquet est-il resté ici tout le temps ?

— Oui, monsieur.

— On ne l'a pas déplacé, transporté ailleurs, fût-ce un instant ? »

Le visage pâle de Pitting se fit presque expressif, et il pinça les lèvres.

« Certainement pas, monsieur.

— Merci. Ça suffit. »

Le maître d'hôtel se retira, accusant avec ostentation la

rectitude de sa démarche. Lorsqu'il eut atteint la porte, et fut sur le point de sortir, son maître l'appela :

« Un instant, Pitting. »

Le maître d'hôtel s'arrêta. Guildea se mordit les lèvres, tira deux ou trois fois sur sa barbiche d'un air contraint, et dit :

« Avez-vous remarqué que... que le perroquet s'est mis récemment à parler d'une... d'une voix particulière, très désagréable ?

— Oui, monsieur, comme d'une voix douce.

— Ah ! et depuis quand ?

— Depuis que vous êtes parti, monsieur. Il n'arrête pas.

— Précisément. Bon, et qu'en dites-vous ?

— Pardon, monsieur ?

— Que pensez-vous du fait qu'il ait adopté cette voix ?

— Oh ! c'est simplement pour s'amuser, monsieur.

— Je vois. C'est tout, Pitting. »

Pitting disparut, et ferma la porte sans bruit derrière lui. Guildea regarda son ami.

« Eh bien, vous voyez ! s'écria-t-il.

— C'est certainement très étrange, dit le père, très étrange vraiment. Vous êtes certain que vous n'avez pas de domestique dont la voix rappelle celle-ci ?

— Mon cher Murchison ! Garderiez-vous auprès de vous, même deux jours, un domestique qui aurait cette voix ?

— Non.

— Ma femme de chambre est à mon service depuis cinq ans, ma cuisinière depuis sept ans. Vous avez entendu parler Pitting. Ces trois forment tout mon personnel. Un perroquet ne parle jamais d'une voix qu'il n'a pas entendue. Où a-t-il pu entendre cette voix ?

— Mais nous n'entendons rien.

— Non. Et nous ne voyons rien non plus. Mais lui, oui. Il sent quelque chose. N'avez-vous pas vu comment il présente la tête pour qu'on la lui gratte ?

— Il semblait le faire. Oui.

— Il le faisait. »

Le père Murchison ne dit rien. Il se sentait envahi d'une gêne qui grandissait au point de devenir de l'appréhension.

« Êtes-vous convaincu ? dit Guildea, avec une pointe d'irritation.

— Non. Toute cette affaire est très étrange. Mais tant que je n'aurai pas entendu, vu ou senti, comme vous, la présence de quelqu'un, je ne pourrai y croire.

— Vous voulez dire que vous ne voudriez pas ?

— C'est possible. Mais il est temps que je m'en aille. »

Guildea n'essaya pas de le retenir, mais, en l'accompagnant à la porte, il lui dit :

« Faites-moi la gentillesse de revenir demain soir. »

Le père avait un engagement. Il hésita, scruta le visage du professeur, et dit :

« Bien. A neuf heures, je serai auprès de vous. Bonne nuit. »

Lorsqu'il fut sur le trottoir, il se sentit soulagé. Il se retourna, vit Guildea rentrer dans le couloir, et frissonna.

V

Ce soir-là, le père Murchison fit à pied le trajet de Hyde Park Place à Bird Street. Il avait besoin d'exercice après la soirée étrange et pénible qu'il venait de passer, soirée dont il se souvenait déjà comme d'un cauchemar. Tandis qu'il marchait, la douceur intolérable de cette voix sonnait à ses oreilles. Il essaya de l'écarter, et de réfléchir calmement à toute l'affaire. Le professeur avait apporté la preuve d'une présence étrange chez lui. Un être raisonnable pouvait-il accepter une pareille preuve ? Le père Murchison se dit que c'était impossible. Les gestes du perroquet étaient, sans aucun doute, extraordinaires. L'oiseau avait réussi à produire l'illusion vraiment hallucinante d'une présence invisible dans la pièce. Mais qu'une telle présence existât vraiment, le père persistait à le nier en son for intérieur. Ceux qui sont ardemment religieux, qui croient implicitement aux miracles enregistrés dans la Bible, et qui règlent leur vie d'après les messages qu'ils supposent recevoir directement du Grand Maître d'un Monde caché, sont rarement enclins à accepter l'idée d'une intrusion surnaturelle dans les affaires de la vie quotidienne. Ils la repoussent résolument, de toute leurs forces. Ils la regardent fixement, comme une mystification puérile, sinon coupable.

Le père Murchison était porté à se ranger à l'opinion normale chez un prêtre sincère. Il était résolu à s'y conformer. Il ne pouvait pas, se disait-il maintenant, accepter l'idée que son ami fût puni de façon surnaturelle pour son manque d'humanité, son défaut de sensibilité, en se voyant contraint de subir l'amour de quelque horrible créature, que l'on ne pouvait ni voir ni entendre. Cependant, la situation de Guildea semblait être l'effet d'un châtiment. Ce qu'il avait anormalement redouté et repoussé en pensée, il semblait maintenant anormalement contraint de le subir. Le père, cette nuit-là, pria pour son ami devant l'humble petit autel de la chambre où il couchait, si pauvrement meublée qu'on eût dit une cellule.

Le lendemain soir, lorsqu'il se présenta à Hyde Park Place, ce fut la femme de chambre qui lui ouvrit. Le père Murchison enfila l'escalier, se demandant ce qui était arrivé à Pitting. Guildea l'accueillit à la porte de la bibliothèque, et le père fut péniblement impressionné par le changement survenu dans son aspect. Le visage était couleur de cendre ; des lignes s'étaient creusées sous les yeux. Le regard lui-même exprimait l'agitation et une détresse horrible. Il avait les cheveux et les vêtements en désordre ; ses lèvres se contractaient sans cesse, comme s'il était bouleversé par quelque appréhension nerveuse.

« Qu'est devenu Pitting ? demanda le père, saisissant la main chaude et fiévreuse de Guildea.

— Il a quitté mon service.

— Quitté votre service ? s'écria le père au comble de l'étonnement.

— Oui, cet après-midi.

— Peut-on demander pourquoi ?

— Je vais vous le dire. Son départ a un rapport très étroit avec cette... cette odieuse affaire. Vous vous rappelez qu'un jour nous avons discuté des relations qu'on devrait avoir avec ses domestiques ?

— Ah ! s'écria le père, qui eut une illumination subite. La crise est survenue ?

— Précisément, dit le professeur avec un sourire amer. La

crise est survenue. J'ai fait appel à Pitting, lui demandant de se comporter en homme et en frère. Il a répondu en déclinant l'invitation. Je lui ai adressé des reproches. Il m'a donné son congé. Je lui ai payé ses gages, en lui disant qu'il pouvait partir sur-le-champ. Il est parti. Pourquoi me regardez-vous ainsi ?

— Je n'en avais pas conscience », dit le père Murchison, se hâtant de baisser les yeux et de détourner son regard. « Mais, dit-il, Napoléon est parti lui aussi.

— Je l'ai vendu aujourd'hui à un de ces marchands de Shaftesbury Avenue.

— Pourquoi ?

— Il me rendait malade par son abominable imitation de... enfin, vous savez, ce qu'il faisait hier soir. D'ailleurs, je n'ai plus besoin qu'il m'apporte la preuve que je ne rêvais pas. Convaincu maintenant comme je le suis que tout ce que je croyais s'être passé s'est bien réellement passé, je me soucie peu de convaincre les autres. Pardonnez-moi de vous le dire, Murchison, mais je suis maintenant certain que si je désirais si vivement vous faire croire à la présence ici de quelque créature, c'est que je conservais encore en moi-même quelque vague doute. Tous les doutes se sont dissipés.

— Expliquez-moi comment.

— Soit. »

Les deux hommes étaient debout près du feu. Ils restèrent dans cette position tandis que Guildea poursuivait.

« La nuit dernière, je l'ai sentie.

— Quoi ? s'écria le père.

— Je vous dis que la nuit dernière, comme je montais me coucher, j'ai senti quelque chose qui m'accompagnait et se blottissait contre moi.

— Affreux ! » s'exclama le père, involontairement.

Guildea eut un sourire morne.

« Je ne contesterai pas l'horreur de la chose. Je ne le pourrais pas, puisqu'il m'a fallu appeler Pitting à mon secours.

— Mais, dites-moi, qu'était-ce, ou du moins qu'est-ce que cela semblait être ?

— Cela semblait être une créature humaine. Semblait, dis-je ; ce que je veux dire exactement, c'est que l'effet sur moi était plutôt celui d'un contact humain que de toute autre chose. Mais je ne pouvais rien voir, rien entendre. Seulement, par trois fois, j'ai senti cette pression douce, mais résolue, comme pour m'enjôler et attirer mon attention. La première fois que cela s'est produit, j'étais sur le palier, devant cette pièce, le pied sur la première marche. Je vous avouerai, Murchison, que je n'ai fait qu'un bond jusqu'à l'étage au-dessus, comme quelqu'un que l'on poursuit. Voilà la vérité ; elle n'est pas reluisante... toutefois, au moment précis où j'allais entrer dans ma chambre, j'ai senti cette créature qui entrait avec moi, et, comme je l'ai dit, se pressait contre mon côté avec une tendresse repoussante, écœurante. Puis... »

Il s'arrêta, se tourna vers le feu, et posa sa tête sur son bras. Le père était très ému par l'étrangeté de l'impuissance et du désespoir que trahissait cette attitude.

« Puis ? »

Guildea releva la tête. Son visage était empreint d'une stupeur douloureuse.

« Puis, Murchison, j'ai honte de l'avouer, je perdis tout sang-froid, brusquement, inexplicablement, d'une façon dont je me serais cru tout à fait incapable. Je jouai des mains pour essayer de repousser cette chose ; elle se blottissait plus étroitement contre moi. La pression, le contact me devinrent intolérables. J'appelai Pitting, de toutes mes forces... Je... je crois que j'ai dû crier : " Au secours ! "

— Et il est venu, naturellement ?

— Oui, avec son calme habituel, fait de douceur et de l'absence de toute émotion. Ce calme, contrastant avec le dégoût et l'horreur qui me soulevaient, m'irrita, j'imagine. Je n'étais plus moi-même, non, non ! »

Il cessa brusquement, puis :

« Mais ai-je besoin de vous le dire ? ajouta-t-il avec une ironie pitoyable.

— Qu'avez-vous dit à Pitting ?

— J'ai dit qu'il aurait dû venir plus vite. Il s'excusa. La froideur de sa voix me fit sortir de mes gonds, et j'éclatai en une stupide et méprisable diatribe, le traitai de machine, lui décochai sarcasmes et reproches ; puis, sentant cette chose qui revenait se blottir contre moi, je le suppliai de m'aider, de rester avec moi, de ne pas me laisser seul, je voulais dire en compagnie de mon bourreau. Fut-il épouvanté, ou irrité de l'attitude et des propos injustes et violents que je venais de tenir, je ne sais. En tout cas, il répondit qu'il avait été engagé comme maître d'hôtel, et non pour passer la nuit avec les gens. J'imagine qu'il me soupçonna d'avoir trop bu. Oui, sans aucun doute. Je crois que je lui lançai des injures, le traitai de lâche, moi ! Ce matin il m'a dit qu'il voulait quitter mon service. Je lui ai remis un mois de salaire, un bon certificat de maître d'hôtel, et l'ai congédié instantanément.

— Mais la nuit ? Comment l'avez-vous passée ?

— Je ne me suis pas couché du tout.

— Où étiez-vous ? Dans votre chambre ?

— Oui, la porte ouverte pour lui permettre de partir.

— Vous avez le sentiment que cette créature est restée ?

— Elle ne m'a pas quitté un instant, mais elle ne m'a plus touché. Dès qu'il a fait jour, j'ai pris un bain, je me suis étendu quelque temps, mais je n'ai pas fermé les yeux. Après le déjeuner, j'ai eu une explication avec Pitting, et l'ai payé. Puis je suis monté ici. J'étais à bout de nerfs. Je me suis assis ; j'ai essayé d'écrire, de penser. Mais le silence a été rompu de la façon la plus abominable.

— Comment ?

— Par le murmure de cette voix effroyable, cette voix d'idiote amoureuse, sentimentale, mais résolue. Pouah ! »

Il frissonna de tous ses membres. Puis il se ressaisit, prit, avec un effort embarrassé, l'attitude la plus résolue, la plus agressive, et ajouta :

« C'était le comble. Je n'en pouvais plus, je me levai d'un bond, donnai l'ordre de faire venir un fiacre, attrapai la cage et la transportai chez un marchand d'oiseaux de Shaftesbury Avenue, à qui j'ai vendu le perroquet pour une somme dérisoire. Je crois, Murchison, que j'ai frisé la folie à ce moment-là, car une fois sorti de cette misérable boutique, je m'arrêtai un instant sur le trottoir au milieu des cages de lapins, de cochons d'Inde et de chiots, et je ris bien fort. Il me semblait que mes épaules étaient libérées d'un poids, comme si, en vendant cette voix, j'avais vendu la maudite créature qui me tourmentait. Mais quand je regagnai la maison, elle y était. Elle y est en ce moment. Je suppose qu'elle y sera toujours. »

Il frotta ses pieds sur le devant du foyer.

« Que diable faut-il que je fasse ? dit-il. J'ai honte de moi, Murchison, mais je crois qu'il doit y avoir dans le monde des choses que certains hommes sont absolument incapables de supporter. Eh bien, je ne peux pas supporter ceci, voilà tout ! »

Il cessa. Le père se taisait. Cette extraordinaire détresse le laissait muet. Il reconnaissait l'inutilité de tout effort pour réconforter Guildea ; il restait là, assis, le regard baissé, l'air presque morose. Il essaya alors de s'abandonner aux influences de la pièce, afin de percevoir tout ce qui s'y trouvait. Il alla même, à demi inconsciemment, jusqu'à forcer son imagination à lui jouer des tours. Mais pas un instant il n'eut l'impression qu'il y avait avec eux une tierce personne. A la fin il dit :

« Guildea, je ne peux pas prétendre mettre en doute la réalité du supplice qui vous est infligé ici. Il faut que vous partiez, tout de suite. Quelle est la date de votre conférence à Paris ?

— La semaine prochaine. Dans neuf jours d'ici.

— Partez pour Paris dès demain ; vous dites que vous n'avez jamais eu le sentiment que cette... cette chose vous ait poursuivi, votre porte franchie ?

— Jamais, jusqu'ici.

— Partez demain matin. Ne revenez qu'après votre conférence. Nous verrons bien si cela met un terme à cette affaire. Espérez, mon cher ami, espérez. »

Il s'était levé. Il serrait maintenant la main du professeur.

« Voyez tous vos amis à Paris. Recherchez les distractions. Je voudrais aussi vous demander de rechercher... un autre secours. »

Il prononça ces derniers mots avec une gravité, une conviction, une simplicité empreinte de douceur qui allèrent droit au cœur de Guildea. Touché, il lui serra la main à son tour, presque avec chaleur.

« Je partirai, dit-il. J'attraperai le train de dix heures du matin et, ce soir, j'irai coucher à l'hôtel, au *Grosvenor*, qui est tout près de la gare. Ce sera plus commode pour prendre le train. »

Sur le chemin du retour, ce soir-là, le père Murchison ne cessait de penser à cette phrase : « Ce sera plus commode pour prendre le train. » Il était atterré à l'idée de la faiblesse qui avait poussé Guildea à la prononcer.

VI

Pendant les quelques jours qui suivirent, le père Murchison ne reçut aucune lettre du professeur. Ce silence le rassura. Il semblait attester que tout allait bien. Le jour de la conférence vint, et s'écoula. Le lendemain matin, le père ouvrit avidement le *Times* et en parcourut les pages pour y chercher un compte rendu de la grande réunion de savants à laquelle Guildea avait pris la parole. D'un regard anxieux, il suivait les colonnes de haut en bas ; tout à coup, ses mains se crispèrent sur les feuilles qu'elles tenaient. Il venait de tomber sur l'écho suivant :

Nous avons le regret d'annoncer que le professeur Guildea a été subitement pris d'un malaise sérieux hier soir alors qu'il s'adressait à un public de savants, à Paris. On avait remarqué qu'il était très pâle et très nerveux lorsqu'il s'était levé. Néanmoins, il s'exprima en français, avec aisance, pendant un quart d'heure environ. Puis il sembla perdre son assurance. Il hésita, lança des regards autour de lui, comme quelqu'un qui éprouve de l'appréhension ou une angoisse profonde. Une ou deux fois, même, il dut s'arrêter, incapable, semblait-il, de continuer, de se rappeler ce qu'il se proposait de dire. Mais, se ressaisissant au prix d'un effort évident, il continua à parler à son auditoire. Soudain, il s'arrêta de nouveau, se déplaça furtivement le long de l'estrade, comme poursuivi par quelque chose qu'il redoutait, agita les mains, poussa un long cri rauque et s'évanouit. L'effet produit dans la salle était indescriptible. Le public se leva ; les femmes hurlaient ; pendant un moment, ce fut une véritable panique. On craint que le cerveau du professeur n'ait faibli temporairement par suite du surmenage. On nous donne à entendre qu'il regagnera l'Angleterre aussitôt que possible, et nous espérons sincèrement que le repos et le calme qui s'imposent auront bientôt le résultat désiré, qu'il recouvrera complètement la santé, et qu'il sera en état de poursuivre les recherches dont le monde a tiré de tels bienfaits.

Le père laissa tomber le journal, se précipita dans Bird Street, envoya un télégramme à Paris pour demander des précisions, et reçut le jour même la réponse suivante : *Reviens demain. Prière venir le soir. Guildea.* Le soir fixé, le père se rendit à Hyde Park Place. Il fut introduit immédiatement, et trouva Guildea assis près du feu dans la bibliothèque. Il était d'une pâleur spectrale ; une couverture épaisse lui couvrait les genoux. Son aspect était celui d'un homme émacié par une longue maladie, une expression d'horreur s'était installée dans ses yeux dilatés. Le père sursauta à sa vue ; il eut de la peine à retenir un cri. Il commençait à exprimer sa sympathie lorsque Guildea l'arrêta d'un geste tremblant.

« Oui, je sais, dit Guildea. Je sais, cette histoire de Paris... »

Il bégaya et s'arrêta.

« Vous n'auriez jamais dû partir, dit le père, j'ai eu tort. Je n'aurais pas dû vous le conseiller. Vous n'étiez pas en état.

— J'étais très en forme, répondit-il avec l'irritabilité d'un malade. Mais cette horrible chose m'a accompagné à Paris. »

Il jeta autour de lui un coup d'œil rapide, déplaça son fauteuil, et remonta la couverture sur ses genoux. Le père se demanda pourquoi il s'emmitouflait ainsi ; le feu flambait et la nuit au-dehors n'était pas très froide.

« Elle m'a accompagné à Paris », continua-t-il, appuyant ses dents sur sa lèvre inférieure.

Il marqua un nouvel arrêt. Il était clair qu'il s'efforçait de se dominer. Mais l'effort resta vain. Il n'offrait plus de résistance. Il se tordait dans son fauteuil et soudain explosa sur un ton de lamentation désespérée :

« Murchison, cette créature, cette chose, quelle qu'elle soit, ne me quitte plus, pas un seul instant. Elle se refuse à rester ici si je n'y suis pas, car elle m'aime, avec ténacité, idiotement. Elle m'a accompagné à Paris, y est restée avec moi, m'a traqué jusqu'à la salle de conférences, se serrait contre moi, me caressait tandis que je parlais. Elle est restée ici avec moi. Elle est ici maintenant... » Il poussa un cri aigu. « ...maintenant, alors que nous sommes là ensemble. Elle se blottit contre moi, m'accable de caresses, me touche les mains. Mon ami, mon ami, ne sentez-vous donc pas qu'elle est ici ?

— Non, répondit le père en toute sincérité.

— J'essaie de me protéger contre ce contact répugnant, continua Guildea, avec une surexcitation farouche, agrippant de ses deux mains la couverture épaisse. Mais rien n'y fait. Qu'est-ce ? Qu'est-ce que cela peut être ? Pourquoi est-ce venu cette nuit-là auprès de moi ?

— Peut-être en guise de châtiment », dit le père, promptement, mais avec douceur.

« Pour quoi ?

— Vous haïssiez l'affection. Vous repoussiez avec mépris les sentiments humains. Vous n'éprouviez, vous ne désiriez éprouver d'amour pour personne. Et vous ne désiriez pas davantage recevoir d'affection de quiconque. Peut-être est-ce là le châtiment. »

Guildea jeta sur lui un regard effaré.

« Vous croyez cela ? s'écria-t-il.

— Je ne sais pas, dit le père. Mais il n'est pas exclu qu'il en soit ainsi. Essayez de supporter cette chose, ou même de l'accueillir. Il se peut qu'alors la persécution prenne fin.

— Je sais que cette chose ne me veut pas de mal, s'écria Guildea. Elle me poursuit par affection. Elle a été conduite vers moi par un attrait stupéfiant que j'exerce sur elle à mon insu. Je le sais. Mais pour un homme de mon tempérament, c'est bien là le côté sinistre de l'affaire. Si elle me haïssait, je pourrais la supporter. Si elle m'attaquait, si elle tentait de me porter quelque coup redoutable, je redeviendrais un homme : je tendrais toutes mes forces pour la lutte. Mais cette douceur, cette abominable sollicitude, cette stupide adoration d'une créature idiote, tenace, répugnante, affreusement sensuelle, je ne peux les souffrir. Que veut-elle obtenir de moi ? Je la sens me palper, d'un doigt léger comme une plume, qui frémit tout autour de mon cœur, comme s'il cherchait à dénombrer mes pulsations, à découvrir les secrets les plus cachés de mes élans et de mes désirs. Il n'y a plus rien de privé en moi... » Il se dressa d'un bond, en proie à une grande agitation. « Je n'ai plus de refuge, s'écria-t-il. Je ne peux être seul, sans que l'on me touche, m'adule, m'épie, pas même une demi-seconde. Murchison, j'en meurs ; je meurs. »

Il se laissa choir de nouveau dans son fauteuil, lança de tous côtés des regards apeurés, avec la passion d'un aveugle égaré par l'illusion que des efforts farouches et continus lui feront recouvrer la vue. Le père savait bien qu'il cherchait à percer les mystères de l'invisible, et à connaître ce qui l'aimait ainsi.

« Guildea, dit-il, d'un ton pénétré et insistant, essayez de le supporter. Faites plus : essayez de donner à cette chose ce qu'elle désire.

— Mais c'est mon amour qu'elle désire.

— Apprenez à lui donner votre amour et elle partira peut-être après avoir obtenu ce qu'elle était venue chercher.

— Ta, ta, ta ! Vous parlez en prêtre : acceptez ceux qui vous persécutent ; faites du bien à ceux qui vous outragent. Vous parlez en prêtre.

— En ami. J'ai parlé spontanément, du fond de mon cœur. L'idée m'est venue subitement que tout ceci, vérité ou apparence, peu importe, pouvait être en quelque sorte une étrange leçon. Des leçons m'ont été données : elles étaient pénibles. J'en recevrai bien d'autres. Si vous pouviez accueillir...

— Impossible ! Impossible ! s'écria Guildea, farouchement. De la haine ! Je peux lui en donner, toujours, rien d'autre, de la haine, de la haine. »

Tandis qu'il parlait, la pâleur de cire s'accentuait sur ses joues, si bien qu'on eût dit un cadavre sans le regard qui seul vivait. Le père craignait de le voir s'affaisser et s'évanouir, mais, tout à coup, il se dressa dans son fauteuil et dit d'une voix aiguë, perçante, pleine d'une surexcitation contenue :

« Murchison ! Murchison !

— Oui, qu'y a-t-il ? »

Une joie délirante, inattendue, brillait dans le regard de Guildea.

« Elle veut me quitter ! cria-t-il. Elle veut partir ! Ne perdez pas un instant ! Ouvrez-lui la fenêtre ! La fenêtre ! »

Le père, étonné, se dirigea vers la fenêtre la plus proche, tira les rideaux et l'ouvrit. On entendit craquer les branches d'arbres dans la brise. Guildea se pencha en avant, prenant appui sur les bras du fauteuil. Il y eut un moment de silence. Puis Guildea lui chuchota rapidement :

« Non, non, ouvrez cette porte ; ouvrez la porte d'entrée. J'ai l'impression, j'ai l'impression qu'elle veut partir par où elle est entrée. Vite, vite, allez, je vous en prie ! »

Le père obéit, pour le calmer, se précipita vers la porte et l'ouvrit toute grande. Puis, par-dessus son épaule, il regarda Guildea. Il était debout, penché en avant. Ses yeux fulguraient d'attente et d'impatience. Lorsque le père se retourna, d'un geste furieux de ses mains maigres, il lui montra le couloir.

En hâte, le père sortit et dégringola l'escalier. Comme il descendait, dans la pénombre, il lui sembla entendre derrière lui un léger cri, venant de la pièce, mais il ne s'arrêta pas. D'un geste brusque, il ouvrit la porte d'entrée, se rabattant contre le mur. Il attendit un moment, pour satisfaire Guildea. Il allait refermer la porte et avait déjà la main sur la poignée lorsque son regard fut irrésistiblement attiré du côté du parc. La nuit était éclairée par un jeune croissant de lune. Son regard se posa sur un banc qui se trouvait au-delà de la grille.

Sur le banc, quelque chose était assis, une forme bizarrement ramassée sur elle-même.

Le père se rappela aussitôt la description que lui avait faite Guildea de cette nuit passée, cette nuit de l'Avent, et il fut envahi par une sensation de curiosité et d'horreur.

Était-il donc vrai qu'une chose était effectivement venue auprès du professeur ? Cette chose avait-elle achevé son œuvre, accompli son désir, et retournait-elle à son mode antérieur d'existence ?

Le père hésita un instant sur le seuil. Puis il sortit d'un pas résolu, traversa la rue, sans quitter des yeux cet objet noir ou sombre, si bizarrement appuyé au banc. Il ne pouvait en deviner l'aspect, mais il lui sembla qu'il ne ressemblait à rien de ce qui s'était jusqu'ici offert à sa vue. Il arriva de l'autre côté de la rue, et comme il était sur le point de franchir la porte du parc, il se sentit brusquement happé par le bras. Il sursauta, se retourna, et vit un agent qui le toisait d'un air soupçonneux.

« Qu'est-ce que vous complotez ? » dit l'agent.

Le père eut subitement conscience qu'il était tête nue, et que son allure, comme il avançait furtivement, en soutane, les yeux rivés sur le banc du parc, était probablement assez insolite pour éveiller les soupçons.

« Rien d'anormal, monsieur l'agent », répondit-il rapidement, glissant quelque argent dans la main du policier.

Puis, s'éloignant de lui, le père, vivement contrarié par cette interruption, se précipita vers le banc. Lorsqu'il l'atteignit, il n'y avait plus rien. L'aventure de Guildea venait de se répéter, presque exactement. Tout plein d'une déception déraisonnable, le père regagna la maison, entra, et, par l'escalier étroit, se précipita vers la bibliothèque.

Sur le tapis du foyer, tout près du feu, il trouva Guildea étendu, la tête mollement appuyée contre le fauteuil qu'il venait de quitter. Une expression affreuse de terreur était répandue sur le visage convulsé. En l'examinant, le père s'aperçut qu'il était mort.

Le docteur qu'on appela dit que la mort était due à une défaillance cardiaque.

Lorsque le père Murchison entendit ces paroles, il murmura :

« Une défaillance cardiaque ! C'était donc cela ! »

Il se tourna vers le docteur et dit :

« Est-ce qu'on aurait pu l'empêcher ? »

Le docteur enfila ses gants. Il répondit :

« Peut-être, si on l'avait prise à temps. Une faiblesse cardiaque demande de grandes précautions. Le professeur était trop absorbé par son travail. Il aurait dû mener une vie bien différente. »

Le père acquiesça de la tête.

« Oui, oui », dit-il avec tristesse.

Traduit par Jos Ras

HARRIET ZINNES

Les Ailes

Imaginez la scène suivante : vous franchissez la porte de votre domicile et vous remarquez que vos meubles et vos objets personnels ont changé de place... mais qu'à première vue il ne manque rien. Où est passé l'intrus ? A-t-il disparu ? Ou bien vous guette-t-il quelque part ? Comment pouvez-vous vous préparer à l'affronter ? Est-il possible que rien de ce que vous pourrez dire ou faire n'ait une quelconque importance ?

Il existe certaines histoires qui, alors même que le lecteur s'attend à les trouver surprenantes, parviennent quand même à le prendre par surprise. L'histoire de l'étrange visiteur exigeant imaginée par Harriet Zinnes en fait partie.

Il ouvre la porte et aperçoit le fauteuil en plein milieu de la petite pièce. Voilà qui est surprenant. Qui donc a déplacé ce fauteuil, son fauteuil de chez Eames qui reste en permanence devant son secrétaire ? Il jette un vif regard circulaire sur la pièce pour voir si autre chose a bougé. S'est-on introduit par effraction chez lui ? Il va jusqu'au secrétaire, jette un bref coup d'œil à ses livres et à sa machine à écrire, puis ouvre le premier tiroir, le referme, ouvre les autres. On n'a touché à rien. Il ne manque apparemment rien. Il se dirige vers le meuble à fiches et en ouvre les tiroirs. Tout est bien rangé. Il quitte ce qu'il appelle son bureau — ce n'est en fait qu'un réduit — et entre dans la salle de séjour. Avait-il relevé le couvercle de son piano à queue ? Il ne s'en souvient pas. Il examine le sofa, les chaises, les tables basses, le lampadaire : tout est en ordre. Il se dirige vers le piano. Il était sûr que John avait laissé ses partitions de Schubert sur le pupitre. N'est-il pas en pleines répétitions ? Et que fait la *Gnossienne* de Satie sur le tabouret ? Il va dans la salle à manger, jette un regard au buffet immaculé, puis ouvre les tiroirs de la commode où est rangée l'argenterie de sa mère. Tout est en ordre.

Puis il se dirige vers sa chambre. Va droit vers la coiffeuse et en ouvre un tiroir en particulier, celui du haut, où il range ses boutons de manchettes en or, ses épingles de cravate, et ces stupides bracelets en or qu'il ne met jamais mais qu'il conserve en souvenir de Ted Blight, son premier amant. Alors qu'il ouvre le tiroir, il entend une voix inconnue lui dire : « Salut. » Il se retourne vivement, le cœur battant. Il voit une fillette, plus qu'une femme. Une petite fille (ou une femme ?) de douze ans est assise sur son lit, adossée aux oreillers. À ses oreillers ! Le fixant du regard, un sourire aux lèvres, elle attrape un briquet d'un geste machinal et allume une cigarette. « Vous en voulez une ? demande-t-elle.

— Je ne fume jamais dans ma chambre... et personne n'a le droit d'y fumer », se surprend-il à répondre sèchement.

Elle a un petit sourire. « Eh bien, je viens de violer la règle numéro un. »

Pourquoi ne réplique-t-il pas, pourquoi ne va-t-il pas — ne court-il pas — jusqu'à elle pour lui arracher sa cigarette des lèvres ? Il en est certainement capable, d'autant plus capable qu'il se sent animé d'un juste courroux. « Je vous prierais d'éteindre cette cigarette, se surprend-il à dire d'une voix posée.

— Oh, je ne ferai sûrement rien de tel. Je fume toujours dans les chambres, en particulier dans les chambres des hommes que j'ai suivis.

— Suivis ? Vous m'avez suivi ? » Il est stupéfait. Est-il si préoccupé par le peu de succès de sa pièce qu'il n'ait pas remarqué qu'on le suivait ? « Depuis combien de temps me suivez-vous ? Et pourquoi, bon Dieu ? Pourquoi m'avez-vous suivi ?

— Une question à la fois. Je vous suis depuis que je vous ai vu jouer dans *Oh ! Calcutta* et, si je vous suis, c'est parce que je vous aime bien. Ce matin, vous avez oublié de fermer la porte de votre appartement — je pense que vous étiez en retard pour votre répétition —, et je n'ai eu aucune peine à entrer ici.

— J'ai oublié de fermer la porte ? Je suis distrait en ce moment. Mais depuis combien de temps me suivez-vous ?

— Depuis trois jours. Vous voyez, il ne m'a pas fallu longtemps pour vous piéger.

— Me piéger ? Oui, c'est exactement ça. Vous m'avez piégé. Et à présent que vous m'avez pris au piège, pour ainsi dire... hum... que voulez-vous de moi ? Puis-je au moins m'asseoir ? » Pourquoi diable lui demande-t-il la permission ? Elle ne braque aucune arme sur lui. Seulement ses yeux et cette horrible cigarette. « Auriez-vous l'obligeance de prendre congé, à présent que vous m'avez manifesté votre présence et que vous m'avez rencontré dans mon propre appartement ? C'est sans doute tout ce que vous souhaitiez. Vous pouvez descendre de mon lit, merci.

— Mais c'est précisément sur votre lit que je désire me

trouver. Que vous êtes bête ! Si je vous ai suivi, c'est parce que je veux coucher avec vous. Sinon, pourquoi l'aurais-je fait ?

— Vous ne voulez sûrement pas coucher avec moi, bafouille-t-il avec étonnement. Pas avec moi. Vous ne savez donc pas... vous ne savez donc pas que je n'aime pas les femmes ?

— Si, je sais, répond-elle posément, mais je vous aime et, après tout, rien ne vous empêche d'apprendre à m'aimer. Je ne suis pas si laide et je saurai me montrer peu exigeante avec vous. Vous n'êtes pas le premier à qui je devrai apprendre à m'aimer. Tout ira bien. Ne vous inquiétez pas. Peut-être êtes-vous doué. Je suis sûre que vous n'aurez besoin que d'une seule leçon. Venez ici. Commençons tout de suite. Cette première rencontre sera peut-être la dernière. Ne soyez pas timide. Je ne vous ferai aucun mal. »

Il ne parvient pas à croire qu'il se dirige vers le lit. Quel genre de sorcière est-ce là ? Non seulement il s'approche du lit — du mauvais côté du lit, il ne dort jamais de ce côté quand il partage son lit avec un amant —, mais, de plus, voilà qu'il se déshabille : il ôte ses souliers, ses chaussettes, son veston, sa chemise, sa cravate et son tee-shirt (ce superbe tee-shirt rose qu'Al aime tant), et finalement, avec un certain embarras, son slip, son slip rose, rose vif bien sûr, avec cette ceinture d'un rouge si excitant.

« Vous vous débrouillez très bien, dit-elle d'une voix apaisante. Je vais commencer par vous donner un baiser pour vous encourager. » Il accepte en frissonnant le petit baiser qu'elle lui donne. Sur la joue, Dieu merci, pense-t-il. Pourquoi frissonne-t-il, pourquoi ne s'enfuit-il pas ? Pourquoi ne la jette-t-il pas de force hors de son lit ?

« Écoutez, dit-il, j'en ai assez de votre piège. Je n'aime pas les femmes, et encore moins les petites filles — quel âge avez-vous, bon sang ? Douze ans ? Treize ? Ceci est mon lit, mon appartement, ma vie. Pourquoi ne disparaissez-vous pas une bonne fois pour toutes ? » Mais ses actes démentent ses paroles. Imaginez un peu. Il l'embrasse sur les lèvres et croit entendre toutes sortes de déclarations stupides du genre *ma chérie ma biche mon amour*. Que se passe-t-il donc dans cette chambre, dans sa chambre ? Il n'est ni chagriné ni mortifié.

Peut-être est-il tout simplement sur scène et l'a-t-il oublié. Il se rappelle la pièce de George Bernard Shaw où il jouait le rôle d'un jeune homme faisant la cour à une femme plus âgée. Quel était donc le titre de cette pièce ? Son personnage ne s'appelait-il pas Eugene ou quelque chose comme ça ? Peut-être est-il sur scène. « Est-ce qu'on est en train de répéter une pièce ? Dites, est-ce qu'on en est en train de répéter ? Dites-moi, quel rôle est-ce que je joue ? Est-ce le premier rôle ? Qui sont mes partenaires ? Vous n'êtes pas ma partenaire, n'est-ce pas ? Et comment vous appelez-vous ? Et quel âge avez-vous, au fait ? »

A ce moment-là, il s'aperçoit qu'elle n'a pas d'énergie à consacrer à la parole. Elle le force à la pénétrer, et c'est bien ce qu'il est en train de faire. Le metteur en scène a-t-il interdit toute simulation ? Oh, mon Dieu, il n'est donc pas sur une scène de Broadway ? Se trouve-t-il dans un théâtre porno ? A-t-il été transporté au XXIe siècle où de telles choses sont autorisées dans un théâtre normal ? Dans quel pays est-il, sur quelle scène, dans quelle ville et, surtout, dans quelle pièce — et a-t-il le premier rôle ? Mais il se sent soudain épuisé, s'écarte de la petite fille — ce n'est sûrement qu'une petite fille — et s'étale de tout son long sur le lit. « Espèce de petite sorcière, dit-il sans la moindre animosité, tu m'as lessivé. Et, incroyable mais vrai, tu m'as donné du plaisir. Mais dans quelle pièce jouons-nous, dans quelle pièce ? »

Comme il se redresse et se tourne vers elle, il découvre avec consternation qu'elle n'est plus là. Elle est sans doute allée aux toilettes, bien sûr. Il attend durant une bonne dizaine de minutes. Il n'a même pas la force de se lever pour aller la retrouver. Finalement, il décide de l'appeler. Mais quel est son nom ? « Petite fille, dit-il, petite fille, où es-tu ? Es-tu aux toilettes ? Viens ici, veux-tu ? J'ai encore des questions à te poser. » Aucune réponse. « Petite fille, répète-t-il. Où es-tu ? » Toujours aucune réponse. Il va être obligé de se lever pour partir à sa recherche. Nu comme un ver (et il ne laisse jamais ses amants le voir tout nu : NE TE RÉVÈLE JAMAIS ENTIÈREMENT, telle est sa règle), il se dirige vers la salle de bains. La porte est grande ouverte. Il n'y a personne. Pris de panique, il fouille tout son appartement. Elle est introuvable.

Doit-il sortir pour se lancer à sa recherche ? En tenue d'Adam ? Pas question. Non, il ferait mieux de retourner dans sa chambre pour s'habiller. Il court si vite qu'il renverse sa plus belle table de marbre et son adorable lampe de chez Tiffany, et le bruit lui fait retrouver sa lucidité. *Mais c'est l'occasion rêvée pour me débarrasser d'elle. Pourquoi donc me lancerais-je à sa recherche ? M'a-t-elle ensorcelé au point de me faire perdre toute raison ?* Tremblant — encore sous le choc de son plaisir tout neuf et de l'idée qu'il peut se débarrasser de l'étrange créature qui l'a ensorcelé —, il s'assied tout nu dans son plus beau fauteuil en cuir, se met à l'aise et tente de rassembler ses esprits. L'inaction est la seule forme d'action valable. Il parvient bien vite à cette conclusion. Apparemment, son cerveau n'a souffert aucun dommage. Il est encore capable de penser correctement. Cette petite sorcière l'a suivi et l'a possédé. Il a bel et bien été possédé. Et c'est fini. Soulagé, il sent son dos s'arquer voluptueusement contre le dossier de cuir. Il va fermer les yeux sous l'effet de l'épuisement et du triomphe lorsqu'il entend une petite voix lui dire : « Adieu, mon amour. Tu as été superbe. »

Il lève les yeux à temps pour voir la petite fille déployer ses ailes et s'envoler par la fenêtre de sa salle de séjour. Heureusement que c'est une porte-fenêtre, pense-t-il. John a eu raison d'en faire installer une.

Traduit par Jean-Daniel Brèque

R. MURRAY GILCHRIST

Le Basilic

Il y a une ambiance rappelant l'opéra dans cette superbe histoire du XIX*e siècle due à R. Murray Gilchrist, un écrivain qu'un critique a qualifié d'équivalent en prose d'Aubrey Beardsley. On passe de la frénésie à la mélancolie à mesure que les deux amants, épuisés par des désirs frustrés, tentent de rompre l'enchantement sensuel. Mais alors même que le langage de l'auteur imprègne nos sens d'une étrange torpeur végétale, il semble dissimuler une puissance toute gothique et des niveaux de signification plus suggestifs les uns que les autres. Il n'y a que peu de dialogues, mais on remarquera que la plupart d'entre eux vibrent d'un érotisme aussi trouble qu'il est mémorable.*

MARINA ne semblait pas entendre mes protestations. Elle travaillait sur une broderie représentant le Jugement de Pâris, et la main en soie de Vénus paraissait plus importante à ses yeux que l'amour qui menaçait de me déchirer le corps et l'âme. En proie à un désespoir absolu, je restai coi jusqu'à ce qu'elle eût par sept fois passé et repassé son aiguille. Puis ma nature passionnée me fit m'écrier :

« Vous ne m'aimez pas ! »

Elle leva des yeux un peu las, comme arrachée au sommeil. « Écoutez-moi, dit-elle. Il existe une créature nommée le Basilic qui transforme les hommes et les femmes en pierre. J'ai vu le Basilic durant mon enfance — j'ai été changée en pierre ! »

Et elle se leva et quitta la pièce, me laissant m'interroger sur ses paroles. J'avais toujours su qu'elle recelait un curieux secret : un secret qui lui permettait de comprendre et d'aborder des sujets auxquels aucune femme n'avait jamais osé réfléchir. Mais hélas ! c'était un secret dont l'influence l'empêcherait à jamais d'atteindre le bonheur. Quand il lui arrivait de s'animer, c'était pour se rétracter l'instant d'après ; quand sa conversation atteignait la sagesse pure, elle se taisait aussitôt, les yeux et les lèvres empreints de mépris. Nul doute que cette étrangeté avait été la cause première de ma passion. Sa beauté n'était pas de celles qui éveillent chez l'homme un désir soudain : elle était pâle et paisible, avait le charme d'une statue de marbre antique. Mais à mesure que les jours avaient passé, la fascination qu'elle m'inspirait était devenue si obsédante que même le doux murmure de ses vêtements éveillait mes sens. A peine une année s'était écoulée depuis notre première rencontre, le jour où je l'avais découverte parée de lianes dans la forêt dont j'avais hérité. Dryade à la tunique couleur d'herbe, elle chantait en l'honneur des déités sylvestres. Je fus englué dans une toile invisible et devins son esclave.

Sa maison se trouvait à deux lieues de la mienne. C'était un manoir de petite taille au cœur d'un parc concave. Son toit de chaume était incrusté de mousse et de lichen. Sur la cheminée centrale, un oiseau exotique s'était fait un nid de brindilles. Les hautes fenêtres étaient étincelantes de blasons ; et des portraits de rois, de reines et de nobles étaient accrochés dans les pièces obscures. Elle vivait là, entourée d'une suite de domestiques fort âgés, des femmes précieuses et des hommes à demi débiles, qui se courbaient devant elle avec la servilité des Maures mais s'adressaient à elle dans les termes les plus familiers. Ils ne lui auraient pas obéi avec plus de révérence si elle leur avait fait don de la vie. Les femmes lui façonnaient des objets bizarres — sachets et coussins en duvet de chardon —, et les hommes étaient au comble du bonheur quand ils lui annonçaient qu'ils avaient aperçu le premier œuf de grive de la saison ou un des butors qui hantaient le marais. Elle était leur déesse et leur fille. Chaque jour suivait sa propre routine. Le matin, elle montait à cheval, elle chantait et elle jouait ; à midi, elle lisait dans la bibliothèque poussiéreuse, s'imprégnant des œuvres des dramaturges et des platoniciens. Sa vie était une tragédie qui aurait fait l'admiration d'un auteur élisabéthain. Nul hormis ses gens ne connaissait son histoire, mais on racontait avec émerveillement qu'elle s'était soumise à la tradition et avait concentré en elle le talent de mille ancêtres sorciers. Durant sa prime jeunesse, elle était partie en quête d'un étrange savoir, qu'elle n'avait goûté que pour s'en repentir ensuite.

Le matin qui suivit ma déclaration, elle traversa son parc à cheval pour gagner l'allée de méditation que j'arpentais toujours jusqu'à midi. Elle était seule, vêtue d'une tunique blanche que retenait un ceinturon bleu. Alors que sa jument arrivait près de la haie d'ifs, elle mit pied à terre et se dirigea vers moi d'un pas léger. A sa taille était accroché un miroir de verre noir et ses bras à demi nus étaient ornés de joyaux cabalistiques.

Lorsque je m'agenouillai pour lui baiser la main, elle poussa un lourd soupir. « Ne me demandez rien, dit-elle. La vie est déjà trop triste pour être encore gâtée par des explications. Qu'il en soit désormais entre nous comme à présent. Je vous aimerai avec froideur, et vous avec chaleur, sans que jamais nous nous approchions de nos sentiments respectifs. » L'intonation de sa voix trahissait une vague envie : comme si elle savait que j'allais combattre cette décision à demi expliquée. Elle me connaissait bien, car elle n'avait pas plus tôt achevé sa phrase que je m'exclamais avec force : « Jamais je ne pourrai l'endurer — mon souffle me trahira — j'en mourrai. »

Elle s'assit sur la murette festonnée de mousse. « Faut-il que je fasse ce sacrifice ? se demanda-t-elle à voix haute. Dois-je tout lui dire ? » Le silence régna quelque temps, puis elle me dit en détournant les yeux : « Je vous ai aimé dès notre première rencontre, mais cette nuit, dans les ténèbres, comme je ne pouvais trouver le sommeil tellement j'étais hantée par vos paroles, mon amour s'est changé en désir. »

Il me fut interdit de parler.

« Et le désir a semblé défaire les liens qui m'attachaient. En cet instant, la force qui m'habitait m'a fait croire que je pourrais renoncer à tout pour la joie d'être vôtre, ne fût-ce qu'une fois. »

Je brûlais d'envie de la serrer contre mon cœur. Mais ses yeux étaient sévères et son front barré d'un pli soucieux.

« Une fois l'aube venue, le désir était mort, mais j'avais juré dans mon extase de donner ce qui devait l'être afin de vivre ce bonheur éphémère, de m'étendre entre vos bras et de partager votre souffle avant que minuit ait sonné. Aussi suis-je venue vous demander de me suivre en un lieu où le charme pourra être rompu et le bonheur acheté. »

Elle appela sa jument ; celle-ci accourut en hennissant et frappa la pierre de ses fers jusqu'à ce qu'elle lui ait flatté l'encolure. Elle monta en selle, déposant au creux de ma main un petit pied gainé de satin qui semblait appartenir à une enfant plutôt qu'à une femme. « Allons ensemble dans ma maison, dit-elle. J'ai des ordres à donner et des tâches à accomplir. Je ne vous y garderai pas très longtemps, car nous ne devons pas tarder à partir pour notre quête. » Je marchais à ses côtés, le cœur palpitant d'impatience, mais, une fois près de la grange, je lui demandai de me préciser la nature de notre mystérieuse démarche. Elle se pencha pour me tapoter la tête. « Ce n'est qu'une question de marchandage », répondit-elle.

Lorsqu'elle eut réglé ses problèmes domestiques, elle se rendit dans sa bibliothèque et me pria de l'y suivre. Puis, le miroir ballottant toujours sur ses genoux, elle traversa le jardin et les champs en jachère qui l'environnaient, s'arrêtant dans un petit bois empli de brume. On était en automne et les arbres étaient parés de couleurs glorieuses. Le sorbier aux feuilles d'ambre et aux baies écarlates se dressait à côté du sycomore d'un brun tacheté de noir ; le hêtre argenté déployait ses pièces d'or pour insulter ma pauvreté ; les sapins d'un vert nuancé de fauve sommeillaient sous les fils de lumière. Le soleil était chaud, mais les oiseaux restaient muets. Remarquant cette absence de bruit, Marina entonna tout à coup la *Ballade de la Mère Sorcière :* les neuf nœuds enchantés, le peigne de souci dans les cheveux noués de la belle, le maître chevreuil qui courait sous son lit. Mon sang se glaça dans mes veines, car pendant qu'elle chantait, son visage arborait la majesté de celle qui traite avec les puissances infernales. Lorsque l'ombre des arbres tomba sur elle, lorsque la lumière ne nous éclaira plus que de façon intermittente, je vis que ses yeux luisaient comme des saphirs. Persuadé dès lors que l'épreuve qu'elle s'imposait devait être terrifiante, je la suppliai de faire demi-tour. « Laissez-moi affronter ce mal à votre place ! m'exclamai-je en tombant à genoux. Je veillerai à ce que vos liens soient dénoués. J'accepterai avec joie tout châtiment que je pourrais encourir. » Elle s'apaisa. « Non, dit-elle tout doucement, seul mon amour peut espérer en triompher. La ferveur de mon ultime vœu me permet d'oser l'impossible. »

Nous étions arrivés au bout d'un sentier donnant sur la lisière d'un vaste marécage. Quelque qualité inconnue de l'eau en avait bariolé le fond de jaune vif. Des feuilles vertes, d'un éclat si amer qu'il en empoisonnait presque le regard, flottaient à la surface des mares piquetées de roseaux. Des herbes aux voiles tentants de velours mousseux poussaient sous l'eau, offrant un vif contraste avec le sol. Aulnes et saules laissaient pendre leurs branches au-dessus des berges. Un sentier de pierre à demi immergées, parcouru de courants rapides, reliait l'endroit où nous nous trouvions au centre du marais. Marina posa le pied sur la première d'entre elles. « Je dois ouvrir la route, dit-elle. Je n'ai visité ce lieu qu'une seule fois, mais je connais ses pièges mieux qu'aucune créature vivante. »

Avant que j'aie le temps de la retenir, elle se mit à bondir de pierre en pierre tel un animal traqué par le chasseur. Je me hâtai de la suivre, cherchant vainement à la rattraper. Elle respirait par à-coups et les battements de son cœur ressemblaient au tic-tac d'une pendule. Lorsque nous arrivâmes devant une vaste mare, un lac en miniature recouvert d'une écume lavande, le sentier obliqua brusquement sur la droite, en direction d'un bosquet isolé d'ormes morts. Marina ralentit le pas en les voyant, puis s'immobilisa, indécise, mais, lorsque je la suppliai de ne pas aller plus loin, elle se remit en route, traînant derrière elle les pans couverts de boue de sa robe de soie. Nous escaladâmes les berges glissantes de l'île (car c'était une île, qui se dressait bien au-dessus du niveau du marais), et Marina traversa une pelouse abondante jusqu'à une clairière. Là se trouvait une immense vasque de marbre soutenue par deux épais piliers. Des branches pourries flottaient à la surface des eaux stagnantes qu'elle contenait, et des grenouilles enflées et presque bleues s'enfuirent d'un bond à notre arrivée. A gauche se dressaient les colonnes d'un temple, un bâtiment circulaire surmonté d'un dôme et pourvu d'une porte de bronze. De la vigne vierge poussait sur ses murs ; des mauvaises herbes jaillissaient de la terre tout autour de nous ; des symboles astrologiques étaient gravés sur les larges marches.

Marina fit halte. « Je vais vous passer un bandeau sur les yeux, dit-elle en défaisant son ceinturon, et vous devez jurer de m'obéir en toutes choses. La moindre erreur nous serait fatale. » Je lui promis d'être obéissant et me soumis à l'épreuve du bandeau. Elle m'étreignit la main puis, m'ordonnant de ne faire ni bruit ni geste, elle m'abandonna pour se diriger vers la porte du temple. Par trois fois sa main frappa le métal. Puis on entendit résonner un sifflement suraigu et la porte massive s'ouvrit en grinçant. Un souffle pareil à une langue glaciale jaillit du seuil et vint me caresser, et ma main se porta au tissu qui me bandait les yeux. La voix de suppliciée de Marina m'empêcha d'aller plus loin. « *Oh ! pourquoi suis-je ainsi déchirée entre homme et démon ? La trame dont les fils tissent la vie sera rompue d'un bout à l'autre ! N'y a-t-il donc aucune pitié en ce monde ?* »

Ma main retomba, impuissante. Tous mes muscles se rétractèrent. Je sentis mon corps se changer en pierre. Puis monta à mes narines la douce odeur du bois brûlé : un parfum d'une telle fragrance que les Indiens en font offrande à leurs dieux. Et la porte se referma, et j'entendis la voix de Marina, faible et incompréhensible, mais exprimant une fureur sauvage. Des heures entières s'écoulèrent, et j'attendais toujours. La porte ne se rouvrit que lorsque le couchant teinta de pourpre le bandeau qui me ceignait la tête.

« Venez à moi ! murmura Marina. N'ôtez pas votre bandeau. Vite — nous ne devons pas rester ici trop longtemps. Il est rassasié de mon sacrifice. »

Une joie nouvelle illuminait sa voix. Je la rejoignis en trébuchant et elle me prit dans ses bras. Des rais de plaisir me percèrent le cœur lorsque je sentis sur ma peau sa gorge brûlante. Elle me fit pivoter sur moi-même et, m'ordonnant de regarder droit devant moi, défit le nœud du bandeau d'un geste vif. La première chose sur laquelle se posèrent mes yeux éblouis fut le miroir de verre noir qu'elle avait naguère accroché à sa taille. Elle le brandissait devant moi afin que je puisse scruter ses profondeurs. Et, poussant un cri de terreur et d'étonnement, *je vis l'ombre du Basilic.*

La Chose gisait à même le sol, pressentiment d'une horreur endormie. Des plumes noires et écarlates recouvraient sa tête crêtée d'or et ses ailes membraneuses de dragon étaient repliées. Sa queue sinueuse, qui s'achevait sur une gueule et des yeux de serpent, était lovée sous l'effet d'une voluptueuse satiété. Un mal prodigieux imprégnait l'atmosphère autour d'elle. Mais alors même que je la détaillais, la surface du miroir fut envahie par la brume : l'ombre s'estompa, ne laissant subsister qu'une forme floue et mouvante. Marina souffla sur elle et, sous mes yeux scrutateurs, le verre s'éclaircit et laissa voir là où la Chose s'était trouvée la silhouette prostrée d'un homme. Il était jeune et robuste, une forme sombre au visage blanc, de courtes boucles noires enchevêtrées sur un front bien dessiné, des paupières rouges et langoureuses. Son aspect était celui d'un dieu déchu et harassé.

Lorsque Marina se tourna vers moi et perçut mon émerveillement, elle eut un rire de plaisir dont les arpèges auraient fait frémir les entrailles mortes du marais. « J'ai triomphé ! s'écria-t-elle. J'ai acheté une joie sans mélange ! » Et d'une main tendue, elle referma la porte avant que j'aie pu me tourner pour jeter un regard ; de l'autre, elle se suspendit à mon cou et, me forçant à pencher la tête, colla sa bouche à la mienne. Le miroir chut de sa main et elle écrasa du pied ses éclats dans la mousse.

Le soleil avait disparu derrière les arbres et ses fragments perçaient les frondaisons comme des charbons ardents. Toutes les nymphes du marais se dressèrent et dansèrent, grises et glaciales, se réjouissant du départ de la lumière divine. La brume était à présent si épaisse que la route était devenue dangereuse. « Attendez, mon amour, dis-je. Laissez-moi vous prendre dans mes bras et vous porter. Il est désormais trop périlleux pour vous d'avancer seule. » Elle ne me répondit pas, mais, ses joues d'ordinaire si pâles délicatement empourprées, se dressa devant moi et laissa mes bras la soulever. Elle posa une main sur chacune de mes épaules et ne parut nullement effrayée lorsque je me mis à bondir de pierre en pierre. Le trajet me parut délicieusement long, et lorsque nous atteignîmes la plantation, la lune se levait au-dessus des lointaines collines. L'espoir et la peur se disputaient dans mon cœur : tous deux seraient bientôt apaisés. Lorsque je la posai sur la berge, elle se dressa sur la pointe des pieds et murmura avec une honte exquise : « Cette nuit, mon aimé. Ma maison est à présent la vôtre. »

En proie à une extase trop subtile pour être dite, nous marchâmes ensemble, tendrement enlacés, vers sa maison. Les préparatifs du banquet y allaient déjà bon train : les fenêtres étaient illuminées et on apercevait des silhouettes chargées de lourds plats. Une mélodie triomphale nous accueillit sur le seuil. Dans la galerie, des vieillards musiciens jouaient, qui de la flûte, qui de la harpe, qui de la viole de gambe. Les serviteurs alignés en rang d'oignon s'inclinèrent et s'écrièrent : « Joie et santé à l'époux et à l'épouse ! » Et ils baisèrent les mains de Marina et les miennes, et, tandis que les musiciens évoquaient la tendresse à demi oubliée qui court dans les chansons anciennes, nous passâmes à table, prenant place sous le dais pendant que les domestiques servaient les plats. Mais nous ne pûmes guère feindre l'appétit. Alors que les derniers couverts étaient enlevés, une étrange procession pénétra dans la salle du banquet : Obéron et Titania, Robin Goodfellow et tous les autres, vêtus de soie et de satin aux couleurs flamboyantes, parés des quelques fleurs qu'avait encore épargnées la saison tardive. Je me penchai vers eux pour les remercier et vis que leurs visages étaient ridés et tannés, leurs cheveux rares et filandreux : si bien que leurs mouvements et leur procession me semblèrent étranges et troublants ; et je ne pus sourire que lorsqu'ils eurent tous pris congé. Puis on acheva de débarrasser les tables et Marina, prenant ma main dans la sienne, donna le signal de l'ouverture du bal. Les serviteurs nous accompagnèrent, et des rires résonnèrent bientôt dans le jardin, annonçant que l'épousée avait gagné sa chambre...

L'aube venue, j'émergeai d'un sommeil troublé. Mes rêves avaient été imprégnés de désespoir : j'étais persécuté par une horde de diables qui m'avaient volé un joyau inestimable. Je me penchai sur l'oreiller, cherchant le réconfort auprès de Marina ; mes lèvres cherchèrent les siennes, ma main rampa sous sa tête. Mon cœur fit un bond soudain — puis s'arrêta de battre.

Traduit par Jean-Daniel Brèque

JONATHAN CARROLL

Le Jeu de l'autre

Partager un fantasme sexuel avec son partenaire, c'est lui donner une preuve de confiance. Mais c'est aussi se rendre vulnérable, et les murmures échangés au sein des ténèbres réconfortantes peuvent revenir vous hanter à la lumière du jour. Jonathan Carroll ne le comprend que trop bien et il sait avec quelle innocence — du moins initiale — nous nous faisons souffrir au nom de l'amour.

TOUT commença de façon relativement innocente. Ils s'aimaient. Ils voulaient vieillir ensemble, ce qui est la seule preuve d'un amour sincère. Mais ces derniers temps, ils avaient remarqué une légère faille, une poussière infinitésimale maculant la perfection de leur bonheur : le sexe. Ils avaient toujours pris du plaisir ensemble, et avaient parfois connu ce qu'on peut appeler l'extase. Mais quand on a couché un millier de fois avec la même personne, l'éclat du sexe s'efface peu à peu au contact de doigts trop familiers.

Une nuit, alors qu'ils s'efforçaient d'accorder leurs cadences respectives, elle avait prononcé par inadvertance des mots qui avaient fait sourire son mari, lequel avait souhaité en discuter avec elle lors de ces instants languides qui précèdent le sommeil.

« Ne fais pas ça ! » Voilà ce qu'elle avait dit.

Comme il ne faisait rien de nouveau ni de spécial, il avait supposé qu'elle fantasmait une étreinte torride avec un autre ! Cette idée l'excitait, d'autant plus qu'il lui était souvent arrivé de faire de même.

Après, au sein de la pénombre bleutée, il la prit par la main et lui demanda s'il avait raison.

« Tu me plonges dans l'embarras. » Mais elle gloussait — signe certain qu'elle souhaitait en parler.

« Allons, ne joue pas les mijaurées. Je l'ai fait, moi aussi. Je te le jure ! C'est une façon parmi d'autres de se faire plaisir.

— Tu me promets que tu ne te fâcheras pas ?

— Promis.

— D'accord, mais je suis vraiment gênée. »

Il étreignit sa main, sachant qu'il ne devait rien dire, de crainte qu'elle ne s'arrête là.

« Eh bien, ce n'est personne en particulier. Juste un homme.

Un fantasme. Je le vois dans le métro et je ne peux plus le quitter des yeux.

— Comment est-il habillé ?

— D'une façon qui me plaît — un veston et une cravate, peut-être même un beau costume. Mais il porte aussi des tennis blanches, ce qui gâche tout d'une façon spectaculaire. C'est une touche d'humour qui signifie : je m'habille comme bon me semble et je me contrefiche de ce que pensent les autres.

— Bon. Et que se passe-t-il ensuite ? »

Elle retint son souffle et poussa un long soupir avant de poursuivre. « Je le vois et je ne peux plus le quitter des yeux, comme je te l'ai dit. Il est sexy et c'est en partie à cause de ça, bien sûr, mais il y a d'autres choses qui le distinguent du quidam ordinaire.

« Il a des yeux superbes, des yeux de Français, et il tient à la main un livre que j'ai envie de lire depuis un bon moment. Finalement, il pose ses yeux sur moi et je tombe complètement sous le charme. Le plus agréable, c'est qu'il ne me déshabille pas du regard. Il me regarde, voilà tout, et je sais que je l'intéresse. J'adore ça. Il ne me considère pas comme une voiture neuve dans un hall d'exposition. »

Son récit était bien plus détaillé qu'il ne l'aurait cru. Lorsque lui-même fantasmait, il faisait de l'œil à des serveuses à talons hauts ou à des danseuses aux lèvres épaisses. Ils se mettaient d'accord. Ils allaient chez elle. Une fois arrivés, ils sautaient sur le lit en proie à une fiévreuse curiosité.

Quelques instants s'écoulèrent avant qu'il ne se rende compte qu'elle avait repris la parole.

« ... me suit quand je sors du métro. Le savoir derrière moi m'excite de façon incroyable. Je sais ce qui va se passer et je sais que j'irai jusqu'au bout, quoi qu'il arrive. »

Elle continua son récit, lui en précisant les détails les plus infimes et les plus intimes. M. Tennis Blanches et elle ne prononcent pas un mot, pas un seul. A mesure que les choses se font plus intenses, leurs mouvements ralentissent, jusqu'à en être presque liquides.

La seule phrase prononcée à voix haute est celle-ci : « Ne fais pas ça ! » Elle la prononce chaque fois, mais seulement lorsque tout est fini et qu'elle ressent une brève bouffée de honte. Mais cela lui passe vite, car cette expérience est trop rare et trop extrême pour que la honte y soit associée.

Lorsqu'elle eut achevé, s'éleva entre eux un silence aussi épais qu'un manteau de fourrure. Du bout des lèvres, elle murmura que son fantasme n'avait rien de bien original.

« Ne dis pas ça ! Ne le dégrade pas ! Quelle importance tant que ça *t'excite* ? » Quelle différence peut bien faire son manque d'originalité ? Je suis sûr que les trois quarts des gens ont des fantasmes sexuels de viol, actif ou passif.

« Comment s'appelle-t-il ? » Il chercha à l'aider.

« Qui ça, l'homme ? Je n'en ai aucune idée. Nous ne parlons pas. Il ne me le dit jamais.

— Quel nom souhaiterais-tu qu'il ait ?

— Je n'y ai jamais réfléchi. Quelle drôle de question. »

Il alla chercher un peu de vin à la cuisine. Lorsqu'il revint, elle avait allumé sa lampe de chevet et s'était assise, les bras autour des genoux.

« Peter Copeland. » Elle lui sourit et haussa les épaules, comme si elle était un peu gênée.

« Peter Copeland ? On dirait un ancien de Yale. »

Nouveau haussement d'épaules. « Je ne sais pas. C'est un nom qui lui colle bien, il me semble.

— D'accord. Ton fantasme est toujours le même ? Tu n'en as pas d'autre où il intervient ? »

Elle but une gorgée de vin et réfléchit. Elle ne semblait plus éprouver aucune gêne à l'idée de parler de Peter Copeland à présent qu'il était sorti de son esprit et qu'il avait un nom.

« En général, c'est toujours pareil... Le métro, ses vêtements... Il me suit. Ça suffit bien. »

Cette dernière phrase lui fit l'effet d'un choc. Il avait tellement de fantasmes, où intervenaient tellement de visages et de lieux prévisibles. « Ça suffit bien. » Il sut alors qu'il était jaloux d'elle et de son Peter Copeland, ces deux amants satisfaits de leur compagnie mutuelle et de leur fièvre silencieuse.

Le lendemain, en allant travailler, il s'arrêta en plein milieu de la rue et eut un rictus. Il entra chez un fleuriste, acheta dix tulipes — c'était la fleur qu'elle préférait — et les fit livrer chez eux. Sur la carte accompagnant le bouquet, il rédigea le message suivant : « J'espère que tu aimes les tulipes. C'est ma fleur préférée. Merci d'avoir été la comète de mon ciel nocturne. Peter. »

Et ce soir-là, au lit, il décida de tout changer. Il devint dans le noir une tout autre personne. Comme elle ne pouvait pas le voir, il aurait pu être n'importe qui. Il voulait être Peter Copeland mais ne savait pas comment s'y prendre.

Ils parlaient, en temps ordinaire, mais, durant cette demi-heure où ils se possédèrent mutuellement, il ne dit rien. Elle comprit ce qui se passait dès le début et réagit avec enthousiasme. Chaque fois qu'ils voguaient vers une caresse familière, une caresse assimilée au fil des ans, il changeait de cap. Puis ce fut elle qui prit l'initiative, se montrant passive ou résolue quand il s'y attendait le moins.

C'était encore mieux que ce qu'il avait imaginé et il fut une nouvelle fois jaloux de Peter Copeland. Aucun inconnu, si merveilleux soit-il, ne méritait ce qu'elle offrait à présent. Les seules choses qu'il avait données à *ses* maîtresses oniriques étaient anonymes et sans conséquences.

Vers la fin, lorsqu'elle s'exclama : « Ne fais pas ça ! », il fut tout excité à l'idée qu'elle s'adressait en même temps à lui et à un autre. L'instant d'après, il regrettait qu'elle ne s'adresse pas seulement à lui.

Le lendemain, il acheta le livre qu'elle avait envie de lire. Il écrivit sur la page de garde : « J'espère que tu aimeras ce bouquin. Peter. » Elle le trouva sous son oreiller. Assise sur le lit, elle le serra contre son giron, les mains posées sur la jaquette, figée comme une statue. Que faisait-il donc ? Et est-ce qu'elle aimait ça ?

Leur passion et leur esprit d'aventure les émerveillaient et les effrayaient un peu. Chacun se demandait pour qui il agissait ainsi : pour l'autre ou pour lui-même ?

Cette semaine-là, leurs nuits furent de longues expériences épuisantes. Il ne pouvait pas lui demander ce qui lui faisait envie, car tout devait se passer dans le silence : seul avait droit de cité le langage des caresses et des cambrures. Chaque soir, dès huit heures, l'excitation les gagnait et ils jetaient de fréquents regards sur la pendule. Quant à ce qu'ils avaient pu faire par le passé, cela n'avait plus aucune importance, c'était bien oublié. Désormais, ils enfilaient une nouvelle peau et ce qui restait du jour devait se cacher, incapable de les reconnaître.

Le jeudi, elle sortit se promener et décida de lui offrir un cadeau. Dans un magasin, un vendeur étala sur un comptoir de verre de superbes pull-overs en cachemire. Lilas. Fauve. Noir. Impossible de se décider. Ce fut seulement lorsqu'elle eut quitté le magasin qu'elle se rendit compte qu'elle avait choisi une couleur qui irait bien mieux à Peter Copeland qu'à son mari. Elle sursauta, mais décida de ne pas échanger l'article au magasin. Elle ne lui dirait rien, tout simplement.

Pendant ce temps, au bureau, il s'aperçut qu'il venait d'écrire trois fois le nom PETER COPELAND sur un bloc-notes. Il ne s'en était même pas rendu compte. Et, chaque fois, son écriture était complètement différente. Comme s'il essayait de contrefaire la signature de l'autre plutôt que de l'inventer.

« Qu'est-ce qu'on mange ce soir ?
— Du chili — ton plat préféré. »
Il détestait le chili.

Il n'y avait pas de chili — elle lui avait fait une blague —, mais les tulipes qu'il avait fait livrer étaient bien en vue sur la table dans un vase jaune et noir. On aurait dit qu'il y avait une troisième personne dans la pièce. Il aurait voulu lui dire qu'il avait écrit le nom de Copeland sur son bloc, mais les fleurs aux couleurs vives étaient un signe bien suffisant de la présence de l'autre.

Il les examina de plus près et se rendit compte qu'il ne s'agissait pas de celles qu'il avait achetées. Il en avait choisi des roses, celles-ci étaient rouge sombre. Où avait-elle mis les siennes ?

« C'est encore la saison des tulipes, hein ? »

Elle sourit et hocha la tête.

« J'ai vu de superbes tulipes roses l'autre jour. Je savais que j'aurais dû te les offrir. Quelqu'un m'a coiffé sur le poteau, hein ? »

Elle souriait toujours. Son sourire ne disait rien de plus que l'instant d'avant. Ou bien était-il légèrement apitoyé ?

Il aimait bien se raser avant d'aller au lit — une de ses petites excentricités. Debout devant le miroir de la salle de bains, occupé à essuyer les dernières traces de mousse sur ses joues, il brandit soudain le rasoir vers son reflet.

« J'entends parfaitement ce que vous faites, tous les deux ! Ne va pas croire que je ne sais rien, espèce de salaud !

— C'est à moi que tu parles ? demanda-t-elle depuis la chambre.

— Non, à Peter Copeland. »

Il eut un sourire plutôt bizarre lorsqu'elle ne trouva rien à répondre à *ça*.

Ses doigts lui caressaient doucement le visage lorsqu'il trouva le moyen de tout faire cesser. Il écarta sa main et entreprit de la caresser avec rudesse, de lui faire mal. A sa grande surprise, elle se débattit mais demeura silencieuse. Tout se passait désormais dans le silence. Ils l'avaient accepté au cours de ces derniers jours. Mais pourquoi ne protestait-elle pas ? Pourquoi ne lui disait-elle pas de s'arrêter ? Est-ce qu'elle aimait ça ? Comment était-ce possible ? Elle lui avait dit un million de fois qu'elle ne comprenait pas les gens qui aimaient se faire mal pendant l'amour. Tout était-il donc permis à Peter Copeland ? Ou la douleur qu'il lui infligeait lui était-elle agréable ? C'était de la folie ! Cela signifiait qu'il ne savait rien de sa femme. Son souffle s'accéléra à cette idée. Que savait-il d'elle avec certitude ? Qu'avait-elle pu lui cacher durant toutes ces années ?

Il se mit à proférer des obscénités. C'était quelque chose que tous deux détestaient. Les mots doux qu'ils échangeaient étaient toujours drôles, flatteurs, aimants.

« Non ! » C'était la première fois qu'elle prenait la parole. Elle le regardait droit dans les yeux, le visage déformé par la panique.

« Pourquoi pas ? Je ferai tout ce que je voudrai. »

Il continua de lui parler. De la toucher avec rudesse, de lui parler, de tout gâcher. Il lui dit où il travaillait, combien d'argent il gagnait, quels étaient ses hobbies. Il lui dit où il était allé à la fac, où il avait grandi, comment il aimait que ses œufs soient cuits.

Bientôt, elle se mit à pleurer et cessa de bouger. Il était en train de lui expliquer qu'il portait des tennis blanches à cause de ses ongles incarnés...

Traduit par Jean-Daniel Brèque

tous deux détestaient. Les mots doux qu'ils échangeaient étaient toujours drôles, flatteurs, amusants.

« Non ! » C'était la première fois qu'elle prenait la parole. Elle le regardait droit dans les yeux, le visage déformé par la panique.

« Pourquoi pas ? Je ferai tout ce que je voudrai. »

Il continua de lui parler. De la toucher avec rudesse, de lui parler, de tout gâcher. Il lui dit où il travaillait, combien d'argent il gagnait, quels étaient ses hobbies. Il lui dit où il était allé à la fac, où il avait grandi, comment il aimait que ses œufs soient cuits.

Bientôt, elle se mit à pleurer et cessa de bouger. Il était en train de lui expliquer qu'il portait des [illegible] blanches à cause de ses ongles incarnés.)

Traduit par Jean-Daniel Brèque

CHRISTOPHER FOWLER

L'Entrepreneur

Laura Fischer, l'héroïne apparemment sûre d'elle du grand-guignol moderne que vous allez lire, va avoir l'infortune de découvrir le caractère illusoire de son assurance. En dépit de leur solidité, les murs que nous bâtissons autour de nous sont à la merci de toute pression suffisamment insistante et insidieuse.

Tout commence par un déménagement : Laurie habitait à Manhattan, mais, poussée par une impulsion étrangère à son caractère, elle a traversé l'Hudson River et c'est à présent à Hoboken, ville en pleine rénovation, que se trouve son domicile — qu'elle ne pourra cependant occuper qu'une fois achevés les travaux. Elle a engagé pour s'en occuper un entrepreneur de génie, que lui a conseillé sa meilleure amie. Celle-ci a entendu parler de lui et estime qu'il aidera Laurie à refaire sa vie de plus d'une façon.

Mais comme ce récit est dû à la plume de Christopher Fowler, un spécialiste de la paranoïa urbaine qui adore nous faire prendre conscience des dangers inhérents aux décisions les plus ordinaires, les ennuis de Laurie, lorsque l'entrepreneur lui présente la facture, ne font que commencer.

« TU sais, l'appartement que je suis allée voir sur la Quarante-quatrième Rue Ouest ?

— Oui — attends, j'allume une cigarette —, vas-y.

— Ce n'était qu'un grenier miniature avec un minuscule vasistas et un plafond de mansarde. Le genre d'endroit où on n'oserait même pas enfermer un gosse. Même si on peut enfermer un gosse n'importe où, je suppose.

— Tu ne seras pas célibataire toute ta vie, Laurie. Un jour, tu risques de changer d'avis au sujet des enfants.

— Ça m'étonnerait. Mon histoire préférée est toujours celle des princes dans la tour.

— Passons à la suite. Il y en a sûrement une, sinon tu ne ménagerais pas le suspense comme tu le fais.

— D'accord...

— Enfin, tu ne pourras jamais trouver une piaule comme celle que tu avais en plein centre de Manhattan, bon sang. Tu aurais dû virer Jerry.

— L'appartement était à lui, Alison !

— Dans ce cas, vous auriez dû rester ensemble. Ça en valait le coup, rien que pour le loyer.

— Tais-toi, Allie, et laisse-moi finir. Donc, c'était le cinquième appartement que je visitais depuis midi, il pleuvait des cordes, et j'avais autant de chances de trouver un taxi que de découvrir l'Arche perdue. Je me suis soudain retrouvée à Herald Square, alors j'ai pris le métro PATH et...

— Oh mon Dieu, tu vas t'installer dans le New Jersey ?

— Oui, à Hoboken. Ce n'est...

— Je sais, je sais, ce n'est qu'à dix minutes du centre-ville et les loyers sont deux fois moins chers. Mais tu sais ce qu'on dit : une fois qu'on a quitté Manhattan, on ne peut plus jamais y revenir. L'endroit est plus ou moins redevenu à la mode, cependant. Continue.

— Donc, Hoboken. J'étais en train de me balader dans une petite rue au bord du fleuve, non loin de Washington Avenue, quand j'ai vu un écriteau “ A vendre ” sur une fenêtre.

— Attends, tu ne vas quand même pas *acheter* un appartement ?

— Pourquoi passer toute sa vie à payer un loyer ? Quoi qu'il en soit, j'ai fait une offre et elle a été acceptée.

— Tu as les moyens de te payer une piaule ? »

Laurie éclata de rire. « Bien sûr que non. L'appartement est au premier, au-dessus d'un traiteur coréen, et il a sacrément besoin d'être rénové, mais la vue est fabuleuse. Le fleuve et les lumières de la ville.

— Ça a l'air parfait. Où est l'arnaque ?

— Il n'y en a pas, du moins à première vue. Je voudrais que tu viennes y jeter un coup d'œil avec moi avant que je me lance dans les travaux. Tu as toujours de bonnes idées et moi, je n'ai aucun sens des couleurs, tu le sais bien. »

Alison soupira à l'autre bout du fil. « Ouais, il ne faudrait pas que tes futurs petits copains pensent que tu t'es meublée grâce à *La Roue de la Fortune*. Propose-moi une date et on ira faire un tour ensemble.

— Samedi ?

— Parfait. »

Le vent glacé qui soufflait sur l'Hudson River par cette journée de septembre semblait humide et malsain. Il tournoyait autour des vieux bâtiments du port et s'engouffrait dans la bouche du métro lorsque Alison en sortit, emmitouflée dans son manteau. Elle relut le bout de papier où elle avait griffonné l'adresse de son amie et s'engagea dans la Troisième Rue, passant devant un groupe de restaurants chics qui témoignaient du nouveau statut de Hoboken. Elle eut vite fait de repérer le traiteur coréen au coin de la rue et leva les yeux vers les fenêtres du premier étage. L'immeuble en lui-même n'avait rien d'exceptionnel, et sa façade de briques grises se fondait avec celles de ses voisins immédiats. Elle se retourna et aperçut son amie qui s'avançait d'un pas vif dans sa direction.

Comme à son habitude, Laurie était impeccable. Ses cheveux d'un noir luxuriant dansaient au-dessus de ses épaules. Son tailleur noir à la simplicité trompeuse faisait ressortir la minceur de sa taille. Elle avait une silhouette que seule une carriériste pouvait se permettre d'entretenir.

« Je ne suis pas en retard, au moins ? » Laurie releva sa manche gauche pour consulter sa montre, révélant un poignet mince et pâle.

« Non, c'est moi qui suis en avance. On dirait que tous les magasins indispensables sont à portée de main. » Alison indiqua la rue d'un geste plein d'emphase.

« Hé, ne te moque pas. » Laurie se dirigea vers une petite porte latérale et fouilla dans son sac à main à la recherche de ses clés. « Ne me dis pas que tu n'as pas vu le salon de beauté Style et Mode à deux portes d'ici ? Comment pourrais-je envisager d'aller me faire coiffer ailleurs ? » Elle ouvrit la porte extérieure et fit signe à Alison de la suivre.

« Ça sent encore un peu mauvais, dit-elle en plissant les narines. L'ancienne propriétaire avait toute une tribu de chats. »

La porte intérieure s'ouvrait sur un couloir sombre et étroit, puis sur un escalier moquetté de gris. Laurie indiqua les murs d'un geste découragé tandis qu'elles montaient à l'étage.

« Pour l'instant, ce n'est qu'un *passage* — n'y fais pas trop attention.

— On pourrait l'égayer en vissant quelques tableaux aux murs.

— Allie, on n'est pas à Manhattan, ce quartier est beaucoup plus sûr. » Elle dut ouvrir trois serrures avant de pouvoir pousser la porte de l'appartement.

« Je n'en doute pas », dit Alison en jetant un regard appuyé aux verrous de sécurité.

La pièce qui se trouvait devant elles était de toute évidence conçue pour faire office de cuisine et de salle de séjour. Une puissante odeur fétide montait de la moquette d'un pourpre fané. La tapisserie marron portait les traces de tableaux et d'appliques récemment enlevés. Un canapé défoncé était affaissé contre le mur du fond, le cuir usé par les ans.

Les deux amies entrèrent dans la pièce voisine et en firent le tour. La minuscule cuisine était pourvue d'un comptoir couleur moutarde et de quelques placards en bois plutôt miteux. On apercevait un peu partout de nombreuses crottes de souris.

« Je reconnais que personne n'a fait le ménage ici depuis les années cinquante, dit Laurie en caressant une étagère d'un ongle manucuré.

— Bonjour l'hygiène, acquiesça Alison, qui veillait à toucher le moins de choses possible lors de ses déplacements. Si tu es vraiment décidée à t'installer dans cette piaule, tu dois avoir une vision plus nette de ses possibilités que je ne peux l'imaginer.

— J'ai bien plus qu'une vision à te proposer, dit Laurie. J'ai une vue. » Elle tira un rideau gris et crasseux dissimulant une porte. Apparut alors une immense pièce dont la baie vitrée donnait sur l'Hudson River et sur les gratte-ciel de Manhattan.

Toutes les objections qu'Alison aurait pu opposer à la décision de son amie s'évanouirent en un clin d'œil. L'éclat diffus du soleil caressait les flancs des tours lointaines qui emplissaient l'horizon d'une fresque quasi vivante. On apercevait des bateaux longeant les berges de l'île, on entendait leurs cornes lugubres en contrepoint aux cris des mouettes.

« Et sais-tu que l'ancienne propriétaire avait condamné cette fenêtre ? dit Laurie en désignant un tas de planches posé dans un coin.

— Pourquoi a-t-elle fait fait une chose pareille ? demanda Alison en se dirigeant lentement vers la baie vitrée.

— Je ne sais pas. Je crois qu'elle était un peu cinglée. On m'a dit qu'elle était très vieille.

— Quand a-t-elle déménagé ?

— Elle n'a pas déménagé. Elle est morte. C'est son neveu qui a hérité de l'appartement, mais il habite dans le Midwest et préfère le vendre. »

Laurie s'écarta de la fenêtre et se dirigea vers une porte située au fond de la pièce. Elle donnait sur un petit escalier conduisant à la première des deux chambres. Alison y entra et s'immobilisa aussitôt. Une odeur de poussière et de saleté imprégnait la pénombre. Les fenêtres étaient encore recouvertes de planches clouées aux battants. Laurie s'avança, actionna le commutateur, et une ampoule nue accrochée au plafond leur révéla un lit fatigué, un fauteuil en osier déchiré et une vieille commode à la peinture écaillée.

« Tu risques d'avoir pas mal de travaux à faire, dit Alison. Même les murs que tu décideras de garder auront besoin d'être replâtrés. Et tu ne pourras pas emménager avant la fin des travaux. » Elle s'efforçait de ne pas regarder le matelas couvert de taches, lesquelles provenaient sans doute des sécrétions du cadavre de la vieille femme. Elle se tourna vers Laurie, qui avait dû lire dans ses pensées :

« Elle n'est pas morte ici. Elle a fait un long séjour à l'hôpital. La salle de bains se trouve au fond du couloir. »

La baignoire contemporaine à l'émail craquelé semblait déplacée dans l'immense salle de bains. Un lavabo en porcelaine beaucoup plus ancien était fixé au mur partiellement carrelé. On n'avait apparemment fait aucun effort pour dissimuler la tuyauterie, dont les éléments occupaient presque tous les coins.

« Tu vas dépenser une fortune pour retaper cette piaule, tu sais.

— Considère ça comme un investissement à long terme. Je ne dois pas laisser passer une occasion comme celle-ci.

— Tu as peut-être raison. Et tu as toute latitude pour rénover ta propriété comme ça te chante. Sa valeur ne peut qu'augmenter par la suite. »

Les deux amies regagnèrent la salle de séjour, passant devant une seconde chambre nettement moins grande. « Tu penses que c'est trop petit pour faire une chambre d'amis ? demanda Laurie. Peut-être devrais-je faire abattre le mur.

— Je ne sais pas. Il faut éviter de diminuer le nombre de pièces. Et si tu décidais de vivre avec quelqu'un ?

— Oh non, répondit fermement Laurie. Plus jamais je ne vivrai avec un homme. Et tu sais que je n'ai aucune intention de me marier.

— Ouais, c'est ce que tu dis, mais peut-être que dans un an ou deux...

— Dans un an ou deux, nous serons peut-être tous morts. » Elle désigna les murs, désireuse de changer de sujet. « Alors, est-ce que ça marcherait ? Qu'en penses-tu ?

— Ce que j'en pense, c'est que ton appartement est formidable. Mais tu auras besoin d'un véritable professionnel pour le rénover de fond en comble.

— Comment puis-je trouver cet oiseau rare ? »

Alison sourit. « Je connais un entrepreneur », dit-elle.

Laurie Fischer travaillait pour un grand éditeur ayant ses bureaux dans la Cinquantième Rue Est. Elle était directrice du service étranger depuis quatre ans et s'était forgé durant cette période une réputation de négociatrice hors pair. Trois ans plus tôt, le jour de son vingt-septième anniversaire et en dépit de ses préventions, elle avait emménagé dans l'appartement d'un publicitaire nommé Jerry, mais leur relation — que ni l'un ni l'autre ne qualifiait d'amoureuse — avait eu vite fait de dégénérer en quête malaisée d'un rapport de forces illusoire.

Leur situation semblait superficiellement parfaite. Si on lui avait présenté l'idée de cohabiter avec un tel homme en termes de proposition d'affaires, Laurie aurait sauté sur l'occasion.

Jerry avait un esprit curieux, des projets d'avenir, des dents éclatantes et une résidence secondaire dans les Hamptons. Malheureusement, il avait aussi un ego gros comme ses propriétés immobilières et un bloc de pierre à la place du cœur. C'était un homme de trente-quatre ans qui désirait vivre avec une belle femme indépendante sans cesser pour autant de courir le jupon.

Laurie l'avait quitté dès que les difficultés de leur couple avaient commencé à affecter son travail. Leurs adieux s'étaient révélés pénibles et éprouvants. A présent, elle était de nouveau célibataire, elle faisait toujours tourner la tête à ses collègues et à ses amis, et sa vie privée demeurait un mystère que seuls ses proches pouvaient percer.

Alison la connaissait depuis une éternité. Elles avaient fréquenté le même lycée et avaient partagé la plupart de leurs secrets. Les seuls domaines inexplorés par leur amitié étaient l'amour et le sexe. Laurie n'était jamais sortie, même à l'école. Ses succès universitaires avaient entraîné une absence totale de popularité auprès de ses condisciples, dont la plupart se sentaient menacés par un tel mélange de beauté et d'intelligence. Les garçons avaient eu vite fait de la baptiser « Le

Glaçon » et elle ne leur avait donné aucune raison de changer d'opinion à son égard.

Alison considérait son amie comme l'équivalent biologique d'une bombe à retardement. Personne ne pouvait se retenir d'exploser pendant si longtemps. Plusieurs années auparavant, elle s'était forcée à devenir l'amie de cette fille glaciale que tous les autres élèves évitaient soigneusement, et elle n'avait jamais regretté cette initiative. Une fois qu'on avait appris à la connaître, Laurie se révélait une personne profondément gentille, une amie généreuse, parfois irascible et pète-sec mais toujours sincère. Et bien qu'Alison se considérât comme la moins séduisante des deux, elle ne s'était jamais sentie éclipsée par son amie. N'était-ce pas elle qui était tout le temps en train de sortir avec des garçons, n'était-ce pas elle qui avait en ce moment même une liaison (avec un homme marié, certes), alors que Laurie s'habillait en fonction de son travail et passait la plupart de ses soirées à bosser ?

Alison se rappela qu'elle devait téléphoner à Laurie pour lui donner le numéro de l'entrepreneur. Elle n'avait jamais rencontré celui-ci personnellement, mais ses amies ne tarissaient pas d'éloges à son égard. L'année précédente, il avait transformé l'appartement d'une cantatrice du Met en un palais couronné par la revue *House & Garden*, mais ses émoluments restaient raisonnables et son taux journalier était considéré comme très abordable — du moins pour New York. D'un autre côté, ses talents de décorateur ne suffisaient pas à expliquer les commentaires laudatifs de ses clientes... Un petit sourire aux lèvres, Alison décrocha le téléphone et composa un numéro.

Après avoir passé une heure à gribouiller des dessins dans l'appartement vide, Laurie décida de renoncer. Elle se leva et posa son bloc-notes sur un tas de feuilles roulées en boule. Alison avait raison. Son sens de l'esthétique n'était pas à la hauteur de la tâche. L'acte de vente avait été signé sans problème et le premier versement avait déjà été effectué. Elle avait obtenu un prêt immobilier avec une rapidité quasi surnaturelle et comptait bien en honorer les échéances sans la moindre difficulté. Ce qui l'irritait, c'était qu'elle allait être obligée de loger chez des amis jusqu'à la fin des travaux, dont la date était encore loin d'être fixée.

Elle parcourut la pièce du regard. La lumière du crépuscule se reflétait sur le fleuve et colorait les murs d'une nuance dorée, conférant à l'appartement un peu de sa grandeur à venir. Elle décrocha le vieux téléphone en bakélite pour vérifier que la ligne était branchée, puis composa le numéro qu'Alison lui avait donné dans la matinée et demanda à parler à l'entrepreneur.

Il lui répondit personnellement, d'une lente voix de basse, et lui donna l'impression qu'il soupesait soigneusement chaque mot avant de se décider à le prononcer. Le travail qu'elle comptait lui confier lui permettrait d'exploiter tous ses talents, lui dit Laurie, mais il devrait être achevé avant Noël. Pourrait-il venir jeter un coup d'œil à l'appartement avant le week-end ? Il lui répondit par l'affirmative. Elle lui indiqua l'adresse et fixa l'heure de leur rendez-vous. Après avoir raccroché, elle inscrivit le numédo de Ray Bellano dans son Filofax à la rubrique « Services : Entrepreneur ».

« Pour bien faire les choses, il faut carrément repartir de zéro. » Il palpa le mur de la salle de séjour, tapa dessus à plusieurs reprises, arracha un bout de tapisserie qui se décolla du plâtre avec une facilité déconcertante. « Ceci est un mur porteur. On pourrait le remplacer par deux piliers, mais pour quoi faire ? Votre appartement est très grand. Si vous abattez les murs, votre salle de séjour sera disproportionnée par rapport au reste. Je ne vous empêche pas de le faire, mais vous risquez de le regretter par la suite. »

En l'espace d'une demi-heure, il avait écarté toutes les idées que Laurie lui avait proposées. Pas une seule fois il ne s'était contenté de lui répondre par oui ou par non ; il lui fallait toujours faire une remarque négative. Cet homme était positivement grossier.

« Bien sûr que je peux faire ce que vous proposez, mademoiselle, mais ce ne sera pas beau à voir. » « Nous pouvons toujours percer une fenêtre dans ce mur, mais je vous assure que ça aura l'air ridicule. » *Nous* pouvons toujours percer une fenêtre, comme si Laurie et lui avaient acheté l'appartement ensemble. Elle s'adossa au mur, croisa les bras et le regarda arpenter les pièces, rayer le plâtre avec son mètre métallique, arracher du plancher quelques lattes cassées. Il mesurait plus d'un mètre quatre-vingts, avait de larges épaules et était d'une laideur qui semblait presque séduisante. Il était vêtu d'un jean sale, portait de lourdes bottes, et les boucles de ses cheveux noirs caressaient le col de son tee-shirt. Chaque fois qu'il passait près d'elle, elle reniflait des relents de sueur et de brillantine.

« Venez ici une minute. » Il l'appelait de la grande chambre, aussi familier que s'ils étaient des jeunes mariés. Eh bien, ça n'allait pas durer longtemps.

« Monsieur Bellano, dit-elle de sa voix la plus sèche, il est temps de mettre les choses au point entre nous. » Elle s'avança jusqu'au seuil et attendit qu'il se tourne vers elle.

« Je vous en prie, appelez-moi Ray, dit-il en se redressant de toute sa hauteur. Tous mes amis m'appellent Ray. Et comme il va sans doute me falloir un certain temps pour rénover votre appartement, je suppose que nous allons devenir de bons amis. » Puis il lui adressa un sourire, un sourire dangereux qui faisait ressortir ses mâchoires carrées et l'éclat de ses dents. Laurie se figea sur place, se rappelant soudain qu'elle était toute seule chez elle avec un parfait inconnu.

« Vous avez sans doute raison, dit-elle d'une voix posée. Mais je logerai chez des amis à Manhattan en attendant la fin des travaux. Je ne crois pas que nous nous verrons très souvent. » Elle désigna les murs de la chambre. « J'aimerais que vous me soumettiez vos plans dans un délai de dix jours ouvrés, ainsi qu'un devis couvrant la main-d'œuvre et les fournitures.

— Un instant, dit l'entrepreneur en levant la main. Je n'ai pas encore dit que j'acceptais ce travail. » Il sortit de la chambre, abandonnant une Laurie outragée. Pour qui se prenait-il ? D'accord, il avait bien ravalé l'appartement de cette célèbre diva, mais ça ne faisait pas de lui un rival d'Andy Warhol. S'il était si génial, comment se faisait-il que ses prix soient si modiques ? Elle le suivit d'un pas vif, et elle allait le sermonner sur son arrogance de macho lorsqu'il jaillit de la salle de bains, manquant la renverser, et dit : « Okay, j'accepte. » Et ce fut la fin de leur dispute.

Ou plutôt le commencement.

Car quinze jours plus tard, lorsque Ray Bellano lui envoya plans et devis, elle reprit de plus belle. L'entrepreneur n'avait tenu aucun compte de ses instructions et avait conçu la décoration de son appartement en fonction de ses propres critères. Il n'emploierait certes que des matériaux de qualité, mais leur prix de revient allait porter un sérieux coup aux finances de Laurie.

« Je ne peux pas vous laisser faire ça, dit-elle en étudiant les plans dans son bureau. Pourquoi les murs doivent-ils être aussi épais ? Et pourquoi utiliser du bois dur plutôt que du bois de pin ? Je vais me retrouver sur la paille, Ray, et cela même avant d'avoir acheté des meubles.

— Écoutez, Mrs. Fischer, dit Ray, je suis sûr que vous faites bien votre boulot — même si je ne sais pas exactement en quoi il consiste —, mais faites-moi confiance pour bien faire le mien. Voilà ce que vous allez faire. Notez ce numéro de téléphone. Vous allez appeler une de mes clientes et lui demander ce qu'elle pense de moi. Allez-y. Ensuite, rappelez-moi et vous pourrez approuver mon devis. » Lorsqu'il eut raccroché, Laurie décida de le prendre au mot. Elle composa le numéro qu'il lui avait donné et demanda à parler à Mrs. Irene Bloom.

« Ray Bellano ? C'est un véritable génie. Il a changé ma vie. Il a rénové mon duplex en employant les matériaux les plus bizarres que vous puissiez imaginer, des trucs auxquels je n'aurais jamais songé, mais ça a marché ! Des lambris en séquoia et du frêne dans la cuisine ! Quand j'ai vu le résultat, je lui ai demandé de refaire toutes mes autres propriétés. Si vous voulez voir des photos de son œuvre, je serais ravie de vous en faire parvenir…

— Non merci, ce ne sera pas nécessaire », répondit Laurie. Après avoir raccroché, elle resta un long moment à contempler la circulation par la fenêtre. Il devait faire chaud dehors. Parfois, quand elle travaillait dans le silence climatisé de son bureau, elle avait l'impression d'être complètement isolée du monde extérieur. Peut-être n'était-ce qu'une conséquence de sa rupture avec Jerry, mais elle commençait à se demander s'il était bien sage de travailler autant et de sortir aussi peu. Les deux amis chez qui elle logeait étaient formidables et leur cuisine était aussi riche que leur conversation. Mais elle savait que l'hospitalité de Peter et de Fran avait ses limites. Elle se sentait de trop en voyant leur couple. C'était une célibataire que tout le monde cherchait à marier. En dépit de leurs protestations, elle savait qu'ils pousseraient un soupir de soulagement quand elle s'installerait dans son nouvel appartement. Sans plus hésiter, elle rappela l'entrepreneur et lui demanda de se mettre au travail le plus vite possible.

Huit jours plus tard, lorsqu'elle poussa la porte de l'appartement d'Hoboken, ce fut pour découvrir une explosion cauchemardesque de briques et de plâtre. Des coups sourds résonnaient dans la pièce lorsqu'elle foula précautionneusement les planches dissimulant les trous dans le parquet. Le bruit provenait de la salle de bains où, au sein d'un tourbillon de poussière, l'entrepreneur assenait des coups de marteau sur la tuyauterie. Laurie se mit à tousser et recula de quelques pas pour observer la scène de loin. Le marteau rebondissait sans cesse sur le métal. Finalement, il l'aperçut et se dirigea vers elle, essuyant la sueur de son front et projetant plusieurs gouttes sur le sol. Il était torse nu et ne portait qu'un jean délavé et des bottes. Laurie ne put s'empêcher de remarquer ses puissants pectoraux et l'épaisse bande de poils noirs qui coulait sur son ventre plat avant de disparaître sous sa ceinture.

« Je ne vous conseille pas d'entrer dans cette pièce, mademoiselle, dit-il. Les murs ne sont pas très sûrs pour le moment. »

Laurie évita son regard et s'affaira à épousseter une tache de plâtre sur son tailleur. « On dirait qu'il n'y a personne pour vous aider, Mr. Bellano, dit-elle sèchement. J'étais sûre que vous alliez amener toute une équipe. Vous n'arriverez pas à faire le travail tout seul.

— Comme vous le constaterez, je suis très habile de mes mains », dit-il avec un petit sourire. Était-ce son imagination, ou bien y avait-il un sous-entendu grivois dans sa réplique ? Se comportait-elle comme une New-Yorkaise un peu snob avec ce paysan aimable au regard et à l'attitude également francs ? Répugnant à l'idée d'analyser ses sentiments, elle prit congé en lui promettant de revenir faire un tour sous huitaine. Qu'il l'appelle à son bureau s'il avait besoin d'argent pour payer ses fournisseurs. La complexité de son travail éditorial l'obligeait à lui demander de ne la contacter qu'en cas d'urgence absolue. Elle était sûre qu'il la comprenait.

Lorsqu'elle regagna son bureau, elle se retrouva en pleine crise. Sa secrétaire cherchait à la joindre depuis un bout de temps. Où diable était-elle passée ? Laurie s'aperçut soudain qu'elle s'était éclipsée sans en informer quiconque. Elle n'était toujours pas parvenue à expliquer son acte lorsqu'elle regagna le domicile de ses amis en fin de journée.

« Il n'est pas trop tôt pour envisager de recommencer à sortir, tu sais, dit Fran en lui servant des linguinis. Tu n'as pas besoin qu'on te rappelle quel beau parti tu fais.

— Mon Dieu, Fran, à t'entendre on croirait que je suis une adolescente. » Laurie entortilla soigneusement les pâtes autour de sa fourchette. « Les sorties en boîte n'ont que peu d'attrait pour une femme de trente ans, crois-moi sur parole. Tu as eu le bon goût d'épouser Peter à vingt-six ans. J'ai passé cet âge depuis longtemps et je serai bientôt considérée comme hors-jeu par la plupart des hommes.

— Je te trouve bien cynique », dit Peter, qui avait la déplorable habitude de prendre sa femme par la main sous la table du dîner.

« Ce n'est pas seulement du cynisme. Au bout d'un certain temps, on apprend à connaître tous les types de mecs et leurs diverses variantes. Le divorcé qui cherche une réincarnation de son ex-femme ou qui a la ferme intention de reprendre la garde de ses enfants. Le macho qui t'avoue qu'il ne tabasse sa petite amie que si elle lui désobéit ou si elle fait de l'œil à quelqu'un d'autre. Le débutant tardif, la victime du syndrome de Peter Pan, le fanatique de la macrobiotique, le quinquagénaire qui fréquente encore les boîtes de nuit, bon Dieu... » Elle se tut et se mit à jouer avec sa nourriture, embarrassée.

« Sais-tu quand les travaux seront achevés ? demanda Peter, tentant visiblement de changer de sujet.

— Avant Thanksgiving*, je l'espère, dit Laurie. Je suis censée me faire livrer les meubles avant Noël, mais ça n'avance pas très vite en ce moment.

— Tu sais, dit Fran d'une voix hésitante, si tu logeais là-bas, tu pourrais surveiller l'avancement des travaux et peut-être même l'accélérer. »

Laurie se rendit compte que ses amis attendaient d'elle qu'elle leur donne la date de son départ. Elle finit son repas en se forçant à la bonne humeur et alla se coucher tôt. Le lendemain matin, elle téléphona à Mr. Bellano dès son arrivée au bureau.

« Je pense que je pourrai finir une des chambres pour la semaine prochaine, dit-il de sa voix assoupie qu'elle trouvait si irritante. Vous ne me dérangeriez pas en emménageant tout de suite. »

C'est fort gentil de ta part, pensa Laurie en insérant une disquette dans son ordinateur. Je ne voudrais surtout pas te déranger, connard. Elle écarta une mèche de cheveux de son front et fixa l'écran vert pâle sans voir les paragraphes qui y défilaient.

Ce soir-là, Laurie Fischer se rendit au Slum Club en compagnie d'un jeune romancier de Los Angeles qui répondait au nom improbable de Dig. Lorsqu'elle regagna ses pénates à cinq heures du matin, traversant le quartier des tailleurs, elle ne conservait comme souvenirs de sa soirée qu'une gueule de bois et une carte de visite, mais elle était sûre qu'il ne s'était rien passé d'intéressant.

Le samedi suivant, elle emménagea à Hoboken durant l'après-midi. Comme l'avait promis Ray, la chambre était plus ou moins habitable. Il en avait évacué planches, briques et débris de plâtre, et la porte fermait convenablement, bien que dépourvue de serrure. La lumière était tamisée, l'air embaumait le bois de pin, les murs attendaient d'être peints ou tapissés. Elle s'allongea sur le matelas et contempla le plafond moiré par la lumière du soleil reflétée par le fleuve.

Elle entendait Ray travailler — sans trop de bruit, pour une fois — dans la pièce voisine. On aurait dit qu'il ponçait du

* Journée d'action de grâces, le quatrième jeudi de novembre. *(N.d.T.)*

bois. Un grattement métallique, puis la caresse de sa main en quête d'aspérités. Cet homme sortait tout droit des années 50. Sans doute balançait-il ses femmes sur son épaule avant de les jeter sur son lit. Elle se demanda où il habitait, à quoi ressemblaient ses amis. Elle avait oublié qu'il existait encore des hommes comme lui, des types bien qui travaillent de leurs mains et ne passent pas leur temps à tenter d'embobiner les femmes. Comment Alison l'avait-elle connu ? Le mouvement régulier de la ponceuse finit par la bercer et elle plongea dans le sommeil.

Elle se réveilla dans une chambre où régnait l'obscurité et sur le seuil de laquelle apparaissait la silhouette de l'entrepreneur. Il était immobile et regardait droit devant lui, la ponceuse à la main, toujours torse nu. Elle porta une main à son front, se protégeant de la lueur crépusculaire. Il la regardait avec un petit sourire satisfait.

« Qu'y a-t-il ? » Elle se redressa sur le coude et lui rendit son sourire.

« Vous avez appelé. Je pense que vous étiez en train de rêver.

— Vraiment ? Qu'est-ce que j'ai dit ? » Laurie était intriguée. Visiblement gêné, l'entrepreneur s'abîma dans la contemplation de ses bottes.

« Oh, pas grand-chose.

— Allez, qu'est-ce que j'ai dit ?

— Vous avez prononcé mon nom.

— Je me demande bien pourquoi. »

Soudain, il fonça vers le lit et se jeta sur elle, plaquant ses lèvres épaisses sur les siennes en un baiser si puissant qu'elle sentit sa tête s'enfoncer dans l'oreiller. Il lui immobilisa le bras de la main droite et, de la gauche, déchira les boutons de son chemisier. Elle se débattit avec violence, mais lorsqu'elle leva une jambe, ce fut pour buter sur ses cuisses puissantes, et il pesa de tout son poids sur elle, collant à son bas-ventre une érection moulée par la toile de son jean. Elle tenta d'écarter sa poitrine velue de ses seins, mais ses doigts se retrouvèrent en train de lui caresser le dos et de se glisser sous la ceinture de son pantalon. D'un geste vif, il déchira son soutien-gorge en soie, lui empoignant le sein droit de ses doigts brûlants, lui malaxant le mamelon entre le pouce et l'index. Il baissa la tête et la lécha entre les seins, laissant sur sa peau un large sillage de salive, puis lui caressa le ventre du bout de la langue. Sentant qu'elle ne résistait plus, il lui libéra le bras et, des deux mains, lui souleva les fesses pour déchirer la couture de sa jupe, la lui arrachant et la jetant sur le sol. La large paume de sa main se plaqua sur son mont de Vénus tandis que ses doigts agiles s'affairaient à lui retirer son slip.

Ses yeux luisants la fixèrent tandis qu'il s'escrimait sur sa braguette, se libérait de son jean moulant. Elle sentit ses mains l'explorer, écarter les lèvres de sa vulve, et il se pressa contre elle et la pénétra lentement. Elle poussa un cri, la colonne de chair se mit à suivre le rythme de son souffle, et son corps frissonnant engloutit le pénis de l'entrepreneur sur toute sa longueur. Il se redressa de quelques centimètres, restant immobile un instant avant de replonger en elle, répéta la manœuvre à plusieurs reprises, faisant gonfler les muscles de ses bras, jusqu'à ce qu'elle sente l'orgasme monter en elle et succombe à un déluge de sensations nerveuses qui lui firent pousser un hurlement de plaisir et de douleur mêlés.

« C'était vraiment bizarre.

— Bizarre ? Tu as dit *bizarre ?* La plus grande expérience sexuelle de ta vie, et tout ce que tu trouves à dire, c'est que c'était bizarre ?

— Exact. » Laurie réfléchit quelques instants, les coudes sur la table, une tasse de café chaud dans les mains. Le restaurant était presque désert, mais elle parlait néanmoins à voix basse. « Bizarre et dangereux. »

Alison alluma une Virginia Slim et l'agita dans l'air avec impatience. « Explique-toi.

— Il m'a à peine embrassée. Un seul baiser, et pas du genre tendre. Ce n'était qu'un accouplement primitif. Pas de préliminaires, pas de protection... il a tiré un coup, voilà tout. Après, il a remis son pantalon en évitant soigneusement de me regarder. J'étais affalée sur le lit, au milieu de mes vêtements déchirés, j'avais l'impression d'avoir eu un accident de voiture, et il n'était même pas essoufflé. Il s'est levé, il s'est dirigé vers le miroir, il s'est repeigné, il a remis son peigne dans sa poche, puis il est reparti bosser.

— Tu plaisantes. Qu'est-ce que tu as fait ?

— J'étais dans tout mes états, je l'ai traité de tous les noms. Il s'est contenté de me regarder en souriant, alors je suis sortie faire un tour pour essayer de me calmer. J'étais morte de honte.

— Tu l'as revu ?

— Bien entendu. Le lendemain, il est revenu à l'appartement — à l'heure pile, comme d'habitude — et il s'est remis au travail comme si de rien n'était.

— Alors, qu'est-ce que tu vas faire ?

— Je ne sais pas. De toute évidence, il ne faut pas que ça se reproduise.

— Mais tu as besoin de lui.

— Oui, il doit finir son boulot. »

Alison contempla l'extrémité de sa cigarette, un petit sourire aux lèvres.

En dépit des promesses et des protestations de Laurie, la scène se reproduisit deux jours plus tard. Grâce à l'entrepreneur, elle découvrit des royaumes de jouissance dont elle n'avait jamais soupçonné l'existence. Elle s'efforça de comprendre comment elle pouvait prendre part à ces accouplements frénétiques qui la laissaient épuisée et meurtrie, mais elle savait qu'elle devait d'abord comprendre son énigmatique partenaire si elle voulait expliquer son propre comportement. Ray Bellano était peu bavard et à peine poli, mais il lui faisait l'amour avec une passion et une intensité qui la secouaient jusque dans les tréfonds de son âme. Chaque séance se transformait en démonstration de puissance plus violente que la précédente, mais une fois qu'elle était achevée, il se rhabillait et quittait aussitôt l'appartement, regagnant un domicile inconnu. Elle réussit à apprendre qu'il était célibataire et qu'il était originaire du sud du Texas. Hormis ces deux points de détail, elle ne savait rien de lui.

Cette semaine-là, ses collègues lui firent part de leur inquiétude. Sa tenue laissait de plus en plus à désirer. Elle avait les cheveux en bataille, mettait des chemisiers mal repassés.

Elle paraissait un peu énervée, un peu moins sereine. Il était de plus en plus difficile d'avoir une conversation suivie avec elle. Elle n'expliqua à personne les raisons de ces changements. Peut-être certains de ses collègues eurent-ils des soupçons lorsqu'elle se vit obligée d'utiliser du fond de teint pour dissimuler les morsures dont l'entrepreneur ornait fréquemment sa gorge.

Et l'appartement commençait à prendre forme.

Électricité, plomberie, replâtrage, peintures : l'avancement des travaux était en bonne voie. La cuisine allait devenir une chambre, la chambre une salle de bains. Le sol était un patchwork de lattes de chêne et de carrelage importé d'Italie. Et au milieu de ce chantier, au centre d'un amas de copeaux, de fils électriques, de plâtre et de poussière, gisait Laurie, sous le corps massif de l'entrepreneur, le visage constellé de sueur mâle, encaissant ses coups de reins de plus en plus puissants.

Par un dimanche pluvieux de la fin octobre, assise sur le sol nu de la chambre d'amis, contemplant la fenêtre striée de pluie, elle lui demanda pourquoi il lui faisait l'amour avec tant de violence. Il réfléchit durant quelques instants, puis caressa du bout des doigts les éraflures rouges qui s'entrecroisaient sur le dos de sa maîtresse. Ce fut la seule explication à laquelle elle eut droit.

Laurie décida qu'il était grand temps de discuter de sa situation avec une personne de confiance. Vêtue d'une veste de lin gris au col montant qui dissimulait les marbrures sur sa nuque, elle sortit de son bureau et alla déjeuner avec Alison.

Lorsqu'on lui eut servi ses épinards en salade, elle expliqua à sa vieille amie la nature de l'étrange relation dans laquelle elle s'était embarquée.

« Ce que je n'arrive pas à comprendre, conclut-elle, c'est la raison pour laquelle j'accepte ce qu'il me fait. Ça ne me ressemble pas.

— Le sexe est un formidable défouloir, dit Alison. Ce que j'en pense, c'est que tu as la chance de prendre ton pied sans avoir à t'inquiéter des conséquences. Si tu étais un homme, tu ne trouverais rien d'anormal à ça.

— Eh bien, je ne suis pas un homme. » Laurie écarta son assiette sans l'avoir finie.

« J'ai quelque chose à t'avouer, dit Alison à voix basse. Je m'attendais à ce qu'il arrive quelque chose de ce genre. »

Laurie plissa le front. « Tu t'attendais à quoi exactement ?

— Laisse-moi t'expliquer. Il y a quelques mois, une de mes collègues a fait rénover son appartement par Bellano, et elle ne tarissait pas d'éloges sur son travail. Mais j'ai eu l'impression qu'elle parlait de tout autre chose. Ses amies les plus proches murmuraient que cet entrepreneur était très... entreprenant. » Alison écrasa sa cigarette, le rouge aux joues. « Disons que sa réputation n'était pas uniquement due à son habileté manuelle. »

Laurie resta interdite un long moment. Puis elle se leva, ouvrit son sac à main et jeta quelques billets sur la table.

« Tu m'as fait engager un étalon ? demanda-t-elle d'une voix glaciale. Je te semblais donc si désespérée ?

— Ce n'est pas ce que je voulais...

— Je suis sûr que tu croyais bien faire, mais tu t'es complètement plantée, Allie. Complètement. » Elle tourna les talons et sortit du restaurant.

Laurie travailla tard ce soir-là. A neuf heures et demie, à bord du métro PATH, elle passa ses options en revue. Option numéro un : virer Ray Bellano et engager quelqu'un d'autre. Mais pourrait-elle trouver un artisan capable de travailler à partir de ses plans ? Option numéro deux : lui dire son fait et mettre un terme à leur liaison. S'il décidait de s'en aller en laissant son œuvre inachevée, eh bien, tant pis pour elle. Option numéro trois : faire comme si de rien n'était et le laisser tranquillement finir son travail. Mais que se passerait-il quand il recommencerait à lui faire des avances ? Il était impensable qu'elle continue de baiser avec cet homme qui n'était qu'un prostitué d'un genre spécial.

Lorsqu'elle descendit du train, elle savait que leur liaison avait pris fin. Une fois arrivée chez elle, elle découvrit que l'entrepreneur était toujours là. Ray Bellano était assis au centre de la salle de séjour, entouré de bleus, de blocs de plâtre et de planches. La pièce sentait le bois et la peinture fraîche.

« Je suis content que tu sois rentrée, dit-il en se levant et en époussetant son jean. Il faut qu'on discute de l'aménagement de la cuisine. » Ses cheveux d'ordinaire en bataille étaient plaqués sur son crâne, comme s'il avait anticipé la colère de Laurie et avait voulu faire bonne impression. « Tu as l'air en pleine forme. » Il désigna son tailleur. « Mais un peu trop sévère.

— Écoutez, Ray, dit-elle posément, je veux en avoir le cœur net. Est-ce que ce qui s'est passé entre nous faisait partie de vos prestations ? Est-ce que vous avez coutume de coucher avec la maîtresse de maison quand vous rénovez son domicile ? Est-ce que notre liaison était incluse d'office dans votre contrat ?

— Je ne comprends pas. » Il fit un pas dans sa direction, mais elle se réfugia derrière le bar qu'il avait installé dans un coin de la pièce.

« Non, dit-elle, je m'en doutais un peu. Je parle des abus sexuels auxquels vous vous êtes livré sur ma personne.

— Hé, je n'ai abusé de personne. Tu étais consentante. » Soudain, il fit le tour du bar, agrippa sa jupe et l'attira contre lui.

« Lâchez-moi », dit-elle avec fermeté, se dégageant et s'écartant de lui. Elle ne tenait pas à le faire partir, mais il fallait pourtant lui faire entendre raison. « Je vous ai engagé pour effectuer un travail précis, pas pour que vous me rendiez le même genre de service dont ont bénéficié vos clientes précédentes. Restons-en là et tout ira bien. »

Ray s'abîma dans la contemplation de ses bottes, comme si on l'avait pris en flagrant délit de mensonge. « Vous commettez une grave erreur, dit-il finalement. Mais si c'est ce que vous voulez, eh bien, entendu. » Il se remit au travail sans ajouter un mot.

Les jours suivants, elle s'efforça de passer le moins de temps possible à l'appartement. Lorsqu'elle venait à croiser Ray, il lui lançait des regards contrits mais gardait le silence. Elle lui donna de l'argent pour ses fournitures et passa de longues soirées à travailler dans son bureau. Début novembre, elle prit quinze jours de congé pour aller voir ses parents en Floride. A son retour, elle trouva l'appartement entièrement rénové et un trousseau de clés sur le comptoir flambant neuf de la cuisine, ainsi qu'une facture définitive des travaux. Il n'y avait aucun signe de l'entrepreneur. Elle rédigea un chèque et le lui envoya à son adresse de Queens. Puis, décidée à faire la paix avec Alison, elle l'invita à venir admirer son domicile et à lui suggérer des idées de décoration.

« C'est incroyable, s'émerveilla Alison en allant de pièce en pièce. Je n'aurais jamais deviné que c'était la même piaule. »

Même en l'absence de tout meuble, l'appartement avait subi une transformation miraculeuse. Linteaux et carreaux étaient étincelants. Alison s'assit sur une caisse, fascinée, tandis que Laurie préparait du café dans une cuisine d'ardoise grise et de marbre noir.

« Je regrette sincèrement qu'on se soit fâchées, dit Alison en remuant son café. Tout ça, c'est de ma faute. » Derrière la baie vitrée, une flottille de remorqueurs annonçaient l'arrivée d'un immense cargo sud-américain.

Laurie s'approcha de son amie et contempla les jeux de lumière sur la coque du navire majestueux. « N'en parlons plus, dit-elle. C'est la faute à personne. J'ai laissé faire, moi aussi. » Elle resta silencieuse quelques instants. « Aide-moi à choisir une table de cuisinier.

— Une table de cuisinier ? dit Alison, aussi désireuse que son amie de changer de sujet. Pourquoi diable as-tu besoin d'une table de cuisinier ? Tu ne cuisines jamais.

— Non, mais je mange. Et peut-être apprendrai-je à cuisiner.

— Ça, il me faudra le voir pour le croire.

— Tu sais, je sens que je vais me plaire ici, dit Laurie en s'appuyant sur le rebord de la fenêtre. Cet appartement est parfait. »

Début novembre, Laurie avait installé la majorité de ses meubles et la première tempête de neige de l'hiver avait bouché les rues de Manhattan.

Elle s'assit dans sa salle de séjour aux murs bleu pâle, contempla un instant le fleuve, se blottit dans une vieille couverture tricotée par sa mère et regarda une cassette vidéo en mangeant un sandwich au beurre de cacahuètes. Le film approchait de sa conclusion lorsque l'image disparut brusquement de l'écran. Irritée, Laurie appuya sur diverses touches du boîtier de télécommande, mais sans résultat. L'écran demeura vierge. Le magnétoscope refusait de fonctionner.

« Merde. » Elle s'extirpa de sa couverture et se dirigea vers le poste, mais ne parvint ni à rembobiner la cassette ni à l'extraire de sa fente. Une minute plus tard, l'image réapparut comme par magie. Mais Laurie en avait marre de regarder la télé et elle décida de se coucher. Après avoir rincé son assiette et sa tasse, elle se dirigea vers la salle de bains étincelante et ouvrit les robinets de la douche. Tout en se laissant caresser par l'eau chaude, elle repensa aux événements de la journée. Sa maison d'édition préparait une compression de personnel, et comme Laurie n'était pas parvenue à acheter les droits d'un best-seller en puissance, elle savait qu'il lui faudrait faire des heures supplémentaires pour consolider sa position.

Elle réfléchissait à la stratégie qu'elle allait adopter lorsque l'eau ralentit son débit, puis cessa complètement de couler. Le grondement qui faisait vibrer les tuyaux fut remplacé par un misérable gargouillis. Elle frissonna et tendit la main au-dessus de la cabine en quête d'une serviette.

Ce ne fut pas du coton qu'elle toucha mais une surface froide et visqueuse. Elle poussa un hurlement, se dégagea et se cogna au mur carrelé. Son cœur battait la chamade lorsqu'elle ouvrit lentement la porte de la cabine de douche. La serviette était posée sur la conduite de chauffage, exactement là où elle l'avait mise.

« C'est la dernière fois que je regarde un film d'horreur toute seule, je te le jure, dit-elle à Alison le lendemain matin. J'aurais juré qu'il y avait quelqu'un dans la salle de bains.

— Je te comprends. » Silence à l'autre bout du fil pendant qu'Alison allumait une cigarette. « Je n'arrive plus à regarder le journal télévisé tellement il me donne la chair de poule.

— C'est la montée de la criminalité qui te fait cet effet ?

— Non, c'est George Bush. Il est terrifiant. A propos, tu as regardé les infos hier soir ?

— Non, je suis allée me coucher tout de suite et j'ai laissé les lumières allumées. Pourquoi ?

— Je ne devrais pas te parler de ça si tu es encore agitée. Tous les journaux du matin en ont fait leurs gros titres.

— Je n'ai pas le temps de lire le journal. Raconte.

— Okay. Ne quitte pas. » Laurie sourit, sachant qu'Alison était en train de s'installer confortablement sur son fauteuil. « Tu te rappelles la panique à Rockaway Beach en juillet dernier quand la marée a déposé toutes ces seringues contaminées ?

— On n'a pas aussi trouvé une paire de jambes ?

— Exact, ainsi qu'un tas de rats de laboratoire crevés et une paroi stomacale humaine. Eh bien, ça a recommencé. Mais cette fois, on ne pense pas qu'il s'agisse de déchets d'origine hospitalière.

— Que veux-tu dire ?

— Hier soir, on a trouvé sur la plage un cadavre de femme, ou plutôt des morceaux de cadavre. Elle avait été démembrée à la scie chirurgicale.

— Allie, je n'ai pas encore déjeuné. Pourquoi me racontes-tu ça ? Tu sais bien que je vis seule et que j'angoisse facilement !

— Navrée. » Alison n'avait guère l'air navrée. « Je croyais que ça t'intéresserait. Ça ferait un bon sujet de bouquin, non ?

— Non merci. On a déjà publié un guide des plages de l'Atlantique à l'intention des enfants.

— Je t'offrirais bien un verre après le boulot...

— Mais tu penses que je vais faire des heures supplémentaires. Et tu as raison. Un autre jour, alors. Peut-être ce week-end.

— Okay. »

Laurie travailla jusqu'à neuf heures, puis rentra chez elle et mit des lasagnes à réchauffer au four. Pendant qu'elle mangeait, elle contempla le fleuve gelé depuis sa baie vitrée. Il faisait si chaud chez elle que les flocons fondaient dès qu'ils touchaient la vitre. Elle se changea, enfilant un léger kimono, puis alluma la télévision. Un reporter de CNN interviewait un policier sur une plage envahie par la neige. Derrière lui, sur le sable, une paire de jambes féminines dépassait de sous une toile cirée noire.

« On craint que la marée ne dépose d'autres déchets hospitaliers sur les plages de New York, dit le journaliste. Les événements de cet été ont eu pour conséquence la fermeture de nombreuses plages et une désaffection notable du public pour celles qui restaient ouvertes. Mais vu la température qui règne sur la région en ce moment, le problème ne risque pas de se poser dans ces termes dans le cas présent. Ici... »

L'image disparut brusquement.

« Nom de Dieu ! » Laurie chercha la télécommande, mais elle était introuvable. « C'est ridicule... » Elle ramassa les coussins posés sur le canapé et les entassa par terre, puis passa une main sous le siège. Après une fouille infructueuse, elle se balança en équilibre sur ses talons, perplexe. « Elle est forcément quelque part dans le coin, dit-elle à haute voix. Ce genre de truc ne disparaît pas comme ça. »

Finalement, elle renonça à ses recherches et alla se coucher.

Ce fut alors qu'elle entendit le rat pour la première fois.

Du moins on aurait dit un rat. Ses mouvements étaient vifs et ténus, et elle ne les percevait qu'à condition de rester immobile et de retenir son souffle. Aux bruits familiers du vieil immeuble, les planches qui craquaient et les tuyaux qui chuchotaient, se mêlait un autre son, évoquant des ongles tapant sur le bois. Laurie s'assit sur son lit et tendit la main vers la lampe de chevet. Lorsqu'elle l'alluma, elle s'attendait à moitié à voir un rat de laboratoire sur la couverture, prêt à sauter sur elle, mais il n'y avait rien à signaler dans la chambre. Le bruit persista, si faible à présent qu'elle se demanda s'il n'était pas le fruit de son imagination. Laurie ne dormit pas bien cette nuit-là.

« Ce poste fonctionne à la perfection. »

Prouvant ce qu'il avançait, le réparateur éteignit et ralluma la télévision à plusieurs reprises. « Votre magnétoscope aussi. C'est sûrement l'alimentation qui fait défaut.

— Que voulez-vous dire ? » Laurie considéra le poste d'un air dubitatif.

« L'installation électrique. Vous venez d'emménager ?

— Je ne vois pas le rapport, dit-elle d'un ton sec.

— L'installation électrique est parfois vétuste dans ces vieux immeubles. Elle présente parfois des dangers dont l'utilisateur n'a même pas conscience.

— Je viens juste de la faire refaire.

— Il y a peut-être un problème de surcharge. Est-ce que vous allumez autre chose quand la télé est en marche ? Le fer à repasser, par exemple ?

— Je ne fais pas mon repassage en regardant la télé, dit-elle d'une voix glaciale. Je suis de New York, pas de l'Ohio.

— Eh bien, je pense que c'est un problème de circuit, dit le réparateur en fermant sa trousse à outils. Demandez à votre électricien de venir jeter un coup d'œil à son installation. »

Le soir suivant, une heure avant l'arrivée de Fran et de Peter, l'éclairage de la chambre commença à débloquer. Laurie était en train d'enfiler un jean lorsqu'elle se retrouva dans les ténèbres. Jurant et pestant, elle vérifia ampoules et fusibles, mais sans résultat. Dix minutes plus tard, les lumières se rallumèrent. Ce fut une Laurie fort déconcertée qui ouvrit la porte à ses amis ce soir-là.

« Alors, tu te plais ici ? demanda Peter en mangeant un des plats chinois qu'ils avaient apportés. Ton appartement est superbe.

— Il y a encore un ou deux petits problèmes.

— De quel genre ?

— Oh, l'électricité, la plomberie. » Elle s'efforça d'adopter un ton indifférent. « Et je crois bien qu'il y a un rat.

— Tu exagères, dit Fran en lui passant le soja. Il y a des souris et des cafards même dans les meilleurs immeubles.

— Peut-être. Mais cette bête a l'air plus grosse. Je l'entends presque chaque soir.

— Tu veux que je jette un coup d'œil ? proposa Peter sans grand enthousiasme.

— Non, ça finira bien par s'arranger tout seul. Merci. » Elle se servit du soja, bien moins rassurée qu'elle ne le paraissait.

Le lendemain matin, Laurie était en train de se préparer un jus de pamplemousse à la cuisine lorsque débuta le journal local diffusé par Channel Eleven. Elle pensait à son petit déjeuner et aux réunions prévues pour la journée quand une nouvelle image apparut sur l'écran. Une plage déserte et, en dessous, la légende suivante : LA VICTIME DE ROCKAWAY BEACH IDENTIFIÉE.

« La police a identifié ce matin le cadavre de femme retrouvé à Rockaway Beach. Il s'agit de Mrs. Irene Bloom, quarante-deux ans, expert-comptable, demeurant dans l'Upper West Side et portée disparue depuis jeudi dernier... »

Laurie ne reconnut pas le nom tout de suite. Ce fut seulement lorsqu'elle vit la photo sur l'écran qu'elle sentit son sang se glacer dans ses veines. Le couteau lui échappa des mains, la blessant à la paume. Le sang se mit à couler sur le comptoir de marbre pendant qu'elle fixait l'image de Mrs. Irene Bloom qui emplissait l'écran.

La victime se trouvait dans un appartement rigoureusement semblable au sien.

« C'est la femme à qui j'ai téléphoné, celle qu'il m'a demandé de contacter pour qu'elle me dise ce qu'elle pensait de son travail. Et son appartement est identique au mien ! Il l'a décoré dans le même style. Tu ne comprends pas ce que ça signifie ?

— C'est ridicule, Laurie, tu te rends compte de ce que tu dis ? Ce n'est qu'une coïncidence. Tu veux aller voir les flics ? Tu te vois en train de leur dire : " Excusez-moi, inspecteur, mais la victime et moi avons partagé le même décorateur " ?

— Tu sais foutrement bien qu'on n'a pas partagé qu'un décorateur. »

Alison soupira. C'était de bonne grâce qu'elle avait fait un détour pour retrouver une Laurie quasi hystérique dans un café de la Cinquantième Rue Est, mais le spectacle de son amie en proie à la panique la troublait.

« Chaque peintre a un style qui lui est propre, dit-elle en s'efforçant d'être calme et rationnelle. Il est normal de trouver une ressemblance aux appartements qu'il a décorés. Tu travailles trop, tu sais ? Tu devrais sortir plus souvent.

— Tu as peut-être raison. » Laurie sembla soudain se ressaisir. « Mon imagination me joue des tours ces derniers temps.

— Si tu es si inquiète, je connais un bon moyen de te rassurer. Après tout, c'est moi qui t'ai conseillé de t'adresser à ce type. Je vais l'appeler. Tu as son numéro ?

— Je croyais que tu le connaissais. C'est toi qui me l'as donné.

— C'était un numéro provisoire. Il devait déménager quelque part dans Queens. »

Laurie réfléchit quelques instants. « C'est vrai, je m'en souviens. C'est là que je lui ai envoyé son chèque. » Elle se mit à fouiller dans son sac à main. « J'ai l'impression que j'ai jeté le papier où j'avais inscrit son adresse.

— Peu importe. On connaît son nom. Je vais le localiser et lui donner un coup de fil. Et toi, tu vas me promettre de te détendre un peu. » Alison tendit une main pour serrer celle de son amie. Les doigts de celle-ci étaient gelés.

« C'est d'accord ?

— C'est d'accord. »

Quinze jours avant Noël, l'ex-petit ami de Laurie se pointa à son bureau. Ça faisait quelque temps qu'il souhaitait la voir pour enterrer la hache de guerre, expliqua-t-il. Coïncidence : il venait juste de rompre avec une dénommée Carol. Laurie fut fort surprise mais à peine flattée. En l'honneur de l'esprit de Noël, cependant, elle alla boire un verre avec lui et réussit même à trouver cela amusant. Vers la fin de la soirée, quand il tenta de l'embrasser, elle le repoussa gentiment mais fermement. Elle lui donna cependant son nouveau numéro de téléphone, ce qu'elle n'avait pas eu l'intention de faire. Jerry était une ordure, mais c'était aussi un homme charmant, une qualité qui le rendait digne de considération.

Le samedi suivant, d'étranges événements se produisirent à l'appartement. Laurie venait de rentrer et écoutait les messages de son répondeur — Jerry l'avait appelée pour l'inviter à dîner — lorsqu'elle entendit un bruit sourd dans la pièce voisine. Elle éteignit l'appareil, se plaqua contre le mur et tendit l'oreille. Silence total pendant une ou deux minutes. Puis un poids qui se déplace et une planche qui grince, ni à l'étage au-dessus ni à l'étage au-dessous mais bel et bien chez elle, et un choc sourd qui fit vibrer le mur.

Laurie se précipita vers son bureau et attrapa le coupe-papier en bronze posé sur le sous-main. Elle se dirigea à pas de loup vers la salle à manger. Immobile sur le seuil, prête à passer à l'attaque, elle se sentit soudain ridicule. Imaginez un peu : une femme de trente ans en train de se conduire comme une gamine parce qu'elle a entendu un bruit bizarre. Elle eut un petit rire forcé et abaissa son arme de fortune.

Toutes les lumières s'éteignirent.

L'obscurité était complète, aussi solide qu'un mur. Elle avait toujours détesté le noir, depuis sa plus tendre enfance. Elle se précipita vers la porte d'entrée, heurta la table basse du genou et tomba à la renverse, la rotule en sang. Lorsqu'elle atteignit enfin la porte d'entrée et l'ouvrit, ce fut pour découvrir Jerry le doigt posé sur la sonnette.

Quelques secondes plus tard, les lumières se rallumèrent.

Elle n'avait certes pas pensé qu'elle se retrouverait en train de pleurer sur son épaule. Peut-être était-ce l'accumulation d'événements inexpliqués qui l'avait fait craquer, mais elle se cramponna à Jerry et lui raconta tous ses problèmes — son travail, sa vie privée, son appartement. Lorsqu'elle eut pleuré tout son soûl, il sourit et lui servit un cognac avant de la conduire dans sa chambre et de la mettre au lit. Il resta assis à son chevet pendant trois heures et ne tenta même pas de poser la main sur elle. C'était un aspect de sa personnalité dont elle n'avait jamais soupçonné l'existence.

Cette nuit-là, pour la première fois depuis une éternité, elle dormit du sommeil du juste.

Le vendredi suivant, Laurie rentra chez elle avec un certain retard et découvrit qu'on avait cambriolé son appartement.

« Il y a un problème, dit-elle à l'agent de police. Je ne sais même pas si on m'a pris quelque chose. » Elle se tenait au centre de la salle de séjour ravagée, parmi les débris de la table basse et ceux du canapé, verre et mousse mêlés. Le jeune policier fit le tour de toutes les pièces, le visage dégoûté.

« Pardonnez ma franchise, madame, dit-il, mais ce genre de vandalisme est fréquent en ce moment et nous n'avons que peu de chances d'appréhender les coupables. Pas mal de yuppies se sont installés dans le quartier, ce qui a fait monter les loyers, et les gens du coin n'aiment pas ça.

— Je comprends, dit Laurie avec colère, mais j'ai autant de

droits que n'importe qui et je ne pense pas qu'il vous appartienne de porter des jugements de valeur.

— Écoutez, je voulais seulement vous exposer notre situation présente. » Disposant désormais d'une raison suffisante pour se désintéresser du délit, le policier se dirigea vers la porte.

« Dressez une liste des objets manquants et amenez-la au poste, madame, nous ferons ce que nous pourrons. Donnez-moi aussi les noms des personnes de votre connaissance qui auraient pu vous faire ça. »

Laurie se figea. « Qu'est-ce qui vous fait croire que des personnes de ma connaissance pourraient faire une chose pareille ? demanda-t-elle.

— Eh bien, il n'y a aucun signe d'effraction. Ou bien vous avez négligé de fermer votre porte, ou bien le coupable a un double de vos clés.

— Je suis la seule à posséder les clés de cet appartement.

— Dans ce cas, vous avez laissé la porte ouverte. Si ce n'est pas l'un, c'est l'autre.

— Formidable. On peut dire que vous m'aidez beaucoup. » Après avoir claqué la porte, elle retourna se planter devant les ruines du canapé, s'assit dessus et éclata en sanglots.

Aucun de ses biens ne manquait à l'appel. Son coffret à bijoux n'avait pas été ouvert, on n'avait pas touché aux billets posés sur sa table de nuit. Les dégâts étaient moins importants qu'elle ne l'avait cru. Mais il lui faudrait quand même remplacer la table basse et le canapé de marque. Peter et Fran vinrent l'aider à nettoyer et lui suggérèrent de faire installer une alarme. Cela empêcherait ce genre de chose de se reproduire, expliquèrent-ils. Lorsque les derniers bouts de verre furent jetés à la poubelle, ils ouvrirent une bouteille de vin rouge pour fêter l'imminence du nouvel an.

« Il faudrait vraiment que tu te fasses installer un interphone, tu sais.

— Jerry, qu'est-ce que tu fais ici ? » Laurie était vêtue de sa seule sortie de bain, surprise de cette arrivée inattendue. Mais elle était ravie de voir son ancien ami. Elle s'écarta pour le laisser passer. « Tu ne peux pas rester longtemps, je me prépare à sortir dîner. Mais puisque tu es là, tu peux me rendre un service. »

En entrant dans la salle à manger, il fit apparaître une bouteille de champagne qu'il avait cachée sous son veston. « Pour pendre la crémaillère, expliqua-t-il. Mieux vaut tard que jamais. Quel service puis-je te rendre ? »

Laurie le conduisit dans l'étrange salle de bains, toute de verre et de cristal, que Ray Bellano avait conçue pour elle.

Elle lui ôta sa bouteille des mains et la posa par terre, puis plaça Jerry au centre de la pièce et porta un doigt à ses lèvres.

« Écoute, murmura-t-elle, et dis-moi ce que tu entends. »

Jerry tendit l'oreille et prit un air attentif légèrement caricatural. Il écouta quelques instants, puis secoua la tête. « Que dalle, dit-il finalement. Zéro sur toute la ligne. Qu'est-ce que j'étais censé entendre ?

— Je ne sais pas. Un bruit bizarre que j'entends tous les soirs. Peut-être que c'est *moi* qui l'imagine. » Elle secoua la tête, puis ramassa la bouteille et se dirigea vers la cuisine.

« Que veux-tu dire ? demanda Jerry en la suivant. Qu'est-ce que tu imagines ?

— Oh, je ne sais pas — des rats ou des souris, au choix. Quelque chose. Tu as besoin de passer chez le coiffeur. » Elle tendit la main pour lui ébouriffer la nuque.

« C'est le look Frankie Avalon. Moi, j'aime ça. » Jerry remit de l'ordre dans ses cheveux. « Alors, tu as fait venir le service de dératisation ?

— Non, ça n'a pas l'air trop grave. » Laurie attrapa deux verres et déboucha la bouteille. « Ça ne se produit que par moments.

— Excuse-moi de te le faire remarquer, mais on dirait que ça t'empêche de dormir. »

Elle servit, puis trinqua avec Jerry. « Tu sais bien que je me fais toujours du souci pour des broutilles. Eh bien, je n'ai pas changé, voilà tout.

— Tu veux que je reste ici cette nuit ? » Son sourire devint franchement salace.

« Je sais que c'est Noël, dit-elle en gloussant, mais je n'ai pas encore assez de bonne volonté. »

Mais une heure et demie plus tard, elle en avait suffisamment.

C'était la première fois qu'elle faisait l'amour depuis le départ de l'entrepreneur et elle en avait un peu perdu l'habitude. Jerry était un amant courtois, sensible et sans imagination. Il tenait compte des désirs de sa partenaire. Il prenait tout son temps. Il lui massait gentiment le corps. En fait, elle avait complètement oublié à quel point elle s'emmerdait en baisant avec lui.

Il gisait au-dessus d'elle et lui malaxait les seins. Ses vêtements étaient impeccablement pliés sur la chaise. Toutes les lumières étaient éteintes dans la chambre. Il gémissait doucement d'une façon qu'il considérait comme sexy. Laurie sentit sa jambe gauche s'engourdir lorsqu'il changea de position, ramenant les draps sur lui.

Soudain, la chambre s'emplit d'une série de bangs assourdissants. Jerry se leva d'un bond en poussant un cri, comme s'il venait d'être électrocuté. Au milieu du vacarme, il se précipita vers le commutateur pour l'actionner. Le bruit cessa aussi brusquement qu'il s'était déclenché. Laurie souleva prudemment l'oreiller qu'elle avait plaqué sur ses oreilles pour les protéger.

« T'as un putain de problème de tuyauterie, dit-il dès que son cœur eut retrouvé un rythme normal. Bon Dieu, ça arrive souvent ?

— Assez souvent, répondit Laurie.

— D'où est-ce que ça vient ?

— De l'appartement, dit-elle sans cesser de frissonner. Ça vient de l'appartement. »

« Laurie, il faut *absolument* que tu viennes boire un coup avec moi ce soir. J'ai un cadeau pour toi. » Alison semblait déjà bien gaie à l'autre bout du fil. Laurie perçut le bruit de fond caractéristique d'une fête. Elle considéra le tas de paperasses posé sur son bureau et soupira.

« Allie, je prends l'avion demain soir pour aller passer Noël chez mes parents et j'ai plein de boulot en retard…

— On se retrouve dans une heure au 14 Christopher. Si j'arrive la première, je demanderai à Michael de nous trouver une table. Et si tu ne viens pas, je dirai à tout le monde que tu as renoué hier soir avec un vieux soupirant.

— Comment le sais-tu ? demanda Laurie, stupéfaite. Décidément, les nouvelles vont vite.

— Tu as oublié que Jerry bosse toujours dans mon service.

— Oui, mais je ne m'attendais pas à ce qu'il le raconte à tout le monde.

— Pas à tout le monde, seulement à moi. Oh, au sujet de Ray Bellano…

— Tu as réussi à le joindre ?

— Non. Apparemment, personne ne l'a revu depuis que tu as jeté ton dévolu sur lui, espèce de mangeuse d'hommes. Écoute, tu as encore les plans qu'il avait faits avant de commencer les travaux chez toi ?

— Ils sont ici, dans un tiroir.

— Bien, amène-les tout à l'heure au restau. J'ai une petite surprise pour toi. »

Elle raccrocha.

Une heure plus tard, au restaurant situé 14 Christopher Street, Laurie et Alison échangèrent des cadeaux et burent à leur santé. Puis, à la demande de son amie, Laurie déplia le plan de son appartement et l'étala sur la table.

« Tu te rappelles la femme qu'on a retrouvée sur la plage ? Après sa mort, on a mis son appartement en vente, expliqua Alison tout en fouillant dans son sac à main. J'ai contacté l'agent immobilier qui m'a envoyé une copie du plan. » Elle trouva le papier qu'elle cherchait et l'étudia avec attention. « J'ai pensé qu'il serait intéressant de vérifier si tes soupçons — si l'on peut parler de soupçons — étaient fondés. »

Laurie se pencha pour scruter les deux plans. Elle fut cependant fort déçue de constater qu'ils ne présentaient guère de ressemblance.

« Peu concluant, n'est-ce pas ? dit Alison en vidant son verre.

— Je ne sais plus que penser, répondit Laurie en attrapant la bouteille. N'en parlons plus. Je me suis trompée et c'est tant mieux. »

Laurie revint de Floride le 28 décembre. Dès qu'elle ouvrit la porte de son appartement, elle vit clignoter le voyant rouge de son répondeur. Elle posa ses valises dans l'entrée et alluma les radiateurs. Pendant que l'appartement se réchauffait, elle commença à écouter ses messages.

« Laurie, ici Allie. Appelle-moi dès que tu seras rentrée. Il est arrivé quelque chose d'horrible. »

Laurie décrocha le téléphone et composa le numéro de son amie en quatrième vitesse.

« Merci, mon Dieu. Je ne voulais pas que tu allumes la télé et que tu apprennes la nouvelle en regardant les infos.

— Quelle nouvelle ? Qu'est-ce que tu racontes ?

— C'est Jerry. Je ne sais pas comment te le dire. Il a été assassiné. »

La pièce se mit à tournoyer autour de Laurie. « Non, c'est impossible.

— Laurie, écoute-moi. Ne regarde pas la télé, d'accord ?

— Quand est-ce arrivé ? » Elle saisit l'accoudoir du fauteuil et s'assit lentement.

« Hier. On l'a retrouvé chez lui dans un sale état. Je ne souhaite pas que tu apprennes le reste par la télé. Ne bouge pas, j'arrive tout de suite. »

Alison passa les deux jours qui suivirent dans l'appartement de son amie. Plusieurs policiers vinrent leur rendre visite, prenant l'initiative stupide de leur décrire le meurtre en détail. Jerry se trouvait chez lui, tranquillement assis devant sa télé, lorsqu'il avait été attaqué par un agresseur armé d'un marteau ou d'un autre objet contondant. Quand il avait eu achevé sa besogne, il ne restait plus grand-chose de sa victime. La porte de son domicile avait été arrachée de ses gonds. Le crime n'avait eu aucun témoin et la police n'avait aucun indice. Laurie pouvait-elle leur donner des informations susceptibles de faire avancer leur enquête ? Elle essaya de trouver un élément tangible, une preuve de nature à étayer les vagues soupçons qu'elle entretenait. Finalement, elle se contenta de promettre à l'enquêteur de l'appeler à son bureau si elle venait à se rappeler un détail susceptible de l'aider.

« Tu es sûre que tu ne veux pas que je reste encore cette nuit ? demanda Alison pour la troisième fois. Tu es vraiment sûre ?

— Mais oui, retourne chez toi. On se verra demain matin. » Laurie poussa son amie dans l'entrée et lui ouvrit la porte.

« D'accord, mais tu sais où me trouver si jamais tu as besoin de moi. Je t'appellerai avant de partir et on ira ensemble au cimetière. »

L'enterrement de Jerry, retardé pour cause d'autopsie, avait été fixé à onze heures le lendemain matin. Laurie était touchée par la sollicitude de son amie, mais elle était néanmoins ravie de se retrouver toute seule.

Derrière la baie vitrée, les ténèbres régnaient sur le fleuve à demi gelé.

Elle alla dans la cuisine et se prépara une tisane, puis s'assit dans la salle de séjour pour bouquiner. Jamais elle ne s'était sentie aussi troublée depuis qu'elle avait emménagé. Pendant qu'elle tentait de se concentrer sur l'intrigue complexe du roman qu'elle lisait, ses doigts explorèrent les déchirures de la toile du canapé. Les nouvelles housses qu'elle avait commandées n'étaient pas encore arrivées, ce qui n'avait rien d'étonnant en période de fêtes. Les zébrures qui lacéraient le tissu lui rappelèrent les fines égratignures rouges qui avaient naguère orné son dos telles des scarifications primitives. Le téléphone sonna, la faisant sursauter. Elle tendit la main et le décrocha.

Elle crut tout d'abord qu'il n'y avait personne au bout du fil. Puis elle entendit un étrange bruit, comme si on faisait courir un bâton sur les barreaux d'une cage en bambou. Ensuite elle entendit le halètement d'un homme, puis ce fut une série de hoquets étouffés exprimant la montée de l'orgasme.

Elle raccrocha en poussant un cri de dégoût. Le moment était mal choisi pour faire des plaisanteries de ce genre. Elle se demanda si elle devait signaler cet appel obscène à la police, puis décida de s'en abstenir. Elle avait assez vu les flics ces derniers jours. La seule façon d'échapper aux importuns était de se faire inscrire sur la liste rouge. Elle se tassa sur le canapé et resserra sa robe de chambre sur sa poitrine. Lentement mais sûrement, l'appartement lui faisait l'effet d'une prison, une prison recelant toutes les choses innommables qu'elle redoutait.

Alison entra dans son minuscule appartement de SoHo et se dirigea vers la cuisine. Quelque chose la tracassait depuis qu'elle avait quitté Hoboken. Elle ouvrit les tiroirs de l'armoire de la cuisine et farfouilla parmi les bobines de fil et les bons de réduction. Finalement, elle trouva ce qu'elle cherchait : le plan que Laurie avait oublié au restaurant juste avant Noël.

Elle le déplia, en cala un coin avec un bocal de confiture, et entreprit de l'étudier centimètre par centimètre. Puis elle prit une feuille de papier-calque et se mit à dessiner.

Laurie renoua sa ceinture et se dirigea vers la salle de bains. Elle ouvrit le robinet et s'aspergea le visage d'eau froide dans l'espoir de chasser sa fatigue. Elle envisageait la possibilité de se faire couler un bain lorsque le téléphone se remit à sonner. Elle hésita, la main posée sur le bouton de la porte. Ses parents l'appelaient parfois à cette heure de la journée. Elle traversa la salle de séjour plongée dans l'obscurité et décrocha.

Cette fois-ci, le bruit était plus net : un cliquetis régulier, le bois frappant le bois, expansion et contraction. Et le souffle de plus en plus court d'un homme sur le point d'atteindre l'orgasme. Elle reposa violemment le combiné sur son socle, le cœur battant la chamade. Elle allait appeler la police lorsque le téléphone sonna une nouvelle fois. Elle prit le combiné avec répugnance et le porta lentement à son oreille.

Une voix familière. Alison, qui l'appelait sans doute pour lui dire qu'elle était bien arrivée chez elle.

« Laurie, merci, mon Dieu ! Écoute-moi avec attention. Tu dois absolument faire ce que je te dis. » Laurie plissa le front. La voix de son amie semblait tendue, la voix d'une inconnue.

« Allie, qu'est-ce que...

— Tais-toi et écoute-moi ! Tu dois sortir de ton immeuble, tout de suite. Prends ton sac et fonce dehors.

— Tu es dingue ou quoi ? Il fait moins quinze dehors.

— Je t'en supplie, fais ce que je te dis. Sors de chez toi.

— Pourquoi ? Dis-moi pourquoi.

— Ton appartement. J'ai vérifié le plan.

— Et alors ?

— Ça n'a pas arrêté de me tracasser. Ton appartement ne semblait pas correspondre au plan que tu m'avais montré. » Alison semblait essoufflée. Avait-elle couru ? « Ray Bellano l'a rénové conformément au plan qu'il t'avait donné, mais il a fait le travail à l'envers.

— Que veux-tu dire ?

— Si tu retournes le dessin, tu obtiens un appartement d'une forme entièrement différente. Je viens de faire l'expérience avec un calque. Il y a un second mur qui fait tout le tour. Une seconde peau.

— Je ne comprends rien, dit Laurie en secouant la tête comme pour chasser son angoisse. Que veux-tu dire ?

— Ce que je veux dire, c'est qu'il est là, avec toi. »

Horrifiée, elle regarda les murs l'un après l'autre. Le cliquetis avait repris depuis quelques instants. Cette fois-ci, il ne provenait pas de l'écouteur, mais de son appartement.

« Laurie, tu es là ? Tu comprends ce que ça signifie ? Il ne t'a pas quittée depuis le début. Il est sans doute en train de t'épier en ce moment même. »

Le combiné lui glissa des mains. Elle savait qu'Alison disait vrai. Tout s'éclairait à présent. L'entrepreneur contrôlait le moindre de ses faits et gestes depuis le début, l'avait forcée à exhiber sa nudité dans la chambre éclairée, l'avait contemplée nue quand elle était sous la douche, l'avait fait courir de pièce en pièce, se nourrissant de son angoisse.

Elle se leva et se plaça au centre de la salle de séjour, fouilla les murs du regard, tendit désespérément l'oreille. Nombre de petits détails s'expliquaient à présent. Elle se rappela avoir écarté sa couverture pour aller régler la télé dans le plus simple appareil, se rappela la chose visqueuse qui l'avait touchée quand elle était sortie de la douche, l'impression qu'elle avait d'être observée durant son sommeil, le vacarme qui avait fait trembler les murs quand Jerry lui avait fait l'amour. Le soi-disant cambriolage n'était qu'une manifestation de colère causée par son absence. Combien de trous et de fissures, de judas et de passages secrets avait-il installés dans son appartement ?

A mesure que le bruit se faisait plus insistant, elle réussit à en localiser l'origine. Il était en train de défoncer les lambris du mur de la salle de séjour. L'entrepreneur avait fini de l'épier en douce — il se préparait à une entrée en force.

Elle se précipita vers la cuisine, et elle venait de poser les yeux sur le râtelier à couteaux lorsqu'il apparut derrière elle dans un nuage de plâtre et d'éclats de bois. L'espace d'une seconde, elle le vit traverser la pièce au sein d'une galaxie de poussière, et l'éclat de folie qui illuminait ses yeux injectés de sang l'arracha à sa paralysie. « Ne me touchez pas ! » hurla-t-elle en attrapant un couteau à pain et en le brandissant des deux mains. Il fit halte sur le seuil. Son pénis en érection oscilla de droite à gauche lorsqu'il reprit sa progression. Elle recula vers le comptoir, s'efforçant désespérément de réfléchir en dépit des battements assourdissants de son cœur. Lorsqu'elle se retourna en direction du couloir, il n'y avait plus rien à voir. Comme s'il avait soudain disparu.

Le silence régnait dans l'appartement. Laurie avança d'un pas, puis d'un autre, s'efforçant de faire le moins de bruit possible. Elle commençait à reprendre ses esprits. Il fallait à tout prix qu'elle quitte l'appartement. Son voisin de palier travaillait de nuit et elle devrait descendre dans la rue pour trouver de l'aide. Pour cela, elle avait besoin de s'habiller. La chambre se trouvait derrière elle. Sa veste et ses clés de voiture étaient posées sur le lit. Elle tendit l'oreille. Pas un bruit, ni dans le couloir, ni dans la salle de séjour. Une corne de brume résonna sur le fleuve, à moitié étouffée par la neige. Elle abaissa lentement son couteau, puis se retourna et entra dans la chambre. Directement dans ses bras.

« Buvez ça, vous vous sentirez mieux. » Le jeune policier qui lui tendait un verre de cognac était celui-là même qui était venu après le cambriolage. « Vous connaissez quelqu'un qui peut vous héberger cette nuit ?

— Oui, je pense. » Laurie prit le verre et en but une gorgée. Elle s'était enveloppée dans une couverture mais ne pouvait s'empêcher de frissonner. Le médecin lui avait dit que c'était dû au choc et non au froid.

Le policier regarda d'un air impassible ses équipiers évacuer le corps de l'entrepreneur. Le manche du couteau à pain se dressait au-dessus du drap qui le recouvrait, planté entre ses côtes juste en dessous du cœur.

« C'est lui qui a décoré votre appartement, hein ? » Le policier parcourut les lieux d'un regard admiratif. « Il a fait du bon boulot. Les finitions sont impeccables. » Il laissa courir ses doigts le long d'une étagère, puis se retourna vers le corps ensanglanté alors qu'on lui faisait passer la porte. « Il était fier de son travail, ça ne fait aucun doute. »

« Ray Bellano a modifié ses plans aussitôt après notre rupture, dit Laurie en dépliant sa serviette de table pour la poser sur ses genoux. Comme je n'étais presque jamais là, je n'ai rien remarqué de ses manigances. Selon la police, il avait procédé de la même manière quand il avait rénové l'appartement d'Irene Bloom. Il pouvait entrer et sortir comme bon lui semblait et je ne me rendais compte de rien.

— Pauvre femme, dit Alison en piquant un champignon avec sa fourchette. De toute évidence, elle n'a pas été assez rapide. Tu as de la chance de ne pas avoir fini rejetée sur la plage comme elle. C'est vraiment délicieux.

— Les heures qu'il a passées entre les murs à m'épier... » D'un geste vif, Laurie chipa un champignon dans l'assiette d'Alison. « Les policiers n'ont pas voulu que je voie ça. Il m'ont dit qu'il avait caché des... choses... là-dedans. » Elle frissonna. « Finis, les décorateurs et autres artisans. Mon prochain appartement n'aura pas besoin de travaux pour être habitable.

— Imagine, dit Alison la bouche pleine, si tu n'avais pas couché avec lui, rien de tout ceci ne serait arrivé. » Laurie lança à son amie un regard peu amène mais continua de manger.

« Il savait que tu ne coucherais plus jamais avec lui, persista Alison. Comme il a dû être frustré.

— C'est ça le plus horrible, dit Laurie en abaissant lentement sa fourchette. J'ai l'horrible impression qu'il n'a jamais été frustré. »

Elles achevèrent leur repas dans un silence total.

Traduit par Jean-Daniel Brèque

[illegible]

dépassait au-dessus du drap qui le recouvrait, plutôt entre ses côtes, juste en dessous du cœur.

C'est lui qui a décidé [illegible] l'appartement, [illegible] par toutes les [illegible] qu'il [illegible] bon boulot, ces [illegible] sont [illegible] le long d'une [illegible], puis [illegible] quand [illegible] passé [illegible]. Il s'est [illegible] de son travail et ne fait aucun [illegible].

[illegible], il a [illegible] plusieurs [illegible] autres [illegible] de Laure en [illegible] sur [illegible]. Comme je n'étais [illegible] de ses [illegible]. Selon la police, il [illegible] de la même manière quand il [illegible]. Il pouvait entrer et sortir [illegible] et [illegible] ne rendait compte de rien.

[illegible] de Alison [illegible] avec sa [illegible]. De toute évidence, elle n'a pas [illegible]. C'est vraiment [illegible].

[illegible] après la mort [illegible] dans [illegible] d'Alison. Les policiers n'ont pas [illegible] qu'il avait [illegible] et [illegible].

[illegible] d'Alison [illegible] avec lui [illegible].

[illegible] Comme il [illegible].

[illegible] Laure en [illegible] impression qu'il [illegible].

[illegible] silence total.

[illegible]

ERIC McCORMACK

Le Festival

Rien de ce que je pourrais écrire ne saurait vous préparer à ce qui va suivre, et c'est tant mieux. Cette histoire est sans nul doute la plus étrange de ce livre. Comme l'a écrit Shakespeare dans Roméo et Juliette *: « Toutes choses dont nous avions fait un festival sont devenues noires funérailles. » Et dans cette histoire d'amours contrariées, Eric McCormack, un maître du grotesque banalisé, transcende la tragédie pour nous décrire une fantastique perversion du destin à vous couper le souffle.*

NOUS étions deux à partir au festival, mais j'ai dû revenir sans toi. Nous avons pris un vol de nuit, mais nous n'avons pas dormi, car nous ne dormons qu'avec difficulté, même en temps ordinaire. Lorsque l'aube s'est levée sur la côte que nous survolions, j'ai pensé en moi-même : Quel endroit superbe, ces terres noires, ces longues écharpes de plage autour des eaux vertes du Nord, cette herbe et ces arbres plus verts que nature.

« Tu te sens bien ? Tu penses être d'attaque ?
— Tout va bien. »

Nous avons pris un taxi à l'aéroport. La voiture était aussi antique que son conducteur, un homme importun. Nous n'avons pas répondu à ses avances. La fatigue me pesait. Je n'étais pas d'humeur à bavarder, et peut-être l'ai-je traité avec sécheresse. Toujours est-il qu'il a renoncé à ses tentatives et a fini par se taire.

Nous sommes descendus des hauteurs pour nous engager dans une petite vallée où se trouvaient les faubourgs de la ville (nous la considérions toujours comme une ville, mais il s'agissait en fait d'un village, d'un petit village). Le cimetière ne semblait compter aucune nouvelle tombe, n'abritait que de vieux fantômes. Les premiers immeubles ont défilé devant nous, décrépits et apparemment inhabités. Puis nous sommes passés devant de petites maisons en pierre, traversant des rues désertes et bordées de pelouses encore décorées par des volutes de brume matinale.

Nous sommes arrivés au centre-ville, un amas d'immeubles en granit gris parmi lesquels se trouvait notre hôtel. Le prévôt ne nous avait pas réservé de chambres séparées (pensait-il que nous changerions d'avis et déciderions de ne pas venir ?) et nous avons dû loger dans la même. Bien que le festival fût un événement purement local, il attirait suffisamment de monde dans la région pour remplir les hôtels.

Nous avons tant bien que mal essayé de dormir un peu, et les rigueurs du festival à venir ont servi de justificatif à notre chasteté.

Vers six heures du soir, nous avons quitté le lit, nous avons mangé un peu, puis nous avons rejoint la foule qui se dirigeait vers le gymnase de l'école. La nuit était imprégnée de brume mais néanmoins agréable. Les enfants paraissaient excités, mais les habitants de la ville ne se pressaient nullement. Ils bavardaient entre eux et s'efforçaient d'être polis à notre égard. Certains d'entre eux semblaient nous reconnaître. Mais vu la façon dont ils évitaient de nous poser des questions directes, je savais qu'ils connaissaient la raison de notre présence. Je croyais parfois percevoir une lueur dans leurs yeux, mais nous étions nous-mêmes en proie à une certaine excitation, et peut-être que nous avions tous l'air extraordinaires.

Le gymnase de l'école avait une odeur de gymnase d'école. On avait disposé des tribunes devant les deux murs latéraux, comme pour accueillir les spectateurs d'un match de basket-ball. Des fanions aux couleurs passées pendaient aux poutres, des cordes s'entassaient dans les coins. Près des portes principales, j'ai aperçu le prévôt, souriant comme à son habitude, un homme chauve portant l'insigne de sa fonction et des lunettes cerclées de métal. A ses côtés, le directeur de l'école, un jeune homme qui semblait bouleversé par la solennité de l'événement. Tous deux accueillaient les participants, le proviseur surveillant du coin de l'œil les enfants endimanchés incapables de refréner leur enthousiasme.

Le prévôt s'est fendu d'un large sourire en nous voyant et nous a serré la main avec chaleur, s'affirmant ravi que nous ayons pu accepter son invitation. Il savait que nous souhaiterions rester ensemble (nous n'avons rien fait pour le contredire) et nous a agrippé le coude pour nous conduire vers les deux seules chaises en bois du gymnase. Alors qu'il défilait avec nous devant le public, certains spectateurs déjà installés ont courtoisement applaudi. Nous avons pris place et il a regagné son poste.

« Il est encore temps de changer d'avis.
— Oui. Mais nous n'en ferons rien. »

A sept heures et demie, tous les sièges étaient occupés. Les lumières ont diminué d'intensité, le public s'est peu à peu fait silencieux. On a allumé les projecteurs, qui ont éclairé le sol couvert de matelas. Une petite porte s'est ouverte dans le mur sur notre droite et une silhouette d'abord indistincte s'est lentement dirigée vers le disque de lumière. C'était une jeune femme, elle nous tournait le dos, ses cheveux d'un noir de jais lui descendaient jusqu'aux reins, et elle était vêtue d'une blouse blanche attachée par une ceinture. Elle se déplaçait avec une grande assurance en dépit de quelques toussotements dans l'assistance.

Une fois parvenue au centre du cercle, elle a fait halte, a dénoué sa ceinture et a laissé choir sa blouse blanche sur le sol.

Elle nous tournait toujours le dos, complètement nue, et l'amplitude de son souffle faisait frémir ses épaules. Elle a lentement pivoté sur elle-même pour permettre à tous les spectateurs de l'examiner en détail. De découvrir son visage blafard. De constater que son ventre, étincelant à la lueur des projecteurs, était rond, que ses seins étaient gonflés de lait.

Le public était attentif. La femme s'est doucement assise sur les matelas, poussant un hoquet en se baissant.

Son souffle s'est fait lourd, profond, bruyant. « Ahh ! Ahh ! » Régulier l'espace de quelques minutes. « Ahh ! Ahh ! » Puis j'ai entendu d'autres bruits en provenance des tribunes. « Ahh ! Ahh ! » Tout autour du gymnase, des voix ont retenti, faibles tout d'abord, peut-être celles des enfants, puis plus assurées à mesure que les adultes reprenaient le chant en chœur. « Ahh ! Ahh ! » Le bruit s'amplifiait, basses, barytons, ténors, contraltos, sopranos et altos respirant en suivant le rythme donné par la femme. « Ahh ! Ahh ! » Son ventre se convulse à la lueur crue des projecteurs, se gonfle, se rétracte. « Ahh ! Ahh ! » J'avais l'impression que son ventre prenait une forme géométrique, rhomboïde, anguleuse. Et je me suis demandé, comme nous tous sans doute, quelle créature allait bientôt naître de ses entrailles.

Elle a soudain cessé d'ahaner. Voilà qu'elle pliait les genoux, qu'elle écartait les jambes. De l'endroit où nous avions pris place, nous percevions distinctement la pression qui s'exerçait sur le col de son utérus. Elle produisait à présent un nouveau bruit, une sorte de grognement. « Uugh ! Uugh ! » Elle pivotait lentement sur ses fesses entre deux exclamations, exhibant son travail à l'ensemble du public. « Uugh ! Uugh ! »

Au bout de quelques minutes, les spectateurs se remettaient à l'accompagner. « Uugh ! Uugh ! » Tout doucement d'abord, puis de plus en plus fort. « Uugh ! Uugh ! » J'ai regardé autour de moi, et je les entendais tous à présent, y compris le prévôt chauve et le proviseur nerveux. « Uugh ! Uugh ! » Ils grognaient tous en cadence. « Uugh ! Uugh ! » La voix de la jeune femme restait la plus forte, la sueur inondait à présent son visage et ses seins. Le public transpirait à l'unisson, des gouttelettes perlaient sur tous les visages dans le gymnase. « Uugh ! Uugh ! » Et voilà que nous apercevions les eaux sourdre entre ses jambes. « Uugh ! Uugh ! » Et sa vulve qui se gonflait, s'étirait. « Uugh ! Uugh ! »

Elle a poussé un hurlement, un hurlement pitoyable de lapin pris au piège. « Eeeeh ! » Le public l'a repris en chœur sans hésiter un seul instant. « Eeeeh ! » Son visage blafard, son corps blanc comme un linge, prenaient peu à peu une nuance pourpre, ses yeux se faisaient fixes. « Eeeeh ! » L'assistance criait plus fort pour la suivre. « Eeeeh ! » Nous avions tous les yeux fixés sur la vulve de la femme aux cheveux noirs assise sur le sol du gymnase, pivotant toujours en dépit de sa douleur. « Eeeeh ! Eeeeh ! » Nous montrant à tous le cercle noir qui se formait entre ses cuisses étincelantes bordées de poils noirs. « Eeeeh ! Eeeeh ! » J'ai remarqué que je hurlais avec elle, que nous hurlions avec elle, toi et moi.

La femme a cessé de hurler, a cessé de bouger. La créature qui se trouvait en elle était impatiente de sortir. La foule à présent silencieuse a regardé ce qui émergeait de son ventre supplicié. Elle était également silencieuse, aussi silencieuse que la mort. Je me rappelle que nous avons échangé un regard inquiet.

Que nous attendions-nous à découvrir ? Je me pose encore parfois cette question. Un démon ? Un monstre ? Une chose que chacun de nous avait apportée en ce lieu et que nous nous attendions à voir apparaître en chair et en os ? Je ne peux que témoigner de ma propre terreur.

Mais quel soulagement, quel plaisir, quand j'ai vu que sur le matelas gisait un bébé, un bébé humain des plus ordinaires, encore attaché à sa mère. J'ai failli laisser exploser ma joie, tout comme le faisaient les enfants qui nous entouraient. Nous avons échangé un sourire. Nous avons souri, et tous les autres spectateurs semblaient sourire, soulagés par la naissance de cet enfant.

Le prévôt s'est avancé, et sa chaîne et ses lunettes étincelaient à la lueur des projecteurs. Il a regardé la femme gisant à ses pieds. Elle était parfaitement immobile, et seule la palpitation de ses seins prouvait qu'elle n'était pas morte, en dépit du sang qui suintait encore de son ventre. La petite chose gisait entre ses jambes, maculée de sang et d'humeurs, parfaitement muette, les membres animés de mouvements sporadiques. Le prévôt, une paire de ciseaux à la main, s'est baissé et a coupé le cordon. Puis il a doucement pris le bébé dans ses mains et l'a brandi au-dessus de sa tête, pivotant sur lui-même afin que nous puissions tous voir son trophée.

Silence tout d'abord. Puis des murmures de plaisir, puis un cri repris dans tout le gymnase : « OUI, OUI, OUI. » J'ai poussé le même cri, nous avons poussé le même cri, nous étreignant avec vigueur, serrant les mains de nos voisins. Le bébé, toujours brandi par le prévôt, a redressé la tête, et ces yeux qui n'avaient jamais rien vu se sont ouverts en grand et ont embrassé l'ensemble du gymnase, nous ont tous embrassés.

La femme gisait toujours dans une mare de sang, attendant d'expulser son placenta. Elle a péniblement levé la tête pour voir ce qu'elle avait mis au monde. Elle a posé les yeux sur le bébé au moment précis où celui-ci les posait sur elle. Le visage de la femme n'exprimait que l'épuisement et la douleur. Le visage du bébé a viré au pourpre et il s'est mis à hurler, et ses hurlements étaient parfaitement audibles en dépit des cris d'allégresse qui emplissaient le gymnase ce soir-là.

Le bar de l'hôtel était plein à craquer après la première épreuve. Les clients nous ont serré la main et nous ont offert à boire. Ils étaient ravis que des visiteurs, et surtout des visiteurs comme nous, aient pu assister à l'événement. Le festival débutait sous les meilleurs auspices.

« Et si nous le faisions une dernière fois ?
— Pourquoi pas ? »

Il nous tardait de quitter le bar et de monter dans notre chambre. Sans prêter attention à l'humidité, nous avons jeté nos vêtements à terre et avons bondi sur le lit, nous étreignant comme nous l'avions fait il y avait si longtemps. Nous avons couvert nos corps de baisers et de caresses, nous avons copulé en frémissant d'extase. Puis nous avons sombré dans le sommeil.

Quelques heures plus tard, j'ai senti la fraîcheur et j'ai remonté les couvertures, et j'ai passé le reste de la nuit dans tes bras, et toi dans les miens.

La brume était encore là le deuxième soir. Nous avons marché jusqu'au gymnase avec les autres. C'étaient pour la plupart des fermiers et des mineurs accompagnés de leurs familles, robustes et rougeauds ou pâles et élancés. Ils étaient toujours aussi courtois à notre égard, mais j'ai cru déceler chez eux une retenue que je n'avais pas perçue la veille. Nous étions en désaccord sur ce point.

Le gymnase était comble dès sept heures et demie. Seuls quelques projecteurs éclairaient une large bande reliant deux issues de secours. Le prévôt, toujours aussi énergique, et le proviseur, apparemment toujours aussi mal à l'aise, se sont avancés de concert vers le centre de la salle. Ils se sont séparés : le prévôt s'est dirigé vers l'une des issues de secours, le proviseur vers l'autre. Puis ils se sont retournés et se sont inclinés l'un vers l'autre d'un air cérémonieux. Et ils ont ouvert les portes donnant sur les ténèbres extérieures.

« Peut-être n'est-il pas trop tard pour nous deux.
— Qu'est-ce qui aurait pu changer ? »

Une vague d'air frais a pénétré dans la salle, en chassant l'odeur de désinfectant qui l'imprégnait. Nous avons tous poussé un soupir de soulagement et avons attendu le début de l'épreuve.

Nous n'avons pas eu à attendre longtemps. Nous avons entendu un bourdonnement diffus et lointain, comme si un bûcheron sciait un arbre dans la forêt. Le bourdonnement s'est amplifié, s'est rapproché du gymnase. Nous avons échangé un regard, nous demandant de quoi il pouvait bien s'agir.

Puis nous avons vu une masse noire surgir de la porte située à notre droite et se répandre lentement sur le sol. Cette masse était vivante. C'était un flot d'insectes qui envahissaient le gymnase en colonnes aussi rectilignes qu'une règle d'écolier.

Un flot presque silencieux. Le bourdonnement que nous avions entendu quelques instants plus tôt était encore présent en bruit de fond, mais les insectes qui venaient d'apparaître n'émettaient que sifflements et bruissements lorsque leurs pattes et leur ventre touchaient le sol. Nous avons observé cette armée en marche avec quelque crainte, redoutant que ses éclaireurs ne se déversent sur nos pieds vulnérables.

Mais les insectes n'ont pas quitté un instant la bande illuminée. Pour ce que j'en pouvais dire, ils étaient conduits par des fourmis et des poissons d'argent : de minuscules créatures en quantité innombrable, suivies par des membres plus développés de leurs espèces respectives — dont certains arboraient des taches de couleur — portant des perles miniatures. Ils avançaient tous en colonne, mais quelques fourmis sortaient parfois des rangs pour aller ramasser des débris de pop-corn, qu'elles rapportaient à leurs congénères sans déranger la progression de l'armée principale.

Puis on a vu apparaître des cafards, aux antennes frémissantes et aux pattes velues parfaitement visibles, des millions de cafards, puis des mille-pattes et autres scolopendres, parfois longs de trente bons centimètres. Nous gardions nos pieds à l'abri sous nos sièges, prêt à bondir dessus au moindre signe de désordre.

Mais nous commencions déjà à nous sentir à l'aise en dépit

de la présence de tous ces insectes, et certains spectateurs devisaient entre eux comme si de rien n'était. Nous avions l'impression d'assister à un défilé, nous savions confusément que les insectes avaient conscience du rôle qu'ils avaient à jouer.

Les haut-parleurs nous ont encouragés dans cette idée lorsqu'une voix nasillarde en est sortie, identifiant les insectes à mesure qu'ils pénétraient dans le gymnase. J'ai entendu des noms dont certains m'étaient inconnus. Lépismes, hannetons, oryctes nasicornes, arlequins, scarabées sacrés, punaises (j'ai vu quelques enfants se pincer le nez en gloussant), bousiers, forficules, lucanes aux énormes pinces, et mantes religieuses aux pattes antérieures démesurées semblant sortir tout droit d'un champ de bataille.

Nous percevions toujours le bourdonnement venu du dehors, de plus en plus audible en dépit de la rumeur des insectes devant nous et de celle provenant des tribunes. Aucun insecte n'avait encore quitté la salle. Lorsqu'ils atteignaient l'issue située à gauche, ils se mettaient à marcher sur place, si bien que la bande éclairée s'est bientôt retrouvée occupée en totalité.

Un bruissement sec emplissait à présent le gymnase. Tous les criquets de la région ont fait irruption en masse à travers la porte. En les voyant bondir jusqu'à deux mètres de haut, je n'ai pas pu m'empêcher de les comparer à des haricots sauteurs du Mexique ou à des poissons volants noirs émergeant d'un océan de bois.

Les derniers criquets venaient de pénétrer dans le gymnase, et la bande éclairée était pleine à craquer, lorsque le bourdonnement que nous avions entendu toute la soirée a fait son entrée explosive. J'ai plaqué les mains sur mes oreilles pour étouffer la douleur.

Des mouches. Des colonnes, des typhons, des cumulonimbus de mouches, un épais brouillard de mouches de toute sorte, mouches domestiques, mouches à bœufs, accompagnées de taons, de libellules, de moustiques, obscurcissaient l'espace au-dessus de la masse rampante des insectes. Elles emplissaient l'air comme une bouteille d'encre vidée dans un immense aquarium, engloutissant dans leur masse les criquets qui en émergeaient parfois tels des plongeurs visant le plafond. L'éclairage du gymnase était sur le point de succomber devant cette muraille de mouches bourdonnantes qui nous dissimulait la tribune opposée où étaient assis nos semblables.

Seul un quart de l'espace était inoccupé au-dessus de la bande éclairée. Les enfants se sont serrés contre leurs parents dans la pénombre. Tout comme nous deux, ils sentaient avec acuité la présence gémissante de ces mouches, qui risquaient de nous engloutir, de nous étouffer, si elles venaient à échapper à tout contrôle. Mais à l'instar des masses d'insectes rampants qu'elles survolaient, elles ne quittaient pas l'espace qui leur était imparti, comme si elles connaissaient la raison de leur présence, et le bâtiment tout entier vibrait sous l'influence de leur pouvoir.

Le bourdonnement est devenu si intense que j'ai cru que mes tympans allaient exploser en dépit des mains qui les protégeaient. Il nous était impossible de parler. Aucune voix humaine n'aurait pu percer ce vacarme. Si bien que nous avons vu l'entrée des abeilles sans l'entendre. Des abeilles et des guêpes, étincelantes en dépit de la pénombre, bourdonnant et suscitant de nouvelles vibrations, encore plus lourdes que les mouches, les pattes couvertes de pollen. Des pelotons entiers se sont mis en place sur les flancs de l'essaim, scrutant le public de leurs yeux à facettes. Les vibrations se sont encore amplifiées lorsque les corps pesants de millions de reines ont achevé d'emplir l'espace situé au-dessus de la bande, occultant toute lumière, tel un immense rideau de velours.

Nous étions tous silencieux au sein des ténèbres, attendant la suite des événements. Dans l'espace étroit qui se trouvait devant nous étaient massés plusieurs milliards d'insectes parfaitement disciplinés. Nous attendions tous.

Soudain, les oiseaux furent parmi eux. Nous n'avons pas eu tout de suite conscience de leur présence affamée. Puis les lumières se sont allumées au centre du gymnase alors que les insectes, rampants et volants, se dispersaient pour se précipiter vers les issues de secours, se piétinant les uns les autres sous l'effet de la terreur. Je ne sais combien réussirent à s'échapper, car ils avaient devant eux une muraille dévorante, un ennemi pourvu d'un million de gueules.

La voix nasillarde sortant des haut-parleurs a couvert le vacarme, identifiant les prédateurs pour notre bénéfice. J'entendais clairement leurs noms et pouvais les distinguer à mesure que la lumière se faisait plus intense : hirondelles, alouettes et oies des marais aux sinistres cornes de plumes, grives frénétiques, martinets, tète-chèvres, engoulevents et casse-noix picorant furieusement le sol, moineaux par milliers, pies-grièches et guillemots bondissant sur les abeilles et les criquets pris au piège. Avec leurs yeux avides et rusés, ils étaient plus terrifiants que les insectes d'aspect monstrueux dont ils se repaissaient.

Tout fut fini en moins de dix minutes. Les prédateurs ont cessé de pépier, comme s'ils obéissaient à un signal, et ils se sont envolés hors du gymnase. Ne restaient qu'une assistance médusée et un amas de corps d'insectes broyés, dont les ailes parcheminées battaient parfois encore à la lueur crue des projecteurs.

Le silence a régné durant un long moment. Les enfants pleuraient sans honte, accrochés à leurs parents. Quelques spectateurs ont quitté leur siège pour se diriger vers la sortie, évitant soigneusement les piles de petits cadavres.

Nous avons suivi les habitants de la ville dans la nuit fraîche, sans échanger un seul mot, et nous avons regagné l'hôtel.

Le bar abritait quelques-uns de ses habitués, qui buvaient en silence, mais il n'y avait plus trace de la jovialité de la veille. J'aurais aimé les interroger sur l'épreuve de ce soir, savoir en quoi elle différait de celles des années précédentes. Mais je n'ai pas ouvert la bouche. Nous étions toi et moi en train de ruminer notre angoisse intérieure.

« Peut-être pourrions-nous encore...
— Arrête de parler de ça. Je t'en supplie, arrête. »

Nous reposions dans le lit humide, et la distance qui nous séparait était aussi grande que si l'on avait placé entre nous la lame nue d'une épée. Car le lit était humide cette nuit-là. Le ciel s'était empli de pluie et la chambre était glaciale. Cette nuit-là, une dernière chance nous était offerte de parler, peut-être même d'essayer une dernière fois. Nous ne l'avons pas saisie, et il n'y a plus rien à dire.

La troisième et dernière nuit du festival était plutôt claire pour la région. La brume avait disparu quelque part. J'apercevais les étoiles et la lune gibbeuse. Nous savions que nous étions un peu en retard quand nous avons pris la direction du gymnase. Le prévôt et le petit proviseur nous attendaient devant la porte, les yeux fixés sur la rue, et on entendait la musique diffusée par les haut-parleurs. Ils ont accueilli notre arrivée avec chaleur. Le prévôt nous a agrippé le bras et a déclaré :

« Vous n'avez pas changé d'avis, c'est bien sûr ? »

Nous avons acquiescé, toi et moi.

Les lumières étaient déjà tamisées et les spectateurs se tournaient dans notre direction. Le prévôt leur a fait un signe en nous conduisant vers le centre de la salle. Tout allait bien.

Nous étions sous les feux des projecteurs. Le prévôt s'est immobilisé et a pris la parole.

« Mes chers concitoyens, mes chers enfants. Voici que nous arrivons à la dernière soirée de ce festival particulièrement réussi, au cours de laquelle nous allons assister à une nouvelle épreuve des plus passionnantes. De nombreux préparatifs ont été nécessaires à sa mise en œuvre, ainsi que la coopération de nombreuses personnes, et j'aimerais que vous vous joigniez à moi pour les remercier toutes, en particulier nos deux visiteurs de marque, qui ont parcouru plusieurs milliers de kilomètres afin de participer à l'épreuve de ce soir, et cela pour notre plus grand plaisir. »

Il s'est tu le temps que les spectateurs nous applaudissent, puis a repris la parole pour leur expliquer les règles de l'événement auquel ils allaient assister. Je ne l'ai écouté que distraitement car je ne les connaissais que trop bien. Avant d'accepter son invitation plusieurs mois auparavant, nous avions maintes fois discuté de ces règles.

Il a conclu son discours, et les spectateurs l'ont applaudi une nouvelle fois, échangeant ensuite des murmures excités pendant que nous gagnions nos vestiaires respectifs. C'est le prévôt lui-même qui m'escortait, et lorsque nous sommes passés devant les tribunes, les spectateurs m'ont lancé des « Bonne chance » et des « Faites attention », et j'étais presque d'humeur à les croire. L'un d'eux m'a même crié : « Dieu vous bénisse. »

Les ultimes préparatifs étaient la simplicité même. Une fois dans le vestiaire, j'ai ôté mon manteau pendant que le prévôt m'expliquait le fonctionnement du pistolet à un coup et à la lourde crosse en bois, me montrant la balle déjà logée dans la chambre. Il m'a rappelé que chacun des six membres du peloton disposerait d'un pistolet identique, mais qu'un seul d'entre eux serait chargé.

« Savent-ils lequel d'entre eux a le pistolet chargé ?

— Non. Ils tirent leur arme au hasard — cela fait partie des règles. »

Il m'a demandé si je souhaitais sortir dans la cour pour m'entraîner à tirer. Je l'ai remercié de sa sollicitude mais lui ai assuré que nous étions toi et moi des tireurs d'élite, sans quoi nous n'aurions jamais accepté son invitation.

Nous entendions les haut-parleurs diffuser une musique dramatique rythmée par des roulements de tambour. L'ouverture de l'ultime épreuve du festival. Les applaudissements ont éclaté et j'ai su qu'il se passait quelque chose.

Le prévôt a entrouvert la porte.

« Le reste du peloton est en place. Nous y allons ? »

Nous sommes entrés dans le gymnase d'un pas lent sous les applaudissements du public. Les six membres du peloton étaient déjà en rang. Ils avaient tous la même taille et la même corpulence, ils étaient tous vêtus d'une robe blanche, portaient tous une cagoule blanche, des gants blancs et des chaussures blanches. J'ai tenté de reconnaître une silhouette familière, la voussure d'une paire d'épaules, l'inclinaison d'une tête, la position d'un bras. Toute certitude m'était interdite.

Chacun des six tenait à la main un pistolet à la crosse en bois similaire au mien.

J'ai pris place sur la croix située à dix mètres d'eux et leur ai fait face. Six paires d'yeux invisibles me toisaient. Je leur ai rendu leur examen, m'efforçant en vain de reconnaître ceux qui m'étaient familiers.

La tension qui règne dans la salle érode mon calme, et si mon cœur bat aussi fort, ce n'est pas seulement sous l'effet de l'excitation, mais aussi parce que je sais que tu fais partie des six silhouettes qui me font face, que c'est peut-être toi qui tiens l'arme meurtrière. Je reprends mon souffle.

Le premier membre du peloton lève lentement son pistolet et le braque sur ma tête. La voix du prévôt me pose la question rituelle :

« Souhaitez-vous tirer ? »

Ils ne veulent sûrement pas que le jeu cesse si vite. Je risque le coup.

« Non. »

Je vois le doigt s'incurver sur la détente et je reste ferme.

CLIC.

Les applaudissements éclatent et le petit prévôt hoche la tête et m'adresse un sourire de félicitations.

Au bout de quelques instants, la foule se calme et je me concentre à nouveau. Le deuxième membre du peloton me met en joue. J'aperçois un éclat dans ses yeux, mais je n'en distingue pas la couleur. Ni l'intention qui les habite. Se peut-il que ce soit la main qui braque sur moi cette menace de mort ? A quoi penses-tu en cet instant ?

Ma propre main transpire sur la crosse de mon pistolet.

« Souhaitez-vous tirer ?

— Non. »

Je vois avec une clarté surnaturelle le doigt ganté se contracter sur la détente, peut-être est-ce la dernière chose que je verrai.

CLIC.

J'ai fait le bon choix. Applaudissements et cris d'approbation retentissent dans le gymnase. Je reprends mon souffle.

Nouveau silence, plus soudain cette fois-ci. Je suppose que les spectateurs sont impatients de voir quelle tournure vont prendre les événements. Les membres du peloton restent impassibles, deux d'entre eux réduits au rôle de simples spectateurs. Le troisième lève le bras et braque son arme sur ma tête.

Je respire beaucoup trop vite. Cette main sûre, ces yeux insondables. Se peut-il que la balle se trouve dans ce pistolet ?

Se peut-il que ce soit toi, après toutes ces années, qui aies la ferme intention de me tuer ?

« Souhaitez-vous tirer ? »

J'ai besoin de temps, mais on ne m'en donne pas.

« Non. »

CLIC.

Les spectateurs poussent des cris de joie. J'aimerais pouvoir reprendre mon souffle, mais l'air est poisseux de sueur. Et le silence règne à nouveau. La quatrième silhouette a déjà levé son bras et le pistolet est pointé sur ma tête. Je dois réfléchir, analyser la situation, soupeser mes chances. Lequel des trois pistolets restants va receler la balle ? Mon cœur bat à se rompre, jamais je n'ai connu une telle excitation. Je dois oublier les mains qui tiennent cette arme. J'ai à présent la certitude que tu ne changeras pas d'avis, que tu ne te révéleras pas à mes yeux. Je sais que, tout comme moi, tu n'hésiteras pas à tirer, et je ne t'en aime que davantage.

« Souhaitez-vous tirer ? »

Mon instinct me souffle la réponse.

« OUI. »

Je lève mon arme, je tends le bras, je vise. Mon doigt se contracte à peine, comme à l'entraînement. Le pistolet tressaute dans ma main et la silhouette masquée est soulevée du sol, un trou brun apparaît à l'emplacement de son nez, et son corps retombe en arrière, du sang jaillit de sa tête, le pistolet reste accroché à sa main.

L'écho de la détonation n'en finit pas de rebondir sur les murs. La puanteur de la poudre étouffe les odeurs qui imprègnent le gymnase. Silence total, pas d'applaudissements, rien qu'un tintement dans mes oreilles. J'ai tué quelqu'un mais je n'éprouve aucun sentiment, je sais seulement que j'ai tenté ma chance, que j'ai fait mon choix ; cette phase de l'épreuve est achevée. A présent, je ne suis plus qu'un spectateur parmi tant d'autres. J'entends mon pistolet vide tomber à terre.

Le peloton semble indifférent au sort de son membre défunt. La cinquième silhouette lève son pistolet.

Soudain, un flot de sentiments déferle sur moi. Pourquoi, pourquoi ai-je tiré si tôt ? Je me tourne vers le prévôt. Je veux lui dire ce que je pense de ce jeu cruel. Mais son visage renfrogné ne m'apprend rien. Il est trop passionné par l'épreuve, tout comme les spectateurs. Je sens que ceux-ci me refusent désormais leur sympathie. Ils espèrent tous que j'ai commis une erreur, que la balle se trouve dans l'un des deux derniers pistolets. Qu'ils vont pouvoir jouir d'un autre assassinat.

Je fixe des yeux le canon de l'arme. Mes jambes fléchissent. Mais je ne dois pas montrer ma peur, comme nous en avons convenu. Je me demande à quoi tu penses en me regardant. Je me demande si c'est toi qui tiens le pistolet. Je me demande quel effet ça fera de mourir.

Je regarde le doigt se contracter. Je retiens mon souffle.

CLIC.

Soulagement. Cette fois-ci, je suis empli de soulagement, de vie, et je prends goût à l'épreuve. Mais un silence de mort règne dans le public et je ne peux pas m'empêcher de me demander pour quelle raison. Je leur ai presque tout donné de ce que l'épreuve peut leur procurer. Le dernier membre du peloton va bientôt prendre son tour et je n'ai peut-être plus que quelques secondes à vivre. Je ne souhaite qu'une seule chose : poursuivre la partie.

Le pistolet se lève lentement dans la main de la sixième silhouette. Son habileté me rappelle celle que tu manifestais quand nous nous entraînions au tir en prévision du festival. Si seulement je pouvais voir ses yeux. Rien ne pourrait me rendre cet instant plus excitant que de savoir que c'est toi qui es sur le point de tirer. Je t'en prie, fais-moi un signe.

Le doigt commence à presser la détente. Serai-je capable d'entendre la détonation, les premiers lambeaux de bruit, de voir la balle foncer sur ma tête, de goûter le métal et les débris de cervelle ? Mon cœur bat à tout rompre et je m'écrie :

« C'est toi ? »

CLIC.

Rien n'a changé. Les lourds battements de mon cœur, l'odeur de sueur qui imprègne le gymnase, la lueur crue des projecteurs, le peloton au garde-à-vous, le silence dans les tribunes.

J'aperçois vaguement le prévôt qui se dirige vers moi. Il ne sourit pas. Il me félicite sans le moindre enthousiasme, puis me murmure que je devrai peut-être partir. Le festival est terminé. J'éprouve un certain trouble devant ce silence, face à la désapprobation que rencontre ma survie, face aux regards hostiles des spectateurs, enfants y compris.

Je lâche la main du prévôt et me dirige vers le peloton, vers la silhouette recroquevillée qui gît sur le sol, couchée sur le flanc dans une mare de sang. Les cinq autres l'entourent, immobiles. Je me baisse et mes doigts malhabiles tirent sur la cagoule, l'arrachent de la tête. Et je découvre tes cheveux. Tes cheveux qui jaillissent en flots de la cagoule, tes cheveux si blonds à présent rouges de sang, que j'ai caressés chaque soir et chaque matin pendant toutes ces années. Le prévôt me prend par le bras.

Je l'écarte d'un geste brusque. Le pistolet. Le pistolet est toujours serré dans ta main gantée. Je me penche et je décrispe tes doigts. J'ouvre la culasse.

Il n'y a aucune balle dans la chambre de ton pistolet.

Je me rappelle avoir quitté le village tôt le lendemain, par un de ces matins brumeux qui sont si fréquents dans les collines en cette saison. Le prévôt et le directeur de l'hôtel m'aidèrent à descendre mes bagages jusqu'au taxi. Tout le reste du village était encore endormi. Le prévôt ne m'a pas demandé de revenir, contrairement à ce qu'il avait fait deux ans plus tôt.

Nous avons roulé vers le nord, longeant les bâtiments gris des faubourgs de la ville, longeant le cimetière où les pierres tombales émergeaient de la brume. Le chauffeur de taxi n'était guère bavard, mais je l'ai vu de temps en temps me jeter un coup d'œil dans le rétroviseur.

Je n'ai pas dormi dans l'avion. Jamais nous n'avions été capables de dormir dans l'avion.

Et lorsque j'ai été de retour ici, dans la ville, j'ai beaucoup bu. Il m'a fallu une longue période avant de reprendre mes habitudes. J'ai expliqué à nos amis pourquoi nous ne vivions plus ensemble, et je pense qu'ils ont compris, une fois passé le choc initial.

Lorsque j'ai compris, à l'issue de la dernière épreuve, que tous les pistolets du peloton étaient vides, que seule mon arme était chargée, j'ai regardé le prévôt droit dans les yeux et lui ai dit, très calmement je pense :

« Vous avez menti. Vous m'avez fait commettre un meurtre. »

Il ne m'a pas répondu, s'est contenté de me fixer des yeux. Puis, d'une voix très douce, il m'a dit que le moment était venu de partir.

Je dors rarement ces temps-ci, mais lorsque cela m'arrive, je rêve parfois que tu es encore en vie et que nous nous parlons. Que nous nous parlons longuement. Peut-être que nous avons toutes les conversations que nous n'avons jamais eues. Et quand je me réveille, je suis en larmes et je ne parviens jamais à me souvenir de ce que nous nous sommes dit.

Traduit par Jean-Daniel Brèque

HUGH B. CAVE

Celles qui attendent

Comme nombre d'amateurs de fantastique, j'ai une tendresse particulière pour la tradition des pulps, *une tradition dont Hugh B. Cave incarne les meilleures qualités. Il a publié sa première nouvelle, « Corpse on the Grating », à l'âge de vingt ans ; c'était il y a plus de soixante ans, mais il est toujours actif aujourd'hui, au grand plaisir de ses admirateurs. « Celles qui attendent », cependant, a marqué son retour à l'horreur en 1975 après un long hiatus, durant lequel on a surtout vu sa signature dans des magazines de prestige tels* The Saturday Evening Post *et* Good Housekeeping.

Nombreux seront les lecteurs à reconnaître ici les motifs familiers de « la vieille maison sinistre » et des « voyageurs égarés ». Mais quel traitement leur inflige l'auteur ! On pourrait dire que ce récit merveilleusement terrifiant s'insinue dans l'esprit jusqu'à sa conclusion en coup de poing, et si jamais il existe un conte exploitant jusqu'à leurs limites toutes les possibilités de la dualité attraction/répulsion, c'est bien celui-ci.

HALPER, l'agent immobilier du village, demanda, les yeux fuyants :

« Vous êtes les mêmes qui avez regardé l'endroit en avril, non ? Vous êtes les mêmes, c'est sûr. Ceux qui se sont retrouvés pris au milieu de cette saloperie de tempête de neige et qui ont passé la nuit là-bas. Mr. et Mrs. Wilkes, hein ?

— Wilkins », corrigea Norman qui, sourcils froncés, observait une photographie épinglée sur un mur du bureau défraîchi que tenait le vieux bonhomme. C'était une photo jaunie, parsemée de chiures de mouches, représentant la maison elle-même, dans toute la splendeur de son délabrement et de sa crasse.

— Vous voudriez regarder de nouveau ?

— Oui ! » s'exclama Linda.

Sa nervosité proche de l'hystérie attira les regards des deux hommes. Norman, le mari, se sentit quelque peu alarmé, une fois de plus, par l'intensité du regard qui transformait les adorables yeux bruns en braises ardentes — braises que remplaça bien vite une expression de culpabilité. Elle bafouilla, comme pour se justifier :

« Nous cherchons toujours une maison, une vieille et grande maison que nous pourrions restaurer, Mr. Halper. Nous n'avons pas cessé d'explorer — et nous avons conclu que le domaine de Creighton nous conviendrait à merveille. »

Toi, tu as conclu que l'endroit conviendrait à merveille, corrigea Norman en lui-même. Il avait abhorré la maison que Harper leur avait fait visiter quatre mois auparavant. La violence de son dégoût ne s'était pas encore émoussée, et le temps n'affadirait jamais l'expression choquée qu'il découvrit alors sur le visage de Linda. Lorsqu'il franchirait cette porte vieille de cent soixante-dix ans, il détesterait et craindrait la maison autant que la première fois, aucun doute à ce sujet.

Reverrait-il cette expression sur le visage de sa femme ? Dieu l'en garde !

Halper poursuivit :

« Eh bien, je crois que je ne dois pas vous accompagner, cette fois. Je vous demanderai de me rendre les clés quand vous en aurez terminé, comme vous l'avez fait il y a quatre mois. »

Norman prit le trousseau que lui tendait Halper et, de toute évidence sans le moindre enthousiasme, remonta en voiture.

Quatre miles séparaient le village de la maison. Un mile d'un sentier étroit, trois d'une route boueuse qui semblait oubliée, abandonnée même, dans cette partie négligée de la Nouvelle-Angleterre. A trois heures de l'après-midi, en ce jour d'août qui dispensait une chaleur oppressante, seul le ronronnement du moteur déchirait le profond silence vert. La chaleur du soleil avait même absorbé le vrombissement des insectes et le gazouillis des oiseaux.

Norman restait silencieux, lui aussi — silencieux d'appréhension. A côté de lui, la femme qu'il adorait et qu'il avait épousée voilà moins de deux ans se penchait en avant pour mieux découvrir leur lieu de destination. Elle paraissait avoir oublié l'existence de Norman ; seule comptait encore la maison.

Elle apparut.

Rien n'avait changé. Elle était restée laide, immense, avec une véranda devenue pitoyable et trop peu de fenêtres. Elle était vieille. La pluie avait fait disparaître la peinture blanche et conféré à l'ensemble une vilaine couleur gris plomb. Selon le vieil Halper, les Creighton avaient vécu dans cette maison pendant des générations ; ils s'étaient exilés de Salem où une femme de la famille avait été pendue pour sorcellerie et démonolâtrie, au cours de la vague de démence qui avait frappé la ville. Une histoire plus que vraisemblable.

Pendant qu'il arrêtait la voiture devant la véranda, Norman observa la jeune femme à côté de lui. Pourquoi, par le ciel, cette femme qu'il adorait, son amour d'enfance, s'était-elle montrée si entêtée pour revenir ici ? Elle ne l'était pourtant pas, au début : de longs jours, après cette épreuve abrutissante, elle était restée déprimée, refusant même d'évoquer l'événement. Et puis, quelques semaines plus tard, le changement. Et quel changement ! Très subtil, au début, aussi subtil, à dire vrai, que sa nature ouverte pouvait le dissimuler. « Norm, te rappelles-tu cette vieille maison dans laquelle nous avons dû nous réfugier pendant la tempête de neige ? Crois-tu que nous aurions pu l'aimer dans d'autres conditions ? »

Puis, moins de subtilité :

« Norm, ne pouvons-nous pas aller revoir la maison des Creighton ? Je t'en prie... Norm... »

Pendant qu'il introduisait la clé dans la serrure, il lui tendit la main.

« Tu te sens bien, ma chérie ?

— Évidemment ! Ne pose pas de questions stupides ! »

La même voix qu'il avait découverte dans le minable bureau de Halper, impatiente, critique. *Ne pose pas de questions stupides !*

Il ouvrit la porte, avec une prémonition de désastre.

Rien n'avait changé.

Halper avait parlé de « maison meublée » — sans doute pour donner libre cours à son esprit facétieux. On découvrait des ruines poussiéreuses de meubles et de tapis dont quelqu'un ou quelque chose, sans aucun doute, s'était servi. Cette maison n'était *pas* restée vide depuis huit ans, quoi que prétendît Halper. Cette sensation s'imposa *de nouveau* à l'esprit de Norman, alors qu'il suivait sa femme dans les pièces du rez-de-chaussée et dans les chambres à coucher, au premier étage. La sensation se révélait plus puissante qu'il ne s'y était attendu. Désespéré, il aurait voulu reprendre la main de Linda et lui crier : « Non, non, ma chérie ! Allons-nous-en d'ici ! »

Au premier étage, lorsqu'elle s'arrêta au milieu de la grande chambre à coucher et qu'elle se tourna lentement pour tout observer à loisir, il lui demanda, d'une voix désemparée :

« Ma chérie, je t'en prie,... que se passe-t-il ? Que veux-tu au juste ? »

Pas de réponse. Il avait cessé d'exister. Elle se heurta même à lui quand elle alla s'asseoir sur le vieux lit à colonnes dont le matelas présentait de larges taches d'humidité. Une fois assise, elle continua à regarder autour d'elle, de ce même regard vide. Il s'approcha, lui prit les mains.

« Linda, pour l'amour du ciel... que se passe-t-il, ma chérie ? »

Elle lui sourit.

« Je vais très bien. Ne te fais pas de souci pour moi. »

Il se souvenait d'une vieille couverture, sur le lit, quand ils étaient entrés pour la première fois en ces lieux. Il avait même pensé s'en servir pour envelopper Linda qui tremblait de froid — la maison était glaciale mais, à cause de la voiture complètement bloquée par la neige qui ne cessait de s'amonceler, ils devaient passer la nuit dans cette maison. Hélas, la couverture empestait, tant elle était vieille, et Linda s'était recroquevillée à son seul contact. Et puis, une idée lui avait traversé l'esprit, comme un éclair :

« Attends... Peut-être qu'en glissant cela sous les pneus, je pourrais... Viens... Cela vaut la peine d'essayer !

— J'ai froid, Norm ! Laisse-moi ici.

— Ça ira ? Tu n'auras pas peur ?

— Mieux vaut avoir peur que d'être gelée.

— Bien... je reviens très vite. »

Combien de temps était-il resté ? Dix minutes ? Vingt ? A deux reprises, la voiture avait failli s'arracher à la neige bourbeuse qui l'engluait. A deux reprises, la couverture trempée s'était enroulée autour des roues qui l'avaient envoyée voler dans l'air, comme un gigantesque oiseau jaune ; il avait été obligé de courir à l'aveuglette alors que le vent glacé lui fouettait le visage — déjà à moitié gelé. Disons donc vingt minutes, certainement pas plus. Puis il avait abandonné cette tentative insensée, traîné la patte, découragé, vers la maison et grimpé de nouveau les escaliers menant à la chambre.

Il retrouva Linda assise sur le lit, comme elle était assise à présent. Aussi blanche que neige. Les yeux grands ouverts. Regardant quelque chose — ou l'intérieur de quelque chose — qu'elle seule pouvait apercevoir.

« Que se passe-t-il, Linda ?

— Rien... rien... »

Il lui pressa les épaules.

« Regarde-moi ! Abandonne cette expression hagarde ! Qu'as-tu ?

— Je crois que j'ai entendu quelque chose... vu quelque chose.

— Tu as vu *quoi ?*

— Je ne sais pas... Je ne me souviens pas. »

Il l'attira, la serra de toutes ses forces et regarda l'ouverture de la porte avec un air de défi. Étrange. Une couche d'un brouillard mince comme une feuille de papier rampait sur le sol, là-bas, et sortait en direction du corridor. Il remarqua aussi des ombres flottantes, formées par ce même brouillard sombre dans les coins de la pièce, comme des restes d'un nuage qui aurait empli naguère toute la chambre. Mais n'était-ce pas son imagination qui lui jouait des tours ? Pendant un moment, cette fumée parut bel et bien présente. Un instant plus tard, elle avait disparu.

Et l'odeur ? S'agissait-il d'un tour que lui jouait son imagination ? Il n'avait pas prêté attention, jusqu'à présent, à ces remugles de moisissure qui empuantissaient la pièce. On aurait juré qu'ils venaient de naître, à moins que ses sens ne lui jouassent de mauvais tours. Une odeur robuste, particulière, une odeur d'homme, de toute évidence. Elle s'affadissait, elle aussi.

Détails, tout ceci ! *Il y avait quelqu'un dans cette maison,* par le ciel ! Il avait ressenti une présence étrangère quand Halper se trouvait auprès d'eux. Il l'avait ressentie davantage quand celui-ci les avait laissés. Quelqu'un, quelque chose les suivait partout et les guettait.

Il s'aperçut alors que la fermeture Éclair qui fermait la robe de Linda, dans le dos, était ouverte. Alors qu'il la pressait contre lui, ses mains passèrent soudain sous la robe et se posèrent sur la chair nue. Le corps était glacé. Plus glacé que cette neige qu'il venait d'affronter, au-dehors. Glacé et moite.

La fermeture Éclair. Il fit glisser ses doigts tout au long. Ouverte jusqu'en bas. Qu'avait-elle essayé de faire, au nom du ciel ? C'était Linda, sa femme, et elle l'aimait. C'était la femme qui, au club, quelques semaines auparavant, avait giflé à tour de bras le riche et superbe play-boy qui avait tenté de l'inviter à une soirée d'échangistes. Avec lenteur, il remonta la fermeture, puis repoussa Linda doucement pour la tenir à bout de bras et observer son visage.

Elle ne semblait pas avoir conscience qu'il l'eût touchée. Ni même qu'il existât. Elle était toute solitude et regardait toujours ce monde secret d'où il était banni.

Le reste de cette première nuit avait paru interminable. Linda était couché sur le lit ; lui, il était resté assis à côté d'elle, attendant les premières lueurs du jour. Elle semblait dormir, la plupart du temps. Parfois, par contre, elle paraissait aussi éveillée que lui, même si elle ne répondait à aucune de ses questions. Vers quatre heures, le vent mourut et la neige cessa de gifler les carreaux à grands coups humides. Jamais il n'avait aussi bien accueilli un début de journée, même avec la perspective de ne pouvoir dégager sa voiture et de devoir marcher sous et dans la neige jusqu'au village d'où quelqu'un enverrait une dépanneuse.

Et voilà qu'il s'était laissé persuader de revenir ici, en plein été. Il devait être fou.

« Norman ? »

Elle s'était assise sur le lit, le même lit, mais au moins, elle le regardait — elle ne regardait plus, à travers lui, ce monde qui la fascinait.

« Norman, tu aimes un petit peu cette maison, n'est-ce pas ?

— Si tu entends par là que j'envisagerais sérieusement de vivre ici... »

Il secoua la tête — et avec quelle énergie !

« Non, par tous les saints du Paradis ! J'en ai horreur.

— C'est vraiment une adorable vieille maison, Norman. Nous pourrions la remettre en état petit à petit. Me trouves-tu folle ?

— Si vraiment tu peux imaginer vivre dans ce tombeau, je suis certain que tu es folle. Mon Dieu, Linda, tu étais et tu es épouvantée, dans cette maison, au point de perdre toute sensation. Et dans cette chambre...

— C'est vrai, Norman ? J'avais vraiment peur ?

— Et comment ! Même si je vis jusqu'à cent ans, je reverrai toujours l'expression de ton visage.

— Quelle sorte d'expression, Norman ?

— Je ne sais pas. Une expression... une expression particulière, c'est tout. Au nom du ciel, qu'as-tu *vu* pendant que j'essayais de débloquer cette maudite voiture ? Qu'est-ce que c'était que ce brouillard ? Et cette puanteur ? »

Elle sourit et lui tendit les mains.

« Je ne me souviens d'aucun brouillard et d'aucune puanteur, Norman. Je me sentais un peu effrayée. Je t'ai dit que... j'avais cru entendre quelque chose.

— Tu aurais même *vu* quelque chose.

— Ai-je dit cela ? Je l'ai oublié. »

Sans cesser de sourire, elle regarda autour d'elle — le jardin de roses en boutons qui décorait le papier mural souillé par le temps, le bureau minable qui portait un vase solitaire en verre taillé — mais brisé.

« C'est le vieux Mr. Halper qui doit être tenu pour responsable, Norman, lui et ses histoires de sorcières.

— Il ne nous a pas rebattu les oreilles avec ses histoires, Linda.

— L'allusion à cette femme pendue à Salem m'a suffi. Il s'en est servi comme d'un hameçon, puisque je lui avais révélé que tu écrivais des romans de mystère. Il t'a sans doute imaginé revêtu d'une sorte de cape à la Dracula, scribouillant tes histoires avec une plume d'oie, à la lueur d'une lampe à pétrole, et il s'est dit que la maison et l'histoire de ses occupants te conviendraient à merveille. »

Son rire doux, un son magique, rassurant, rappela à Norman à quel point il aimait cette femme et à quel point elle l'aimait, combien leur vie commune n'avait été qu'harmonie et tendresse — hormis cet inexplicable intérêt de Linda pour la maison. Pourtant, il ne pouvait lui permettre de remporter cette joute.

« Écoute, Linda. Si cette maison est aussi charmante que tu le prétends, comment expliques-tu qu'elle soit restée vide pendant huit ans ?

— Mr. Halper nous a tout expliqué, Norman.

— C'est vrai ? Moi je ne m'en souviens pas.

— Il nous a raconté que la dernière personne à avoir vécu ici, une vieille femme, est morte il y a huit ans, âgée de quatre-vingt-treize ans. Elle s'appelait Stanhope, je crois (c'était le nom de son mari), mais en fait, elle appartenait à la famille des Creighton et portait d'ailleurs le même prénom que la femme pendue à Salem : Prudence. Après sa mort, il y a eu des problèmes juridiques concernant la propriété, parce que le mari était mort quelques années plus tôt dans un asile, sans laisser de testament. »

A contrecœur, Norman approuva. En vérité, il n'avait guère prêté attention aux radotages du vieillard, mais il se souvenait en effet avoir entendu que le dernier propriétaire de la maison avait dû être enfermé dans une clinique psychiatrique. Il s'était même dit que cette folie devait s'expliquer par un trop long séjour dans une maison aussi inquiétante.

Ennuyé d'avoir perdu la discussion (à tout le moins, de ne pas l'avoir gagnée), il se détourna du lit et se dirigea vers une fenêtre d'où il regarda la cour. C'était là, un peu à droite, que, quatre mois plus tôt, il avait tenté en vain de remettre sa voiture en marche. Maintenant, il lançait un regard venimeux à l'endroit et s'exclama :

« Mais... mais c'est pas possible !

— Que se passe-t-il, mon chéri ? demanda Linda, depuis le lit.

— J'aurais juré que nous avions laissé la voiture dans un creux, cette fameuse nuit. Un creux où la neige aurait dû se fourrer avec enthousiasme. Mais ce n'est pas le cas : elle se trouvait dans la partie la plus haute de la cour.

— Le sol était peut-être mou.

— Non, non ! C'est de la pierre.

— Un glissement, peut-être...

— Je suppose que... »

Soudain, il pressa littéralement le nez contre la vitre.

« Mais... Mais nous avons crevé !

— Comment ?

— Un pneu à plat. Ils sont pourtant tout neufs. Nous avons dû ramasser un clou quand nous nous dirigions vers ce stupide endroit ! »

Il se précipita vers le lit et saisit la main de la jeune femme.

« Allons, viens ! Pas question de te laisser toute seule, cette fois ! »

Elle ne protesta pas et le suivit, soumise. Ils descendirent, franchirent le couloir du rez-de-chaussée, puis la porte principale. Sous la véranda, elle hésita une seconde, regarda derrière elle, comme prise de panique. Pourtant, quand il lui agrippa la main, de nouveau, elle le suivit comme une esclave, descendit les marches avec lui et parvint à la voiture.

Le pneu avant gauche était tout plat. Il s'accroupit, chercha le clou coupable et n'en découvrit aucun. Il était sans doute en dessous du pneu. Rien ne l'énervait plus qu'un pneu crevé. Dans un monde parfaitement organisé, pareil incident ne pourrait pas se produire. Dans un monde parfaitement organisé, d'ailleurs, il n'existerait aucune route aussi minable que celle qu'ils avaient dû parcourir, ni de maison aussi odieuse que celle-ci.

Marmottant et marmonnant, il ouvrit le coffre, d'où il sortit un cric, divers outils, des rustines et d'autres accessoires de ce genre. Il se mit à travailler.

Étrange. Il ne découvrit aucun clou dans le pneu. Aucune crevaison, aucun trou. Ou alors, un trou si fin qu'il échappait à l'œil nu. Quoi qu'il en fût, la constatation ne lui rendit pas sa bonne humeur alors qu'à genoux, il se colletait avec la roue de secours.

Puis il fit baisser le cric et le nouveau pneu s'aplatit doucement dès qu'il entra en contact avec le sol. Norman resta sur les genoux, regardant d'un œil incrédule.

« Mais... mais... »

Jamais pareil phénomène ne s'était produit.

Il remonta la voiture, déboulonna la roue et observa le pneu avec attention. Pas de trou, pas de crevasse, pas d'usure. C'était un pneu tout neuf, comme les autres. Plus neuf encore, puisqu'il n'avait jamais servi. Il avait un jour acheté, mû par il ne savait plus quelle impulsion, tout un nécessaire pour réparer les pneus crevés. Il se souvenait parfaitement de la publicité : « Réparez un pneu troué en quelques minutes, sans même devoir déboulonner la roue. » Certes, mais comment réparer un pneu qui ne présentait aucun trou ?

« Linda, c'est de la folie pure ! Nous devrons marcher jusqu'au village, comme la première fois. »

Elle n'était plus là.

Il bondit sur ses pieds.

« Linda ! Où es-tu ? »

Depuis combien de temps était-elle partie ? Il avait consacré quelque quinze ou vingt minutes à cette fichue bagnole et il comprit soudain que, pendant tout ce temps, elle ne lui avait pas adressé la parole. S'était-elle de nouveau glissée dans la maison au moment où la réparation l'absorbait tout à fait ? Elle savait à quel point il pouvait se concentrer sur un problème. Lorsqu'il écrivait, par exemple, elle pouvait aller et venir dans la pièce sans qu'il s'en aperçût.

« Linda... pour l'amour du ciel... non ! »

Hurlant son prénom, il tituba vers la maison. La porte résonna quand il se jeta dessus et le son lui emplit les oreilles lorsqu'il chancela dans l'entrée. Celle-ci n'était plus un ancien corridor poussiéreux, mais bien un tunnel qu'emplissaient une obscurité prématurée et d'étranges chuchotements.

Il savait où la trouver. Dans cette chambre maudite, en haut des escaliers, là où il avait surpris ce regard d'horreur, quatre mois plus tôt, et où elle avait essayé, avec tant de ruse, de lui dissimuler la vérité. Mais comme elle semblait difficile à atteindre, à présent, cette chambre ! Un brouillard tourbillonnant remplissait l'escalier et faisait trébucher Norman sur chaque marche. La fumée prenait parfois la forme de mains qui s'avançaient pour s'emparer de lui et pour l'empêcher de monter.

Il s'arrêta, confus. Les mains, cette fois, le poussèrent en avant. Elles jouaient avec lui, rien de plus sûr, se moquaient de ses efforts frénétiques pour parvenir à la chambre, mais l'encourageaient à grandes caresses afin qu'il n'abandonnât point. Les murmures devinrent mots. A tout le moins, parurent devenir mots. « Viens, Norman... mon doux Norman... viens, viens, viens... »

Dans le corridor du premier étage aussi, le brouillard tournoyant le défiait, s'épaississant jusqu'à former une masse mouvante qui dissimulait la porte d'entrée. Il haletait, jurait. Laissez-moi tranquille ! Allez au diable ! Hors de mon chemin ! Il lutta pour trouver la porte d'entrée et finit par la trouver — ouverte, comme Linda et lui l'avaient laissée. Mains tendues, il se fraya un passage et franchit le seuil.

La présence étrangère se faisait plus impérieuse, dans la chambre. La sensation d'affronter quelque créature invisible s'accroissait au point de prendre possession de tout son être.

Pourtant, les assauts dont il avait été victime se révélèrent moins violents une fois qu'il fut entré dans la pièce. Les mains qui avaient tenté de le saisir, dans l'odieuse obscurité, étaient devenues tendres, douces, caressantes. Elles le serraient avec une douceur de velours qui lui procurait un étrange plaisir. Quelque chose de voluptueusement féminin emplissait la pièce — il crut même discerner une odeur, faible mais incomparable, de femme en chaleur.

Une odeur, non, un parfum. Un relent charnel qui agissait sur ses sens comme une drogue. Étourdi, il cessa de lutter, quelques instants, pour voir ce qui allait se passer. Le murmure devint invitation, promesse d'incroyables délices. Mais il ne s'autorisa pas à écouter trop longtemps, hurla le nom de Linda et se précipita vers le lit, qu'il atteignit enfin.

Elle n'était pas là, assise à regarder le monde secret qu'elle seule connaissait. Le lit était vide et la voix enchanteresse riait doucement, dans le brouillard obscur, se moquait de son effroi. « Viens, Norman... mon doux Norman... viens viens viens... »

Il sentit deux paumes se poser sur ses épaules, par-derrière, l'obliger à se retourner puis le repousser, non sans douceur. Il tomba sur le matelas moisi, jetant ses mains en avant, sans trop croire à son geste, pour empêcher l'ombre mouvante de s'emparer de lui. Mais elle l'engloutit — la voilà autour de lui, en lui, malgré sa faible résistance. L'odeur de femme en rut aiguisait tous ses sens, émoussait sa volonté de résister.

Alors qu'il abandonnait la lutte, il entendit un grincement de gonds rouillés, suivi d'un bruit étouffé, du côté de la porte, protégée par les fumées noires. La chambre était close. Il ne hurla pas. Il ne s'inquiéta pas. Il se sentait bien où il se trouvait, sur le lit, troublé par des caresses aussi douces que précises. Quand il se sentit tout à fait détendu, la forme fondit sur lui avec un plaisir qui semblait ne plus connaître la moindre contrainte. Elle l'effleura, le caressa jusqu'à le mener au sommet de l'excitation.

A présent, les mains invisibles ouvraient sa chemise, puis, lentement, sûres d'elles, glissèrent vers la ceinture. A ce moment, il entendit un son. Une seconde, il ressentit une intense surprise. Bien que le son résonnât à travers le mur décrépit, derrière lui, bien qu'il provînt de la chambre à coucher voisine, Norman se crut dans sa chambre à coucher, chez lui. Combien de fois Linda et lui s'étaient-ils moqués de ce son, si commun aux véritables amants — ces petites syllabes incohérentes qui explosaient chaque fois qu'ils faisaient l'amour ?

Elle était donc heureuse, elle aussi. Tout allait pour le mieux. Aucun mensonge, aucune hypocrisie. Après tout, comme l'avait suggéré ce gaillard, au club, l'échangisme était à la mode, non, en ces années soixante-dix de Notre-Seigneur ? Il aurait pu en citer, des couples qui pratiquaient ce genre de sport.

Il devait acheter cette maison : Linda avait raison d'insister. Bien entendu ! Elle avait tout à fait raison. Avec un soupir de satisfaction, il ferma les yeux et se détendit, toute idée de culpabilité l'ayant abandonné à tout jamais.

Quelque chose le troubla, pourtant. De toute évidence, ce n'étaient plus deux mains qui le caressaient, mais bien davantage. S'agissait-il d'ailleurs de mains ? Elles semblaient si froides, si moites, si avides — au point que le plaisir commençait à le céder à la terreur.

Il ouvrit les yeux, constata, à son intense stupéfaction, que le brouillard noir s'était levé. Il pouvait voir. Peut-être la vision ne le frappa-t-elle qu'au moment où il abandonnait la lutte à jamais, au moment où disparaissait sa dernière parcelle de culpabilité. Il gisait sur le dos, nu, une partenaire sans nom à moitié de côté, à moitié sur lui. Il voyait les seins squameux, difformes, s'écraser sur sa poitrine et le visage monstrueux, démoniaque, flotter au-dessus du sien. Au moment où il hurla, il vit qu'elle avait plus de deux mains — elle le caressait d'une longue suite de mains qui bordaient de longs tentacules exigeants.

Avant que son cri ne devînt un hurlement hystérique, il eut encore le temps d'entrevoir trois autres de ces créatures accroupies près du mur, tentacules dirigées vers lui, impatientes de pouvoir le caresser à leur tour.

Traduit par Jacques Finné

THOMAS M. DISCH

Mort et la jeune fille solitaire

Le marché de l'édition a toujours été inondé d'histoires de jeunes femmes déprimées qui ne voient qu'une seule issue à leur désespoir. (Voyez Anna Karénine.*) Thomas M. Disch, toutefois, a écrit ce conte mordant récemment, et il pensait surtout à Helen Gurney Brown. Brossant le tableau d'une misère factice, où figurent des 33-tours sans pochette et des cendriers jamais vidés, voici qu'il nous présente Jill Holzman, une habitante de Greenwich Village.*

A quoi ça sert de continuer à vivre ? se demande-t-elle, sentant confusément que les choses ne peuvent pas *empirer quand on se retrouve incapable de regarder toute seule un épisode supplémentaire des « Pierrafeu » ou de cuire des biscuits qu'on s'interdit de manger. En outre, ça fait cinq jours qu'il pleut sans discontinuer. Devant cette horrible monotonie, Mort apparaît soudain comme la solution idéale... Il est malheureusement absent lorsqu'elle l'appelle, mais, heureusement, il dispose d'un répondeur...*

A quatre heures et demie, un pluvieux après-midi de la fin juin, Jill Holzman décida qu'elle était au bout du rouleau. La vie ne valait pas la peine d'être vécue et, de toute manière, sa vie à elle en était-elle bien une ? Elle avait pris la même décision un jour, à la fac, et avalé des pilules, mais elle s'était arrangée pour qu'on la découvrît. Cette fois, pourtant, elle était sincère.

Elle tira une chaise jusqu'à la bibliothèque, construite de ses mains, et y grimpa pour attraper son exemplaire de *Gestalt Therapy* sur l'étagère du haut. A l'intérieur, sur la page de garde, elle avait inscrit le numéro de téléphone de Mort. C'était un type avec qui elle avait discuté dans le car qui l'emmenait à un camp de World Fellowship, dans les Catskills, qui le lui avait donné. Le type en question vivait dans un ashram proche d'Ashokan et s'intéressait à tout ce qui touchait à l'occultisme. Il avait donné à Jill de quoi remplir ou presque tout un agenda d'adresses des organisations à contacter, et aussi celles d'un guérisseur parapsychologue de Mexico, d'un thérapeute reichien à l'Albert Hotel, d'un groupe dissident de scientologistes radicaux de gauche et de Mort.

Elle composa le numéro de Mort. Il était occupé.

Elle lut quelques pages de *Gestalt Therapy* et fit un nouvel essai. Cette fois-ci, elle obtint une réponse mais ce n'était pas Mort en personne, seulement un répondeur. Elle laissa son numéro de téléphone.

Puis, se sentant abandonnée et profondément abattue, elle gagna le placard qu'elle baptisait cuisine et confectionna une double fournée de sablés. Quand elle eut fini de laver les jattes et les plaques, elle fourra les biscuits encore chauds dans un sac-poubelle de plastique noir, le ferma hermétiquement et le jeta dans le vide-ordures. Faire la cuisine lui redonnait toujours le moral mais l'idée de manger les gâteaux était au-dessus de ses forces. De toute façon, elle voulait maigrir.

Deux jours plus tard, au beau milieu d'une émission spéciale de NBC sur l'usage abusif des stupéfiants, le téléphone sonna.

« Allô, dit-elle, pleine d'espoir.

— Allô, je voudrais parler à Miss Holzman.

— C'est elle-même.

— Mort à l'appareil, Miss Holzman. Vous avez cherché à me joindre il y a deux jours mais j'étais absent.

— Ah, oui ! » Elle avait les genoux en coton, comme si elle venait d'être élue présidente de sa classe et qu'il lui fallait improviser sur-le-champ un discours devant toute une assemblée. « Merci d'avoir rappelé. »

Mort ne dit rien. On n'entendait pas même le souffle de sa respiration dans le combiné.

« Je me demandais, commença-t-elle en hésitant, si vous accepteriez de venir me voir... » Le silence se prolongea. Elle prit une profonde inspiration. « J'habite 35, Barrow Street. Appartement 3-C. Si vous prenez le métro de la 7ᵉ Avenue et que vous descendez à Sheridan Square, c'est juste au coin. » Elle s'avisa soudain qu'il préférait peut-être qu'elle se déplace elle-même. « Ou si vous êtes trop occupé...

— Non », dit Mort, après un moment suffisamment long pour qu'il fût manifeste que c'était oui. « J'ai beaucoup à faire, bien sûr, sinon je vous aurais rappelée avant. C'est la pluie. Une longue période de mauvais temps m'apporte toujours un surcroît de travail. »

Jill se demanda si c'était la seule chose qui l'avait déprimée. La pluie tombait maintenant depuis cinq jours, queue d'un ouragan qui avait causé des dégâts s'élevant à cent millions de dollars. Mais non, c'était plus qu'un cafard passager. Elle se serait tenue à sa décision par la journée la plus ensoleillée de l'année.

« C'est épouvantable, acquiesça Jill, et elle ne parlait pas seulement du temps mais de l'existence en général.

— Vous ne m'avez toujours pas dit, Miss Holzman, ce que vous désiriez exactement.

— Oh ! » Elle essaya de ne pas laisser paraître sa contrariété. « Ai-je vraiment besoin de l'énoncer en toutes lettres ? » Mort ne dit rien. « Ce que je veux, c'est être morte.

— Parfait. Demain matin, cela vous irait ? Disons, à dix heures ?

— Est-ce que vous ne pourriez pas plutôt venir dans l'après-midi ? Je ne suis jamais debout avant onze heures, en général, et ce n'est qu'après déjeuner que je commence vraiment à reprendre mes esprits. » Elle s'apprêtait à se lancer dans le récit navrant des carrières, des emplois auxquels elle avait dû successivement renoncer à cause de son incapacité à se lever le matin. Mais elle se ravisa. Cela n'intéresse jamais les autres.

« J'ai bien peur d'être complet demain après-midi. Est-ce que jeudi vous conviendrait ? »

Jill consulta l'agenda ouvert sur son bureau. Jeudi était à la page suivante, à côté d'une esquisse au crayon de Brancusi. Elle ne se voyait pas regarder Luçille Ball et les « Pierrafeu » jusque-là.

Elle céda. « Demain matin, ça ira. Je me lèverai de bonne heure. » Comme il ne répliquait rien, elle fut prise de panique. Je l'ai vexé, se dit-elle, et il ne viendra jamais, maintenant. « Je vous assure, supplia-t-elle, demain matin, ce serait *merveilleux*. Dix heures, disiez-vous ?

— C'est cela. Je suis en train de noter. 35, Barrow Street ?

— Appartement 3-C.

— Dix heures. Très bien. *A tout à l'heure** », dit-il en écorchant la prononciation.

Elle se demanda si elle n'était pas en train de faire une bêtise.

Elle s'éveilla à six heures avec une conscience aiguë de l'état sordide et pas du tout présentable de son appartement. Des piles de disques poussiéreux sortis de leurs pochettes couvraient le coffre à disques. Les draps étaient sales, le philodendron dépérissait, un cendrier plein de cendres et de mégots s'était renversé sur le carrelage de la salle de bains. Le miroir du placard de la cuisine était recouvert d'une couche de graisse

* En français dans le texte. *(N.d.T.)*

vieille de plusieurs mois. L'image qu'il lui renvoyait était néanmoins ce qu'il y avait de plus décourageant dans la pièce.

Elle travailla frénétiquement et quand Mort se présenta, ponctuellement, à dix heures, les désordres les plus évidents avaient été camouflés.

Il baissa les yeux sur le parapluie trempé. « Où puis-je mettre ça ?

— Donnez-le-moi. » Elle l'ouvrit, le secoua et le mit à sécher dans la baignoire, mouchetée de taches de démaquillant. Plutôt que de prendre le risque de lui montrer l'intérieur du placard, elle pendit également son manteau dans la salle de bains. Une pèlerine.

« Bon », dit-il en s'asseyant avec force craquements dans le fauteuil de bambou peint.

Jill s'assit au bord du lit, les jambes étendues et légèrement écartées, les mains ouvertes en forme de coupe, exprimant une attitude ouverte et confiante. « Nous y voilà. »

Au cours des deux dernières années, Jill avait travaillé, quand il lui arrivait de travailler, comme employée de bureau intérimaire. Elle songea, en regardant Mort, qu'elle avait très bien pu postuler pour un emploi dans ses bureaux à lui à un moment donné. Elle avait eu tant d'employeurs que leurs visages s'étaient fondus en un seul visage, d'âge moyen, moyennement beau, moyennement fatigué — exactement comme celui qui lui adressait un sourire.

« Vous avez un appartement ravissant, fit remarquer Mort.

— Merci. Vous savez, il y a trop longtemps que j'ai renoncé à m'en occuper. Il y a la vue, bien sûr, c'est son principal agrément. » A peine avait-elle prononcé ces mots qu'elle se rendit compte qu'il n'y avait pas la moindre vue. La pluie bouchait tout le panorama, en dehors des toits les plus voisins. Le World Trade Center avait disparu.

A moins, se demanda-t-elle, que ce ne fût la première préfiguration de sa mort ? La ville allait-elle rétrécir autour d'elle jusqu'à ce qu'il ne demeurât plus rien que sa chambre, le lit, son propre corps et, enfin, un œil bleu unique, qui se refermait ?

Mort ouvrit son veston et défit sa braguette. « Si nous nous y mettions ? » demanda-t-il. Il faufila un doigt à l'intérieur de son caleçon et, d'une petite secousse, extirpa sa bite, qui était molle, ratatinée et du rose indéfinissable et ondulant des poulets de chez A & P.

Jill détourna machinalement les yeux, qu'elle promena des revers de pantalon de Mort aux œillets de ses mocassins et à son sourire suave, effacé. « Qu'est-ce que je dois faire ? demanda-t-elle.

— Ce qui vous paraîtra le plus naturel, Jill. »

D'un geste hésitant, elle saisit l'organe flasque entre ses doigts et l'étreignit. Le gland prit une teinte saumon. Mort se glissa jusqu'au bord du fauteuil. Le bambou craqua

« Peut-être, suggéra-t-il, si vous l'embrassiez...

— C'est une pipe que vous voulez ? »

Mort fit la grimace. Sa bite, gênée, se ratatina. « Si vous préférez en rester là, dit-il avec mauvaise humeur, je peux m'en aller tout de suite. »

Redressant mentalement les épaules, Jill se remémora son désespoir, sa lassitude, son marasme et toutes les autres raisons qu'elle avait de mourir. Ce n'était pas comme si elle était vierge, après tout, ou d'une pudibonderie invincible à l'égard de l'acte en question, un épisode auquel avait participé son dernier petit ami (Lenny Rice : il était parti en Californie huit mois auparavant) en témoignait. Si Mort s'était seulement montré un peu plus attentionné, avait manifesté tant soit peu de tendresse ou de respect vis-à-vis d'elle en tant qu'individu...

« Non ! s'écria-t-elle en se mettant à genoux et en reprenant ses esprits. Ne partez pas. J'étais seulement un peu... interloquée. Je ferai tout ce que vous voudrez.

— Seulement si vous en avez envie, vous aussi, insista Mort.

— Oh, oui, oui, j'en ai envie ! »

Et, résolument, elle le fit pendant un quart d'heure, sans résultat. Une fois ou deux, Mort parut sur le point de bander et Jill, en réaction, redoubla d'efforts. Mais plus elle se donnait du mal, plus son énergie à lui diminuait. C'était décourageant, un travail de Sisyphe. Elle commença à se demander s'il n'était pas impuissant.

Mort se dégagea et essuya sa bite avec un Kleenex. « Vous devez vous demander si je suis impuissant.

— Non. Non, c'est ma faute.

— Eh bien, je ne le suis pas. D'habitude, ça se passe en deux temps, trois mouvements. Simplement, comme je vous l'ai expliqué, je suis tellement occupé. Il y a des limites aux capacités humaines.

— Je vais encore essayer, promit Jill avec un pâle sourire.

— J'ai un autre rendez-vous à onze heures et demie, dans la 74ᵉ Rue Est. Je suis déjà en retard.

— Vous ne partez pas ! Mais qu'est-ce que je vais devenir, moi ! Vous n'allez pas... vous... » Elle regarda par la fenêtre. On aurait dit qu'il y avait encore moins de toits visibles qu'à l'arrivée de Mort. « A moins que je ne sois déjà morte ? »

Mort renifla d'un air moqueur. « Si vous étiez morte, ma chère petite, vous n'en sauriez rien. C'est automatique — moi, je jouis, et vous, adieu. »

Jill croisa les bras. « C'est pas très juste.

— Je vais vous dire. Je vais revenir ce soir — en dehors de mes heures de travail. Qu'en dites-vous ? »

Que pouvait-elle répondre d'autre que oui ?

Fidèle à sa parole, Mort revint à huit heures et demie. La bouteille de bourgogne Almaden qu'il avait achetée au magasin de spiritueux de Christopher Street accompagnait bien le bœuf bourguignon de Jill. Comme dessert, il y avait des glaces à la pistache arrosées de vodka. Jill portait une robe-chemisier en toile de chez Lord & Taylor dont elle avait volontairement omis de fermer les trois boutons du bas. Elle avait hésité entre cette tenue et son fourreau de macramé, plus provocant, mais décidé que les circonstances exigeaient plus de soumission que de piquant.

Le phonographe repassait inlassablement les six valses de Strauss : *La Vie d'artiste, Le Beau Danube bleu, Accélération, Légendes de la forêt viennoise, Sang viennois, Valse impériale.* Puis il reprenait au début, *La Vie d'artiste, Le Beau Danube bleu...* Et ainsi de suite.

Mort se détendit suffisamment pour se laisser ôter son veston et desserrer sa cravate, puis, impatient de réparer l'échec de la matinée, il prit lui-même l'initiative.

Jill eut d'abord quelque espoir. Pour commencer du moins,

Mort exhiba de plus grandes chances de succès et cette fois, ils étaient sur le lit au lieu de se débattre sur le fauteuil en bambou. Mais cet espoir s'évanouit rapidement. Pour finir, le maquillage dégoulinant, un cil égaré dans les poils pubiens de Mort, elle renonça.

« Bordel », dit Mort.

Jill était trop fatiguée même pour le prendre à cœur.

« Je ne sais pas quoi vous dire.

— Ça ne fait rien, assura-t-elle.

— Une autre fois ?

— Je devrais peut-être aller vous voir à votre bureau, suggéra-t-elle.

— Bonne idée. » Il aurait accepté n'importe quel lieu de rendez-vous en cet instant — une église, un cimetière, la statue de la Liberté.

Ils partagèrent un reste de Kahlúa qui remontait à une soirée vieille de deux ans et il partit. Jill alla lever le bras de l'électrophone qui jouait *Sang viennois.*

Elle était si fatiguée qu'elle ne rinça même pas les assiettes pleines de sauce. Les cafards s'en chargeront, se dit-elle. Et elle se coucha.

Mort était sorti quand elle arriva. A en croire la réceptionniste, il était sorti quelques instants seulement auparavant, bien que le rendez-vous de Jill (il était noté sur son calendrier à lui aussi, où il se voyait comme un coup de pied dans un carreau) fût à onze heures et que la grosse horloge murale marquât onze heures précises. Pendant un moment, Jill se fit une raison en écoutant la réceptionniste qui transcrivait à partir d'un dictaphone, un son apaisant et pas tout à fait monotone. Il y avait le *clic* de la pédale, suivi d'un silence qui durait six battements de cœur environ. Puis un autre *clic* suivi d'un crépitement de machine à écrire.

Quand le retard de Mort s'éleva à une demi-heure, Jill convint qu'elle s'ennuyait et feuilleta les magazines de la salle d'attente jusqu'à ce qu'elle tombât sur un article de *Cosmopolitan* dont la hargne vint agréablement renforcer la sienne. C'était un sentiment que Jill avait toujours eu du mal à atteindre mais, quand elle y arrivait, ah, quelle béatitude ! son corps rassis commençait à vibrer, à se transformer en une fontaine d'adrénaline qui débordait dans le monde fastidieux de la routine, dont chaque molécule se mettait alors à bouger un peu plus vite jusqu'à ce que tout commençât à paraître (ce qui n'arrivait jamais par ailleurs) aussi passionnant que le meilleur film d'Hollywood, avec pour vedettes, par exemple, George C. Scott, Glenda Jackson et Liza Minnelli.

« Une heure », fit remarquer Jill à haute voix, en exagérant quelque peu. « Le salopard. »

La réceptionniste lui adressa une grimace de sympathie. « A qui le dites-vous !

— Vous pensez qu'il viendra ?

— On ne sait jamais. Remarquez, il y a un moyen garanti — il suffit que je sorte déjeuner. Il arrivera par le prochain ascenseur. Ça ne rate jamais. A croire qu'il a le don de double vue.

— Il n'y a que lui pour vous remplacer ?

— L'autre fille est partie vendredi. Elle a touché son chèque et s'est tirée.

— Si vous voulez sortir casser une petite graine, je peux monter la garde à votre place. De toute manière, je n'ai rien d'autre à faire.

— C'est vrai ? J'ai une faim de loup. Je me serais bien fait apporter quelque chose mais la dernière fois que j'ai fait ça, Seigneur ! pour une saleté de sandwich au thon, ça a fait une histoire à n'en plus finir.

— Allez donc déjeuner.

— Si on téléphone, inscrivez le nom et le numéro de téléphone et dites que nous rappellerons tout de suite. Et s'il y a de la visite, faites attendre. En gros, c'est tout. »

La réceptionniste partit déjeuner et Mort arriva par l'ascenseur suivant. Il serait passé devant Jill sans la voir pour gagner directement son bureau si elle n'avait pas attiré son attention en lui jetant son *Cosmopolitan* au nez.

« Oh, Miss Holzman ! » Il lâcha la poignée de la porte. « Vous m'avez fait peur. »

Elle le foudroya du regard. Elle était parfaitement dans son droit.

« Je vous avais prise pour ma secrétaire.

— Je lui ai proposé de la remplacer pour qu'elle puisse aller déjeuner. Vous avez deux heures de retard, vous savez, *deux heures.*

— Des difficultés inattendues, marmonna-t-il.

— Les difficultés habituelles ? » railla-t-elle.

Il soupira.

« Une fois, se souvenait Jill, paresseusement vautrée sur le divan de vinyle du bureau de Mort, à dix-sept ans, il a fallu que je me fasse soigner une dent, la racine. Le nerf était infecté et il a fallu que je retourne sans arrêt chez le dentiste. Ça a pris des semaines pour nettoyer la dent et la plomber. Le dentiste m'a dit plus tard que j'avais battu un record — pas moins de treize séances pour une seule dent.

— Croyez-moi, Miss Holzman, notre expérience n'est pas ordinaire. Je ne sais pas ce qui se passe, mais je vous assure que vous n'y êtes pour rien.

— Merci beaucoup.

— Si vous souhaitez revenir demain, j'annulerai tous mes autres rendez-vous.

— Je ne suis plus très sûre d'en avoir envie.

— C'est parfaitement compréhensible.

— Je ne le fais pas pour mon plaisir, croyez-moi. Je trouve tout ça détestable, dégradant et médiéval. Le fait que cela ne marche pas, qui plus est, ne fait que rendre la blessure plus cuisante. Pour ce que vous avez été capable de faire, j'aurais aussi bien pu avaler des barbituriques ou de l'arsenic, bon Dieu !

— Si vous voulez que je vous étrangle ou que je vous emmène dans mon bateau...

— Ne soyez pas répugnant ! »

Comme à l'accoutumée, parvenue au comble de sa rage, Jill constata qu'elle se calmait. Mort avait l'air sincèrement contrit. Fallait-il lui en vouloir, après tout, de ses échecs ? Elle aurait plutôt dû le plaindre. Et elle le plaignait effectivement. C'était merveilleux.

Aussi, quand il lui offrit, en guise de réconciliation, de l'inviter à déjeuner au Peking Park, elle ne se fit guère prier. Un simple « Allez, allez, je vous en prie » suffit à la décider. Et quand, après un repas excellent et prolongé, il lui demanda d'accepter la place vacante à son bureau, il ne fallut guère la prier davantage. C'était ça, se dit-elle, ou faire le tour des agences, une des choses qu'elle redoutait le plus.

C'était la vie, il n'y avait pas à tortiller, mais il y avait des compensations. Un bon salaire, des heures de bureau agréables et les relations avec son employeur étaient froides mais cordiales — une fois qu'il fut clairement établi que son travail se limiterait uniquement à ce que le Bureau de l'emploi de l'État de New York eût approuvé. De toute manière, Mort ne semblait guère tenir à reprendre leurs relations intimes du début. C'était un métier et elle l'exerçait. S'il n'y avait pas moyen de mourir, c'était ce qu'il y avait de mieux.

Traduit par Jacqueline Huet

ANGELA CARTER

Maître

Dans les profondeurs de l'immense forêt amazonienne s'avance un « couple ambigu » — lui est un chasseur expérimenté doué d'un appétit de mort, elle une jeune indigène dont il a fait son esclave. Bien qu'il soit disposé à massacrer n'importe quel fauve — la violence enfiévrée qui est la sienne est conçue pour refouler un vide qui menace de lui dévorer l'âme —, ce sont les grands félins tachetés qui le fascinent le plus. Naguère, c'étaient les léopards et les lynx ; à présent, c'est le jaguar, une créature superbe mais dangereuse que certains vénèrent comme un dieu et dont la puissante aura l'appelle... ainsi que sa compagne.

Toujours fascinée par la notion de métamorphose, Angela Carter a souvent laissé vagabonder son imagination dans des scènes de cruauté exotique et de barbarie terrifiante. Son courage confère à sa prose des enchantements étincelants qui comblent également ses lecteurs.

Après qu'il eut découvert que sa vocation était de tuer des animaux, la poursuite de cette vocation l'entraîna loin des climats tempérés, jusqu'au jour où, avec le temps, les insatiables soleils d'Afrique érodèrent les pupilles de ses yeux, décolorèrent ses cheveux et tannèrent sa peau au point qu'il cessa de ressembler à ce qu'il avait été pour en paraître le négatif systématique ; il devint le chasseur blanc, victime d'un exil qui est l'imitation de la mort, un dépouillement voulu. Il émettait un petit souffle ravi quand il assistait à l'ultime spasme de sa proie. Il ne tuait pas pour de l'argent mais par amour.

Il avait d'abord exprimé une certaine propension à la cruauté dans les toilettes à l'odeur âcre d'une obscure *public school* anglaise, où il avait pour habitude de tenir la tête des nouveaux dans la cuvette de céramique avant de tirer la chasse pour noyer leurs protestations dans un gargouillement. Après la puberté, il orienta sa rage indéfinissable mais exacerbée sur le corps pâle et plein de tressaillements de jeunes femmes dont il lacérait la chair avec ses dents, ses ongles et parfois son ceinturon de cuir, sur les lits d'hôtels bon marché jouxtant les principales gares de Londres (King's Cross, Victoria, Euston...). Mais ces excès aux teintes pastel, tout ce que pouvait lui offrir le froid pays pluvieux de sa naissance, ne parvinrent jamais à le satisfaire ; sa férocité n'accéderait aux couleurs des fauves que lorsqu'il la transporterait dans les zones torrides où il la raffinerait jusqu'à ce qu'elle ne pût se distinguer de celle des bêtes sauvages qu'il massacrait que par l'élément de conscience qui demeurait en elle, car si en lui peu de choses désormais relevaient de l'humain, les yeux de sa conscience le regardaient encore, de sorte qu'il pouvait applaudir à ses propres déprédations.

Bien qu'il décimât des troupeaux de girafes et de gazelles

pendant qu'elles paissaient dans les savanes, au point qu'elles apprirent à flairer leur anéantissement dans le vent lorsqu'il était dans les parages, et bien qu'il exécutât les hippopotames à la carapace héraldique tandis qu'ils baignaient voluptueusement dans la boue jusqu'à mi-corps, son fusil avait pour cible de prédilection la soyeuse indifférence des grands félins, et il finit par se faire une spécialité de l'extermination des fauves tachetés, lynx et léopards, qui portent sur le pelage des idéogrammes de mort imprimés à l'encre brune par l'index de dieux muets qui dénient tout caractère divin à l'humanité.

Lorsqu'il eut accompli suffisamment de ravages chez les félins d'Afrique, pays infiniment plus vieux que nous mais dont l'innocence lui avait toujours inspiré un sentiment de supériorité, il résolut d'explorer les terres profondes du Nouveau Monde, avec l'intention de tuer la bête au pelage peint, le jaguar, et il débarqua ainsi au milieu de cette métaphore de la désolation, ce lieu où le temps s'écoule à rebours, cette crevasse humide et abandonnée dont le fleuve vivifiant est aussi une femme sauvage, l'Amazone. Un silence vert, irrévocable, se referma sur lui dans la sérénité de ce royaume à la végétation géante. Désemparé, il s'accrocha à la bouteille comme à un tétin.

Il se déplaçait en Jeep à travers un terrain immuable d'architectonie végétale, où nul vent ne venait soulever les frondaisons palmées aussi pesantes que si elles avaient été sculptées dans une lourde et verte opacité, à l'aube des temps, et abandonnées depuis, avec des troncs d'un tel poids qu'au lieu de paraître s'élever dans les airs, ils faisaient tomber sur la forêt le ciel angoissant, à la façon d'un couvercle de métal poli. Ces troncs d'arbres portaient d'autre part une profusion de plantes, orchidées, fleurs vénéneuses et iridescentes, végétation rampante aux tiges grosses comme des bras, et sur laquelle fleurissaient des bouches béantes qui dardaient des langues visqueuses pour capturer les mouches dont elles se nourrissaient. Des oiseaux bariolés de formes inconnues, rarement passaient auprès de lui, rapides comme des flèches, et parfois des singes, jacassant comme une classe primaire, sautaient d'une branche à l'autre sans en faire remuer aucune sous leur poids. Mais nul mouvement, nul bruit ne parvenait à créer davantage qu'un trouble momentané à la surface de l'introspection profonde et inhumaine de ce lieu, de sorte que tuer devint l'unique moyen qui lui restait de se prouver à lui-même qu'il était toujours vivant, car il avait peu de goût pour la vie contemplative et n'avait jamais trouvé la moindre consolation dans le spectacle de la nature. Massacrer était sa seule inclination et son unique talent.

Il croisa les Indiens qui vivaient au milieu de ces arbres lugubres. Ils présentaient une telle diversité ethnique qu'ils constituaient une sorte de vivant musée de l'homme organisé selon le principe de la régression, car plus il s'enfonçait à l'intérieur des terres, plus ces Indiens devenaient primitifs, comme pour faire la démonstration que l'évolution pouvait s'inverser. Certains des hommes bruns n'avaient d'autre habitation que le ciel et mangeaient des insectes, comme les fleurs ; ils se peignaient le corps avec le suc de feuilles et de baies, et ils ornaient leurs têtes de diadèmes composés de plumes ou de serres de rapaces. Placides et décoratifs, hommes et femmes venaient faire un cercle gazouillant autour de sa Jeep, avec une curiosité sereine qui illuminait les soleils d'ambre de leurs yeux au regard tourné vers l'intérieur, et il ne voyait pas en eux des humains malgré l'alcool insensé qu'ils distillaient dans des alambics de leur fabrication et dont il usait, de façon à peupler l'intérieur de sa tête d'un délire familier au milieu de toutes ces choses étranges qui l'entouraient.

Son guide métis prenait souvent une des filles brunes qui offraient sans malice leurs seins nus et pointés en plus de leur limpide sourire voilé, et il lui refilait instantanément la chaude-pisse dont il était le martyr chronique, dans un des fourrés qui bordaient la clairière. Après quoi, se pourléchant les babines avec une gourmandise avertie, il disait au chasseur : « La chair brune, la chair brune. » Un soir de beuverie, agacé par les démangeaisons d'une sensualité qui venait souvent le troubler à la fin de sa journée de travail, le chasseur troqua le pneu de secours de sa Jeep contre une fillette nubile aussi vierge que la forêt qui l'avait engendrée.

Elle était vêtue d'un pagne rudimentaire de coton rouge entortillé entre ses cuisses, et son long dos sinueux était rehaussé de volutes et de sillons correspondant aux marques tribales incisées dans sa chair lors de ses premières menstrues — motifs en relief évoquant la carte d'un lieu inconnu. Les femmes de sa tribu plongeaient leurs cheveux dans de la glaise liquide et elles enroulaient ensuite leurs mèches autour de bâtonnets pour former de longues boucles qu'elles laissaient sécher au soleil, jusqu'à obtenir une coiffure de frisettes rigides ayant la consistance d'une terre cuite non vernissée, de sorte qu'on avait l'impression que leur tête était couronnée de l'une de ces auréoles d'épines dont sont gratifiées les pécheresses notoires dans les livres de catéchisme. Ses yeux exprimaient la douceur et le désespoir des êtres qui vont être dépossédés ; elle avait ce sourire immuable des chats contraints à sourire par la physiologie, qu'ils en aient envie ou pas.

Les croyances de sa tribu lui avaient enseigné à se considérer comme une abstraction douée de sensations, un intermédiaire entre les esprits et la faune, de sorte qu'elle regarda la personne squelettique et tremblante de fièvre de celui qui l'avait achetée avec à peine de la curiosité, car il n'était pour elle ni plus ni moins surprenant qu'une autre lugubre manifestation de la forêt. Si elle ne le percevait pas non plus comme homme, c'était en raison de sa cosmogonie qui n'admettait pas de différence essentielle entre elle, les animaux sauvages et les esprits, autant de distinctions trop sophistiquées. Dans sa tribu on ne tuait jamais ; on se nourrissait exclusivement de racines. Il lui apprit à manger la viande qu'il faisait griller sur son feu de camp et, au début, elle n'aima point trop cela mais en consomma consciencieusement, comme s'il lui eût ordonné en fait de participer à un sacrement, car lorsqu'elle vit avec quelle désinvolture il tuait les jaguars elle se rendit vite compte qu'il était la mort. Puis elle se mit à le regarder avec émerveillement parce qu'elle vit immédiatement combien la mort pouvait s'enorgueillir d'être devenue le principe de sa vie. Mais lorsque lui la regardait, il ne voyait qu'un morceau de chair étrange qu'il n'avait guère payé cher.

Il planta sa virilité dans la surprise de cette chair brune et, une fois la plaie cicatrisée, l'utilisa pour partager son sac de couchage et porter ses peaux. Il lui dit qu'elle s'appellerait désormais Vendredi, qui était le jour où il l'avait achetée ; il lui apprit à dire « maître » et lui fit entendre ensuite que ce serait son nom à lui. Ses paupières papillonnèrent car, bien qu'elle fût capable de remuer ses lèvres et sa langue et de reproduire ainsi les sons qu'il faisait, elle ne les comprenait pas. Et jour après jour, il massacrait les jaguars. Il renvoya le guide car, maintenant qu'il avait acheté la fille, il n'avait plus besoin de lui ; et le couple ambigu alla ainsi son chemin, pendant que le père de la fille taillait des sandales dans des pneus de caoutchouc pour chausser les pieds de la famille, qui fit ainsi une courte incursion à l'intérieur du XXe siècle, incursion fort limitée au demeurant.

Dans sa tribu courait la pittoresque légende suivante. Un jour le jaguar convia le tamanoir à une compétition de jonglerie dans laquelle ils se serviraient de leurs yeux en guise de balles, de sorte qu'ils les sortirent de leurs orbites. Lorsqu'ils eurent terminé, le tamanoir lança ses yeux en l'air et ils retombèrent — clac ! juste à leur place ; mais lorsque le jaguar l'imita, ses yeux s'accrochèrent dans les plus hautes branches d'un arbre et il ne put les rattraper. Il devint donc aveugle. Alors le tamanoir pria l'ara de fabriquer une paire d'yeux neufs pour le jaguar en utilisant de l'eau et, avec ces derniers, le jaguar s'aperçut qu'il voyait clair dans l'obscurité. Tout se termina donc bien pour le jaguar ; et elle aussi, la fille qui ne savait même pas son nom, voyait dans le noir. Comme ils s'enfonçaient toujours plus profondément dans la forêt, loin des petits villages, chaque nuit il extorquait son plaisir à sa chair brune et, par-dessus son épaule, elle regardait les silhouettes de fantômes peuplant la végétation touffue et murmurante, des fantômes dont elle croyait qu'ils étaient ceux des fauves qu'il avait massacrés dans la journée, car elle appartenait par sa naissance au clan du jaguar et, quand le ceinturon de cuir déchirait son épaule, l'eau magique dont étaient faits ses yeux se mettait à couler tristement.

Il ne parvint jamais à se réconcilier avec la forêt vierge qui l'oppressait et le détruisait. Il se mit à trembler sous l'effet de la malaria. Il tuait sans relâche, prenait les peaux et abandonnait les cadavres aux vautours et aux mouches.

Puis ils arrivèrent en un lieu où il n'existait plus de routes.

Son cœur battit d'impatience et de béate frayeur lorsqu'il vit que l'endroit n'avait d'autres habitants que les animaux sauvages. Il désirait les détruire tous, afin de se sentir moins seul, et, pour enfoncer sa présence dévastatrice au cœur de cette absence, il laissa sa Jeep dans une cité oubliée qui marquait le bout d'une piste verte, et où un antique prêtre du whisky passait ses journées dans les ruines d'une église abandonnée à distiller de l'eau de feu de bananes sauvages, en psalmodiant les stations du chemin de croix. Le maître chargea sur sa brune maîtresse ses fusils, le sac de couchage et les gourdes pleines de fièvre liquide. Ils balisaient leur passage de cadavres qui serviraient de nourriture aux plantes et aux vautours.

Le soir, après qu'elle avait allumé le feu, il commençait par la maltraiter à coups de crosse de fusil, et ensuite avec son sexe ; puis il buvait à la gourde et dormait. Lorsque, du revers de la main, elle avait séché les larmes sur son visage, elle redevenait elle-même et, après quelques semaines de ce compagnonnage, elle profita de ces moments de solitude pour étudier ses fusils, instruments de la passion qui le dévorait, et, éventuellement, percer un peu de la magie du maître.

Elle se tordit les yeux pour couler son regard le long du canon ; elle caressa la détente métallique et, pointant soigneusement le fusil loin d'elle, comme elle avait vu faire au maître, elle pressa doucement en imitant chacun de ses gestes afin de voir si elle aussi était capable de provoquer la même fracassante explosion. Mais, à sa grande déception, il ne se passa rien. Elle claqua la langue de colère. Poursuivant néanmoins ses investigations, elle découvrit le secret du cran de sûreté.

Les esprits sortirent de la jungle et vinrent s'asseoir à ses pieds, la tête inclinée de côté, pour la regarder. Elle les salua d'un geste amical de la main. Le feu commençait à faiblir mais elle voyait très clair par la mire du fusil, puisqu'elle avait des yeux d'eau, et, épaulant en copiant le geste du maître, elle visa le disque de lune accroché dans le ciel derrière le plafond de branches qui se trouvait au-dessus de sa tête, car elle voulait tuer la lune qui, dans son univers personnel, était un oiseau, et, maintenant qu'il lui avait enseigné à manger de la viande, il lui fallait, à son avis, devenir une apprentie de la mort.

Il sortit du sommeil au comble de la peur et la vit,

vaguement éclairée par le feu mourant, totalement nue à part le bout de chiffon qui lui couvrait le sexe, le fusil à la main ; il eut l'impression que ses cheveux couverts d'argile étaient sur le point de se transformer en nid de rapaces. Elle eut un petit rire ravi devant le cadavre de l'oiseau endormi que la balle tirée par elle venait de faire tomber de l'arbre, et le clair de lune faisait miroiter ses dents étrangement acérées. Elle croyait que l'oiseau qu'elle avait abattu était la lune, et maintenant, dans le ciel de la nuit, elle ne voyait plus que le fantôme de la lune. Bien qu'ils fussent perdus, définitivement perdus dans cette forêt inexplorée, elle savait très bien où elle se trouvait ; elle était toujours chez elle dans la ville fantôme.

Le lendemain, il supervisa les débuts de sa carrière de tireuse d'élite et la regarda faire chuter des branches de la forêt des exemplaires de tous les êtres à fourrure et à plumes qui y étaient contenus. Elle avait toujours le même petit rire ravi quand elle les voyait tomber, car jamais elle n'avait imaginé qu'il serait si facile de peupler son feu de camp de nouveaux fantômes. Mais elle ne pouvait se résoudre à tuer le jaguar, dans la mesure où ce dernier était l'emblème de son clan ; avec force vigoureux hochements de tête et gestes des mains, elle s'y refusait. Cependant, après qu'elle eut appris à tirer, elle ne tarda pas à devenir meilleur chasseur que lui, bien qu'elle tuât sans méthode, et ils allèrent ainsi tous les deux, tirant sans discrimination sur tout ce qui bougeait dans la broussaille verte et dense.

Le niveau d'alcool de banane, en baissant dans la gourde, marquait le passage du temps, et ils laissaient dans leur sillage les traces d'un imposant carnage. Il était ému par le spectacle de ses massacres et la possédait avec fureur, forçant les lèvres de sa vulve avec une telle brutalité que la muqueuse cramoisie suppurait douloureusement tandis que des morsures sur sa gorge et sur ses épaules suintaient de malsaines perles de pus qui retenaient en permanence une nuée de mouches bourdonnantes. Ses hurlements étaient un langage universel ; même les singes comprenaient qu'elle souffrait quand le maître prenait son plaisir, que d'ailleurs il ne trouvait pas. Et en même temps qu'elle lui ressemblait davantage, elle se mit à le détester.

Pendant qu'il dormait, elle tendait ses doigts dans l'obscurité qui ne dissimulait rien à ses yeux et, sans surprise, elle découvrit que ses ongles s'allongeaient, se recourbaient, durcissaient, s'aiguisaient. A présent elle pouvait lui lacérer le dos quand il la chevauchait, et laisser sur sa peau des sillons écarlates ; avec des jappements de plaisir, il usait d'elle en redoublant de sauvagerie tandis que, tournant sa tête aux boucles d'argile d'un côté puis de l'autre, dans une douloureuse perplexité, elle griffait l'air vide de ses serres acérées.

Ils arrivèrent à une source et elle plongea dans l'eau claire pour se laver, mais elle ressortit aussi vite à cause de la sensation désagréable qu'elle éprouva de l'eau sur sa peau. Quand elle secoua vigoureusement la tête pour chasser les gouttelettes d'humidité, ses boucles d'argile s'aplatirent en une masse molle qui lui dégoulina sur les épaules. Elle ne supportait plus la chair cuite et devait l'arracher crue, avec ses doigts, directement sur l'os, avant d'être vue par le maître. Elle ne parvenait plus à tordre sa langue écarlate pour articuler son nom, « maître » ; quand elle essayait de parler, seul un ronronnement sonore et diffus ébranlait ses cordes vocales, et elle creusait des trous bien propres dans la terre pour enterrer ses excréments, car elle était devenue délicate depuis qu'il lui était poussé des moustaches.

Lui était dévoré par la fièvre et la folie. Quand il tuait des jaguars, il les abandonnait dans la forêt en leur laissant leur pelage tacheté. Posséder la créature griffue qu'elle était tenait un peu du carnage et, la suivant à la trace, les yeux hébétés d'alcool et d'étrangeté, il observait la façon dont les intermittences du soleil, à travers les feuilles, marbraient les cicatrices tribales sur son dos, jusqu'à donner l'impression que ces taches de pigmentation étaient une subtile imitation des fauves qui reproduisaient sur leur pelage les dessins du soleil à travers les feuilles, et si elle n'avait pas marché en se tenant bien droite sur ses deux jambes, il l'aurait abattue. En l'occurrence, il la culbutait dans les fourrés au milieu des orchidées, et plantait l'autre arme dont il était porteur dans son doux orifice humide, en même temps qu'il lui déchirait la gorge à pleines dents, et elle pleurait, jusqu'à ce qu'un jour elle découvrît qu'elle n'était plus capable de verser des larmes.

Le jour où il n'y eut plus d'alcool, il était seul et il avait la fièvre. Il tituba, hurlant et tremblant, dans la clairière où elle avait abandonné son sac de couchage ; elle était tapie parmi les lianes et chantonnait d'une voix qui ressemblait à un doux grondement de tonnerre. Bien qu'il fît grand jour, les fantômes d'innombrables jaguars affluèrent pour voir ce qu'elle allait faire. Leurs naseaux invisibles frémissaient aux effluves du sang anticipé. L'épaule contre laquelle elle appuya le fusil avait maintenant une texture pelucheuse.

La proie avait abattu le chasseur, mais à présent elle ne pouvait plus tenir le fusil. Ses flancs pommelés de brun et d'ambre tressaillirent comme la surface d'une eau troublée lorsqu'elle traversa la clairière en courant pour prendre les vêtements du cadavre entre ses dents. Mais elle se lassa vite de ce jeu et s'éloigna d'un bond.

Alors, il n'y eut plus de vivant que les mouches qui couraient sur son corps, et il était bien loin de chez lui.

Traduit par Françoise Cartano

STEPHEN R. DONALDSON

Le Ver conquérant

Les malentendus font partie de toutes les relations humaines et, si l'on souhaite cultiver sa rancœur, un mélange d'alcool et de paranoïa procure une aide considérable. Creel Sump, le mari de Vi, est un homme malheureux : il se croit jaloux, se sent négligé et redoute d'être un sujet de moquerie. Mais son vrai problème, c'est qu'il est dépassé — par la vie, par les femmes, par son épouse — et que cela le met en colère. (Bien entendu, l'absorption de tequila renforce sensiblement son courage.)

Quant à Stephen Donaldson, le maître d'œuvre de cette saynète, il est conscient qu'il suffit d'une petite touche supplémentaire — son apport personnel, pour ainsi dire — pour faire basculer une scène de ménage ordinaire dans le royaume de l'inoubliable. L'élément qu'il choisit d'y introduire est des plus audacieux (un indice : il n'est pas humain, il se tortille et il aime les coins sombres) et, comme vous l'allez voir, particulièrement mordant.

Et beaucoup de Folie, et encore plus de Péché
Et d'Horreur font l'âme de l'intrigue !

Edgar Allan Poe
(traduction de Charles Baudelaire)

AVANT de se rendre compte de ce qu'il fait, il abaisse son couteau.

Le domicile de Creel et Vi Sump. La salle de séjour.

Son véritable nom est Violet, mais tout le monde l'appelle Vi. Cela fait deux ans qu'ils sont mariés et elle n'est guère épanouie.

Leur maison est modeste mais confortable : Creel a un bon poste, mais il ne progresse guère dans la hiérarchie de son entreprise. Dans la salle de séjour, certains des meubles sont de meilleure qualité que l'espace qu'ils occupent. La chaîne stéréo du dernier cri contraste avec la mauvaise qualité du papier peint. La disposition du mobilier est frustrante : il est impossible de placer les fauteuils et le canapé de façon que les invités ne voient pas les taches du plafond. Les fleurs placées dans le vase de la table basse sont authentiques, mais elles ont l'air artificielles. Le soir, l'éclairage donne naissance à des ombres étrangement situées.

Ils viennent d'assister à une soirée bien arrosée où ils ont vu des connaissances, des associés et de parfaits inconnus. Lorsque Creel ouvre la porte d'entrée et pénètre dans la salle de séjour, précédant Vi de quelques pas, il ressemble plus que jamais à un ours mal léché. Le whiskey a fait naître dans ses yeux d'ordinaire plutôt ternes une lueur de rage. Derrière lui, Vi ressemble à une fleur sur le point de se transformer en guêpe.

« Ça m'est égal, dit-il en se dirigeant droit vers l'armoire à liqueurs pour se servir un autre verre. Je préférerais que tu t'abstiennes d'agir ainsi. »

Elle s'assied sur le canapé, retire ses souliers. « Bon Dieu, je suis vannée.

— Si tu te moques du qu'en-dira-t-on, pense au moins à moi. Je dois travailler avec la plupart de ces gens. La moitié d'entre eux peuvent me virer si l'envie leur en prend. Tu mets mon emploi en danger.

— Nous en avons déjà parlé, dit-elle. Ça fait la neuvième fois ce mois-ci. » Elle tourne la tête vers un coin d'ombre où elle a perçu un vague mouvement. « Qu'est-ce que c'est que *ça* ?

— Quoi donc ?

— J'ai vu bouger quelque chose. Là, dans le coin. Ne me dis pas qu'on a des souris dans la maison.

— Je n'ai rien vu. Il n'y a pas de souris dans la maison. Et je me fiche de savoir combien de fois on a parlé de ça. Je veux que tu cesses. »

Elle observe le coin de la pièce pendant quelques instants. Puis elle s'affale sur le canapé. « Je ne peux pas cesser. Puisque je ne fais *rien*.

— Tu parles. » Il vide son verre et le remplit aussitôt. « Un peu plus et tu lui glissais la main dans le froc.

— C'est faux.

— Tu crois que personne ne t'a vue ? Tu te conduis comme si les autres n'existaient pas. Mais ce n'est pas le cas. Tout le monde te regardait. Vu la façon dont tu flirtais avec lui...

— Je ne flirtais pas avec lui. Je lui parlais, c'est tout.

— Vu la façon dont tu *flirtais* avec lui, tu pourrais au moins avoir la décence de paraître gênée.

— Oh ! va te coucher. Je suis trop fatiguée pour me quereller.

— C'est parce que c'est un vice-président, hein ? Tu crois que ça fait de lui un amant exceptionnel ? Ou bien es-tu tout simplement excitée à l'idée de draguer un vice-président ?

— Je ne *flirtais* pas avec lui. Tu as vraiment un problème, je te jure. Nous étions en train de parler, voilà tout. Tu sais... de remuer les lèvres pour en faire sortir des mots. Il a une licence de lettres. Nous avons quelque chose en commun. Nous avons lu les mêmes livres. Les *livres*, tu te rappelles ? Ces objets où on imprime des idées et des histoires ? Tes seuls sujets de conversation sont le football, les collègues qui t'ont dans le collimateur et l'absence de soutien-gorge de ta nouvelle secrétaire. J'ai parfois l'impression d'être la dernière personne sur terre à aimer la lecture. »

Elle lève la tête pour se tourner vers lui. Puis elle soupire. « Pourquoi est-ce que je prends la peine de te parler ? Tu ne m'écoutes même pas.

— Tu as raison. Il y a bien quelque chose dans le coin. Je l'ai vu bouger. »

Ils fixent tous deux le coin de la pièce. Au bout de quelques instants, un mille-pattes apparaît à la lumière.

Il a l'air visqueux et maléfique et ses antennes affamées s'agitent avec impatience. Il mesure près de vingt-cinq centimètres de long. Ses épaisses pattes semblent ondoyer lorsqu'il se met à courir sur le tapis. Puis il fait halte pour examiner ce qui l'entoure. Creel et Vi distinguent nettement les mouvements de ses mandibules et de ses crocs venimeux. Il a pénétré dans la maison pour échapper à la fraîcheur sèche de la nuit... et pour y chasser sa provende.

Vi n'est pas du genre à pousser des cris d'orfraie, mais elle saute d'un bond sur le canapé pour protéger ses pieds nus. « Bon Dieu, murmure-t-elle. Creel, regarde-moi ça. Ne le laisse pas s'approcher de moi. »

Il bondit vers le mille-pattes et tente de l'écraser du pied. Mais l'insecte est si rapide qu'il rate complètement sa cible. Ni lui ni elle ne voient où il est passé.

« Il est sous le canapé. Descends de là. »

Elle obéit sans discuter. Grimaçante, elle saute au centre du tapis.

Dès qu'elle s'est écartée, il soulève le canapé et le couche sur le dos.

Le mille-pattes est invisible.

« Son poison n'est pas mortel, dit Vi. Un des gamins du quartier s'est fait piquer la semaine dernière. Sa mère m'a tout raconté. Ce n'est pas plus grave qu'une piqûre d'abeille. »

Creel ne l'écoute pas. Il soulève le canapé dans les airs afin d'inspecter la totalité du sol. Mais le mille-pattes a disparu.

Il laisse retomber le meuble, renversant la table basse et éparpillant les fleurs. « Où a disparu cette saleté ? »

Ils passent plusieurs minutes à fouiller la pièce sans oser

s'aventurer dans les zones d'ombre. Puis il va se servir un nouveau verre. Ses mains tremblent.

« Je ne flirtais pas », dit-elle.

Il se tourne dans sa direction. « Dans ce cas, c'est encore pire. Tu couches déjà avec lui. Vous étiez sans doute en train de planifier votre prochain rendez-vous.

— Je vais me coucher. Je ne suis pas obligée de supporter ça. Tu es répugnant. »

Il vide son verre et attrape la bouteille la plus proche pour le remplir.

La salle de jeux des Sump.

C'est à cause de cette pièce que Creel a acheté la maison en dépit des objections de Vi : il voulait une maison avec une salle de jeux. C'est ici qu'a été dépensé l'argent qui aurait dû servir à l'achat du papier peint de la salle de séjour et à la réparation de son plafond. Il s'y trouve une superbe table de billard avec tous les accessoires, un immense canapé en simili-cuir et une armoire à liqueurs. Mais l'éclairage uniquement concentré sur la table de billard n'est guère supérieur à celui de la salle de séjour. L'armoire à liqueurs est si mal éclairée que ses utilisateurs doivent se servir à l'aveuglette.

Quand il n'est pas occupé à travailler, à voyager pour le compte de son entreprise ou à regarder un match de football avec ses copains. Creel passe beaucoup de temps dans cette pièce.

Après le départ de Vi, Creel est allé à la salle de jeux. Il se dirige d'abord vers l'armoire à liqueurs et remplit à nouveau son verre. Ensuite, il dispose les boules de billard en triangle et les frappe si violemment que sa bille décolle de la table. Elle rebondit sur le linoléum spongieux avec un bruit sourd.

« Merde », dit-il en se penchant pour la repérer. L'alcool qu'il a consommé ralentit ses mouvements mais n'affecte nullement sa voix. Il parle comme un homme à jeun.

S'accrochant à sa queue de billard, il se baisse pour ramasser la boule. Vi entre dans la pièce avant qu'il l'ait reposée sur la table. Elle ne s'est pas encore changée. Mais elle a remis ses souliers. Elle scrute les zones d'ombre sous la table et dans les coins de la pièce avant de se tourner vers Creel.

« Je croyais que tu étais allée te coucher, dit celui-ci.

— Je ne peux pas laisser cette discussion en plan, dit-elle avec lassitude. Ça me fait trop mal.

— Que veux-tu de moi ? Ma bénédiction ? »

Elle lui lance un regard noir.

« Ça serait vraiment formidable pour toi, persiste-t-il. Si je te donnais ma bénédiction, tu n'aurais plus aucune raison de te faire du souci. Le problème, c'est que la plupart des salauds que j'ai eu le malheur de te présenter sont déjà mariés. Leurs femmes sont peut-être plus normales que toi. Elles risquent de t'attirer des ennuis. »

Elle se mord les lèvres et continue de le fixer du regard.

« Mais je ne vois pas pourquoi tu devrais t'en soucier. Si ces femmes ne sont pas aussi indulgentes que moi, tant pis pour elles. L'essentiel, c'est que je te donne ma bénédiction, pas vrai ? Rien ne t'empêche de baiser avec qui tu voudras.

— Tu as fini ?

— Bon Dieu, rien ne t'empêche de les baiser *tous*. Je veux dire, tant que tu as ma bénédiction. Pourquoi ne pas en profiter ?

— Est-ce que tu as *fini*, bon sang ?

— Il n'y a qu'une chose que je ne comprends pas. Si tu es nymphomane à ce point, comment se fait-il que tu ne veuilles pas baiser avec moi ?

— C'est faux. »

Il la regarde de ses yeux embrumés par l'alcool. « Qu'est-ce qui est faux ? Tu n'es pas nymphomane ? Ou tu veux bien baiser avec moi ? Ne me fais pas rire.

— Qu'est-ce qui te prend, Creel ? Je ne comprends rien à ce que tu racontes. Tu as changé ces derniers temps. Jamais tu n'aurais agi ainsi quand on s'est connus. Que t'est-il arrivé ? »

Il reste muet pendant une bonne minute. Il se dirige vers la table de billard, sur le coin de laquelle il a posé son verre. Mais il ne peut l'attraper, tenant la queue dans une main et la boule dans l'autre. Il pose soigneusement la queue sur la feutrine. Une fois qu'il a vidé son verre, il déclare : « C'est toi qui as changé.

— *Moi ?* Non, c'est *toi* qui es devenu fou. Tout ce que j'ai fait, c'est parler de *livres* avec ce foutu vice-président.

— Je ne suis pas fou. » Il serre la queue si fort que ses phalanges blêmissent. « Tu me prends vraiment pour un imbécile. Tout ça parce que je n'ai pas de licence de lettres. Peut-être que c'est ça qui a changé. Quand on s'est mariés, tu ne me considérais pas comme un imbécile. Mais tu es d'un tout autre avis à présent. Et tu me crois trop stupide pour avoir remarqué ton changement d'attitude.

— Quel changement d'attitude ?

— Tu n'as plus envie de faire l'amour avec moi.

— Bon sang ! On a fait l'amour pas plus tard qu'avant-hier. »

Il la regarde droit dans les yeux. « Mais tu n'en avais pas envie. Je l'ai bien vu. Tu n'en as *jamais* envie.

— Qu'est-ce que tu racontes, tu l'as bien vu ?

— Tu n'arrêtes pas de t'excuser.

— C'est faux.

— Et quand on fait l'amour, tu ne me prêtes aucune attention. Tu es toujours ailleurs. Tu penses à autre chose. Tu es toujours en train de penser à quelqu'un d'autre.

— Mais c'est *normal*. Tout le monde fait la même chose. Tout le monde fantasme pendant l'acte sexuel. Toi y compris. Ça fait partie du plaisir qu'on y prend. »

Elle ne voit pas tout de suite le mille-pattes qui émerge de sous la table de billard, agitant ses antennes en direction de ses jambes. Puis elle baisse les yeux par hasard.

« Creel ! »

Le mille-pattes fonce vers elle. Elle s'écarte d'un bond.

Creel lance la boule de billard de toutes ses forces. Elle déchire le linoléum tout près de l'insecte, puis va achever sa course sur l'armoire à liqueurs.

Le mille-pattes se précipite vers Vi. Il est si rapide qu'elle n'a aucune chance de l'éviter. La lumière qui se reflète sur ses plaques semble empoisonnée.

Creel saisit sa queue de billard et l'abat sur l'insecte. Il le rate à nouveau. Mais les échardes qui jaillissent de la queue brisée obligent la créature à modifier sa course. Elle disparaît sous le canapé.

« Attrape-le », dit Vi, haletante.

Il brandit la queue dans sa direction. « Je vais te dire quel est mon fantasme. Je fantasme que tu *aimes* faire l'amour avec moi. Toi, tu fantasmes que je suis quelqu'un d'autre. » Puis il écarte violemment le canapé du mur et lève son arme de fortune.

« Tu agirais comme moi, rétorque-t-elle, si tu étais obligé de coucher avec une *brute*, même si c'est une brute pleine de sensibilité et d'imagination. »

Elle sort de la pièce en claquant la porte.

Il continue de déplacer les meubles à la recherche du mille-pattes.

La chambre.

Vi a exploité au maximum les possibilités de cette pièce pour exprimer sa personnalité. Le lit est beaucoup trop grand pour l'espace disponible, mais il est pourvu d'une tête et de montants en cuivre délicatement ouvragés. Les draps et les taies d'oreillers sont assortis à la couverture, laquelle est décorée de fleurs blanches sur fond bleu. Malheureusement, le matelas a fini par ployer sous le poids de Creel. Les portes de l'armoire ont tellement travaillé qu'on ne peut plus les fermer.

Il y a un lustre au plafond, mais Vi ne l'utilise jamais. Elle se contente des deux lampes de chevet de chez Tiffany. En conséquence, le lit semble de toutes parts entouré par la pénombre.

Creel est assis sur le lit et contemple la porte de la salle de bains. Il a le dos voûté. Sa main droite est serrée autour du goulot d'une bouteille de tequila, mais il n'est pas en train de boire.

La porte de la salle de bains est fermée. On dirait qu'il contemple son reflet dans le miroir qui y est fixé. Mais il regarde en fait une bande fluorescente visible sous le montant. Il aperçoit l'ombre de Vi et suit ses déplacements dans la pièce.

Il reste plusieurs minutes les yeux fixés sur la porte, mais elle prend tout son temps. Finalement, il fait passer la bouteille de sa main droite à sa main gauche.

« Je n'ai jamais compris ce que tu *faisais* là-dedans.

— J'attends que tu tombes dans les pommes pour que je puisse dormir en paix », réplique-t-elle de derrière la porte.

Il prend un air offusqué. « Eh bien, je ne vais pas tomber dans les pommes. Je ne tombe jamais dans les pommes. Tu ferais mieux de renoncer. »

La porte s'ouvre brusquement. Elle éteint sèchement la lumière dans la salle de bains et se plante sur le seuil. Elle est vêtue d'une nuisette qui la rendrait fort désirable si elle avait envie de paraître désirable.

« Qu'est-ce que tu veux encore ? Tu as déjà fini de démolir la salle de jeux ?

— J'essayais de tuer ce mille-pattes. Celui qui t'a fait si peur.

— Je n'avais pas peur — j'ai été surprise, c'est tout. Ce n'est qu'un vulgaire mille-pattes. Tu l'as attrapée ?

— Non.

— Tu n'es pas assez vif. Il faudra appeler le service d'hygiène.

— Au diable le service d'hygiène, dit-il lentement. Qu'il aille se faire *foutre*. Et le mille-pattes avec lui. Je suis capable de régler mes problèmes tout seul. Pourquoi tu m'as dit ça ?

— Qu'est-ce que je t'ai dit ? »

Il évite de la regarder. « Tu m'as traité de brute. » Puis il se tourne vers elle. « Jamais je n'ai levé la main sur toi. »

Elle se dirige vers le lit et cale les oreillers contre la tête de lit en cuivre. Puis elle s'assied sur les draps, ramène ses jambes sous elle et s'adosse aux oreillers.

« Je sais. Ce n'est pas ce que je voulais dire. J'étais en colère, c'est tout. »

Il plisse le front. « Ce n'est pas ce que tu voulais dire. Charmant. Voilà qui me réconforte. Qu'est-ce que tu *voulais* dire, alors ?

— J'espère que tu te rends compte que tu ne me facilites pas la tâche.

— Ce n'est pas plus facile pour *moi*. Tu crois que ça me plaît de supplier ma propre femme de me dire pourquoi je ne suis pas assez bon pour elle ?

— En fait, j'ai l'impression que ça te plaît. Comme ça, tu peux te donner l'impression d'être une victime. »

Il soulève la bouteille pour contempler les jeux de lumière dans le liquide doré. Il reste quelques instants abîmé dans ce spectacle, puis fait passer la bouteille de sa main gauche à sa main droite. Mais il reste muet.

« D'accord, dit-elle au bout d'un certain temps. Tu me traites comme si tu te fichais de ce que je pense et de ce que je ressens.

— Je ne sais pas te traiter autrement, proteste-t-il. Si ça me fait plaisir, c'est aussi censé te faire plaisir.

— Je ne parle pas seulement du sexe. Je parle de la façon dont tu me traites en général. De la façon dont tu me parles. Tu penses que je dois aimer tout ce que tu aimes et détester tout ce que tu détestes. Tu penses que ma vie tout entière doit tourner autour de toi.

— Pourquoi donc m'as-tu épousé ? Il t'a fallu deux ans pour t'apercevoir que tu n'avais pas vraiment envie d'être ma femme ? »

Elle étire ses jambes devant elle. Sa nuisette les couvre jusqu'aux genoux. « Si je t'ai épousé, c'est parce que je t'aimais. Pas parce que je voulais être traitée comme un objet pendant le restant de mes jours. J'ai besoin d'avoir des amis. Des gens avec qui je peux partager des expériences. Des gens qui se soucient de ce que je pense. J'ai failli m'inscrire en doctorat tellement j'avais envie d'étudier Baudelaire. Ça fait deux ans qu'on est mariés et tu ne sais toujours pas qui est Baudelaire. Les seules personnes que je rencontre sont tes compagnons de beuverie. Ou les autres cadres de ton entreprise. »

Il ouvre la bouche pour lui répondre, mais elle poursuit : « Et j'ai besoin de liberté. J'ai besoin de prendre mes propres décisions — de faire mes propres choix. J'ai besoin de vivre ma vie. »

Il tente à nouveau d'intervenir.

« Et j'ai besoin d'être aimée. Tu m'utilises comme si j'étais moins intéressante que ta chère queue de billard.

— Elle est cassée, dit-il d'une voix neutre.

— Je sais qu'elle est cassée. Et je m'en fiche. Ça, c'est plus important. Je suis plus importante.

— Tu as dit que tu m'aimais, déclare-t-il d'une voix toujours neutre. Ça veut dire que tu ne m'aimes plus.

— Bon Dieu, que tu peux être obtus ! *Réfléchis.* Qu'as-tu jamais fait pour me donner l'impression que *tu* m'aimais ? »

Il fait à nouveau passer la bouteille dans sa main gauche. « Tu m'as trompé. Je parie que tu as couché avec tous les salauds que tu as rencontrés. C'est pour ça que tu ne m'aimes plus. Sans doute qu'ils te font tout un tas de saloperies que je ne veux pas te faire. Et ça te plaît. Si tu en as marre de moi, c'est parce que je ne suis plus assez excitant à ton goût. »

Elle laisse retomber ses bras sur les oreillers. « Creel, c'est *répugnant.* Tu es complètement *malade.* »

Dérangé par son geste, le mille-pattes émerge de sous l'oreiller et rampe sur son bras gauche. Il agite ses crocs venimeux tout en goûtant sa peau avec ses antennes, cherchant l'endroit idéal pour la mordre.

Cette fois-ci, Vi pousse un hurlement. Elle agite vivement son bras. Le mille-pattes est catapulté dans les airs.

Il rebondit sur le plafond et atterrit sur sa jambe nue.

Il est furieux à présent. Ses pattes épaisses se referment sur la peau en prévision de l'attaque.

De sa main libre, Creel gifle violemment la jambe de Vi, faisant lâcher prise à l'insecte.

Puis il lance la bouteille dans sa direction alors qu'il va heurter le mur. Mais le mille-pattes a déjà disparu dans l'ombre. Une averse de tequila et de bouts de verre s'abat sur la couverture.

Elle quitte le lit d'un bond, se cache derrière lui. « Ça suffit comme ça. Je m'en vais.

— Ce n'est qu'un mille-pattes. » Haletant, il arrache le montant en cuivre du pied du lit. Le brandissant d'une main en guise de massue, il passe l'autre sous le lit et le soulève. Il a l'air assez fort pour écraser un mille-pattes. « Pourquoi as-tu si peur ?

— C'est de toi que j'ai peur. De la façon dont fonctionne ton esprit. »

En retournant le lit, il renverse une des lampes de chevet. La chambre devient encore plus sombre. Il allume le lustre, mais le mille-pattes demeure invisible.

La chambre empeste la tequila.

La salle de séjour.

Le canapé n'a pas bougé de place. La table basse est toujours renversée, entourée de fleurs en train de faner. L'eau du vase a laissé sur le tapis une tache qui ressemble à une ombre parmi les ombres. Hormis ces détails, la pièce n'a pas changé. Les lumières sont allumées. Leur éclat fait d'autant plus ressortir les endroits qu'elles ne peuvent atteindre.

Creel et Vi sont tous deux présents. Il est assis sur un fauteuil et la regarde pendant qu'elle fouille dans une armoire. Elle cherche les objets qu'elle souhaite emporter et une valise pour les y mettre. Elle est vêtue d'une robe quelconque et dépourvue de ceinture. Pour une raison indéterminée, ce vêtement la fait paraître plus jeune. Lui semble encore plus emprunté que d'habitude sans verre à la main.

« J'ai l'impression que cette situation te réjouit, dit-il.

— Bien sûr. Tu as déjà raison sur toute la ligne. Pourquoi n'aurais-tu pas raison sur ce point ? Jamais je ne me suis autant amusée depuis le jour où je me suis disloqué la rotule au lycée.

— Et notre nuit de noces ? C'était un des points culminants de ta vie. »

Elle cesse de s'activer et lui lance un regard noir. « Si tu continues comme ça, tu vas me faire vomir.

— Tu me donnes l'impression que je suis une ordure.

— Encore gagné. Décidément, tu es génial ce soir.

— Eh bien, j'ai vraiment l'impression que tout ça te réjouit. Ça fait des années que je ne t'ai pas vue aussi excitée. Je parie que tu attendais une occasion pareille depuis le jour où tu as commencé à me tromper. »

Elle jette un vanity sur le tapis et continue d'explorer l'armoire.

« J'aimerais bien savoir comment ça a commencé. Est-ce que c'est lui qui t'a séduite ? Je parie que c'est toi qui l'as séduit. Je parie que tu l'as supplié de te mettre dans son lit pour qu'il t'enseigne toutes les saloperies qu'il connaissait.

— Tais-toi, murmure-t-elle depuis l'armoire. Tais-toi. Je ne t'écoute plus.

— Ensuite, tu t'es rendu compte qu'il était trop normal pour toi. Tout ce qu'il voulait, c'était tirer un coup. Alors, tu as laissé tomber ce pauvre type et tu t'es mise à la recherche d'un amant plus imaginatif. A présent, tu dois être passée experte dans l'art de te faire reluire le cul. »

Elle sort de l'armoire, une vieille batte de base-ball à la main. « Arrête tes conneries, Creel. Si tu ne t'arrêtes pas tout de suite, je te fracasse le crâne, Dieu m'en soit témoin. »

Il a un rire dénué de toute trace d'humour. « Tu ne peux pas faire ça. L'infidélité n'est pas punie par la loi. Mais on te mettra en prison si tu assassines ton mari. »

Elle jette la batte dans l'armoire et reprend ses recherches. Il n'arrive pas à la quitter des yeux. Chaque fois qu'elle émerge de l'armoire, il détaille le moindre de ses mouvements. Au bout d'un certain temps, il déclare : « Tu ne devrais pas laisser un misérable mille-pattes te mettre dans cet état. »

Elle ne lui prête aucune attention.

« Je peux m'occuper de cette saleté, poursuit-il. Je t'ai toujours protégée. Je sais que je l'ai raté jusqu'ici. Je n'ai pas été à la hauteur. Mais je vais m'en occuper. J'appellerai le service d'hygiène dès demain matin. J'en appellerai dix si ça te chante. Tu n'as pas besoin de partir. »

Elle ne lui prête toujours aucune attention.

Il enfouit son visage dans ses mains pendant une bonne minute. Puis il les laisse retomber entre ses cuisses. Son expression a changé.

« On pourrait peut-être le garder, tu sais. On pourrait le dresser à nous réveiller le matin. A nous apporter le journal. A nous préparer le café. On n'aurait plus besoin de radio-réveil. »

Elle sort une grosse valise de l'armoire. Elle la jette sur le canapé, l'ouvre et commence à la remplir.

« On l'appellera Baudelaire », dit-il.

Elle a l'air écœurée.

« Baudelaire le majordome. Il pourra accueillir nos invités. Répondre au téléphone. Faire le lit. Tant qu'il restera à sa place, il pourra même t'aider dans le choix de tes vêtements.

« Non, j'ai une meilleure idée. Tu le porteras sur *toi.* Tu te l'enrouleras autour du cou en guise d'étole. Le dernier cri en matière de tenue sexy. Ensuite, tu arriveras à te faire baiser aussi souvent que tu le souhaiteras. »

Vi se mord les lèvres pour ne pas pleurer et retourne dans l'armoire pour attraper un pull-over sur une des étagères supérieures.

Lorsqu'elle le saisit, le mille-pattes en tombe et atterrit sur sa tête.

Son mouvement de recul la catapulte au centre de la pièce. Creel voit distinctement le mille-pattes ramper jusqu'à son épaule et disparaître sous le col de sa robe.

Elle se fige. Son visage devient blafard. Ses yeux exorbités.

« Creel, souffle-t-elle. Oh, mon Dieu. Aide-moi. »

La forme du mille-pattes est nettement visible sous le tissu lorsqu'il rampe sur ses seins.

« *Creel !* »

Il se hisse hors du fauteuil et se précipite vers elle. Puis stoppe brutalement.

« Je ne peux pas l'écraser. Je risque de te faire mal. Il risque de te piquer. Et si j'essaie de soulever ta robe, il risque aussi de te piquer. »

Elle est incapable d'ouvrir la bouche. Le contact des pattes de l'insecte sur sa peau la paralyse.

L'espace d'un instant, il semble complètement impuissant. « Je ne sais pas quoi faire. » Il a les mains vides.

Soudain, son visage s'éclaire.

« Je vais chercher un couteau. »

Il fait demi-tour et se précipite vers la cuisine.

Vi ferme les yeux et serre les poings. Un gémissement s'échappe de ses lèvres, mais elle reste immobile.

Le mille-pattes descend lentement le long de son ventre. Il lui explore le nombril avec ses antennes. Tout le reste de son corps frémit, mais ses abdominaux restent rigides.

Puis le mille-pattes découvre la chaleur de son entrejambe.

Pour une raison indéterminée, il ne s'y arrête pas. Il rampe sur sa cuisse gauche et continue de descendre.

Vi ouvre les yeux et voit sa silhouette découpée sur le tissu de sa robe.

Sans cesser de lui palper la peau, le mille-pattes rampe lentement le long de son mollet. Puis il s'immobilise sur sa cheville et elle a l'impression qu'elle ne va pas pouvoir s'empêcher de hurler. Puis l'insecte reprend sa course.

Dès qu'il se pose sur le sol, elle s'écarte d'un bond. Elle se permet un hurlement, mais ne reste pas immobile pour autant. Elle se précipite à toute allure vers la porte d'entrée, l'ouvre en grand et sort en courant.

Le mille-pattes n'est nullement pressé. Il a l'air sûr de lui, prêt à tout, lorsqu'il disparaît en trottinant sous le canapé.

Une seconde plus tard, Creel revient de la cuisine. Il porte un couteau de boucher à la longue lame incurvée.

« Vi ? crie-t-il. Vi ? »

Puis il découvre la porte grande ouverte.

Un rictus déforme aussitôt son visage. « Espèce de saloperie, murmure-t-il. Espèce de *saloperie*. Tu m'as bien baisé. »

Il s'accroupit et fouille le tapis du regard. Il brandit son couteau devant lui.

« Tu ne l'emporteras pas au paradis. J'aurai ta peau. Je finirai bien par te retrouver. Et quand je t'aurai retrouvé, je vais te découper en morceaux. En morceaux tout menus menus. Je vais t'arracher les pattes l'une après l'autre. Ensuite, je t'enverrai faire un tour dans le vide-ordures. »

Il fait lentement le tour du canapé, parvenant près de la table basse renversée et entourée de fleurs mortes.

« Espèce de saloperie. C'était ma femme. »

Mais il ne voit pas le mille-pattes. Celui-ci se dissimule sur la tache d'eau à côté du vase. Il manque le piétiner.

Vif comme l'éclair, l'insecte grimpe sur sa chaussure et disparaît sous la jambe de son pantalon.

Il ne se rend compte de sa présence que lorsqu'il le sent grimper le long de sa jambe.

Il baisse les yeux et découvre une brosse rampant en direction de son bas-ventre.

Avant de se rendre compte de ce qu'il fait...

Traduit par Jean-Daniel Brèque

CLIVE BARKER

Le Testament de Jacqueline Ess

Avec le sombre miracle de Jacqueline Ess, Clive Barker nous a donné sans doute l'histoire la plus audacieuse et la plus troublante que vous lirez jamais. Car en explorant les mythes les plus profonds du pouvoir de la féminité, des mythes qui transcendent toute analyse, il aborde instinctivement les domaines de Circé, de Méduse, de Kali, des déesses et des démons métamorphes. Cependant, en dépit de ses effets proprement terrifiants, cette histoire est avant tout à mes yeux une allégorie sur la nature du désir, laquelle est en elle-même un insondable mystère.

Mais comme on nous montre ici des perversions du désir qui ne peuvent être qualifiées que de poignantes, je me dois également d'insister sur la tendresse inattendue qui transparaît dans ces pages. Peut-être me trompé-je, mais je pense que Barker réussit dans « Jacqueline Ess » à exprimer d'une façon totalement originale l'admiration que lui inspire cette force primale et incandescente qu'est la sexualité féminine.

Mon Dieu, se disait-elle, la vie ne peut pas se réduire à ça. Jour après jour, l'ennui, les corvées, les frustrations.

Seigneur Jésus, laisse-moi en sortir, libère-moi, crucifie-moi s'il le faut, mais délivre-moi de mes misères !

Par une morne journée de mars, sûre de Sa bénédiction pour cet acte d'euthanasie, elle prit une lame du rasoir de Ben, s'enferma dans la salle de bains et s'ouvrit les veines.

Par-delà les pulsations sourdes qui bourdonnaient dans ses oreilles, elle entendit vaguement Ben de l'autre côté de la porte.

« Tu es là, chérie ? »

« Va-t'en ! » pensa-t-elle dire.

« Je suis revenu tôt, ma chérie. Il n'y avait pas trop de circulation.

— Je t'en prie, va-t'en ! »

Après l'effort qu'elle avait fait pour parler, elle glissa du siège des toilettes sur le sol dallé de blanc où les flaques de son sang se figeaient déjà.

« Chérie ?

— Va...

— Chérie.

— ... t'en.

— Est-ce que tu vas bien ? »

Il secouait la porte, maintenant, ce rat. Est-ce qu'il ne comprenait pas qu'elle ne pouvait pas l'ouvrir, qu'elle ne l'ouvrirait pas ?

« Réponds-moi, Jackie ! »

Elle gémissait. Elle ne pouvait s'en empêcher. La douleur n'était pas aussi forte qu'elle l'avait imaginé, mais elle éprouvait une vilaine sensation, comme si on l'avait frappée à la tête.

De toute façon, il ne pourrait pas la soigner à temps, même s'il enfonçait la porte.

Il enfonça la porte.

Elle leva les yeux vers lui et le regarda à travers un air tellement chargé de mort qu'on aurait pu le couper.

« Trop tard », pensa-t-elle dire.

Mais il n'était pas trop tard.

Mon Dieu, pensa-t-elle, ça ne peut pas être un suicide. Je ne suis pas morte.

Le docteur que Ben lui avait trouvé était trop parfaitement affable. « Le meilleur, je ne veux que le meilleur pour ma Jackie », avait-il promis.

« Il n'y a rien, lui disait le docteur d'un ton rassurant, que nous ne puissions réparer en bricolant un peu. »

Pourquoi est-ce qu'il joue cette comédie ? songeait-elle. Il s'en fiche complètement. Il ne sait pas ce que c'est.

« Je traite beaucoup de ces problèmes de femmes, lui confiait-il en irradiant toute la compassion dont il était capable. Ils ont pris des proportions épidémiques dans une certaine classe d'âge. »

Elle avait à peine trente ans. Qu'insinuait-il ? Qu'elle faisait une ménopause précoce ?

« Dépression, repliement partiel ou total sur soi-même, névroses de toutes formes et de toutes tailles. Vous n'êtes pas la seule, croyez-moi. »

Oh si, je le suis, songeait-elle. Je suis ici dans ma tête, seule, et vous ne pouvez pas savoir ce que c'est.

« Nous allons vous remettre sur pied aussi vite qu'un agneau apprend à se lever. »

Je suis un agneau, c'est ça ? Est-ce qu'il croit que je suis un agneau ?

Songeur, il contempla ses diplômes encadrés au mur, puis ses ongles bien nets et enfin les stylos et le bloc-notes sur son bureau. Mais il ne regarda pas Jacqueline. Il regarda tout sauf Jacqueline.

« Je sais, disait-il maintenant, ce que vous avez traversé, et c'était bien traumatisant. Les femmes ont certains besoins. Si on n'y répond pas... »

Que savait-il des besoins des femmes ?

Vous n'êtes pas une femme, pensa-t-elle penser.

« Quoi ? » demanda-t-il.

Avait-elle parlé ? Elle secoua la tête en signe de dénégation. Il reprit donc, retrouvant son rythme :

« Je ne vais pas vous infliger d'interminables séances de psychothérapie. Vous ne le souhaitez pas, n'est-ce pas ? Vous voulez juste qu'on vous rassure, et vous voulez quelque chose pour vous aider à dormir la nuit. »

Il commençait à l'irriter vraiment. Sa condescendance était si profonde qu'on n'en voyait pas la fin. Le Père qui sait tout et qui voit tout, c'était son numéro. Comme s'il avait été gratifié du don miraculeux de percevoir la nature de l'âme féminine.

« J'ai naturellement essayé des séances de thérapie avec d'autres malades dans le passé, mais soit dit entre nous... »

Il lui tapota la main. La paume du Père sur le dos de sa main. Elle était censée se trouver flattée, rassurée, et peut-être même séduite.

« ... Soit dit entre nous, ce ne sont que des parlotes. Des parlotes sans fin. Franchement, quel bien cela peut-il faire ? Nous avons tous des problèmes. On ne peut les éliminer en parlant, n'est-ce pas ? »

Vous n'êtes pas une femme. Vous n'avez pas l'air d'une femme, vous ne vous sentez pas femme...

« Est-ce que vous avez dit quelque chose ? »

Elle hocha de nouveau la tête.

« J'ai cru que vous disiez quelque chose. Je vous en prie, sentez-vous libre de vous exprimer franchement avec moi. »

Elle ne répondit pas, et il sembla se lasser de singer l'intimité. Il se leva et se dirigea vers la fenêtre.

« Je crois que la meilleure chose pour vous... »

Il était à contre-jour, assombrissant la pièce, masquant la vue des cerisiers sur la pelouse. Elle regarda ses larges épaules, ses hanches étroites. Une belle silhouette d'homme, comme aurait dit Ben. Pas un corps fait pour porter un enfant. Un corps fait pour refaire le monde. A défaut de refaire le monde, il se contentait de refaire les esprits.

« Je crois que la meilleure chose pour vous... »

Qu'en savait-il, avec ces fesses, ces épaules ? Il était trop homme pour comprendre quoi que ce soit d'elle.

« Je crois que la meilleure chose pour vous serait un traitement sédatif pendant un moment... »

Maintenant, elle portait les yeux sur la ceinture du médecin.

« ... et des vacances. »

Son esprit se concentrait sur ce corps, derrière l'écran des vêtements. Les muscles, les os, le sang sous la peau élastique. Elle se le représentait sous tous les angles, le jaugeant, évaluant son pouvoir de résistance. Elle pensa :

Sois une femme !

Tout simplement, tandis qu'elle formulait ce vœu grotesque, il commença à se réaliser. Non pas, malheureusement, en une transformation de conte de fées, car la chair du docteur résistait à ce type de magie. Elle voulut que cette poitrine masculine se fabrique des seins, et la poitrine se mit à gonfler de façon très seyante jusqu'à ce que la peau éclate et que le sternum explose. Le bassin, tendu à l'extrême, se fendit en son milieu ; perdant l'équilibre, le docteur s'effondra sur son bureau d'où il la regarda, le visage jaune du choc qu'il subissait. Il lécha ses lèvres, les lécha encore afin de trouver un peu d'humidité qui lui permettrait de parler. Sa bouche était sèche : ses mots étaient mort-nés. C'était d'entre ses jambes que venait le bruit ; les éclaboussures de son sang, le bruit sourd de ses boyaux tombant sur le tapis.

Elle hurla devant l'absurde monstruosité qu'elle avait provoquée, et se retrancha à l'autre bout de la pièce, où elle vomit dans le pot de la plante grasse.

Seigneur, songea-t-elle, ça ne peut être un meurtre. Je ne l'ai même pas touché.

Jacqueline garda pour elle ce qu'elle avait fait cet après-midi-là. Il n'aurait servi à rien d'infliger aux gens des nuits d'insomnies, hantées par la pensée d'un talent aussi particulier.

Les policiers furent très gentils. Ils donnèrent du décès du Dr Blandish toute une série d'explications dont aucune, à vrai dire, ne permettait de comprendre comment sa poitrine avait pu jaillir d'une façon aussi extraordinaire, transformant ses pectoraux en deux dômes splendides (bien que poilus).

On pensa qu'un dément inconnu, aux forces décuplées par sa folie même, avait fait irruption dans le cabinet et procédé au carnage de ses propres mains, à l'aide de marteaux et de scies, et qu'il était sorti, enfermant la pauvre innocente Jacqueline Ess dans un silence atterré qu'aucun interrogatoire ne pouvait espérer briser.

Il était clair qu'une ou plusieurs personnes avaient envoyé le docteur là où ni sédatifs ni thérapie ne pouvaient l'aider.

Pendant un moment, elle oublia presque. Mais au bout de quelques mois cela revint peu à peu, comme le souvenir d'un adultère secret. Elle se sentait excitée par des délices interdites. Elle oubliait la nausée, et ne se souvenait que du pouvoir. Elle oubliait le côté sordide, et ne se souvenait que de la force. Elle oubliait le sentiment de culpabilité qui l'avait saisie après, et ne souhaitait que recommencer.

Mais mieux.

« Jacqueline. »

Serait-ce mon mari, se demanda-t-elle, qui m'appelle par mon nom ? En général, c'est Jackie, ou Jack, ou rien du tout.

« Jacqueline. »

Il la regardait avec ses grands yeux bleus de bébé, comme l'étudiant pour qui elle avait eu le coup de foudre. Mais sa bouche était plus dure, maintenant, et ses baisers avaient un goût de pain rassis.

« Jacqueline.

— Oui.

— Il y a une chose dont je voudrais te parler. »

Une conversation ? se dit-elle. Ce doit être jour de fête.

« Je ne sais pas comment te dire cela.

— Essaie », suggéra-t-elle.

Elle savait qu'elle pourrait faire parler sa bouche si elle le voulait, qu'elle pourrait lui faire dire ce qu'elle voulait entendre. Des mots d'amour, peut-être, si elle parvenait à se souvenir de leur musique. Mais à quoi cela aurait-il servi ? Il valait mieux entendre la vérité.

« Chérie, je suis un peu sorti des rails.

— Qu'est-ce que tu veux dire ? » demanda-t-elle.

C'est donc ça, mon salaud, songea-t-elle.

« C'était quand tu n'allais pas bien. Tu sais, quand les choses s'étaient plus ou moins arrêtées entre nous. La chambre à part... Tu voulais ta chambre... et j'étais fou de frustration. Je ne voulais pas te créer de soucis, alors je n'ai rien dit. Mais je n'arrive pas à vivre deux vies.

— Tu peux avoir une aventure, si tu veux, Ben.

— Ce n'est pas une aventure, Jackie. Je l'aime... »

Il était en train de préparer un de ses discours. Elle le voyait qui gonflait derrière ses dents. Les justifications qui devenaient accusations, les excuses qui se transformaient toujours en agressions contre sa personnalité à elle. Quand il serait lancé, rien ne pourrait l'arrêter. Elle ne voulait pas l'entendre.

« ... Elle n'est pas du tout comme toi, Jackie. Elle est frivole à sa façon. J'imagine que tu la trouverais superficielle. »

Il vaudrait peut-être mieux l'arrêter là, songea-t-elle, avant qu'il ne s'emmêle dans ses nœuds habituels.

« Elle n'est pas maussade comme toi. Tu sais, c'est juste une femme normale. Je ne veux pas dire que tu ne sois pas normale : ce n'est pas de ta faute, si tu es dépressive. Mais elle n'est pas aussi sensible.

— Ben, ce n'est pas la peine...

— Si, bon sang, je veux tout sortir. »

Et tout déverser sur moi, songea-t-elle.

« Tu ne m'as jamais laissé m'expliquer, disait-il. Tu m'as toujours lancé un de tes fichus regards, comme si tu voulais que je... »

Meurs.

« ... comme si tu voulais que je me taise. »

Tais-toi.

« Tu te moques bien de ce que je ressens ! criait-il maintenant. Tu es toujours dans ton propre petit monde. »

Tais-toi, pensa-t-elle.

La bouche de Ben était ouverte. Il lui sembla qu'elle voulait qu'elle se ferme et, à cette pensée, ses mâchoires claquèrent brutalement, coupant le bout de sa langue rose, qui tomba d'entre ses lèvres et se logea dans un repli de sa chemise.

Tais-toi, pensa-t-elle encore.

Les deux régiments parfaitement rangés des dents de son

mari s'écrasèrent l'un contre l'autre, craquant et se fendant, les nerfs, l'émail et la salive coulèrent en une mousse rosâtre sur son menton tandis que sa bouche rentrait.

Tais-toi, pensait-elle toujours tandis que ses yeux bleus de bébé stupéfait s'enfonçaient dans son crâne et que son nez se frayait en ondulant un chemin jusqu'à son cerveau.

Il n'était plus Ben, il était un homme avec une tête de lézard rouge, une tête qui s'aplatissait, qui s'engloutissait elle-même, et, Dieu merci, il ne serait plus jamais en mesure de parler.

Maintenant qu'elle maîtrisait le truc, elle commençait à prendre plaisir aux modifications qu'elle désirait qu'il subisse.

Elle le renversa cul par-dessus tête sur le sol et commença à comprimer ses bras et ses jambes, télescopant la chair et les os résistants dans un espace de plus en plus réduit. Ses vêtements se replièrent vers l'intérieur et les parois de son estomac sortirent de ses entrailles, si correctement enroulées sur elles-mêmes, pour s'étirer et l'envelopper entièrement. Maintenant, ses doigts sortaient de ses omoplates ; ses pieds, qui s'agitaient encore furieusement, s'enfoncèrent dans sa gorge. Elle le retourna une dernière fois pour compresser sa colonne vertébrale en un tronçon de trente centimètres de bouillie. Et ce fut à peu près tout.

Quand elle sortit de son extase, elle vit Ben posé par terre, réduit au volume d'une de ses belles valises de cuir, tandis que le sang, la bile et les liquides lymphatiques sortaient par à-coups de son corps réduit au silence.

Mon Dieu, pensa-t-elle, ça ne peut être mon mari ! Il n'a jamais été aussi bien rangé que ça.

Cette fois, elle n'attendit pas d'aide. Cette fois, elle savait ce qu'elle avait fait (elle devinait même comment elle l'avait fait) et elle acceptait son crime comme une façon bien brutale de rendre la justice. Elle fit ses valises et quitta la maison.

Je suis vivante, songea-t-elle. Pour la première fois de toute ma misérable vie, je suis vivante.

Le témoignage de Vassi (première partie)

A vous qui rêvez de femmes douces et fortes, je dédie cette histoire. Promesse autant que confession, ce sont les derniers mots d'un homme perdu qui ne voulait rien d'autre qu'aimer et être aimé. Je suis assis ici, tremblant, dans l'attente de la nuit, dans l'attente de Koos, le maquereau geignard, qui va venir et me prendre tout ce que je possède en échange de la clé de la chambre.

Je ne suis pas un homme courageux. Je n'en ai jamais été un ; alors j'ai peur de ce qui risque de m'arriver ce soir. Mais je ne peux traverser la vie en rêvant sans cesse, en n'existant dans l'obscurité que grâce à une toute petite fenêtre ouverte sur les cieux. Tôt ou tard, on doit se ceindre les reins (c'est tout à fait ça), se lever et trouver. Même si cela suppose en échange que l'on abandonne le monde.

Je ne crois pas être très clair. Vous vous dites, vous qui tombez par hasard sur ce témoignage, vous vous dites : qui est-ce, cet imbécile ?

Mon nom est Oliver Vassi. J'ai maintenant trente-huit ans. J'étais encore avocat il y a un peu plus d'un an, quand j'ai commencé cette quête qui se termine ce soir avec ce maquereau, et cette clé, et le Saint des Saints.

Mais cette histoire commence voilà des années, quand Jacqueline Ess vint me voir pour la première fois.

Elle entra dans mon bureau sans crier gare, prétendant être la veuve d'un de mes amis de la faculté de Droit, un certain Benjamin Ess, et en réfléchissant, je retrouvai son visage. Un ami commun qui avait assisté à leur mariage m'avait montré une photo de Ben et de sa jeune épousée rougissante. Et elle était là, beauté insaisissable, réalisant toutes les promesses de la photo.

Je me souviens que j'étais extrêmement embarrassé lors de cette première conversation. Elle était arrivée en pleine heure de pointe, et j'avais du travail par-dessus la tête. Mais je fus tellement fasciné par elle que je décommandai tous les rendez-vous de la journée, et quand ma secrétaire entra, elle me lança un de ses regards d'acier qui équivalaient à me jeter un seau d'eau froide à la figure. Je suppose que j'ai été amoureux de Jacqueline dès le début, et elle sentit les vibrations qui emplissaient mon bureau. Je fis comme si j'étais simplement poli envers la veuve d'un vieil ami. Je n'aimais pas l'idée de la passion : elle ne faisait pas partie de ma nature... du moins le pensais-je. Comme nous savons peu de choses — je veux parler du véritable savoir — de nos capacités !

Jacqueline m'a menti, ce premier jour. Elle m'a raconté que Ben était mort du cancer, qu'il lui parlait souvent de moi avec beaucoup d'affection. Je crois qu'elle aurait pu me dire la vérité et que je l'aurais bue comme du petit-lait, tant elle m'avait envoûté dès les premiers instants.

Mais il est difficile de se rappeler exactement comment et quand l'intérêt que l'on porte à un autre être est devenu plus profond, plus passionné. Il est possible que j'invente l'impression qu'elle m'a faite lors de cette première rencontre, que je réinvente tout simplement l'histoire pour justifier mes excès ultérieurs. Je ne sais plus bien. En tout cas, quels que fussent le moment et le lieu, la lenteur ou la rapidité de ma reddition, notre liaison commença.

Je ne suis pas particulièrement curieux de la vie de mes amis ou de mes maîtresses. Les avocats passent leur temps à remuer la boue de la vie des gens, et très franchement, huit heures par jour de ce travail me suffisent amplement. Hors de mon bureau, j'aime laisser les autres tranquilles. Je ne pose pas de questions indiscrètes, je n'essaie pas de les faire parler, je les prends tels qu'ils veulent qu'on les voie.

Jacqueline n'a pas fait exception. Elle était la femme que j'étais heureux d'avoir dans ma vie, quelle que fût la vérité sur son passé. Elle avait un merveilleux sang-froid, beaucoup d'humour, un humour paillard, oblique. Je n'avais jamais rencontré une femme aussi enchanteresse. Le fait qu'elle ait vécu avec Ben, la qualité de son mariage, etc. ne me concernaient pas. C'était son histoire. J'étais heureux de vivre au présent, et de laisser le passé mourir de sa belle mort. Je crois même que je me sentais assez flatté de pouvoir l'aider à oublier tout ce qu'elle avait dû endurer.

Il est évident que ses histoires présentaient des lacunes. En tant qu'avocat, j'avais un œil d'aigle pour détecter ce qui clochait. J'essayais de toutes mes forces de remiser mes intuitions professionnelles, mais je sentais qu'elle ne me disait pas tout. Mais chacun a droit à ses secrets, je le savais bien. Je me disais qu'elle pouvait garder les siens.

Une fois seulement je la poussai à me donner des détails sur l'histoire de sa vie. En parlant de la mort de Ben, elle avait laissé échapper qu'il avait eu ce qu'il méritait. Je lui demandai ce qu'elle voulait dire. Elle sourit, de son sourire de Joconde, et me dit qu'elle trouvait que l'équilibre devait être rétabli entre les hommes et les femmes. Je laissai passer son observation. En fin de compte, à cette époque, j'étais subjugué au-delà de tout espoir de salut, et j'étais heureux de l'admettre.

Vous comprenez, elle était si belle ! Pas au sens conventionnel : elle n'était plus jeune, elle n'était plus innocente, elle n'avait pas cette parfaite symétrie qu'aiment les photographes et les imprésarios. Son visage était celui d'une femme d'une quarantaine d'années : il avait ri et pleuré, et l'utilisation qu'elle en avait fait avait laissé des traces. Mais elle avait la faculté de se transformer, de manière subtile, et son visage changeait comme le ciel. Au début, je crus que c'était un artifice de maquillage. Mais comme nous dormions de plus en plus souvent ensemble et que je la voyais le matin, les yeux ensommeillés, ainsi que le soir, les paupières lourdes de fatigue, je ne tardai pas à comprendre qu'elle ne portait rien d'autre que sa peau sur sa chair et son sang. Ce qui la transformait venait de l'intérieur ; c'était l'effet de sa volonté.

Et savez-vous ? Je l'en aimai davantage encore.

Et puis une nuit, je m'éveillai alors qu'elle dormait à mes côtés. Nous dormions souvent par terre, car elle préférait cela au lit. Les lits, disait-elle, lui rappelaient son mariage. En tout cas, cette nuit-là, elle était allongée sous un édredon sur le tapis de ma chambre, et je me mis à regarder avec adoration son visage endormi.

Quand on s'est donné totalement, regarder la personne aimée dormir peut être une expérience éprouvante. Il est possible que certains d'entre vous aient connu cette sorte de paralysie qui s'empare de vous quand vous regardez ces traits fermés à votre sollicitude, verrouillés au point que vous ne pourrez jamais, jamais pénétrer dans l'esprit de l'autre.

Comme je l'ai dit, pour ceux d'entre nous qui se donnent sans réserve, c'est l'horreur. Nous savons, dans ces moments, que nous n'existons pas en dehors de notre relation à ce visage, à cette personnalité. Si bien que lorsque le visage est fermé, cette personnalité est perdue dans son propre monde inconnu, et nous nous sentons totalement inutiles. Une planète sans soleil, évoluant dans l'obscurité.

C'est ce que je ressentis cette nuit-là, penché sur ses traits extraordinaires et, tandis que je remâchais ma vacuité, son visage commença de se transformer. Elle rêvait, mais quel rêve pouvait-elle bien faire ? Sa substance même se transformait, ses muscles, ses cheveux, la peau veloutée de son visage, tout obéissait aux diktats de je ne sais quelle marée intérieure. Ses lèvres s'épanouissaient loin de ses mâchoires, se dressant en une tour de peau humide ; ses cheveux s'enroulaient autour de sa tête comme si elle nageait ; la chair de ses joues formait des sillons et des crêtes semblables aux scarifications rituelles d'un guerrier ; des motifs flamboyants se formaient par pulsations, disparaissant avant même d'être terminés pour laisser la place à d'autres. Cette fluctuation m'emplit de terreur, et je dus émettre quelque son. Elle ne s'éveilla pas, mais elle revint un peu plus près de la surface du sommeil, quittant ses eaux profondes où ses pouvoirs prenaient leur source. Les motifs disparurent en un instant, et son visage redevint celui d'une femme qui dort paisiblement.

Vous comprendrez que ce fut une expérience cruciale, même si je passai les jours suivants à me convaincre que je n'avais rien vu.

Mes efforts furent vains. Je savais qu'il y avait là quelque chose qui n'allait pas, et à l'époque j'étais convaincu qu'elle n'en savait rien. J'étais sûr que son corps ne fonctionnait pas comme il aurait dû, et que personne ne pourrait mieux que moi tirer l'histoire au clair avant de lui dire ce que j'avais vu.

Avec le recul, naturellement, il semble d'une naïveté risible d'imaginer qu'elle aurait pu ne rien savoir de ce pouvoir qu'elle possédait. Mais il m'était plus facile de l'imaginer en proie à ce genre de talent, plutôt que de croire qu'elle en était la maîtresse. C'est le propre d'un homme parlant d'une femme ; pas seulement moi, Oliver Vassi, d'elle, Jacqueline

Ess. Nous ne parvenons pas à croire, nous les hommes, que le pouvoir puisse jamais reposer dans le corps d'une femme, à moins que ce pouvoir ne soit un enfant mâle. Pas un vrai pouvoir. Le pouvoir, conféré par Dieu, doit rester entre les mains des mâles. C'est ce que nous disent nos pères, les idiots.

Quoi qu'il en soit, j'enquêtai sur Jacqueline aussi discrètement que je le pouvais. Je connaissais quelqu'un à York, où le couple avait vécu, et il ne me fut pas difficile de me renseigner. J'attendis une semaine que mon contact m'apporte les informations demandées, parce qu'il avait dû patauger dans une bonne dose de merde du côté de la police pour avoir une idée de la vérité. Mais les nouvelles arrivèrent, et elles étaient mauvaises.

Ben était mort, c'était vrai. Mais il n'était pas mort d'un cancer. Mon contact n'eut que peu d'indices sur l'état du cadavre de Ben, mais il comprit qu'il avait été mutilé de façon spectaculaire. Qui était le suspect numéro un ? Ma bien-aimée Jacqueline Ess, l'innocente jeune femme qui vivait dans mon appartement, qui dormait à mes côtés chaque nuit.

Alors je lui dis carrément qu'elle me cachait quelque chose. Je ne sais pas ce que j'attendais en retour, mais je reçus une démonstration de son pouvoir. Elle me l'administra volontiers, sans malice, mais je n'étais pas assez fou pour ne pas y déceler une sorte de mise en garde. Elle commença par me raconter comment elle avait découvert son contrôle unique de la masse de substance qui constitue les êtres humains. En plein désespoir, me dit-elle, quand elle avait tenté de se tuer, elle avait trouvé, dans les profondes tranchées de sa nature, des facultés qu'elle ne savait pas exister, des pouvoirs qui surgissaient de ces régions, tandis qu'elle guérissait, comme des poissons montant vers la lumière.

Et puis, elle me donna le plus infime exemple de ses pouvoirs en m'arrachant quelques cheveux, un par un. Rien qu'une douzaine, juste pour me donner une idée de ses redoutables talents. Je les sentis partir. Elle dit seulement : Un derrière ton oreille, et j'eus la chair de poule, et je sursautai tandis que les doigts immatériels de son caprice arrachaient un cheveu, puis un autre, et un autre encore, en une démonstration magistrale. Avec un art incroyable, elle isolait un cheveu et l'extirpait de mon cuir chevelu, aussi précise qu'une pince à épiler.

Franchement, assis là, j'étais raide de peur. Je savais qu'après ce petit jeu, tôt ou tard, elle considérerait le moment venu de me réduire pour toujours au silence.

Mais elle doutait d'elle-même. Elle me dit que ce talent, bien qu'elle l'eût affûté, l'effrayait. Elle avait besoin, disait-elle, de quelqu'un qui pourrait lui apprendre à l'utiliser au mieux. Et je n'étais pas ce quelqu'un. J'étais seulement un homme qui l'aimait, qui l'avait aimée avant cette révélation, et qui continuerait à l'aimer, malgré tout.

En fait, après cette démonstration, je me formai rapidement une autre vision de Jacqueline. Au lieu de la craindre, je n'en fus que plus dévoué à cette femme qui tolérait que je possède son corps.

Mon travail se mit à m'irriter ; il me distrayait de la pensée de ma bien-aimée. Le peu de réputation que j'avais acquis commença de se détériorer ; je perdis des procès, je perdis ma crédibilité. En l'espace de deux ou trois mois, ma vie professionnelle se réduisit à presque rien. Mes amis se désespéraient, mes collègues m'évitaient.

Ce n'était pas qu'elle se nourrissait de moi. Je veux que ce soit clair. Elle n'était ni lamie, ni succube. Ce qui m'arrivait, ma démission de la vie, si vous voulez, n'était que de mon propre fait. Elle ne m'avait pas ensorcelé ; ce n'est qu'un mensonge romantique pour excuser le viol. Elle était la mer, et il fallait que je nage en elle. Est-ce que cela signifie quelque chose ? J'avais toujours vécu sur la rive, sur la terre ferme de la loi, et j'en étais fatigué. Elle était liquide, une mer sans limites dans un seul corps, un déluge dans une petite pièce, et je me serais volontiers noyé en elle si elle m'en avait donné l'occasion. Mais j'ai pris seul ma décision, vous comprenez. Cette décision n'a toujours été que de ma propre volonté. J'ai décidé d'aller dans la chambre cette nuit, et d'être avec elle une dernière fois. Et ce en toute liberté.

Que ne ferait un homme ? Elle était (est) sublime.

Pendant le mois qui suivit sa démonstration de pouvoir, je vécus dans une extase permanente d'elle. Quand j'étais avec elle, elle me montrait des façons d'aimer qui dépassaient les limites de toute autre créature créée par Dieu. J'ai dit « qui dépassaient les limites », mais en elle, il n'y avait pas de limites. Et quand j'étais loin d'elle, la rêverie continuait, parce qu'il semblait qu'elle avait changé mon monde.

Puis elle me quitta.

Je savais pourquoi : elle était partie trouver quelqu'un qui pourrait lui apprendre comment utiliser sa force. Mais le fait de comprendre ses raisons ne rendait pas la séparation plus facile.

Je m'effondrai : je perdis mon travail, je perdis mon identité, je perdis les quelques amis qui me restaient en ce monde. Je m'en aperçus à peine. C'étaient des pertes mineures à côté de la perte de Jacqueline...

« Jacqueline. »

Mon Dieu, songea-t-elle, est-il vraiment l'homme le plus influent du pays ? Il avait l'air tellement peu avenant, tellement quelconque. Même son menton ne dénotait pas le moindre signe d'autorité.

Mais Titus Pettifer était le symbole même du pouvoir.

Il dirigeait tant de monopoles qu'il ne pouvait plus les compter ; un seul mot de lui dans le monde de la finance, et des entreprises se brisaient comme des fétus de paille, entraînant dans leur destruction les ambitions et les carrières de centaines, de milliers d'hommes. Sous son aile, des fortunes s'édifiaient en une nuit, et des corporations entières s'effondraient s'il soufflait dessus, victimes de ses caprices. Si un homme avait jamais su ce qu'est la puissance, c'était bien lui. On devait pouvoir apprendre d'un tel personnage.

« Cela ne vous ennuie pas que je vous appelle J., n'est-ce pas ?

— Non.

— Avez-vous attendu longtemps ?

— Suffisamment.

— Je n'ai pas pour habitude de faire attendre les jolies femmes.

— Mais si ! »

Elle le connaissait déjà ; deux minutes en sa présence lui

avaient suffi pour prendre sa mesure. Il s'intéresserait plus vite à elle si elle arborait cette insolence tranquille.

« Est-ce que vous appelez souvent par leur initiale les femmes que vous n'avez jamais rencontrées auparavant ?

— C'est pratique pour les classements ; ça vous ennuie ?

— Tout dépend.

— De quoi ?

— De ce que je reçois en retour pour vous avoir accordé ce privilège.

— Est-ce un privilège de connaître votre nom ?

— Oui...

— Alors... Je suis flatté. A moins, naturellement, que vous n'accordiez ce privilège trop généreusement. »

Elle hocha la tête. Non, il était évident qu'elle n'était pas prodigue de ce type de familiarité.

« Pourquoi avez-vous attendu si longtemps pour me voir ? Pourquoi, selon mes secrétaires, les avez-vous harcelées pour avoir un entretien avec moi ? Voulez-vous de l'argent ? Si c'est le cas, vous repartirez les mains vides. Je suis devenu riche en étant avare, et plus je suis riche, plus je suis avare. »

C'était vrai, et il le dit sans détour.

« Je ne veux pas d'argent, dit-elle tout aussi directement.

— C'est réconfortant.

— Il y a des gens plus riches que vous. »

Surpris, il haussa les sourcils. Elle pouvait mordre, cette beauté.

« C'est vrai », dit-il, puisqu'il y avait au moins une demi-douzaine d'hommes plus riches que lui dans cet hémisphère.

« Je ne suis pas une petite adoratrice. Je ne suis pas venue ici pour vous séduire et prendre votre nom. Je suis venue pour ce que nous pouvons être ensemble. Nous avons beaucoup à nous offrir l'un à l'autre.

— Par exemple ?

— J'ai mon corps.

— Et que vous offrirais-je en échange de telles largesses ? dit-il en souriant à l'offre la plus directe qu'il ait entendue depuis des années.

— Je veux apprendre...

— Apprendre ?

— ... apprendre comment utiliser le pouvoir. »

Elle était de plus en plus étrange, celle-là.

« Que voulez-vous dire ? »

Il voulait gagner du temps car il n'avait pas encore compris à qui il avait affaire ; elle le contrariait, l'embarrassait.

« Est-ce que je dois vous le redire en termes plus bourgeois ? demanda-t-elle avec un sourire d'une telle insolence qu'il se sentit presque attirant de nouveau.

— Inutile. Vous voulez apprendre à utiliser le pouvoir. Je suppose que je pourrais vous apprendre...

— Je sais que vous le pouvez.

— Vous êtes consciente du fait que je suis un homme marié. Virginia et moi vivons ensemble depuis dix-huit ans.

— Et vous avez trois fils, quatre maisons, et une femme de chambre du nom de Mirabelle. Vous détestez New York, et adorez Bangkok. Vos chemises font quarante de tour de col, et votre couleur préférée est le vert.

— Le turquoise.

— Vous gagnez en subtilité avec l'âge.

— Je ne suis pas si vieux.

— Dix-huit ans de mariage, cela vous vieillit prématurément.

— Pas moi.

— Prouvez-le.

— Comment ?

— Prenez-moi.

— Quoi ?

— Prenez-moi.

— Ici ?

— Tirez les rideaux, fermez la porte, éteignez l'écran de l'ordinateur et prenez-moi. Je vous mets au défi.

— Au défi ? »

Depuis combien de temps personne ne l'avait-il mis au *défi* de faire quoi que ce soit ?

Défi ?

Il était excité. Il n'avait pas été excité à ce point depuis dix ans. Il tira les rideaux, ferma la porte à clef, éteignit l'écran qui étalait complaisamment l'état de sa fortune.

Bon Dieu, se dit-elle, je l'ai !

Ce ne fut pas une passion facile, comme avec Vassi. D'une part, Pettifer était un amant maladroit et ignorant. D'autre part, il avait trop peur de sa femme pour être un mari adultère en pleine possession de ses moyens. Il croyait voir Virginia partout : dans les halls des hôtels où ils prenaient une chambre pour l'après-midi, dans les taxis qui passaient devant leurs lieux de rendez-vous, et même une fois (il jura que la ressemblance était confondante) sous les traits d'une serveuse de restaurant. Craintes sans fondement, mais qui grevaient quelque peu la spontanéité de leur idylle.

Quoi qu'il en soit, elle apprenait de lui. Il était un potentat aussi brillant qu'il était un amant inepte. Elle apprit comment on peut être puissant sans exercer le pouvoir ; ne pas être contaminé par les turpitudes que tout charisme fait naître chez les médiocres ; prendre simplement des décisions simples ; être sans pitié. Non pas qu'elle eût encore beaucoup à apprendre dans ce secteur particulier. Il serait peut-être plus juste de dire qu'il lui apprit à ne jamais regretter son manque de compassion instinctif mais à juger avec sa seule raison qui méritait d'être détruit et qui pouvait être compté parmi les justes.

Jamais elle ne lui dévoila sa vraie nature, même si elle utilisait ses talents de façon secrète pour que ses nerfs usés lui procurent du plaisir.

Leur aventure durait depuis quatre semaines et ils étaient allongés côte à côte dans une chambre lilas, bercés par le grondement de la circulation dans la rue. Ce n'avait été qu'un assaut sexuel raté. Il était nerveux et elle n'avait pas réussi à le faire sortir de lui-même. Tout s'était passé vite et sans feu.

Il allait lui dire quelque chose. Elle le savait : la révélation attendait quelque part à l'arrière de sa gorge. Elle se tourna vers lui, lui massa les tempes en pensée, et elle vit qu'il était prêt à parler.

Il allait gâcher sa journée.

Il allait gâcher sa carrière.

Il allait, Dieu ait pitié de lui, gâcher sa vie.

« Je dois cesser de te voir », dit-il.

Il n'osera pas, pensa-t-elle.

« Je ne sais pas vraiment ce que je sais de toi ou, plutôt, ce que je *crois* que je sais de toi, mais je me sens... sur mes gardes. Est-ce que tu comprends, J. ?

— Non.

— J'ai bien peur de te soupçonner de... crimes.

— De crimes ?

— Tu as une histoire.

— Qui a fouillé dans mon passé ? Sûrement pas Virginia.

— Non, pas Virginia, elle n'est pas curieuse.

— Alors qui ?

— Ça ne te regarde pas.

— Qui ? »

Elle lui compressa doucement les tempes. Il ne sut pas d'où venait cette douleur et il fit une grimace.

« Qu'est-ce qu'il y a ? demanda-t-elle.

— J'ai mal à la tête.

— Ce n'est qu'un peu de tension. Je vais te soulager, Titus. »

Elle lui posa les doigts sur le front, relâchant la pression de sa volonté. Il soupira et sembla soulagé.

« C'est mieux ?

— Oui.

— Qui a fouillé dans ma vie, Titus ?

— J'ai un secrétaire personnel, Lyndon. Tu m'as entendu lui parler. Il a tout su de nos relations depuis le début. En fait, c'est lui qui fait les réservations d'hôtel et invente les excuses pour Virginia. »

Il y avait un côté gamin dans ses paroles qui la toucha presque, comme s'il était gêné de la quitter, plutôt que triste.

« Lyndon a fait des miracles. Il a arrangé bien des choses pour que tout se passe bien entre nous. Il n'a rien contre toi. Mais il a vu une des photos que j'ai prises de toi quand je les lui ai données à détruire.

— Pourquoi ?

— Je n'aurais jamais dû les prendre. C'était une erreur. Virginia aurait pu... En tout cas, il t'a reconnue. Il ne se souvenait pourtant pas où il t'avait vue avant.

— Mais il a fini par se souvenir.

— Avant, il travaillait pour un de mes journaux, aux faits divers. C'est comme ça qu'il est devenu mon assistant personnel. Il s'est souvenu de ton... incarnation précédente, je dirais. Jacqueline Ess, l'épouse de Benjamin Ess, décédé.

— Décédé.

— Il m'a apporté des photos qui n'étaient pas aussi belles que les tiennes.

— Des photos de quoi ?

— De chez toi. Et du corps de ton mari. Ils ont dit que c'était un corps, alors que Dieu lui-même n'y aurait pas trouvé grand-chose d'humain.

— Avant non plus, il n'avait pas grand-chose d'humain, dit-elle simplement en pensant aux yeux froids de Ben et à ses mains plus froides encore, faits pour être fermés et oubliés.

— Qu'est-il arrivé ?

— A Ben ? Il a été tué.

— Comment ? »

Est-ce que sa voix ne tremblait pas un peu ? Elle s'était levée du lit et se tenait devant la fenêtre. La lumière crue de l'été entrait brutalement entre les lamelles du store vénitien, et des bandes d'ombre et de lumière découpaient les contours de son visage.

« Très facilement, répondit-elle.

— C'est toi qui l'as fait.

— Oui, dit-elle aussi nettement qu'il le lui avait appris. Oui, c'est moi qui l'ai fait. »

Il lui avait aussi appris l'utilisation de la menace.

« Quitte-moi, et je recommencerai.

— Jamais, dit-il en hochant la tête. Tu n'oserais pas. »

Il se tenait devant elle, maintenant.

« Il faut que nous nous comprenions bien, J. Je suis puissant et je suis pur. Tu vois ? Mon image publique n'a jamais été touchée par le moindre scandale. Je pourrais me permettre une maîtresse, une douzaine de maîtresses. Mais une meurtrière ! Non, une telle révélation briserait ma vie.

— Est-ce qu'il te fait du chantage, ce Lyndon ? »

Il regarda à travers le store, le visage ravagé. Il avait même un tic de la joue, sous l'œil gauche.

« Oui, si tu veux le savoir, dit-il d'une voix sourde. Ce salaud m'a bien eu.

— Je vois.

— Et s'il a pu savoir, d'autres le pourront aussi, tu comprends ?

— Je suis forte ; tu es fort. Nous pouvons les mener par le bout du nez.

— Non.

— Si ! J'ai des dons, Titus.

— Je ne veux pas le savoir.

— Tu le *sauras.* »

Elle le regarda, saisissant ses mains sans le toucher. Il considéra avec des yeux stupéfaits ses mains qui se levaient pour venir toucher le visage de Jacqueline, caresser ses cheveux avec les gestes les plus tendres. Elle fit descendre ses doigts tremblants le long de sa poitrine, avec une ardeur qu'il n'aurait jamais pu leur impulser de sa propre initiative.

« Tu es toujours si timoré, Titus, dit-elle en le faisant la peloter jusqu'à lui faire mal. C'est ainsi que j'aime ça. »

Maintenant ses mains descendaient plus bas, créant une autre expression sur son visage, comme si des vagues le soulevaient. Elle était vivante.

« Plus profond... »

Ses doigts pénétrèrent en elle, son pouce la caressa.

« J'aime ça, Titus. Pourquoi est-ce que tu ne fais jamais ça sans mon aide ? »

Il rougit. Il n'aimait pas parler de ce qu'ils faisaient ensemble. Elle le fit la caresser plus profondément encore et murmura :

« Je ne vais pas me casser, tu sais. Virginia est peut-être en porcelaine de Dresde, pas moi. Je veux des sensations. Je veux pouvoir me souvenir de toi quand tu n'es pas là. Rien ne dure à jamais, mais je veux quelque chose qui me tienne chaud pour toute la nuit. »

Il s'effondrait à genoux, et ses mains continuaient, comme elle le voulait, sur elle et en elle, s'agitant comme deux crabes lascifs. Son corps était couvert de sueur. Elle se dit que c'était la première fois qu'elle le voyait transpirer.

« Ne me tue pas, bredouilla-t-il.

— Je pourrais t'anéantir. »

Elle y pensa, mais elle évacua l'image de son esprit avant de lui faire du mal.

« Je sais, je sais, dit-il. Tu peux très facilement me tuer. »

Il pleurait. Mon Dieu, songea-t-elle, le grand homme est à mes pieds, sanglotant comme un bébé. Que puis-je apprendre du pouvoir dans une comédie aussi puérile ? Elle lui essuya les larmes du visage, y mettant un peu plus de force qu'il n'était nécessaire, et la peau rougit sous son regard.

« Laisse-moi. Je ne peux pas t'aider. Je ne te suis d'aucune utilité. »

C'était vrai. Il lui était absolument inutile. Elle libéra ses mains avec mépris, et elles retombèrent mollement.

« N'essaie jamais de me retrouver, Titus. Tu comprends ? N'envoie jamais tes mignons à mes trousses pour préserver ta réputation, parce que je serai encore plus impitoyable que tu ne l'as jamais été. »

Il ne dit rien ; il resta à genoux, face à la fenêtre, tandis qu'elle se lavait, buvait le café qu'ils avaient commandé et quittait la pièce.

Lyndon fut surpris de trouver la porte de son bureau entrouverte. Il n'était que sept heures trente-six. Aucune des secrétaires n'arriverait avant une heure. C'était certainement une des personnes chargées du nettoyage qui avait oublié de refermer à clé. Il trouverait qui, et la ferait licencier.

Il poussa le battant.

Jacqueline était assise le dos à la porte. Il reconnut l'arrière de sa tête avec le flot de cheveux auburn. Il trouvait que cela faisait souillon, que c'était trop lustré, trop sauvage. Son bureau, adjacent à celui de M. Pettifer, était toujours méticuleusement bien rangé. Il le parcourut du regard : tout semblait en ordre.

« Que faites-vous ici ? »

Elle inspira légèrement, prête à l'action.

C'était la première fois qu'elle avait tout organisé. Les autres jours, cela s'était passé sur l'inspiration du moment.

Il s'approcha du bureau et y posa son attaché-case et un exemplaire soigneusement plié du *Financial Times*.

« Vous n'avez pas le droit d'entrer ici sans mon autorisation », dit-il.

Elle fit pivoter lentement le fauteuil tournant, exactement

comme il le faisait lui-même quand il allait entreprendre une action disciplinaire contre quelqu'un.

« Lyndon...

— Rien de ce que vous pourrez dire ou faire ne changera les faits, madame Ess, dit-il, lui épargnant ainsi la peine de l'entrée en matière. Vous êtes une meurtrière qui tue de sang-froid. Il était de mon devoir d'informer M. Pettifer de la situation.

— Vous l'avez fait pour le bien de Titus ?

— Naturellement.

— Et le chantage, c'était aussi pour le bien de Titus, n'est-ce pas ?

— Sortez de mon bureau...

— N'est-ce pas, Lyndon ?

— Vous êtes une putain ! Les putains ne savent rien : ce sont des animaux ignorants et malades, dit-il en crachant. Oh, vous êtes rusée, je vous l'accorde... mais toutes les salopes qui doivent survivre le sont. »

Elle se leva. Il s'attendait à ce qu'elle riposte. Elle n'en fit rien, du moins pas verbalement. Mais il sentit une tension sur son visage, comme si quelqu'un appuyait dessus.

« Que... fff... faites-... vous ? demanda-t-il.

— Ce que je fais ? »

Ses yeux n'étaient plus que des fentes comme ceux d'un enfant imitant un Oriental monstrueux, sa bouche étirée presque jusqu'à la rupture des lèvres en un brillant sourire. Les mots avaient du mal à sortir.

« Aaa... arrê... tez. »

Elle secoua la tête.

« Putain ! » répéta-t-il, ne renonçant pas à la défier.

Elle se contentait de le regarder. Son visage commençait à sursauter et à se tordre sous la pression, les muscles secoués de spasmes.

« La police..., tenta-t-il de dire. Si vous me touchez...

— Je ne vous toucherai pas », dit-elle en accentuant son avantage.

Sous ses vêtements, il sentit la même tension sur tout son corps, tirant sa peau, le pressant de plus en plus. Quelque chose allait lâcher, il le savait. Une partie plus faible de son corps allait se briser sous cet assaut ininterrompu. Si une déchirure apparaissait, rien n'empêcherait plus cette femme de le mettre en pièces. Il réfléchissait à tout ça assez froidement, tandis que son corps se tordait et qu'il proférait des insultes à travers son sourire forcé.

« Salope ! siffla-t-il. Salope syphilitique. »

Elle se dit qu'il n'avait pas l'air d'avoir peur.

En cette extrémité, il libérait tant de haine à son égard que la peur était totalement éclipsée. Il la traitait à nouveau de putain, alors même que son visage était déformé au point que nul n'aurait pu le reconnaître.

C'est à ce moment qu'il se fendit.

La déchirure s'amorça en haut du nez, remonta vers son arcade sourcilière, descendit à travers la bouche et le menton pour aller ensuite ouvrir son cou et sa poitrine. En quelques secondes sa chemise était teinte en rouge, et son costume sombre s'assombrissait davantage encore. Des flots de sang coulaient de ses manches et de ses jambes de pantalon. La peau se détacha de ses mains comme des gants de chirurgien, et deux demi-cercles de chair rouge se placèrent, comme des oreilles d'éléphant, de chaque côté de son visage écorché.

Les insultes avaient cessé.

Cela faisait dix secondes qu'il était mort, et elle continuait à s'acharner sur lui avec une haine vengeresse qui arrachait la peau de son corps et en envoyait des lambeaux dans toute la pièce jusqu'à ce qu'il ne reste plus qu'une forme fumante dans un costume rouge, une chemise rouge et des chaussures rouges luisantes, ce qui, aux yeux de Jacqueline, le faisait un peu plus ressembler à un homme sensible. Contente de son effet, elle le libéra. Il se coucha doucement dans une mare de sang et dormit.

Mon Dieu, songea-t-elle en descendant l'escalier de service, c'était un meurtre avec préméditation.

Aucun journal, aucun bulletin d'information ne parla de cette mort. Apparemment Lyndon avait disparu comme il avait vécu, dans l'ombre.

Mais elle savait qu'une machinerie, tellement énorme que les individus aussi insignifiants qu'elle ne pouvaient la voir, était en marche. Elle était réduite à des suppositions sur la façon dont elle s'y prendrait, dont elle modifierait sa vie. Mais le meurtre de Lyndon n'avait pas été inspiré seulement par la rancune, bien qu'elle en eût été l'origine. Non, elle avait aussi voulu les secouer, tous ses ennemis dans le monde, et les mettre à ses trousses. Qu'ils se montrent, qu'ils montrent leur mépris, leur terreur. Elle avait traversé la vie, semblait-il, en recherchant un signe d'elle-même, capable seulement de définir sa propre nature à travers le regard des autres. Maintenant elle voulait y mettre fin. Il était temps de se trouver confrontée à ses poursuivants.

Il était évident que maintenant, tous ceux qui l'avaient vue, d'abord Pettifer, puis Vassi, partiraient à sa recherche, et elle fermerait leurs yeux pour toujours ; elle les amènerait à l'oublier. C'est alors seulement, quand les témoins seraient détruits, qu'elle serait libre.

Pettifer ne vint naturellement pas en personne. Ce n'était rien, pour lui, de trouver des hommes de main sans scrupules ni compassion, mais possédant des dons pour la chasse à faire rougir un limier.

On lui tendait un piège dont elle ne voyait pas encore les mâchoires. Elle le sentait partout. Un envol d'oiseaux derrière un mur, une lumière particulière émanant d'une lointaine fenêtre, des bruits de pas, des sifflements, des hommes habillés de sombre lisant le journal en un lieu d'où ils pouvaient la surveiller. Les semaines passant, ils ne se rapprochèrent pas, mais ils ne partirent pas non plus. Ils attendaient, comme des chats dans un arbre, l'oreille dressée, les yeux mi-clos.

Mais cette poursuite portait la marque de Pettifer. Elle en avait assez appris sur lui pour reconnaître sa prudence et son astuce. Ils finiraient par s'attaquer directement à elle, non pas quand elle serait prête, mais au moment qui leur conviendrait le mieux à eux, ou peut-être même pas, au moment qui lui conviendrait le mieux à lui : elle ne voyait jamais son visage, mais c'était comme si Titus était personnellement sur ses talons.

Mon Dieu, je suis en danger de mort, et ça m'est égal.

Il était inutile, ce pouvoir sur la chair, s'il n'avait pas de but. Elle l'avait utilisé pour ses propres raisons mesquines, pour le plaisir de l'excitation et par pure colère. Mais ces démonstrations ne l'avaient pas rapprochée des autres : elles n'avaient réussi qu'à la faire passer pour un monstre à leurs yeux.

Parfois elle pensait à Vassi et se demandait où il était, ce qu'il faisait. Ce n'était pas un homme fort, mais il avait une petite passion en son âme. Plus que Ben, plus que Pettifer, et certainement plus que Lyndon. Et elle se souvenait avec tendresse qu'il était le seul homme qu'elle ait connu à l'appeler Jacqueline. Tous les autres avaient fabriqué des versions corrompues et peu engageantes de son nom : Jackie, ou J., ou bien encore, et ces syllabes de Ben l'irritaient au plus haut point : Ju-Ju. Seul Vassi l'avait appelée Jacqueline, tout bêtement, tout simplement, acceptant, de cette façon formelle, sa totalité, son unité. Et quand elle pensait à lui et essayait de s'imaginer comment il pourrait lui revenir, elle avait peur pour lui.

Le témoignage de Vassi (deuxième partie)

Je l'ai naturellement recherchée. Ce n'est que lorsque vous avez perdu quelqu'un que vous comprenez combien l'expression « le monde est petit » est stupide. Il ne l'est pas. Il est vaste, dévorant, surtout quand vous êtes seul.

Quand j'étais avocat, enfermé dans cette coterie incestueuse, je voyais tous les jours les mêmes visages. Ceux avec qui j'échangeais quelques mots, ceux qui n'avaient droit qu'à un sourire, et ceux qui devaient se contenter d'un signe de tête. Nous appartenions, même si nous étions adversaires à la barre, au même cercle complaisant. Nous mangions aux mêmes tables, buvions coude à coude. Nous partagions aussi nos maîtresses, même si nous ne le savions pas toujours sur le moment. Les circonstances étant ce qu'elles sont, vous ne doutez pas que le monde ne vous veuille pas de mal. Bien sûr, vous vieillissez, mais les autres aussi. Vous croyez même, prétentieux que vous êtes, que les années vous rendent plus sage. La vie est supportable, et les sueurs froides de trois heures du matin se font moins fréquentes au fur et à mesure que votre compte en banque grossit.

Mais penser que le monde est inoffensif, c'est se mentir,

c'est croire à de prétendues certitudes qui ne sont en fait que des illusions partagées.

Quand elle partit, toutes les illusions s'évanouirent, et tous les mensonges sur lesquels j'avais opiniâtrement vécu me sautèrent au visage.

Le monde n'est pas petit, lorsqu'il n'y a qu'un visage sur lequel vous supportez de poser les yeux, et que ce visage est perdu quelque part dans un maelström. Le monde n'est pas petit quand les quelques souvenirs vitaux de l'objet de votre affection courent le risque d'être piétinés par les milliers de moments qui vous assaillent chaque jour, comme des enfants qui s'accrochent à vous pour exiger que vous ne vous intéressiez qu'à eux.

J'étais un homme brisé.

Je me retrouvais (c'est l'expression qui convient) endormi dans de petites chambres d'hôtels minables, buvant plus souvent que je ne mangeais, écrivant souvent son nom, comme une obsession, l'écrivant et le récrivant toujours, sur les murs, sur l'oreiller, sur ma paume. Je déchirai la peau de ma main avec mon stylo, et l'encre l'infecta. J'en porte encore les marques. Je les regarde à l'instant. Elles disent Jacqueline. Jacqueline.

Et puis un jour, tout à fait par hasard, je la vis. Cela fait un peu mélodramatique, mais je pensai que j'allais mourir dans l'instant. Je l'imaginais depuis si longtemps, je restais tellement en alerte dans l'espoir de la revoir que, lorsque cela arriva, je me sentis défaillir, et je vomis au milieu de la rue. Ce n'est guère une scène de retrouvailles classique. L'amant qui, en revoyant sa bien-aimée, rend sur sa chemise. Mais il faut dire que rien de ce qui est arrivé entre Jacqueline et moi n'a jamais été tout à fait normal. Ni naturel.

Je la suivis, ce qui fut difficile. Il y avait beaucoup de monde, et elle marchait vite. Je ne savais pas si je devais l'appeler ou non. Je décidai que non. Qu'aurait-elle fait de toute façon en voyant ce fou mal rasé tituber vers elle en criant son nom ? Elle se serait probablement enfuie. Ou pire, elle aurait envoyé sa volonté extirper mon cœur de ma poitrine et m'aurait délivré de ma misère avant que je n'aie pu révéler au monde qui elle était.

Je restai donc silencieux et me contentai de la suivre à distance jusqu'à ce que je pensai être son appartement. Et je restai là, ou tout près, les deux jours et demi qui suivirent, ne sachant pas vraiment quoi faire. C'était un dilemme ridicule. Après l'avoir cherchée aussi longtemps, maintenant qu'elle était à portée de voix, à portée de main, je n'osais pas l'approcher.

Peut-être craignais-je la mort. Et pourtant, me voilà, attendant dans une pièce à Amsterdam, écrivant mon témoignage avant que Koos ne vienne m'apporter sa clé. Et maintenant je ne crains pas la mort. Ou bien était-ce ma vanité qui m'empêchait de l'approcher ? Je ne voulais pas qu'elle me voie abattu et désespéré ; je voulais venir à elle tout propre, comme un prince charmant.

Tandis que je guettais, ils vinrent la chercher.

Je ne sais pas qui ils étaient. Deux hommes habillés normalement. Je ne crois pas qu'il s'agissait de policiers : ils étaient trop nets, je dirais même trop cultivés. Et elle ne résista pas. Elle partit en souriant, comme si elle allait à l'opéra.

Dès que j'en eus l'occasion, je revins à son immeuble un peu mieux habillé, appris du portier quel était son appartement, et y entrai. Elle avait vécu simplement. Dans un coin de la pièce elle avais mis une table où elle écrivait ses mémoires. Je m'assis, je lus et j'emportai les feuillets avec moi. Elle n'avait pas dépassé les sept premières années de sa vie. Je me demandai, toujours par vanité, si j'aurais figuré dans son livre. Probablement pas.

Je pris aussi certains de ses vêtements ; seulement ceux qu'elle avait portés quand je l'avais connue. Et rien d'intime : je ne suis pas fétichiste. Je n'avais pas l'intention de rentrer chez moi et d'enfouir mon visage dans l'odeur de ses sous-vêtements. Mais je voulais un souvenir d'elle, quelque chose dont je pourrais l'imaginer vêtue... bien que je n'aie jamais connu un être mieux apte à ne s'habiller que de sa propre peau.

Je la perdis donc une seconde fois, et davantage à cause de ma lâcheté que des circonstances.

Pendant quatre semaines, Pettifer n'approcha pas de la maison où ils gardaient Mme Ess. On lui donna presque tout ce qu'elle demandait, hormis sa liberté, et elle ne la demanda que de façon tout à fait abstraite. Elle n'avait pas envie de s'enfuir, bien qu'elle eût pu le faire facilement. Une fois ou deux, elle se demanda si Titus avait dit ce dont elle était précisément capable aux deux hommes et à la femme qui la gardaient prisonnière dans la maison. Elle ne le pensait pas. Ils la traitaient comme si elle n'était qu'une femme sur laquelle Titus avait jeté les yeux, qu'il avait désirée. Ils la lui avaient amenée pour le lit, tout simplement.

Disposant d'une chambre pour elle et d'autant de papier qu'elle le désirait, elle recommença à écrire ses mémoires, depuis le début.

On était à la fin de l'été, et les nuits fraîchissaient. Parfois, pour se réchauffer, elle s'allongeait sur le sol (elle avait demandé qu'on enlève le lit) et ordonnait à son corps de se rider comme la surface d'un lac. Son corps, sans sexe, redevenait un mystère pour elle, et elle comprit pour la première fois que l'amour physique avait été une exploration des régions les plus intimes et pourtant les plus inconnues de son être : sa chair. Elle s'était mieux comprise elle-même dans les bras d'un autre ; elle n'avait vu clairement sa propre substance que lorsque les lèvres d'un autre s'y posaient, avec adoration et douceur. Elle repensa à Vassi ; et le lac, à la pensée de cet homme, fut soulevé comme par une tempête. Ses seins s'élevèrent en montagnes tourmentées, son ventre fut le creuset de marées extraordinaires, des courants passèrent et repassèrent sur son visage mouvant, léchant sa bouche et laissant leur marque comme des vagues sur le sable. Comme dans ses souvenirs elle était fluide, tandis qu'elle se rappelait Vassi, elle se liquéfiait.

Elle songea aux rares moments où elle avait été en paix dans sa vie, et l'amour physique, écartant toute ambition et toute vanité, avait toujours précédé ces moments fragiles. Il existait probablement d'autres moyens, mais elle n'avait qu'une expérience limitée. Sa mère lui avait toujours dit que les femmes, plus en accord avec elles-mêmes que les hommes, avaient moins besoin d'être distraites de leurs douleurs. Mais elle n'avait pas du tout trouvé cela vrai. Elle avait trouvé sa vie pleine de douleurs, mais pratiquement vide de moyens pour les adoucir.

Elle abandonna la rédaction de ses mémoires quand elle atteignit la neuvième année. Elle désespéra de parvenir à écrire l'histoire de sa vie à partir du moment où elle vit poindre l'avènement de la puberté. Elle brûla les papiers dans un feu de joie qu'elle alluma au milieu de sa chambre le jour où Pettifer arriva.

Mon Dieu, songea-t-elle, comment cela peut-il être le pouvoir ?

Pettifer avait l'air malade, il avait autant changé physiquement qu'une de ses amies qui était morte du cancer. Rayonnante de santé, elle était apparue au bout d'un mois comme rongée de l'intérieur, dévorée par elle-même. Il n'était plus qu'une ombre d'homme, avec la peau grise et brouillée. Seuls ses yeux brillaient, mais des yeux de chien fou.

Il portait des vêtements immaculés, comme pour un mariage.

« J.

— Titus.

— Tu vas bien ? dit-il en la toisant.

— Oui, merci.

— Ils te donnent tout ce que tu demandes ?

— Ce sont des hôtes parfaits.

— Tu n'as pas résisté.

— Résisté ?

— Tu es enfermée ici. Après Lyndon, je m'attendais à un autre massacre d'innocents.

— Lyndon n'était pas innocent, Titus. Ces gens-là le sont. Tu ne leur as rien dit ?

— Je n'ai pas pensé que c'était nécessaire. Est-ce que je peux fermer la porte ? »

C'était lui qui la tenait prisonnière, mais il venait comme un émissaire du camp d'un maître plus puissant. Elle aimait la façon dont il se conduisait avec elle, intimidé, mais joyeux. Il ferma la porte et tourna la clé.

« Je t'aime, J. Et j'ai peur de toi. En fait, je pense que je t'aime parce que j'ai peur de toi. Est-ce que c'est une maladie ?

— Je le crois.

— Oui, moi aussi.

— Pourquoi as-tu mis autant de temps à venir ?

— Je devais mettre de l'ordre dans mes affaires. Sinon ç'aurait été le chaos. Après mon départ.

— Tu pars ? »

Il la regarda, les muscles de son visage déformés par l'appréhension.

« Je l'espère.

— Pour où ? »

Elle ne comprenait toujours pas ce qui l'avait amené ici, après avoir réglé ses affaires, demandé pardon à sa femme sans qu'elle le sache, tandis qu'elle dormait, fermé toutes les issues par lesquelles il aurait pu s'échapper, écarté toutes les contradictions.

Et elle ne comprenait toujours pas qu'il était venu mourir.

« J'ai été réduit par toi, J., réduit à rien. Je ne peux aller nulle part. Tu me suis ?

— Non.

— Je ne peux pas vivre sans toi. »

Ce cliché était impardonnable. Est-ce qu'il n'aurait pas pu trouver une meilleure manière de le dire ? Elle faillit rire de tant de banalité.

Mais il n'avait pas fini.

« ... Et je ne peux certainement pas vivre *avec* toi, dit-il en changeant brusquement de ton. Parce que tu me révoltes, femme, tout ton être me dégoûte.

— Alors ? demanda-t-elle doucement.

— Alors... »

Il redevint tendre, et elle commença à comprendre.

« ... tue-moi ! »

C'était grotesque. Ses yeux luisants étaient rivés sur elle.

« C'est ce que je veux, dit-il. Crois-moi, je ne veux rien d'autre au monde. Tue-moi comme il te plaira. Je partirai sans résister, sans me plaindre. »

Elle se souvint de la plaisanterie éculée du masochiste qui dit au sadique : « Fais-moi mal ! Pour l'amour de Dieu, fais-moi mal ! » Et le sadique répond au masochiste : « Non. »

« Et si je refuse ? demanda-t-elle.

— Tu ne peux pas refuser. Je suis méprisable.

— Mais je ne te hais pas, Titus.

— Tu devrais. Je suis faible. Je ne te suis d'aucune utilité. Je ne t'ai rien appris.

— Tu m'as beaucoup appris. Maintenant, je peux me contrôler.

— La mort de Lyndon était contrôlée, n'est-ce pas ?

— Tout à fait.

— Elle m'a paru un peu excessive.

— Il n'a eu que ce qu'il méritait.

— Alors, donne-moi ce que je mérite à mon tour ! Je t'ai enfermée. Je t'ai rejetée quand tu avais besoin de moi. Punis-moi pour tout ça !

— J'ai survécu.

— J. ! »

Même en ces circonstances dramatiques, il ne pouvait pas l'appeler par son nom.

« Pour l'amour de Dieu ! Je ne te demande que ça. Fais-le en raison de ce que tu ressens : la compassion ou le mépris, ou bien l'amour. Mais fais-le, je t'en prie, fais-le.

— Non. »

Il traversa brusquement la pièce et la frappa très fort.

« Lyndon disait que tu étais une putain. Il avait raison. Tu en es une. Tu es bonne pour le caniveau, pas plus. »

Il s'éloigna, se retourna et revint pour la frapper à nouveau, plus vite, plus fort ; et il recommença, six ou sept fois, partant et revenant.

Puis il s'arrêta, à bout de souffle.

« Tu veux de l'argent ? »

Il marchandait maintenant. Les coups, puis le marchandage.

Elle le regardait, tordue sous le choc, les yeux embués de larmes qu'elle n'avait pu empêcher de couler.

« Tu veux de l'argent ? répéta-t-il.

— Qu'est-ce que tu crois ? »

Il n'entendit pas le sarcasme et commença à éparpiller des billets autour d'elle, par dizaines, comme des offrandes autour de la statue de la Vierge.

« Tout ce que tu voudras, *Jacqueline* », dit-il.

Dans son ventre, elle sentit quelque chose qui ressemblait à une douleur tandis que naissait l'envie de le tuer, mais elle y résista. Son envie était entre les mains de Titus, devenant l'instrument de sa volonté : elle était impuissante. On l'utilisait encore, comme toujours. Elle avait été élevée comme une vache, pour fournir une certaine quantité de soins à son mari, de lait à ses bébés, de mort aux vieillards. Et comme d'une vache, on attendait d'elle qu'elle se plie à tout ce qu'on lui demandait, à n'importe quel moment. Eh bien, pas cette fois.

Elle gagna la porte.

« Où vas-tu ?

— Ta mort, c'est ton affaire, pas la mienne », dit-elle en tendant la main vers la clé.

Il courut vers elle avant qu'elle n'ait eu le temps d'ouvrir la porte, et le coup — par sa force et sa précision — fut totalement inattendu.

« Salope ! » criait-il en la rouant de coups.

Dans l'estomac de Jacqueline, la chose qui voulait tuer grossit un peu plus.

Il la prit par les cheveux et la traîna au centre de la pièce tout en hurlant des obscénités en un flot intarissable, comme s'il avait ouvert sur elle un barrage retenant des eaux d'égout. Elle se dit que c'était une autre ruse pour obtenir ce qu'il voulait d'elle. Si tu succombes à cette provocation, tu auras perdu : il te manipule. Et les mots l'inondaient toujours, les mêmes mots sales qu'on avait déversés sur des générations de femmes insoumises : putain, hérétique, salope, sorcière, monstre.

Oui, elle l'était.

Oui, songea-t-elle, un monstre, j'en suis un.

Cette pensée rendit tout facile. Elle se retourna. Il sut ce qu'elle voulait faire avant même qu'elle le regarde. Il retira ses mains de sa tête. La colère avait gagné la gorge de Jacqueline et sortait d'elle, emplissant l'air qui les séparait.

Il me traite de monstre ; alors je suis un monstre.

Je fais cela pour moi, pas pour lui. Jamais pour lui. Pour moi !

Il retint sa respiration à la seconde où sa volonté le toucha, et les yeux brillants cessèrent de briller pendant un instant quand le désir de mourir céda le pas au désir de survivre. Trop tard, naturellement, et il rugit. Elle entendit des cris, des pas, une cavalcade dans les escaliers. Ils seraient là d'un instant à l'autre.

« Tu es un animal.

— Non, dit-il, encore certain qu'il dirigeait les opérations.

— Tu n'existes pas, dit-elle en avançant vers lui. Ils ne trouveront jamais le morceau qu'était Titus. Titus est parti. Ce qui reste n'est que... »

La douleur fut horrible. Elle arrêta même la voix qui sortait de lui. Était-ce elle qui changeait sa gorge, son palais, sa tête ? Elle désolidarisait les os de son crâne et les réorganisait.

Non, voulait-il dire, ce n'est pas le rituel subtil que j'avais prévu. Je voulais mourir replié en toi. Je voulais m'en aller la bouche collée à la tienne, me refroidir en toi. Je ne voulais pas que ça se passe comme ça.

Non. Non. Non.

Ils étaient à la porte, les hommes qui l'avaient gardée ici, et ils cognaient dessus. Elle n'avait pas peur d'eux, naturellement, mais ils pourraient gâcher son travail avant qu'elle n'y mette la touche finale.

Maintenant ils se jetaient contre la porte. Le bois éclata : la porte s'ouvrit d'un coup. Les deux hommes étaient armés et ils pointèrent leur pistolet sur elle sans trembler.

« Monsieur Pettifer ? » dit le plus jeune.

Sous la table, les yeux de Pettifer luisaient.

« Monsieur Pettifer ? » répéta-t-il, oubliant la femme.

Pettifer hocha sa tête monstrueuse. Je vous en prie, ne vous approchez pas de moi, pensa-t-il.

L'homme s'accroupit et regarda sous la table l'animal répugnant qui s'y terrait. Sa transformation l'avait couvert de sang, mais il était en vie. Jacqueline avait tué ses nerfs : il n'avait pas mal. Il survivrait simplement, les mains nouées en forme de pattes, les jambes ramenées sur son dos, ses genoux cassés lui donnant l'aspect d'un crabe à quatre pinces, le cerveau à l'air, les yeux sans paupières, la mâchoire inférieure cassée lui couvrant la mâchoire supérieure comme chez un bouledogue, les oreilles arrachées, la colonne vertébrale cassée net, l'homme mué en un autre état.

« Tu es un animal », avait-elle dit. Ce n'était pas un mauvais spécimen de bestialité.

L'homme au pistolet s'étrangla en reconnaissant des fragments de son maître. Il se leva, le menton luisant, et regarda la femme.

Jacqueline haussa les épaules.

« C'est vous qui avez fait ça ? » demanda-t-il, la terreur le disputant au dégoût.

Elle confirma d'un signe de la tête.

« Viens, Titus », dit-elle en claquant des doigts.

La bête hocha la tête en sanglotant.

« Viens, Titus », répéta-t-elle plus énergiquement. Et Titus Pettifer rampa hors de sa cachette, laissant derrière lui une trace de sac de viande percé.

L'homme tira instinctivement sur les restes de Pettifer. N'importe quoi, n'importe quoi pour empêcher cette créature dégoûtante de l'approcher.

Titus recula en titubant de deux pas sur ses pattes sanglantes, se secoua comme s'il voulait déloger la mort insinuée en lui, puis, dans un dernier geste désordonné, mourut.

« Content ? » demanda-t-elle.

L'homme leva les yeux du corps exécuté. Le pouvoir lui parlait-il ? Non. Jacqueline regardait le corps de Pettifer, et c'était à lui qu'elle posait la question.

Content ?

L'homme lâcha son arme. L'autre homme en fit autant.

« Comment est-ce arrivé ? » demanda le plus âgé depuis la porte.

Une question simple, une question d'enfant.

« Il me l'a demandé, dit Jacqueline. C'était tout ce que je pouvais lui donner. »

L'homme hocha la tête et tomba à genoux.

Le témoignage de Vassi (dernière partie)

Le hasard a joué, par l'ampleur de ses manifestations, un rôle inquiétant dans mon histoire avec Jacqueline Ess. Il m'a semblé parfois que j'étais soumis à tous les courants qui déferlent sur le monde, retourné par le plus infime claquement de doigts. A d'autres moments, j'ai cru qu'elle gouvernait ma vie, comme celle de centaines, de milliers d'autres, organisant les rencontres de hasard, chorégraphiant mes victoires et mes défaites, m'escortant, aveuglément, vers ces dernières retrouvailles.

Je l'ai trouvée sans savoir que je l'avais trouvée, et c'est toute l'ironie de l'affaire. J'avais retracé sa piste jusqu'à une maison dans le Surrey, une maison où, un an plus tôt, avait eu lieu un meurtre. Un certain Titus Pettifer, un milliardaire, avait été abattu par l'un de ses gardes du corps. Dans la pièce du meurtre, à l'étage, tout était calme. Si elle y était venue, on en avait fait disparaître toute trace. Mais la maison, maintenant presque en ruine, était couverte de toutes sortes de graffitis ; sur le plâtre taché de la pièce, quelqu'un avait dessiné une femme. C'était une caricature obscène, le sexe béant lançant quelque chose comme des éclairs. Et à ses pieds se traînait un être d'espèce indéterminée. Peut-être un crabe, ou un chien, ou même un homme. Quoi qu'il fût, il n'avait aucun pouvoir sur lui-même. Il était accroupi dans la lumière de la présence létale de cette femme et pouvait considérer qu'il comptait parmi les heureux. Quand je vis cette créature ratatinée levant les yeux vers une madone brûlante, je sus immédiatement que c'était un portrait de Jacqueline.

Je ne sais pas combien de temps je restai à étudier le graffiti, mais je fus interrompu par un homme qui semblait dans un état pire que le mien. Une barbe qui n'avait été ni taillée ni lavée, une silhouette tellement décharnée qu'on se demandait comment l'homme tenait debout, et une odeur qui aurait honoré un putois.

Je ne sus jamais son nom ; il était, me dit-il, l'auteur de l'image sur le mur. Je n'eus pas de peine à le croire. Son désespoir, sa faim, sa confusion mentale étaient les marques d'un homme qui avait vu Jacqueline.

Si je fus un peu brutal dans mon interrogatoire, je suis sûr qu'il me pardonna. C'était d'un fardeau qu'il se déchargeait en racontant tout ce qu'il avait vu le jour où Pettifer avait été tué, et en sachant que je le croyais. Il me dit que l'autre garde du corps, celui qui avait tiré sur Pettifer, s'était suicidé en prison.

Sa vie, me confia-t-il ne signifiait plus rien. Elle l'avait détruit. Je lui prodiguai tout le réconfort dont j'étais capable ;

je lui dis qu'elle n'avait pas voulu faire de mal, et qu'il ne devait pas craindre qu'elle revienne pour lui. A ces paroles, il pleura, davantage, je crois, parce qu'il se sentait perdu que parce qu'il se sentait soulagé.

Finalement, je lui demandai s'il savait où Jacqueline se trouvait maintenant. Je crois que j'avais gardé cette question pour la fin, bien que ç'eût été le but le plus immédiat de mon interrogatoire, parce que je n'osais pas espérer qu'il le sût. Mais bon sang, il le savait ! Elle n'avait pas quitté immédiatement la maison après la mort de Pettifer. Elle s'était assise calmement avec cet homme et ils avaient parlé de ses enfants, de son tailleur, de sa voiture. Elle lui avait demandé comment était sa mère, et il lui avait dit que sa mère était une prostituée. Avait-elle été heureuse ? avait demandé Jacqueline. Il avait répondu qu'il ne savait pas. Est-ce qu'elle pleurait parfois ? avait-elle demandé. Il dit qu'il ne l'avait jamais vue ni rire ni pleurer de toute sa vie. Elle avait hoché la tête et l'avait remercié.

Plus tard, avant son suicide, l'autre homme lui avait dit que Jacqueline était partie à Amsterdam. Il en avait eu la confirmation d'un homme appelé Koos. Alors le cercle commence à se refermer, non ?

Je suis resté sept semaines à Amsterdam sans trouver le moindre indice de l'endroit où elle pouvait se trouver, jusqu'à hier soir. Sept semaines de célibat, ce qui est très inhabituel pour moi. La frustration me rendant apathique, je me dirigeai vers le quartier chaud pour trouver une femme. Elles attendent là, vous savez, derrière les fenêtres, comme des mannequins, à côté de lampes munies d'abat-jour à franges roses. Certaines ont des chiens miniatures sur les genoux. D'autres lisent. La plupart regardent dans la rue, comme hypnotisées.

Aucun visage ne m'attira. Elles avaient toutes l'air sans joie, sans lumière, tellement différentes d'elle. Et pourtant je ne me décidais pas à partir. J'étais comme un gamin obèse dans une confiserie, trop nauséeux pour acheter, trop glouton pour sortir.

Vers le milieu de la nuit, un jeune homme dans la foule m'adressa la parole. De plus près je constatai qu'il n'était pas jeune du tout, mais très maquillé. Il n'avait pas de sourcils, mais seulement des traits de crayon sur sa peau luisante. Un amas d'anneaux d'or à son lobe d'oreille gauche, une pêche entamée dans sa main gantée de blanc, des sandales d'où émergeaient des ongles vernis. Il s'empara impérieusement de ma manche.

Je dus grimacer devant son aspect repoussant, mais il n'eut pas l'air gêné par mon mépris. Vous semblez un homme avisé, dit-il. Je n'en avais pas l'air du tout. Vous devez vous tromper, répondis-je. Non, répliqua-t-il, je ne me trompe pas. Vous êtes Oliver Vassi.

Sur l'instant, absurdement, je pensai qu'il avait l'intention de me tuer. Je tentai de me dégager, mais il me tenait trop fermement.

Vous voulez une femme, dit-il. Est-ce que j'ai hésité suffisamment longtemps pour qu'il comprenne que c'était vrai alors que je disais que non ? J'ai une femme différente de toutes les autres, continua-t-il, un vrai miracle. Je sais que vous aurez envie d'elle.

Qu'est-ce qui me fit comprendre qu'il s'agissait de Jacqueline ? Peut-être le fait qu'il m'ait repéré dans la foule, comme si elle se trouvait derrière une fenêtre quelque part, ordonnant qu'on lui amène ses admirateurs comme un convive choisit son homard dans un aquarium. Peut-être aussi à cause de la façon dont ses yeux brillaient, rencontrant les miens sans peur, parce que la peur, comme l'extase, il ne la ressentait qu'en présence d'une seule créature sur cette terre cruelle. Est-ce que je ne me retrouvais pas dans son regard dangereux ? Il connaissait Jacqueline, je n'avais aucun doute à ce sujet.

Il sut que j'étais accroché parce que, malgré mon hésitation, il se détourna et haussa les épaules comme pour dire : vous avez raté la chance de votre vie. Où est-elle ? demandai-je en saisissant son bras décharné. Il baissa la tête et je le suivis à l'écart de la foule, soudain aussi abruti qu'un idiot. La rue se vidait au fur et à mesure que nous avancions ; les lampes rouges cédaient la place à l'obscurité, de plus en plus noire. Si je ne lui ai pas demandé dix fois où nous allions, je ne le lui ai pas demandé une ; il avait décidé de ne pas parler avant que nous n'arrivions à la petite porte d'une maison étroite dans une ruelle mince comme le fil d'un rasoir. Nous y sommes, annonça-t-il alors, comme si ce bouge était le château de Versailles.

Au deuxième étage de la maison vide, se trouvait une pièce fermée par une porte noire contre laquelle il me poussa. Elle était fermée à clé.

« Regardez, elle est à l'intérieur.

— C'est fermé », répliquai-je.

Mon cœur était près d'éclater ; elle était tout près, je n'en doutais pas. Je savais qu'elle était tout près.

« Regardez », répéta-t-il en montrant un petit trou dans la porte.

Je dévorai de l'œil la lumière qui y passait, pressant mon esprit vers elle à travers le petit orifice.

La pièce sordide était vide, hormis un matelas et Jacqueline. Elle était allongée, membres écartés, ses poignets et ses chevilles attachés à des piquets de bois fixés au parquet aux quatre coins du matelas.

« Qui a fait ça ? demandai-je sans détacher les yeux de sa nudité.

— C'est elle qui l'a demandé, répondit-il. C'est ce qu'elle veut. Elle l'a demandé. »

Elle avait entendu ma voix ; elle redressa péniblement la tête et regarda vers la porte. Quand elle me vit, ses cheveux se dressèrent sur sa tête, je le jure, pour me souhaiter la bienvenue, et ondulèrent à son commandement.

« Oliver ! dit-elle.

— Jacqueline. »

Je pressai le mot contre le bois avec un baiser.

Elle bouillait, son sexe épilé s'ouvrant et se fermant comme une plante exquise, pourpre, lilas et rose.

« Laissez-moi entrer ! dis-je à Koos.

— Vous ne survivrez pas à une nuit avec elle.

— Laissez-moi entrer !

— Elle est chère, prévint-il.

— Combien voulez-vous ?

— Tout ce que vous avez. Jusqu'à votre chemise. Votre argent, vos bijoux ; alors elle sera à vous. »

J'aurais voulu enfoncer la porte ou briser ses doigts tachés de nicotine un à un jusqu'à ce qu'il me donne la clé. Et il comprit ce que je pensais.

« La clé est cachée, dit-il, et la porte est solide. Il faut payer, monsieur Vassi. Vous voulez payer. »

C'était vrai. Je voulais payer.

« Vous voulez me donner tout ce que vous avez jamais possédé, tout ce que vous avez jamais été. Vous voulez aller vers elle et que rien ne vous rappelle plus dans le monde. Je le sais. C'est ainsi qu'ils vont tous vers elle.

— Tous ? Y en a-t-il eu beaucoup ?

— Elle est insatiable », dit-il sans joie.

Ce n'était pas de la fanfaronnade de maquereau : c'était sa douleur, je le voyais bien.

« Je passe mon temps à lui en trouver d'autres, et à les enterrer. »

Les enterrer.

C'est cela, j'imagine, le rôle de Koos ; il se débarrasse des morts. Et après ce soir, il posera ses mains aux ongles vernis sur moi ; il viendra m'arracher à elle quand je serai sec et inutile pour elle, et il trouvera je ne sais quelle fosse, quel canal, quel brasier pour m'y perdre. Cette pensée ne me sied pas particulièrement.

Et pourtant je suis là avec, sur la table, tout l'argent que j'ai pu rassembler en vendant les quelques objets qui me restaient. J'ai perdu ma dignité, ma vie est suspendue à un fil, et j'attends le maquereau et la clé.

La nuit est déjà avancée, et il est en retard. Mais je crois qu'il viendra. Pas pour l'argent — il a sans doute peu de besoins à part l'héroïne et le mascara. Il viendra parce qu'elle l'exige et qu'il est tout aussi envoûté par elle que je le suis. Oh, il viendra. Bien sûr qu'il viendra.

Bon, je crois que ça suffit.

Voici donc mon témoignage. Je n'ai plus le temps de le relire. J'entends ses pas dans l'escalier (il boite) et je dois le suivre. Je laisse ces pages à quiconque les trouvera pour qu'il en use comme bon lui semblera. Au matin, je serai mort, et heureux. Croyez-le.

Mon Dieu, pensa-t-elle, Koos m'a roulée.

Vassi était derrière la porte, elle avait senti sa chair avec son esprit, et elle l'avait embrassée. Mais Koos ne l'avait pas laissé entrer, en dépit de ses ordres. Contrairement à tous les autres hommes, Vassi devait pouvoir la rejoindre librement, Koos le savait. Mais il l'avait roulée, exactement comme ils l'avaient tous roulée, sauf Vassi. Avec lui (peut-être) c'était de l'amour.

Elle resta allongée sur le lit toute la nuit, sans jamais dormir. Elle ne dormait plus maintenant que quelques minutes d'affilée, et seulement quand Koos la surveillait. Elle s'était fait mal dans son sommeil, se mutilant sans le savoir, se réveillant en sang et hurlant tandis que des aiguilles faites de sa propre peau et de ses propres muscles sortaient de ses membres, comme un cactus de chair.

Il faisait à nouveau sombre, à son avis, mais il ne lui était pas facile de s'en assurer. Dans cette pièce aux lourds rideaux tirés, éclairée en permanence par une ampoule nue, c'était perpétuellement le jour pour les sens, et perpétuellement la nuit pour l'âme. Elle restait allongée, le dos et les fesses déchirés d'escarres, écoutant les bruits lointains de la rue, s'assoupissant parfois un moment, mangeant de temps à autre dans la main de Koos, se faisant laver et nettoyer, se laissant utiliser.

Une clé fit jouer la serrure. Elle se redressa sur le matelas pour voir qui c'était. La porte s'ouvrait... s'ouvrait... elle était ouverte.

Vassi. Oh mon Dieu, enfin, Vassi ! Il traversait la pièce pour s'approcher d'elle.

Faites que ce ne soit pas encore un souvenir ! Je vous en prie, Seigneur, faites que ce soit lui cette fois, vraiment lui en chair et en os.

« Jacqueline. »

Il avait dit le nom de sa chair, le nom tout entier.

« Jacqueline. »

C'était lui.

Derrière lui, Koos regardait entre ses jambes, fasciné par la danse de ses lèvres.

« Koo..., dit-elle en essayant de sourire.

— Je l'ai amené, dit-il en souriant mais sans quitter son sexe des yeux.

— Une journée, murmura-t-elle. J'ai attendu toute une journée, Koos. Tu m'as fait attendre...

— Qu'est-ce qu'une journée pour toi ? » dit-il en souriant toujours.

Elle n'avait plus besoin du maquereau, mais il ne le savait pas. Dans son innocence, il avait pensé que Vassi n'était qu'un des hommes qu'elle avait séduits en chemin ; un homme qui serait saigné à blanc et dont il devrait se débarrasser comme des autres. Koos croyait qu'on aurait besoin de lui demain, et c'est pourquoi il jouait son jeu fatal avec si peu de malice.

« Ferme la porte, lui suggéra-t-elle. Reste, si tu veux.

— Rester ? dit-il avec un regard concupiscent. Tu veux dire regarder ? »

Il regardait de toute façon. Elle savait qu'il regardait par ce trou qu'il avait ménagé dans la porte ; parfois elle l'entendait haleter. Mais cette fois, qu'il reste pour toujours.

Il retira doucement la clé de l'extérieur de la porte, la ferma, glissa la clé à l'intérieur et la tourna. La serrure n'avait pas encore fini de jouer qu'elle le tua, avant même qu'il ait pu se retourner et la regarder à nouveau. Rien de spectaculaire dans cette exécution : elle se contenta de plonger dans sa petite cage thoracique d'oiseau et d'écraser les poumons. Il s'effondra contre la porte et glissa au sol, le visage frottant le bois.

Vassi ne se retourna même pas pour le voir mourir ; il ne voulait plus voir qu'elle.

Il s'approcha du matelas, s'accroupit et commença de dénouer ses chevilles. La peau était tuméfiée, la corde raide de sang séché. Il défit les nœuds avec beaucoup de précision, trouvant en lui un calme qu'il croyait avoir perdu, une simple satisfaction d'être là enfin, incapable de reculer, sachant qu'il ne pouvait plus maintenant qu'entrer profondément en elle.

Quand ses chevilles furent libres, il passa aux poignets, lui cachant la vue du plafond en se penchant sur elle. Sa voix était douce.

« Pourquoi l'as-tu laissé te faire ça ?

— J'avais peur.

— De quoi ?

— De bouger ; même de vivre. Chaque jour a été une agonie.

— Oui. »

Il ne comprenait que trop bien cette incapacité totale à exister.

Elle le sentit près d'elle qui se déshabillait, et qui posait ensuite un baiser sur la peau cireuse de l'estomac du corps qu'elle occupait. Elle était marquée par ses agissements : tendue à l'extrême, elle était restée plissée en tous sens pour toujours.

Il s'allongea près d'elle, et la sensation de son corps contre le sien n'était pas déplaisante.

Elle toucha sa tête. Ses articulations étaient raides, et chaque mouvement douloureux, mais elle voulait attirer son visage vers le sien. Il vint, souriant, croiser son regard, et ils échangèrent des baisers.

Mon Dieu, songea-t-elle, nous sommes ensemble !

A cette pensée, sa volonté fut faite chair. Sous ses lèvres, ses traits, se dissolvant, devinrent la mer rouge dont il avait rêvé et, lavant son visage qui se dissolvait aussi, des eaux mêlées faites de pensées et d'os.

Les seins pointus de Jacqueline s'enfoncèrent en lui comme des flèches, tandis que l'érection de Vassi, qu'elle avait affûtée par sa pensée, la tuait en retour. Mêlés dans un flot d'amour, ils se dirent qu'ils s'éteignaient, et c'était vrai.

Dehors, le monde dur continuait ses lamentations, le bavardage des acheteurs et des vendeurs se poursuivit toute la nuit. L'indifférence et la fatigue finirent par venir à bout même du marchand le plus avide. A l'intérieur comme à l'extérieur un silence apaisant régnait : c'en était fini des pertes et des gains.

Traduit par Dominique Dill

Notes sur les auteurs *

Robert Aickman (Britannique, 1914-1981) a un jour comparé le conte fantastique à la poésie ; c'est une comparaison tout à fait valable en ce qui concerne ses propres œuvres. Petit-fils de Richard Marsh, l'auteur du *Scarabée* (Nouvelles Éditions Oswald) — un classique de l'horreur *fin de siècle* ** plutôt kitsch mais encore lisible aujourd'hui —, Aickman préférait le terme d'« histoires étranges » pour qualifier ses contes. Un terme bien choisi, car au cœur de ses effets les plus réussis se trouve une ambiguïté qui hante le lecteur. Parmi ses recueils, malheureusement inédits en français, citons : *Dark Entries* (1964), *Powers of Darkness* (1966), *Sub Rosa* (1968), *Cold Hand in Mine* (1975), *Tales of Love and Death* (1977) et *Painted Devils* (1979).

Carolyn Banks (Américaine, 1941) est une romancière et nouvelliste dont le premier livre, *Mr. Right*, a été publié en 1979, et suivi de *The Darkroom* (1980), *The Girls on the Row* (1983) et *Patchwork* (1986). Fascinée par les pulsions les plus sombres de la nature humaine, elle pousse ses personnages jusqu'à leurs ultimes limites ; en même temps, son assurance lui permet de maîtriser les situations les plus explosives. Elle écrit des critiques d'ouvrages d'horreur et de suspense et a animé des ateliers d'écriture.

Clive Barker (Britannique, 1952) s'est vu qualifier dès ses débuts d'« avenir de la littérature de terreur » par Stephen King lui-même. Depuis la publication en 1984 et 1985 de ses six recueils d'excellentes nouvelles traduits ensuite aux éditions Albin Michel *(Le Livre de sang, Une course d'enfer, Confessions d'un linceul,*

* Les dates sont celles de la publication en langue originale.
** En français dans le texte. *(N.d.T.)*

Apocalypses, *Prison de chair* et *La Mort, sa vie, son œuvre*), Barker n'a cessé d'éblouir ses lecteurs par sa verve imaginative. Parmi les romans qu'il a publiés à ce jour, citons : *Le Jeu de la damnation* (1985), *Le Royaume des devins* (1987), *Cabale* (1988) et *Secret Show* (1989), publiés, ainsi que ses recueils, aux Éditions Albin Michel. Il a également écrit et mis en scène les films *Hellraiser : Le Pacte* (1987, d'après son court roman *The Hellbound Heart*) et *Cabal* (1990, d'après *Cabale*).

Michael Blumlein (Américain, 1948) exerce les professions d'écrivain et de médecin. Son premier roman, *The Movement of Mountains* (1987), est un récit étonnamment poignant sur le thème de l'éthique médicale interplanétaire. Ses nouvelles ont été publiées dans des magazines tels que *Fantasy & Science Fiction*, *Omni* et *Twilight Zone*, et l'une d'elles, « The Thing Itself », a été reprise dans *The Year's Best Fantasy* en 1989. Détenteur d'un style tout à fait original, Blumlein a également écrit le scénario d'un film d'avant-garde, *Decodings*, qui a reçu le Prix spécial du jury en 1988 au Festival de San Francisco.

Jonathan Carroll (Américain, 1949) a depuis la parution de son premier roman *Le Pays du fou rire* (1980, J'ai Lu) reçu des témoignages d'admiration d'écrivains aussi divers que Stephen King, Ramsey Campbell et Stanislas Lem. De livre en livre, il s'est taillé un territoire imaginaire où le visionnaire se fond sans peine dans le menaçant. Expatrié à Vienne depuis de nombreuses années, il a néanmoins conservé un ton des plus américains : familier, excentrique, et sophistiqué tout à la fois. Son dernier livre paru en France s'intitule *Flammes d'enfer* (1988, Albin Michel).

Angela Carter (Britannique, 1940-1992) a déclaré un jour : « Seule la littérature d'horreur est un reflet authentique de l'époque que nous vivons ; seul le fantastique est réaliste. » Parmi ses romans, citons *The Magic Toyshop* (1976), une histoire de hantise, d'innocence et d'obsession, et l'extraordinaire *Des nuits au cirque* (1984, Éditions du Seuil). *Vampirella*, sa pièce écrite pour la radio, a été diffusée en 1976, et elle a coécrit le scénario d'une mémorable relecture du « Petit Chaperon rouge », *La Compagnie des loups* (1985). *The Sadeian Woman and the Ideology of Pornography*, un essai philosophique provocateur, a été publié en 1978.

Hugh B. Cave (Britannique naturalisé américain, 1910) s'est établi très jeune dans la région de Boston. Durant sa longue carrière, il a publié plus de douze cents nouvelles. *Murgunstrumm and Others* (1977), un recueil illustré contenant vingt-six de ses meilleurs récits, a remporté un World. Fantasy Award en 1978. Ses longs séjours à Haïti et à la Jamaïque lui ont inspiré *The Witching Land* (1962) ainsi que *Haiti : Highroad to Adventure* (1952), que l'on considère encore aujourd'hui comme un ouvrage faisant autorité sur le vaudou. Parmi ses œuvres plus récentes, citons *The Lower Deep* and *Disciples of Dread* (tous deux publiés en 1990). Il a fait l'objet en 1988 d'une étude biographique intitulée *Pulp Man's Odyssey : The Hugh B. Cave Story.*

Thomas M. Disch (Américain, 1940) est un homme de lettres des plus éclectiques ; il a écrit des poèmes, des pièces de théâtre, des romans de science-fiction, des essais critiques, des chroniques cinématographiques, des pastiches historiques et des livres pour enfants. *Brave Petit Grille-Pain* (1986, Éditions Flammarion), un classique pour tous les âges, a donné naissance à un dessin animé à succès. Parmi ses romans, citons *Le Businessman* (1984, Éditions Denoël), une splendide comédie noire, et *Clara Reeve* (1975, sous le pseudonyme de Leonie Hargrave), un pastiche affectueux du roman gothique ; parmi ses recueils de nouvelles, *Poussière de lune* (1968, Denoël) et *Rives de mort* (1976, Éditions Henri Veyrier).

Stephen R. Donaldson (Américain, 1947) est surtout connu pour ses deux trilogies d'heroic fantasy, *Les Chroniques de Thomas Covenant* (1978, J'ai Lu) et *Les Secondes Chroniques de Thomas Covenant* (1981, 1982, 1983, encore inédites en français), qui décrivent les aventures d'« un des personnages les plus inhabituels de la fantasy moderne ». Thomas Covenant est, en effet, un lépreux qui se retrouve transporté dans un univers mythique, The Land, où il doit affronter le maléfique Lord Foul. Parmi les autres œuvres de Donaldson, citons *L'Appel de Mordant* (1986, 1987, publié en trois volumes aux Presses de la Cité) et *Le Cycle des Seuils*, une série de science-fiction en cours de publication aux Éditions Presses-Pocket.

Ronald Duncan (Britannique, 1914-1982) abordait souvent le thème de la mort dans ses poèmes, tentant d'explorer au moyen de son art les multiples réactions de l'homme devant cet ultime mystère. Cofondateur avec Benjamin Britten de l'English Opera Company, il a écrit trois livrets pour le célèbre compositeur. Son autobiographie, *All Men Are Islands*, a été publiée en 1963 ; il a traduit en anglais Cocteau et Euripide et a contribué à l'édition des œuvres du Mahatma Gandhi.

Christopher Fowler (Britannique, 1953) est l'auteur de trois recueils de nouvelles sur le thème de la « paranoïa urbaine » : *City Jitters* (1988), *More City Jitters* (1989) et *The Bureau of Lost Souls* (1990). Dans ce groupe de mésaventures plus ou moins reliées les unes aux autres, la malchance est la chose au monde la mieux partagée. Son premier roman, *Roofworld* (1988), est, ainsi qu'il le dit lui-même, « un thriller horrifique pimenté de fantastique » ; il nous présente de façon convaincante et hallucinante des sectes qui s'affrontent sur les toits du Londres d'aujourd'hui. Son deuxième roman, *Le Diable aux trousses* (1991), est paru en France aux Presses de la Cité.

Robert Murray Gilchrist (Britannique, 1868-1917) doit sa réputation à ses romans régionalistes consacrés au Derbyshire et au Peak District. Mais son recueil publié en 1894, *The Stone Dragon and Other Tragic Romances*, accorde une forte importance à l'élément surnaturel, et on y trouve des doppelgängers, des fantômes, des sorcières et des amants spectraux. Journaliste de profession, il a en outre publié avant sa mort un roman intitulé *Weird Wedlock*.

Robert Hichens (Britannique, 1864-1950) était un journaliste, un poète et un romancier prolifique, dont l'œuvre la plus connue, *Le Jardin d'Allah* (1904), fut un best-seller des deux côtés de l'Atlantique et donna naissance à un film de Marlène Dietrich. Ses récits fantastiques, écrits pour l'essentiel au début de sa carrière, allaient de la terreur psychologique à la fantaisie historique. Parmi ses romans, citons *Flames* (1897), *Son double* (1911, Éditions de France) et *La Toque noire* (1933, Gallimard), qui inspira Alfred Hitchcock pour *Le Procès Paradine ;* parmi ses recueils, *Tongues of Conscience* (1900) et *Snake-Bite and Other Stories* (1919).

Stephen King (Américain, 1947) porte bien son nom, car cela fait presque vingt ans qu'il règne sans partage sur la littérature d'horreur américaine. Qu'il imagine les effets sur des gens et des villes ordinaires d'enfants doués de pouvoirs psychiques (*Carrie*, 1974, J'ai Lu ou *Charlie*, 1980, Albin Michel), d'animaux menaçants (*Cujo*, 1981, ou *Simetierre*, 1983, Albin Michel) ou de pestilence globale (*Le Fléau*, 1977 et 1990, J'ai Lu), il se révèle comme un conteur-né qui sait aller au-delà des monstres et des démons pour mettre au jour les véritables racines de l'angoisse humaine. En outre, à l'insu de ses nombreux critiques, il apparaît bien souvent comme un maître de la satire de l'*american way of life*. Après la parution de *Ça* (1986, Albin Michel), Stephen King s'est imposé définitivement comme le maître du genre et ses romans (*Les Tommyknockers*, 1987 ; *Misery*, 1987 ; *La Part des ténèbres*, 1989, *Minuit 2*, 1990 ; *Minuit 4*, 1990 ; tous aux éditions Albin Michel) gagnent un public toujours plus large. Ses derniers romans (*Gerald's game* et *Dolores Claiborn*) paraîtront en 1993. Stephen King a également publié sous le nom de Richard Bachman.

Valerie Martin (Américaine, 1948) est entre autres l'auteur d'un extraordinaire roman, *Mary Reilly* (1990, Éditions Plon), relecture magistrale de ce classique victorien qu'est *Docteur Jekyll et Mister Hyde* de Robert Louis Stevenson. Le roman de Martin se présente sous la forme du journal d'une femme de chambre où sont consignés son désarroi et son angoisse à mesure que son employeur lutte avec acharnement contre le mal qu'il a mis au monde. Dans son recueil *The Consolation of Nature* (1988) et dans son roman *A Recent Martyr* (1987), une œuvre des plus perverses, Martin trahit également l'influence d'un autre maître du XIXe siècle, Edgar Allan Poe, en dépit de la retenue austère de son propre style qui ne doit rien à Poe.

Eric McCormack (Écossais, 1938) demeure depuis 1966 au Canada où il exerce le métier d'enseignant. Son premier recueil d'histoires extraordinaires, *Inspecting the Vaults* (1987), l'a fait comparer à Borges, à Saki, à Michael Ende et à Abé Kôbô, et lui a valu d'être finaliste au Commonwealth Literary Prize en 1988. Son premier roman, *The Paradise Motel*, est paru en 1989.

Patrick McGrath (Britannique, 1950) a attiré l'attention dès la parution de son premier recueil de nouvelles, *Blood and Water and Other Tales* (1988, à paraître aux Éditions Albin Michel). Les situations répugnantes qu'il décrit contrastent avec son ton de sécheresse ironique : une lady victorienne succombe aux caresses d'une main attachée au crâne de son amant mort ; une secte de buveurs de sang assassine une mère et son enfant ; une créature ancienne et immortelle survit dans un état de putréfaction avancée. Le résultat : un mélange de bandes dessinées et de théâtre classique. Son premier roman, *L'Étrange Histoire de sir Hugo et de son valet Fledge* (Albin Michel) est paru en 1989 ; son second, *The Spider,* en 1990.

Haydn Middleton (Britannique, 1955) est un écrivain et universitaire que sa fascination pour la mythologie britannique a conduit à réécrire l'antique cycle héroïque gallois connu dans sa forme écrite sous le titre *Le Mabinogion.* Son premier roman, *Son of Two Worlds* (1987), a été suivi par *The People in the Picture* (1988) et *The Lie of the Land* (1989). Ces deux dernières œuvres, bien que se situant dans l'Angleterre contemporaine, prennent leurs racines dans le lointain passé celtique ; Middleton y crée une atmosphère de tension érotique profondément empreinte d'ambiguïté. Son dernier roman en date, *The Collapsing Castle,* a été publié en 1991.

T. L. Parkinson (Américain, 1949) a publié plusieurs nouvelles dans la série d'anthologies *Shadows,* ainsi que dans des magazines et des anthologies comme *Fantasy & Science Fiction, Semiotext(e)* et *Full Spectrum.* Son premier roman, *The Man Upstairs,* qui traite de « narcissisme, d'expériences vaines et de violence sexuelle », a été publié en 1991. Tout comme la plupart des écrivains présentés dans ce livre, Parkinson est difficile à étiqueter, mais la sympathie qu'il a pour ses personnages ne fait qu'accroître l'impact de l'escalade de chocs et de surprises qu'il réserve à ses lecteurs.

Ruth Rendell (Britannique, 1930) nous fascine toujours, qu'elle choisisse d'écrire des histoires policières des plus classiques (*Un amour importun,* 1965, ou *La Fille qui venait de loin,* 1981, pour n'en citer que deux, parus aux Éditions du Masque) ou des récits troublants s'attachant à décrire des personnages rendus vulnérables par leur innocence (*La Danse de Salomé,* 1965, *Le Maître de la lande,* 1982, *La Demoiselle d'honneur,* 1990, au Masque et au Livre de Poche). Ces dernières années, elle a reçu les louanges de la critique pour ses romans publiés sous le pseudonyme de

Barbara Vine (le premier, *Vera va mourir*, 1988, est paru en France aux Éditions Calmann-Lévy sous le nom de Ruth Rendell). Elle y explore la psychologie de ses personnages grâce à sa maîtrise de la technique du flash-back. Qu'ils soient bons ou méchants, ses héros sont souvent victimes des caprices du destin, et la seule issue qui se présente à eux est bien souvent une illusion élaborée par l'auteur.

May Sinclair (Britannique, 1865-1946) est un écrivain sous-estimé, à en croire Everett F. Bleiler, autorité incontestée en matière de fantastique. Mais elle est surtout connue pour ses romans et dont le plus célèbre est *Mary Olivet* (1919, Nouvelles Éditions Latines), dont l'héroïne est une jeune femme ayant affaire à une famille victorienne des plus répressives. Féministe, disciple de Freud, admiratrice de Shaw, de Wells et de Joyce, May Sinclair s'est souvent essayée à la prose expérimentale. Deux de ses recueils, *Uncanny Stories* (1923) et *The Intercessor and Other Stories* (1931), contiennent des récits surprenants et macabres traitant des échecs de l'amour et de la damnation de la chair.

Michele Slung est entre autres l'auteur de *Crime on Her Mind* (1975), une anthologie consacrée aux détectives féminins dans l'histoire de la littérature policière ; de *The Absent-Minded Professor's Memory Book* (1985) ; de *The Only Child Book* (1989) ; et des best-sellers de la série *Momilies®* (« Les Mamandises », Éditions Albin Michel) : *Momilies : As My Mother Used to Say* (1985) et *More Momilies* (1986), qui ont été traduits en français, en allemand, en japonais et en italien.

En outre, elle a été directrice de la collection Plume American Women Writers, y rééditant des œuvres depuis longtemps épuisées, puis éditrice et critique pour *The Washington Post Book World*. Elle a publié des critiques littéraires dans des revues comme *The New York Times Book Review* et *The New Republic*, et des essais dans des livres comme *Twentieth-Century Crime and Mystery Writers*, *Whodunit ?*, *The Sleuth and the Scholar* et *The Penguin Encyclopedia of Horror and the Supernatural*.

Harriet Zinnes (Américaine) est poétesse, traductrice et critique d'art. Parmi ses œuvres les plus récentes, citons une édition bilingue des poèmes de Jacques Prévert, *Blood and Feathers*

(1988), et un recueil de nouvelles, *Lover* (1989). Un critique a souligné les « mystérieuses transformations » présentes dans sa prose, et un autre a perçu dans ses poèmes (*I Wanted to See Something Flying*, 1966, *Entropisms*, 1978) des « jeux dadaïstes » opérant sur « la confusion de la vie ».

SUITE DE LA PAGE 8

OUVRAGE DE LA COLLECTION « TERREUR »

Iain Banks
Le seigneur des guêpes

Clive Barker
Secret Show
Le royaume des devins

William P. Blatty
L'Exorciste : la suite

Robert Bloch
L'écharpe
Lori
Psychose
Psychose 2
Psychose 13
Contes de terreur

J. R. Bonansinga
Black Mariah

Randall Boyll
Froid devant
Monssstre
Territoires du crépuscule

Marion Zimner Bradley
Sara

Ramsey Campbell
Envoûtement
La secte sans nom
Soleil de minuit

Cathy Cash Spellman
Dans les griffes du diable

Matthew J. Costello
Cauchemars d'une nuit d'été
La chose des profondeurs
Né de l'ombre

Martin Cruz-Smith
Le vol noir

Thomas Disch
Le caducée maléfique

Katherine Dunn
Un amour de monstres

Jeanne Faivre d'Arcier
Rouge flamenco

John Farris
L'ange des ténèbres
Le fils de la nuit éternelle

Raymond Feist
Faërie

Christopher Fowler
Le diable aux trousses

Ray Garton
Crucifax
Extase sanglante

Christopher Golden
Des saints et des ombres

Linda C. Gray
Médium

William Hallahan
Les renaissances de Joseph Tully
Tully

Barbara Hambly
Le sang d'immortalité

Thomas Harris
Dragon rouge
Le silence des agneaux

James Herbert
Dis-moi qui tu hantes
Fluke
Fog
La lance
Les rats
Le repaire des rats
L'empire des rats
Le survivant
Sanctuaire
Sépulcre

Shirley Jackson
Maison hantée
La loterie
Le cadran solaire

Graham Joyce
L'enfer du rêve

Stephen King
La part des ténèbres
Salem

Andrew Klavan
Il y aura toujours quelqu'un derrière vous
L'heure des fauves

Dean R. Koontz
Le masque de l'oubli
Miroirs de sang
La mort à la traîne
La nuit des cafards
La nuit du forain
La peste grise
Une porte sur l'hiver
La voix des ténèbres
Les yeux des ténèbres
La maison interdite
Fièvre de glace
Lune froide

Steven Laws
Train fantôme

Tanith Lee
La danse des ombres
Le festin des ténèbres

Charles de Lint
Mulengro
Symphonie macabre
Les murmures de la nuit

Bentley Little
Le postier

Charles McLean
Le guetteur

Robert Marasco
Votre vénérée chérie

Graham Masterton
Démences
Le démon des morts
Le djinn
Le jour « J » du jugement
Le miroir de Satan
La nuit des salamandres
Le portrait du mal
Les puits de l'enfer
Rituels de chair
Transe de mort
Manitou
La vengeance de Manitou
L'ombre du Manitou
Le trône de Satan
Apparition
La maison de chair
Les guerriers de la nuit

Robert McCammon
L'heure du loup
La malédiction de Bethany
Scorpion
Le mystère du lac

Michael McDowell
Les brumes de Babylone
Cauchemars de sable

Andrew Neiderman
L'avocat du diable

Garfield Reeves-Stevens
Contrat sur un vampire
La danse du scalpel

Anne Rice
Chronique des vampires
1. Entretien avec un vampire
2. Lestat le vampire
3. La reine des damnés
4. Le voleur de corps

La momie
Le lien maléfique

Anne Rivers Siddons
La maison d'à côté

Fred Saberhagen
Un vieil ami de la famille
Le dossier Holmes-Dracula
Les confessions de Dracula

John Saul
Cassie
Hantises
Créature

Peter Straub
Ghost Story
Julia
Koko
Mystery
Sans portes, ni fenêtres

Michael Talbot
La tourbière du diable

Bernard Taylor
Le jeu du jugement

Sheri S. Tepper
Ossements

Thomas Tessier
L'antre du cauchemar

Thomas Tryon
L'autre
La fête du maïs

Jack Vance
Méchant garçon

Lawrence Watt-Evans
La horde du cauchemar

Chet Williamson
La forêt maudite

Paul F. Wilson
La forteresse noire
Liens de sang
Mort clinique

Bari Wood
Amy girl

Bari Wood/Jack Geasland
Faux-semblants

T. M. Wright
L'antichambre
Manhattan Ghost Story
L'autre pays

XXX
Michèle Slung présente :
22 histoires de sexe et d'horreur

Douglas E. Winter présente .
13 histoires diaboliques
L'année de la terreur

Achevé d'imprimer en janvier 1997
sur les presses de l'Imprimerie Bussière
à Saint-Amand (Cher)

POCKET - 12, avenue d'Italie - 75627 Paris Cedex 13
Tél. : 01-44-16-05-00

— N° d'imp. 2653. —
Dépôt légal : janvier 1995.

Imprimé en France

Achevé d'imprimer en janvier 1995
sur les presses de l'Imprimerie Bussière
à Saint-Amand (Cher)

POCKET - 12, avenue d'Italie - 75627 Paris Cedex 13
Tél. : 01-44-16-05-00

— N° d'imp. 2653 —
Dépôt légal : janvier 1995.

Imprimé en France